DU MÊME AUTEUR

Aux Éditions Gallimard

SHOAH, *préface de Simone de Beauvoir* (« Folio », n° 3026).

SHOAH, *un film de Claude Lanzmann*, Hors série DVD.

LE LIÈVRE DE PATAGONIE, Blanche, 2009 (« Folio », n° 5113).

LA TOMBE DU DIVIN PLONGEUR

Pour Juliette

PRÉFACE

Je suis allé pour la première fois à Paestum dans les années cinquante. Avec Simone de Beauvoir et Sartre, nous passâmes là presque un jour entier, du dur soleil de midi à la nuit tombante, en laissant aux colonnes doriques le temps de blanchir jusqu'à l'os. Je suis revenu à Paestum à tous les âges de ma vie. Et hier même, je retrouvai intacte l'émotion ancienne, mélange de nerfs aiguisés à l'extrême et de calme inconnu, le sentiment d'avoir accédé à une oasis de paix, abrité de la vie et de la mort, la présence des trois temples, l'évidence de leur durée à travers les siècles, semblant le garant de ma propre existence. Sur les temples doriques périptères, j'avais tout appris, au Parthénon, à Ségeste ou à Agrigente en Sicile, et dans un autre petit temple du Péloponnèse voué à Apollon — il fallait, pour y parvenir, attendre que le chemin en soit ouvert à la dynamite, tant les circonstances de la guerre l'avaient fait oublier et moi-même, écrivant ces lignes, je ne retrouve plus son nom. À l'instant, si : c'est le temple de Bassée ! Avec Simone de Beauvoir, j'avais passé des jours, guide bleu en main, autour du Parthénon. J'aime apprendre et je vérifiais auprès d'elle la précision de mon savoir : sur les larmiers, les mutules, les frises, les triglyphes, les métopes, les architraves, j'avais beaucoup lu et je rendais grâce aux énormes guides bleus d'alors qui ne craignaient pas d'ennuyer pour instruire parce qu'ils connaissaient les lecteurs à qui ils s'adressaient. Je me souviens avoir emprunté, guide bleu en main, la route qui longe en Italie les rives du lac de Garde et d'avoir lu, dans un emportement de compréhension et de joie : « paysages magnifiques, tunnels » !

C'est bien plus tard, puisqu'elle n'a été découverte qu'en 1968, que j'ai vu pour la première fois, sans pouvoir m'en arracher, la tombe du divin plongeur. Souvent j'étais resté trop longtemps dans l'enceinte des temples, arrivant au musée après la fermeture, ou, d'autres fois, le trouvant en travaux, qui pouvaient durer des semaines ou des mois. Jamais je n'aurais imaginé être touché en plein cœur, tremblant et bouleversé au tréfonds de moi-même, comme je le fus le jour où il m'apparut, arc parfait, semblant plonger sans fin dans l'espace entre la vie et la mort. Plongée poignante, car il est véritablement dans le vide, sa chute ne s'arrêtera peut-être jamais, on ne comprend ni d'où il s'est élancé, ni où il s'abîmera. Ce n'est peut-être pas une chute, il paraît planer.

Si je cherche une permanence, une cohérence, une unité à ma vie, ou aux cent vies dont on dit qu'elles furent miennes, le divin plongeur — c'est le nom, au musée de Paestum, de la fresque qui ornait le plafond de sa tombe — occupe une place centrale, qui n'est pas seulement d'ordre esthétique, contemplation de l'art et de la beauté, mais pour moi opératoire aussi, indissolublement esthétique et opératoire. De même qu'il y a des imitations de Jésus-Christ, il y avait chez moi une imitation du divin plongeur de Paestum, imitation qui recelait une injonction à laquelle je ne pouvais pas ne pas obéir. Pourtant, j'ai mis des années à m'y soumettre, tant le vide me repoussait autant qu'il m'attirait : il m'a fallu attendre d'avoir plus de soixante-dix ans.

On ne plonge pas aujourd'hui à Paestum, où la côte est sablonneuse et plate, mais autant et aussi dangereusement qu'on le veut sur la Costiera Amalfitana, plus au nord, et ce n'était pas la parfaite beauté de l'hôtel, dressé cent mètres au-dessus de la Méditerranée dans un à-pic vertigineux, qui m'attirait là-bas et m'avait fait le choisir, c'était l'éperon rocheux qui surplombe la mer, à laquelle on ne peut accéder que par un plongeon de quatre mètres. D'été en été, j'ai passé sur cet éperon beaucoup de temps, m'avançant précautionneusement jusqu'à son bord extrême, puis reculant, effrayé par le vide, la transparence de l'eau dans le soleil redoublant sa profondeur : ce n'était pas de quatre mètres qu'il fallait se jeter, mais de huit, dix ou douze peut-être. Ils étaient très peu nombreux à le faire, la plupart ne plongeant pas, se satisfaisant de sauter. J'ai plongé au lendemain d'un retour de Paestum où je m'étais juré de le faire, juré à moi-même et surtout au divin plongeur, après une longue contemplation. C'était un mauvais plongeon, sans une vraie détente qui me projette vers l'avant, plutôt une chute, tête la première, qui me fit pourtant éprouver, dès que j'eus quitté la terre, le sentiment de l'irrémédiable, du « trop tard ». De quatre mètres, on a le temps de se sentir dans le vide, la vitesse de descente est tout de suite très grande, si rapide que la gifle de l'eau replie brutalement les bras, qu'il croit tendus, du plongeur débutant. J'étais quand même fou de fierté, décidé à recommencer aussitôt, à améliorer ma détente, la tension des jambes et des bras, gardant la tête emprisonnée dans le berceau des biceps.

Cela se passait il y a douze ans : j'ai, depuis, plongé à plusieurs reprises au même endroit, y revenant tout exprès dans ce seul dessein, et l'été dernier encore. Me jeter dans le vide est devenu un besoin, une addiction presque. J'admire plus que tout les plongeurs de haut vol qui s'élancent d'un saillant rocheux dominant la mer de vingt ou trente mètres. Il m'est arrivé d'apercevoir de loin un Italien en plein vol, cambré d'abord comme le divin plongeur de la tombe, puis étirant son corps dans une verticale absolue quelques mètres avant de toucher l'eau. Je guettai son retour et eus la chance de le revoir le lendemain, abordant à partir d'une barque de pêcheur l'échelle permettant d'accéder à l'éperon où je me trouvais, qu'il traversa à grandes foulées sans regarder personne, avant de gagner un escalier taillé dans le roc et à peine visible. Je me mis à le suivre, cœur battant, essoufflé tant il était rapide, comme s'il ne voulait pas penser. Il atteignit enfin le ressaut qu'il avait choisi, corniche vertigineuse, à trente mètres au-dessus de la mer. Je me tenais près de lui, en arrière de lui, craignant d'être saisi de tremblements si je m'avançais, et aussi de nuire à la concentration extrême dont j'étais le témoin. Avait-il remarqué ma présence, je n'en suis pas sûr. Pour ce qu'il allait accomplir, il fallait qu'il fût seul. Mais je ne pouvais partir, rester auprès de lui jusqu'à l'instant ultime était comme un mandat que j'eusse reçu, une mission à laquelle je n'avais pas le droit de me dérober. Tout était parfait chez cet homme : la silhouette, la musculature, le visage très beau et empreint d'une spiritualité que lui donnait peut-être ce tête-à-tête avec la mort possible, la conscience aiguë, lisible sur chacun de ses traits, des conséquences graves de la plus mince hésitation. Au loin, la barque de pêche qui l'avait amené attendait. Il se concentra longtemps, longuement, jusqu'à ce qu'il eût rejoint la sûreté, la maîtrise intérieure, moment imprévisible connu de lui seul où, d'une brusque détente, il décolla soudain à l'horizontale, bras largement ouverts.

Il est surprenant que je commence de la sorte la préface à un recueil de textes écrits, eux aussi, à différents âges de ma vie, en des occurrences radicalement étrangères les unes aux autres, publiés dans des revues, des magazines, des quotidiens très divers, aujourd'hui introuvables, oubliés ou ignorés. Comme je suis rétif à la thésaurisation et tourné vers l'avenir plus que vers le passé, je n'avais jamais pensé à les rassembler, encore moins à leur donner une nouvelle vie. C'est *Le Lièvre de Patagonie* — et la façon dont il fut accueilli — qui m'a conduit à scruter mon propre passé d'écrivant. Je dis « écrivant » à dessein, car on s'est étonné que l'auteur de *Shoah* sût aussi écrire. Plus même, *Le Lièvre* a été salué comme un livre d'écrivain, une œuvre de littérature, et l'irrépressible inclination à catégoriser hommes et choses, à les enfermer dans des classifications réductrices, juge anormal et transgressif qu'on ait plusieurs cordes à son arc. On trouvera dans cette *Tombe du divin plongeur* des articles, comme par exemple « Le curé d'Uruffe et la raison d'Église », qui m'ont coûté beaucoup de temps et de travail, dont j'ai su d'emblée la valeur. Publié une première fois dans *Les Temps modernes* en 1958, il l'a été une seconde fois, quarante ans plus tard, en 1998, dans *L'Infini*, la revue de Philippe Sollers, qui venait de le découvrir. Mais ce ne sont pas de tels textes — il y en a d'autres — qui m'ont motivé à faire paraître ce livre. Pendant vingt ans, entre 1950 et 1970, avant de commencer à réaliser des films, j'ai vécu de ma plume, en pratiquant ce qu'on appelait du « journalisme alimentaire », regardé avec dédain par les journalistes « sérieux » ayant pignon sur rue et accouchant au moins d'une idée par semaine. Albert Cohen, avec qui j'avais l'habitude de passer une journée chaque mois dans son appartement de Genève, m'a raconté un bref échange entre Paul Valéry et Einstein. Valéry était toujours armé d'un calepin sur lequel il notait avaricieusement toutes les idées qui lui venaient. Il demande à Einstein : « Comment faites-vous, Maître, pour ne pas perdre vos idées ? — Oh, vous savez, monsieur, les idées, c'est très rare », lui répond Einstein. Je n'avais pas une idée par semaine : j'ai été durant ces vingt ans rewriter dans le groupe de presse *France-Soir*. Rewriter, ou encore « ghostwriter ». Je réécrivais anonymement les articles des autres. Ce travail souterrain requérait concentration et rapidité d'exécution pendant un après-midi entier et toute la nuit qui suivait. Mais l'équipe des rewriters de *France-Dimanche* connaissait quelquefois de dures nuits de joie : je me souviens avoir non pas réécrit, mais entièrement inventé et rédigé moi-même une conversation entre la reine Élisabeth d'Angleterre, Nikita Khrouchtchev et le maréchal Nikolaï Boulganine, alors président du Conseil des ministres d'URSS, en visite d'État à Londres. La rencontre ne s'était sûrement pas passée telle que je la racontais, mais mon récit avait le mérite d'être vraisemblable, vivant et drôle. Je regrette de l'avoir perdu à jamais. Je gagnais ma vie ainsi, mais surtout étais libre le reste du temps, et je tenais à cette liberté plus qu'à tout. Pierre Lazareff, dit « Pierrot les Bretelles », était le fondateur et le patron du groupe. Au bout de dix ans, sa femme, Hélène Lazareff, elle-même fondatrice et directrice de *Elle*, me proposa d'écrire, pour ce magazine, un grand article chaque mois. J'acceptai. Le premier d'entre eux, qui impliqua — pour suppléer à une documentation plutôt maigre — un long effort d'imagination et d'écriture, décrivait la fuite du Dalaï-Lama, en 1959, pour échapper à l'armée chinoise envahissant le Tibet et Lhassa, sa capitale. Je le signai de mon nom. Mais il y eut beaucoup de textes que je n'ai pas voulu signer et pour lesquels j'ai dû me choisir, à la dernière minute, au marbre de l'imprimerie, un pseudonyme. En une incompréhensible fulgurance, je suis devenu Jean-Jacques Delacroix ! Jean-Jacques, sûrement à cause de J.-J. Servan-Schreiber, qui faisait beaucoup parler de lui à l'époque, Delacroix, probablement à cause d'Eugène, du même nom, ou de saint Jean, qui sait ? Le mystère demeurera entier.

Pourquoi ai-je pris un pseudonyme ? Membre du comité de rédaction des *Temps modernes*, j'écrivais dans cette revue. Ni moi, ni Simone de Beauvoir, ni Sartre ne voyions une quelconque contradiction à ce que je travaillasse en même temps pour ces deux publications, l'une me permettant de collaborer gratuitement à l'autre. Marcel Péju, qui assumait la fonction de secrétaire général des *TM*, était lui-même rewriter à *Samedi-Soir*, hebdomadaire rival de *France-Dimanche*. Mais nous étions en pleine guerre d'Algérie, et les militants du FLN avec qui nous étions en contact et que nous aidions (*Les Temps modernes* furent censurés ou saisis à plusieurs reprises) avaient la morale exigeante, se montraient sourcilleux sur tous les versants des vies de ceux qui les soutenaient. Il me fut rapporté que Frantz Fanon — je l'ai connu un peu plus tard, à Tunis et l'admirais infiniment, entre mille autres raisons, pour la façon dont il avait mis sa vie en accord avec ses idées – comprenait mal que je gagnasse ainsi mon pain quotidien (même si nous n'étions pas grassement payés, ma liberté me semblait sans prix) et avait dit à un proche, à mon sujet : « Mais alors, l'unité du moi ? » Cela m'avait touché, je n'avais pas envie d'entrer avec lui dans des explications sur les noires concaténations de mon existence et, en outre, je le comprenais : faire le nègre ou écrire sur des actrices pouvait sembler frivole et contraire à la radicalité impliquée par l'engagement même. Nous vivions en un temps totalitaire, la guerre froide persévérait dans son être, il fallait répondre de tout. Il me fut plus facile de changer de nom. Pourtant, Lanzmann et Delacroix ne faisaient qu'un : c'était le même homme, l'un et l'autre commençaient leurs articles l'angoisse de la page blanche au cœur, procédant avec un identique sérieux, sans jamais rien bâcler, vérifiant chaque fois quel plaisir non pareil apportait l'écriture, quel orgueil et quelle joie indissolublement mêlés procurait la relecture d'un portrait réussi.

Après la sortie du *Lièvre de Patagonie*, j'ai procédé, par hasard et sans intention aucune, à une autre relecture : celle de quelques textes publiés dans *Elle* quarante ans plus tôt, dus à la plume de mon alter ego, Delacroix. De Delacroix je suis passé à Lanzmann et à ses productions dans le même magazine et je leur ai trouvé bien plus qu'un air de famille, j'étais incapable de déceler entre les uns et les autres l'ombre d'une différence, de dire qui avait écrit quoi. L'unité du moi, si chère à Fanon, était là, l'unité du moi, c'était moi ! Je me suis ensuite mis, plus systématiquement, à relire tous ceux que j'avais écris, étonné du plaisir que je prenais à les lire, les jugeant toujours jeunes, sans rides, jusqu'au point de ne plus comprendre pourquoi j'avais avancé masqué, quelle honte m'avait saisi en ces temps lointains. Plus encore, entre l'écriture de ces textes et celle du *Lièvre de Patagonie*, la parentèle était plus qu'évidente : c'était la même écriture, *Le Lièvre* était déjà tout entier dans ce que j'ai appelé le journalisme « alimentaire ». C'est alors que j'ai pris la décision de faire paraître ce livre.

Je suis veuf, je suis seul, et sur moi le soir tombe,
Et je courbe, ô mon Dieu, mon âme vers la tombe,
Comme un bœuf ayant soif penche son front vers l'eau.

Je ne parviens pas à me débarrasser de ces vers de Victor Hugo dans *Booz endormi*, ils circulent sous mon crâne et se présentent à moi plusieurs fois par jour ou par nuit, dans les circonstances les plus imprévisibles et même quand je ne suis pas seul. La question de la tombe m'importe donc profondément et de plus en plus souvent. Je n'ose croire que, l'heure venue, quelqu'un songe à appliquer à mon corps ou à ma mémoire le qualificatif de « divin », mais je revendique la qualité de plongeur. J'ai plongé en vérité tout au long de ma vie et pas seulement dans la mer. Les choix décisifs que j'ai été amené à accomplir, je les ai éprouvés comme des plongeons, des piqués dans le vide, toutes amarres larguées, acculé à vaincre, tout au moins à assumer, dans le cas contraire, les graves et périlleuses conséquences que l'échec entraînerait. Depuis la parution du *Lièvre de Patagonie* et la bergerade de mes cent vies, combien d'inconnus m'ont écrit ou abordé en me disant : « Oh ! Monsieur, quelle chance vous avez eue, je n'aurai jamais une vie comme la vôtre ! » Je remerciais, mais je n'avais aucune recette à proposer et, de surcroît, j'étais convaincu qu'ils avaient raison : le formatage généralisé et la domestication vétilleuse qui sont la loi, aujourd'hui, de toute existence ont raréfié considérablement les candidats plongeurs. Il faut se plier, se fondre dans des moules, aller du même pas, au pas, impitoyable exigence qui conduit au suicide ceux qui pleurent la liberté pour l'avoir rêvée, pressentie, sans jamais la vivre. Je ne tenterai pas ici de dresser la liste des plongeons qui jalonnent ma vie accidentée, dont la règle aussi bien que l'instinct ont toujours été de ne pas refuser les propositions et occasions de risque, de les chercher peut-être, de me sentir à la fois très mal et très coupable si je privilégiais les prudences, les sécurités, les bonheurs casaniers. Il est vrai : les temps étaient plus propices, j'ai saisi mes chances. La Résistance, le maquis, Berlin en plein blocus, mon voyage illégal en Allemagne de l'Est, qui eût pu me conduire des années en prison, l'aventure démesurée de *Shoah*, grosse de mille dangers, enfin *Le Lièvre de Patagonie*, qui fut lui aussi un brusque plongeon, puisque, certain que je m'y attaquerais un jour, j'atermoyais sans fin, comme je le faisais devant la mer, quand je ne réussissais pas à vaincre la peur du vide. Je pourrais en citer beaucoup plus, mais c'est assez.

On ne trouvera pas, dans ce livre, que mes écrits alimentaires, portraits d'acteurs, d'actrices, d'écrivains, de chanteurs, de voyous, reportages aussi, mais encore des articles parus dans *Les Temps modernes, France-Observateur*, *Le Monde*, consacrés à des événements importants du siècle qui passionnèrent les contemporains, des textes politiques, polémiques — quelquefois les mêmes –, tout un ensemble qui s'organise autour de *Shoah*, des préfaces, des oraisons funèbres, des discours, etc. Textes anciens et textes récents, datant de ces toutes dernières années, se mêlent étroitement. Beaucoup sont des marqueurs du temps qui passe, des changements lents qui adviennent à l'intérieur d'une époque et requièrent un éloignement qui, seul, permet d'accéder à leur prise de conscience. Certains m'ont posé un réel problème : je ne les écrirais pas aujourd'hui, mais était-ce une raison pour ne pas les publier dans un livre qui veut témoigner de ma vie et du siècle, sans mentir ni se livrer à des truquages sur les perceptions qui furent miennes ? En pleine guerre froide, j'ai fait paraître, par exemple, dans *Les Temps modernes* un article très dur contre le *Petit Guide des névroses politiques* d'Arthur Koestler, en proie alors à une poussée délirante d'anticommunisme. J'avais aimé comme un frère le Koestler du *Testament espagnol* et de *La Tour d'Ezra*, admiré *Le Zéro et l'Infini* et ai plus tard été personnellement meurtri par le double suicide de Koestler et de sa femme, la même nuit, dans leur appartement de Londres. Je n'écrirais plus contre Koestler aujourd'hui, il occupe une place d'importance dans mon panthéon personnel. Mais je l'ai fait, je le publie donc, telle était l'époque, je délirais moi-même et nos délires étaient la rationalité de ce temps. La question de la transmission est centrale, notre mémoire est de plus en plus courte, il importe donc au plus haut point de ne pas transiger avec elle. En lisant les diverses traductions du *Lièvre de Patagonie*, parmi les quelques contresens inévitables dans des versions traduites aussi longues, certains étaient entièrement imputables à la disparition de la mémoire historique récente. J'écrivais par exemple, et c'est la stricte vérité (j'étais membre des Jeunesses communistes sous l'occupation allemande) : « Les communistes étaient exclus des parachutages d'armes anglo-américains, réservés à la seule Résistance *gaulliste.* » Traduction : « Les communistes étaient exclus des parachutages d'armes anglo-américains, réservés à la seule Résistance *française* » ! À la Libération, le Parti communiste français se faisait appeler le « Parti des 75 000 fusillés ». Même si on fait la part, dans ce chiffre, de la propagande, les communistes ont été en pointe dans la lutte contre les nazis et ont consenti les plus lourds sacrifices. Ce qui s'est passé en soixante-sept ans, chute du communisme, mur de Berlin, etc., a détruit entièrement dans les générations d'aujourd'hui une mémoire absolument vivante chez ceux qui participèrent à ces événements, littéralement balayés par un tsunami qui déracine le présent de son histoire et fait table rase de ce qui fut et demeure notre vie même.

Noriaki Tsuchimoto, cinéaste japonais d'un immense talent, presque inconnu dans nos parages, mais très célèbre dans son pays, qui consacra sa vie à identifier le mal de Minamata (à Kyushu, l'île la plus méridionale de l'archipel, le conglomérat géant des usines chimiques Chisso, fondé en 1907, déversa sans précaution aucune le mercure dans la mer, empoisonnant ainsi pendant des décennies toute la chaîne alimentaire, des poissons à ceux qui les mangeaient, d'abord les chats saisis d'incompréhensibles et effrayantes danses de Saint-Guy, puis les familles de pêcheurs, qui mirent au monde, dans la honte, comme s'il s'agissait d'une punition divine, des enfants difformes, goitreux, dégénérés), à lutter avec sa caméra pour sa reconnaissance et à le combattre jusqu'à sa mort, m'avait écrit une lettre fraternelle après avoir vu *Shoah*, dans laquelle il m'écrivait : « Le temps nous oblige à tout oublier. » Avec *La Tombe du divin plongeur*, même si l'oubli est inévitable, je lutte pied à pied, comme je l'ai toujours fait, contre toutes les morts. Dans ce recueil, et dans un texte consacré à *Shoah*, on pourra lire : « Le temps, pour moi, n'a jamais cessé de *ne pas* passer. »

LE CURÉ D'URUFFE ET LA RAISON D'ÉGLISE

Après avoir assassiné une de ses paroissiennes, enceinte de ses œuvres et proche d'accoucher, Guy Desnoyers, curé de la paroisse d'Uruffe en Lorraine, l'avait éventrée avant d'énucléer le fœtus puis de lui administrer les sacrements. Ce fait divers unique secoua profondément la France de la seconde moitié du XX*e siècle. J'ai assisté au procès d'assises du curé d'Uruffe, qui se tint à Nancy en janvier 1958.*

Quelqu'un cria au fond de la salle. Il y eut d'autres cris, une houle de surprise, des bousculades. Le président Facq ne releva même pas la tête, il continua de lire, à grande allure, les attendus du verdict. Il fallait en finir. Aux quatre questions qui leur étaient posées — le double crime, l'infanticide et la préméditation — les jurés et la Cour avaient répondu « oui » à la majorité. À la majorité également, il y avait lieu de reconnaître à l'accusé des circonstances atténuantes. Justice était faite : on escamota le curé d'Uruffe et les sept jurés lorrains qui venaient de le condamner aux travaux forcés à perpétuité. Les jurés furent rendus à la liberté par une porte dérobée du Palais de Justice. Et le curé avait depuis longtemps regagné sa prison qu'un fourgon cellulaire-piège, défendu ostensiblement par un triple cordon de police, mobilisait encore la foule sur la place du Palais.

Cette foule, dans sa majorité, était plus surprise qu'indignée : tombées du ciel aux termes d'une parodie de jugement, les circonstances atténuantes intervenaient à point pour sauver la tête du prêtre, mais comme le *deus ex machina* de la pièce, elles n'avaient aucun rapport avec ce qui s'était dit dans le prétoire. Ces circonstances qui « atténuaient » le crime de l'abbé Desnoyers — et elles existaient — n'avaient été évoquées par personne, à aucun moment de ce procès pudique : ni par l'accusé, ni par les témoins, ni par l'accusation, ni par la Cour, à peine par la défense — et d'une très curieuse façon, sur laquelle nous reviendrons. C'est qu'il eût fallu accorder au moins que ce crime de prêtre avait un sens, et pour cela l'inscrire dans l'histoire totale d'une vie, se résoudre en définitive à comprendre totalitairement ce prêtre et son crime. Cela s'appelle juger et c'est ce qu'on n'a voulu à aucun prix.

Le curé d'Uruffe, en dix heures de débats conduits au pas de charge par un président soucieux avant tout d'éviter que les vraies questions soient posées, n'a pas été jugé : le verdict d'indulgence, dans ces conditions, était scandaleux parce que injuste. Et la mort, aussi bien, eût été injuste. Pourtant, puisqu'on avait fait l'économie du véritable procès, puisqu'on avait décidé de ne pas comprendre, elle apparaissait comme la seule sanction logique. Rien n'excusait ce crime : il restait, après les débats, merveilleusement opaque, mais clair et connu en toutes ses circonstances matérielles. C'est la règle d'or de tous les procès de type répressif : celui de Nancy — jusqu'au verdict exclusivement — fut à cet égard une perfection. Il fallait donc en tirer la conséquence, punir, infliger la mort comme peine. La spectaculaire crise cardiaque de l'avocat général Parisot, qui, trois jours plus tard, dans cette même salle des assises de Meurthe-et-Moselle, refusa de requérir la peine de mort contre le deuxième assassin de la session, n'a pas d'autre sens : ce cœur d'airain supportait sans trembler les aubes blêmes de la guillotine, il n'a pas résisté à un scandale logique, celui d'une justice répressive qui refuse la répression[1]. À partir des déclarations du substitut Parisot, la grande presse, avec sa précipitation coutumière, et sans apercevoir que l'occasion était la plus mauvaise qui soit, a exhumé pour la énième fois le poussiéreux débat académique « Pour ou contre la peine de mort ». Pourtant, ce n'est pas la grâce en elle-même qui a indigné l'avocat général : en trente ans de carrière, il lui est arrivé déjà, sans que son cœur flanche, de ne pas obtenir les têtes qu'il souhaitait voir rouler. Et la presse, inversement, a accepté sans broncher d'autres condamnations parfaitement odieuses. Non, le substitut Parisot a été poignardé en pleine poitrine par une fulgurante évidence : c'est que le procès, puis le verdict de Nancy rendaient désormais impossible, en toute justice, l'exercice du métier de juge ; c'est qu'en refusant à la fois de comprendre et de punir le curé d'Uruffe, les jurés de la Lorraine catholique venaient d'ôter à la justice pénale française, qui jusqu'alors se débrouillait tant bien que mal dans ses contradictions (oscillant entre les deux pôles de la répression nue et de la saisie compréhensive du criminel), les moyens de juger, c'est-à-dire aussi bien d'absoudre que de condamner.

Les mêmes jurés, en effet, au terme d'un pareil procès, n'eussent pas délibéré dix minutes pour envoyer à l'échafaud tout autre que le curé. Mais, précisément, le procès eût été autre : face à un coupable laïque, si étonnant qu'ait été son crime, la justice eût au moins fonctionné sans se frapper elle-même, au départ, de paralysie, sans mettre systématiquement « hors débats » tout ce qui pouvait aider à faire la lumière sur les mobiles et la personne du criminel. Les circonstances atténuantes, si on les accorde, signifient en tout cas que cette lumière a été faite et qu'avec les moyens du bord on a compris quelque chose aux raisons de l'accusé. Et la « compréhension », bien sûr, n'entraîne pas nécessairement un verdict d'indulgence : on a guillotiné Jacques Fesch alors que toutes les raisons qui militaient en faveur de la grâce avaient été clairement exposées au cours de son procès. Ce verdict aussi, on l'a dit, était scandaleux.

1. C'est l'avocat général Borel qui requérait contre Desnoyers.

Mais il s'agit là d'un scandale pour ainsi dire classique, qui se répète aux assises plusieurs fois chaque année et qui laisse intacts les fondements de notre justice. C'est que, pour la justice française, légaliste et répressive, la peine de mort, comme le pire, est toujours sûre ; elle est normative. L'avocat général, lorsqu'il réclame une tête, ne demande jamais plus que la loi, il demande l'application stricte de la loi. Jacques Fesch[1] a été parfaitement compris, mais en gros on a dit : « Je ne veux pas le savoir », et on l'a exécuté, pour l'exemple, au nom de l'ordre, de la société à défendre, et parce que où irait-on si on ne châtiait pas les tueurs de flics ? Les jurés, ici, se font sourds et aveugles : ils punissent le crime dans le criminel et laissent jouer l'automatisme de la loi. Tout se passe à la limite comme si on jugeait sans jugement, sur les faits uniquement, comme il arrive dans la plupart des procès correctionnels où le juge décide seul, code pénal en main, de la peine à infliger. C'est la répression dans toute sa pureté. Et il est bien vrai que cette justice est abjecte, que la condamnation à mort de Jacques Fesch était un scandale. Mais, à la différence de ce qui s'est passé à Nancy, il n'y a eu scandale qu'au regard de l'autre justice, celle qu'eût impliqué précisément une saisie totalitaire de Jacques Fesch criminel et de son « conditionnement social ». Dans la société bourgeoise minée de l'intérieur, et incapable, sauf au prix d'une fiction hypocrite, de maintenir les principes et les institutions auxquels elle s'attachait jadis, les deux justices, aujourd'hui, s'affrontent et coexistent. Tel est le sens des circonstances atténuantes, qui fait justement qu'elles peuvent être accordées sans contradiction même aux yeux du plus répressif des avocats généraux : les circonstances atténuantes, en effet, ne sont pas moins ou plus que la loi, elles ne sont pas contraires à la loi, elles indiquent en creux, même si ceux qui les votent n'en ont pas

1. Le 25 février 1954, au cours du braquage d'un changeur, Jacques Fesch, vingt-quatre ans, fils de banquier et très myope, tira au jugé sur les policiers qui le poursuivaient, tuant l'un d'eux d'une balle en plein cœur. Condamné à la peine capitale, il retrouva la foi de son enfance dans le couloir de la mort, et marcha comme un saint à la guillotine. Le bon président de la République, René Coty, avait refusé sa grâce.

clairement conscience, une autre justice. Mais on comprend que cette justice non répressive, qui se dessine à l'horizon de chaque verdict d'indulgence, puisse à la fois contester radicalement la première et ne pas la contredire dans son propre plan. L'avocat général — pour lui, c'est l'essentiel — garde toujours le droit de demander des têtes, il peut pour un autre, une prochaine fois, exiger qu'on applique la loi.

À Nancy, ce droit a été perdu, car en accordant les circonstances atténuantes au curé d'Uruffe, au terme d'un procès bâclé où il fut question de tout sauf de l'accusé, jurés et magistrats ne se sont pas décidés positivement pour une autre justice. Ils n'ont pas non plus voulu prendre une position de principe contre la peine de mort. Ils ont rendu arbitrairement un verdict d'indulgence parce que l'accusé était prêtre et qu'en l'an de grâce 1958 la justice républicaine, plutôt que d'affronter les problèmes que lui pose un crime de curé, préfère renoncer à juger et se faire hara-kiri.

Tel fut le paradoxe de ce procès honteux et passionnant : on a tremblé à l'idée de comprendre comme à celle de punir, et la grâce n'a été accordée que parce que la compréhension avait été refusée. Cela est sûr : un seul mot d'explication, même timide, eût-il été prononcé, le curé d'Uruffe aurait été condamné à mort sans l'ombre d'une hésitation. C'est au silence seul, au sien d'abord, qui fut admirable, et à celui de tous, qu'il dut de sauver sa tête. Si quelqu'un parlait, il était perdu. Entre l'accusé, l'accusation, la défense, la Cour et les jurés, il y avait comme un pacte tacite : avant tout, laisser l'Église en dehors de l'affaire. Donc taire l'essentiel, ne rien dire de ce qui, à nos yeux à nous, eût pu précisément justifier qu'on découvre à l'abbé Desnoyers des circonstances atténuantes : recrutement et formation des prêtres, discipline des séminaires, célibat des curés, chasteté, relations du curé de campagne avec la hiérarchie, possibilité pour lui de dévoiler ses difficultés à un supérieur, etc. Ne pas essayer surtout de comprendre ce que peut être une vie de prêtre, en pleine campagne lorraine, dans la seconde moitié du XXe siècle, ne pas se demander non plus ce que pouvait signifier « croire » pour ce ministre de Dieu, capable à la fois d'exercer son sacerdoce avec une efficacité redoutable et de se faire masturber, soutane haut levée sous la table familiale, par la main d'une fillette de treize ans et demi, la sœur même de celle qu'il allait assassiner.

Il n'est pas question de vouloir faire ici un exemple de ce crime, d'en nier le caractère monstrueux, mais Me Gasse, l'avocat du curé d'Uruffe, possédait dans son dossier des lettres de prêtres, belles et pathétiques, reçues depuis l'arrestation de Desnoyers. Sans dissimuler l'horreur que leur inspirait le meurtre de Régine Fays, tous demandaient pourtant la grâce de leur confrère et suppliaient son avocat de se changer, pour mieux le défendre, en accusateur de l'Église romaine, de faire le procès de la hiérarchie, qu'ils rendaient responsable au premier chef du crime d'Uruffe. Ces lettres de prêtres qui n'hésitaient pas à invoquer leur propre expérience, leurs propres chutes, qui dénonçaient les vocations forcées et l'impossibilité pour un jeune paysan de sortir de l'engrenage, posaient les vrais problèmes et, qu'on le veuille ou non, généralisaient au moins les contradictions sauvages dans lesquelles s'était débattu, dix années durant, l'abbé Desnoyers. Entre les mains d'un défenseur fou, c'est-à-dire assez amoureux de la vérité pour faire guillotiner son client, de tels témoignages — quelques prêtres en rupture d'Église proposaient même de venir déposer — eussent été de la dynamite. Mais Me Gasse est un bon avocat, il n'a pas rompu le pacte de silence : les lettres de ces gauchistes sont restées dans sa serviette.

Et le curé assassin, dans son box, aurait eu le droit de penser que le procès qu'on lui faisait justifiait rétrospectivement son crime : car lui aussi tenait à laisser l'Église en dehors du coup. Le meurtre de Régine Fays, nous le verrons, n'a aucun sens si on l'explique par un simple souci égoïste de sauvegarde personnelle. C'est d'abord sa peau politique, l'honneur du clergé et paradoxalement son honneur de prêtre que Desnoyers tenait à sauver. C'est la raison d'État, une sorte de « raison supérieure d'Église », susceptible à ses yeux de tout couvrir et dont il s'était fait à la fois le juge et l'instrument, qui a armé le bras de ce paysan terrorisé et tout-puissant. En ce sens, le curé d'Uruffe a eu vraiment le procès de son crime : tout s'est passé comme si, entre les protagonistes de la comédie de Nancy, une conspiration s'était nouée pour le juger sans dire un seul mot de l'Église.

Pourtant, il ne s'agit pas d'une conspiration de type simple, d'un complot au sens ordinaire où les conjurés décident ensemble et à l'avance de la fin à atteindre pour jouer ensuite, cyniquement, le rôle qu'on leur a assigné. Cette éclatante conspiration du silence ne fut au contraire ni concertée, ni cynique, ni machiavélique : à la lettre, elle n'a été voulue par personne. Si à la clarté, en effet, chacun avait quelque chose à perdre, si tous avaient des raisons de faire le silence, ces raisons n'étaient pas identiques et l'enjeu du procès changeait du tout au tout selon qu'on l'envisageait du point de vue de la défense, du point de vue de l'Église ou de celui de la droite, symbolisée par le corps des avocats généraux. Sur le verdict à rendre — mort ou indulgence — aucun accord n'était réalisé : la défense et l'Église se taisaient pour mieux sauver le prêtre, la droite au contraire pour mieux le condamner. Mais seul l'avocat qui faisait son métier s'intéressait directement à la tête de l'abbé Desnoyers. La droite et l'Église visaient d'abord autre chose, la même chose : sauver l'Église. À ceci près que la droite voulait sauver l'Église et que l'Église voulait se sauver elle-même, à sa façon. Trois desseins différents qui, pour se réaliser, exigeaient tous le silence. Mais aussi trois silences, incroyablement bavards, et qui ne bavardaient pas du tout de la même manière. Pour la droite — et par droite il faut surtout entendre la grande bourgeoisie catholique — le sauvetage de l'Église consistait essentiellement à trancher tous les liens qui rattachaient à elle le prêtre assassin, à détruire la consubstantialité du prêtre et de l'Église, à expulser l'Église du prêtre et le prêtre de l'Église. Il fallait, à la limite, que l'abbé Desnoyers n'ait jamais été curé, sinon c'était l'Église tout entière qui en sa personne comparaissait au banc des accusés.

Opération difficile et de style magique, magnifiquement réalisée par *Le Figaro* qui n'hésitait pas à titrer : « Guy Desnoyers, l'assassin d'Uruffe, est jugé aujourd'hui. » Un vulgaire ivrogne, un quidam de fait divers, ce Desnoyers qui, pendant plus de dix ans, avait baptisé, marié, administré les ouailles de trois paroisses ! Incrédule et stupide, la droite, pour sauver l'Église, commence par la réduire à sa fonction de « pilier de la société », se débarrasse allègrement de la valeur des sacrements et n'aperçoit pas que, dans ces conditions, le pilier en question ne repose plus que sur du sable. Mais les gens du parti de l'ordre, les dames patronnesses, celles qui ont leurs pauvres et leurs œuvres, s'en foutent : il n'y a pas de mauvais prêtres. Il y a de bons prêtres ou pas de prêtres du tout. Il faut éviter que le scandale rejaillisse sur l'Église, lui garder les mains pures : le seul moyen, c'est de noircir radicalement, originellement pour ainsi dire, celles de l'abbé Desnoyers, c'est de le rendre impossible.

La logique du manichéisme, exorcisante et rétroactive, joue à plein ici : se demander comment on devient un mauvais prêtre ou un prêtre assassin, accorder que le curé d'Uruffe, jeté à treize ans dans les séminaires et resté vierge jusqu'à vingt-six, puisse avoir une histoire, c'est reconnaître du même coup qu'il y a des vocations incertaines, forcées ou absentes, que l'Église peut transformer des hommes en criminels et qu'elle est responsable de ces métamorphoses ; c'est poser au moins ces problèmes et accepter que l'Église soit interrogée. Mais si l'abbé Desnoyers était déjà coupable avant même d'être prêtre, s'il est criminel de toute éternité comme d'autres sont traîtres ou flics, s'il n'est rien qu'un corps étranger, une fantasmagorie, un cauchemar ayant pris un jour la figure du prêtre, l'Église est hors de cause et le bel ordre n'a jamais cessé de régner. Il est alors non seulement possible mais nécessaire de le guillotiner : une fois tranchés magiquement les liens qui unissent le curé à son Église, il convient encore de les trancher réellement. Telle est la fonction du couperet : il expulse le prêtre de l'Église, il restaure l'ordre, mais en même temps il fait la preuve de l'altérité absolue du mauvais prêtre, il signifie qu'il n'a jamais été prêtre, donc que l'ordre était pour ainsi dire restauré d'avance, de toute éternité lui aussi. La formule de cette chirurgie fut donnée par l'avocat général dans son réquisitoire. Index pointé sur le maigre cou du curé éventreur, il tonna : « Coupez le rameau pourri et l'arbre n'en jaillira que plus haut. » Forte métaphore qui, si on cherche à l'interpréter littéralement, conduit à des contradictions sans fin. Mais son sens était clair : il fallait, pour la sauvegarde et le prestige de l'Église, couper la tête de Desnoyers.

En vérité, la droite pense moins à la sauvegarde de l'Église qu'à sa propre sauvegarde, à celle de l'ordre en général. Ou plutôt pour elle, c'est pareil, elle ne peut dissocier l'Église d'elle-même, elle agit comme si elle était l'Église, elle se substitue à elle et ne s'imagine vouloir ce que veut l'Église que parce qu'elle a commencé par lui prêter sa propre idéologie, cynique et myope. Le point de vue de la droite est simple : les curés de campagne — on le sait — couchent avec leurs servantes ; chaque année, on le sait aussi, des prêtres sont condamnés (mais la presse en parle à peine) pour attentats à la pudeur, et les lupanars pour cardinaux sont un thème de plaisanterie en vogue dans les salons bourgeois. De cet état de choses on s'accommode parfaitement à la condition que cela ne se sache point publiquement. Or le curé d'Uruffe, par son crime, par l'étrange baptême du nouveau-né arraché au ventre de sa mère, par la vie affolante qui a été la sienne, non seulement publie le scandale, mais situe celui-ci à un niveau de profondeur insoupçonné. Pour qu'un tel homme soit possible, il faut qu'il y ait de la gangrène dans l'Église. Dieu, croyance, péché, sacerdoce, relations avec les supérieurs, dont il est inconcevable qu'ils n'aient pas arrêté les frais avant le crime, alors que la conduite de Desnoyers était archiconnue et qu'ils avaient été avertis à plusieurs reprises, etc., le curé d'Uruffe met tout cela en question.

Que fait la droite face au scandale ? Elle se tait et elle guillotine, elle expulse le monstre. La raison d'État commande : on nie tout en bloc. Ça n'existe pas. Et elle sait bien que sa justice ne sera qu'une parodie. Mais il faut ce qu'il faut : c'est cela ou le scandale, définitif, radical, irréparable. Le parti de l'ordre ne connaît pas de moyen terme. Mais la droite n'est qu'une taupe qui fait exactement le contraire de ce qu'elle croit faire. Car pour étouffer un scandale elle en provoque un autre, celui-là intolérable aux yeux de l'Église, infiniment plus intolérable en tout cas que le premier : en tranchant en effet tous les liens qui unissent à l'Église le curé d'Uruffe, en guillotinant le prêtre, la droite dénonce d'une façon éclatante ses propres liens avec l'Église, elle dit la vérité sur ses rapports avec l'Église, elle proclame le caractère de classe de l'Église, elle réduit celle-ci au rôle de satellite du pouvoir, à son squelette de pilier de l'ordre bourgeois.

À cette collusion l'Église a tout à perdre, à la fois son prestige, ce prestige que la droite s'imagine sauver, et sa raison d'être. Compromise par le curé d'Uruffe, elle ne veut pas de cette alliée, plus compromettante encore avec son silence de souliers à clous. Le silence, elle le souhaite aussi, car elle ne tient nullement à ce qu'on s'explique au grand jour, à ce que soient dévoilés sa gangrène et les vrais mobiles du prêtre, mais elle va marquer, par tous les moyens en son pouvoir, que son silence à elle a un tout autre sens que celui de la droite. Et, ce qui est la même chose, elle va entreprendre de sauver le prêtre.

L'Église, c'est l'essentiel, se pose ici pour soi, en tant que puissance autonome ayant son ordre propre à sauvegarder ; elle mesure que la mort du prêtre aurait pour elle, sur tous les plans, des conséquences graves. Et tout d'abord, elle veut sauver Desnoyers exactement pour les raisons mêmes qui font que la droite veut le guillotiner : parce qu'elle est coupable et qu'elle se reconnaît telle, parce que Desnoyers, tout criminel qu'il soit, n'est qu'un lampiste et que sa culpabilité est celle de l'Église tout entière, évêques, cardinaux, pape et jésuites compris, bref parce qu'elle sait que ce procès est son procès. Si l'Église, comme le veut la droite, faisait de Desnoyers un bouc émissaire, une brebis galeuse, si, contre l'évidence, elle l'expulsait de son sein et se lavait les mains du crime d'Uruffe, non seulement elle dévoilerait cette culpabilité au lieu de la masquer, mais surtout elle lui conférerait un caractère temporel, humain, crapuleux presque, qui la mettrait elle-même en tant qu'Église dans le cas de tomber sous le coup de la justice des hommes. Se désolidariser en effet de Desnoyers, misérable curé de campagne, le livrer sans combat au bourreau, c'est très exactement le « donner », comme on donne un complice pour se soustraire soi-même à la justice ; c'est du même coup, pour l'Église, reconnaître qu'elle relève, comme l'armée ou la police, d'un tribunal humain, c'est admettre qu'elle est, au même titre que Desnoyers, justiciable de la justice humaine. Laïciser le crime de Desnoyers, désacraliser l'assassin, c'est désacraliser toute l'Église, la réduire à l'institution, séculariser sa culpabilité et autoriser qu'on raisonne sur elle comme le font les athées ou les marxistes, en oubliant Dieu. Autrement dit, si l'Église nie toute participation au crime d'Uruffe, si elle rejette sur le seul Desnoyers la responsabilité du meurtre, si elle plaide non coupable, elle devient paradoxalement justiciable. Si, au contraire, elle commence à annoncer, dans toutes ses églises et ses cathédrales, que l'homme qu'on va juger est bien un prêtre, qu'il reste prêtre, si par mille chemins de croix et expiations, elle proclame sa solidarité avec lui et marque d'une façon éclatante qu'elle ne l'abandonne pas, si elle s'installe à ses côtés dans le box des accusés, si elle souffre avec lui, de lui, par lui, en lui, elle indique à sa façon que la culpabilité du prêtre est également la sienne. Mais alors, cette culpabilité change de sens : de brebis galeuse, Guy Desnoyers se change en brebis égarée et c'est toute l'Église qui s'égare en lui. Bien sûr, Desnoyers est coupable et vous pouvez le juger, mais quoi que vous fassiez, il n'est pas justiciable de votre justice. La culpabilité d'un prêtre ne pourra jamais être celle d'un homme. La preuve c'est que je suis là et qu'en le jugeant vous jugez l'Église. Ainsi, en endossant le crime du curé d'Uruffe, en s'accusant avec lui, l'Église récuse radicalement la justice humaine. Plus encore : d'accusée elle se fait juge, elle se pose comme le vrai tribunal, le seul qui soit capable de sonder les reins et les cœurs ou qui, mesurant plutôt l'insondabilité absolue des reins et des cœurs, commence par opposer à toute justice le « Ne jugez pas, vous ne serez point jugé » des Évangiles.

Mystère et terreur. Tandis que la droite étouffe le scandale, l'Église l'hypostasie.

Le scandale du prêtre est celui de l'Église, celui de tous les hommes. La culpabilité du prêtre s'agrandit aux dimensions de l'infini, elle devient opaque. L'Église elle-même devient opaque, il y a en son cœur des gouffres, des vertiges, des ombres terribles, des possibilités infinies de chute, du Mal mêlé au Bien, du Mal qui est le Bien, du Bien qui est le Mal. Le manichéisme épurateur de la droite est loin, très loin. Le sacré — mystère de la chute et de la rédemption — se récupère en totalité : jamais sa présence ne fut aussi sensible, dans toute la Lorraine, qu'au cours de ces journées. Il y avait presque de la sorcellerie dans l'air. Taré, gangrené, souffrant, victorieux, magnifique, le grand corps de l'Église se rassemblait, se mobilisait, se réunifiait avec ses évêques, ses curés de campagne, ses diacres et sous-diacres, ses légions de fidèles, ses Bergeronnettes, ses Enfants de Marie, ses bigotes, ses Tartuffes, ses saints héroïques et toutes ses Bernadettes autour du maigre visage pâle du curé assassin. Onctueux genoux d'évêque qui s'usaient sur les dalles glacées de la cathédrale de Nancy, haltes piétinantes, piaffantes de piété, devant toutes les stations du chemin de croix (« une atmosphère folle », disaient les journaux), et ces chœurs, ces voix pures des filles de Marie de la paroisse d'Uruffe, qui, dans la petite église reconstruite des mains mêmes de l'abbé activiste qu'était Desnoyers, chantaient et expiaient pour lui, rassemblées autour de leur nouveau curé, encore plus jeune et beaucoup plus beau que le précédent.

Et il suffisait d'assister aux dépositions des deux paysannes que sont la mère de Régine Fays et Michèle Léonard, à qui Desnoyers, avant d'assassiner Régine, avait fait un enfant et dont il a littéralement brisé la vie, pour comprendre que l'Église ne pouvait pas laisser guillotiner son ministre. En larmes, secouées de sanglots, toutes deux, avec le naturel le plus parfait, continuaient à l'appeler « Monsieur l'abbé ». Et elles le faisaient aussi bien lorsqu'elles s'adressaient au président que directement à lui. Le prestige de Desnoyers en tant que prêtre restait pour elles intact. Il était en civil, mais elles le voyaient en soutane. Il était impensable qu'il soit défroqué. Le seul témoin d'Uruffe qui osa appeler Desnoyers

« Desnoyers » (à part les gendarmes, il n'y en avait d'ailleurs pas d'autres) fut le maire : un notable. Et encore le faisait-il avec une drôle de gêne dans la voix, comme s'il n'était pas sûr d'avoir droit à cette audace, pas du tout avec l'abjecte superbe du *Figaro*. Desnoyers guillotiné, un prêtre guillotiné dont on ne pouvait en aucun cas faire un martyr, ç'eût été en vérité, dans toutes les campagnes françaises, le seul siège réel de la puissance de l'Église dans notre pays, un coup mortel porté au prestige de toutes les soutanes, c'était dénoncer tous les prêtres comme *guillotinables*, lever leur immunité divine, contester les sacrements, ébranler le *Tu es sacerdos in æternum* des ordinations, bref la fin du sacré. Et l'Église, avec raison, pensait d'abord à ses campagnes.

Mais elle pensait aussi à ses curés de campagne, à son bas clergé. La solidarité de celui-ci envers Desnoyers fut totale et spontanée. Elle se manifesta dès que fut connu le crime, et l'assassin, pendant les quatorze mois qu'il passa en prison avant d'être jugé, ne cessa de recevoir, venues de toutes les paroisses de France, des lettres de confrères. Ce n'étaient pas du tout des lettres de gauchistes, d'hérétiques en puissance, de révoltés contre la hiérarchie, de défroqués ou de futurs défroqués. Non, ceux-là s'adressaient uniquement à l'avocat, ils se proposaient comme témoins et souhaitaient que le procès de l'Église soit fait ouvertement. Les autres ne disaient rien de semblable : ils parlaient d'amour, ils exhortaient Desnoyers à la prière, à la ferveur, ils lui racontaient la messe qu'ils avaient célébrée le dimanche précédent, « une belle messe », dans cet étonnant langage, spiritualiste et matérialiste en même temps, qu'ont les dévots sûrs de leur foi ; ils lui parlaient son langage à lui, le seul qu'en vérité il ait jamais parlé, le seul qu'il ait jamais été capable de comprendre. Ces prêtres, comme Desnoyers, étaient des respectueux. Ils n'attaquaient pas l'Église, ils ne protestaient pas, ils n'approuvaient ni ne réprouvaient le crime, ils le passaient sous silence. Aucun n'a jamais demandé à Desnoyers un mot d'explication. Cela veut dire, non pas bien sûr que chacun d'eux, pour son compte, aurait pu tuer Régine Fays, mais que tous reconnaissaient dans le crime un crime de prêtre, le crime d'un semblable. L'acte de Desnoyers ne pouvait pas les soulever d'horreur comme il soulevait d'horreur les profanes parce qu'il leur était d'abord familier. Et cette familiarité que tous — non pas tous ensemble, mais chacun pour soi — entretenaient avec le crime impliquait le silence. S'ils avaient pu parler, s'ils avaient éprouvé le besoin de parler, de nommer le crime, la familiarité précisément aurait été brisée : solliciter, même le plus timidement du monde, une explication, c'est déjà la recevoir, c'est en finir avec le règne de la solitude et du secret, c'est s'étonner, contester, prendre ses distances ; cela signifie deux prêtres qui osent se regarder en face, confronter et poser leurs problèmes dans un langage neuf, bref c'est de l'activité fractionnelle.

Et ces respectueux, qui n'avaient nul besoin, pour le comprendre, que Desnoyers s'explique, ne tenaient pas non plus à ce qu'il parle devant ses juges : « Mon fils, lui écrivait l'un d'eux, un vieux curé chargé de foi et d'expérience, n'ajoute pas à ta faute le péché d'orgueil en essayant de l'expliquer. » C'est qu'ils se sentaient menacés par lui, menacés non pas tant dans leur prestige, leurs prérogatives ou leur situation matérielle que dans leur réalité la plus intime, à ce niveau où presque tous, pour pouvoir continuer à vivre et supporter la très réelle difficulté d'être prêtre, doivent absolument découvrir, dans le secret et la solitude, des accommodements avec le ciel, à ce niveau où la foi militante se change inévitablement, chez la plupart, en mauvaise foi. Vaine crainte : Desnoyers n'est pas de la race des parleurs. Ces lettres prêchaient un convaincu, elles ne faisaient que le fortifier un peu plus dans ce qu'il avait toujours été, elles le préparaient davantage encore à être l'accusé qu'il fallait qu'il soit pour que l'Église puisse réussir sa périlleuse opération de sauvetage.

Mais ces correspondants, ces frères de Desnoyers, ces curés soumis qui comprenaient son crime étaient plus dangereux pour l'Église que les hérétiques décidés à porter témoignage sur l'horreur de la condition de prêtre. La guillotine eût littéralement frappé de stupeur le bas clergé. À ces campagnards qui savent que le Bien, pris à la rigueur, est impossible et désolant et qui, au moins autant que leurs fidèles, ont besoin d'indulgences, elle eût soudain imposé une image prométhéenne et terrorisante de leur état, qui eût rendu intenable l'exercice de leur ministère ou les eût révoltés. Car, à tort ou à raison, ils auraient senti qu'à travers le crime on punissait aussi autre chose que le crime, ce qui précisément avait conduit Desnoyers à tuer : les fornications, les caresses, les baisers à la sauvette dans un coin de presbytère, bref leurs propres chutes, leur lot à tous, leur existence quotidienne. Si, à l'horizon de leurs fautes, sanctionnées et rachetées jusque-là par des chapelets égrenés, des pater, des ave, des jeûnes ou des cilices selon les cas, ils doivent voir désormais se profiler l'ombre de l'échafaud, l'état de prêtre alors est-il possible puisque, comme l'écrit l'un d'eux, « il y a la nature qui ne cale jamais » ? Vies dangereuses : il faut les imaginer tous, curés quadragénaires ayant victorieusement passé le cap des tempêtes, jeunes abbés ascétiques, spiritualistes au cœur incendié par les voluptés du confessionnal, assiéger leurs évêchés en réclamant une prime de risque.

On le voit : même si le haut clergé n'avait pas eu ses raisons à lui de vouloir le sauver, la solidarité du bas clergé avec Desnoyers lui imposait de le faire. De ce point de vue, l'attitude de l'Église doit être comprise comme une réconciliation du haut et du bas clergé par-dessus la tête de la bourgeoisie. Mais il y avait encore autre chose : Desnoyers n'était ni libertin ni cynique ; c'était un croyant, un curé de campagne, rongé jusqu'au cœur de mauvaise foi et, justement parce qu'il croyait, plus inapte que tous les autres à s'accommoder de ses fautes. Il péchait, il ne cessait pas de pécher, mais il refusait de toutes ses forces, nous le verrons, l'état de péché, il ne supportait pas d'institutionnaliser ses faiblesses, il ne pouvait se résoudre à décider qu'il y avait dans ses besoins une part légitime. Capable de se dire : « C'est ainsi, mon ami, tu es un prêtre à qui il faut des femmes, prends-en ton parti et fais ce qu'il faut », il eût pu aussi bien entrer en civil dans une pharmacie pour y acheter des préservatifs, faire carrière et devenir pape. Cette forme de cynisme, cette liberté de soi à soi est un privilège qui ne s'acquiert évidemment pas dans les séminaires pour petits paysans : les prêtres qui savent faire en eux la part du diable sont d'abord des enfants de la bourgeoisie. Et l'Église ne tenait nullement à ce que ses curés de campagne se mettent soudain à penser que l'impunité dont jouissent les privilégiés de la hiérarchie vient d'abord de ce qu'ils ne sont jamais acculés à commettre des crimes.

L'Église donc avait toutes ces raisons de sauver Desnoyers. Il faut examiner maintenant comment elle a réussi à le faire, puisque le verdict n'était pas du tout joué d'avance, puisque la droite voulait la mort et que l'avocat général, dès le début de son réquisitoire, se prononça de la façon la plus nette contre toute indulgence et demanda avec force la tête du prêtre. Mais c'est d'abord grâce à l'avocat général précisément qu'elle y est parvenue, grâce à cet homme qui avait si visiblement tout compris qu'il n'éprouva pas le besoin, pendant tout le procès, de poser une seule question, ni aux témoins ni à l'accusé ; grâce à la façon dont le procès avait été préparé par les magistrats français ; grâce au président, un homme d'ordre celui-là aussi, qui, pour « couvrir » l'Église, mena avec un brio remarquable l'interrogatoire le plus parodique auquel on ait jamais assisté dans une cour d'assises ; grâce à toute la droite, pressée d'en finir avec ce « regrettable » procès.

Ils croyaient servir l'Église : ils l'ont effectivement servie en ce sens que c'est l'Église qui se servit d'eux du commencement à la fin des débats, volant, aliénant littéralement le sens de leur action, conférant à leur silence une tout autre signification que celle qu'ils lui donnaient. Leur dessein était clair et irréalisable : juger Desnoyers comme s'il n'était pas prêtre, donc escamoter la vie de l'accusé, passer sous silence les vrais mobiles du crime et surtout, surtout, éviter de tomber dans ce qu'ils appellent la psychologie, cette aventure.

Le procès ne dura que dix heures, plaidoiries et réquisitoire compris — un record —, mais il fallait tout de même les remplir, parler de quelque chose. De quoi ? Du crime évidemment, mais du crime dénudé jusqu'à l'os, réduit à sa seule matérialité : position des corps, dimension des blessures, sens de l'éventration, heure, lieu, etc. On s'appesantit longuement, follement, sur toutes ces circonstances, déjà archiconnues, reconnues, proclamées dès le premier jour par l'accusé lui-même, dans une tentative ahurissante pour métamorphoser le crime en hasard objectif, en crime objectal, à la Robbe-Grillet. Terrain solide : un homme avait tué, à telle heure, en tel lieu, de telle manière. C'était du certain, et cela avait en outre l'avantage d'envoyer plus sûrement Desnoyers à l'échafaud parce qu'il est vrai que les circonstances matérielles du meurtre sont particulièrement horribles.

Dix témoins seulement avaient été cités, dont deux gendarmes, un commissaire de police, un médecin légiste, le maire d'Uruffe qui exposa comment il avait passé la nuit du crime, dans son lit d'abord, dans la rue ensuite, après que Desnoyers lui eut demandé l'autorisation de sonner le tocsin, et trois psychiatres. Il n'y eut que deux dépositions provenant de personnes ayant directement ou intimement connu le curé : celles de Michèle Léonard et de la mère de Régine Fays. Celles-là, il était vraiment impossible de les éviter.

Aucun prêtre, bien entendu, n'avait été appelé à témoigner, aucun des maîtres de Desnoyers au séminaire, aucun membre de sa famille, aucun instituteur, aucune des paroissiennes de Blâmont, de Réhon ou d'Uruffe, qui furent ses maîtresses pendant plus de dix ans, aucun de ceux qui auraient pu nous restituer les rumeurs, les chuchotements, et l'étrange complicité de tous, cette obstination de cloportes à taire ce qui était connu de chacun, l'étonnante responsabilité collective du village d'Uruffe tout entier dans le meurtre de Régine Fays.

Bien sûr, on a parlé un peu de la vie de Desnoyers, mais seulement à travers ce qu'on nomme l'« enquête de moralité », effectuée par le commissaire de police. Le huis clos avait été prononcé et ce qu'on apprenait était tout de même si stupéfiant qu'on pouvait penser que le président allait enfin obliger le prêtre à sortir de son mutisme. Mais on nageait dans l'humour : tout allait de soi, là encore s'opérait la réduction à l'objectif, il n'y avait rien à comprendre, pas de questions à poser. Joyeux, le commissaire de police s'installait en pleine paillardise, Desnoyers se changeait sous nos yeux en frère rabelaisien, les jurés se prenaient à sourire et on oubliait qu'au bout du compte il y avait un crime, une éventration, une défiguration et un baptême.

Blâmont : sa première cure (en 1946). Il est vierge, à vingt-six ans, vicaire, et vient d'être ordonné prêtre. Elle est vierge aussi, elle a seize ans, elle s'appelle Madeleine. Il est reçu dans la famille. Il la fait femme, elle le fait homme, à la sauvette, dans une encoignure. Son curé soupçonne quelque chose, le met en garde, puis obtient qu'on le change de cure. Desnoyers part pour Réhon. Il a là d'autres aventures, mais il continue à voir Madeleine, régulièrement. Enfin elle se marie. C'est lui qui prononce le discours d'usage. Il avoue s'être senti « un peu gêné ». Le mari, militaire, part bientôt en Afrique du Nord. Desnoyers le cocufie. Ses relations avec Madeleine vont durer dix années, jusqu'en octobre 1956, quelques jours avant le meurtre de Régine. La caractéristique de l'abbé, c'est en effet qu'il ne rompt jamais : il garde toutes ses maîtresses à la fois. C'était assez important pour qu'on s'en étonne. Personne ne l'a fait.

Réhon. Il court nuitamment administrer les derniers sacrements à un père de quatre enfants. La veuve, quinquagénaire, se donne à lui, auprès du cadavre et devant deux verres de vin, quelques minutes après l'extrême-onction. Il la garde elle aussi jusqu'au crime. Elle lui donne de l'argent, 50 000 francs une première fois pour le toit de l'église, 150 000 francs une deuxième fois pour qu'il puisse s'acheter une 4-CV, ce qui permettra à l'avocat de la partie civile de le traiter stupidement de maquereau. C'est un curé moderne.

Uruffe. Il n'est plus vicaire, mais curé responsable, parfaitement libre, sans surveillance. Le commissaire de police n'a pas voulu citer leurs noms. Mais elles sont nombreuses : quinze ans, seize ans, dix-sept ans. À l'une d'elles il fait faire sa première communion, puis un an plus tard, au cours d'une partie de cartes chez les parents, il se livre, dit le commissaire, à « des jeux qui relèvent de la plus vulgaire lubricité ». Les parents le chassent, mais se taisent. Il faut, décide l'abbé, montrer la mer à mes petites Lorraines, les Bergeronnettes d'Uruffe avec leurs jupettes blanches. L'année précédente il y a eu un voyage à Lourdes, avec longues extases près des béquilles de Massabielle. Cette fois, ce sera la Côte d'Azur. On part donc, joyeuse petite troupe : le curé, les Bergeronnettes, plus quelques bigotes increvables qui sont de tous les voyages. Une plage, près du Lavandou. C'est une plage pauvre, sans cabines, et l'abbé a décidé qu'on se baignerait. Bras largement ouverts il étend sa soutane en paravent comme un homme-oiseau, et les Bergeronnettes se déshabillent derrière lui, à l'abri des regards. Son dos à lui est tourné, mais son visage oblique. La bigote vient à passer, elle voit ces tendrons, nus comme des vers, à l'ombre de l'abbé qui se rince l'œil, elle comprend, pousse un cri et s'évanouit. Mais elle ne parlera qu'après le crime.

À la plus jeune sœur de Régine Fays il a fait faire aussi sa première communion. Il vient souvent chez les Fays prendre le café et jouer aux cartes. Régine est déjà sa maîtresse. Mais elle est en courses et la mère à la cuisine. Il est seul à la table familiale avec la petite. Alors ils font des jeux de main : elle relève la soutane, masturbe l'abbé, qui probablement jouit à toute vitesse sous le regard de Dieu, et lui, fourrage dans le corsage encore informe de l'enfant. Le bon président consent tout de même à s'indigner : « Est-ce vrai, Desnoyers ? — Oui. — Combien de fois ? — Plusieurs. — Mais encore ? — Une vingtaine. »

Assez pour la paillardise. Nous reviendrons sur les relations de Desnoyers avec Michèle Léonard, plus dramatiques celles-là, puisque, comme dans le cas de Régine Fays, il y avait un enfant en jeu, et que la conduite du prêtre en cette occasion fut la répétition générale de celle qu'il allait adopter à l'égard de Régine : conduite meurtrière également, mais meurtre symbolique, meurtre blanc. L'objectal, ici, fait faillite : il faut comprendre dans sa totalité la vie de Desnoyers et lui reconnaître un sens.

Vint le tour des psychiatres de déposer. C'est alors que cette volonté de ne rien entendre se manifesta de la façon la plus éclatante, la plus scandaleuse. Et pourtant, ils témoignèrent eux aussi à huis clos. Tous trois déclarèrent Desnoyers responsable : ni épilepsie, ni amnésie après le crime, ni sadisme, ni lutte intense, ni « épisode confusionnel ». L'avocat essaya de les entraîner vers les sables mouvants de la psychologie. Deux s'y refusèrent pour l'honneur de la psychiatrie. Le dernier consentit avec une moue de dégoût. On apprit ainsi, ce dont on se doutait, que Desnoyers était une conscience coupable, avait un sens très vif du Bien et du Mal, était à la fois activiste et introverti, qu'il avait considéré les psychiatres comme des supérieurs pendant tout le temps qu'avait duré leur examen, que son comportement sexuel se caractérisait essentiellement par un défaut de maturité, que ses instincts sexuels n'étaient pas intégrés à sa vie sentimentale et affective, bref qu'il sublimait fort mal. Après quoi, cet audacieux déclara : « Desnoyers au début s'est montré très réticent, mais nous l'avons interrogé avec patience et, finalement, il a consenti à nous faire des révélations très précises et très éclairantes sur sa vie sexuelle proprement dite. Si quelqu'un désire me poser des questions, je répondrai très volontiers puisque nous sommes à huis clos. »

C'était important, non ? On tremblait d'espoir. Mais le président, pour sa part, n'avait pas de questions à poser. Il interrogea du regard l'avocat général : « Je m'en rapporte à la Cour », répondit celui-ci dans un mouvement d'hermine. Le défenseur ? Pas de questions. La partie civile ? Inutile. Les jurés ? Muets. Le psychiatre se retira, vexé.

Humour. Absurde. Gestes dépouillés de leur sens. Une suite d'événements purs. Telle apparut la vie de Desnoyers grâce à la parfaite pudeur de ceux qui le jugeaient, à leur volonté farouche de ne pas compromettre l'Église. Et c'est ce qui permit à celle-ci de le sauver : car l'Église changea le non-sens en excès de sens, les débordements de la nature en manifestation du surnaturel ; elle installa dans le prétoire une terreur sacrée, insistant précisément sur ce que le crime nu avait d'horrible pour signifier aux jurés qu'il dépassait l'entendement ordinaire des hommes, pour leur dénier le droit et la possibilité de juger. Du silence de la droite elle fit un silence infernal. À la lettre, le silence de l'Église faisait un bruit d'enfer : c'est le Diable lui-même qui était dans le box de l'accusé et les voies du Diable, comme celles de Dieu, sont impénétrables. À ces hommes qui n'avaient pas osé juger Desnoyers en homme parce que la seule façon qu'ils auraient eue de le faire eût été de le juger en prêtre, l'Église répondait avec une logique de fer : « Ça ne vous regarde plus. La prêtrise vous échappe. Ce crime n'est pas de votre ressort, vous avez reconnu vous-mêmes implicitement que vous n'aviez pas droit à la parole. Vous avez tu la vérité pour qu'on ne sache pas que l'Église est humaine, trop humaine. Je vous dis moi que cette vérité est de type abyssal. »

L'hypostase est accomplie : l'Église, tous ses ministres et Desnoyers lui-même sont surhumains. Le mystère règne et on passe directement du crime à Dieu. Tremblez, jurés, le Ciel vous regarde. Ne prenez pas la place de Dieu, il est seul juge et il juge les juges. Il est vrai : les sept jurés de Lorraine, des catholiques, qui devaient décider du sort de Desnoyers, furent terrorisés.

Mais, demandera-t-on, où était l'Église dans ce procès laïque et républicain ? D'abord, je l'ai dit, dans les cathédrales et les églises de campagne, où se célébraient les messes, les chemins de croix, les cérémonies expiatoires, contrepoint du procès aussi important que le procès lui-même. L'Église, c'était aussi l'aumônier de la prison de Nancy, grand corps lourd et noir de curé espagnol, qui veillait sur Desnoyers comme il ne l'avait sans doute jamais fait pour aucun accusé, et avec une sollicitude jalouse, ostensible, offensive presque. Crucifix brandi, il le sortait lui-même du fourgon cellulaire, faisait face avec lui aux photographes, l'escortait jusqu'à son box, puis le reprenait à la fin des audiences : tous deux, le prêtre en civil et la soutane noire, semblaient partager un secret formidable.

L'Église avait encore pour elle la composition du jury. Le calcul des probabilités, aidé du droit de récusation de l'avocat, dont il usa jusqu'au bout, faisait qu'en pays aussi catholique que la Lorraine la majorité des jurés ne pouvait qu'être catholique. En fait ils l'étaient tous. Cinq appartenaient même à l'Action catholique, dont l'un à titre de président. Il est impossible de savoir si l'Église a exercé sur eux une pression directe. Mais ce n'était pas nécessaire : les forces douces agissaient suffisamment. Et il est sûr que si l'Église avait laissé entendre qu'elle souhaitait la condamnation à mort, ils n'auraient pas accordé les circonstances atténuantes.

Mais ces catholiques étaient aussi des propriétaires, des hommes d'ordre : ils ne tenaient nullement à ce qu'on fasse le procès de l'Église. Si l'avocat ou si Desnoyers lui-même avaient parlé, le réflexe de classe aurait joué immédiatement, et contre l'accusé. L'Église, en leur personne, se serait précipitée dans les bras de la droite : ils eussent envoyé le prêtre à l'échafaud. À partir de là, la plaidoirie de l'avocat, qui fut d'une efficacité parfaite, était tracée d'avance. Elle ne cessa d'osciller entre les deux pôles du chantage et de la terreur sacrée.

Chantage : Je laisse l'Église en dehors du coup. Je n'ai pas cité l'évêque de Nancy, je ne fais appel à aucun témoignage de prêtre. Je ne vous parlerai ni des séminaires, ni de la formation des curés, ni de la hiérarchie. Je n'attaque personne, je pourrais le faire. Mais à quoi bon ? Le fond du problème est ailleurs.

Terreur sacrée : Desnoyers est un prêtre. Sa vocation, c'était l'Église. Il en était le ministre. Il en avait la clé. Il faut être prêtre pour le comprendre, lui qui ne fait que répéter à son évêque : « Je ne dirai donc plus la messe » et qui, dans sa prison, prie du matin au soir comme un moine. « C'est un sorcier[1] qui a purifié l'Église de ses fautes et qui vit aujourd'hui dans la soumission la plus totale à ses chefs spirituels [...]. » « Dieu qui permet tout n'a-t-il pas permis que cette déchéance satanique aille jusqu'aux extrêmes limites du scandale pour régénérer une discipline qui impose des contacts nouveaux entre le prêtre et ses fidèles [...] afin qu'en sortent des moyens nouveaux de surveillance et de contrôle [...] » « Et, qui

1. Me Gasse employa le mot. Toutes ces phrases sont extraites de sa plaidoirie.

que vous soyez, ne touchez pas à la tête qu'un jour Dieu a choisie pour l'épreuve des hommes et l'épreuve des siens et qui a reçu les huiles sacrées de l'ordination [...] » Et il termina sa plaidoirie par une véritable prière, invoquant la formule même du serment que prêtent les jurés avant de siéger : « *Devant Dieu et devant les hommes.* »

Mais l'Église, dans cette salle des assises de Meurthe-et-Moselle, fut surtout, essentiellement, représentée par un homme, l'accusé lui-même : Guy-Marie-Louis-Henri Desnoyers, âgé de trente-sept ans, curé des paroisses de Blâmont, de Réhon et d'Uruffe, coupable d'avoir assassiné une jeune fille de dix-neuf ans, de l'avoir éventrée et d'avoir, avec un petit couteau de scout, ouvert des plaies vives dans le visage d'un bébé pas encore né. C'est lui, nous allons le voir, qui fut le vrai terroriste de ce procès.

On comprit dès qu'il s'installa dans le box, entre ses deux gardes, visage mort incliné sur un dizainier à croix noire qu'il tordait entre ses doigts. Son costume étonnait : chemise blanche, sans cravate, à col ouvert, largement échancrée, petit veston noir, droit, étriqué qu'on aurait dit jeté à la hâte sur ses épaules, comme pour une course urgente. Et si on s'approchait, en se tenant debout tout contre le box, on découvrait que Desnoyers, au lieu de chaussures, portait des sandalettes, des sandalettes à lanières, des sandalettes de plein été. Tout cela avait un sens. C'était une parodie, une caricature de costume civil. Pour paraître devant ses juges, ce prêtre, qui n'avait plus le droit de porter la soutane, avait choisi d'indiquer, par tous les moyens en son pouvoir, qu'il n'était pas du tout un civil comme les autres, brossé, verni, coiffé, cravaté jusqu'à l'étranglement, à la façon des assassins ordinaires qui veulent faire « bonne impression ». Le curé d'Uruffe était tellement prêtre et si peu civil, si apparemment maladroit dans le choix de ses vêtements, qu'il semblait s'être trompé de saison. Le 24 janvier, à neuf heures du matin, quand s'ouvrirent les débats, la neige et la glace recouvraient Nancy.

Il est de règle que l'accusé n'intervienne pas pendant l'ennuyeux monologue fatrasique du président, qu'on nomme « interrogatoire » et dont le vouvoiement n'appelle aucune réponse. Desnoyers cependant le ponctua à deux reprises, et d'une manière remarquable. « C'est l'abbé X..., dit le président, qui vous a donné l'idée de devenir prêtre. Vous avez accepté... — Oui, de grand cœur », interrompt le curé. Et encore : « Votre père, un brave paysan, à qui il n'y a rien à reprocher, est mort cet été. — En juillet, hélas ! » précise Desnoyers. Ce « hélas », dans la bouche d'un éventreur, pouvait sembler le comble de l'insincérité. Mais il n'y avait ni insincérité ni sincérité. C'était un mot de prêtre, un mot de professionnel, de spécialiste de la contrition. Lorsqu'il dit « hélas », Desnoyers est l'Institution qui a mission de réagir à la mort, à toutes les morts, par des paroles précises, il est celui qui a reçu mandat d'énoncer le regret. La question de savoir s'il est sincère ne se pose pas, ne peut pas se poser, ou plutôt, les autres, ses juges, peuvent bien se la poser et Desnoyers lui-même peut bien penser qu'ils se la poseront, cela n'a aucune importance. Ces soupçons n'existent qu'à un niveau empirique : en tant que soutane, Desnoyers est au-dessus de tout soupçon, au-delà de toute subjectivité, il est la Lettre sans esprit qui récuse tout esprit parce qu'il dit toujours ce qui doit être dit, parce qu'il fait toujours ce qui doit être fait. Le seul machiavélisme de Desnoyers est là, aussi bien pendant son procès que pendant sa vie, qu'au moment de son crime : un jusqu'auboutisme de son rôle de prêtre.

On s'est étonné qu'il ait prémédité son crime et qu'il l'ait en même temps si mal préparé, de façon si puérile que les soupçons devaient inévitablement et presque aussitôt se porter sur lui. Et cela d'autant plus que Michèle Léonard au moins savait qu'il était le père de l'enfant que portait Régine Fays (il le lui avait avoué) et qu'une bonne moitié des habitants d'Uruffe avait des doutes. Mais c'est qu'on a raisonné comme si Desnoyers était un assassin ordinaire, qui pense justement qu'il sera soupçonné et qu'il aura, après le crime, à imposer par des faits irréfutables son visage d'innocent. Se forger un alibi solide, ce n'est pas se fabriquer pour le seul instant du crime un présent fictif, c'est être capable, dès avant le crime, de se penser après, c'est pouvoir imaginer son avenir en tant qu'avenir d'assassin et en prendre son parti. Or c'est cela qui est rigoureusement impossible à Desnoyers : de même qu'il ne peut pas s'imaginer avec ses maîtresses en état durable de faute et qu'il n'y a jamais pour lui d'« après l'amour » avec ce qu'implique de consentement au péché le simple fait de rester allongé quelques minutes au flanc d'une femme, de même il n'y a pas pour lui d'après le crime. Le meurtre accompli, Desnoyers restera ce qu'il était avant de le commettre, ce qu'il n'a jamais cessé d'être : un prêtre, une soutane, insoupçonnable. Entre l'avant et l'après, le temps a volé en éclats : le temps du crime comme le temps de l'amour n'est qu'un instant pur, une fulguration niée dans le moment même où elle se réalise. Et c'est bien pourquoi les précautions qu'il prend sont élémentaires et simplistes. Elles ne portent que sur l'instant. Desnoyers se contente de n'être pas là quand il tuera. Sa prévision ne va pas plus loin : Régine assassinée, il ne prendra même pas la peine de jeter son revolver, il le remettra dans le tiroir de son bureau à sa place habituelle. Pourquoi pas, puisqu'il est prêtre? Il faut comprendre : ce crime était un crime impossible. À tout autre que Desnoyers, dans la situation qui était la sienne à Uruffe, compte tenu de ce que chacun savait et des bruits qui couraient sur lui, dont il était parfaitement averti, il eût fallu, pour le commettre quand même et réussir à n'être pas pris, un machiavélisme de roman policier. C'est dire qu'un assassin ordinaire, un homme qui sait que les armes de ses adversaires seront au moins égales aux siennes, aurait renoncé. Mais Desnoyers était le curé d'Uruffe, insoupçonnable même à ses propres yeux.

Son machiavélisme, qui est en même temps, si l'on veut, sa totale innocence ou sa folie, est là. Le type de préméditation qui est le sien est tel en effet qu'on a le droit de dire qu'il n'a pas prémédité son crime. Un bout de dialogue avec le président est à cet égard significatif : oui, le jour du crime, Desnoyers est parti de bonne heure pour Nancy, après avoir déclaré à tout le monde qu'il y passerait l'après-midi et qu'il irait ensuite coucher chez ses parents, au village d'Hablemont, sans revenir à Uruffe ; oui, son revolver se trouvait dans le vide-poches de sa voiture ; oui, il avait la veille donné rendez-vous à Régine Fays pour ce jour-là, à six heures du soir, au pied du calvaire ; oui, il savait qu'il ferait nuit noire à ce moment-là : c'était l'hiver ; oui, pour se rendre de Nancy au calvaire, il n'avait pas besoin de pénétrer dans Uruffe, puisque le calvaire se trouve à la sortie du village, sur la route de Nancy précisément ; oui, il avait quitté à Nancy un prêtre de ses confrères en lui déclarant qu'il se rendait directement à Hablemont ; oui, de Nancy à Hablemont en passant par Uruffe, la distance n'est pas beaucoup plus grande que par la route normale ; oui, on a le temps, en faisant vite, de rencontrer Régine au calvaire, de la tuer, et d'arriver à Hablemont presque à l'heure.

Préméditation exemplaire, indiscutable, déclare le président : presque un classique de la préméditation. Mais Desnoyers nie ces évidences : cet ensemble de faits concordants ne lui paraît pas rendre compte de l'état qui était le sien. Le président alors reprend avec patience : « Voyons, le revolver ? Vous saviez que vous alliez tuer ? — Non, je l'avais toujours dans ma voiture. — Soit, mais le rendez-vous que vous donnez à Régine la veille, le calvaire, la nuit, la solitude ? — Je ne sais pas, je voulais la revoir, lui parler... — Bon, vous arrivez au calvaire, elle est là, toute seule, dans la nuit, avec son pot au lait, elle est grosse, elle monte en voiture, vous faites demi-tour aussitôt et vous repartez vers Nancy... — Non, non, à ce moment-là, je ne savais pas encore, je ne sais plus, je n'étais pas sûr... — Vous prenez une route de traverse, une petite route isolée où ne passe jamais personne après cinq heures du soir. C'est exprès, non, c'était la route du crime ? — Non, c'était par *hasard* », s'entête Desnoyers. « Vous faites deux kilomètres et vous arrêtez la voiture auprès d'un bosquet d'arbres. C'est le premier que vous rencontrez depuis la route, c'est pratique pour y cacher un corps ? — Non, c'était par hasard. — Vous coupez le moteur, vous prenez votre revolver, vous demandez à Régine si elle vous pardonne et vous lui offrez l'absolution, vous le saviez, alors, que vous alliez la tuer? — Non, non, je ne savais pas, je ne peux pas répondre par l'affirmative. — Elle ouvre la portière, elle sort sur la route, elle s'éloigne parce qu'elle a peur. Vous armez le revolver, vous sortez à votre tour, vous courez derrière elle, vous la rattrapez, vous visez... — Non, je ne savais pas. — Vous tirez, à bout touchant, dans la nuque. — Oui. »

Tous les deux ont raison, le président et le prêtre. Bien sûr, Desnoyers a prémédité son crime. Mais comme il préméditait ses rendez-vous d'amour : pour que Michèle ou Régine soient là quand le désir fulgurerait en lui, le surprendrait, « par hasard », il leur demandait de venir astiquer le tabernacle ou ranger les chaises de l'église. Si on l'interrogeait, il répondrait là aussi qu'il ne savait pas. Le temps de Desnoyers, on l'a vu, c'est celui de la discontinuité totale. Il ne peut pas s'imaginer après le crime, après la faute. Mais, ce qui est la même chose, il ne peut pas s'imaginer avant le crime, il ne se résout pas à se supporter vingt-quatre heures ou une heure avec un meurtre ou un baiser sur la bouche en perspective. Et cela est vrai : jusqu'au dernier instant, jusqu'à la dernière seconde de ce temps atomisé, il ne sait pas. Sa préméditation, qui est entière, est purement pratique, elle n'est jamais posée pour soi !

Dieu le voit et Desnoyers joue à cache-cache avec lui. C'est un surmené. Il n'a, de sa vie, jamais fait l'amour entre des draps et, par bonheur, il porte une jupe, qu'il suffit de relever. Il a l'éjaculation incroyablement brève : un éclair. Il stocke ses maîtresses et les garde toutes parce qu'il n'en aime aucune : il faut du temps pour pouvoir aimer, de la durée, une histoire. Mais Desnoyers n'a ni histoire, ni savoir, ni mémoire. C'est un héros hypertendu de la mauvaise foi. Il pèche debout et ne s'allonge jamais. Le mal accompli, souffle perdu, hors d'haleine, il se jette dans ses œuvres de prêtre. Oh, ce n'est pas un curé débonnaire, un sanguin qui se laisse vivre. C'est un organisateur, un inventeur, un dévoué, un infatigable. La paroisse d'Uruffe, lorsqu'il s'y est installé, mourait d'un vieux curé malade et malthusien, qui ne se dérangeait que pour les moribonds. Desnoyers la réveille, il fonde une chorale, une « équipe de foot », un cinéma paroissial, des groupes de voyage. Il remet l'église à neuf, il l'embellit ; il est factotum, chauffeur, infirmier, toujours prêt à rendre service, à devancer les désirs. Il s'est acquis la reconnaissance éternelle des Fays en venant quatre fois par jour soigner les pieds enflés d'un de leurs cinq enfants. Il répond à tous les appels et le maire d'Uruffe a déclaré qu'on pouvait le quérir en pleine nuit, par les froids les plus terribles : toujours Desnoyers répondait présent, se glissait dans sa soutane et prenait la route. C'est son rôle de prêtre : il y est admirable et n'y excelle jamais autant que lorsqu'il vient de fauter.

Mais c'est lorsqu'il a tué, une fois Régine assassinée, qu'il y est véritablement sublime, qu'il est, pour la première fois peut-être, exactement, totalement, sans une faille, dans la peau de ce rôle du curé d'Uruffe, qu'il va aller *jusqu'au bout.* Il y a deux heures à peine qu'il a essuyé son couteau de scout et ses mains sanglantes avec un mouchoir imbibé d'essence. Il se trouve chez ses parents et discute paisiblement (il avait l'air « normal » devaient-ils déclarer) d'une question d'héritage. On l'appelle au téléphone : c'est Michèle Léonard, qui lui apprend que Régine a disparu. À Uruffe, en effet, on s'est inquiété : la mère de Régine, ne voyant pas revenir sa fille et ne la trouvant pas chez les voisins, a prévenu Michèle, qui a aussitôt pensé au curé. Elle n'ignorait pas que Régine était enceinte de lui et elle était payée pour savoir qu'il ne laisserait pas naître cet enfant, au vu de tous, sans faire quelque chose. Lui, efficace comme toujours, ne répond qu'un mot : « J'arrive. » Il couvre à tombeau ouvert la distance Hablemont-Uruffe, s'arrête une seconde au presbytère pour jeter le revolver dans un tiroir, rejoint Michèle et participe aussitôt aux recherches. Ou plutôt, il en prend la direction, comme ferait, comme doit faire, le dévoué, l'increvable curé d'Uruffe. C'est lui d'ailleurs qui décide qu'il y a lieu de faire des « recherches » et qui oriente vers le pire une inquiétude encore raisonnable. Il prend dans sa 4-CV Michèle, le frère de Michèle et un voisin, et il commence à battre la campagne. Une première fois, il passe devant le bosquet d'arbres où il a caché le corps, mais il passe vite, sans ralentir, sans rien trouver, et, vers minuit, le groupe est de retour à Uruffe, bredouille. Une paroissienne a disparu. Mais Uruffe dort tranquille : il n'y a de lumière que chez les Fays et chez les Léonard. Que faire ? Un assassin se cache, mais un activiste agit, doit agir toujours. Médecin, infirmier, chauffeur, opérateur de cinéma, puis enquêteur, puis gendarme. Ce n'est pas assez encore : de l'inquiétude de quelques-uns, le curé d'Uruffe va faire la panique de tous. Hors d'haleine comme à l'ordinaire, il se précipite chez le maire, le réveille et lui demande l'autorisation de sonner le tocsin. Il l'obtient et, seul dans son église, sacristain fou pendu à la corde du clocher, il sonne jusqu'à épuisement. Les villageois en sursaut se dressent sur leurs lits : on se rassemble sur la place, dans les cafés, par groupes encore inertes. La soutane noire s'agite, s'active, va de l'un à l'autre, fouette les énergies, persuade les sceptiques : un malheur est arrivé.

La publicité est totale, il peut maintenant découvrir Régine. C'est lui, toujours, qui repart en voiture, avec les mêmes. À peine prend-il le temps, cette fois, d'errer un peu sur les routes glacées. Il va droit au bosquet, il ralentit, il croit apercevoir quelque chose de blanc, il s'arrête. De son chef. Le frère de Michèle descend le premier, trouve la petite, béante, cordon ombilical entre les cuisses, et le nouveau-né aux yeux crevés. Il pousse un cri. Desnoyers sort à son tour de la voiture et, devant Michèle horrifiée, qui a tout compris, il murmure : « Ah les bandits ! Ma pauvre Régine, je n'aurais jamais cru qu'ils en arriveraient là. » Et aussitôt, le curé d'Uruffe tombe à genoux, en prière. Il ne s'étonne pas, il ne s'indigne pas, il est froid, il prie, il fait ce qu'il faut.

Tout se passe exactement comme s'il avait voulu se faire prendre. C'est vrai : sa conduite entière, depuis que Michèle a téléphoné, est un aveu. Mais il est logique avec lui-même. Le crime à lui seul était déjà un aveu et ce n'est pas un type d'impunité ordinaire que recherche Desnoyers. Ce qu'il tente, c'est une impossible gageure, c'est rester insoupçonnable *malgré* ses aveux, après ses aveux, c'est, en jouant jusqu'au bout son rôle de prêtre, faire la preuve par l'absurde de la toute-puissance de la religion. Toute-puissance qu'il a déjà mesurée une fois cette nuit-là, puisque c'est elle précisément qui lui a ordonné de commettre un crime. Il a tué pour tenir l'Église, c'est-à-dire le curé d'Uruffe, c'est-à-dire sa soutane, hors du scandale : impératif assez catégorique pour le pousser à abdiquer toute prudence. Il est juste que cette toute-puissance le garantisse à son tour même contre ses propres aveux.

Et d'heure en heure, au cours de cette nuit héroïque, l'abbé Desnoyers purifie la contradiction, jusqu'à la rendre intenable, jusqu'aux vrais aveux, aux « aveux verrouillés », selon un joli mot du commissaire de police. Régine retrouvée, on a averti par téléphone les gendarmes de Colombey-les-Belles. En attendant leur arrivée, le prêtre siège au café du village, assis à une table, entouré des paysans muets de stupeur. Il boit un verre de vin et consulte, le front lourd, un manuel de théologie qu'il a été chercher au presbytère. Il relève la tête et dit de lui-même, à voix haute, sans qu'on lui demande rien : « Je connais l'assassin, je sais la vérité, mais je ne peux rien dire, je suis lié par le secret de la confession. Même mon évêque ne pourrait me délier. C'est écrit là ! » Argument d'autorité, sorcier qui jongle avec ses philtres, investi du pouvoir suprême, devant des ouailles ignorantes, méprisables. Car il les méprise. Surviennent enfin les gendarmes. On leur répète les paroles de l'abbé. Ils l'interrogent : « Oui, je sais, dit-il, mais je n'ai pas le droit de parler. Tout ce que je puis vous dire, c'est que vous n'avez pas à chercher à Uruffe. L'assassin n'est pas d'ici. » Pendant des heures, on le pousse, on le force, il continue à nier en consultant de temps en temps son manuel comme pour y puiser de nouvelles forces. Au presbytère, devant son revolver qui sent la poudre, confondu par une douille retrouvée près du cadavre, il aura son mot le plus sublime : « Même le Pape, dit-il, ne pourrait me délier. Si je parlais, ce serait un cas d'excommunication. »

On ne l'a pas excommunié. Et il est effectivement resté insoupçonnable, même après ses aveux, même devant ses juges, prêtre modèle, la « belle image » qu'il était depuis l'âge de treize ans, lorsque ses parents s'assurèrent leur part de paradis en envoyant au petit séminaire cet enfant soumis, obéissant et pur. Il fut l'accusé en or qu'il fallait qu'il soit. À chacun il dit d'une voix haute, intelligible et froide, les paroles de regret qu'on attendait de lui : « Je vous demande pardon, Michèle, du mal que je vous ai fait. Depuis quatorze mois que je suis en prison, j'ai essayé de comprendre. Mais je ne comprends pas, je ne suis plus le même homme. » À la mère de Régine : « Je reconnais les faits, mais les causes, je ne peux pas les expliquer. Je vous demande pardon. »

Mais il mentait : il est resté le même homme. Criminel peut-être, mais impeccable ministre de Dieu. À ses yeux, c'était la seule chose importante. Et comme il l'avait fait devant les paysans en consultant son manuel, il fit jouer face aux jurés l'argument d'autorité. Il reconnaissait tout, il ne niait rien, il ne discutait pas (sauf à propos de la préméditation), mais soudain, il relevait la tête et se défendait pied à pied : chaque fois, précisément, qu'il était question de son sacerdoce. Là-dessus, il n'a jamais cédé. L'honneur de Desnoyers était son honneur de prêtre et il n'a pas permis qu'on le mette en doute. Au président qui lui dit : « Somme toute, vous aviez perdu toute notion de votre sacerdoce », il répond : « Je n'ai jamais renié mon sacerdoce. » Et encore : « J'ai toujours été prêtre, je suis prêtre, je reste prêtre. — On dit que vous avez songé à partir avec Régine ? — Je jure devant Dieu que je n'ai jamais songé à partir avec Régine. — Pourquoi ? — Je ne pouvais pas, j'étais prêtre. — Et le suicide ? — Je ne pouvais pas, je suis prêtre. — Et vous défroquer, vous marier ? — Impossible, je suis prêtre. » Toutes ces solutions, à ses yeux, étaient plus graves que le meurtre de Régine.

Ce terrorisé faisait régner la terreur : il était impitoyable et d'une cruauté totale avec celles qui se donnaient à lui. Elles n'existaient pas, il n'avait de rapports qu'avec l'Autorité, il ne se souciait que des intérêts supérieurs de la religion qui s'incarnaient en lui et qu'il avait mandat de défendre. Michèle Léonard n'a dû son salut qu'à la rigidité de ses parents qui, eux non plus, ne voulaient pas de scandale à Uruffe. Le prêtre fut admirable de dévouement. Il tança vertement la petite devant son père : « Je n'aurais jamais cru qu'elle soit si peu sérieuse », puis il proposa de l'emmener accoucher chez des amis qu'il avait, dans le Midi. Quant à l'enfant, décida-t-il, on le confiera à une œuvre. Ainsi fut fait. Il se chargea de tout et les parents de Michèle lui en gardèrent une vive reconnaissance. Elle, pleurait son gosse tous les jours, mais il lui avait interdit de jamais le revoir. Elle obéit.

Quand Régine à son tour fut enceinte, il l'obligea, elle aussi, à déclarer à sa famille qu'elle avait été violée par un inconnu à la fête du village voisin. Pour son malheur sa mère était une brave femme accommodante. Elle dit à Régine : « Bon, ça va, tu accoucheras ici, nous l'élèverons. Y a pas de quoi en faire un drame. » Il y avait de quoi précisément, car le curé ne voulait pas de traces, pas à Uruffe. Terrorisé, terrorisant, surmené, hypertendu et blindé en même temps, l'abbé Desnoyers était prêt à tuer.

Avant que les jurés ne se retirent pour délibérer, il se leva pour une dernière déclaration : « Je suis prêtre, leur dit-il, je reste prêtre, je réparerai en prêtre. Je m'abandonne à vous parce que je sais que devant moi vous tenez la place de Dieu. » Guy Desnoyers en effet restait persuadé qu'il avait servi Dieu de toutes ses forces.

Les Temps modernes, n° 146, avril 1958

LA FUITE DU DALAÏ-LAMA

C'était fini. Les yaks de la caravane, chargés de trésors, avaient déjà disparu de l'autre côté de la passe de Gomptse-La, à 5 300 mètres d'altitude, sur la route de l'Inde. Souffle perdu, les très vieux lamas des monastères de Sera, Drehung et Ganden haletaient entre les bras de moinillons de douze ans, dévoués jusqu'à la mort. À l'épreuve de l'air pur, ces contemplatifs oubliaient le respect absolu qu'ils devaient à leur Dieu : en gémissant, ils le pressaient de fuir.

Mais le jeune dieu de vingt-quatre ans, insensible au froid, à la peur, au mal des montagnes et aux objurgations des lamas, restait obstinément immobile sur son poney blanc, dos tourné au chemin de l'exil. Il attendait. Très loin en bas, à 2 000 mètres au-dessous du col, le sable arraché aux steppes chauves de l'Asie centrale balayait en tempête la plaine de Lhassa, toute la fertile vallée du Kyitchu, avec ses champs d'orge et de sarrasin bleu et rose, ses parcs, ses bosquets, ses rivières émeraude, ses millions d'oiseaux et ses milliers de fleurs, astres, giroflées, soucis et fleurs des champs qui, depuis toujours, ont jeté dans des transes d'indicible bonheur les pèlerins parvenus aux abords de Lhassa. C'est à la faveur du terrible ouragan de sable qui, pendant les deux premiers mois de printemps, se lève au début de chaque après-midi et engloutit littéralement la cité fabuleuse que le Dalaï-Lama avait pu quitter son palais du Potala et gagner les montagnes sans être aperçu des soldats du général chinois Tan Kuan-san.

L'oracle de Gadong, le plus célèbre « faiseur de temps » du Tibet, officiait dans l'air raréfié de la passe de Gomptse-La en tordant faiblement ses bras contre le ciel. Un moinillon à la voix perçante le suppliait d'intervenir auprès des divinités pour qu'elles apaisent l'ouragan, en bas, dans la plaine. Frémissant, contracté, souffle court et voix rauque, l'oracle qui accompagnait le Dalaï-Lama dans sa fuite et était lui-même très pressé d'échapper aux Chinois jouait pour une fois sur le velours : la tempête de sable, chacun le savait, cesse toujours au crépuscule.

Elle cessa d'un seul coup, démasquant la fantastique architecture du palais du Potala, ses toits couverts de feuilles d'or qui ruisselaient de la lumière du soleil couchant, ses terrasses, ses arcs-boutants, ses rampes de pierre, ses murs énormes à la base et rétrécis vers le haut, pyramide aux lignes si parfaites qu'elle semble avoir été creusée à même le roc par un démiurge bâtisseur, sans intervention humaine. Malgré la distance, dans cet air léger où les rayons du soleil restituent à chaque couleur sa pureté essentielle, Lhassa se dévoilait tout entière aux fugitifs avec une netteté bouleversante : le Potala enchâssé dans son cirque de montagnes bleues, le temple de Jokang vieux de 1 300 ans, le monastère de Drehung et ses 10 000 moines, l'École de médecine perchée sur la colline de Fer, Lhassa et ses douzaines de couvents, de temples, de chapelles, Lhassa et toutes les fleurs de ses balcons.

Immobile sur son poney blanc, vêtu d'une simple robe violette de moine sans ornements, apparemment insensible à tout, le Dalaï-Lama, quatorzième réincarnation du Bouddha vivant, regarde pour la dernière fois la Cité sainte et le Potala, son palais. Ce n'est rien, pas même un soupir, à peine une ombre sur son bel œil de dieu, mais quelque chose, un instant, a brisé la prodigieuse impassibilité du visage de Bouddha. Il a vingt-quatre ans, mais il est vieux aussi de millions d'années, il a derrière lui une infinité d'existences, il est libéré du désir, de la crainte, du regret, de la colère, il a vaincu les

84 000 passions de l'âme humaine, forcées siècle après siècle dans les retraites du cœur par de pointilleux ascètes, toutes nommées, une à une, dans le *Kangyur*, le grand livre sacré, les Écritures tibétaines. S'il a renoncé à la paix absolue, à l'ineffable sérénité du nirvana, s'il a choisi la voie douloureuse des incarnations, c'est pour le bien des hommes, pour les aider à se délivrer, comme lui, de l'ignorance, de l'illusion, de l'attachement au monde.

Le nom prosaïque de Lhamo Dhondup, qui lui avait été légué à sa naissance, il l'a échangé contre une douzaine d'autres, difficiles à porter. Il est Dalaï-Lama (Océan de Sagesse) ou encore Kundun (la Présence), il est aussi le Grand Précieux, le Sacré, la Tendre Gloire, le Puissant de Langage, l'Intellect Excellent, Celui qui détient la Doctrine, etc. La contrepartie de ces épithètes splendides, c'est que ce grand jeune homme un peu voûté, au teint rose, aux grosses lunettes d'intellectuel, est mort à la vie, aux émotions, aux gestes, aux mimiques. Voilà vingt ans que, jour après jour, dans son appartement-tombeau du Potala, tout là-haut au dernier étage du palais, des lamas aux yeux de flamme l'entraînent à l'impassibilité : jeûnes, pénitences, longues heures d'étude, nuits de gloses, exténuantes cérémonies publiques, terrible apprentissage du métier de dieu. La dernière fois qu'il a pleuré, il y a dix ans — il avait quatorze ans —, son grand camérier faillit mourir de honte : du toit du Potala, l'Océan de Sagesse avait aperçu, 150 mètres plus bas, des enfants de son âge qui jouaient au ballon.

Il ne pleure plus. Mais il n'est pas encore assez loin de la vie. Puisqu'il s'enfuit. Puisque les couleurs de Lhassa, en cette fin d'après-midi du 17 mars, le bouleversent. L'ombre de soupir de l'homme-dieu de l'Asie, au sommet de la passe de Gomptse-La, vaut bien, dans le registre occidental des sentiments, le déchirement du cor de Roland à Roncevaux, ou les sanglots de femme qui secouaient Boabdil, le sultan de Grenade, lorsque Ferdinand le Catholique le chassa de la ville qu'il avait tant aimée.

En quinze jours de marches forcées à travers les impossibles jungles du Tibet méridional et les chaînes de l'Himalaya, jouant à cache-cache avec l'aviation chinoise, le Dalaï-Lama, sa mère, ses frères, son escorte de nobles féodaux, de moines et de Khampas — les farouches guerriers pillards de la province de Kham — s'inventent une route jusqu'à la frontière de l'Inde. Tous n'y arrivent pas, mais la nouvelle de la fuite du dieu se répand dans tout le pays : moines et nonnes, paysans, nomades, mendiants font tourner follement leurs moulins à prières et, par milliers, les incantations à Bouddha, les « *omne padi hum* » (salut ô joyau dans la fleur de lotus)[1] montent vers le ciel. Sur son chemin, en pleine jungle, le Grand Sacré trouve des centaines d'écharpes blanches, semées là en signe d'amour et de soumission par des moines de la forêt. D'autres, des ermites qui se livrent à de brûlantes extases dans les solitudes glacées de l'Himalaya, lui offrent pour une nuit leur refuge qui se change aussitôt en « palais divin, lumière et paix de l'univers ». Partout où il s'abrite, il crée, par sa simple présence, un nouveau Potala : tel est le privilège, terrible, de ce modeste jeune homme.

À lui seul, il pose de dramatiques problèmes. Problème pour le Pandit Nehru, qui l'accueille en Inde : que faire d'un dieu ? Problème pour Mao Tsé-toung : que faire sans dieu ? Autrement dit, comment, sans le Dalaï-Lama, gouverner les deux millions d'habitants du Toit du Monde, pour qui il est à la fois Bouddha, pape et roi ? Une chose est sûre : les communistes chinois ne pourront venir à bout de ce dieu. Ils ne peuvent rien sans lui, ni rien contre lui, et ils vont s'ingénier, par tous les moyens, à le faire revenir s'asseoir sur son trône, au dernier étage du Potala : sa place est là, pour l'éternité.

Dire que le quatorzième Dalaï-Lama est né, le 6 juillet 1935, dans un petit village du Tibet oriental n'a aucun sens pour un moine ou un paysan tibétain. Il n'est pas né puisque son prédécesseur, au lieu de mourir, s'est borné à changer de corps. À rigoureusement parler, il n'y a pas eu quatorze Dalaï-Lama ayant gouverné le Tibet, mais

1. Le Bouddha Chenrezi, c'est-à-dire le Dalaï-Lama, est souvent représenté assis dans une fleur de lotus, symbole de la naissance divine.

simplement quatorze apparitions successives, en des enveloppes différentes, du Bouddha Chenrezi, l'être absolu, la « Compassion et la Bienveillance personnifiées ». Le corps n'est, au fond, rien d'autre qu'un vêtement qu'on endosse, qu'on ôte et qu'on jette quand il cesse de servir.

Donc, le treizième Dalaï-Lama était « mort » (dans ce cas l'expression tibétaine est : « honorablement monté avec son corps au paradis ») un jour de 1933, à l'âge de cinquante-sept ans. Là-haut, dans le ciel pur du Toit du Monde, désincarné mais bien vivant, il cherchait un autre corps de tout jeune enfant dans lequel il pourrait se glisser en tapinois, sans rien dire à personne, sans avertir les moines et les oracles. Il s'accorda un délai de réflexion de deux ans, examinant les familles, les demeures, celles des citadins et des paysans, des pauvres et des riches, des nobles et des roturiers, soupesant les mérites : maître absolu, il peut renaître en qui il veut et c'est en ce sens que le plus misérable des Tibétains possède son bâton de Dalaï-Lama dans sa giberne en peau de yak. Pour la réincarnation des personnes ordinaires, on prévoit une période maximale de quarante-neuf jours. Dans le cas du Dalaï-Lama, comme le problème est d'importance, le délai, on le voit, peut être infiniment plus long.

Sur terre, au bout de deux ans, les prieurs des grands monastères, qui prolongent comme ils le veulent, au gré de leurs rivalités, la vacance du trône, décidèrent que celle-ci avait assez duré. Il était temps de découvrir le petit enfant dans lequel le Bodhisattva, « celui dont l'essence est illumination », avait consenti à renaître.

L'oracle alors entre en scène. Il n'y a pas, en effet, au Tibet que l'oracle de Gadong, le « faiseur de temps ». Il existe aussi un oracle d'État (il réside au monastère de Nechung, à six kilomètres de Lhassa) dont les réponses ont valeur suprême. Le concile des lamas, formé à la mort du Dalaï, consulte l'oracle. Une fois que celui-ci s'est prononcé, la recherche n'en est pas moins à ses débuts : le processus est extrêmement long, il varie chaque fois, tous les signes miraculeux étant pris en considération.

En 1933, c'est-à-dire deux ans après le « trépas » du treizième

Océan de Sagesse, les recherches étaient au point mort et l'oracle d'État de plus en plus sibyllin. Le Régent — il assure l'intérim et gouverne pendant la minorité du Dalaï-Lama — se rendit alors au lac Cho-kor-gye pour obtenir une vision capable de l'éclairer. L'eau infiniment bleue de l'immense lac Cho-kor-gye, dans le Tibet du Sud, permet, dit-on, de prévoir les événements futurs. Le Régent donc observa l'eau bleue du flanc de la montagne. Un vent s'éleva, qui changea la couleur de l'eau et la rendit d'une blancheur de lait. Alors, toutes noires sur ce lait, se formèrent distinctement trois syllabes : *A-Ka-Ma*. Le Régent distingua ensuite un monastère à trois étages coiffé d'un toit doré avec des tuiles de turquoise, il vit une route qui menait, à l'est du monastère, vers une colline nue en forme de pagode ; en face de la colline il remarqua enfin une petite maison avec des gouttières d'un genre qui lui était inconnu.

Le sens de cette vision fut longuement discuté par les théologiens les plus compétents du Tibet : ils conclurent que la nouvelle réincarnation s'était produite, et cela à l'est de Lhassa.

Il y eut alors un autre prodige auquel les Tibétains accordèrent beaucoup d'importance : le corps embaumé du treizième Dalaï-Lama avait bougé. Ordinairement, les dépouilles des Tibétains décédés sont coupées en morceaux sur des collines funéraires, aux portes des villages ou des villes, sous les yeux attentifs de milliers de vautours, les gypaètes barbus mangeurs de charogne, qui guettent sagement le moment de nettoyer la colline à la fin de la cérémonie. Seuls les Dalaï-Lamas et quelques autres personnages de premier plan sont embaumés. Dans l'attente donc qu'on achevât son mausolée définitif, sous les toits du Potala, auprès de deux de ses douze prédécesseurs, le treizième Dalaï-Lama avait été placé sur un trône dans une salle du palais : les milliers de pèlerins qui pullulent à Lhassa pouvaient ainsi rendre hommage à ce qui avait été pendant cinquante-sept ans la terrestre enveloppe de Bouddha. Or il advint, à plusieurs reprises, que les Dob-dob, moines policiers géants et terribles, armés de fouets et d'énormes pieux, qui gardaient la momie, trouvèrent le matin le corps et la tête du Dalaï qui regardaient vers l'est, au lieu du sud, comme il eût été normal. Prodige, qui confia un nouveau crédit à la thèse que le nouveau Dalaï apparaîtrait à l'est de Lhassa.

Au printemps de 1937, après quatre ans de vacance du trône, différents groupes de lamas se mirent en route vers les régions orientales du Tibet. Chaque groupe était porteur d'objets ayant appartenu au précédent Dalaï ainsi que de fidèles copies de ces objets, pour faire subir aux candidats les tests de rigueur.

Vingt petits garçons furent ainsi sélectionnés, mais le choix final se limita à trois enfants. L'un d'eux eut la malchance de mourir avant qu'on pût l'examiner, le deuxième s'enfuit en pleurant, tout épouvanté à la vue des lamas (déplorable signe).

Le troisième, qui avait deux ans, jouait innocemment sur le seuil d'une chaumière de paysans pauvres, celle de ses parents. Mais le lama Kyi-tsang, chef de délégation, savait déjà qu'il touchait au but : en effet, il avait reconnu le monastère à trois étages de la vision du Régent, la route en lacets et la maison au toit étrange. On lui expliqua aussi que le monastère était dédié au sage Karmapa : le Régent, décidément, avait « vu » avec une précision infaillible.

Avant de pénétrer dans la maison du Dalaï présomptif, Kyi-tsang, le cœur battant, se déguisa en domestique. Le bambin, dès qu'il l'aperçut, se précipita à sa rencontre en criant joyeusement « Lama, lama » (très bon signe). Puis il se saisit, avec un emportement farouche, d'un collier ayant appartenu au treizième Dalaï-Lama. On lui présenta alors divers objets du défunt avec leurs copies parfaites : un rosaire, un tambour liturgique, une clochette, le foudre de bronze, un mouchoir et une tasse à thé. Le choix du petit fut toujours le bon. Il ne restait plus qu'une canne et sa copie : dans l'effroi général, l'enfant prit l'imitation, mais il hocha la tête d'un air très profond et la laissa tomber pour empoigner la vraie canne et ne plus se la laisser ôter des mains.

Sous les yeux égarés de la maman du petit Lhamo Dhondup, une belle paysanne aux pommettes très hautes, les lamas entreprirent alors de déshabiller le bébé : le Bouddha Chenrezi est toujours représenté avec quatre bras : pour être une incarnation de la divinité, le petit enfant devait montrer des protubérances charnelles aux clavicules ou aux omoplates. Ses oreilles devaient être beaucoup plus longues que des oreilles normales (signe de sagesse) ; enfin la paume des mains devait porter des empreintes en forme de coquille. Le corps fragile de Lhamo Dhondup remplissait ces conditions : le quatorzième Dalaï-Lama était découvert.

Sa vie, du jour au lendemain, cessa de lui appartenir. Il était dieu. En tant que tel, il allait concentrer entre ses petites mains le plus extraordinaire pouvoir et recevoir en même temps l'éducation la plus stricte, la plus inhumaine, la plus brisante qui se puisse concevoir. Pour l'instant, en vérité, il n'est rien d'autre qu'un symbole du pouvoir : les nomades à l'imagination fiévreuse des terribles plateaux du Changtang, les paysans-serfs des grands domaines féodaux, les mendiants, les déguenillés millénaires des grottes de Gyangtsé auront beau prêter à sa divinité une réalité absolue et couvrir à pied des centaines de kilomètres pour avoir la chance de se prosterner devant le dieu enfant, la puissance effective appartient au Régent, aux lamas des grands monastères, aux cent soixante-quinze familles nobles, aux quatre prieurs du Conseil ecclésiastique (Yiktsang), aux quatre membres du Conseil des ministres (Kashag).

Même devenu grand, s'il veut régner seul et imposer sa loi, il lui faudra se battre, lutter contre le pouvoir des moines et des monastères — un homme sur quatre, au pays des neiges, des glaces et des steppes, est moine —, dominer les factions rivales, intervenir dans les batailles sanglantes qui opposent monastère à monastère, les moines athlétiques de Sera aux moines de Drehung, terrifiants carnages ecclésiastiques de ce Moyen Âge du bout du monde.

Si Dieu lui prête vie... Car dans les mille chambres et labyrinthes du Potala, glissants et noirs de la graisse ancestrale des milliers de lampes à beurre de yak qui brûlent perpétuellement, de sourdes intrigues se trament, des poisons fulgurants se préparent : de 1805 à 1874, une série de quatre Dalaï-Lamas moururent tous mystérieusement au moment d'atteindre leur majorité et de prendre en main le pouvoir gouvernemental effectif. Ils ont là-haut, sous les toits d'or du Palais, de merveilleux tombeaux...

Le sixième Dalaï, beau, brillant, très intelligent, se révéla vite non point épris d'ascèse, d'études, de mortifications, mais de la vie, des fleurs, des choses éphémères, périssables, illusoires, du vin, des chants et, crime des crimes, des jeunes filles. Il a chanté l'amour fou dans des vers d'une exquise poésie, que les lamas n'ont jamais réussi à détruire : le peuple tibétain, après des siècles, les sait encore par cœur. Malheureux sixième : les lamas firent croire que les signes avaient été mal interprétés et qu'on s'était trompé de Dalaï-Lama. Pour le faire tuer sans excès de scandale, ils firent venir du Nord des hordes mongoles.

Mais Lhamo Dhondup, le quatorzième, ne risque rien pour l'instant. Il n'a que deux ans, il dort profondément dans une litière aux rideaux jaunes portée par trente-six porteurs. Le jaune est sa couleur, car, chef spirituel et temporel du Tibet, il est en même temps le chef de la secte jaune, la principale du Tibet, celle de l'Église constituée. C'est l'aube. Nous sommes le 20 septembre 1937, au nord de Nagchuka, sur le chemin de Lhassa. La bonne nouvelle de la réincarnation a été proclamée dans tout le Tibet et le gouvernement a envoyé des messagers à la rencontre de la caravane, qui ramène le dieu dans sa ville sainte. Les paupières de l'enfant sont lourdes, mais, impitoyable, le lama Kyi-tsang le prend dans ses bras et le hisse sur un trône, installé sous une tente. Le ministre Bhondong dépose alors une écharpe blanche de cérémonie entre les mains de Kyi-tsang, afin qu'il l'offre au petit Dalaï : même un ministre du Tibet ne saurait offrir directement une écharpe au petite pontife. Bhondong se prosterne alors trois fois devant l'enfant, il lui présente une lettre du Régent le reconnaissant Dalaï-Lama et lui offre les dons symboliques d'usage.

Le père, la mère, les frères et les sœurs de l'Océan de Sagesse, égayés par leur étrange bonheur, cheminent eux aussi dans la caravane. Des sentiments contraires se disputent le cœur de la maman : elle sait qu'elle verra de moins en moins son fils qui, comme tous les lamas, doit mourir à la vie, mais il y a aussi cette fortune, cette soudaine gloire qui ont fondu sur elle : ils vont habiter à Lhassa un appartement somptueux, ils vont recevoir des propriétés énormes, avec des milliers de yaks et des centaines de serfs, et enfin le papa du petit, ce pauvre paysan, va recevoir le titre prestigieux et héréditaire de duc. Cette distinction d'ailleurs est montée à la tête du brave homme : les étrangers qui l'ont approché à Lhassa — il est mort il y a quelques années — racontent qu'il était d'une insupportable vanité. La maman, elle, avait su rester simple.

Donc, voici « Kundun » (la Présence) au Potala, son palais d'Hiver. Il y a aussi Norbulingka, le palais d'Été, à trois kilomètres, où il se rend en grande pompe, une fois l'an, dès que le beau temps est installé. Si Norbulingka est plein d'oiseaux, de fleurs, de jardins, de jets d'eau, le Potala est une tombe ou une prison. Kundun habite le dernier étage, auprès des tombeaux de ses treize enveloppes antérieures. On le porte jusque là-haut, il est trop petit pour monter seul et il risquerait de se fracasser le crâne en escaladant les échelons des centaines d'échelles qui, de salle en salle, de corridor en corridor, permettent d'accéder à ses appartements, à 120 mètres au-dessus du rez-de-chaussée. Les barreaux sont glissants de cette graisse accumulée des milliers de livres de beurre consommées journellement par les lampes.

Rien, mieux que le Potala, ne peut aider un enfant, puis un adolescent, à mourir à la vie. Chaque soir, à heure fixe, sous la surveillance du grand trésorier du palais, des gardiens verrouillent les portes : toute la nuit, des rondes circulent, les appels des veilleurs retentissent à travers salles et couloirs, des Dob-dob de deux mètres de taille veillent, fouet en main, au pied des échelles : le petit Océan de Sagesse dort là-haut sur son dur matelas, les fêtes et le rire sont inconnus au Potala.

Enfermé dans son mythe, prisonnier de son rôle et de sa peau de dieu, le quatorzième Dalaï-Lama a vécu jusqu'à l'âge de treize ans dans un monde immobile, exactement comme ses prédécesseurs des siècles passés : folles études, lecture, écriture, éléments d'arithmétique, méditations, gloses et commentaires infinis de livres religieux, discussions théologiques avec les lamas, véritables joutes qui se déroulent soit au Potala, soit dans les grands monastères, en présence de tous les moines. Il y a eu aussi les audiences, les bénédictions, la folle extase des fidèles.

Il ne s'étonne plus de rien, il a pris l'habitude de se considérer comme un personnage sacré. Il sait que certains pèlerins fous du désir de mériter une bonne réincarnation mesurent littéralement avec leurs corps les centaines — et quelquefois les milliers — de kilomètres qui les séparent du dieu vivant. Couché, relevé, couché, relevé ! Cette reptation fanatique demande souvent plusieurs années : ils portent aux mains d'étranges gants de bois pour ne pas s'écorcher et, sur le ventre, un tablier de dure peau de yak. Et ils vivent de la charité, bien méritée. De ses terrasses du Potala, Kundun découvre non seulement le merveilleux paysage de Lhassa, mais aussi les trois cercles sacrés qui cernent la ville : le Cercle Intérieur, le Parkhor et le Lingkhor, chemin de huit kilomètres de long, enceinte extérieure de la cité : le Lingkhor pullule littéralement de pèlerins mendiants, qui rampent sur ses 8 000 mètres en implorant le Dalaï-Lama. Il faut cinq mille reptations pour en faire le tour et les riches paient des rampants professionnels pour tourner à leur place : eux se contentent de faire tourner les moulins à prières.

Le Dalaï-Lama ne s'étonne plus de ce fanatisme. En lui s'est opérée une vraie dissociation entre l'homme et le dieu. Hormis ses jeux mesurés avec son frère Lobsang Samten ou des moinillons sans turbulence triés sur le volet par les lamas, il a, jusqu'alors, presque tout sacrifié à la moitié divine de lui-même : l'ascèse, les exercices et les mouvements spéciaux ont rendu ses gestes extraordinairement fluides, ils semblent n'avoir ni commencement ni fin, ses mains ne se fixent jamais dans une position définie et pourtant il exécute chaque mouvement avec une parfaite maîtrise. S'il porte à ses lèvres une tasse de thé, c'est avec la grâce d'un prestidigitateur, comme si la tasse n'avait pas de poids. Le Dalaï-Lama, raconte le journaliste anglais Alan Winnington, qui l'a rencontré en 1957, « était vêtu d'une robe de fin cachemire bordeaux, qui laissait un bras nu, comme le veut la règle monastique. Sous sa tige apparaissait une somptueuse chemise de soie brodée de fils d'or. Ses bottes aux revers brodés également avaient une semelle de six centimètres d'épaisseur et semblaient n'avoir jamais été portées... Tantôt il se penchait en avant pour remuer son thé, en bougeant seulement les doigts, tantôt il laissait aller le buste en arrière, s'arrêtant juste à l'instant où il paraissait prêt à se détendre, les mains se touchant du bout des doigts, un étrange sourire aux lèvres, indiquant une intelligence et une maturité d'esprit remarquables... Mais lorsqu'il se leva, ce fut encore plus extraordinaire, il sembla passer sans transition de la position assise à la position debout. Et il souriait toujours : je ne pouvais croire qu'il n'avait que vingt-deux ans... »

Éternel sourire, énigme, le sourire même de Bouddha. Pourtant, lorsque Lobsang Samten arrive au Potala, Bouddha se fait raconter par lui, avec une avidité folle, tous les potins de Lhassa. Il veut tout savoir, les amours, les morts, les querelles, le nom des gens, la qualité des voyageurs. C'est que les remontrances de ses précepteurs ne l'effraient plus et qu'il a découvert un jeu fascinant. Dans les bagages du Treizième, son prédécesseur, il a trouvé une paire de jumelle marines, cadeau des Anglais, et dès qu'il le peut, il monte sur une de ses terrasses et observe la ville, les rues, les gens et même l'intérieur des maisons. Il ne sort pratiquement jamais du Potala, sauf à l'occasion des grandes cérémonies publiques, et le plaisir véritablement divin de voir sans être vu le passionne.

Voilà des mois qu'il observe à la jumelle les allées et venues d'un Européen, l'Autrichien Heinrich Harrer, arrivé à Lhassa après d'incroyables aventures et qui y résida de 1947 à 1950. Par l'intermédiaire de son frère et malgré l'opposition des lamas, Kundun, alors âgé de quatorze ans, demande à s'entretenir avec l'Autrichien. Celui-ci, devant le dieu vivant, sait rester parfaitement naturel et l'adolescent adore cela. Il a beau habiter le Toit du Monde et vivre encore dans le Moyen Âge, il sait que le XXe siècle et la science atomique existent ailleurs et il harcèle l'Européen de questions précises, portant principalement sur les techniques modernes et la géographie. Il décide alors que ses entretiens avec Harrer seront quotidiens et, à l'horreur de ses maîtres, il change celui-ci en précepteur.

« Les jumelles, la photographie, raconte Harrer, le passionnaient et il me demanda bientôt de lui construire une salle de cinéma. Il possédait en effet un appareil de projection, cadeau des Indiens, qu'il avait appris à monter et démonter lui-même, sans le concours de personne. Dans les réserves du Potala, il y avait aussi quelques films, surtout des documentaires, et nous avons pu en faire venir d'autres à Lhassa par l'intermédiaire de la mission commerciale indienne. L'un des premiers vrais films que je projetai fut *Henri V*. À cette occasion, les précepteurs avaient été invités et, au moment où l'obscurité se fit, cuisiniers et jardiniers de Norbulingka en profitèrent pour resquiller. Comme toujours, Kundun et moi avions pris place sur les marches de la cabine. Suivant le déroulement de l'action, je traduisais brièvement le texte anglais et m'efforçais de répondre aux questions que mon élève me posait à voix basse. Les scènes d'amour d'Henri V déchaînèrent une hilarité prodigieuse... À cette époque, ajoute Harrer, Kundun traversait une crise de croissance et il fit preuve à plusieurs reprises d'une nervosité inhabituelle. Un jour qu'il avait maladroitement laissé tomber un posemètre, dont je lui expliquais l'utilisation, il éclata en sanglots. »

Bouddha fou de cinéma, telle était la contradiction du Dalaï-Lama. Mais c'était aussi celle du Tibet, ce Moyen Âge merveilleux et terrible de l'âge des spoutniks. Lorsque l'Armée rouge chinoise pénétra au Tibet en 1950, Bouddha s'exila une première fois. Il revint dans son palais quelques mois plus tard, après que ses plénipotentiaires eurent signé un traité avec Mao Tsé-toung. Les communistes chinois promettaient de respecter intégralement la religion, la personne du Dalaï-Lama, le système théocratique du Tibet et de ne pas toucher aux privilèges des moines. Ils n'avaient pas promis de ne pas construire des routes et des terrains d'aviation. À elles seules, les routes, avec les camions et les jeeps qui y circulaient, menaçaient le périlleux équilibre de la société tibétaine, attentaient à des traditions millénaires (de leur vie, les Tibétains de Gyangtsé n'avaient jamais vu une roue) que le farouche isolement du pays, cerné par ses chaînes himalayennes, permettait, seul, de maintenir. Le conflit devait inévitablement éclater. Mais en Inde, à lui tout seul, l'Océan de Sagesse est aussi fort qu'une armée, que toute la science du XXe siècle.

Elle, n° 696, 27.04.1959

LE PREMIER VOYAGE D'UN PAPE EN TERRE SAINTE DEPUIS LA CRÉATION DE L'ÉTAT D'ISRAËL

Jérusalem, par câble

Sœur Apollonie, quatorze ans de Moyen-Orient, cinq de Jérusalem, mais née sur les bords de la Saône, martèle du talon de larges dalles de pierre. « Nous sommes sur le vrai dallage, le *lithostrotos* de l'Évangile. Ici — ici seulement et pas ailleurs — Notre Seigneur a été flagellé, humilié, couronné d'épines et condamné à mort. »

Sœur Apollonie, qui est directrice des études au couvent Notre-Dame de Sion, appelé encore couvent de l'Ecce Homo, vise de la baguette un point exact au-delà du mur, sur la rue : « Vous voyez, me dit-elle, Pilate est sorti là. Là, il s'est adressé aux grands prêtres et aux gardes, se démasquant soudain pour leur montrer Jésus qu'on poussait derrière lui. *Ecce homo*. »

Sœur Apollonie mime la scène comme elle l'a fait mille fois pour les pèlerins du monde. Et elle soupire : « La via Dolorosa commence ici même, la première station du chemin de croix est chez nous ! »

L'enjeu est grave en effet. L'annonce de la visite du Saint-Père a plongé Jérusalem et les Lieux saints dans un affolement allègre, mais rouvert aussi des plaies encore vives et rallumé la guerre entre les centaines de clochers, de coupoles, de bulbes, de minarets qui se disputent leur place au soleil de Judée dans la cité du Dieu unique.

« Une bagarre de rêve » (*sic*), me confie le padre Joaquim Frances, de la Custodie franciscaine. Les franciscains savent de quoi ils parlent : depuis des siècles, ils gardent les Lieux saints pour la catholicité — pas une pierre, pas un lieudit des Écritures qui n'ait son franciscain comme une sentinelle avancée de l'Église — et eux seuls ont été chargés d'organiser le pèlerinage de Paul VI.

Avec ses longs couloirs, ses corridors secrets, ses portes dérobées, ses bureaux, ses salons d'attente et ses bibliothèques, « Terra Santa », le siège de la Custodie, au cœur même de la vieille Jérusalem, ressemble aujourd'hui à un Vatican feutré et bruissant, où meurent et naissent des rumeurs contraires, où se font et se défont les espoirs, où se nouent de très subtiles intrigues. « Si le Saint-Père ne vient pas chez nous, s'il ne commence pas ici la montée au Golgotha, c'est "loupé" [*sic*], dit sœur Apollonie. Mais nous nous battons, nous allons nous battre. » Et elle murmure :

« Chut, nous avons quelqu'un à "Terra Santa" qui défend nos intérêts. » Le responsable des angoisses des sœurs de Sion est le père Benoît, un dominicain français de l'École biblique de Jérusalem, spécialiste des événements de la Passion, très doux et très intelligent, visage d'érudit, mais serein aussi et entêté comme un archéologue. Il est convaincu, le père Benoît, que le *lithostrotos* de la basilique de l'Ecce Homo est une imposture, à tout le moins une erreur, et, n'hésitant pas à renverser les bastilles, il situe le lieu de la flagellation et de la condamnation à plusieurs centaines de mètres du couvent des sœurs. Mais est-ce leur faute, aux Dames de Sion, si, élevant ici leur église il y a un siècle, elles se fiaient plus à la tradition qu'à une archéologie balbutiante ? Et si l'archéologie aujourd'hui se fait science exacte, est-ce une raison pour jeter à bas des édifices bâtis pour durer avec les siècles ? À Jérusalem, où la place est rare, où la via Dolorosa n'est rien d'autre qu'une suite de ruelles grouillantes, bordées de souks et où le Saint-Sépulcre est situé dans la basilique du même nom, au cœur même de la ville, possession vaut titre. Si l'archéologie vous donne tort, c'est l'archéologie qui a tort. Et puis les sœurs ont un autre dominicain, le père Vincent, à opposer au père Benoît et, contre ses arguments à lui, d'autres preuves à exhiber.

Mais cette très sainte guerre n'épargne pas les franciscains eux-mêmes : partout où ira le Saint-Père, des franciscains le recevront. Mais il ne se rendra pas partout où se trouvent les franciscains. Autrement dit, il ne visitera pas tous les Lieux saints. Combien en ai-je vus, de ces pères ou de ces frères, sentinelles oubliées depuis des années sur un piton, au sommet d'une montagne ou dans un jardinet galiléen qui, réduisant la Terre sainte à l'horizon de leur olivier, commettaient le péché d'amour fou et d'orgueil, et à ma question : « Viendra-t-il ? » répondaient d'un haussement d'épaules : « Où irait-il sinon ici ? » Chacun veut sa part de l'événement incroyable, chacun veut accueillir le successeur de Pierre, chacun énonce ses titres à le recevoir et tous ont raison puisque nul lieu sacré n'est plus sacré qu'un autre. Émulation, intrigue et ferveur, c'est Jérusalem en ces jours de fièvre.

Mais, je le confesse, j'ai tremblé pour les sœurs de Sion à la hauteur de la septième station de la via Dolorosa. Avec mon guide, Yacoub Quassis, un catholique qui, comme beaucoup de convertis ici, a le visage tellement modelé par la religion qu'il est impossible de lui assigner une patrie originelle, nous piétinions à l'intersection de deux rues. Yacoub était en proie à l'angoisse « kierkegaardienne ».

« Le Saint-Père fera son entrée solennelle à Jérusalem par la porte de Damas, c'est certain. À partir de là, deux chemins s'offrent à lui : l'un conduit à la troisième station, l'autre ici, à la septième... » Yacoub parlait haut ; une voix française, derrière moi, trancha : « Pas de doute, c'est ici qu'il commencera, puis il se rendra directement au Saint-Sépulcre par le quartier chrétien. » Regard incendié, joues creuses, col roulé, gros souliers, vieux veston rapiécé : un civil, un ascète.

« Êtes-vous journaliste ?

— Oui.

— Je suis le père Gauthier. »

Ce pauvre, donc, est le père Gauthier, fondateur de la « Société des Compagnons de Jésus charpentier », installé depuis huit ans à Nazareth : un apôtre, on parle de lui à Paris, on l'a même vu à la télévision.

« Venez demain, me dit-il, venez à Bethsaour, nous mettons sur pied une nouvelle fraternité, je vous expliquerai. »

J'irai. Sur l'itinéraire du Pape, en tout cas, le père Gauthier était mal informé : à la Custodie franciscaine, je devais apprendre un peu plus tard que les sœurs de Sion avaient bien plaidé leur cause. Le padre Ignazio-Mancini, président custodial à qui les pleins pouvoirs ont été délégués, me rassura pour elles avec le sourire de Mazarin : « Le Saint-Père est vaillant, il reviendra sur ses pas pendant trois cents mètres, ce n'est rien, et il débutera à la première station comme on fait toujours. » Tels sont les franciscains : ni archéologues ni apôtres, mais gardiens, mainteneurs.

Jeté tête perdue dès mon arrivée dans la « bagarre de rêve », renvoyé par les catholiques de patriarcat en Custodie et de commission *ad hoc* en sous-commission, j'errais hagard autour du Saint-Sépulcre. J'attendais la colline chauve, le Golgotha du Tintoret, ciel jaune et ciel d'angoisse, mais non, sous le bleu dur de midi, un pullulement de marchands (un franc la couronne d'épines, cinq pour trois francs) et de grands prêtres, tous ministres de Dieu, tous frères, tous séparés : Grecs orthodoxes, Grecs catholiques, Syriens orthodoxes (non pas de Syrie, mais de l'ancien rite syrien), Coptes enturbannés, Abyssins, Arméniens avec leurs cagoules de pénitents noirs et les catholiques romains de divers ordres et tous les pasteurs, les anglicans, les presbytériens, les baptistes, les luthériens. Je ne dis rien bien sûr des muezzins qui appellent à la prière du haut des minarets, rien des synagogues qu'on devine à trois cents mètres, dans la ville juive, au-delà du no man's land[1].

1. En 1964, lors de la visite de Paul VI, Jérusalem était divisée. La partie arabe de la ville était sous le contrôle de la Jordanie. On ne pouvait accéder à la Jérusalem juive qu'avec des autorisations très difficiles à obtenir. Il fallait ensuite transporter soi-même ses bagages, à pied, sur trois cents mètres, pour parvenir à la porte Mandelbaum, unique lieu de passage entre les deux cités. Jérusalem ne fut réunifiée que trois ans plus tard, après la guerre des Six-Jours.

Il faut sortir de la cité sainte et y revenir, l'embrasser d'un seul regard œcuménique, telle qu'elle apparaîtra à Paul VI dans une échancrure de la montagne, lorsqu'il montera d'Amman ou de Jéricho, ou encore telle qu'elle s'offre de la route de Bethléem, prise, serrée entre les hauts murs crénelés de Soliman le Magnifique, qui courent sur le mont Moriah comme une muraille de Chine, ville apparition, fantasmagorie, mirage d'abord, forteresse de pierre hérissée de tours mais tellement fondue au roc qu'elle se donne de loin comme un désordre, un accident de la nature elle-même, un Shangri-La, une illusion. Au crépuscule, les monts de Judée blanchissent : Jérusalem, là-bas, est blanche et spectrale elle aussi, nettoyée de toute chair. Quelques minutes encore, la terre entière rosit et Jérusalem meurt dans des mauves et des violets prodigieux. En plein jour, elle est rousse et dorée : la grande coupole d'or de la mosquée d'Omar, construite à l'emplacement même du temple de Salomon, est une étoile fixe dans cette folie de sanctuaires, où siècle après siècle, depuis trois mille ans, depuis que David sanctifia ce haut lieu en y installant l'Arche, symbole de l'alliance de Yahvé avec son peuple, s'est déposée la mémoire religieuse de l'humanité. « Si jamais je t'oublie, ô Jérusalem, que ma droite se paralyse, que ma langue s'attache à mon palais ! si je cesse d'avoir la pensée pleine de toi et si je ne t'élève pas au faîte de ma joie ! » (Psaume VI). Au flanc du mont des Oliviers, qui fait face à la ville, des milliers de tombes juives, simples pierres blanches serrées comme des cailloux, témoignent qu'ils n'ont pas oublié. Mais continuez à descendre le penchant du mont, traversez le ravin du Cédron appelé encore « ravin de Josaphat », qui veut dire « Jugement de Dieu », et remontez de l'autre côté, sur les pentes du mont Moriah, où se dresse la cité, vous trouverez d'autres tombes : musulmanes celles-là, agglutinées au pied même de la muraille de Soliman. Tombes contre tombes, les cimetières attestent qu'ici l'Éternel attend le croyant.

C'est vrai : Jérusalem est un mont Saint-Michel, où la piété se change en verroterie, une Babel de la religion, et je pourrais conter d'incroyables querelles... Mais, n'en doutez pas, c'est la cité sainte par excellence : combien ont souffert et sont morts pour ces pierres ? Et puis, nulle part la lumière n'est aussi précise, aussi brutal le passage du jour à la nuit. Et les nuits de Judée sont merveilleusement noires et insondables ; le regard se perd loin, au-delà des étoiles, à l'infini : dans chaque couvent, on vous dira des conversions soudaines de mécréants venus en touristes à Jérusalem et saisis ici par la présence du divin.

Ce saint lieu nous requiert, marchons. Découvrons-le au hasard des rencontres avec ses satellites, Bethléem, Béthanie, Jéricho, et... n'oubliez jamais, s'il vous arrive de chanceler au cœur des sacristies, qu'il vous suffit, comme nous l'avons fait, de sortir de la ville par une de ses sept portes et de monter pour la contempler, sur le mont des Oliviers : la Foi vous sera rendue à l'instant, intacte et triomphante.

J'avance le long de la via Dolorosa, encombrée de gosses et de portefaix jordaniens. Comme le Seigneur chargé de sa croix, ils trébuchent sous des fardeaux énormes qu'ils assujettissent par deux cordes passées autour du front. Ils marchent, ployés, écrasés, ils crient à la façon des gondoliers pour demander le passage. Le Saint-Père donc empruntera ce chemin : si on laisse les gens en liberté dans cette venelle large de deux mètres ou même au seuil de leurs échoppes, il faudra des années à Paul VI pour atteindre le calvaire. Mais est-il bon que le Pape monte entre une double haie de soldats jordaniens coiffés du keffieh rouge ? J'ai posé tout à l'heure la question à Daoud Abou Gazel, gouverneur de Jérusalem : « Les forces de sécurité, m'a-t-il dit, seront présentes partout, mais invisibles. » Pour moi, c'est la quadrature du cercle : pas moyen ici de cacher un soldat, sauf en l'enfermant. Mais Daoud Abou Gazel est parfaitement tranquille : « Rien à craindre, nous sommes tous les frères du Pape. »

Voici le Saint-Sépulcre, ou plutôt la basilique du Saint-Sépulcre, qui enferme à la fois le calvaire et le tombeau, éloignés l'un de l'autre d'une trentaine de mètres. C'est un chantier : toute la façade de la basilique est masquée par une volée d'arcs-boutants de fer, par des étançons et des poutres, sans lesquels, paraît-il, elle s'écroulerait. Et l'intérieur est étayé par une forêt de charpentes. C'est l'Angleterre, puissance mandataire jusqu'en 1947, qui est responsable de ce gâchis : un tremblement de terre avait lézardé l'édifice, il menaçait ruine. En tout cas l'armature métallique et les charpentes sont en place depuis plus de quinze ans. On entreprend actuellement non pas de restaurer le bâtiment, mais de le consolider : il faudra dix ans, vingt ans, avant que le Saint-Sépulcre soit débarrassé de son corset de fer. Pourquoi si longtemps ? C'est là, précisément, tout le drame des Lieux saints, le drame du « statu quo » : je vais y revenir.

À l'entrée de la basilique, passé la porte, une longue banquette verdâtre, encombrée de gardiens, de popes crasseux et bourgeonnants. Sur la droite, le rocher du Calvaire : un mur le cache mais vous accéderez par un roide escalier à la plate-forme qui le surmonte. Imaginez donc une pièce d'environ dix mètres sur sept où l'on situe les dixième, onzième, douzième (Crucifixion) et treizième (Mater Dolorosa) stations du chemin de croix. La salle est divisée par des piliers en deux parties égales, deux chapelles : l'une appartient aux catholiques, l'autre aux Grecs orthodoxes. La chapelle latine est simple et nue, sobrement décorée de mosaïques ; agenouillé au coin d'un pilier, un franciscain prie. Chez les Grecs, c'est la caverne d'Ali Baba : amas de trésors, chandeliers, lampes et icônes, encens et cierges. Un pope astique vigoureusement une sainte croix d'argent. Je m'approche, il saisit ma main d'une poigne de fer et la plonge, à travers le contre plaqué de la plate-forme, dans un trou de l'invisible rocher, à l'endroit même où fut plantée la croix : c'est le lieu du « crâne », le Golgotha, je sens la pierre, fraîche et polie par les millions d'autres mains qui, avant la mienne, ont pèleriné ici. Le pope me tend une sébile et je demande à Yacoub de l'interroger : « Le Saint-Père pourra-t-il venir dans leur chapelle ? » Le pope s'indigne : « Qu'il vienne prier s'il veut, mais dire la messe sur notre autel, jamais ! »

Nous redescendons, passons devant la pierre de l'onction où Jésus fut oint et embaumé (c'est une fausse pierre, la vraie se trouve à huit mètres sous la basilique) et allons vers le tombeau. Il faut, pour y accéder, passer par la chapelle de la division des vêtements, qui appartient aux Arméniens. Ils sont une douzaine, moines et moinillons, l'œil noir, sourcilleux, formés en carré, sur la défensive. Elwing leur demande l'autorisation de les photographier : ils refusent, on les sent prêts à la guerre sainte. Le tombeau du Seigneur est divisé en deux parties, la salle funéraire ou « chapelle de l'Ange » et la chambre mortuaire proprement dite dans laquelle on ne peut pénétrer que cassé en deux.

Étonnant Saint-Sépulcre : les franciscains chantent dans le chœur des Latins, un frère bénit les chapelets que lui tendent les pèlerins, des orphelines arabes, conduites par des sœurs, passent dévotement et, à deux mètres de la chapelle de l'Ange, un petit homme en salopette et béret basque émerge d'une tranchée ouverte sous le tombeau du Seigneur. Il brandit un tesson : « Regardez-moi ça, dit-il, c'est romain, de toute beauté. » Le petit homme est le père Coisnon, un dominicain de l'École biblique, archéologue lui aussi ; depuis dix ans, il dirige les travaux de fouilles et de restauration de la basilique. Il y en a encore pour dix ans, vingt ans peut-être, il ne sait pas. « Tout dépendra », dit-il. De quoi ? Visiblement, le père Coisnon fait allusion à la question des questions, celle du « statu quo ».

Car ces chrétiens séparés que le concile Vatican II, dans ses perspectives œcuméniques, souhaite réunir (et c'est précisément un des buts du pèlerinage de Paul VI en Terre sainte) communient tous dans l'adoration du Christ : à Bethléem où il est né, au Saint-Sépulcre où il est mort, en Galilée où il a vécu et prêché, chaque communauté, au cours des siècles, a tenu à affirmer sa présence et, autant que faire se peut, à l'affirmer seule : diplomatie, coups de Jarnac, accords passés et dénoncés, l'histoire des Lieux saints est sombre et tortueuse, et d'une subtilité décourageante. Faute d'avoir à tomber dans des précisions inouïes, disons que six communautés se partagent très inégalement la jouissance des Lieux saints, les principales étant les Arméniens, les Grecs et les Latins qui y résident et y officient toute l'année. Les autres sont les Coptes, qui n'officient pas tous les jours, les Syriens encore plus rarement et les Abyssins qui ne viennent dans l'année que pour de rares cérémonies. On distingue, dans le Saint-Sépulcre comme à Bethléem, les parties communes et celles qui, appartenant plus particulièrement à un rite, doivent cependant rester ouvertes aux autres rites ou au moins aux visites de leurs pèlerins. Sont communs le tombeau et la chapelle de l'Ange, et la pierre de l'onction ; appartiennent aux Grecs, sur le calvaire, par exemple, la chapelle du Christ mort ; aux catholiques, la chapelle du Crucifiement et l'autel du Stabat. À Bethléem, on peut dire qu'Arméniens et Grecs se partagent la basilique. Dans la grotte de la Nativité, l'autel de l'étoile appartient aux Grecs, les Latins possèdent celui de la crèche. D'une façon générale, les Grecs orthodoxes sont beaucoup mieux nantis que les franciscains, représentants de la catholicité : on les trouve partout et, dans les hauts lieux de la vie et de la Passion du Seigneur, ils sont nettement majoritaires. Pourtant, les Grecs orthodoxes représentent aujourd'hui, par rapport à la catholicité, un nombre dérisoire de fidèles et, depuis que la Russie, dont ils tiraient autrefois le principal de leurs ressources, s'appelle l'Union soviétique, ils sont pauvres. Mais précisément parce qu'ils sont pauvres, ils défendent avec acharnement leurs biens et, même s'ils menacent ruine, interdisent aux riches catholiques de procéder à une quelconque réparation, de peur que ceux-ci n'en revendiquent un jour la propriété. Tel est le « statu quo » : impuissants, les Latins assistent au lent délabrement des propriétés grecques. Et quand, comme à Bethléem ou au Saint-Sépulcre, la propriété est commune à trois Églises, c'est la guerre. Surtout entre Arméniens et Grecs, moines au sang chaud.

Nous plongeons dans la vallée du Jourdain, trois cents mètres ici, au-dessous du niveau de la mer. Plaine infertile parce qu'elle manque d'eau et qu'elle est rongée du sel de la mer Morte. Seule Jéricho, l'oasis des palmes, est verte.

Le Jourdain : ici même, à ce coude exact de la rivière, Jean le Baptiste, le prophète hirsute et squelettique, procéda, à sa requête instante, au baptême du Seigneur. L'eau du Jourdain, actuellement, est jaune et boueuse. Le fleuve est sorti de son lit voici deux semaines et nul ne peut s'approcher depuis l'inondation, les sables de la rive jordanienne sont mouvants. Au-delà, c'est la Transjordanie, le plateau du Moab, le mont Nébo où mourut Moïse et, plus loin, l'immense désert d'Arabie. De toute la terre, on vient ici se faire baptiser ou rebaptiser selon son rite : les Grecs s'agenouillent trois fois dans l'eau, les protestants se renversent sur le dos et les catholiques font comme à l'église. Personne aujourd'hui — sauf un original : Albert Leblanc, un Canadien français de Québec, qui fait le tour du monde à bicyclette. De son métier, Leblanc est barman.

Je n'ai rien à dire de Bethléem. Les problèmes qui s'y posent sont ceux du Saint-Sépulcre. Le Saint-Père y arrivera à six heures du matin le jour de l'Épiphanie : dans la grotte de la Nativité, il célébrera une messe basse et il enverra un message au monde. Il déjeunera à la Casa Nova, le couvent franciscain, et repartira pour Rome l'après-midi. Allons donc à Bethsaour, trois kilomètres plus bas, où nous attend le père Gauthier. Bethléem, c'est la ville du pain. Bethsaour, le champ des bergers : par la voie des anges, les bergers y connurent que le Sauveur était né.

Outre le père Gauthier, quarante-huit ans, ils sont donc quatre à Bethsaour : deux compagnons de Jésus charpentier, Gérard, dit Barnabé, vingt-huit ans, Adrien, trente et un ans, et deux compagnes, Marie-Thérèse et Bernadette. En civil le père Gauthier a fondé une première fraternité à Nazareth, il y a huit ans, et maintenant il essaime. Marie-Thérèse et Bernadette sont arrivées à Bethsaour voilà un an, mais elles ont chacune cinq et quatre ans de Nazareth. Ici, elles travaillent avec les ouvriers à la « Plastic Jordan Company ». Barnabé, deux ans de Nazareth, est à Bethsaour depuis trois mois. Adrien, pour rejoindre le père, a quitté il y a un mois une paroisse ouvrière des environs de Marseille. Ils espèrent encore essaimer à Jérusalem et sur les bords du lac de Tibériade.

Sont-ils prêtres-ouvriers ? Non. Ils n'aiment ni le mot ni la chose et ne veulent pas qu'on confonde les deux expériences. La leur est bâtie sur d'autres bases spirituelles, sur un fondement théologique plus profond, plus sérieux à leur avis. Ils prient en effet. Et beaucoup : trois heures par jour. Mais que veulent-ils ? Leur action, semble-t-il, se développe sur trois plans à la fois : salut personnel, lutte contre la misère et évangélisation. C'est pourquoi ils vivent et habitent dans des familles arabes, grecques, catholiques et non pas arabes latines : les Grecs catholiques ont réussi plus de conversions de musulmans que les Romains. Bien entendu, les compagnons de Jésus charpentier ne font aucune discrimination entre Arabes musulmans, Arabes grecs catholiques et Arabes romains catholiques : il y a toujours des âmes à sauver. « Ici, dit le père Gauthier, tout un petit peuple mène encore la vie du Christ, exemplaire et symbolique. Des bébés naissent encore et meurent dans les grottes. » À deux cents mètres de la grotte officielle et trop dorée de la Nativité, ils ont, l'année dernière, sauvé dans un trou de rocher un bébé en train de mourir de faim. « Pour retrouver l'esprit de Bethléem, c'est cette grotte-là qu'il faut voir. » Je l'ai donc vue, avec Marie-Thérèse et le père Gauthier : une grotte, une jeune mère, un bébé, une crèche taillée dans le roc, tout y est, bien sûr. « N'est-ce pas, dit-elle, c'est autre chose que nos Noëls d'enfance, la mousse et les santons. C'est affreux, la misère, on l'avait si bien enjolivée dans les cantiques. Jésus est né comme cela, il vit dans tous ces pauvres enfants aux ventres gonflés ! »

Pratiquement, que demande le père Gauthier ? Une aide massive pour construire des logements comme il l'a fait à Nazareth. Chaque mois, le réseau d'aide qu'il a déjà mis sur pied reçoit 3 à 4 000 dollars. Avec l'aide des banques, la fraternité de Nazareth consent des prêts à long terme et sans garantie aux familles concernées. Ce sont des entreprises privées qui bâtissent les maisons : le père Gauthier et ses pauvres ne sont pas des castors.

Hier, en Galilée, j'ai vu d'autres Lieux saints, d'autres apôtres, et des franciscains encore. Un seul conseil : allez au mont Thabor, la montagne de la Transfiguration, le Saint-Père vous y précédera. Comme lui, vous serez accueilli là-bas par deux pères selon mon cœur, deux franciscains spirituels et volubiles : padre Lino et padre Giuseppe. En trente minutes, padre Lino vous imposera douze fois, pour vous bénir, la main sur le front. Et padre Giuseppe, de la province d'Ancône sur l'Adriatique, vous accompagnera en vous disant : « Dans un an, je serai cardinal, ou en prison. » Et si vous avez la chance qu'au même instant une sœur de Foucauld se présente au couvent en tenant à la main un petit garçon, vous entendrez le padre Giuseppe éclater d'un rire énorme : « Comme il est mignon, ma Sœur, comme il vous ressemble. »

Elle, nº 941, 07.01.1964

PORTRAITS

EDWIGE FEUILLÈRE DANS *LA FOLLE DE CHAILLOT* DE JEAN GIRAUDOUX

Elle vous apparaît côté jardin, dans des loques fabuleuses, son beau visage fouetté de traits de fusain qui creusent leurs sillons de haute amertume et lui dessinent comme un loup autour des yeux. Elle s'avance masquée, méconnaissable, vertèbres ployées et rétives qui semblent retenir quelque chose de son ancien port de reine. D'autres personnages, sur le devant de la scène, occupent votre attention et peut-être ne l'avez-vous pas encore aperçue. Ce n'est pas une « grande entrée », mais à l'instant même où vous la découvrez, silhouettée là-bas sur votre gauche, vous savez que l'espace entier du vaste plateau se réorganise en fonction d'elle seule et se distribue d'une manière neuve. Quelqu'un, un méchant, se sentant deviné et percé jusqu'à l'âme, s'écrie : « Mon Dieu, quelle est cette figure ! » On lui répond : « C'est la Folle de Chaillot, Monsieur. » C'est la Folle en effet. C'est Edwige Feuillère. Et soudain, elle parle. À qui donc est cette voix ? De Feuillère, les professionnels du théâtre disaient souvent : « Quand elle a peur, quand elle n'est pas sûre d'elle, elle "fait de la voix". » Cela veut dire que la voix magnifique de Feuillère, voix de contralto un peu nasalisée, cultivée et chaude, dont elle savait jouer infiniment, était le recours et le refuge de la comédienne en détresse dans un rôle un soir de méforme. Elle « faisait de la voix », elle « faisait du Feuillère », nul acteur, surtout s'il est grand et institutionnellement célèbre, n'échappe à ses tics. Oubliez maintenant cette voix musicienne grave et charnelle, presque trop belle et trop loyale de timbre, et écoutez la toquée héroïque qui prend la parole sur la scène de Chaillot. C'est une autre Feuillère à la voix plus maquillée encore que le visage : voix de gorge et de ventre, brisée, rauque. Voix blessée et martyrisée qui, dès les premières minutes, jette dans l'angoisse ceux qui connaissent la longueur du rôle. 1 227 lignes, il faut qu'elle tienne ainsi près de trois heures, on éprouve physiquement quel combat contre soi livre la comédienne, on a mal à ses cordes vocales et on pense qu'elle ne tiendra pas. Mais elle tient. Superbement. Et quand, à la fin de la pièce, après avoir purgé Paris de ses bêtes de proie, Aurélie, la Folle de Chaillot, voit remonter des oubliettes de la Terre une étrange cohorte d'hommes doux et faibles, qui viennent s'excuser d'avoir toujours, dans leur vie, laissé passer la chance de l'amour et lui offrir leur vieux cœur, si elle en veut bien encore, une émotion insurmontable empoigne le public. Aurélie répond par un cri « trop tard » et Edwige Feuillère met dans ce « trop tard » tant de sauvage violence que les spectateurs, tout à coup, la pressentent plus vraie sous le masque et les oripeaux de la Folle de Chaillot, avec sa voix volontairement saccagée, que dans ses anciennes et impériales apparitions.

Pour la première fois peut-être, Feuillère ose, dans un rôle, aller jusqu'au bout d'elle-même et mettre dans son jeu sa propre vie. Tout se passe comme si cette vieillarde poétique et féroce, qui ne lui ressemble en rien, la libérait soudain de ce souci qu'elle avait de ne jamais rien faire qui puisse ternir sa « figure » et qui, jusque dans les plaintes les plus déchirantes de *La Dame aux camélias*, la retenait de se donner complètement, paraissait l'obliger à jouer toujours en dedans de ses possibilités, à la troisième personne pour ainsi dire. Ce « trop tard » — et c'est ce à quoi les gens ont été si sensibles — la concernait très personnellement et nul pourtant ne l'a reçu comme une allusion de la comédienne à son âge. C'est au contraire le cri d'une femme qui depuis longtemps, et pour des raisons qu'elle est sans doute la seule à bien connaître, a renoncé à ce que quelque chose lui arrive vraiment. Délivrée de soi, de son visage, de son allure trop connue de reine ou de déesse, de sa voix, Edwige Feuillère retrouve sur la scène de Chaillot une miraculeuse liberté et elle en profite, comme la Folle, pour régler ses comptes.

Car, en un autre sens, Feuillère c'est la Folle : « Il y a tant de choses, m'a-t-elle dit, que je peux comprendre dans ce personnage ; ce qu'elle ressent je l'ai éprouvé moi-même, je me retrouve comme dans un kaléidoscope : c'est toute une existence qui défile. Et puis c'est si bon de pouvoir crier ses indignations, de dire de quel prix il faut payer sa vie. »

Je l'avais vue jouer la veille : elle me recevait chez elle avenue de La Bourdonnais, dans une pièce immense ouverte sur les jardins du Champ-de-Mars et c'était l'autre Feuillère avec son autre voix, sa voix musicale, sa grande allure, charmante mais royale et soucieuse de son rang, bref camouflée encore, non plus cette fois par le masque de la Folle, mais par son personnage de « Grande Dame du théâtre français ». Et je mesurais, assis en face d'elle, à trois mètres, la vanité d'un interrogatoire. Loyalement, elle m'avait averti : « Je ne suis pas douée pour les confessions. » C'est exact : sur sa vie privée, sur son histoire personnelle, elle a toujours observé un silence parfait et nul n'a jamais pu surprendre d'elle un autre visage que celui qu'elle avait décidé d'offrir. Feuillère ne se livre que tout armée, caparaçonnée, et il lui arrivait certains soirs de s'enfermer dans sa loge après la représentation : morte d'épuisement et ayant pour seul projet de rentrer vite dormir, elle prenait pourtant le temps de se faire une mise en plis. Si des admirateurs devaient l'apercevoir un bref instant au sortir du théâtre, ils la verraient coiffée. « Je ne peux pas me permettre d'être à nu », dit-elle. D'autres actrices, lorsqu'elles ont fini de jouer, enfilent un pantalon, nouent sur leur tête un fichu de « baba » russe et se présentent à l'entrée des artistes, le teint triste et blême, nettoyé de fard, avec des allures de femmes de ménage.

Les « fans » qui guettent à la porte souvent ne les reconnaissent pas et elles jouissent, comme d'une escapade, de cet incognito que leurs confère soudain le naturel retrouvé. Ce sont des filles tranquilles, qui se souviennent encore de leur origine et gardent, sous le pseudonyme, la mémoire de leur patronyme : le théâtre, en elles, n'a pas tout dévoré ; volontiers, si on les interroge, elles racontent leur histoire. Pas d'école buissonnière chez Feuillère, elle ne s'échappe jamais d'elle-même, elle est Feuillère de toute éternité.

Feuillère s'est faite, elle s'est voulue Edwige Feuillère par une conquête têtue et méthodique, un travail acharné, en éliminant de soi toutes traces de nature et d'imperfection, construisant sa beauté, sa démarche, son port, jusqu'à ce qu'elle s'égale enfin à son personnage public. Alors seulement elle est née et on comprend qu'avec une rigueur et une austérité admirables, elle n'admette comme digne d'être rapportée que l'histoire de sa carrière, qu'elle décourage, par la seule vertu de sa présence, toute velléité qu'on pourrait avoir de faire le portrait d'une Edwige intime, sans qu'on puisse pourtant s'empêcher d'essayer de la deviner.

Esclave de son public, ayant mis dans la hiérarchie de ses urgences sa carrière au-dessus de tout, Feuillère a sûrement payé le prix de cette attitude. Disons que la rançon a été pour elle, dans sa vie, une certaine solitude : les hommes qu'elle a rencontrés ont été plus sensibles à ses apparences athlétiques qu'à sa fragilité : nul, semble-t-il, n'a vraiment partagé avec elle sa royauté et elle parle bien plus volontiers de ses passions de théâtre que de ses amours terrestres : « J'aime des maris, dit-elle, des amants que j'ai eus dans les pièces que j'ai jouées. Ça laisse une trace plus forte qu'après certaines liaisons. Un soir, quand je ne ferai plus ce métier, j'aimerais les réunir tous autour de moi : ce serait le vrai bilan de ma vie. » Elle dit encore : « Quand une femme a une grande personnalité, elle doit renoncer à beaucoup de choses, elle est vouée à être malheureuse dans une certaine mesure. C'est comme cela, il faut s'y faire. »

Elle en a pris son parti sans doute, mais sa « figure » de grande dame du théâtre ne fait pas sa part à l'autre Feuillère. Le masque, c'est ce qu'on voit, ce qu'elle montre, ce qu'elle veut qu'on voie : si elle se laissait aller, si par chance elle baissait sa garde, on trouverait une femme d'une adorable simplicité, extrêmement féminine, avec une sensibilité à fleur de peau, capable non pas de crises violentes, car elle se maîtrise toujours, mais de dépressions terribles. Dans ces cas-là, Feuillère se montre envers elle-même d'une cruauté sans pareille : elle dit qu'elle doit changer de métier, qu'elle ne sait rien faire, qu'elle est un monstre de laideur. Elle se jette devant un miroir et elle s'examine : « Je n'ai rien de bien dans le détail, monologue-t-elle à voix haute. Quand je pense que j'ai fait une carrière de jolie femme ! » Humour aigu et sincérité absolue à la fois. Mais il faut interroger ceux qui, au théâtre, travaillent avec elle : pendant les deux ou trois premières répétitions, c'est la « Feuillère grande dame » qu'elle paraît souhaiter imposer. Mais le masque tombe dès que le vrai travail commence : on découvre alors une débutante acharnée, éperdue de bonne volonté, d'une immense humilité. Elle est entrée en T.N.P. comme en religion et s'est pliée comme un artisan du théâtre à la discipline de la troupe. Quand on la félicite d'être une si magistrale « Folle de Chaillot », elle répond : « Ce n'est pas moi, je n'y suis pour rien, je n'ai été qu'un instrument entre les mains de Georges Wilson, un merveilleux chef d'orchestre, un admirable maître d'études. C'est lui qui est responsable de tout. »

Telle est l'autre Feuillère, celle qui va se cacher deux mois par an dans une île de Norvège, où elle n'a plus à se préoccuper de sa face, et qui astique ses cuivres pendant des heures pour passer ses nerfs. Sous le masque, il y a une femme incroyablement vulnérable et on comprend qu'elle se protège, qu'elle se tienne à distance. Cette très grande comédienne est le contraire d'une mondaine. Elle a peur dans les salons : « C'est terrible, confie-t-elle, je deviens aussitôt aveugle et sourde, je reste dans un coin, hagarde, et il y a des tas de gens qui me prennent pour la dernière des imbéciles. Autant, sur une scène, je me sens capable de dompter une foule — et c'est un domptage qui requiert des qualités viriles —, autant dans une soirée de gala j'ai le sentiment qu'on va me dévorer. »

Sur une scène, elle est hors d'atteinte et peut-être faut-il situer ici l'origine de la majesté de Feuillère, de son goût des grandes foules muettes et prosternées, tenues à distance, qui n'apercevront d'elle que les insignes, tiare, sceptre et trône, de la royauté.

Elle, nº 1043, 16.12.1965

SAMI FREY

De la révolte d'un enfant est né ce tout jeune homme à la beauté souveraine qui chaque soir aujourd'hui, sur la scène du Studio des Champs-Élysées, lance son texte, face au public, comme on lance les poings. Les paroles partent, précises et fulgurantes, rafales de coups, meurtrières « séries » de boxeur qui se brisent net au commandement d'un arbitre invisible. Jambes rassemblées, pieds joints de poseur de banderilles, reins cambrés, tête dressée, élégant et fragile mais surprenant de violence, il nous est apparu dans le rôle de Georges Garga de la *Jungle des villes* de Bertolt Brecht, comme la très vivante image de la liberté. Il s'agit de toute façon d'un spectacle admirable, mais vous découvrirez en outre un très grand acteur. À vingt-cinq ans, Sami Frey a été salué comme tel par une critique unanime.

Mais il est bien autre chose aussi qu'un acteur en scène et les spectateurs pressentent obscurément qu'ils ont, à son propos, à se poser une ou deux questions fondamentales. Car cette violence qu'il libère, cette force, cet air de résolution sombre, cette façon de relever tous les défis et d'annoncer qu'il ira jusqu'au bout, tout cela lui appartient en propre. Sachez qu'il vous parle de lui. Et puis il a eu une chance incroyable : *Dans la jungle des villes* ne se résume pas, mais disons grossièrement que c'est l'histoire d'une révolte et d'une libération. Amour, famille, métier, habitudes, un jeune homme rompt tous ses liens, se délivre de nos raisons ordinaires de vivre pour se faire totalement libre, c'est-à-dire seul. Cette aventure de la liberté, critique désespérée de la condition faite à l'homme, est en même temps une assomption : à la fin du chemin, ayant appris à « regarder la vie dans le blanc de l'œil », Georges Garga se réinvente une morale et s'engage tout entier dans une grande entreprise.

Entre Brecht, poète de vingt-quatre ans, et Sami Frey, à vingt-cinq ans, il y a eu en vérité une miraculeuse rencontre : car l'itinéraire de son personnage, Sami l'avait déjà parcouru étape après étape. Pour s'expliquer, il lui manquait seulement la parole : Brecht la lui a donnée. Ainsi, vous qui souhaitez savoir qui est ce jeune homme dont on a tant parlé, allez voir, au lieu de lire des récits truqués de sa vie privée, *Dans la jungle des villes* au Studio des Champs-Élysées. Sami Frey vous y livre sa vérité. Je vais tenter, avec son aide, de vous donner quelques clés qui vous permettront de mieux la déchiffrer.

J'ai dit qu'il était beau et j'ai bien le droit d'être ému, infiniment, par ce regard qui appelle, pour moi, d'autres visages, celui de Kafka, celui de Chaplin, celui de Schwarz-Bart et des millions d'autres encore, graves visages d'enfants dévorés d'yeux immenses, qui attendaient la mort aux murs des ghettos. Et il y a cette voix : au théâtre, elle peut monter vers vous, se déployer, chaude, vibrante et maîtrisée à la fois, incroyablement libre et envoûtante ; ici, au contraire, dans ce café où il me parle, je dois, pour l'entendre, faire un effort. C'était pareil avec Schwarz-Bart. Et c'est la même voix, une voix d'homme seul : sourde, enchaînée, avec des sonorités rauques. La même voix, la même vie.

Il est juif polonais et, jusqu'à l'âge de six ans, il n'a parlé que la langue de ses pères, le yiddish. Puis, pendant deux ans, on lui a ordonné de se taire, sous peine de mort. Sa voix l'aurait trahi, l'aurait désigné comme bête à abattre. Il s'est tu donc et « depuis » la communication lui est une douleur.

Un enfant juif naît, il y a vingt-cinq ans, à Paris, au numéro 17 du boulevard de Belleville. Son père, modeste ouvrier, apprêteur de tissu caoutchouté dans un atelier, meurt à vingt-neuf ans d'une intoxication due aux émanations de gomme. Le petit Sami a trois ans : il ne se souviendra jamais de son père.

1942 : il a cinq ans, mais aujourd'hui encore il se rappelle tous les détails de cette matinée. Il mange sa bouillie sur un coin de table : sur son tablier, à la place du cœur, il y a une grosse étoile jaune et sa mère qui repasse auprès de lui le sermonne parce qu'il a taché l'étoile. On frappe. La mère lève les yeux, hésite à ouvrir, ouvre enfin. « Police ! » Elle ne dit pas un mot, elle met son manteau et attrape sur une étagère une valise préparée depuis longtemps pour le grand départ. Elle demande simplement : « Est-ce que je peux laisser mon fils ? » Les deux hommes regardent l'enfant qui les regarde, ils se consultent et, nul ne saura jamais pourquoi, ils répondent : « Oui, laissez-le. » Sami ne reverra jamais sa mère : elle est morte dans la chambre à gaz d'un camp d'extermination. Elle avait vingt-cinq ans.

Sa grand-mère recueille l'orphelin. Mais, deux mois plus tard, elle est déportée à son tour. Ce qui reste de la famille — le grand-père, deux tantes de Sami (deux sœurs de la mère) et leurs maris — s'enfuit en province, à Saint-Denis-les-Ponts, près de Châteaudun, d'abord, puis à Rodez, dans l'Aveyron. À Saint-Denis, Sami est censé être l'enfant de la paysanne qui a accepté de les recueillir. Une consigne impérative : « Ne parle jamais ! » Le château voisin est occupé par les Allemands, qui, de temps en temps, pour se distraire, font la chasse aux Juifs. Dix fois, Sami a vu son grand-père — c'est le patriarche du *Dernier des Justes*, préoccupé seulement de bonté et de religion — s'enfuir à travers champs, souffle perdu, dans la terre grasse.

À Rodez, Sami change de nom — le vrai, d'ailleurs, est Frei, sans *y* —, on l'appelle Camille et on lui donne, pour qu'il puisse aller à l'école, une fausse identité. Il n'a pas d'amis, il n'ose pas parler, il regarde jouer les autres gosses sans participer. Quant au grand-père, il vit un calvaire : son accent yiddish est si terrible que ses filles ont décidé de le faire passer pour sourd-muet. Ainsi nul voisin n'adressera la parole à ce beau vieillard. Mais il arrive que le grand-père ouvre la fenêtre et interpelle son petit-fils qui joue dans la rue : « Sami, crie-t-il, va chercher mon pain. » Cette image est restée dans sa mémoire : quatre bras vigoureux empoignent le patriarche et le tirent de force vers l'intérieur.

1946. Mort du grand-père. Retour de la famille à Paris. Le patriarche n'étant plus là pour la maintenir unie, elle se déchire, chacun part de son côté. Le petit reste avec une tante et un oncle. Cet oncle, à son insu, va jouer dans sa vie un rôle capital. Sami, en 1946, a neuf ans. L'oncle en a vingt et un : entre le jeune enfant et ce très jeune parent va se nouer la plus étrange des relations passionnelles. De leur métier, l'oncle et la tante sont apiéceurs, c'est-à-dire qu'ils vont chercher chez des grossistes de la marchandise coupée, qu'ils cousent et repassent à domicile. C'est un travail de routine, pas gai, qui nourrit mal ceux qui l'exercent. Mais l'oncle a d'autres prestiges aux yeux de l'enfant : sa jeunesse d'abord et puis il a une passion, le sport. Il fait de la course, de la lutte, des poids et haltères, il remporte des premiers prix dans divers championnats, et trois fois par semaine, délaissant ses fers et ses pattemouilles, il emmène Sami au stade où ils passent de longues heures. À la maison, pas un mot, pas un cri, jamais une scène. L'orphelin voue à son oncle une adoration extasiée; il est pour lui Dieu sur la terre et, le soir, il l'écoute parler, inlassablement.

Car cet apiéceur est un drôle d'apiéceur : il a des projets, des rêves, des velléités d'autre chose et il en parle. Le soir, lorsqu'il borde l'enfant dans son lit — car c'est Sami et non sa femme qu'il constitue comme interlocuteur privilégié —, il y a tant de flamme dans ses yeux, tant de conviction, que le gosse est près de penser que les grands changements annoncés, les miracles promis sont pour demain. Mais Sami grandit, les lendemains passent, l'oncle parle toujours et rien n'arrive. Au matin, oncle et tante reprennent l'aiguille dans la grisaille des jours, c'est la même vie, monotone, le même travail, qui interdit aux hommes de faire les seules choses qui les rendraient heureux.

Bref, cet oncle n'est pas un vrai tailleur, sûr de son métier, de ses fins, qui accomplit sa tâche sans la mettre en question. Au contraire, il s'interroge, il y a du vide, du néant en lui. Disons que c'est un tailleur raté, c'est-à-dire un intellectuel. Sans culture, sans aucun moyen de s'accomplir, mais intellectuel pourtant au même titre qu'un mauvais boulanger ou qu'un tourneur sur métaux distrait puisque, comme le Chaplin des *Temps modernes*, il introduit le scandale au cœur de son métier. Grâces lui soient rendues : eût-il été bien dans sa peau, à l'aise dans le monde, nous n'aurions probablement jamais connu un acteur du nom de Sami Frey.

Le bel amour que Sami voue à son oncle s'en va en lambeaux. L'enfant comprend que la vie peut continuer ainsi indéfiniment : les rêves, les projets fiévreux de onze heures du soir resteront lettre morte, ne se réaliseront jamais. Seul demeurera le ressassement provincial, et la nostalgie tchékhovienne avec son perpétuel : « Nous devrions changer, changer, travailler à autre chose. » Il ne faudrait pas en vouloir à l'oncle ; c'est un brave homme, un pauvre homme coincé par la vie, qui s'exténue à la gagner : s'il déteste le travail qu'il fait, c'est après tout une forme de lucidité.

Mais Sami a pris à la fois cette détestation et ces rêves au sérieux. À l'entrée de l'adolescence, il se montre fidèle pour sa part à la leçon que l'oncle lui a donnée en se jurant que cette vie enchaînée ne sera jamais la sienne. Les divagations du soir, oubliées le matin, il leur donnera un corps. Mais en même temps, impitoyable et épris d'absolu comme les enfants graves, il commence sourdement à mépriser l'oncle, qui ne le mérite pas. Au lieu de le penser prisonnier d'une situation qu'il n'a ni voulue ni choisie, il le rend responsable, il le trouve veule, lâche, il le met en accusation. Et il y a autre chose : cet oncle lui sert de père, mais il n'est pas son père. Ce père qu'il n'a jamais connu — et cette mère morte — c'est comme si planait sur sa vie un mystère familial, qui le fait s'étonner sans cesse, le contraint de s'interroger sur les autres, sur le monde et la place qu'il y occupe. Malgré la gentillesse, la tendresse de ses tuteurs, il n'a jamais rien su au fond de la tiédeur de l'enfance. On lui a fait violence et il est seul.

Cette violence, il va la reprendre à son compte et la changer en contre-violence. Quant à la solitude qui lui a été imposée, il s'y enfoncera, l'approfondira et l'assumera jusqu'au bout. Malheureux oncle : faux tailleur et faux père, il ne pouvait échapper à la critique armée d'un adolescent qui allait oser l'impossible.

Ce train-train, il n'en veut plus. Il vient de passer son certificat d'études et, maintenant, il aide comme il le peut ceux qui l'ont élevé : il fait les courses, il livre les pièces chez le patron. Il réfléchit et, en proie à une angoisse de toutes les minutes, il se pose cette question d'homme : « Que faire ? Comment en sortir ? »

Il n'a pas le temps d'attendre, il veut changer la vie immédiatement. Mais, lui dit l'oncle, qui sent qu'entre son neveu et lui le charme est rompu, il faut que tu la gagnes. « Gagne ta vie, on s'est saigné aux quatre veines, on travaille bien nous autres », refrain classique de ceux qui prennent en grippe chez un enfant l'avenir qu'ils ne se reconnaissent plus à eux-mêmes. Car aux griefs de Sami, à ses bouderies, à son mépris affiché ou à son mutisme, l'oncle, ce jeune homme, réagit, lui aussi, passionnellement. Un jour que Sami, retour de vacances, s'écrie : « Quelle crasse ! » en retrouvant le vieil escalier moisi, l'oncle entre dans une colère épouvantable : « Quoi, on te dégoûte, dis-le, tu nous insultes ! »

Oui, quel noir canard ont-ils couvé dans leur candeur ? Le canard en tout cas obéit aux injonctions familiales et entre à l'école des tailleurs de la Chambre de commerce de Paris, section modélistes. « Être modéliste, me dit-il, c'est la lettre de noblesse des tailleurs, leur point d'honneur. » On se dit modéliste comme une strip-teaseuse se revendique « artiste », comme un attaché ajoute à son titre « de cabinet ». À l'école des tailleurs, il restera un an et demi, docile au début, puis considéré comme un plaisantin, un dilettante, un velléitaire, un farceur, un meneur, organisateur de chahuts, qu'on chasse pour finir ignominieusement. C'est que sa révolte prend corps, qu'il est de plus en plus déterminé à la rupture : il a compris qu'il ne peut se permettre, sous peine de retomber dans l'ornière, ni concessions ni compromis.

Comprenez qu'il faut à Sami, pour rompre, un incroyable courage. Qu'est-il sinon un apprenti tailleur aux mains vides, aux poches vides ? L'oncle, malgré ses rêves, est la sagesse et le bon sens, il sait qu'il ne desserrera pas les mâchoires du piège qui les enferme tous deux, Sami et lui. C'est le même piège. Mais l'adolescent non plus ne les desserre pas : il s'évade, c'est autre chose, il choisit la comédie.

Rue Taitbout, à Paris, il y a un office de figurants, véritable bureau de chômage, cour des Miracles où se pressent les malchanceux du théâtre. Le gosse s'y inscrit pendant son séjour à l'école des tailleurs. Cela se passe ainsi : sur les Boulevards, à Strasbourg - Saint-Denis, il se fait photographier par un photo-stoppeur et, comme on jette une bouteille à la mer, il remet son image à la préposée de la rue Taitbout. « Rentrez chez vous, dit-elle, on vous appellera quand il y aura quelque chose. » Démarche décisive : six mois passent. Enfin la rue Taitbout se souvient de lui : on le convoque pour figurer dans le *Napoléon* que tourne Sacha Guitry, un grognard entre mille. Il est si excité qu'il ne dort pas pendant quatre jours. Le monde chavire et Sami Frey, marchant vers le parc de Sceaux, dont les pièces d'eau figurent pour Guitry les marais d'Austerlitz, se répète enivré : « Acteur, je suis acteur. » Tendant sa convocation au gardien du parc, négligent et superbe, il dit encore : « Je suis un acteur. » Éblouissement : il se pétrifie devant un Guitry de chair et de sang, un Gélin, et il a même le droit de frôler le dolman de Serge Reggiani. Le soir, volontairement, il ne se démaquille pas et sur la plate-forme de l'autobus il joue un rôle, ô Narcisse. Il est le grand acteur, le vieil acteur, las et fardé, tête lourde détentrice d'un secret fantastique. Ce jeu déréalise le monde autour de lui, seule est vraie la fantasmagorie. L'oncle, un instant, oublie ses griefs et l'accueille comme une prima donna. « Quoi, tu as vu M. Guitry, M. Gélin, M. Reggiani ? » ; la tante, qui ne lit que des ciné-revues, a les yeux ronds. Mais Sami est déçu : ils ne remarquent même pas qu'il est maquillé. Le fard s'est envolé au vent de la plate-forme d'autobus !

Les jeux sont faits. Sami ose dire qu'il sera acteur et en paie aussitôt le prix : il doit partir. C'est l'autre oncle, plus riche, plus indifférent, qui lui offre le gîte quelques mois. Le gîte et une recommandation pour un vague parent, régisseur de cinéma. Un vrai régisseur, qui accepte de le prendre comme assistant. Et il s'inscrit au cours Simon. Il y arrive muet, effaré, au milieu des belles recalées du bachot et d'arrogants fils de bourgeois qui, après un échec à la licence en droit, choisissent le théâtre pour donner une forme à leur paresse. Pour vivre — quand le cousin n'a rien à lui proposer —, il livre du linge toute la journée à bicyclette chez une blanchisseuse ; il assiste au cours le soir. En vérité, il travaille d'arrache-pied, lit tout le répertoire, les classiques et les autres, et voit au poulailler chacune des pièces qui se jouent à Paris. Au bout de trois ans, il lit en audition une page de *Zadig* et René Simon le classe premier. Il lui permet aussi, car il le sait pauvre, d'assister au cours gratuitement. « Faire payer les riches », c'est la devise de ce maître. Examen de fin d'année : Sami est plébiscité par les invités, c'est-à-dire Pierre Mondy, Marcel Achard et François Périer.

La suite est connue : il va jouer dans une dizaine de pièces, dans cinq ou six films, dont *La Vérité*. Il approfondit la connaissance de son métier, travaille sa voix, sa technique. Il a eu des rôles à succès dans des pièces de boulevard et dans des films médiocres. Mais cette époque est révolue. Il attendait un personnage à sa mesure et une grande pièce : *Dans la jungle des villes* lui a apporté tout ce qu'il souhaitait. « C'est venu à point, me dit-il, j'étais prêt à ce moment exact. Rien ne pouvait me satisfaire davantage, en tant qu'acteur et en tant qu'homme. » Désormais, il a choisi dans sa carrière la voie la plus difficile, la porte étroite : il veut jouer du Brecht, du Beckett, du Sartre. Du Shakespeare aussi. Il le peut, il a l'étoffe d'un grand tragédien.

Ne vous y trompez pas : ce jeune homme impeccablement élégant est de fer. On l'a vu, il s'est inventé lui-même, à partir de rien, au prix d'une réelle conquête ; il a construit sa vie, seul, sans laisser-faire ni laisser-aller. Il est bon d'avoir cette vérité présente à l'esprit au moment d'affronter — car il faut bien le faire sous peine de passer pour horriblement snob — la question, la question des questions, la question Bardot.

Il l'aime donc. Elle l'aime aussi sans doute et il est bien clair que le choix de Brigitte est le plus judicieux qu'elle ait jamais fait : c'est un homme qu'elle aime, un vrai, ni homme-enfant ni homme-femme et c'est rare chez les acteurs. Il m'a parlé de leur amour, sans emphase, avec naturel, avec gravité : « Ce qu'on appelle une histoire d'amour, dit-il, ça dure trois mois, pas plus. Après quoi, si on veut durer, il faut se mettre à bâtir, à construire. Brigitte et moi, nous avons bâti seuls, contre le monde entier, pendant un an et demi. » Il a raison, pour eux, pour Sami, ce fut très difficile : chaque semaine, deux ou trois feuilles mettaient leur amour en danger, l'offraient comme une proie à la bassesse, à la médiocrité. Il fallait tenir, encaisser sans broncher, sans pouvoir répondre. Et c'était d'autant plus dur que la politique de Sami n'était pas celle de l'autruche : il faisait face, il lisait tout, ligne à ligne, attendant le jour où il pourrait attaquer à son tour. Ce jour est venu : un journal récemment a passé toute mesure en accusant Sami de détruire Brigitte. Sami est assez fort maintenant, sur tous les plans, pour intenter un procès public. Il est décidé à aller jusqu'au bout : Brigitte elle-même témoignera à la face des juges, à la face du monde, et de son indestructibilité et de son amour.

Entre eux aujourd'hui, il n'y a plus de problèmes : « Nous commençons réellement à vivre, dit-il. Le plus difficile au fond, c'est de consentir à une personne, de s'engager totalement pour elle. Si on décide vraiment que c'est elle et pas une autre, alors il faut parler, s'expliquer, ne rien laisser dans l'ombre. Et aussi, refuser la coquetterie, ne pas faire dépendre sa vie des intermittences du désir. Bref, on doit être fidèle. » Il assène cela avec conviction, sait ce qu'il dit : leur réciproque fidélité est aussi une conquête, ce n'était pas gagné d'avance. C'est lui qui l'a imposée. Et soyez sûrs que toutes les femmes peuvent être folles de lui : il suffirait qu'il le veuille. Mais Sami Frey est plus Abélard que Don Juan : il a choisi Bardot, une seule femme, qui les vaut bien toutes.

« Elle m'apporte sa vie, sa force, son instinct réfléchi, confie-t-il encore. Oui, elle est prodigieusement vivante et présente. Mais il faut faire très attention : dans l'intimité, elle a tellement de vie, elle envisage les problèmes avec tant de clarté que tout paraît simple. On peut oublier les obstacles et penser que le monde est là, où elle se trouve, dans cette pièce, dans cette chambre, et pas ailleurs. On la regarde, on se laisse fasciner, on vit en rêve. C'est arrivé à d'autres : ils rêvaient éveillés, ils se laissaient aller. Elle est comme une drogue, Brigitte. Non, il faut se secouer, s'accrocher, garder les yeux grands ouverts; elle ne peut pas résoudre vos problèmes à votre place. Si on ne se cramponne pas on est perdu, on la perd. »

Il se cramponne, c'est certain, il s'est cramponné toute sa vie, il a le laisser-aller en horreur. Et on devine bien ce que lui, de son côté, apporte à Bardot. Mais c'est à elle de le dire. Je ne l'ai pas vue.

Pour l'an prochain, ils ont un grand projet : voyager. Ni l'un ni l'autre ne l'ont jamais fait. Ce sont deux gosses et ils ne connaissent que Saint-Tropez et l'Italie, la Suisse et Saint-Sébastien. Ils ont des noms sur la carte, à exorciser, une imagerie Hongkong, Bangkok et San Francisco. Un autre désir de Sami : il veut un enfant. Cet orphelin sans droits sur le monde a, pour la première fois, envie de propriété, d'une chose à élever. « Et aussi, dit-il, comme je ne sais pas qui était mon père, je le découvrirai peut-être de cette façon. »

Toute vraie rencontre est nécessaire et miraculeuse à la fois : du boulevard de Belleville et de la plus lointaine Pologne à l'avenue Paul-Doumer — où Sami habite avec Brigitte — la route était fantastiquement longue. Mais il est incroyable aussi que Brigitte Bardot, bourgeoise du XVIe arrondissement, ait inventé la voie qui l'a conduite vers Sami. Chacun d'eux a accompli la moitié du chemin. C'était la première conclusion.

Voici la seconde : Sami n'a jamais revu son oncle. Mais celui-ci n'est plus un apiéceur. Il s'est inscrit un jour, lui aussi, à l'office de la rue Taitbout. Il est maintenant figurant de cinéma. Figurant professionnel !

Elle, n° 886, 14.12.1962

LE MIME MARCEAU

Un jeune homme de vingt ans, fou de théâtre, découvre dans l'horreur qu'il a une voix de gorge, qu'il ne « passe pas la rampe ». Mais il est fou d'orgueil aussi, il veut avoir raison tout de suite, il refuse de livrer le combat douteux de l'apprentissage et des cours de diction. Et il a en outre des motifs très personnels de se défier des mots. Cette voix sourde, enchaînée, indique peut-être qu'il entretient avec ses semblables des rapports difficiles, qu'il doit, s'il veut communiquer, se déprendre des prestiges de la parole, ce piège égalitaire : la parole, décide-t-il, n'est pas mon langage. Il choisit le silence : il occupera la scène, il la peuplera, chaque soir, avec son corps, il forgera autour de lui un univers de significations, mais il se taira. Cette résolution héroïque, il la prend en un temps où le discours est roi, où la parole seule, diffusée, amplifiée, multipliée à l'infini, appelle la parole, où le silence a tort. Mais jamais le jeune homme ne faiblira : le plus solitaire des destins fut ainsi scellé, le mime Marceau était né. Depuis 1946, il n'a pas prononcé un mot sur une scène.

Pourtant, il a tenu la scène plus qu'aucun acteur vivant, pratiquement sans interruption depuis quinze ans. Investi, par décision souveraine, du mandat de ressusciter la pantomime au cœur du XXe siècle, il est à lui-même son propre auteur et son propre metteur en scène. Il n'est jamais en quête de rôles. Marcel Marceau, c'est d'abord, dans cette profession saisonnière, le miracle du plein emploi : si vous ne trouvez pas son nom dans les théâtres parisiens, soyez sûr de le découvrir à l'affiche d'un opéra de province ou plus loin encore, à Jérusalem, Bombay, New York, Tokyo ou Montréal. Au box-office des globe-trotters, des grandes tournées mondiales, ce silencieux occupe la première place, avec une confortable avance sur Jean Vilar et les tonnerres du T.N.P. À New York, en 1955, avant que le miaulement sidéral du premier Spoutnik n'ait stupéfié l'Amérique, Bip, le personnage favori de Marceau, fit comble pendant un mois la salle de trois mille places du New York City Center. Même chose à Moscou, il y a quelques semaines, où il fut, à l'occasion de l'exposition française, la bénédiction des parcs de culture. Son programme, depuis deux ans, est éloquent : il quitte la France en 1959 pour une tournée solitaire de vingt-quatre mois, à travers trente-huit pays, l'Europe entière, le Moyen-Orient, les Indes et les deux Amériques. Il revient et c'est l'URSS pendant trente jours : Moscou, Leningrad et Minsk. À peine touche-t-il Paris, il repart, solitaire, pour un tour de France en dents de scie qui, en quatre mois, le conduira dans quatre-vingts villes.

Il est éclectique, Marceau, il n'est pas « fier » : après Copacabana et ses mirages, c'est Metz un triste soir d'octobre ; après le Palladium de Los Angeles, le Grand Théâtre de Reims et l'Opéra de Lille ; après le dîner à la table du Pandit Nehru ou à celle de Ben Gourion, la fiesta avec Buñuel dans une taverne de Mexico, la « party » hollywoodienne chez Charles Laughton et les tendresses sans paroles de ses « frères » Stan Laurel et Harpo Marx, c'est l'austérité de la province française, le tête-à-tête avec soi-même, le spectacle achevé dans les buffets de gare.

Les imprésarios, les organisateurs de tournées ne sont pas des philanthropes : ils s'engagent à coup sûr et il faut que les voyages de Marceau soient d'un profit certain pour que les « galas Karsenty » en fassent, avec *Château en Suède*, de Françoise Sagan, le clou de leur saison 1961-1962. J'ai suivi Marceau dans trois villes, Metz, Reims et Lille, et, dans chacune, des salles bondées, littéralement touchées au cœur par le double défi du silence et de la solitude, l'ovationnaient, le rappelaient interminablement. Succès total.

Ce n'est pas le besoin qui pousse Marceau à courir la planète, voilà longtemps qu'il a oublié la faim et les soucis d'argent. Non, cette fringale d'espace, ce ratissage indiscriminé des théâtres du monde, ce refus de faire halte ont un autre sens, masquent, d'une certaine façon, un drame.

Je l'ai pressenti dès notre première rencontre, dans la chambre d'un hôtel de Metz, à la fin d'un après-midi gris. Et, d'abord, que faisait dans cet hôtel de province ce personnage d'un autre siècle, avec son étrange tignasse électrique, ses rouflaquettes de boulevard du Crime, sa chemise blanche immaculée, col largement ouvert, emprisonnée à mi-buste dans un pantalon de torero ? Sans attendre que je le questionne, il commença à parler, à discourir plutôt, si plein de son sujet que je désespérais de réussir à forcer la chance d'un mot. Je pensai : Quinze années de silence lui ont ôté le goût du dialogue. Marceau donc m'assénait son « curriculum vitæ », son « cursus honorum » avec une mémoire et une précision réellement hallucinantes des lieux, des dates, des chiffres. Comptable minutieux de sa propre biographie, il ne laissait rien perdre, ni une tournée ni une création, soulignant d'une enflure de voix les épisodes qui lui semblaient les plus décisifs. Il se défiait de mon jugement, de mon libre arbitre, de mon savoir : journaliste, je n'étais qu'une cire vierge et, plume en rase-mottes, main droite tétanisée par la vitesse de son débit, j'enregistrai une proclamation. Il me dit : « À New Delhi, j'ai dîné avec Nehru. » Pris d'un scrupule, il rectifia, il compléta : « le Pandit Nehru », détachant et martelant les deux syllabes du mot Pandit, « Pan » - « Dit », comme on fait pour les écoliers au temps du b.a.-ba. Avais-je jamais entendu parler de Nehru tout court ? Même chose à propos de Buñuel, il insista : « Bou - Nuel. » Plus vite que lui, sans relever la tête, sans poser mon stylo, je jetai : « *Un chien andalou*, *Robinson Crusoé*, *Los Olvidados*, *Viridiana*. — Ah bon ! vous connaissez », fit-il, déconcerté.

Je me ruai par cette brèche, je l'élargis, j'en fis une tête de pont, et le dialogue enfin s'instaura entre nous.

Marcel Marceau à Metz, c'est Jean-Jacques Rousseau à Ermenonville, retiré du monde, soupçonneux, muré dans son silence et n'en sortant que pour monologuer. Marceau se défie de ses semblables, les parleurs. C'est qu'ils ont tant parlé et d'objet si frivoles. Les voix de la renommée font exister la plus mince des starlettes et toute manifestation du théâtre de Verbe — comme l'appelle Marceau par opposition au théâtre de Mime — est saluée par mille trompettes. Du Mime au contraire, cet art fondamental, source pure du vrai théâtre, on ne parle pas, ou peu, ou mal. « C'est l'art du silence, oui, me lance Marceau, mais est-ce une raison pour faire le silence autour de lui ? » Ses yeux gris, qu'il a admirables, flambent et il fait sienne la fière apostrophe de Frédérick Lemaître à un imprésario médiocre : « Monsieur, dans deux cents ans, on entendra parler de moi. » « Je sais, ajoute Marceau, que j'entrerai dans l'histoire du théâtre : je suis responsable vis-à-vis d'un langage, je dois persévérer, demeurer contre toutes les modes. Les conquêtes les plus nobles de l'humanité n'ont été obtenues qu'à ce prix ! »

Marceau, mécontent de son siècle, en appelle donc à la postérité : ses contemporains ne lui rendent pas pleine et entière justice. Mais a-t-il tant de raisons d'être insatisfait ? Car enfin, ces tournées ininterrompues ; ces salles combles qui lui font chaque soir des succès sans réserve ; cette royauté incontestée dans son domaine ?

Il y avait là une contradiction étonnante : Marceau triomphant et incompris à la fois, Marceau universellement connu et victime en même temps d'une conspiration du silence, Marceau présent à tous les coins de la terre et Marceau solitaire, cet après-midi-là, dans une chambre d'hôtel.

Voici le drame précisément : il est seul, il est le Mime à lui tout seul et le Mime se meurt dès qu'il disparaît. Ôtez Dullin, ôtez Jouvet, ôtez Barrault, le Théâtre reste. C'est un art vivant. D'autres acteurs, d'autres interprètes prennent la relève et de toute façon il demeure, à titre de virtualité, prêt à se réactualiser à chaque instant, dans les œuvres écrites de Shakespeare ou de Molière : ce dépôt est indestructible. Mais le Mime, cet art sans texte, exige de se réincarner sans cesse : il n'est rien s'il n'est pas joué.

Il y a plus encore : lorsque Marceau, à vingt ans, se lança dans cette très folle et très solitaire entreprise, le Mime, en France du moins, était mort depuis déjà un bon demi-siècle, tué par la parole la plus superficielle, la plus frivole, la plus bavarde : le théâtre de boulevard.

À Rome, avec Pylade et Oreste, en Grèce, avec les mimodrames de Théocrite, le Mime avait connu des périodes de prospérité inouïes. Plus tard, ces lointains ancêtres donnèrent naissance aux Tanis, aux Pierrots, aux Arlequins, aux Colombines et aux Pantalons de la Comédie-Italienne, la fameuse Commedia dell'Arte. Mais c'est au XIXe siècle, en plein âge romantique, qu'à Paris même, entre le Temple et la Bastille, le théâtre de Mime connut son âge d'or. Deburau, le plus grand des mimes de l'époque, fixa définitivement le personnage de Pierrot, en fit un héros vraiment populaire. Avant Deburau, Pierrot, dans ses apparitions épisodiques sur les tréteaux de foire, était un fantoche inconsistant, lâche, rusé, sournois, voleur, menteur, buveur et paresseux. Tous les défauts : la féroce bourgeoisie du XIXe siècle voyait ainsi le peuple et le peuple boudait cette image de lui-même. Deburau changea tout cela : Pierrot, qu'il incarnait en personne sur la scène du Théâtre des Funambules, exprima au contraire le courage et la noblesse du peuple, sa misère aussi. Malicieux, bon enfant, profondément humain, il luttait contre d'autres masques qui représentaient l'autorité, l'ordre établi, les puissants, les gendarmes, et s'il recevait des coups, il en donnait aussi, mettant chaque fois les rieurs de son côté. Il est le Gavroche de Victor Hugo, l'enfant issu de la Révolution, et Paris chaque soir se presse sur le boulevard du Crime pour lui faire des triomphes. Entre Pierrot et son public, la complicité était profonde, totale, les sous-entendus infinis.

Art populaire, art vivant, le théâtre de Mime tenait tête glorieusement au théâtre de Verbe et si Deburau avec sa troupe des Enfants du Paradis était le plus renommé de tous, des dizaines d'autres troupes existaient aussi.

Le Mime mourut avec le siècle, après une tentative de survie sur les bords de la Méditerranée. Les mimes marseillais s'appelaient Louis Rouffe, Farina, Séverin et les Onoffri, célèbre famille comprenant dix-huit mimes. Mais les Marseillais eux-mêmes furent balayés par le vaudeville roi ; la pantomime disparut définitivement en tant qu'art populaire jusqu'à l'avènement du cinéma muet. Et si celui-ci, avec Buster Keaton, Stan Laurel et Charlie Chaplin, que beaucoup considèrent comme le plus grand mime de tous les temps, put apparaître comme l'apothéose et la consécration suprême de cet art du silence, il fut en vérité son tombeau. Car c'est le cinéma, muet ou parlant, qui allait devenir l'art populaire par excellence. Le Mime, en tant que manifestation proprement théâtrale, était condamné. Pendant un demi-siècle, il n'y eut pas, en France, une seule troupe de mimes.

Marceau vint, jeune homme fou qui décide de vivre à contre-courant : il entreprend de ressusciter le Mime. Au départ, il n'est pas tout à fait seul : à l'Atelier, de Charles Dullin, dont il est l'élève en 1946, on tente de rénover l'Art du geste, de fonder une nouvelle grammaire. Mais Dullin voit surtout dans cette expérience un moyen d'approfondir, de multiplier les ressources du théâtre, d'aboutir à ce théâtre total dont rêvaient avec lui Jouvet, Baty et Pitoëff. Étienne Decroux, alors comédien chez Dullin, aujourd'hui professeur à l'Actor's Studio de New York, imprime à ces recherches une tournure différente. De moyen, le mime devient fin : pour Decroux, il s'agit d'un art complet, d'un art pur, qui peut se passer de musique, de décors, se suffit à lui-même. Mais Decroux est surtout un théoricien, un professeur, et c'est à ses élèves, à deux d'entre eux surtout, Jean-Louis Barrault et Marcel Marceau, qu'il délègue le soin de passer à la pratique. Barrault monte des mimodrames et réussit, pour le cinéma, un remarquable numéro de mime dans *Les Enfants du Paradis*, qui conte précisément l'histoire des Funambules du grand Deburau.

Barrault, selon Marceau, est un excellent mime. Mais Barrrault, très vite, abandonne le Mime pur pour s'adonner à la mise en scène de théâtre, pour jouer la comédie. Le siècle le happe et le garde. Marceau restera seul.

Jean-Louis Barrault, directeur du Théâtre de France, est aujourd'hui un personnage officiel. Marcel Marceau, chaque jour, attend l'heure de la représentation dans la chambre d'un hôtel de province. La gloire et la douleur de Marceau tiennent tout entières dans ce contraste ; il a choisi la porte étroite. Car s'il s'épuise ainsi à courir partout, c'est qu'il a à faire exister le Mime. Il n'y a pas dix troupes, vingt troupes comme au temps de Deburau, il y a Marceau, seul, et un art qui a perdu ses assises populaires. Comme le Dieu de Descartes qui doit intervenir à chaque instant pour perpétuer l'existence de la créature, Marceau doit se multiplier, être partout à la fois afin de maintenir le Mime en vie. S'il est là, tout va bien ; qu'il disparaisse, il n'y a plus rien. Aura-t-il même un successeur ? Le voici donc témoin unique (au sens où l'on dit « témoin du Christ ») d'une forme d'art, pèlerin passionné, prosélyte en quête de fidèles et de disciples.

On comprend alors que s'il tient la nomenclature rigoureuse de ses tournées, de ses créations, de ses succès, ce n'est pas par immodestie. Au contraire : sa propre histoire se confond avec celle du Mime et ses triomphes ne sont pas les siens, mais d'abord ceux de son art. Là où il a été, le Mime a existé, là où on l'applaudit, le Mime ressuscite dans sa gloire ancienne.

Et malgré ses réussites, il peut à bon droit se plaindre d'être incompris, penser qu'on ne lui rend pas justice : il croit à son art avec une foi de missionnaire, voilà près de vingt ans qu'il œuvre, et si le public se presse à ses spectacles, ceux-ci ne suscitent pourtant ni les controverses, ni les remous d'opinion, ni les orchestrations qui accompagnent d'ordinaire la sortie d'un film ou d'une pièce à succès.

Marceau m'a posé cette question et c'était très pathétique : « Aime-t-on tellement le Verbe chez nous ? » Chez nous, c'est-à-dire en

France. Car le paradoxe, c'est que Marceau fait des disciples à l'étranger, en Pologne, en Tchécoslovaquie, en Israël, des troupes de mimes se créent, qui se réclament directement de lui. Et il n'y a pas seulement les troupes : des livres s'écrivent, des discussions s'ébauchent, un mouvement vivant se dessine. « Chez nous », c'est autre chose. Certes, Marceau a eu sa propre compagnie de Mime, qu'il a promenée dans le monde entier et avec laquelle il a joué à Paris même pendant de longs mois. Mais cette compagnie est dissoute aujourd'hui : Gilles Ségal, qui fut le second de Marceau, a voulu fonder sa propre troupe. Marceau a accepté avec joie cette séparation : deux troupes valent mieux qu'une et le dédoublement ne pouvait qu'être bénéfique au Mime. Mais Gilles Ségal se trouve maintenant à l'Odéon, où Barrault l'a appelé ; Marceau n'a plus avec lui que son fidèle Pierre Véry, qui présente sur scène les pancartes avant chacun de ses numéros. Il n'y a donc plus de troupe, il y a Marceau seul. Peut-être — il l'espère — pourra-t-il dans quelques mois recréer une compagnie.

Mais il faudrait pour cela que Paris l'aide, que Paris l'appuie. C'est clair : le mime Marceau a Paris dans la gorge. C'est à Paris que les batailles se gagnent ou se perdent, c'est Paris qui consacre et si chaque soir — toujours cette contradiction — les spectateurs du Théâtre de l'Ambigu faisaient à ses représentations un vrai triomphe, on n'en trouvait dans la presse, à la radio, dans les salons, qu'un écho affaibli, lointain. Marceau à Paris se sent comme Sisyphe avec son rocher. Il paraît, on l'applaudit, on lui fait fête, la partie, semble-t-il, est gagnée. Mais non, tout est encore à recommencer : en son absence, pas un livre, pas un article. C'est comme si on l'oubliait, comme si le Mime mourait chaque saison avec lui.

De cela il souffre, il s'étonne. Et on doit s'étonner aussi car il est bien vrai que le public est pour lui et apprécie hautement son art, il faut avoir vu sur les visages cette attention passionnée qui, pendant deux heures, ne se relâche pas un instant, cette compréhension profonde de chaque geste, cette participation active des spectateurs, enfin cette qualité de silence de la salle. Nulle toux, nul chuchotement, nul remuement de chaise : le plus léger des bruits serait un crime, briserait net cette merveilleuse communication intérieure qui s'établit entre Marceau et son public.

Masque blanc, lèvres rouges, sanglantes, sourcils en arc au milieu du front et ces deux larmes noires sous les yeux, Marceau s'avance dans le faisceau d'un projecteur. Il est un saltimbanque dans son numéro de fil-de-fériste et, bien entendu, il n'y a ni fil de fer, ni vide autour de lui, ni balancier dans ses bras. Rien qu'un homme seul sur un solide plancher de théâtre. De son corps, de ses bras, il forge littéralement l'espace, il le détermine, il le différencie, il fait exister le vide à la droite, à la gauche, du funambule, et bientôt, nous savons — nous l'éprouvons intérieurement — que la chute est possible, à tout instant. Qu'il l'esquisse seulement, mille cœurs cessent de battre, la salle entière frémit physiquement d'une houle d'angoisse.

Mais que savons-nous en vérité d'un geste, nous les gens de plume, nous les parleurs ? Ce sont les artisans, les ouvriers, ceux qui travaillent la matière et éprouvent de leurs mains la résistance du monde, qui comprennent le mieux Marceau. Le langage du Mime est directement leur langage et les stylisations les plus abstraites, les raccourcis, les ellipses les plus audacieuses ne leur échappent pas. Là où nous nous interrogeons sur le sens d'une attitude, eux n'hésitent pas, ils ont déjà compris. Le vrai public de Marceau est celui-ci ; à Moscou il a présenté plusieurs fois son spectacle dans des usines : ce fut, au dire de ceux qui assistèrent à cette confrontation, un moment unique. Les ouvriers moscovites se pressaient pour manifester au mime français leur admiration. Davantage même : leur reconnaissance.

À Metz aussi, en me promenant avec Marceau dans une rue de la ville au lendemain de la représentation qu'il y avait donnée, j'ai été le témoin du même phénomène. Nous marchions, nous fûmes dépassés par deux hommes en bleu, deux maçons. L'un deux se retourna, il se pétrifia littéralement, il avait reconnu Marceau. Il vint à lui et dit très simplement ceci : « Merci, je vous ai vu hier soir, merci. » Et pour son collègue, il ajouta : « Regarde-le, c'est le mime Marceau, il dit tout et il cause pas. » Je jure que jamais vedette à succès ne fut l'objet d'un sentiment aussi pur. Oui, il s'agissait vraiment de reconnaissance, comme si cet homme remerciait Marceau de prouver par son art que ceux qui ne parlent pas, ou qui parlent peu, ont droit comme les autres à s'exprimer, de lui avoir restitué une dignité.

Chacun parle, mais la parole n'est pas à tout le monde. Il y a les taciturnes, les silencieux, ceux qui ruminent leur vie et ne peuvent en tout cas rien reconnaître de leurs problèmes, de leurs difficultés, dans les vaudevilles du Boulevard. Ce théâtre-là n'est pas le leur et ils s'aperçoivent, de proche en proche, que les formes habituelles d'expression artistique ne leur appartiennent pas, ne les concernent pas. À ceux-là Marceau sait que s'il veut redonner la vie au Mime, le changer à nouveau en un art populaire, c'est vers eux plus que vers le Tout-Paris qu'il doit se tourner : son vrai public, ses futurs disciples sont là.

En attendant, Marceau poursuit sa longue marche. Ce pèlerin passionné a tout sacrifié, même sa vie privée. Il n'en a pas. Il fut marié une fois. De ce mariage il lui reste deux fils, Baptiste et Michel, qu'il adore et qu'il voit trop peu. Lorsqu'il consent à s'arrêter entre deux voyages, il les reçoit dans sa maison de Berchères-sur-Vesgres, dans l'Eure-et-Loir, perdue, isolée au milieu d'un champ de blé, et il leur apprend l'escrime ou le judo où il est passé maître. Mais bientôt il repart, le Mime l'appelle : « Il y a du Gitan en moi, dit-il, j'ai besoin des routes, je veux vivre dans l'inquiétude. »

Elle, n° 830, 10.11.1961

SORAYA, UN HIVER À CAPRI

Impératrice d'Iran, Soraya Esfandiary fut répudiée par le Shah, car elle ne pouvait pas lui donner d'héritier. Pendant longtemps, elle promena ses yeux verts et sa beauté de palace en palace, se cherchant un nouvel époux, aussi nanti que le premier.

Capri, avril 1959

Le secret d'une retraite si étrange, c'est Immaculata Mancini, femme de chambre au quatrième étage du Quisisana, qui me le dévoile : « Signor, quelque chose va se passer ; pour qu'une femme, qui a été mariée, supporte d'être chaperonnée nuit et jour par sa mère, il faut qu'elle soit très amoureuse [...]. » Voilà une semaine entière que Soraya, à Capri, s'ennuie à mourir, avec une incompréhensible patience. La pluie têtue qui noie l'île depuis son arrivée, le froid ajoutent à l'ennui, dénudent encore plus cette attente. Capri sans soleil est injustifiable, mais Soraya, entêtée comme le mauvais temps, s'obstine à rester.

Moi aussi. L'horaire de mes journées, immuable et morne, est exactement celui de l'ex-impératrice. Il est dix heures du matin, nous sommes le huitième jour, et il crachine doucement sur Capri. Les portes de l'ascenseur battent dans le hall du Quisisana, où

Soraya et Mme Eva Esfandiary, sa mère, occupent, au quatrième étage, les appartements 427 et 428. Soraya, en pantalon acier bleui, ballerines noires et manteau de pluie, sort la première, flanquée à sa droite par Mme Esfandiary mère et, à sa gauche, par Frau Kassner, une Allemande de soixante-trois ans, aux cheveux presque roses. Frau Hilfrich, sœur de Frau Kassner, blond de miel, et le Herr Doktor Helmut Kassner, ancien consul d'Allemagne à Haïti, ferment la marche. Tous les cinq sont arrivés ensemble de Rome et, depuis, ils ne se sont pratiquement pas quittés.

Soraya a, comme à l'ordinaire, le teint très blanc et sa moue légèrement écœurée, qui décourage la curiosité des Capriotes. Les grosses lunettes noires de l'incognito, qui cachent ses beaux yeux verts, n'empêchent point pourtant les touristes allemands, auxquels l'île, en cette fin avril, est livrée sans défense, de la reconnaître et de la photographier sans relâche.

Mme Esfandiary mère porte également des lunettes noires : c'est une robuste Munichoise au visage dur, aux lèvres minces ; ses cheveux blonds retombent dans son dos, en folie, comme ceux d'une jeune fille insouciante. Le consul, gros, tête rasée, visage de dogue, Leica sur l'estomac, est plus allemand que nature. D'ailleurs, sous cette pluie, avec tous ces Germains qui se croisent dans les ruelles étroites, nous ne sommes pas à Capri, mais quelque part en Prusse ou en Saxe. Beaucoup, qui voient l'île pour la première fois, s'efforcent d'y mettre du soleil. Quelqu'un s'écrie : « *Dort, etwas schön zu sehen* » (« Là-bas, il y a quelque chose de beau à voir »), et aussitôt douze appareils photographiques, armés avec ensemble, emprisonnent un coin de rue ou un coin de mer.

Le huitième jour

10 h 05. Soraya, sa mère et sa suite d'amis pénètrent comme chaque matin à la Capanina, à cinquante mètres à peine de l'hôtel. Comme il y a Van Cleef et Arpels à Deauville, il y a la Capanina

à Capri : c'est une boutique de bijoux. Pendant une heure, comme chaque matin depuis une semaine, on va présenter à l'impératrice des bagues, des colliers, des bracelets, des rivières de diamants. De temps en temps, la belle épouse répudiée du Shah se lève, sort dans la rue et réexamine, d'un air plus maussade que jamais, la vitrine de la bijouterie. Elle rentre et, inlassable, le joaillier lui présente de nouveaux écrins. Mais les plus belles perles de l'île n'arriveront pas à dérider ce visage si inexplicablement triste.

11 h 10. La pluie a enfin cessé. Il fait très frais, il vente. Deux petits tours de lèche-vitrines sur la place centrale de Capri. Sans soleil, ces pyramides de bibis de paille multicolores, ces liasses de pantalons de plage veloutés et fleuris sont désarmantes comme une machine détraquée. Mais pourquoi Soraya ne sourit-elle jamais ? Ses lèvres, depuis des jours, sont figées dans sa célèbre moue, et c'est à peine si, le soir, au bar du Quisisana, avant le dîner, elle consent à s'étirer les commissures aux lourdes bonnes histoires allemandes que raconte, pour les dames, le Doktor Kassner. Personne, d'ailleurs, dans ce groupe, n'est gai. Mme Esfandiary mère et ses lunettes noires ruissellent d'importance ; toujours en tête au cours de la promenade, blonde Walkyrie, elle fend en étrave les jeunes Capriotes, à la curiosité charmante et blasée, qui s'agglutinent pour regarder passer sa fille. Soraya suit, dans son sillage, sans voir personne. Le consul, sa femme et la sœur de sa femme ont l'air insupportablement naturel des gens qui sont dans le secret des dieux.

11 h 45. La promenade est terminée. Tous les cinq, comme des touristes bien organisés qui attendent le moment de reprendre le car, sont assis dans le hall immense, désert et froid, du Quisisana. Le Quisisana, qui est le seul palace de Capri, est laid et sans chaleur comme un palace. Mais pourquoi attendre dans le hall ? Ils vont rester là soixante interminables minutes, jusqu'au déjeuner : Soraya ne desserre pas les dents, le consul feuillette d'un air dégoûté un journal italien. Mme Esfandiary mère susurre ses requêtes à l'oreille du portier, dévotement penché vers elle : Frau Hilfrich et Frau Kassner n'existent pas. Personne ne boit, personne ne fume.

12 h 45. Coup d'œil de Mme Esfandiary mère à sa montre-bracelet. Elle se lève. Tous l'imitent. Descente à la salle à manger de l'hôtel. Il y a, à Capri, vingt restaurants charmants avec des joueurs de guitare ; mais, depuis son arrivée, l'ex-impératrice et sa suite mangent à l'hôtel, au menu. Mme Esfandiary mère se méfie d'ailleurs des faux frais, considérables dans les palaces. Au bar, hier soir comme chaque soir, elle a tenu à régler aussitôt les consommations, après avoir échangé ses lunettes noires contre de vraies lunettes de presbyte pour vérifier l'addition. Sa note d'hôtel, lorsqu'elle partira, ne lui réservera pas de surprises.

13 h 45. Fin du déjeuner. Tous regagnent leurs chambres : Soraya et sa maman au quatrième étage, le consul, sa femme et la sœur de sa femme au troisième.

15 h 15. Je m'inquiète. Ils devraient déjà être redescendus depuis un quart d'heure pour la promenade de l'après-midi. Ils sont toujours ponctuels.

15 h 30. Rien. Je me décide à monter rôder dans les couloirs du quatrième. Immaculata Mancini, qui veille aux portes du 427 et du 428, m'accueille, un doigt sur la bouche : « Chut, il a téléphoné, il arrive ce soir... — Qui ? — Mais le prince. Il Principe Orsini. Il aura le 429, la porte à côté. » Le pressentiment de ce grand événement ne m'avait pas touché. Tout soudain prend un sens : la retraite de Soraya, ce mortel ennui, le vigilant chaperonnage de sa mère, les duègnes allemandes et cette obstination à demeurer à Capri alors que dans les palais de Rome mille fêtes d'aristocrates se donnaient sans elle. Cette retraite, cet ennui, cette tristesse, cette patience et cette compagnie de gens pas drôles du tout n'étaient rien d'autre qu'une veillée d'amour. Immaculata avait eu raison : Soraya, à la veille d'un événement décisif dans sa frivole et très sévère existence, s'était changée en jeune fille respectueuse, indulgente, pliée comme une vraie fiancée italienne à l'autorité de la *madre.* Et sans doute ce rendez-vous d'amour de Capri avait-il été prémédité, organisé dans tous ses détails depuis Rome même. Rome, où elle venait de passer tout un mois, jouant à cache-cache avec des meutes de

photographes et inventant d'incroyables ruses pour rencontrer Orsini, tandis que Mme Esfandiary mère et la patricienne Donna Luisa Rignon, la maman du prince, prenaient le thé ensemble dans le vieux palazzo des Orsini, via Emilia. Il s'agissait là d'une affaire infiniment complexe, avec des dimensions amoureuses, diplomatiques, financières et vaticanes, que ces deux femmes de tête avaient dû régler dans tous ses détails, au cours de leurs entrevues secrètes.

Il y avait d'abord ce fait brutal : Soraya et Raimondo — Raimondello pour ses intimes — s'aimaient. Cela se chuchotait à Rome depuis leur rencontre à Saint-Moritz, l'hiver dernier. Raimondo, ses vacances terminées, avait repris le train pour l'Allemagne, où il n'avait pratiquement pas quitté l'Altesse impériale. Et, revenu à Rome, il lui avait écrit — on le sait — tous les jours, jusqu'à ce qu'elle-même arrive enfin dans la capitale italienne, accompagnée de sa mère.

C'était le premier point. Mais ce séjour à Rome avait été un enfer. On les guettait, on les traquait, tandis que les deux familles avaient chacune des raisons très solides de vouloir éviter toute annonce de fiançailles prématurées. Côté Esfandiary, il convenait d'abord de ne pas attirer sur soi le courroux du Shah et de la cour d'Iran : Soraya restait toujours Altesse impériale et recevait ponctuellement sa mensualité de deux millions par mois. Tant que le Shah n'aurait pas donné son accord, rien d'officiel ne pouvait être fait. Il fallait aussi ménager la situation de M. Khalil Esfandiary, le papa de Soraya, ambassadeur d'Iran à Bonn. Tout était grave, et cela d'autant plus que Soraya, depuis son départ de Téhéran, se révélait être pour la première fois vraiment amoureuse.

Elle en avait assez, elle ne voulait plus attendre, elle pressait ses parents d'agir. Sa maternité déçue et son étrange destin d'Altesse répudiée publiquement, avec une cruauté féodale, l'avaient marquée. Sa célèbre beauté même lui devenait insupportable. Chaque mois, des passions toutes blanches de jeunes gens naissaient, à travers le monde, dans les palais royaux ou les châteaux princiers : les filles de la couronne de France se mariaient et faisaient des enfants ;

Albert de Liège, à Rome, se fiançait à la ravissante Paola Ruffo di Calabria; d'autres encore. Soraya, elle, restait seule, plus belle et plus célèbre qu'une étoile hollywoodienne, mais reine sans trône, au ban des monarchies, lasse d'emporter sa beauté inutile de palace en palace, de station d'hiver en station d'été, de milliardaire en milliardaire : il y avait eu, à Saint-Moritz, le Français Georges Fixon et le Péruvien Alfonso Giraldo Tolón, à Madrid le banquier espagnol Don Antonio Muñoz, à Biarritz le comte Guy d'Arcangues et José Luis de Villalonga, aux Bermudes Francesco Pignatelli, un Crésus de vingt-sept printemps; à Bonn, le baron industriel Dieter von Malsen-Ponickau, à Cologne l'archimilliardaire fabricant de canons Harold Krupp von Bohlen und Halbach.

Beaux noms, beaux titres, fortunes, ce n'étaient pas les bons. L'élu, ce devait être Raimondo Orsini, prince du Saint-Empire romain, duc de Gravina, prince de Roccagorga, prince de Solofra, prince de Vallata, comte de Muro. Un gotha à lui seul. Mais les Orsini, eux aussi, avaient leurs raisons de temporiser : Raimondello, prince de la noblesse noire (celle des anciens États de l'Église), a sa chaire à Saint-Pierre de Rome, et il devait s'assurer que le Vatican ne ferait pas obstacle à son mariage avec une musulmane. Toutes les difficultés, semble-t-il, ont été aplanies par ces deux maîtresses femmes que sont Mme Eva et Donna Luisa, puisque Raimondello va arriver ce soir. L'Église est d'accord si Soraya se convertit ou bien si elle promet d'élever ses enfants dans la religion catholique. Et, à Téhéran, le Shah consentant vient de faire publier un communiqué déclarant que Soraya peut se remarier avec qui elle veut. Le temps du malheur, pour elle, va prendre fin. Tout est clair : les retrouvailles qui auront lieu ce soir, annonce officielle ou pas, seront de vraies fiançailles publiques.

16 heures. Les voilà. Il y a un peu de rose sur les joues de Soraya. Cette fois, c'est elle qui précède sa mère et conduit le groupe au pas de chasseur jusqu'à la petite place. Trois tours de place. Retour à l'hôtel. La promenade a duré un quart d'heure.

18 h 30. Le prince Orsini et son confident, Ignazio Guzmán, ont

débarqué dans l'île par le bateau de 6 heures. C'est le téléphone arabe de Capri qui me l'apprend, mais personne pourtant ne les a aperçus pendant la traversée, personne ne les a vus débarquer. Ils ne sont pas non plus à l'hôtel. Immaculata s'est-elle trompée ? Ou, plus probablement, Raimondo ne se trouve-t-il pas chez Ignazio, qui possède une villa à la pointe sud de l'île ?

19 heures. Ils sont tous les cinq, comme chaque soir, silencieux, dans le bar du Quisisana. Il y a du neuf, c'est clair : Mme Esfandiary mère, Frau Hilfrich et Frau Kassner portent chacune une étole de vison argenté. Herr Kassner, en costume beige tendre, est tiré à quatre épingles. Soraya porte deux pull-overs rouges, deux rouges de nuance différente, un simple tricot et un cardigan, son pantalon acier bleui et ses ballerines. Elle est sans lunettes. Et — ô miracle ! — elle rit, mais cette fois très franchement, aux bons mots du consul. Mme Esfandiary mère me regarde d'un air méchant : je suis là, je vais assister à tout, je serai le seul témoin de l'historique rencontre. Elle n'aime pas cela.

20 heures. Un jeune homme blond pénètre dans le bar. Houle de joyeuse et divine surprise à la table impériale : « Ce n'est pas croyable ! Ce n'est pas possible ! Depuis quand êtes-vous là ? Quelle chance ! »

J'entends tout. Je regarde Soraya, qui rougit comme une enfant, et, pour la première fois, je la trouve adorable. Bon, mais ce jeune homme est trop petit et trop blond pour être Orsini. Ce doit être Ignazio, le confident, le chandelier aussi. En effet, un chasseur apporte un tabouret, et c'est lui qu'on assoit auprès de Soraya. Elle le regarde avec amour : il est l'ange de l'Annonciation. La conversation, mondaine et nulle, se déroule bizarrement, partie en allemand, partie en italien, partie en anglais. Le cosmopolitisme, le voilà.

20 h 20. Il entre. Tout se passe très vite. Il incline sa haute taille sur la main de Soraya, pour la baiser, on lui avance un fauteuil, et le voilà assis à côté de madame sa mère, à qui il susurre des douceurs. Je trouble cette fête. Soraya n'ose pas le dévorer de ses yeux verts comme elle le souhaite : elle le regarde, elle baisse les yeux, elle

passe outre à ma présence, elle le dévore enfin. Et elle lui parle. Elle l'adore, cela crève les yeux, et c'est un sentiment si fort et si sincère que j'oublie tout le mal que, depuis huit jours, j'ai pensé d'elle. Je la trouve belle : c'est la première fois. Il faut qu'elle rie, qu'elle ait l'air jeune, cela lui sied. Et, à voir ainsi Raimondo penché sur Mme mère, on pense bizarrement à je ne sais quelle promesse de maternité, on se dit que ce fameux tour du monde gynécologique, c'est de l'histoire ancienne, la préhistoire de Soraya.

Raimondo est grand, il a un vrai visage de Romain, mais son teint est rose et, c'est indéniable, il sait parler aux mères.

21 heures. Dîner à l'hôtel, sur une table d'angle, près de la grande baie : Soraya et Raimondo, cette fois, sont côte à côte.

22 h 30. Ils sont tous les sept au Gatto Bianco, la boîte à la mode de Capri. Musique douce. Obscurité. Tout baigne dans une ouate verte, couleur d'alchimie. Toutes les barrières, toutes les défenses ont sauté. J'ai beau être là, à trois mètres, Soraya, qui se moque du qu'en-dirai-je, a posé ses mains sur la cuisse gauche de Raimondello, qui, lui-même, a posé ses propres mains sur celles de son aimée. C'est doux et tendre, incroyablement fort et passionné. Ignazio Guzmán, les Allemands et Mme Eva n'existent plus, Soraya et Raimondo ne dansent même pas. Ils s'aiment.

Le lendemain, 8 heures. Je quitte Capri. Il fait merveilleusement beau.

Elle, nº 698, 11.05.1959

RICHARD BURTON

Studios de Billancourt, novembre 64

J'ai beaucoup de chance : il est d'une humeur exquise. C'est l'attachée de presse chargée, avec quelques gorilles, de défendre M. Burton contre nos curiosités, qui me le dit. Je la crois. À Billancourt, où M. Burton et Mme Taylor tournent pour 750 millions une niaiserie superbe, on se heurte dans les encoignures à des boxeurs déchus. Nez écrasés, oreilles travaillées, ils veillent, prêts à intervenir sur un battement de cils. Mais l'attachée de presse n'est pas un gorille. C'est une jeune femme terrorisée : écartelée entre les tremblantes prières des journalistes et le dégoût ordinaire que nous inspirons à Burton, elle a choisi de passer à l'ennemi. Elle nous fait piétiner et guette dans l'œil bleu acier de la star le zigzag de bienveillance qui lui donnera l'audace de présenter nos requêtes. Une journée d'attente à Billancourt n'est pas monotone : l'attachée disparaît tous les quarts d'heure du bureau où nous sommes parqués et revient avec une manne de nouvelles, bonnes ou sinistres, qu'elle dispense sans avarice :

« Il a souri. Il a tapé sur l'épaule d'un machiniste. Je suis pleine d'espoir. »

« Liz vient de lui offrir un petit chien. Race pure. Adorable. Richard joue comme un enfant. »

« Il a acheté *Le Voyeur*, d'Alain Robbe-Grillet. Il est très intellectuel. Il n'aime pas les questions stupides. »

« Il s'est enfermé avec Liz dans sa loge. Ils sablent le champagne. Le champagne lui affûte l'esprit. »

« Richard est travailliste. Il a voté pour Wilson. Son père et ses frères étaient membres du Parti communiste. Il en est très fier. »

Mais l'heure soudain est creuse, le jour faste et la star prolétaire voit la vie en rose. Il consent ! À la suite de l'attachée, je pénètre sur le plateau. Chaleur de four, suffocation, une centaine d'officiants pratiquent avec rigueur la division du travail. Le metteur en scène Minnelli chuchote des ordres que six adjudants, appelés assistants, aboient de plus en plus fort, selon une hiérarchie descendante : le dernier assistant est celui qui crie le plus fort. La star n'est pas ici. « Il avait soif, dit l'attachée, il va revenir. » Le décor : un austère bureau-bibliothèque, qui suggère l'étude et la paix de l'âme. C'est le bureau de Richard, un révérend épiscopalien, qui dirige d'une poigne puritaine une école pour enfants difficiles. Le matériel publicitaire fourni par la Metro Goldwyn Mayer indique avec orgueil que *The Sandpiper* (c'est le film qui se tourne ici) est né d'une idée originale de M. Martin Ransohoff, le producteur. C'est une « idée » en effet, dont l'attachée, pour me faire patienter, m'expose encore une fois les beautés : « Libre d'esprit et de corps comme un oiseau des plages de Monterey (Californie), peintre passionné, Laura Reynolds (Elizabeth Taylor) mène avec Danny, son petit garçon de neuf ans, une vie qui n'a de compte à rendre qu'aux lois de la nature. » « Comme Simone de Beauvoir », précise l'attachée, qui doute de ma vivacité. Bref, le fils de Liz ne marche pas droit. Sa mère, pour le redresser, le confie au révérend Burton. Coup de foudre entre Liz et Burton, péché, flammes de l'enfer. Mais le révérend trouve, grâce à Dieu, la force de rompre et revient à sa femme, Eva Marie-Saint, riche d'une inoubliable expérience, plus fort et comme purifié. M. Ransohoff s'est acheté le couple de Cléopâtre : tous frais payés à l'hôtel Lancaster, 750 millions d'anciens francs, 500 pour Liz, 250 pour Richard.

Une houle au fond du plateau. Ocre du bout des doigts à la racine des cheveux, œil bleu, rouleur d'épaules, Burton paraît en longue soutane noire. Un jeune homme marche devant lui à reculons et promène sur son visage, tandis qu'il s'avance, un ventilateur, portatif. Un autre retouche avec un tampon l'ocre de ses doigts (*The Sandpiper* est un film en couleurs), discipline d'un coup de peigne les cheveux follets des tempes et de la nuque. La minute est propice. Non. L'œil maussade, embrumé, se pose sur l'attachée, sur moi, nous sommes transparents, il ne nous voit pas. Elle dit : « Quelque chose est arrivé. Son humeur n'est plus la même. » Il faut patienter encore. À six heures du soir enfin, après une longue journée où, sans ventilateur, j'avais perdu ma présence d'esprit, Burton m'accorda, l'œil rivé à sa montre, cinq minutes exactement, contre un portant du décor et en présence de l'attachée. Le contrat du couple de Cléopâtre prévoit en effet que l'attachée assiste à tous les entretiens, afin de pouvoir témoigner de la véracité des propos rapportés. Burton enfui, l'attachée me fit mesurer le prix de ces précieuses secondes : « Vous comprenez, il ne pouvait pas faire attendre Liz. Mais vous avez plu. Revenez demain matin. » Demain était un autre jour : l'attachée exigea que je lui communique — comme on ne le fait plus au Kremlin ou à la Maison-Blanche — mes questions par écrit. Je refusai. Nous rompîmes. Vingt-quatre heures plus tard, la conscience professionnelle l'emporta, je piétinai mon orgueil et demandai l'aman. Je pris mes quartiers à Billancourt, tenu en haleine, dans un véritable garde-à-vous moral, par l'attachée et deux sous-attachées, qui annonçaient comme imminent le consentement de la star. La torture par l'espérance. Deux jours d'attente encore couronnés d'une apparition d'Elizabeth Taylor en manteau de vison rose à poils longs. C'était trop. C'était assez. Je suis redescendu parmi les hommes, riche d'un savoir glané auprès de l'attachée, d'un gorille discoureur et de professionnels du théâtre et du cinéma. J'ai cité mes sources. Voici, en vrac, des éléments pour servir à un portrait en pied de Richard Burton.

Le gorille : « Il a une “descente” terrible. Vin, whisky et champagne. Il faut qu'il soit à moitié ivre pour être au sommet de sa forme. Je ne l'ai jamais vu tomber. Dans les bars, il provoque la bagarre. Il a un air provocateur, qui incite les gens à lui taper dessus. À Londres, dernièrement, il s'est fait rosser par six types à la fois. »

L'attachée : « C'est un intellectuel. Il est devenu acteur par hasard. Il tourne des films pour faire de l'argent, uniquement. Il aime jouer au théâtre, mais n'y attache pas d'importance. Ce qui compte pour lui, c'est la littérature. Il vient d'écrire un conte de Noël. Il projette de diriger son autobiographie si Liz accepte de gagner pendant ce temps l'argent du ménage. Mais il n'est pas sûr d'avoir la discipline suffisante. Politiquement, Richard est tout à fait à gauche : il est né dans une famille pauvre de mineurs du pays de Galles, il a douze frères et sœurs à qui il est très attaché. Il a emmené Liz au pays de Galles après son mariage et la leur a présentée. Les Jenkins (c'est le vrai nom de Burton) ne la connaissent que par les journaux : Cléopâtre mangeuse d'hommes et briseuse de foyers. Ils ont dit en la voyant : "Alors, c'est ça, ta femme écarlate (référence à la parabole biblique de la femme adultère). Elle n'a pas l'air si méchante. Elle est toute petite, toute simple, toute pâle !" et ils l'ont adoptée. Burton considère que les seuls gens valables sont les Gallois et les Juifs, deux minorités opprimées et matriarcales, qui savent se moquer d'elles-mêmes. Il n'a pas exigé d'Elizabeth qu'elle renonce à la religion juive, à laquelle Mike Todd l'avait convertie. Au contraire : il s'enchante que Liz aujourd'hui parle l'américain avec un accent yiddish prononcé.

« Il dit de sa femme qu'elle n'est pas belle ; il l'accuse d'avoir un double menton, des hanches graisseuses, une poitrine excessive. Cette muflerie est le comble de la délicatesse et de la passion. Il joue la distance, l'ironie. C'est un jeu : il ne veut pas paraître l'adorer. Mais il l'adore, il a abandonné toutes ses défenses. Pourtant il est dur et autoritaire. Elle aime être domptée, se révolter, être domptée encore. Il le sait. Elle sait qu'il le sait. Ils se guettent — sado-masochisme classique. »

Un professionnel : « En France, on connaît Burton par ses films : *Cléopâtre*, *Hôtel International*, *Becket*. Il y est mou et sans éclat. En

Angleterre, où il a été très célèbre comme acteur de théâtre — il a beaucoup joué Shakespeare, à l'Old Vic Theatre et à Stratford on Avon —, on déplore que sa carrière soit aujourd'hui de plus en plus commerciale. Il se fourvoie, disent ses amis : son goût fantastique de l'argent, son sens proverbial de la thésaurisation l'ont poussé à choisir le pire. Il a mauvaise conscience : c'est pourquoi il insiste tellement sur le fait que jouer la comédie est sans importance. La littérature, posée comme un absolu, lui tient lieu d'alibi : il la met au-dessus de tout pour se justifier d'avoir choisi la notoriété douteuse des contrats hollywoodiens. La carrière de Burton, selon les Anglais, est entrée dans sa "phase égyptienne". En sortira-t-il ? Il aime l'argent et la célébrité avec une fougue de nouveau riche : "On ne fait jamais la queue, dit-il, on a les meilleures places partout. C'est une vie très excitante et très perverse." Burton prend des revanches sur la pauvreté, il n'en aura jamais fini de se venger. À quelqu'un qui lui demandait ce qu'il souhaiterait si on lui donnait la possibilité de vivre une deuxième vie, il répondit : "J'aurais voulu être le fils d'un duc, avoir 135 millions de revenus par an et un énorme domaine que le public ne serait pas autorisé à visiter. J'aurais aimé penser que mes ancêtres étaient des barons pillards, violents, vulgaires et extraordinaires, mais que moi-même, je serais protégé de cette vulgarité et de cette violence par la grâce exquise du privilège et de la classe sociale. Et j'aurais aimé aussi avoir dans mon château une énorme bibliothèque, etc." »

La synthèse, on le voit, est difficile à faire : opprimé, oppresseur, persécuté, persécuteur, minoritaire et écraseur, parvenu, brutal et esthète, Richard Burton arrondit sagement son grand-duché grâce à M. Zanuck, de *Cléopâtre*, et à M. Ransohoff, de *The Sandpiper*. Laurence Olivier lui disait il y a quelques années : « Richard, il faut choisir : ou vous deviendrez un grand acteur de théâtre ou vous serez une célébrité. » Il a choisi : sa voiture, celle qui l'amène au studio avec Liz, est déjà une voiture de duc : une Rolls-Royce.

Elle, n° 988, 26.11.1964

JACQUES TATI

Cris d'oiseaux, couinements, coassements déchirent les tympans : au cœur de la nuit, quand Paris dort, le premier étage des laboratoires LTC est une basse-cour. Tati considère, attendri, ses monteurs aux yeux rosis de fatigue, qui bobinent à toute vitesse les bandes-son de *Playtime* et prennent à rebrousse-sens la voix de Monsieur Hulot. Cette fatrasie l'enchante. « Ici, dit-il, c'est le Hilton du ciné. » Au lieu d'y dormir, on y a lutté jusqu'à l'aube et contre la montre depuis des jours pour que *Playtime*, après quatre années d'une dramatique gésine, puisse enfin sortir cette semaine. Ce film, monument de son œuvre — durée deux heures vingt, couleur, écran géant, cinq pistes sonores, coût : un milliard deux cents millions, interrompu trois fois faute d'argent —, Tati seul a le pouvoir d'en parler : nul ne l'a vu, en effet, avant les spectateurs du Théâtre de l'Empire. Pas de projections privées, pas de parisianisme, pas d'attaché de presse, pas de propagandistes, rien qu'une entreprise solitaire et folle à laquelle un incurable jeune homme de soixante-deux ans a tout sacrifié. « Quatre ans sans savoir si un type va rigoler ou pas, c'est dur ! » Tati est maintenant au bout de sa route, mais sa solitude de créateur a été si grande qu'il a pris l'habitude, pour s'exhorter, pour se convaincre qu'il était dans le vrai et devait tenir bon, de se parler à lui-même. À trois heures du matin, Tati est poétique et tendre comme un boxeur sonné de coups jusqu'au rêve : j'aime qu'à cet instant sa préoccupation essentielle — le thème majeur de sa méditation — soit sa famille et, plus précisément, sa femme, qu'il appelle Madame Tati. « Pour avoir ma liberté artistique, dit-il, je suis forcé de signer beaucoup de choses qu'à mon âge je ne devrais pas signer. Ma maison par exemple, elle est hypothéquée. Je m'en foutrais si j'était tout seul. Mais quand on a une famille, c'est un peu plus délicat [...]. La vedette de mon film, au fond, c'est Madame Tati. Comme ça sans broncher, elle accepte de se priver pendant quatre ans, quatre années très difficiles. Et *Hulot*, *Jour de fête*, c'était déjà la même chose. »

« Madame Tati, elle aurait pu épouser un président-directeur général, avoir des visons et la sécurité. Mais elle s'en fout. Il faut la voir devant les huissiers, avec leurs papiers bleus ! Les découverts à la banque, c'est chronique chez nous. Elle m'a dit l'autre jour : "À force d'être à découvert, tu vas t'enrhumer." Elle est bien, non ? » Le visage de Tati exprime un si pur amour, et baigné d'un tel air d'enfance que je l'imagine jeune épousé de la veille. Pourquoi pas après tout ? Sa longue silhouette est demeurée si juvénile, ses traits depuis *Jour de fête* ont si peu changé que rien ne s'oppose à ce qu'il suscite des passions adolescentes. Mais il m'assène que Madame Tati et lui-même sont mariés depuis vingt-trois ans, qu'ils ont une fille, Sophie, de vingt et un ans, un fils, Bernard, de dix-neuf et que Mme Tati mère — Mme Tatischeff exactement —, qui habite avec eux la maison de Saint-Germain, porte très bien ses quatre-vingt-quatre ans.

Playtime, c'est vingt-quatre heures à Paris d'un groupe d'Américaines qui, à bord d'un avion des « Economic Airlines », font en Europe un voyage organisé : une capitale par jour. Mais le Paris que Tati leur fait découvrir n'est pas celui de la place du Tertre ou de Saint-Germain-des-Prés. Ce qu'elles voient chez nous, c'est très précisément le paysage urbain qu'elles ont quitté la veille, à New York ou Los Angeles, et dans lequel elles vivent ordinairement : un Paris à l'américaine, architecture glacée, rectiligne, uniforme, alvéoles aseptisées de verre et de béton, qui encagent l'homme et le domestiquent, grands ensembles, « mobilier pour vivre au garde-à-vous ; y a pas tellement de divans à Orly », commente Tati. Pour donner corps à son cauchemar — et le rendre plus vrai que le vrai —, Tati a fait construire à Joinville, derrière le champ de courses, un hallucinant décor de niches martiennes, de corridors interminables dans lesquels le martèlement de talons aiguilles, amplifié par les cinq pistes de la stéréophonie, semble porter contre l'homme une sentence métaphysique. Décor luxueux, ruineux — il a coûté 400 millions anciens — qui est à l'origine de tous les ennuis de Tati : il voulait en faire don à l'I.D.H.E.C., au lieu de quoi il a dû assister, les larmes aux yeux, à sa démolition. Mais les Américaines, dans cette blancheur et cette Cellophane, vont pourtant découvrir Hulot et ses semblables, les petites gens, ceux qui ne s'adaptent pas, qui ne cèdent pas à l'uniformité, à l'enrégimentement, à l'organisation et qui, par leur simple présence, « font sauter la baraque ». La machinerie entière se dérègle parce qu'il faut un plombier à casquette pour réparer la tuyauterie, parce qu'un ouvrier siffle le matin en allant travailler, contestant ainsi tous les transistors qui braillent au même moment le « tube » numéro un de la semaine. « Les gens s'ennuient, dit Tati avec profondeur, parce qu'ils se servent d'un tas de choses dont ils ne connaissent pas le fonctionnement. » Panne d'électricité à New York, panne d'ascenseur dans un gratte-ciel de cinquante étages signifient panique et angoisse : « Le monde, écrivait un grand philosophe, se dévoile à l'horizon des ustensiles détraqués », phrase que Tati pourrait inscrire en exergue de *Playtime*. Ainsi les hommes à casquette, les femmes en fichu prennent une éclatante revanche : à l'occasion de l'inauguration d'un nouveau cabaret, pour laquelle rien n'est prêt, la machinerie montre son envers, Tativille devient folle, un allègre désordre fait craquer aux membrures cette nef des fous et les Américaines, ravies, éberluées, gagnées par la contagion, découvrent le vrai Paris, c'est-à-dire les hommes — hommes et femmes —, les « petites gens ». « On ne regarde plus le décor à la fin, dit Tati, on ne voit plus que des casquettes et des types qui sifflent. J'ai voulu montrer qu'avec les

Latins, ça ne marche pas. » « C'est bien qu'une équipe de Français ait fait *Playtime*. Si vous rentrez dans ce genre de comédie, vous allez vous marrer. »

Mais *Playtime* — titre anglais absolument nécessaire, selon Tati, pour stigmatiser les cigarettes « Flash » de la Régie des Tabacs, le « parking » et le « snack » — est un film construit lui-même, gag après gag, comme une minutieuse machinerie. Pendant un an, Tati s'est enfermé dans son grenier et a élaboré son scénario avec une si pointilleuse rigueur dans le découpage, une précision, un minutage tellement pointilleux de chaque détail qu'il a pu, durant le tournage, s'occuper exclusivement de ses acteurs et son propre jeu à lui. « Mais, dit-il, si je montre mon scénario à un producteur américain et qu'il voit, dès la première page : “plan de nuages, tant de secondes”, il pense aussitôt à son devis et me dit : “*It's too long between the pictures*” (“C'est trop long entre les images”). Comme si le comique n'était pas aussi une question de rythme et de temps. »

C'est pourquoi Tati a eu tant de mal à réaliser *Playtime*. Les grosses sociétés ne peuvent pas financer une œuvre de ce genre parce qu'elles ne veulent jouer qu'à coup sûr. Or un film de Tati, qui est d'un comique subtil et destructeur, qui ne comporte aucune vedette (le groupe d'Américaines est composé de vingt-cinq femmes d'officiers du Shape et d'une jeune Allemande qui travaillait au pair chez les voisins de Tati à Saint-Germain), représente pour elles le risque pur. Tati a donc dû faire appel à un financement privé, au concours de gens qui l'aimaient bien ou encore d'inconnus qui lui ont fait confiance sur ses anciens films. Mais *Playtime* était un gouffre dévorant : « La deuxième fois qu'on l'a arrêté en plein milieu du tournage, dit-il, c'était épouvantable. On n'imagine même pas ce que j'ai souffert. Je suis resté quinze jours sans pouvoir payer les techniciens. Ce qui m'a le plus touché, c'était de passer pour malhonnête, ça frisait ça. Je ne touche qu'un défraiement ridicule. On vit avec ça depuis quatre ans et je ne sais même pas comment Mme Tati se débrouille. Mais quand il n'y a plus eu de quoi payer les techniciens, alors, je n'ai même pas voulu toucher ce défraiement. Ça a été dur, vous savez. »

Mais je manque, citant sèchement Tati, l'œil bleu, poétique et tendre, la gaieté de l'œil, la douceur de la voix, la parfaite absence de récrimination et d'amertume. Les Tatischeff sont sur la paille peut-être, pourtant je n'ai, de ma vie, rencontré famille plus joyeuse, plus accordée, qui mette davantage l'allégresse au cœur. Mme Tatischeff mère, d'abord : quand j'arrive avec Elwing, mon photographe, dans la maison de Saint-Germain-en-Laye, son fils lui crie : « Maman, descends, on va prendre une photo de famille. » Du premier étage, une voix résolue répond : « Impossible, je regarde les All Blacks à la télé. » Extase et voix de rêve de Tati : « Elle est bien non ? à quatre-vingt-quatre ans ? »

Mme Tati la jeune : c'est une femme ravissante, corps et visage très jeunes, pleine de charme et d'humour. « Des risques, dit-elle, il a raison de les prendre. Ça m'épate pas, je vous dirai, c'était déjà la même chose pour *Jour de fête*, mais on n'avait pas de gosses alors, et puis on était plus jeunes, on réfléchissait moins. De toute façon, j'ai confiance en Tati, même si ça comporte des moments pas très agréables. J'aime mieux cette vie-là qu'une vie pépère avec un fonctionnaire. C'est seulement dommage qu'il ne puisse pas faire un film plus tranquillement. Et puis il se crève trop, il se ruine la santé en veillant ainsi toute la nuit. Je crois que les toubibs vont lui donner l'ordre de s'arrêter. Vous vous rendez compte, il n'a pas pris un jour de vacances depuis quatre ans. Moi non plus d'ailleurs. Et il fait tout le temps des films sur la fête et les vacances ! » « Il ne sait pas se défendre, il faudrait un gars qui s'occupe de ses affaires. Dix millions de spectateurs ont vu *Jour de fête* : ça nous a rapporté 97 000 francs. » Intervention de Tati : « Je ne peux pas faire les films que je fais, être dans la crème fraîche et voyager en première classe. On ne peut pas tout avoir dans la vie. Y a le pour et le contre. Moi, j'ai gardé ma place, c'est ça qui est formidable. Je suis le même que quand j'étais au music-hall, je vois les mêmes gens. » Rêveur tout à coup : « Elle est sympa, hein, la maison ? C'est ce que j'ai voulu.

Y a rien de fragile ici. Pas de tapis. On peut renverser les verres, mettre les mains sur les murs. On a vendu des tableaux. On les a remplacés par des affiches de *Playtime*. Elles sont bien, hein, les affiches ? »

Dans une vitrine, il garde son bien le plus précieux, qu'il est prêt à défendre l'arme au poing : une merveilleuse collection de clowns.

Elle, nº 1148, 21.12.1967

ANTOINE, MON AMI COLBERT

Je me promène rue de Ponthieu avec mon ami Colbert, contrôleur des Finances du roi Louis XIV. Colbert, en chemise violette à fleurs, pantalon noir et jambes interminables, plus juvénile peut-être que ne l'avait fixé ma mémoire, à travers le célèbre portrait, tant de fois consulté, de nos manuels d'histoire. C'est Colbert, son nez normand, rond, gros, ses yeux noirs, futés et tristes, et la verrue à deux poils au coin de la lèvre supérieure. Pourquoi faut-il qu'Antoine, le dernier enfant du siècle — et grâces lui soient rendues pour cela —, me dépayse ainsi en plein Paris, peuplant à sa suite l'asphalte de seigneurs à perruque ? C'est Antoine qui est vrai, et anachroniques les têtes rases qui nous croisent sur le trottoir. J'imagine que le port de la perruque influençait chaque geste et jusqu'à la démarche : un bretteur du Roi-Soleil ne peut pas s'avancer au même pas que Bigeard. À l'Olympia, sur la scène, ou dans la rue, s'il me parle, Antoine ondule latéralement du buste, il se casse, il se fend chaque fois qu'il balance ses cheveux pour découvrir le monde à son regard. Et sa veste de dame en vinyle de chez Vog est vivante comme une cape de duelliste. Mais je n'ai pas du tout le sentiment d'avoir une femme à mes côtés. Antoine est un homme, un jeune homme qui nous oblige enfin à comprendre que la virilité parachutiste, la tonte au double zéro des cadets de West Point ne sont, Dieu merci, qu'une convention, le dernier soubresaut d'agonie mâle d'une époque par ailleurs vouée aux filles. J'aime Antoine. J'aime que, parlant de sa fulgurante entrée dans la gloire, il dise avec la totale absence de fausse modestie du physicien dont l'expérience vient de vérifier les calculs : « J'avais tout prévu », et que, le disant, il soit sincère. J'aime aussi qu'il ait décidé de faire de son corps, de son visage, de toute sa silhouette, un brûlot, un défi, qu'il se veuille provocant, par son apparence même, comme l'est Salvador Dalí avec ses moustaches. Tous deux ont décidé, à des fins très précises, de « manœuvrer » le monde et se considèrent comme des objets, des instruments, des outils. Il n'y a pas d'un côté Antoine, personne privée, bon élève, bon fils et bon fiancé, et, de l'autre, un chanteur qui devient extravagant au moment où il monte en scène. Antoine n'est peut-être pas encore un chanteur, mais il est aussi beaucoup plus que cela, il est un « événement » : il veut briser la barrière entre l'art et la vie, faire de toute sa vie un spectacle, confondre en sa personne l'art, la vie et le théâtre. Et c'est bien pourquoi ceux qui sont ses maîtres et qu'il admire s'appellent Breton, Vian, Dalí (il dit d'ailleurs très drôlement : « Si j'en connaissais plus, j'en admirerais d'autres »). Antoine est un petit-fils du surréalisme, un contemporain du pop art et des peintres qui tentent de réduire la distance entre l'art et la vie en collant des objets réels sur leurs toiles. L'événement Antoine s'est imposé avec une brutalité et une soudaineté fantastiques. Il faut croire que les jeunes, enlisés dans la routine et les fadeurs du yé-yé, en avaient assez de leurs vieilles idoles à Ferrari. Ils voulaient autre chose. J'attendais Antoine chez son imprésario et j'ai vu, de mes yeux, une secrétaire devenir folle, littéralement. Les villes de France appelaient, Vittel et Toul, Angers, La Ciotat, Avallon, Quimper et Grenoble exigeaient Antoine pour cet été, à son heure, à son prix, et aucune ne faisait la petite bouche.

Antoine, comme Boris Vian, est un ingénieur (Vian sortait de Centrale) : on se condamne à ne rien comprendre à son humour glacé, à son insolence, si on veut ignorer sa formation scientifique. Antoine a le goût de l'objectivité et l'idée qu'un certain nombre de forces, dont on peut dresser la nomenclature et mesurer rigoureusement le pouvoir, sont aux prises dans l'univers : à partir de là, il est possible et facile d'agir sur le monde, celui-ci est « manœuvrable ». Dans la rue, les gens le croisent et l'interpellent : « Antoine, fais couper tes cheveux. » « Et tes nattes, Antoine ? » Le tutoiement toujours. Je lui dis : « Ils sont bien familiers. C'est parce que vous n'avez qu'un prénom. — Le prénom, me répond Antoine, a des avantages incommensurables. C'est excellent pour se faire connaître vite et pour l'exploitation commerciale du nom. — Du nom ou du prénom ? — Mon prénom est un nom. » C'est avec le même détachement de mécanicien qu'il analyse les raisons de sa prise de pouvoir. « Les temps étaient mûrs, dit-il, pour une deuxième révolution. J'ai profité des moyens de diffusion énormes mis à la disposition des yé-yé. »

Antoine n'aime vraiment pas les idoles en place. « Je ne veux pas, affirme-t-il, faire partie de leur grande famille. Ils se détestent, ils se jalousent, mais ils apparaissent ensemble dans les cérémonies qu'on organise à leur gloire, ils s'embrassent et se font des grâces. » Antoine reproche aux idoles, non pas la musique de « rock » qui, dit-il, est aussi noble qu'une autre, mais le vide complet, l'absence de contenu de leurs chansons, et aussi le « vide intellectuel des personnages », leur total manque de sincérité. Il est vrai que les idoles — si on excepte les hurlements sauvages, les « sonos » folles et les reptations qui permettent aux jeunes de se défouler — sont d'un conformisme étonnant. « Sois fier, sois droit, sois juste », chante à peu près Claude François, exaltation de l'amour sage, petites révoltes sans méchanceté — « T'es plus dans le coup, papa », etc. Et hors de scène, ils s'efforcent de faire oublier leurs quelques ruades en adoptant les valeurs établies et en renchérissant sur elles : service militaire, mariage, dévotion aux gens en place et Ferrari ou Rolls, bien entendu.

Ni Claude François ni Hallyday ne veulent comme Antoine faire de leur vie un spectacle. Ce sont des chanteurs professionnels, plus ou moins doués, mais aucun n'est un « événement ». Où est leur moustache de Dalí, où leur chevelure, où l'incroyable pantalon de soie à pattes d'éléphant, où le grand squelette provocateur d'Antoine, où donc le culot? « Les jeunes en avaient marre de cette sagesse sirupeuse. C'est pourquoi ils se sont réfugiés dans les *Élucubrations*. Je n'ai rien cherché à apporter avec mes chansons, pas de message car j'ai chanté ce qui me plaisait. Mais il y a une chose dont je suis sûr : j'essaie de mettre dans mes chansons le plus de lucidité possible. »

La lucidité, c'est le mot clé d'Antoine — et cela ne signifie pas la « logique ». Les *Élucubrations* ne sont pas logiques, *Pourquoi des canons ?* pas davantage et, souvent même, Antoine nous entraîne en pleine loufoquerie. Mais il s'attaque aux fausses évidences, aux idées reçues, à toutes les aliénations intellectuelles. Il est remarquable que, même si le public d'Antoine est composé de teen-agers, ceux à qui il s'adresse peuvent aussi bien être des adultes. Je défie un homme ou une femme de quarante ans de trouver une nourriture quelconque dans une chanson yé-yé classique. Dans celles d'Antoine, ils le peuvent : la pilule et la guerre sont des problèmes qui les concernent, comme me touchent personnellement les réflexions de ce jeune homme sur le travail ou les conventions de notre monde : « La société, dit-il, peut m'imposer le travail, mais pas de le vénérer. Il est complètement scandaleux de transformer les nécessités en valeurs sacrées. » Mais Antoine est également lucide s'il parle des beatniks : « À la limite, dit-il, c'est une vie impossible. Un jour ou l'autre, un beatnik est obligé de travailler, on n'échappe pas à cette loi. Je comprends parfaitement un jeune homme qui prend la route — c'est ce que j'ai fait — pour se retrouver avec lui-même, pour examiner ce qu'il a envie de garder des choses qu'on lui a apprises et ce dont il veut se débarrasser. En ce sens, être beatnik, c'est une volonté de lucidité et ça peut durer toute une vie. Mais je ne comprends pas ceux qui essaient de forger une philosophie de la vie beatnik, d'en faire une idéologie. Cela, c'est du folklore pour touristes. » Antoine considère que nous sommes tellement corsetés par les conventions et la peur que réussir simplement à dire ce qu'on pense est déjà un acte libérateur. Il n'hésite pas à proclamer sur la scène de l'Olympia, devant 2000 personnes : « Je gagne beaucoup d'argent. » C'est la vérité. Mais la différence avec les autres chanteurs c'est que lui seul ose le dire. Et il ajoute d'ailleurs : « C'est mon problème, pas le vôtre. »

Provocation ? Oui. Mais le moyen, autrement, de dénuder la vérité ? Ce scientifique demande qu'on pose sur le monde un regard neuf, qu'on nous débarrasse de la Cellophane dans laquelle tout aujourd'hui est enrobé. Quand on lui parle de son « époque beatnik », il répond : « étiquette, étiquette », de ses débuts et de son ascension : « Quoi, vous voulez une jolie histoire à la Sheila ? »

Lucide encore, Antoine l'est en ceci qu'il ne prétend nullement changer la vie par ses chansons. C'est pourquoi, s'il considère le monde avec gravité, il refuse de se prendre lui-même au sérieux : « Je ne crois pas, dit-il, que ma voix, gravée dans la cire à 500000 exemplaires, puisse réellement avoir une action sur les affaires des hommes. Pour imaginer cela, il faut avoir la naïveté politique d'une Joan Baez. Cette jeune femme est un boy-scout. »

Durera-t-il ? « Je ne crois pas tenir plus de deux à cinq ans. Mais même si toute cette histoire devait se consumer en une semaine, après une flambée sauvage, je considère qu'elle aurait valu la peine. Je ne cherche pas à m'établir. »

J'ai le tort sans doute d'attacher une réelle importance à ce farceur. C'est qu'Antoine est d'une intelligence et d'une franchise remarquables, et très exactement conscient du rôle qu'il joue actuellement, de sa position, de ses contradictions. On ne le prend pas en défaut. Voici quelques questions et ses réponses :

QUESTION : « Vous dites, Antoine, dans une de vos chansons, qu'il ne faut pas compter sur vous pour la fidélité, vous revendiquez le droit de changer de femme à votre gré. Or vous avez, à mon sens, un visage d'homme fidèle, peu préoccupé par le sexe. Le donjuanisme ne me paraît pas votre fort. »

ANTOINE : « Vous avez raison, c'est un couplet démagogique. Actuellement, je vis avec une fille — et ce n'est pas Karine comme le racontent les journaux. Elle me suffit. Mais si j'avais des besoins sexuels considérables — encore une légende, le besoin sexuel impossible à assouvir — j'aurais à ma disposition tout le cheptel nécessaire. »

QUESTION : « Et l'argent ? »

ANTOINE : « Je pourrais vous dire "Actuellement je n'ai pas un sou." J'ai emprunté hier 50 francs pour payer mes taxis. Mais si je le veux, je peux avoir demain tout l'argent que je veux, qui m'appartient. Donc, je suis riche. Si demain j'ai une envie folle d'acheter une Rolls, je peux le faire. »

QUESTION : « Avez-vous envie d'assurer votre avenir ? Envisagez-vous de "placer" votre argent ? »

ANTOINE : « Non. J'aurais très bien pu, le soir de la première de l'Olympia — on a toujours besoin de ménager ses effets — annoncer : "C'est fini, j'en ai marre, j'arrête." Je ne l'ai pas fait, mais ça ne prouve rien. En septembre, je posséderai peut-être 100 millions ; je paierai les impôts (pour les impôts, j'ai l'intention de faire vraiment gaffe) et puis on verra. »

QUESTION : « Les signes extérieurs de votre richesse comptent-ils pour vous ? Souhaitez-vous éblouir ? »

ANTOINE : « En faisant des gags, seulement. J'ai envie d'arriver à Centrale au volant de la grosse Buick blanche de mon imprésario. D'ailleurs, c'est la mienne. »

QUESTION : « Vous êtes en dernière année d'École centrale ? Vous passez actuellement vos examens. Quel sens aujourd'hui ont pour vous ces études ? »

ANTOINE : « Je vous réponds par le premier principe de la dynamique : tout corps en mouvement, s'il n'est soumis à aucune force et s'il ne rencontre pas d'obstacles, continue son mouvement. Ce n'est pas Antoine qui a décidé d'entrer à Centrale. C'est un petit garçon, appelé Pierre Muraccioli, qui voulait imiter son père et qui, en plus, était doué pour les mathématiques. Je termine cette année ce que j'ai commencé. Ça m'amuserait de sortir de l'École 275 sur 275. Mais je n'irai jamais, je vous le jure, briguer un poste avec, sous le bras, mon petit diplôme d'ingénieur. »

Ceci pour conclure : j'ai suivi, bateau ivre, bien des idoles. Antoine est le premier chanteur que j'ai entendu parler intelligemment de son métier. Les autres expliquent que leur existence est « trépidante », « dévorante », qu'ils vivent à 2000 kilomètres/heure. Ce qui, au contraire, caractérise selon Antoine cette profession, c'est la langueur : « On est toujours quatre ou cinq, dit-il : imprésario, directeur artistique, chauffeur, musiciens, etc. On entre dans un bistrot à huit heures moins le quart. On a un rendez-vous dans le bistrot d'en face à huit heures et demie. Qu'est-ce qu'on fait ? On attend. Ou bien, on est en voiture sur la route et on a un rendez-vous urgent dans trois cents kilomètres. On s'arrête en disant : "On va prendre un café, pas plus d'un quart d'heure." Mais on reste deux heures, vautrés. On arrive au rendez-vous en retard et on sait qu'on sera en retard. On se partage la faute, mollement. Dans ce métier, je suis toujours à l'heure quand je suis seul et jamais quand la *cuadrilla* est avec moi. Les idoles essaient de faire croire qu'ils sont des surhommes d'activité. C'est le contraire : ils sont passifs. Cette vie, c'est une attente vague. »

Elle, nº 1064, 12.05.1966

CHARLES AZNAVOUR

Une heure était à tuer. Nous la tuâmes en taxi, autour du Colisée, à Saint-Pierre et au Quirinal. Il n'avait jamais vu Rome. Il regardait vaguement, par politesse. Ce décor ne pouvait pas le concerner. Il dit soudain : « Je suis content d'être ici, de chanter ce soir devant les Italiens, j'aime bien cette idée. Il paraît qu'ils sont difficiles, non ? C'est comme si je poussais mes armées un peu plus loin. » Ses armées ! Un instant, derrière ce visage de poisson, paupières closes, concentré, douloureux, en proie à lui-même, j'ai cru voir Bonaparte vainqueur après le pont de Lodi, fondant sur Milan, bousculant tout : une même passion de la conquête brûlait ce petit homme étroit, aux épaules hautes.

D'Aznavour, les Romains ne savent presque rien. Pour eux, il était d'abord un acteur de cinéma, un nouveau, le héros de *Passage du Rhin* qu'on avait projeté, il y a peu de temps. À Paris, à l'Alhambra, les gens déliraient dès qu'il entrait en scène, avant même qu'il ait commencé à chanter. Ils le connaissaient, ils attendaient de lui quelque chose de très précis et c'est leur propre attente, à l'avance comblée, qu'ils fêtaient ainsi. Les Romains n'attendaient rien : ce désert dans le public, cette curiosité nue, passive, indéterminée, voilà le pire. Tout alors est à inventer, il faut forger en même temps l'attente et sa réponse, le désir et sa satisfaction, faire qu'à la fin du spectacle le nom d'Aznavour soit associé désormais, chez ceux qui vont l'entendre, à l'exigence absolument singulière de cette voix, cette silhouette, ce style. Sinon, c'est perdu.

Chanson après chanson, pendant près de trois heures, je l'ai vu construire sa victoire, transformer en un Alhambra frénétique de dimanche après-midi la salle mondaine et polie du Théâtre Parioli, dans les beaux quartiers de Rome. Et j'ai compris, ce soir-là, mieux qu'à Paris où son succès semble maintenant aller de soi, quelle rage de vaincre le possédait. Un échec, une semi-réussite n'eussent en rien menacé sa gloire : chez nous, elle est hors d'atteinte, pour des années ; d'autres — il suffit d'une trace de médiocrité — auraient pris prétexte de ces deux représentations exceptionnelles à l'étranger pour se mettre en vacances, jouer les touristes flâneurs, pour « se laisser aller ». *Tu te laisses aller, tu te laisses aller*, c'est le titre d'une de ses chansons, il a le laisser-aller en horreur. Il venait, lui, avec le clair dessein de triompher, d'agenouiller ces belles Romaines, d'étendre son empire.

À Paris, il avait chanté dix-sept chansons et on admirait déjà qu'il pût les chanter sans solution de continuité, maintenir pendant plus d'une heure cette haute tension, ce rythme d'extrême urgence qu'il s'est imposé. Aux Romaines il en offrit trente très exactement, coupées d'une brève interruption de dix minutes. Ce n'était pas trop : il savait que pour vaincre là-bas, il devrait payer le prix le plus élevé.

Il lança sa première chanson, la deuxième, la troisième, la quatrième, toutes excellentes, rodées, à succès : elle ne recueillirent que des applaudissements vagues. Aznavour étonnait, tout déroutait en lui : sa taille, sa voix, sa fragilité, sa rapidité, le contenu même de ce qu'il chantait. Au premier abord, il ne possède aucune des qualités reconnues, établies, qui permettent, dit-on, de maîtriser ou de séduire une salle et les zibelines du Parioli formulaient cette interrogation majeure : « Pourquoi... lui ? » La nature, au départ, ne lui a rien concédé d'éclatant, nulle grâce, nul don du ciel évident à tous. Des disgrâces plutôt : les objets, les voitures, les girafes de micro, les pianos semblent toujours trop grands pour sa petite taille, il flotte. Pendant des années, les directeurs de théâtre, ces géants, haussaient les épaules lorsqu'on leur parlait d'Aznavour : l'espace vertigineux des plateaux, chasses gardées pour monstres sacrés, le happerait, l'engloutirait à jamais s'il prenait fantaisie à un fou de l'exhiber. Ajoutez à cela une impossibilité plus radicale encore : sa voix, endeuillée d'un voile, véritable suaire, était le contraire même d'un bel organe incontesté de chanteur.

Au milieu des Romains, je m'efforçais de l'écouter comme si je l'entendais pour la première fois et je comprenais pourquoi ils se retenaient de consentir, pourquoi ils résistaient : c'était qu'Aznavour, en dépit de son immense public, est un chanteur difficile ; l'accepter, l'aimer, entrer dans son univers exige un effort, un apprentissage de la part du spectateur, le passage à un haut registre d'émotions. Il est le chanteur de l'artifice et le mot ici doit être pris dans son acception rigoureuse : ce qui est créé de main d'homme, l'intervention des facteurs naturels étant réduite au minimum. Charles Aznavour a tout mis en œuvre pour servir ses impossibilités, c'est son absence de moyens qui a été précisément le moyen de sa réussite.

Il commença le forcing à la fin de la cinquième chanson, bras levés loin au-dessus de la tête, tremblant de tout le corps sur un rythme intenable, tétanisé, secoué de saccades, comme s'il encaissait à bout portant, sous tous les angles, des volées de balles de vingt pelotons d'exécution. La sixième chanson s'intitulait *Poker* et c'est une des moins bonnes : pourtant c'est ici que les Italiens, saisis à leur tour de la fièvre aznavourienne, rendirent les armes. Des gestes seulement : il battait les cartes, les coupait, les distribuait, les retournant, sept fois de suite en crescendo, de plus en plus vite jusqu'au moment, triste comme un dénouement de tragédie, où la détresse et la dérision passent dans les yeux du joueur. Merveilleux acteur, capable en même temps de frénésie et d'une rare discrétion, une puissance mystérieuse le meut : il semble à chaque instant aller jusqu'au bout de lui-même et il se dépasse toujours. Et ce mince corps maté, torturé par une volonté de fer, prend possession de toute la scène, l'espace, bien loin d'être « en trop » comme on l'avait prédit, se solidifie, s'organise autour de lui en lignes de force comme le champ magnétique d'un aimant.

Je jure que les Romaines étaient aimantées elles aussi, elles déliraient, infiniment sensibles maintenant au charme de sa voix, cette voix voilée. Nous ne discuterons pas des octaves. Il prétend que la sienne s'étend sur près de trois octaves et que celle d'Yma Sumac, un phénomène, en couvre quatre. L'essentiel est ailleurs. Un médecin sérieux avait ordonné à Aznavour de ne jamais chanter sous peine d'aphonie définitive. Le fait est que cette menace de brisure, de déchirement, reste toujours sensible. C'est une voix fragile, mortelle, arrachée, conquise de haute lutte. Dans les notes hautes, on devine presque physiquement la présence des cordes vocales, tendues jusqu'au point de rupture. Et c'est ce qui la rend si poignante, sensuelle, érotique, il y a de l'imminence dans cette voix, à chaque instant quelque chose va arriver.

À l'entracte, après la quinzième chanson, le triomphe romain étant total, comparable à celui de l'Alhambra, Giulietta Masina s'avança jusqu'à la loge d'Aznavour : torse nu, effondré sur une chaise, comme un boxeur poids plume, il semblait douter encore. Elle lui dit : « C'est un succès, non ? » Il ne répondit rien. Elle insista : « C'est un grand succès, un très grand succès, je le sais, je les connais. » Ce n'était pas encore assez : il rentra en scène et, pendant une nouvelle heure, il chanta. Le public, à la fin, était plus fatigué que lui. C'est ce qu'il aime.

Il faut maintenant examiner cette vie. À trente-six ans, Charles Aznavour est donc un chanteur incomparable. Comme auteur de chansons, il est un des plus doués, un des plus productifs, un des plus connus : avant de chanter lui-même, il a contribué très directement à la gloire d'Édith Piaf, des Compagnons de la Chanson, de Philippe Clay, Gilbert Bécaud, Marcel Amont, Jacqueline François, Patachou, Eddie Constantine, Maurice Chevalier, Henri Salvador, Gréco, Georges Ulmer, etc. La moitié des chansons d'amour créées en France depuis 1945 ont été écrites par lui. Il y a deux ans enfin, les Français ont découvert un acteur de cinéma bouleversant. Trois films auront suffi pour qu'Aznavour, en France et dans le monde, soit sacré l'un des plus grands. Cela n'est rien pourtant : le petit homme commence à peine à pousser ses armées.

Il est insatiable, il veut tout et je dis que dans dix ans on parlera, au choix, de l'empire Aznavour, du trust ou du monopole Aznavour. Déjà, il est à la tête d'une maison d'édition de chansons, qui grandit chaque jour : on y édite les chansons d'Aznavour, bien sûr, mais aussi celles des autres, des jeunes en particulier. Il les reçoit dans son bureau de la rue La Boétie, il leur donne des conseils, il les instruit, il met généreusement son savoir à leur disposition : ce capitaliste n'est ni malthusien ni protectionniste. Partisan de la libre concurrence, il pense que la société d'édition « Bernard Dimey » (c'est la raison sociale) a intérêt à jeter sur le marché le plus grand nombre possible de jeunes auteurs doués. Il y a encore la Paca, autre filiale de l'« Aznavour incorporated » : cette société-là organise des tournées à travers la France. Partisan de la concentration verticale et horizontale chère aux « Konzerns » industriels de la Ruhr, ce Krupp du spectacle et de la chanson va encore ajouter à ses entreprises un grand music-hall parisien, des cinémas et une maison de production de shows télévisés : tout cela ira ensemble, s'accroîtra en même temps. Un jour, on rêvera devant la fabuleuse puissance de l'empire aznavourien et, comme il arrive en ces cas-là, on pensera que les origines de cette fortune se perdent dans la nuit des temps et des générations. Une génération pourtant aura suffi. Une seule vie, celle de Charles Aznavourian, fils de pauvres artistes arméniens qui, un jour de 1923, quittèrent la Turquie pour échapper au génocide.

Aznavourian, le père, étant chanteur d'opérette, la mère comédienne. En France, ils transitaient seulement : c'est à New York que le voyage devait s'achever. Mais au passage à Paris, Mme Aznavourian, la mère, accoucha d'un rat aux cheveux noirs : pour lui, on abandonna l'Amérique. Le spectacle arménien étant au bord de la Seine de peu de profit, le chanteur d'opérette et la comédienne se firent cuisiniers. Le rat grandit rue de la Huchette, rue Champollion, devant des chachliks en brochette. Ce nouveau métier n'empêchait par les Aznavourian de persister dans la vie de bohème : on se réunissait entre émigrés, on chantait, on dansait, la solidité des traditions et des liens familiaux tissait autour de Charles et de sa sœur Aïda tout un univers de liberté, de poésie et de bonté. Aznavour aujourd'hui s'émeut infiniment lorsqu'il parle de ses parents — ils vivent toujours — et il reconnaît qu'il a eu une enfance très heureuse. Mais c'est pourtant à partir de sa situation de fils d'une race éternellement minoritaire et persécutée qu'il faut comprendre la rage, jamais assouvie, de vaincre et de dominer, de maîtriser, qui le dévore encore.

L'étroitesse des relations familiales est une protection contre le malheur et chaque nouvelle naissance — celle d'un garçon particulièrement — est saluée par la tribu comme une bénédiction, c'est un chèque en blanc tiré sur l'avenir. Les races maudites et persécutées jettent leurs enfants dans le monde comme des naufragés les bouteilles à la mer. « On ne sait jamais », tel est le sens implicite de la joie profonde avec laquelle on accueille les nouveau-nés ; « on ne sait jamais », celui-là sera peut-être un grand homme et alors il témoignera pour la race entière. Les morts, les massacrés, les humiliés, les errants, les rescapés, tous seront vengés et justifiés par la grâce d'un seul. On comprend qu'un garçon très tôt nourri à travers les récits familiaux du folklore et de l'histoire de son peuple puisse se sentir investi d'une mission, d'un mandat. Aznavour enfant reçut sans doute un tel mandat, et ce qui l'émeut le plus dans sa propre réussite, c'est le plaisir qu'il fait à son père, à sa famille entière. Il a pourtant passé le stade du particularisme et s'il reste, à trente-six ans, obsédé par les problèmes raciaux, si les mêmes thèmes — le malheur, la détresse, les brimades, la solitude — reviennent constamment dans ses chansons et dans ses films, c'est au nom d'une quête, d'une revendication de fraternité infiniment plus large. En ce sens, il y a une parenté réelle entre le personnage d'Aznavour acteur et Chaplin.

Aznavour gosse passa son temps dans les coulisses de théâtre, les écoles pour petits comédiens, les troupes ambulantes mort-nées, il hanta tous les promenoirs de music-hall. Il voulait chanter, seulement chanter, il persista dans ce dessein avec une confiance en lui et une obstination étonnantes, à travers mille avatars. Pendant huit ans, à partir de 1942, associé à Pierre Roche, il promena à travers le monde un numéro de duettistes. Il écrivait les paroles, Pierre Roche composait la musique, ils chantaient ensemble. En même temps, il allait présenter ses chansons à domicile aux grands monstres sacrés. On en accepta une, puis deux, puis dix : sa célébrité comme auteur commença dès 1945. Il lui arriva alors une chose étonnante. Il n'avait qu'un désir : chanter seul sur une scène. Personne pour cela ne voulait de lui, mais en même temps les plus grandes vedettes l'accablaient de commandes. Il n'y suffisait pas. Il gagnait sa vie très bien — en faisant la gloire des autres. Il eût préféré mettre la pire des misères au service de sa propre gloire. Seul le Canada, une province, ne se lassait pas d'applaudir, non pas Aznavour mais Aznavour et Roche, les duettistes. Il y vécut deux ans, de 1948 à 1950, tout en continuant à écrire pour les autres, gras et repu, confortable et triste.

Roche se maria en 1950, décida de s'établir au Canada, Aznavour revint seul à Paris, décidé à affronter enfin son vrai problème. Au début il fut incapable de chanter seul : l'absence de Roche créait chez lui un véritable déséquilibre dans sa manière de voir, d'entendre, de se tenir sur un plateau. Cela dura deux ans. Puis Piaf, pour qui il avait écrit un grand nombre de chansons, l'intégra à la troupe de musiciens, de secrétaires qu'elle traînait toujours avec elle. Il fut donc écrivain, chauffeur, régisseur, homme à tout faire, réussissant quelquefois à passer en vedette américaine dans les tournées organisées pour elle. À Paris, il dormait sur un divan dans l'hôtel particulier du boulevard Lannes, que Piaf partageait avec son mari Jacques Pills. Le pianiste de Pills s'appelait Bécaud, Gilbert, il habitait aussi boulevard Lannes. La rencontre Aznavour-Bécaud fut décisive : deux maniaques, deux forcenés du travail s'ennuient côte à côte. Alors ils écrivent et composent ensemble des chansons. Elles sont devenues célèbres : *Viens*, *Méquéméqué*, *Donne-moi*...

Aznavour accepte un engagement au Portugal. Lorsqu'il revient, Bécaud est en train de devenir célèbre. Il chante seul, avec un énorme succès, les chansons qu'ils ont composées ensemble. Tout recommence. Aznavour s'interroge : son destin est-il scellé, devra-t-il toujours se contenter d'aider à la gloire des autres ? On ne veut pas de lui, on ne veut même pas l'auditionner : trop petit, visage de rat sans langueur, voix éreintée. C'est un auteur, rien de plus.

Il part, « découragé », dit-il, « mais sans aigreur », pour Casablanca et il chante plusieurs semaines en Afrique du Nord. Son succès est tel qu'il faut prolonger la tournée. Cela se sait à Paris. Des spécialistes écrivent qu'« il fait un malheur ». Et le directeur de la salle où il passe à Marrakech est aussi celui du Moulin-Rouge à Paris. Pour la première fois de sa vie, on lui accorde la chance de chanter seul sur une grande scène. Il plaît tellement qu'on lui propose au bout de quinze jours d'enchaîner aussitôt à l'Olympia.

On connaît la suite : l'Alhambra, il y a un mois, fut la consécration définitive. Mais, paradoxalement, c'est peut-être le succès d'Aznavour au cinéma qui l'a fait accepter totalement par le public de music-hall. Tout s'est passé comme si les Parisiens faisaient un triomphe aux débuts dans le tour de chant d'un merveilleux acteur. Or cet homme, depuis l'âge de huit ans, ne pensait qu'à chanter.

Ce qu'on ne dit pas c'est l'entêtement, l'effort acharné de toutes ces années : le travail de la voix, les heures de piano, les vraies séances d'hystérie dirigée auxquelles il se livre devant sa glace pour se glisser dans la peau des personnages de ses chansons : « Ceux qui m'aperçoivent me prennent pour un fou », déclarait-il. Ce petit homme est indomptable : les deux femmes qu'il a épousées n'ont pas réussi à le maîtriser. La vie, paraît-il, n'est pas drôle avec lui. Il est muet, taciturne, maniaque, en proie à ses problèmes, parfaitement éloigné de la vie immédiate et de ses abandons. Dans sa maison de Galluis, près de Montfort-l'Amaury, il s'est arrangé pour se créer les conditions qui lui permettent de ne jamais sortir, de vivre à l'écart, de se passer des autres : il a son piano, ses chiens, ses chevaux, son manège, sa salle de cinéma et les principaux membres de sa maison civile : secrétaire, musiciens, régisseur, gardes. Il a aussi, à Paris, au siège de sa société d'édition, sa maison militaire : administrateur, directeur, encore des secrétaires.

Et il vit, royal et solitaire, à la tête de son empire : « Les femmes qui consentent à m'aimer, je les préviens loyalement, avoue-t-il. Je suis impossible. La vie avec moi n'est pas une vie. Elles m'écoutent, elles sourient, elles pensent "Tu causes, tu causes", chacune se dit : "... avec moi, ce sera différent." Mais elles se trompent, elle se trompent... »

Elle, nº 793, 03.03.1961

JEAN-PAUL BELMONDO

Trois cents paysans picards en kaki et Belmondo au milieu. Jambes ballantes, assis sur un capot de soute, soldat par l'uniforme, les godillots, les molletières, marin par une casquette noire de pêcheur de Zeebrugge, il lit *L'Équipe*. Les paysans, de vrais conscrits prêtés par la caserne de Lille, somnolent sur la plage arrière du cargo minéralier *Daphné*. On les a coiffés du plat à barbe de l'armée britannique, mais ils n'aiment ni l'Angleterre, ni la mer qui est grosse, ni le cinéma en train de se faire. Le *Daphné* a jeté l'ancre à un mille de la côte, en face du vieux sana de Zuydcoote, des dragueurs de mines de la Marine nationale, des remorqueurs, des chalutiers bombillent autour de nous et là-haut, sur la dunette, Verneuil, grand amiral, aboie ses ordres au porte-voix et au talkie-walkie, rameute sa flottille que les courants, inlassablement, entraînent hors du champ.

Soldat, gangster ou séminariste, les livrées d'emprunt de Belmondo importent peu. Je sais maintenant qu'il n'y a pas, pour le découvrir, d'approche privilégiée : il lira *L'Équipe* sur la chaise électrique, sur la marche d'un confessionnal, soutane parmi d'autres soutanes, avec la même aisance, la même présence à soi, la même parfaite absence d'affectation. Il faut prendre la mesure de cet incroyable naturel : les conscrits, autour de lui, ont oublié qu'il est un acteur déguisé, une vedette de cinéma, ils bâillent, fixent la mer d'un œil morne, sans un regard pour cette lippe écœurée et ce nez en Z rougeoyant sous le soleil, qu'on paie 100 millions par film. Et, bien sûr, les diastases militaires digèrent tout, mais c'est Belmondo seul qui, sans l'avoir cherché ni voulu, par la façon qu'il a d'exister, d'être posé au milieu des soldats, réussit ce tour de force de les rendre superbement indifférents à lui-même. Jetez-le au séminaire, avec des moinillons turbulents, au sein de n'importe quelle communauté constituée, usine, hôpital psychiatrique ou bagne de Cayenne (« sauf la police », dit-il), au bout de deux heures ils auront anéanti l'acteur pour ne plus voir en lui qu'un moinillon comme eux, un ouvrier, un infirmier, un fou, un réprouvé, c'est-à-dire pour ne plus le voir.

De Julien Sorel, de Lucien Leuwen, de Fabrice del Dongo, Stendhal écrit mille fois qu'ils furent naturels sans le savoir. Belmondo est un héros stendhalien : le même que tous en étant absolument lui-même. Nul désir de plaire, nulle démagogie, nulle concession aux habitudes du troupier : je ne l'ai jamais vu taper sur l'épaule des soldats, aller vers eux comme d'autres vont au peuple. Pourtant, ce bateau, ce régiment semblaient son élément vital : il y était à l'aise, royalement. Plus à l'aise que les jeunes paysans qui, auprès de lui, paraissaient souffrir de raideur et de contracture musculaire généralisée. « Taillé en styliste, le décrit son ami, le boxeur Auzel, ex-champion de France, qui ne le quitte jamais ; longiligne, très bon coup d'œil, détente, jeu de jambes exemplaire, souplesse formidable. »

Le langage technique de la boxe est celui qui convient ici : il faut regarder Belmondo bouger ou même l'apercevoir, immobile, assis pendant trois heures, comme je l'ai vu, dans une chaloupe qui roulait bord sur bord. Détendu et en alerte à la fois, son corps indique, dans chacune de ses attitudes une miraculeuse présence aux choses, une absence de narcissisme telle que les gestes des autres, comparés aux siens, semblent tous fardés d'une conscience seconde et légèrement pompeuse. C'est pourquoi il passe partout, peut tout faire, et partout sera comme un poisson dans l'eau : il n'a pas ce qu'on appelle, au théâtre ou au cinéma, un « emploi », un type de personnage taillé sur mesure, où sa corpulence, sa voix, les déterminations particulières de son corps feraient merveille.

C'est le contraire qui est vrai et son naturel lui permet tout : Belmondo est la mesure idéale de chaque rôle, soldat, curé ou gangster, sans maquillage, sans charge, sans caricature, puisqu'il lui suffit d'exister, d'être Belmondo pour atteindre à la perfection. Et le public lui reconnaît cet étonnant pouvoir en associant, dans une même pensée, deux propositions contradictoires : « Comme il joue bien ! Il ne joue pas ! »

Après *À bout de souffle*, on inventa le mot « Belmondisme », façon commode de se débarrasser de l'énigme Belmondo en la baptisant. De cet anti-acteur-acteur de génie, on fit un proche parent du chimpanzé, à peu près inapte au langage articulé, grand lecteur de *Tintin et Milou* et de *L'Équipe*. « Tu comprends, dit-il, j'étais "La Bête humaine", la brute, quoi. On me demandait : "Que lisez-vous ?", je répondais : *Tintin*, parce qu'ils m'emm... et ils brodaient là-dessus. » Il sourit et ses paupières inférieures se mettent à friser.

À bout de souffle était un chef-d'œuvre, un événement dans notre vie à tous, et dans la sienne puisque sa fantastique carrière est partie de là. Entre l'époque, le metteur en scène et l'acteur ce fut une rencontre, une conjonction admirable, un coup de foudre. Oui, pourquoi l'époque se reconnut-elle dans ce gangster à la mie de pain, ce « cop-killer » (tueur de flic) perdu, qui courait vers sa mort, désarmant de charme et de pathétique ? Rappelez-vous : le chapeau, le « bada » sur le crâne, la Boyard au coin des lèvres, le tic du doigt sur la bouche, ce murmure fasciné et fraternel, « Bogey Bogey », devant un portrait géant d'Humphrey Bogart au fronton d'un cinéma des Champs-Élysées. Et cette façon sèche de nommer, en passant, la marque des voitures de sport : « Talbot-Lago 36 ! » Soudain nous percevions notre temps d'une façon toute neuve et, curieusement, ce petit tueur nous était proche et presque fraternel : traqué, courant de plus en plus vite, Belmondo gardait son aisance de poisson dans l'eau, continuait à se retourner sur une belle machine rouge, une affiche de cinéma, sans défense et voulant être heureux éperdument jusqu'au bout, avec les moyens du bord. *À bout de souffle* est la chasse au bonheur à deux cents à l'heure d'un innocent dépassé à chaque instant par le monde, qui croit aux images de l'homme qu'on lui met sous les yeux : il se cogne à ces miroirs comme une alouette folle et tombe dans tous les pièges. Et nous l'absolvions d'être un « cop-killer » dans la mesure exacte où il nous révélait notre propre fragilité.

Deux écoles l'ont fait : le Conservatoire et la vie. Ne riez pas : « Ça semble toujours un peu de la littérature, dit-il, de prétendre qu'on apprend à jouer la comédie dans la vie. Mais dans mon cas, c'est vrai. » Nous allons y revenir.

Le Conservatoire d'abord. Un journal publie les résultats du dernier concours : « Michel Duchaussoy, proclamé grand vainqueur, rafle tous les prix. » L'œil de Belmondo frise, il siffle : « C'est pas moi qui aurais eu ça ! » Il lit le palmarès : « Je cherche les accessits, dit-il, j'ai un faible pour les accessits. » C'est une vieille histoire que connaissent tous les comédiens de sa génération et dont ils parlent avec fureur. Belmondo, dans *Les Fourberies de Scapin*, avait été éblouissant, il était la gloire et l'honneur du vieux Conservatoire et le public, après son interprétation, lui attribuait le premier titre de comédie classique : un plébiscite unanime. Le jury revint avec un verdict scandaleux : les premiers prix à de fades nullités académiques, pour Jean-Paul, un accessit. Aussitôt, il fut happé par mille mains, hissé et porté en triomphe.

Le scandale Belmondo, personne ne l'a oublié, et lui moins que tout autre : « J'en ai eu gros sur la patate, dit-il. C'est un peu comme un boxeur qui gagne un match et qu'on donne battu. Avant mon entrée en scène, un salaud, pour me démoraliser, avait posé dans ma loge, devant ma glace, une très mauvaise critique. Ça m'a donné une hargne terrible et j'ai eu une forme formidable. Mais je jouerai un jour un classique pour les emm... Heureusement, j'ai la chance d'avoir un bon moral, j'ai eu le coup de buis quelques heures et je me suis remonté. J'aurais pu me laisser abattre et aller à “La Tomate” comme des ordures me le conseillaient. » Mais d'autres, parmi les plus grands, partageaient son indignation. Aimé Clariond lui dit sobrement : « Tous des c... » Et Henri Rolland : « T'inquiète pas, tu feras une carrière, ils n'ont rien compris. » Et chaque année, le 1er janvier, son maître au Conservatoire, Georges Le Roy, ajoute un post-scriptum à la lettre qu'il écrit : « Eh, Scapin, dépêche-toi, j'attends. » Ceux-là avaient pressenti son destin ; au contraire, les conservateurs du Conservatoire prophétisaient pour lui, s'il s'obstinait à faire du théâtre, un avenir de portier ou de porteur de hallebarde : « Non, mon petit, avec la tête que vous avez, vous ne pouvez pas prendre une femme dans vos bras sur une scène. » On lui reprochait sa démarche, sa voix, son visage, tout ce qui a fait sa gloire. Et lui se disait : « Des femmes, pourtant j'en ai dans mes bras le soir, elles n'ont pas l'air écœuré. »

Mais aujourd'hui, ancien combattant oublieux de la misère des tranchées, Belmondo se souvient de ses années de Conservatoire comme des meilleures de sa vie. Il y a connu ses copains, Marielle et Rochefort, qui sont de grands comédiens, et, grâce à Le Roy, il a beaucoup appris.

Une chose scandalisait les anti-Belmondo : cette tête de boxeur qui prétendait dire « les plus beaux vers de la langue française » parlait un argot étonnant, riche et poétique, mais impénétrable à ces spécialistes de la période. L'argot était son langage, le seul, semblait-il, qu'il ait jamais connu. Être triste, c'était « être miné », il n'avait pas le cafard, mais « le coup de buis », en voiture, il « bombardait à tout va », etc. L'autre vie de Belmondo, sa face d'ombre ou de lumière, comme on veut, et sans laquelle en tout cas il ne serait jamais devenu ce qu'il est, investissait le Conservatoire par le détour de l'argot.

Pendant deux ans, chaque nuit, le fils du sculpteur Belmondo, membre de l'Institut, quittait les beaux quartiers et les surprise-parties de Saint-Germain-des-Prés où il mourait d'ennui, pour s'enfoncer dans les rues chaudes de Paris. Archange des bas-fonds, il y trouvait le bonheur, comme Toulouse-Lautrec, il l'y apportait aussi et découvrait une forme de fraternité plus vraie et plus pure que celle qu'on lui proposait ailleurs. Et puis ce fils d'artistes, élevé dans la liberté, adoré de ses parents et le leur rendant, avait une horreur naturelle des barrières et des conventions sociales. Là-bas, on n'attendait rien de lui, on ne lui demandait pas d'exhiber, comme des légions d'honneur, ses titres à l'existence. Il lui suffisait d'exister, quel qu'il soit, quoi qu'il soit. Belmondo retrouvait les hommes, dépouillés de leurs masques et de leurs vêtements de cérémonie. S'il se moque aujourd'hui de sa « figure », s'il ne se prend pas pour « le grand acteur » et s'il est préservé des séductions de l'élite, c'est à cette expérience qu'il le doit. Son naturel est d'abord une relation égalitaire avec les autres ; il serait impensable si Belmondo ne se considérait pas comme le même que tous. C'est au cours de cette période buissonnière qu'il est parvenu à ce détachement, à cette disponibilité qui sont sa plus grande force.

« J'étais bien, dit-il, j'étais heureux.

— Et on t'aimait ?

— Oui.

— Pourquoi ?

— Sans doute parce que je les faisais rire. »

Imaginez-le, pratiquant par sa seule présence la rémission des péchés, restituant à tous et à toutes l'innocence perdue parce qu'il est la pureté même, insalissable. « Je me foutais de tout, c'était devenu mon milieu, mon monde. Mais j'allais trop loin, je me couchais à six heures du matin, je restais au lit la moitié de la journée, le chapeau sur la tête comme dans *À bout de souffle*. C'était un mauvais pli. »

C'est Élodie, sa femme, qui l'a arraché à ces délices. Il parle de leur rencontre comme de l'événement capital de sa vie : « Je l'ai vue, je suis tombé amoureux d'un coup. Elle était danseuse. Et j'ai voulu l'épater d'une autre façon, par mes dons de comédien. Quand je suis amoureux, j'ai envie de prouver quelque chose. C'est pour elle que je me suis mis à travailler. »

Il l'adore, Élodie. Dix fois il dit : « Si Élodie me quittait, si je loupais ma carrière... » comme si cette première majeure catastrophe devait entraîner toutes les autres, le mettre en faillite absolument. Car il lui arrive de « se miner » à fond, de cesser de croire en lui et d'envisager le pire. « Perdre Élodie et ne plus jouer, ce serait terrible, le reste, la gloire, la fortune, ça ne compte pas. » Il se rêve alors clochard en détresse, retrouvant un havre dans les bas-fonds de ses vingt ans. « C'est toujours bon de savoir ça, ça aide quand on est miné. »

On sait la suite : trois enfants dont il est le grand frère. « C'est difficile d'avoir de l'autorité, je ne suis pas là assez souvent » ; des copains qui sont aussi ses frères ; un sens classique de la famille (de sa sœur, danseuse, il dit : « C'est une Belmondo, elle finira bien par casser la baraque ») ; cinq films par an ; la présidence du Syndicat des acteurs « parce qu'il n'y a pas assez de solidarité entre les acteurs, parce que je voudrais que nous devenions une force et puisque j'ai un nom, autant s'en servir » ; je-m'en-foutiste et jusqu'au-boutiste en même temps, « tout ou rienniste », dit-il. « Quand je décide quelque chose, j'y arrive ; quand je me suis marié et que j'ai eu mes gosses, j'ai dit : "Il faut faire ça sérieusement, je l'ai fait." »

Il lit *L'Équipe* aussi : c'est qu'il aime le sport. Les collèges le gardaient parce qu'il était gardien de but irremplaçable. Et Auzel, son ami boxeur, parle de son « punch » avec respect. « Il a le punch, tous les grands secs sont des puncheurs. Il sait se battre : avec sa tête, pas n'importe comment. Coup d'œil et moyens techniques forts, c'est l'idéal. »

Sachez qu'aucun cascadeur ne l'a doublé dans *L'Homme de Rio* : celui que vous avez vu, sur une cornière, à quarante mètres au-dessus de la plage de Copacabana, c'est Belmondo lui-même, pas tenu, pas attaché, sans trucage. Il l'avait voulu ainsi.

Voici la bête humaine : on aura compris, je l'espère, que c'est un animal fraternel.

Elle, 1964

FRANÇOIS PÉRIER

Pour le bon usage de François Périer, une première règle : manipuler avec précaution. Cet homme est dangereux : il a fait sauter ses limites et est devenu imprévisible. Si vous prenez le risque de le définir, de lui reconnaître tel talent, telle noirceur ou vertu, exclusive d'autres, vous l'enfermez, vous mettez des bornes à sa liberté, il peut, à l'instant, vous démentir. Méfiance donc : autrefois — hier encore — valeur de tout repos, placement de père de famille, François Périer, comme Gœtz, le héros sartrien qu'il vient de faire exister sur le plateau nu du T.N.P., a assassiné, au terme d'un long chemin, quelqu'un qui lui était cher et ce crime l'a changé en fauve. Trente ans d'idées reçues s'abolissent : plus rien n'est sûr et pas même son visage. J'aime l'attendre dans sa loge quand il quitte la scène : les applaudissements déferlent par vagues puissantes dans un haut-parleur, ovations, cris de joie et je sais que, cette nuit encore, du combat de quatre heures qu'il soutient contre Diable et Bon Dieu devant trois mille spectateurs, il sort vainqueur. Il est acclamé comme il ne l'a jamais été au cours de sa carrière, le jugement du public s'accorde à celui de la critique qui, unanime, salue aujourd'hui en lui un immense comédien. On le savait grand, bien sûr, Périer n'est pas un inconnu, mais la critique — et pas seulement la critique — considère avec suspicion la polyvalence, se défie d'un accomplissement total : avoir été Bobosse et vouloir être Gœtz, la prétention était outrecuidante ; passer de la comédie légère et du théâtre de boulevard, où il excellait, au rôle le plus long et le plus difficile du répertoire français contemporain paraissait à beaucoup une entreprise hasardeuse, probablement vouée à l'échec, un compte que Périer souhaitait régler avec lui-même, mais c'était son affaire, pas la nôtre : à Gœtz il fallait une autre voix, une autre taille, une carrure, un souffle, une « gueule ». Le mort saisit le vif : on pensait à Pierre Brasseur, créateur du rôle, il y a vingt ans, qui l'avait écrasé sous sa « nature ». La fossette, le grain de beauté, l'air « gentil » de Bobosse, sa tête de n'importe qui ne feraient pas le poids : Gœtz, dans la première partie du *Diable et le Bon Dieu*, doit inspirer la terreur, terroriser les hommes et subjuguer les femmes en leur faisant horreur. Comment Périer, avec son passé de « jeune premier fantaisiste » — c'était son « emploi » au théâtre et au cinéma dans la terminologie de 1938, il y fut voué pendant presque deux décennies —, réussirait-il à se rendre évident, aux yeux du public, en soudard métaphysicien, qui suscite la haine et l'amour ? Le droit aux passions extrêmes ne lui fut jamais reconnu : si, dans une pièce, il lui arrivait d'être aimé d'emblée, dès le premier acte, par l'héroïne, le spectacle était condamné, la salle ne « marchait » pas. Il lui était permis d'accéder à l'amour au troisième acte seulement et encore, à la condition d'être passé par le chas d'unc aiguille et d'avoir accompli ses travaux d'Hercule. Ami de l'amant ou de l'amante, confident, conciliateur, juge de paix, il gagnait le cœur de la belle par des mérites sans éclat, qui contrastaient avec les brillants maléfices du séducteur. Bref, on se rendait à lui en hommage à ses qualités morales et l'aimer, c'était, pour la dame, une façon de se ranger, en gardant dans un coin de l'âme la nostalgie des grands suborneurs : situation fort prisée du public de boulevard et grosse de cocuages futurs. Cocu d'ailleurs, Périer le fut, dans vingt films. Telle est la cage royale de l'« emploi » où, contradictoirement, les amateurs de théâtre — mais souvent les professionnels aussi — emprisonnent les acteurs : il est mal vu de se pencher au-dehors.

Le dernier bravo meurt dans un grésillement du haut-parleur et aussitôt, dans les galeries souterraines du T.N.P., vraie forteresse de ligne Maginot, c'est la cavalcade libératrice des comédiens qui regagnent leur loge. Périer porte la bure haillonneuse du Gœtz ascétique des derniers tableaux, la sueur plaque à son front des mèches de cheveux, ruisselle sur les tempes et le cou nu ; il est maigre et terrible. Nulle trace du soi-disant bon type auquel on a voulu l'identifier : mais deux yeux noirs illuminés d'intelligence et de passion, battus, dévorés de grands cernes de fatigue qui humanisent entièrement le regard et confèrent à son visage une sombre beauté. Il est vrai que, tout à l'heure en scène, après un harassant voyage à travers enfer et ciel, jusqu'au bout de la nuit, il a inventé l'homme : assez prodigieuse aventure, accouchement au forceps dans la sanie et le sang, dont un vrai comédien ne peut pas sortir intact. La gaieté de Périer, à cet instant dans sa loge, est la gaieté de Gœtz ; son rayonnement, sa violence, sa résolution, également. Il est Gœtz, ce qui ne veut pas dire qu'il se soit pris, en scène, pour Gœtz : c'est même le contraire. Car, voici le paradoxe sur le comédien, tous les critiques, même ceux qui, au départ, doutaient des possibilités de Périer dans ce rôle, se sont accordés pour louer son « prodigieux naturel », sa simplicité, « un sommet de l'art », sa sincérité, son refus de la théâtralité et le secret, qui est le sien, de ne jamais composer. Gœtz, comme tous les héros du théâtre de Sartre, est un personnage réflexif, toujours double, acteur et spectateur à la fois, douloureux et blasphémateur, angoissé et ironique, sincère et truqueur de bonne volonté et ne cessant jamais d'être admirablement intelligent, tout cela dans un même mouvement. Et François Périer a donné à voir et à sentir ces contradictions vécues et ces doubles sens, de la façon la plus évidente : ils s'incarnent dans sa voix, sur ses traits, dans chacun de ses gestes. On n'atteint pas à une pareille réussite avec simplement du talent ou des moyens physiques ou une « nature » de théâtre : il faut par-dessus tout comprendre ce que l'on fait, ce que l'on dit, c'est le seul moyen ; il faut que le comédien lui-même soit intelligent, aussi intelligent que son personnage, c'est-à-dire encore qu'il soit capable de suivre l'auteur jusqu'au bout de sa pensée.

« Périer, m'a confié Sartre, est un comédien à qui il faut dire la vérité. Et si on ne la lui dit pas, il cherche seul et il la trouve. » Au lieu d'être passif devant son personnage, Périer l'a traversé de part en part à coups d'intelligence, il a réfléchi, il a lu. Il prend son métier comme une chose patiente et je sais qu'avant de s'attaquer à Gœtz, il a exploré les cinq cents pages de *Saint Genet, comédien et martyr*, un ouvrage philosophique de Sartre, d'une lecture difficile, écrit à la même époque que *Le Diable et le Bon Dieu* : c'est sur la base de cet énorme travail préliminaire, à partir d'une idée totale de son personnage, qu'il a commencé à le créer. Car c'est bien d'une « création » qu'il s'agit : inventant les détails à partir de l'ensemble, ne perdant jamais de vue, dans chaque scène, le sens global et synthétique du personnage entier, ce qui le garde précisément de tout « effet », de la complaisance, du narcissisme.

C'est pourquoi François Périer, à quarante-neuf ans, doit être compté parmi les grands créateurs : demain il s'égalera avec le même bonheur à Macbeth ou à Richard III, il peut désormais tout entreprendre.

Le Diable et le Bon Dieu lui ouvre cette voie royale. Mais c'est justice : François Périer a voulu le rôle de Gœtz de toutes ses forces. Il a joué sa vie — sa vie de comédien et sa vie d'homme — sur ce coup unique, sachant parfaitement que, s'il perdait, il perdait tout, ou presque. Entre Périer comédien, Périer homme, Gœtz et Sartre, il y a eu une étonnante rencontre. J'ai dit que, de Gœtz, Périer — il suffit de le voir dans sa loge après une représentation et je ne parle ici ni des ruissellements de sueur ni de la performance physique — ne sortait pas intact. Gœtz l'a changé : non en lui permettant de triompher dans un rôle superbe, un rôle de plus, mais parce que tout en lui, à ce point de sa vie et de sa carrière, appelait ce personnage. Ce n'est pas tant le prestige attaché à ce rôle et son ampleur qui ont pesé sur sa décision de l'interpréter envers et contre tout : c'est son contenu, c'est la démarche même de Gœtz, symbolique, d'une certaine manière, de la sienne propre. Gœtz est un homme à la recherche de soi, *Le Diable et le Bon Dieu* est quête et conquête, mise en question radicale et rupture : c'est l'histoire d'une libération, qui conduit à l'avènement d'une morale humaine.

Ce qui arrive aujourd'hui à François Périer — ce qu'il est devenu — est aussi le résultat d'une entreprise, le fruit d'une conquête exemplaire. Ni hasard ni chance, il s'est construit en prenant tous les risques : « Quand on rompt, dit-il, il faut rompre avec tout. On ne peut rien faire de grand si on va de concession en concession, si on ne remet les choses que partiellement en jeu. Il faut vivre, bien sûr, et j'ai été long à m'y mettre, j'avais peur. Mais il y a longtemps, très longtemps que je veux ça. »

On l'adulait, on le fêtait : enfermé dans un répertoire, il y était inégalable. Des habitués, aimant leurs habitudes, le priaient de rester le même, de ne pas changer. Surtout pas. 80 films, 6000 représentations théâtrales (parmi lesquelles trois « millièmes » et dix « cinqcentièmes » tant était constant son succès au boulevard) et d'innombrables heures de radio. En 1963, François Périer était encore codirecteur, avec Pierre Fresnay, du Théâtre de la Michodière : il jouait autant qu'il le voulait, sans jamais connaître le sous-emploi endémique, qui est la loi sinistre du métier d'acteur, se distribuait les rôles les plus importants et s'enrichissait. Ce confort pourtant l'angoissait : il se faisait doucement horreur, se supportait de moins en moins. Au cours de sa vie, il y avait déjà eu quelques écarts mémorables, des échappées qui lui avaient dévoilé ce dont il serait capable, s'il osait : le rôle de Hugo dans *Les Mains sales* de Sartre, en 1948, après dix ans de boulevard, et cinq ou six rôles au cinéma dans lesquels il s'était dépassé (les 75 autres, il n'en parle jamais : « comédies légères », dit-il). Ceux qui l'ont vu interpréter, dans *Les Nuits de Cabiria*, de Fellini, le personnage d'un assassin qui a peur d'assassiner ne l'oublieront jamais, c'était une prodigieuse réussite.

Mais toujours, il revenait au boulevard, comme par inertie, suivant sa pente la plus douce. Et une anxiété contraire l'empêchait de couper les ponts : d'une pointilleuse rigueur dans sa vie privée, maniaque, scrupuleux, il a un sens presque paralysant de ses responsabilités devant les autres. Le souci de sa famille et de ses trois enfants l'emportait sur tout : deux fois au moins — jusqu'à ce qu'il rencontre Colette, sa troisième femme, avec laquelle il vit depuis onze ans — il a été malheureux en amour. Il avait une façon à lui de se venger de ses échecs sentimentaux : en renchérissant sur ses devoirs, en redoublant d'affection pour ses gosses, en se voulant en tout et seul responsable. Il a en revanche horreur de dépendre : être invité à dîner chez autrui, dans la maison d'autrui, le plonge dans un profond malaise et nul ne paie ses factures aussi vite que lui. C'est de l'orgueil. Bref, cet homme, qui a des soucis d'homme, voulait bien s'engager totalement dans une aventure et y laisser sa peau, mais refusait d'entraîner les siens à sa suite.

« La décision de rompre, dit-il, je la dois à Colette, à elle surtout. Elle me voyait travailler comme un fou, mais elle savait que je n'étais pas heureux. Elle m'a dit : Arrête-toi. Même si on a des problèmes d'argent, on s'en fout, tu dois faire autre chose. Et puis les enfants avaient grandi... »

En 1963, donc, ce fut la rupture avec la Michodière, la fin du confort et de la sécurité. Et d'autres terreurs, car François Périer est fou. Comme tout homme. Mieux que tous : fou, d'une folie profonde et secrète. Qu'il me pardonne de raconter une anecdote, que je ne tiens pas de lui, mais elle est belle et dit bien quelles violences, quelles angoisses masque sa feinte gaieté. En 1960, avant la vraie rupture, on lui demanda de donner *Tartuffe* à la Comédie des Champs-Élysées. C'était la première fois qu'il jouait un grand classique, il crevait de peur. Le jour de la générale, à l'heure où il devait se rendre au théâtre, Colette, qui dînait avec les enfants, le vit sortir de sa chambre. En larmes. Elle demanda : « Qu'arrive-t-il ? » Il hurla : « Laisse-moi, laissez-moi tous, je vais crever », et se rua dans l'escalier. Elle laissa passer quelques minutes, puis, craignant le pire, partit à sa recherche. Dans la rue, elle ne le vit pas. Sachant qu'il irait au théâtre à pied, elle arrêta un taxi en maraude. Elle le rattrapa plusieurs centaines de mètres plus loin, il marchait, il pleurait, il avançait pourtant, le visage raviné de larmes, vers cet échafaud, le théâtre. Elle ouvrit la portière du taxi et, très doucement, l'appela : « Viens. » Il répondit — en pleine rue — par un hurlement et d'autres sanglots : « Je vais crever. Laisse-moi. »

J'aime cette folie — naturellement, il fut un Tartuffe éblouissant, ce n'est pas la question — et cette tension : métier d'angoisse. Et puis Périer savait qu'on n'y est pas tendre, qu'un échec le renverrait sans appel à la nuit de son boulevard.

Sartre lui fit confiance, sans hésiter, quand il lui demanda, il y a trois ans, *Le Diable et le Bon Dieu* : il connaît Périer et l'estime absolument, il avait aussi pressenti — sans qu'il y ait besoin d'explications — quel était l'enjeu, ce que ce rôle signifiait pour lui.

N'imaginons pas que le naturel et la simplicité, tant vantés, auxquels il est parvenu dans le rôle de Gœtz ne lui aient rien coûté. Pendant toute une année, la maison Périer a vécu à l'heure de Gœtz et s'est rassemblée autour d'un forçat obsédé, qui passait de l'abattement le plus profond à de brèves euphories. Jean-Marie Périer m'a raconté que, partageant une nuit la chambre de son père, il fut réveillé en sursaut : François disait son texte en rêve. « Je me suis demandé, dit Jean-Marie, si je ne devais pas lui donner la réplique. » Et Colette : « J'ai eu le malheur d'être malade pendant sa période de réflexion. Impossible de lui parler de ma maladie : il s'intéressait à moi pendant deux minutes, puis fonçait sur le *Diable*. Rien d'autre ne l'intéressait. » Georges Wilson, qui a fait du *Diable et le Bon Dieu* une magistrale mise en scène, fut l'accoucheur impitoyable de François Périer : « Je l'ai repris cent fois, dit-il, je ne lui laissais rien passer. Mais jamais je n'ai vu un acteur célèbre se soumettre aussi humblement à la discipline du travail, encaisser ainsi les critiques devant ses camarades, être capable de tout recommencer. »

Périer est-il heureux au moins aujourd'hui ? Ce n'est pas sûr. Je l'ai aperçu l'autre jour dans une rue : il allait, la mine sombre, concentré et sinistre — tout le contraire d'une tête d'acteur comblé — et j'ai pensé que rien, jamais, ne le délivrera de l'angoisse.

Elle, nº 1206, 27.01.1969

SERGE GAINSBOURG, LES COMMENCEMENTS

Si vous le cherchez, vous le trouverez, comme je l'ai fait, au Touquet, un jour de grande tempête. D'autres sont à Saint-Tropez ou s'épuisent le long des côtes en tournées-marathons. Il y a leur jeune gloire et ses exigences : ils s'y soumettent sans réflexion, sans discussion. C'est la fuite en avant à perpétuité. La gloire aussi a fondu sur Serge Gainsbourg avec ses travaux forcés : des hommes sont entrés dans sa chambre, ils l'ont tiré par la manche et ils lui ont montré là-haut cet Olympe où peinent les idoles. Et Serge Gainsbourg a commencé son escalade. Seulement, ces prospecteurs sont tombés sur un os. Sur un homme.

Aux deux tiers de la montée, avec le sommet à sa portée, Gainsbourg s'est arrêté pour prendre du recul et considérer lucidement sa situation. À l'instant où j'arrive dans ce bar du Touquet où, il y a huit ans encore, il était pianiste et chanteur de charme, il est engagé avec sa femme dans un débat de type hamletien que peu de prétendants aux honneurs connaissent : gloire ou pas gloire, monter encore ou s'arrêter. C'est sa contradiction majeure. Mais il en a d'autres. Lorsqu'il chantait au Touquet, micro au bord des lèvres et voix de « crooner » à la Sinatra, les femmes, folles de lui, quittaient leurs compagnons et lui glissaient un nom et un numéro de téléphone. « Malgré ses oreilles décollées, c'était un fameux tombeur », intervient le patron. Oreilles décollées, soit, mais il est souple, mince, corps et visage en alerte, regard inquiet, paupière lourde et œil cerné : un charme irrésistible, et la bêtise n'est pas son fort. Ainsi il chantait pour faire danser les couples *Viens pleurer au creux de mon épaule*, *Parce que t'as les yeux bleus*, etc., des bluettes écœurantes qui, en octobre, la saison terminée, le jetaient au sujet des femmes dans d'insondables dépressions nerveuses. « J'étais un pianiste de bar, dit-il, et Béatrice (c'est sa femme) ne m'aurait pas regardé si elle m'avait rencontré à l'époque. » Mais au même moment le même Gainsbourg écrivait et composait des chansons difficiles, dures et poétiques, sans concession au goût du jour : le contraire exact de ce qu'il susurrait au Touquet. Des chansons agressives, dépouillées, avec un texte qu'il balançait très librement sur un support rythmique, où il exprimait son dégoût des fadaises et des dames pâmées du Touquet-Paris-Plage, ce qui lui valut une solide réputation de misogynie : *La Femme des uns sous le corps des autres*, *Le ramier roucoule*, *Sois belle et tais-toi* ; il inventait un style, piégeait les mots dans des associations et des oppositions grinçantes et, allant jusqu'au bout d'une lucidité désespérée, gagnait sur tous les terrains ; intelligence et émotion à la fois. L'inévitable arriva : on se jeta sur Gainsbourg, auteur-compositeur ; il fit quelques-unes des meilleures chansons de Greco, Philippe Clay, Montand et Piaf. Boris Vian le reconnut comme un homme de sa race, il l'écrivit dans plusicurs journaux, et les metteurs en scène de cinéma se ruèrent chez lui pour lui commander la musique et les accompagnements de leurs films. Souvenez-vous du merveilleux *L'Eau à la bouche*, de Jacques Doniol-Valcroze :

Je t'en prie, ne sois pas farouche
Quand me vient l'eau à la bouche...

Et *Strip-tease*, un film de Poitrenaud :

Si c'est pour toi que je strip-tease
Il faut pourtant que je te dise

Que tu es, soit dit entre nous.
Un peu voyeur, un peu voyou.

Mais ce ne sont que chimères
De ma bouche à ma jarretière
Car personne, pas même toi,
Ne portera la main sur moi...

Mais Gainsbourg, se souvenant du Touquet, servait lui-même mieux que personne ses propres chansons. Philips s'empara de lui et il fut jeté à son tour dans le Hit-parade et les dents de scie du Box-office : le voici connu, par tout un public, plus comme chanteur que comme auteur-compositeur, et évalué cette fois sur d'autres critères que ceux qu'il a essayé d'imposer. En même temps, le cinéma le réclame, parce qu'il a un visage qui passe merveilleusement à l'écran, en devenant tout autre. Le beau visage inquiet de Gainsbourg devient au cinéma inquiétant, trouble, suspect. On le catalogue, on le classifie : il jouera des rôles de traître. Mais il adore faire du cinéma : il a tourné dans des superproductions italiennes des films gréco-romains en Yougoslavie : *Hercule se déchaîne*, *Samson contre Hercule*, où on le voit, sombre prétorien, maître de l'armée, homme des putsches. Il y a eu aussi *La Révolte des esclaves*, *L'Homme de Hong-Kong*, *Voulez-vous danser avec moi ?*, etc.

À l'époque, la célébrité de Serge Gainsbourg est neuve et multiforme ; il fonce dans toutes les directions et se trouve bien partout, dans chaque activité qui lui est proposée. Cette malléabilité, ce « côté éponge », dit-il, est l'envers de son cynisme et de son désespoir un peu sceptique, un peu aigre. Mais après cinq mois en Yougoslavie, où il a tout de même réussi à écrire pour lui de vraies chansons, un directeur artistique de chez Philips lui tient un langage étonnant : « Tu n'es plus dans le vent, lui dit-il à peu près. Voici ce qu'il faut faire maintenant. » Et il jette sur la table un disque de Johnny Hallyday : *Viens, voici le twist*, qui est un « tube », autrement dit un succès foudroyant. « Je me suis tapé six mois de dépression nerveuse, sans pouvoir écrire une seule ligne, raconte Gainsbourg ; je me suis dit : "Les carottes sont cuites." »

Les nouveaux « fans » n'aimaient pas le jazz, qu'ils trouvent érotique, sophistiqué et précieux. Ils veulent des anges de pureté et des fadeurs déchaînées. Or Gainsbourg adore le jazz et les astuces de langage où s'aiguise l'intelligence. « J'ai continué cahin-caha, dit-il, mais j'en ai pris un coup dans l'aile. Ce job commençait à m'écœurer. »

Qu'a-t-il fait ? Deux parts de sa vie et de son talent : de bonnes chansons, comme autrefois, et d'autres, pour suivre la mode. « Ce que j'aime ne marche pas. J'aimais *Quand mon 6.35 me fait les yeux doux*. Aucun succès. Mais *Couleur café*, que je trouvais écœurant, a été un "tube". » Son scepticisme glacé l'a aidé à supporter la contradiction. « Je vois les choses avec beaucoup de décontraction, raconte-t-il. J'écris froidement pour les jeunes en leur donnant ce qu'ils veulent. Une chanson pour France Gall, *N'écoute pas les idoles*, par exemple, a été un succès formidable. Pourtant, c'est sans intérêt musical ni littéraire. »

Mais le triomphe des chansons de ce type a dépassé toutes ses prévisions et, si l'on peut dire, toutes ses espérances. Au printemps dernier, on lui demande d'écrire, pour France Gall toujours, une chanson à présenter au concours de l'Eurovision, en avril, à Naples. Il se donne des coups de pied et, au dernier moment, compose en une nuit *Poupée de cire, poupée de son*. Elle obtient le premier prix, elle est numéro 1 en Suède, en Norvège, au Danemark, en Espagne, en Allemagne. La presse Gainsbourg fonctionne à plein rendement, à l'usine Philips de Louviers. En trois mois, il a déjà touché 35 millions de droits d'auteur. Ce n'est pas fini.

Mais Jean-Louis Barrault appelle chez lui l'autre Gainsbourg et lui dit : « Faites-moi une comédie musicale, ce que vous voulez, quand vous voulez : mon théâtre vous est ouvert. » Et Bardot vient d'enregistrer deux merveilleuses chansons première manière qu'il a écrites spécialement pour elle : *Bubble Gum* et *Les Omnibus* :

Quant à moi, ce que j'aime le plus
C'est de loin tous les omnibus.

Voilà donc Gainsbourg écartelé, à trente-sept ans, entre une gloire immense et facile et la voie étroite de ses commencements. Sa femme est résolument pour l'austérité. Elle a fixé arbitrairement le minimum vital du ménage à 5 000 francs par mois. Beaucoup plus qu'un mineur de fond, beaucoup moins qu'une super-idole. Elle dit : « Je ne veux pas du bombardement que peut être sur une vie la gloire. » Elle a peur qu'il fasse du cinéma, des tournées, des « tubes », qu'il devienne un homme-orchestre dévoré, aliéné.

Gainsbourg balance et sourit : « Ma femme se ronge les sangs, dit-il, car les ongles c'est déjà fait. » Et il lui demande : « Moi mineur de fond, ma gueule et ma fidélité, est-ce que ça te suffit ? » Elle répond : « Pas tout à fait. » Lui : « Alors, tu vois bien qu'il faut que je gagne des sous. » Mais en même temps il me confie sérieusement : « Jamais je ne ferai les concessions épouvantables qui conduisent au sommet. » Donc il se garde en amont. En aval aussi : « J'ai l'angoisse de la chute. Je pourrais évidemment toujours me débrouiller en composant et écrivant, car le peuple demande des chansons. Mais je ne veux pas non plus qu'on dise de moi : "Il est bien comme compositeur, mais comme chanteur il est 'cuit'." Je veux rester entre deux eaux, louvoyer, comme a fait Boris Vian. »

Tel est Serge Gainsbourg, au Touquet-Paris-Plage, en cette fin d'été 1965 : un vieux matelot averti qui louvoie entre les écueils de la gloire, l'acceptation et le refus, le facile et le difficile.

Elle, nº 1029, 09.09.1965

MARCEL CERDAN FILS

Un gosse de treize ans, doux comme une fille, qui, de sa vie, n'a jamais donné un coup de poing, refait chaque nuit le même rêve : au centre de l'immense Roosevelt Stadium de Jersey City, il se tient dans un coin du ring, parmi les soigneurs, et il encourage follement un des deux boxeurs : son père. De sa place, il mime le combat. Il prend les coups, il les donne, il les devine en hurlant à son père d'avoir à se garder. Ce fameux onzième round, au cours duquel, le 21 septembre 1948, Marcel Cerdan arracha à l'Américain Tony Zale le titre de champion du monde, l'enfant le connaît par cœur. Cent fois il a vu le film du match. Mais les images de nuit se catapultent dans les yeux du dormeur au visage de fille : le forcené qui poursuit Zale titubant à travers le ring, qui l'achève d'un terrible gauche à la mâchoire, ce n'est plus le père, c'est le fils.

Ce rêve très simple est à l'origine d'un défi parfait : aujourd'hui, j'écoute sans sourire un adolescent de vingt et un ans m'expliquer d'une voix posée que sa loi est celle du tout ou rien, qu'il a reçu mandat de venger son père en devenant à son tour champion du monde : « Mon père est en moi, dit-il, il me guide, il me protège. Si je le dis, c'est parce que je le pense. » Nulle forfanterie, mais au contraire une humilité bouleversante, comme si ce projet têtu qui le dévore était né en lui sans lui, comme s'il obéissait à des forces qui le dépassent infiniment. Le miracle est que, se prenant pour un autre, il ait réussi à persuader de sa prédestination à peu près tous ceux qui l'ont approché : il disait qu'il entendait des voix, on le regardait, on l'observait et les plus sceptiques, les plus raisonnables, entraient dans la folie du gamin, lui faisaient confiance hors de tout bon sens et se mettaient à croire à la réincarnation. Le temps de ces pionniers est passé : depuis le 26 avril 1965, c'est la France entière qui considère ce jeune homme avec un superstitieux respect, qui scrute le ciel pour déchiffrer les signes et interroge les poulets sacrés. Voici un premier signe : il porte, comme tous les fils, le nom de son père, mais son prénom aussi. Le 26 avril 1965 donc, après cinq années d'une retraite ascétique dont nous reparlerons, Marcel Cerdan, vingt et un ans, monte sur le ring du Palais des Sports à Paris, pour y disputer contre un très bon boxeur, Di Martino, de neuf ans son aîné, le combat vedette. Il paraît et soudain cessent les hurlements, les vociférations ordinaires qui préludent, dans toutes les arènes du monde, aux réunions de boxe. Des fauteuils de ring où siègent les nababs du « boxing business » et les vieilles gloires tuméfiées, le silence gagne, tout là-haut, les derniers degrés de l'amphithéâtre.

Cinq mille personnes se taisent, pétrifiées comme Horatio devant le spectre du roi du Danemark : ce masque blême là-bas, entre les cordes, à l'instant où on lui passe les gants, c'est celui du champion du monde avant la bataille : la même force de concentration absolument poignante qui annonçait des matches brefs, pleins d'éclat et de drame, se lit dans les yeux vides du jeune pugiliste. Mais il a encore, de son père, la toison noire sur la poitrine, le charbon ombrageux des sourcils, les épaules attachées haut et loin derrière la nuque comme le *morillo* d'un taureau de combat, il en a le port de tête, les lèvres verrouillées, la même garde trop contractée. Ressemblance si hallucinante que sa propre mère fond en larmes, meurtrie de souvenirs à vif, chaque fois qu'elle le retrouve après une absence. Mais les spécialistes du Palais des Sports attendaient que le coup de gong du premier round dissipe les brumes métaphysiques d'Elseneur où ils s'empêtraient, d'une façon pour eux très inhabituelle, entre le passé et le présent. Ils allaient juger Marcel Cerdan à ses poings, à ses esquives, à ses crochets, à ses uppercuts.

À la fin du troisième round, le manager de Di Martino jeta l'éponge : débordé par la rapidité du jeune Cerdan, saoulé de séries en rafale au corps et au visage, son poulain ne reprenait pas le combat. Plus que la victoire comptait la manière dont elle avait été obtenue : le gosse de seize ans et demi, maladroit et incompétent, fort de sa seule idée fixe, qui, une première fois, le 4 avril 1960, avait paru sur un ring parisien aux haussements d'épaules apitoyés des professionnels, s'était changé en cinq ans en un remarquable technicien, précis, efficace, puissant. La triomphale ovation qui salua son succès signifiait ceci : un vrai boxeur, un grand boxeur peut-être, du nom de Marcel Cerdan, était né. On vit alors ce spectacle plus inouï que le combat lui-même : les vieux coureurs du Central et de la salle Wagram, les nostalgiques de la grande époque, sortirent leurs pochettes blanches pour en faire des mouchoirs. Ils pleuraient dans les vestiaires et, s'abandonnant sans retenue, puisque « le petit » avait fait ses preuves, aux tournoyantes énigmes de la ressemblance entre Marcel le fils et Marcel le père, consentaient à entrevoir au bout de la route le championnat du monde. Tout mélodrame exige un coup de théâtre comme son accomplissement et les douces larmes qu'on verse à l'instant final de la « reconnaissance » signifient une seule chose : le Destin dénoue lui-même les fils qu'il avait embrouillés, la Fatalité surgit en personne pour réparer le mal qu'elle avait fait. Cerdan le fils nous restituant à la fois le titre prestigieux et l'exacte image de son père, c'est la situation mélodramatique par excellence : les fervents de la boxe et de la patrie qui pleuraient au Palais des Sports comme la Margot de Musset apercevaient une lueur, très loin, au fond du noir tunnel où les avait plongés la mort de Cerdan. Cette tragédie qu'ils avaient crue irréparable, comme toutes les tragédies, n'était peut-être pas sans appel ; un ultime pardon, un retournement sublime de la destinée pouvait être envisagé.

Au lendemain de son match et dans les jours qui suivirent, Marcel reçut des centaines de lettres, écrites sur le ton de la vénération et expédiées par des adorateurs qui n'avaient pas assisté au combat. Toutes disaient en substance : « Cours, vole et nous venge » et l'espoir insensé de la revanche, l'amour porté au père reporté sur le fils, s'y exprimait à chaque ligne. Le commandant d'Air France, qui avait piloté le grand Cerdan de New York à Paris après sa victoire sur Zale, lui envoya la photographie que le champion du monde lui avait dédicacée en plein ciel : « J'ai gardé cette photo pendant dix-sept ans, écrivait-il, c'est pour moi un bien très précieux. Je te la confie parce que j'espère que tu me donneras la même joie que ton père. »

Tout ici invite à déchiffrer les énigmes : le père, vivant, eût écrasé le fils et jamais un deuxième Cerdan ne fût devenu boxeur. Mort au contraire, et puisqu'un gosse de treize ans s'est lancé à lui-même un fantastique défi, il lui prête le doping formidable de l'image qu'il a laissée dans toutes les mémoires. Tous ceux que sa perte a laissés inconsolables se mettent à croire à l'impossible, car le drame est au cœur de la vie des Cerdan : le mauvais sort, la *mala suerte*, les a frappés avec un acharnement inouï. Et à chaque coup du sort, ils ont répondu par un acharnement égal.

Le 3 juin 1939, à vingt-trois ans, Marcel Cerdan le père abat à Milan Saverio Turiello et devient champion d'Europe. En pleine jeunesse et au faîte de sa puissance, il a toutes les chances de défaire, s'il le rencontre, le champion du monde d'alors, Henry Armstrong, un Américain. Le match est décidé, organisé. Mais les atermoiements de certains dirigeants, puis la guerre le reportent aux calendes.

À partir de 1945, Cerdan devra recommencer pratiquement de zéro et parcourir à nouveau toutes les étapes qui conduisent au titre suprême. En trois ans, il descend, par K.O. presque toujours, tous les adversaires qu'on lui oppose, jusqu'à ce 21 septembre 1948, où il a enfin la chance de triompher de Tony Zale. Mais le match même du championnat du monde n'est pas seulement gagné contre Zale. Contre la malchance aussi : car, à partir du quatrième round,

Cerdan ne boxe plus qu'avec son gauche : sa droite claquée, il souffre atrocement.

Le 16 juin 1949, neuf mois après avoir conquis son titre, il le défend contre Jack La Motta, au Brigg's Stadium, de Detroit. Cette fois, c'est un ligament de son épaule gauche qui se froisse dès le premier round et le prive totalement de l'usage de son merveilleux crochet du gauche, son arme favorite. Il endure le martyre pendant neuf rounds et reste dans un coin à l'appel du dixième : La Motta est champion du monde. Vaincu par accident, Cerdan n'a plus qu'une pensée : reprendre son titre très vite. Et le 27 octobre 1949, le Constellation d'Air France F.-B.A.Z.N. emporte vers la revanche, fixée au 2 décembre, un Cerdan souriant et sûr de lui. L'appareil s'écrase le lendemain matin, par temps clair, sur un pic solitaire de l'île de San Miguel, aux Açores.

Mais ils étaient quatre frères Cerdan : Marcel, Vincent, Armand et Antoine. Tous les quatre sont morts, dont trois de mort violente. C'est Marcel qui a ouvert la série, Vincent a suivi en 1950 : crise cardiaque à Buenos Aires ; Armand en 1956 : la tête broyée dans un accident d'ascenseur, à Casablanca ; Antoine, en décembre 1964 : tué au volant.

Qui s'étonne alors que le petit Marcel, l'aîné des trois fils du grand Cerdan, le plus choyé, le plus timide, se soit cru marqué, qu'il ait nourri, dans son cerveau d'enfant, le dessein de venger les morts, qu'il pense aujourd'hui vingt-quatre heures sur vingt-quatre au grand soir de la grande revanche de tous les Cerdan, qu'il s'astreigne enfin, pour y parvenir, à une existence ascétique dont il n'y a pas d'exemple dans l'histoire de la boxe ?

Plus unie encore d'avoir été décimée, la famille Cerdan-Lopez (c'est le nom des trois oncles maternels du jeune boxeur : Narcisse, Henri et Émile), qui doit à sa double origine espagnole son hyperémotivité, ses touchantes superstitions et une religiosité profonde, croit que les morts sont plus vivants que les vivants. Ceux qui ne sont plus, anges gardiens tutélaires, veillent sur les survivants, les conduisent par la main vers la mission qu'ils ont à accomplir.

Pour Marcel, sa victoire sur Di Martino ne faisait aucun doute. Sur le ring, les spectateurs du Palais des Sports voyaient peut-être le spectre de son père. Ils avaient raison car lui était effectivement convaincu de la présence de son père à ses côtés. Car le matin même, il avait reçu une lettre de son oncle Narcisse, qui tient, à Casablanca, la brasserie Marcel-Cerdan. Narcisse, qui pourtant ne prend jamais la plume, avait jugé bon de le faire. Il disait : « Marcel, si je t'écris cette lettre, c'est pour te dire que, dans la nuit de dimanche à lundi, ton père m'est apparu. Il m'a commandé ceci : "Narcisse, écris à mon fils, dis-lui qu'il ne se fasse pas de mauvais sang car le 26 au soir, je serai avec lui." Tu peux voir, dans mon écriture, mon cher petit, que j'en tremble encore... »

« En lisant ça, m'a dit Marcel avec son joli accent pied-noir, j'ai pleuré comme un gosse. Pendant tout le match, j'ai été tranquille. Papa était là. »

Il est très malheureux. Car nous sommes assis sur des chaises de fer, près d'une table de fer, et il a besoin, toutes les trois phrases qu'il fait, de toucher du bois. Alors il se lève et court vite, à dix pas, caresser un arbre. Il s'excuse en disant : « Je sais bien, mais quand même » ou, citant son deuxième père, le manager Filipi : « Si ça ne fait pas de bien, ça ne fait pas de mal. » Il faut respecter ces superstitions : au poignet, Marcel porte la lourde montre en or de son père, qui permit aux sauveteurs d'identifier son cadavre sur le pic Retondo, aux Açores : au cou et sur la poitrine sa chaîne d'or et son médaillon. Il ne s'entraîne qu'avec les gants paternels et ne se rend à aucun match sans avoir dans sa valise : la culotte jamais lavée du championnat du monde, la coquille protectrice que portait son père au combat et la bouteille dans laquelle il buvait pendant les temps de repos. Mais il a encore bien d'autres fétiches : il suffit qu'on lui offre un ourson de peluche en lui disant : « Tiens, ça te portera bonheur » pour qu'il ne s'en sépare plus jamais. Si, au cours d'une réunion, un boxeur qui partage son vestiaire et combat avant lui revient vaincu, vite, il ramasse ses affaires et change de vestiaire : « Si je restais, dit-il, je serais battu moi aussi. C'est un homme qui a le mauvais œil. »

D'un étui de mica, il extirpe précautionneusement une vieille photo jaunie, déchirée d'avoir été mille fois exhibée : une photo de son père, la seule qu'il lui ait jamais donnée. « À mon fils Marcel, premier tournoi interallié », dit la dédicace manuscrite. Elle date de 1945 : l'enfant avait deux ans. Trois ans plus tard, il était orphelin. Autant dire qu'il n'a pas connu le grand Cerdan :

« J'ai des images, dit-il, des lambeaux de souvenirs. »

Il se rappelle le jour du championnat du monde, la brasserie Marcel-Cerdan, à Casablanca, en état de siège, le quartier barré, les haut-parleurs à tous les carrefours, cette foule en délire. Et aussi le retour du héros, les bras chargés pour lui de jouets fabuleux. Mais ce qui demeure le plus vivant dans sa mémoire, c'est le pelage noir de son père sur la poitrine : « Dans notre ferme, dit-il, on avait une piscine. Mon père me prenait, me soulevait pour me plonger dans l'eau. J'avais peur, je m'agrippais à ses poils. Ils étaient très longs. »

Aujourd'hui, Marcel le fils examine en professionnel la photo de Marcel le père. Je lui dis : « Vous avez les mêmes épaules ! — Non, répond-il, les miennes sont moins chargées. Regardez cette courbure impressionnante ! Il n'avait même pas besoin de ses bras pour se protéger. Les épaules suffisaient ! » Il médite encore sur la garde paternelle, puis il conclut : « Il n'a pas du tout un visage méchant. »

Non, le « bombardier marocain » en dehors des rings était la bonté même, la tendresse, la générosité, la simplicité. Ces vertus, dont on a cité mille traits, se retrouvent toutes dans le fils, à leur plus haut éclat.

Il les a sans doute héritées de son père, mais il les tient aussi de sa position unique et paradoxale dans le monde de la boxe. C'est la faim qui fait les boxeurs : les enfants de la misère essaient de se sortir d'une situation impossible en se jetant dans ce sport dur et violent, ils tentent la fortune avec leurs poings parce qu'ils n'ont pas d'autre issue. Marcel, lui, est un gosse de riche. Son père, il le sait, le rêvait bachelier, puis étudiant, puis fonctionnaire, ou médecin, ou professeur : « J'ai boxé pour toute la famille, c'est assez, disait-il. Vous êtes tous à l'abri du besoin. » La brasserie Cerdan à Casablanca, la ferme, les laiteries Cerdan font à ses fils une place au soleil. Lorsque Marcel a pris, à quinze ans, la décision de devenir boxeur, on lui a opposé deux arguments, qui ont du poids : « Tu quittes une vie dorée pour un enfer » et puis : « Tu feras un mauvais boxeur, tu n'as jamais eu faim. » C'est Filipi, le manager, qui fit valoir ces raisons ; il a formé des générations de champions, il connaît son métier : pour être capable de supporter l'existence infernale de l'entraînement, il faut précisément s'être trouvé en enfer depuis la naissance et n'en plus pouvoir. Que fera-t-il d'un gamin respectueux, gentil et aimant, qui a tout à perdre et rien à gagner, qui choisit la boxe par idéal et non par nécessité ?

La réponse, c'est Marcel lui-même qui la donne aujourd'hui et Filipi approuve puisque son futur champion lui a prouvé jour après jour qu'il s'était trompé : « C'est justement parce que je n'ai pas besoin de boxer pour vivre que j'ai plus de volonté que les autres. Ma volonté est toute nue, je ne pense qu'à la boxe, rien ne peut me distraire, ni la célébrité ni l'argent. Beaucoup de boxeurs, dès qu'on commence à parler d'eux, dès qu'ils ont quelques sous, relâchent leur régime, commencent à délaisser l'entraînement pour la bonne vie. Au fond, ce n'est pas la boxe qui les intéresse, mais ce qu'elle peut leur procurer. »

Pendant cinq ans, il a vécu comme un moine mystique. À son arrivée à Paris, Piaf, sa marraine, lui a offert une magnifique chambre dans son appartement du boulevard Lannes. Mais il a trouvé la vie qu'elle lui proposait trop confortable et amollissante, il a quitté Piaf après quelques mois pour s'installer seul dans un petit hôtel, près de la République. Voilà sa vie : neige ou canicule, été ou hiver, footing chaque matin, très tôt, au bois de Vincennes. Il court seul, en proie à son idée fixe. Retour chez lui, sieste, car dormir, pour un boxeur, est encore un travail ; l'après-midi, marche, puis trois heures d'entraînement en salle : saut à la corde, culture physique, punching-ball, shadow-boxing, trois, quatre, cinq, six rounds avec « sparring-partners ». Et pour finir, coucher à neuf heures du soir. Il vit seul, il a peu de copains et je jure qu'il est bouleversant de l'entendre dire presque en s'excusant : « Je ne suis pas un ami drôle, je ne sors jamais, je ne bois pas, je ne fume pas, passer une journée avec moi, ce n'est pas gai du tout. »

Son palmarès : 41 combats amateurs dont 39 victoires, 2 défaites ; 8 combats professionnels : 8 victoires dont 5 avant la limite. Il laisse entièrement à Filipi le soin de la stratégie et de la tactique de sa longue marche vers le championnat du monde. Et il a raison de lui faire confiance car ce Corse coriace et tendre, plus superstitieux à lui seul que tous ses boxeurs, mais intelligent comme Bonaparte, projetait de se retirer après fortune faite quand il a rencontré Marcel. « J'ai repris du service, dit-il, je rempile. Car Marcel Cerdan, c'est mon bâton de maréchal. »

Elle, n° 1015, 03.06.1965

CLAUDE JACCOUX, GUIDE DE CHAMONIX

J'ai écrit cet article en une nuit, dans la petite chambre de l'hôtel d'un aber de Bretagne, devant un poste de télévision antédiluvien. Ce n'était pas n'importe quelle nuit : Neil Armstrong posait le pied sur la Lune.

Quand il apparaît, vers six heures de l'après-midi, sur la charmante petite place du Bureau des guides, les dernières survivantes de l'âge « cafiste » (qualificatif forgé à partir des initiales C.A.F. : Club alpin français), gardiennes intransigeantes de l'orthodoxie alpine, ne le regardent pas sans un serrement du cœur. Avec leurs gros bas en laine de Megève pas dessuintée, leurs knickers renforcés à triple fond, leurs anoraks couturés comme des drapeaux de combat et, aux commissures des lèvres, des traces blanches de pommade antigerçures, les « cafistes » affirment un style vestimentaire et une éthique tout à la fois, elles signifient spectaculairement qu'alpinisme et culte du corps sont des notions antagoniques à leurs yeux. Elles ont d'autres joies, aiguës et violentes, que ne connaîtront jamais les nudités moutonnières offertes au soleil sur les plages, et d'autres points d'honneur. Mais voici : l'avènement de Claude Jaccoux, guide de Chamonix, porte un coup fatal à la laideur militante du cafisme pur. Car Jaccoux est beau — c'est ainsi —, d'une beauté célèbre dans toute la vallée, et les cafistes, qui tiennent à jour avec une pointilleuse rigueur la liste des courses des meilleurs grimpeurs, n'ont même pas la ressource de le récuser pour hérésie : elles savent que Jaccoux est un des plus grands, un des maîtres de l'alpinisme de pointe aujourd'hui.

La Sentinelle rouge, la face est du Grand Capucin du Tacul, l'aiguille de la Brenva, l'éperon Walker des Grandes Jorasses, le pilier Bonatti des Drus, la première hivernale de l'Aiguille verte par l'arête des Grands Montets, la face nord du Wascarran au Pérou et d'autres sommets au Népal sont quelques-uns des titres de Jaccoux au respect et à l'admiration qu'on lui voue dans la vallée de Chamonix et partout, dans la société internationale, close et secrète, des alpinistes. Capucins ou sentinelles, immenses parois de roc ou murs vertigineux de glace vive dressés d'un seul jet au-dessus du vide, ces beaux noms poétiques évoquent immédiatement pour les initiés un déploiement d'audace et de courage à la limite du possible, des difficultés inouïes qui classent, sans discours, celui qui les a, une fois, résolues.

Mais les Drus ou les Jorasses parlent aussi à ceux qui se contentent d'escalades mineures, selon leurs moyens, ou même encore à tous les autres qui rêvent de grimper sans le faire jamais, mais reviennent chaque année à Chamonix parce qu'ils sont sensibles à la gloire absolue d'un matin de « grand beau », loin là-bas, sur l'aiguille et le dôme du Goûter. « *Major e longinquo reverentia*[1] », disait déjà Racine, citant Tacite, pour se justifier de situer dans un Orient de fable l'action de ses tragédies. J'ai vu avec quels yeux ces simples amants de la montagne regardaient l'an dernier Jaccoux, retour d'une course après deux nuits de bivouac en pleine voie : barbu, le torse ceint d'anneaux de cordes de nylon aux vives couleurs, mousquetons et étriers tintinnabulant à sa hanche, il allait, par la Grand-Rue de « Cham », allait de son pas lent de montagnard, casqué comme un aurige d'une chevelure de copeaux blonds, des

1. « L'éloignement augmente le respect. »

rides de gaieté au coin des yeux, et sensible aussi à la houle fervente que nous, les Perrichon, faisions, par nos chuchotis profanes, lever sur son passage. Bref, nous l'admirions. Et de la même façon bien sûr, nous aurions admiré Armand Charlet, Terray ou Rebuffat, Paragaux ou Bernardini, ses maîtres et ses pairs, mais il y a pourtant, dans le cas de Jaccoux, quelque chose de plus, comme une grâce qui le jette hors de toutes les séries et qui, seule, explique sa royauté. Les cafistes, qui lui pardonnent tout et l'aiment en secret, ses collègues de la Compagnie des guides, dont le tutoiement même, lorsqu'ils s'adressent à lui, marque la déférence, les grimpeurs parisiens ou marseillais qui, en juillet et en août, viennent s'affronter aux grandes Alpes après s'être entraînés toute l'année dans les calanques de Cassis, à Fontainebleau ou au Saussoy, dans l'Yonne, tous subissent le charme et le pouvoir de cet homme tranquille, pressentant qu'à la racine même de l'ascendant qu'il exerce sur eux, il y a autre chose que ses dons, même immenses, d'alpiniste. Jaccoux, en effet, c'est l'accord évident d'un homme avec sa vie, parce qu'il a décidé un jour de la choisir et de faire d'une passion son métier.

Ce Chamoniard est un Parisien. Ce montagnard qui sait lire dans les nuages et le vent, un intellectuel. Ce guide professionnel — il vit exclusivement de son métier —, membre à part entière de la Compagnie des guides de Chamonix, société plus fermée que le Jockey Club, où l'on ne peut entrer que par cooptation et à la condition d'avoir vu le jour, sur douze kilomètres de vallée, entre les Houches et Argentières, est un professeur de lettres.

Quand j'ai connu Jaccoux, il y a une douzaine d'années, à Chamonix, précisément au cours d'un hiver, il hésitait à faire le grand saut. À vingt-quatre ans, il étonnait par son intelligence, sa culture, sa curiosité de tout. Licencié ès lettres, il poursuivait ses études et venait d'accepter un poste de professeur dans un collège des Vosges. Il nourrissait en même temps pour la montagne une silencieuse et dévorante passion et avait déjà réussi quelques courses très difficiles : les initiés devinaient qu'il serait un grimpeur de grande race.

Mais Jaccoux ne pouvait se contenter de venir à Chamonix quelques semaines par an et d'en rêver le reste du temps. L'alternative qui se posait alors à lui, il la formulait en termes clairs : s'il choisissait l'enseignement et la relative sécurité d'une existence de fonctionnaire, il se mutilait ; s'il décidait au contraire de changer radicalement sa vie et de se faire montagnard professionnel, il s'accomplirait peut-être, mais en prenant tous les risques. Pas d'autre issue en effet que le métier de guide, exaltant sans doute mais qui, outre les dangers objectifs et les responsabilités qu'il implique, est gros d'aléas et d'incertitudes. On l'exerce seulement en été, pendant environ cinquante jours : si le temps est beau, la cadence de travail est infernale, s'il pleut, c'est le chômage forcé. Natifs du pays, les guides de Chamonix, pour la plupart, n'ont pas choisi leurs vies. Même s'ils l'aiment, ils ne pratiquent pas leur métier par vocation, mais parce que la montagne, qui est leur horizon immédiat, le leur a proposé, Jaccoux, lui, c'est ce qui le distingue et c'est cette différence qui s'indique dans la déférence qu'on lui témoigne, a renoncé à tout pour cette profession étrange et saisonnière : la passion l'a emporté sur les prudences.

Mais la décision, une fois prise, débouchait, il le savait, sur un travail acharné : stages d'aspirant guide, puis de guide à l'E.N.S.A (École nationale de ski et d'alpinisme), institution à peu près unique au monde, par laquelle il faut nécessairement passer si l'on veut avoir le droit d'emmener des clients en montagne. Sorti quatrième du stage d'aspirant, premier de celui de guide. Jaccoux, sa médaille sur la poitrine, avait encore deux problèmes à résoudre : se faire admettre au sein de la Compagnie des guides de Chamonix où, je l'ai dit, on n'accepte que les aborigènes, et où l'on se méfiait vivement des Parisiens, et aussi trouver à s'employer pendant l'hiver parce qu'il faut bien vivre en dehors de la saison d'escalade. C'est Michèle, sa femme, sœur de Pierre Stamos, champion de France de ski, elle-même membre de l'équipe de France, Michèle rencontrée à l'E.N.S.A. pendant le stage et épousée aussitôt sur coup de foudre parce qu'il la trouvait, à juste titre, merveilleuse, qui l'exhorta à cumuler le monitorat de ski avec son activité de guide. Mais Jaccoux ne savait pas skier, pratiquement pas ; le ski, au temps de son adolescence, était un sport de riche et lui était pauvre. « Alors, pendant deux ans, dit-il, j'ai fait du ski sans arrêt, à outrance, en profitant de tous mes moments libres. J'ai lu des livres, j'ai beaucoup travaillé ma technique. » Résultat : Jaccoux passa de la plus brillante façon les trois examens du monitorat national de ski. Chaque hiver, depuis, Michèle et lui sont moniteurs à La Plagne.

La Compagnie des guides lui ouvrit sa porte à cause de son talent d'abord qu'on ne pouvait pas ne pas reconnaître et aussi — je ne l'ai pas dit — parce que Jaccoux, s'il a quitté la vallée à l'âge de trois ans pour suivre à Paris ses parents, instituteurs, y était tout de même né — non pas sur les douze kilomètres sacrés, mais plus bas, à Servoz, dans un village sans vocation montagnarde qui n'avait pas, depuis des générations, donné un seul guide au massif du Mont-Blanc. C'est à partir de Servoz cependant qu'il faut chercher l'origine de sa vocation à lui : fils, petit-fils et arrière-petit-fils d'instituteurs, Jaccoux, enfant, puis adolescent, revenant chaque été dans une vieille maison de famille. À treize ans, il cherchait des cristaux ou des champignons avec des copains : « On s'enfonçait dans des gorges, raconte-t-il, on se trouvait tout à coup devant une barre et on la franchissait tout de même parce qu'on ne pouvait pas revenir en arrière. » Servoz lui a donné le goût de la nature et le besoin d'espace, mais paradoxalement, le vrai contact avec la montagne, c'est par le biais de Paris qu'il l'a eu, par Fontainebleau et ses rochers. Un condisciple de la classe de philo, au lycée Henri-IV, l'emmena un jour à Fontainebleau et lui présenta une bande : « On allait là-bas tous les samedis, on campait, on faisait de la gratte sur des rochers absolument lisses. » Fontainebleau est une merveilleuse école d'escalade : les rochers présentent tous les degrés possibles de difficulté, mais ils sont hauts de quelques mètres seulement : on ne court aucun risque, on peut recommencer autant de fois qu'on veut. L'été qui suivit, Jaccoux retourna à Servoz avec son ami et, fort de ce qu'il croyait avoir appris, s'attaqua à la vraie montagne : « Quand je regarde, dit-il, la succession d'erreurs monumentales que j'ai commises alors, je me dis que j'ai beaucoup de chance d'être encore en vie. » Mais c'est ainsi, progressivement, d'année en année, que Jaccoux a appris son futur métier, est devenu un alpiniste et un montagnard plus encore qu'un grimpeur. Trop fauché pour prendre des téléphériques ou même le train de Montenvers, il faisait tout à pied : marches d'approche interminables, sueur et souffrance, chevilles tordues dans les moraines et les éboulis avant l'escalade avec, pour toute nourriture, au retour d'un sommet, un paquet de nouilles et un litre de lait, la montagne lui entrait dans le sang comme une drogue. Car il y a d'admirables grimpeurs de calanques, vrais singes à Fontainebleau ou au Saussoy, agiles et souples, capables d'escalader en des temps records des parois d'une raideur incroyable, qui sont littéralement pris de panique dès qu'ils affrontent une grande face alpine, avec 1 000 mètres de précipice sous leurs jambes. Leur science alors ne leur sert plus à rien.

Ils veulent bien grimper, mais en supprimant tout ce qui fait la montagne : les marches d'approche, le paysage, les cailloux, les crevasses qui s'ouvrent, les risques de tempête, le brouillard, la neige, les chutes de pierres, la peur, l'angoisse.

Au bout du compte, les cafistes ont raison. Car, dit Jaccoux, « quand on monte, le corps est un moyen, on ne prend pas de pose. Pas de narcissisme, on sue, on gémit, on en bave, on en bave tout le temps. C'est très dur, vous voyez, on se dit : “Qu'est-ce que je fous là ? C'est pas possible, l'année prochaine, je vais au bord de la mer.” Rarement, dans une grande ascension qu'on connaît mal, on éprouve un plaisir pur, une jouissance actuelle : c'est long, on souffre tout le temps, on se bat, on ne sait pas s'il faut aller à droite, à gauche, ce qui vous attend derrière. Et même au sommet, l'angoisse ne te quitte pas, car il y a la descente ».

« Le plaisir de la montagne, ajoute-t-il, est purement intellectuel, il existe en fonction du danger et de la lutte contre sa propre peur. En montagne, il y a un qui-vive perpétuel dont on n'est même pas conscient. On est en alerte, prêt : prêt à un pied qui glisse, à une pierre qui tombe, à ce que le client dévisse brusquement. Le guide anticipe sans cesse d'une difficulté vaincue à la prochaine à vaincre. On monte, on avance dans une sorte d'angoisse vigilante ou de vigilance un peu angoissée. »

Et, certaines fois, la vigilance la plus extrême ne peut rien. Il arrive que les plus grands eux-mêmes se tuent ou, s'ils ont vu la mort de trop près, qu'ils perdent le moral pour un an ou pour toujours.

« En 1960, me raconte Jaccoux, on a décidé avec Cabri, un autre guide, un très bon copain, de faire le pilier Bonatti, aux Drus, une course très dure. Un moment donné, on s'est retrouvé à plusieurs cordées, une cordée de Suisses qui montait aussi au Bonatti, et une cordée franco-suisse, un jeune d'Annemasse et un gars de Genève, très fort. Eux faisaient la face ouest des Drus, mais pendant un bon moment l'itinéraire est commun. Donc on était au pied d'un couloir, qu'on appelle la Goulotte, Cabri était en tête, 30 mètres plus haut, je l'assurais. J'avais à ma droite les deux Suisses et la cordée franco-suisse, qui allait nous quitter pour traverser à gauche, était aussi dans le couloir, 4 mètres au-dessous. Tout à coup, j'ai entendu Cabri hurler. J'ai levé la tête et j'ai vu le ciel noir de pierres, obscurci. Plus de ciel, des pierres. Un rideau de pierres qui tombait. Mais vraiment on ne voyait plus le ciel. À 500 mètres au-dessus, tu vois, très loin. À force de descendre dans le couloir, ça a fini par arriver et alors ça a été l'enfer. J'ai croisé mes bras au-dessus de la tête et j'ai vu, plus bas, le Suisse de la cordée franco-suisse se faire embarquer par un énorme bloc qui l'a pris de plein fouet. Il a été envoyé en l'air, a décrit une grande trajectoire et, quand il est arrivé au bout de sa longueur de corde, il a déplanté, arraché net son camarade auquel il était attaché. Ils ont descendu tout le couloir sur 300 mètres en rebondissant de droite et de gauche. Une boucherie, c'était abominable, le couloir plein de sang, de débris de chair, les types n'avaient plus de tête. » Ni Jaccoux ni Cabri n'ont renoncé après cela. Ils ont gardé le moral. D'autres, des valeureux pourtant, l'ont perdu. Avec les clients, c'est la même chose :

certains abandonnent s'ils ont eu très peur une fois ; d'autres, au contraire, drogués et intoxiqués eux aussi, persistent. « Les femmes, dit Jaccoux, sont extraordinaires. La moitié au moins de ma clientèle est féminine. J'ai une cliente, employée de la Sécurité sociale, qui revient chaque été depuis dix ans. Elle paye à tempérament, 100 francs par 100 francs.

« Quand elles sont accrochées, les femmes tiennent mieux le coup que les hommes, elles ont une plus grande résistance dans les longues courses, elles ne forcent pas. J'ai connu une fille qui était un grimpeur merveilleux, un des plus doués que j'ai rencontrés. Elle n'avait aucune force dans les bras, elle était incapable de faire un rétablissement ou une traction sur une barre fixe. Mais précisément, c'était le grimpeur idéal parce qu'on ne grimpe pas avec les bras, mais avec les jambes. »

Ce que Jaccoux ne dit pas, mais ce qu'on raconte, c'est que certaines se tuent littéralement de douleurs dans les escalades qu'il leur impose : par passion, non pas de la montagne, mais de Jaccoux lui-même. Michèle, sa femme, les appelle « les esseulées ». À l'une, fou de rage parce qu'elle avait dévissé trop souvent dans une voie facile, il demanda un jour : « Mais pourquoi faites-vous de la montagne, puisque vous souffrez tant ? » Les pieds dans le vide, retenue par la corde qu'il remontait à la force des bras de cinq centimètres en cinq centimètres, elle chevrota sa réponse : « Parce que je vous aime. »

Elle, nº 1234, 11.08.1969

LES BLOUSONS NOIRS

Aurais-je pu être ce passant roué de coups ? J'ai posé la question à La Souffrance. Il m'a répondu par une autre question :

« Je peux parler franchement ?

— On est là pour ça », ai-je dit.

Tête inclinée, La Souffrance se consulte quelques secondes, puis il se décide :

« Eh ben, tu vois, avec ta cravate et ta coupe à la douille, si j'te rencontre, j'te fais une grosse tête. »

Il faut traduire : ma cravate est une cravate... ce soir-là elle était noire. Ma « coupe à la douille », c'est ma coupe de cheveux, je les porte courts. Ceux de La Souffrance sont longs et deux pattes lui mangent les tempes. La « grosse tête », appelée encore la « grosse boule », c'est un coup de tête entre les deux yeux : très meurtrier si on l'administre convenablement.

La Souffrance est un jeune homme, il n'a pas dix-huit ans et son visage est double : fermé la plupart du temps comme celui d'un adulte ancien combattant, grand mutilé muré dans ses rancunes, ou soudain, s'il sourit, s'il s'étonne, miraculeusement noyé d'enfance, ouvert, libre. Tout alors, semble-t-il, est encore possible. Avant-hier soir, La Souffrance et ses trois « potes » — les deux Popaul et le grand Le Squelette — se sont mis en chasse. Il pleuvait. Dans le café où se réunit la bande, rien ne se passait. Rien « n'arrivait » : même boîte à musique, mêmes joueurs de belote qui tapent la carte, invariablement, de huit à onze, mécanique éventée de la machine à sous, sempiternelle maussaderie de M. Maurice, le patron. Dehors, la place est luisante et déserte, le square vide. C'est la vie quotidienne : La Souffrance, les deux Popaul et Le Squelette s'ennuyaient.

Ils ont bu chacun trois demis pression pour avoir — raconte La Souffrance — « une chaleur dans la tête » et ils sont partis vers la rue de Judas. Obscur prétexte : un émissaire, quelques jours plus tôt, avait rapporté à La Souffrance que les gars de Judas le traitaient de « gonzesse ». L'injure, vraie ou fausse, avait traîné dans les crânes : les insulteurs paieraient.

Ceux de Judas, couchés tôt ce soir-là, partis peut-être eux aussi laver une offense aux Épinettes ou à Saint-Ouen, n'étaient pas au rendez-vous. Renonce-t-on à une querelle lorsqu'on la cherche, une bataille de Blousons noirs avorte-t-elle faute de combattants ? Non, le Blouson noir s'est inventé un ennemi irréductible, omniprésent, hydre aux milliers de visages, objet de sa haine permanente : le snob.

« Qu'est-ce qu'un snob ? ai-je demandé à La Souffrance.

Tous m'ont répondu à la fois, en mitrailleuse, par une série d'équivalences :

— C'est pas un homme.

— C'est un prétentieux.

— Leur genre ne plaît pas.

— Normalement y devraient être comme nous et y sont pas comme nous.

— Y nous regardent d'un sale œil... »

Etc.

C'est un des deux Popaul — ils n'ont en commun que de s'appeler l'un et l'autre Paul — qui attaque le premier. L'homme était pressé, il portait une serviette, il rentrait chez lui. Popaul le bouscula d'un coup d'épaule, l'autre fit un écart, bougonna.

« De quoi ? » rugit Le Squelette.

Le passant tomba : d'une « praline » de toute beauté, Le Squelette l'avait allongé.

J'interroge :

« Tu as tapé où ? »

Une grosse main rouge se ferme en poing sur mon œil gauche. Il mime la scène, ce souvenir l'excite. Terrorisé, le « snob » s'enfuit en hurlant au secours.

Heureux d'avoir fait peur, ils ont rôdé longtemps entre Villiers et Clichy. Trois « snobs » payèrent cette nuit-là : le dernier osa se défendre, on l'assomma et, dans un geste de défi, comme s'il voulait dans ce Paris nocturne faire la preuve de sa propre existence, La Souffrance brisa lui-même la glace d'une borne de Police-Secours. Une ronde les ramassa un peu plus tard.

Ils ont passé vingt-quatre heures, butés, sur le qui-vive, méditant à voix basse des parades, des revanches, sur un banc du commissariat. Leur dossier s'est alourdi d'une agression, les délégués du Tribunal pour enfants qui ont pour mission de leur apprendre le bon usage de leur liberté — on les appelle délégués à la liberté surveillée — sont intervenus et on les a relâchés parce que le délit était mineur, qu'ils sont très jeunes, parce que tout vaut mieux que les prisons ou les centres de redressement.

Avant-hier, j'aurais pu être la victime de leur colère, de leur violence gratuite, dépourvue de sens. Mais cette violence même est un problème, elle nous pose à tous une question à laquelle il faut essayer de répondre. Étrange violence en effet, à la fois explosion de haine indifférenciée dirigée contre le passant, l'inconnu, contre l'Autre d'une façon générale, et divertissement : car il est vrai aussi qu'ils frappent et qu'ils cassent tout parce qu'ils s'ennuient à mourir.

À Londres, d'autres jeunes gens formés en bandes meurtrières lynchent les Noirs antillais ; à Bristol, ils se couchent sur les rails avant le passage d'un train et ils attendent : le plus lâche est celui qui s'enfuit le premier, le plus courageux se déhale d'un coup d'épaule juste sous les roues de la locomotive. C'est un nouveau jeu : un enfant de quatorze ans a été décapité la semaine dernière.

Aux États-Unis, les adolescents casqués, en veste de cuir, de *L'Équipée sauvage* terrorisent les petites villes du Middle West ; à Stockholm, ils se rassemblent à deux mille au centre de la ville : les vitrines — toutes les vitrines — des magasins de luxe y passent en quelques minutes. On les retrouve partout, en Allemagne, à Varsovie, à Moscou. À Paris, on les appelle « les Blousons noirs ».

Si on généralise, dès le départ, on est perdu : le « mal de la jeunesse » est la bouteille à l'encre de toutes les générations et la meilleure façon de ne rien comprendre à celle d'aujourd'hui est de la poser une et identique dans tous les pays. Les différences comptent au moins autant que les ressemblances : ceux des U.S.A. ont des machines, des voitures, des grosses motos ; les nôtres à Paris rêvent d'un scooter les yeux éblouis.

La Suède est un doux pays, sans problème social, sans lutte de classes, dit-on : on y boit du lait, les régimes alimentaires sont établis par des diététiciens, on y habite des « grands ensembles » modernes. Un beau jour, de jeunes Suédois décident que cette douceur sinistre est la pire des violences, ils saccagent leur capitale pour redécouvrir, à travers leur violence à eux, la saveur âpre de la liberté. Mais à Saint-Ouen, aux Épinettes, à Montreuil, à Ménilmontant, ils n'ont pas encore eu le temps de connaître le spleen des « Cités radieuses » : ils ont grandi dans des deux-pièces-cuisine surpeuplés, quelques-uns ont été « faits » par les taudis et à l'origine de leur agressivité égarée il y a d'abord la misère. Ne les confondons pas : les Blousons noirs américains s'expliquent au premier chef par l'Amérique et les Français par la France. À partir de là seulement, on peut, on doit réfléchir sur ce qu'ils ont en commun : l'ennui et la violence anarchiste. Nous essaierons plus tard d'en apercevoir les raisons.

Pour l'instant, j'ignore ce qu'est le « mal de la jeunesse », je n'ai en face de moi qu'une collection de maux très singuliers, très précis, bouleversants. Pour parler avec eux, tenter de les comprendre, j'avais invité à dîner La Souffrance et ses amis.

Ils sont venus à dix-sept, la bande presque au complet, une bande de Blousons noirs comme il y en a cent à Paris. Ils ont entre quinze et vingt ans et — c'est samedi soir — il y a trois filles avec eux, trois dames : Dany, quinze ans, qui est apprentie coiffeuse ; Sophie, quinze ans et demi, « dans la coupe » ; et Louisette, seize ans, sans profession ni domicile fixe. Elle s'est sauvée de chez ses parents.

Tout à l'heure, lorsque je les ai rejoints sur la place, La Souffrance s'est avancé cérémonieusement et il m'a demandé :

« Le Canard peut venir ? »

J'ai aperçu, au fond d'une vieille 15-CV Citroën, une boule sombre, elle s'est extirpée et depuis elle n'a pas prononcé un mot.

« À qui est cette voiture ?

— À nous, m'a répondu La Souffrance.

— Qui "nous" ?

— Moi, Zinzin, Le Squelette et Popaul.

— Vous l'avez achetée ensemble ?

— Oui, 75 000, il y a six mois.

— Elle marche ?

— Non, ça sert pour les filles ; deux bielles coulées au bout de quinze jours, c'est bon pour la ferraille. »

Dany a une petite bouche étroite, très rouge, les joues grasses, une lourde tignasse brune électrisée de mèches blanches et de cheveux blancs solitaires.

« Pourquoi ces cheveux blancs ?

— C'est une brillantine spéciale, je la passe tous les matins.

— Tu trouves ça beau ?

— Oui, et La Pastille aussi, il n'a pas dit non, alors je continue. »

Au contraire de Dany, qui est une placide, Sophie a un mince visage triangulaire, farouche, nerveux, mangé d'inquiétude et de grands yeux noirs. « Dans la coupe », elle gagne 25 000 francs par mois, elle donne tout à sa mère, marchande des quatre-saisons, qui lui laisse pour ses frais personnels 1 500 francs chaque semaine.

J'interroge Sophie :

« Qu'est-ce que tu souhaites le plus ? »

Elle répond sans hésiter, d'une voix de prière :

« Un peu d'argent. »

On sent qu'elle y pense à chaque seconde de sa vie, cela l'obsède.

« Pourquoi?

— Pour m'habiller. »

Elle a dit cela dans un souffle. Pour acheter, rue de Belleville, des chaussures à talons aiguilles, elle économise sur ses 1500 francs : « C'est très long », dit-elle.

Rue de Belleville, les talons aiguilles valent 4 000 francs la paire.

Maintenant, ils parlent tous à la fois : ils n'ont pas souvent l'occasion de raconter leur vie et en général personne ne les écoute. Qu'on leur fasse vraiment confiance, leurs défenses tombent : ce sont des enfants. Deux mesures s'imposent : instituer un tour de parole et les empêcher de boire. Un verre de vin, deux verres de bière, c'est assez pour les jeter dans les défis et les serments d'ivrogne, pour qu'ils soient incapables d'articuler : ils sont très jeunes et chroniquement sous-alimentés.

Les voilà donc ces repris de justice! À ma table, il y a Zinzin, dix-huit ans, le front bas, un cheveu sur la langue, spécialiste du crochetage des portières de voitures, cinq condamnations, quatre mois de prison : un des deux Popaul, dix-sept ans et demi, anxieux, traqué, joues creuses, pommettes hautes, intelligent et beau : en liberté surveillée; mon ami La Souffrance, toujours battu, toujours passé à tabac parce que sa haine de la police est au moins égale à sa haine des « snobs »; Claude, dit « L'Éponge » parce qu'il a cru longtemps tout ce qu'on lui disait et qu'il serait mort plutôt que de trahir un copain. C'est un merveilleux garçon aux yeux bleu sombre, avec un clair visage, un poète, un rêveur : plusieurs fois condamné à six mois de prison préventive dans la même geôle que Zinzin; il y a encore Jean-François, dit « Le Volontaire », Le Squelette qui a coiffé ce soir un béret de para, Dédé, Loulou et Lulu. Lulu, c'est le plus jeune — il n'a pas seize ans : voix grave et visage fin.

C'est une table de hasard, pourtant on dirait qu'un même ordre de malheur a présidé à chacune de ces vies. Toujours au hasard, je lis dans mes notes. « La Souffrance » : son père a quitté dix fois le domicile conjugal — il buvait — parti définitivement il y a deux ans. La mère fait des ménages, de huit heures du matin à six heures du soir. Trois sœurs et un petit frère. Vivent à six dans deux pièces. Pour installer les lits, on sort la table de la salle à manger sur le palier. « Zinzin » : deux frères, deux sœurs, deux pièces. Le père, gazé, mutilé de guerre, reste couché toute la journée. Se lève seulement pour sa belote au café du coin — rentre saoul — fait régner l'ordre à coups de canne. Le rêve de Zinzin : avoir une chambre où il soit seul. « Popaul » : père disparu en 1943, deux mois après sa naissance. Mère remariée, habite Marseille. Il dit : « Elle a préféré son mari à moi, elle aurait pas dû me laisser comme ça. » Élevé à Paris par ses grands-parents. Voit sa mère deux fois par an. Très doué pour l'étude. A été au collège Chaptal jusqu'en troisième, mais le grand-père n'a pas pu continuer à payer. On l'a mis au travail. Les grands-parents l'enferment à double tour dans sa chambre pour l'empêcher d'aller avec les copains. « L'Éponge » : n'a jamais connu son père. En nourrice, à la campagne, jusqu'à l'âge de quatorze ans. Cinq nourrices. Sa mère venait le voir une fois par an. Il dit : « Je pleurais pendant huit jours quand elle repartait. » Mais il ne lui en veut pas, il l'adore : « Ce n'était pas sa faute, elle travaillait en usine, elle avait déjà tant de mal à payer les mois de nourrice, les mandats arrivaient toujours en retard. »

La vie de Lulu est un déchirement. Il n'a pas seize ans, il habite seul, dans un grenier. Le soir, après son travail — il est apprenti mécanicien —, il retrouve les copains, qui lui tiennent lieu de parents. Vingt fois, de toutes ses forces, il a offert sa tendresse à sa mère, vingt fois on l'a repoussé. Je l'ai rencontré l'autre soir : il dînait debout devant la machine à sous, d'une baguette de pain sec, ceux de la bande n'étaient pas là. Lulu était trop seul pour faire un vrai repas.

De un à sept ans, il est élevé par sa marraine, en banlieue : ses parents habitent l'hôtel, ils n'ont pas de place. De sept à treize, Lulu va à l'école chez les frères, il est demi-pensionnaire et, comme la marraine ne peut plus s'occuper de lui, sa mère lui installe un lit dans la chambre d'hôtel. Elle fait la cuisine sur un réchaud à alcool, ils vivent là à trois ; c'est très petit, mais pour Lulu, ce sont quatre années de bonheur : la vie de famille. À treize ans et demi, il est reçu au certificat d'études, deuxième de l'arrondissement. Son père meurt, un mois plus tard, d'une hémorragie interne.

Lulu entre dans une école commerciale. Il y reste deux mois. Un soir, il revient chez lui, il y a un homme dans la chambre, avec sa mère. Il a tombé la veste, il a desserré sa cravate. La mère rougit : « C'est mon directeur », dit-elle à l'enfant (elle est téléphoniste dans une usine). Lulu remarque tout de suite que le « Directeur » est venu avec une valise.

« Ce soir, dit la mère, tu couches chez ta tante. Allez, va. »

« Elle n'a pas eu le courage de me dire la vérité, raconte-t-il. Le gars était là tous les soirs et la tante, au bout de huit jours, elle pouvait plus me garder. Alors, ma mère m'a dit : "Tu dois choisir : ou tu travailles ou tu vas à l'orphelinat." Moi, l'orphelinat je savais pas ce que c'était et puis j'aimais l'école, j'ai opté pour l'orphelinat. Ma mère m'a conduit, c'était en décembre, le curé m'a montré mon lit, au dortoir, elle s'est mise à pleurer. Mais elle m'a laissé là, elle s'est "trissée". »

Les premiers jours sont atroces, Lulu ne s'habitue pas, il pleure toutes les nuits, il suppliera sa mère de le reprendre. Mais elle écrit au Directeur pour l'avertir qu'elle ne pourra pas recevoir son fils pendant les vacances. Le petit reste enfermé jusqu'à Pâques, comme un vrai orphelin et comme un prisonnier, il barre les jours sur son calendrier. Pâques enfin : il se précipite chez sa mère, éperdu. Le Directeur est encore là, en bras de chemise, installé, royal :

« Je ne peux pas te garder, dit la maman, je dois m'en aller, tu vas repartir à l'orphelinat. »

Chaque dimanche maintenant, Lulu se fait volontairement punir pour ne pas retourner chez lui. Puisqu'on le chasse. Et une idée folle, qui tourne à l'obsession, se lève en lui : il va fuir très loin, il sera ce qu'on veut qu'il soit : un solitaire, sa mère ne le reverra plus jamais.

La première étape, pense-t-il, c'est de parvenir à se faire chasser de l'orphelinat. Pour cela, avec la complicité de quelques compagnons de misère, Lulu se met à voler tout ce qu'il trouve :

« C'était mal, dit-il, car là-bas, la fraternité entre les gars, ça existe. »

Il vole des livres, des souliers, des montres et même de l'argent. Mais c'est un minuscule larcin qui le fait prendre : un crayon « piqué » à un contremaître de l'atelier d'apprentissage. On le fouille : ses poches, son casier, son matelas, c'est la caverne d'Ali Baba. Succès total : Lulu est renvoyé.

Mais il comprend trop tard que c'est chez lui, chez sa mère qu'on va le reconduire. Il ne veut pas, il décide de s'évader. « Lulu s'évade », la rumeur électrise l'orphelinat, cinquante orphelins retournent leurs poches et offrent au pionnier, « pour la route », 425 francs. Pour lui encore ils abandonnent aussi leur part de dessert et, au moment même où Lulu saute le mur, ils déclenchent un chahut monstre afin de faciliter son évasion.

Coudes au corps, sans se retourner, souffle perdu, il court pendant quinze kilomètres à travers le bois de Meudon. À la Croix-de-Berny, il prend la direction de Rambouillet, bifurque plus loin vers Montlhéry, où il arrive à la nuit. Il grelotte de peur et reste vingt-quatre heures dans la forêt sans oser faire un pas. Chassé par la faim, il force la porte d'une baraque, trouve des œufs, qu'il gobe, de la crème et du sucre. Onze heures du soir : il rôde dans Montlhéry, il vole une mobylette, mais il ne sait pas la mettre en route. Il se contentera d'un vélo. Il roule toute la nuit : Étampes, Orléans. Une idée fixe : le Sud.

Pourquoi le Sud ?

« Je voulais voir la mer, dit Lulu, je voulais partir, j'avais jamais vu la mer. »

Il n'a pas vu la mer. Pas cette fois-là. On l'arrêta au-delà d'Orléans, à La Ferté-Saint-Aubin. Interrogatoire, coups de téléphone. Vingt-quatre heures plus tard, sa mère venait le chercher. Huit jours après — il avait quatorze ans et demi — il travaillait comme caviste chez un marchand de vins. En un an, il a fait dix métiers et sa mère l'a définitivement chassé il y a six mois. S'il n'avait pas rencontré la « bande », qui l'a adopté tout de suite, Lulu serait mort de chagrin et de solitude. La bande lui a donné presque tout ce qu'on lui a refusé : de l'aide, du secours, une fraternité et même de la tendresse. Lulu, aujourd'hui, est un « Blouson noir ».

*

Les bans du mariage de L'Éponge ont été publiés ce matin à la mairie du XVIIIe. L'Éponge rêve : toute la soirée, il a été absent, ailleurs. Je demande : « Et ta fiancée, tu n'es pas avec elle ? » Il répond sobrement : « Je l'ai plaquée. » La bande qui connaît déjà les raisons de la rupture approuve, unanime : « Il a bien fait, hurle La Souffrance, les gonzesses faut les dresser. » L'Éponge, donc, ce matin, était très ému, si ému qu'après avoir signé sur le registre de la mairie, il n'a pu se retenir de lancer une plaisanterie, jugée de très mauvais goût par la fiancée : « Tu vois, a-t-il dit, devant l'adjoint au maire et la secrétaire de l'adjoint, la prochaine fois qu'on viendra signer ici, c'est que le gosse sera né ! » La fiancée, enceinte de trois mois, a rougi jusqu'aux yeux : « Tais-toi, t'es déplacé, tu me fais honte. » Elle a éclaté en sanglots. L'Éponge a pris à témoin la secrétaire : « Elle m'a connu tel que je suis, elle va pas faire de moi un gars tout neuf », il a arraché d'un carnet quatre tickets d'autobus et il a chassé sa future femme : « Tiens, rentre chez toi. C'est pas moi qui reviendrai le premier. »

Ce mot le lie. Il imagine la peine de la fiancée, à qui ses parents n'adressent plus la parole depuis qu'un sale tour de la nature les a obligés à consentir au mariage ; il meurt d'envie — c'est évident — de courir la consoler, mais il ne bougera pas. C'est à elle de faire les premiers pas et, de toute façon, les lois de la bande sont rigoureuses : L'Éponge se perdrait d'honneur s'il cédait à son désir ; à toutes mes questions il répond désormais sur un mode hypothétique : « Si elle revient, si le mariage a lieu, etc. »

La jeune fille, ce matin, se voulait respectable. Puisque L'Éponge régularisait la situation, les apparences étaient sauves, le mariage serait un vrai mariage et, depuis trois mois, elle se préoccupait de leur trouver un domicile, des meubles et même de leur préparer des noces véritables. L'Éponge, aventurier de dix-neuf ans, né de père inconnu, ex-détenu de la Centrale de Saintes, ne se souciait pas du tout des apparences, il se moquait de la respectabilité. L'essentiel pour lui était cette signature qu'il donnait, cet acte grave qui officialisait sa vie, qui lui conférait pour la première fois une dimension sociale. La fiancée — elle s'appelle Gilberte — n'a pas compris que la lourde plaisanterie de l'adolescent n'était qu'une façon de se libérer de son angoisse : L'Éponge se délivrait d'une famille terrible en fondant lui-même une famille et de l'absence de père en assumant sans hésiter ses propres responsabilités ! Le vrai, le seul problème était là et la conscience profonde, tout à fait lucide, qu'il a de son instabilité lui faisait mesurer à la fois le prix et le danger d'un pareil engagement : « J'ai peur, m'a-t-il dit, j'ai peur qu'on s'entende pas, pourtant je voudrais bien être heureux avec elle car, quand j'étais petit, j'ai jamais été heureux. »

Quelles sont leurs chances ? Il a dix-neuf ans et demi, elle en a vingt et un. Elle est dactylo chez un marchand de charbon, il est électricien et c'est la première fois, grâce à Gilberte, qu'il tient six mois au même endroit. Auparavant, comme tous ses camarades, il changeait d'employeur tous les quinze jours, il lui arrivait de rester des semaines entières sans travailler, vivant de maigres vols ou crevant de faim. Dans un immeuble de Saint-Denis classé « inhabitable », ils ont découvert un logement — une pièce, cuisine — qu'ils paient 2 600 francs par mois : L'Éponge a bouché les trous du plafond, Gilberte a posé des rideaux et sa mère à lui a offert la chambre à coucher. Dans six mois, l'enfant naîtra.

Pour l'instant, L'Éponge est surtout préoccupé de ses futures relations avec la bande, des relations de la bande et de sa fiancée. Elles sont exécrables. Gilberte a vu les copains une fois, elle trouve qu'ils n'ont pas de manières et que leur influence sur son fiancé est déplorable. Et il est bien vrai qu'ils l'ont entraîné en prison. Elle lui a fait jurer qu'il ne les reverrait plus. Il a juré, mais c'est un serment qu'il est incapable de tenir : « Je lui cache les copains, dit-il, c'est plus fort que moi, il faut que je les voie. Elle me donne à choisir entre la bande et elle. Je ne peux pas choisir, j'ai besoin des deux. »

Tous les adolescents connaissent cette contradiction : chez les Blousons noirs, elle est poussée jusqu'à l'écartèlement. Les filles sont un problème, un sujet de préoccupation majeur, mais le Blouson, qui a donné un rendez-vous à un « Canard » sur un quai de métro, se fait toujours accompagner par un copain. C'est avec un copain qu'il sort la fille, qu'il l'emmène au cinéma ou à la patinoire, c'est à lui qu'il parle, c'est lui qu'il consulte. La fille se tait et se laisse embrasser. Lorsque enfin vient le moment de rester seul avec elle, le départ du copain est ressenti comme un vrai déchirement. Il arrive souvent que les deux garçons, en un clignement d'yeux, décident d'abandonner la jeune fille sur un autre quai de métro. Ou bien même, lorsqu'ils l'aperçoivent à leur arrivée à travers les vitres du wagon, transie d'avoir trop attendu (dans les rendez-vous avec les filles, le Blouson noir n'a jamais moins d'une heure de retard), il leur arrive de brûler froidement la station, quitte à passer la soirée en quête d'autres filles.

Un des délits les plus fréquemment relevés contre les Blousons noirs est le viol : ils violent une fille à plusieurs et se conduisent quelque fois comme de véritables brutes. À Paris, il y a quinze jours, quatre Blousons se sont attaqués à une adolescente. Elle s'est évanouie. Pris de panique, ils imaginèrent de lui verser dans la bouche un grand verre de cognac pur, puis ils l'emmenèrent à l'hôpital où ils racontèrent qu'ils l'avaient découverte ivre morte sur un trottoir.

À ma table, ce soir, cinq d'entre eux au moins sont en instance de comparution devant le Tribunal des mineurs, avec une affaire de viol sur les bras. Il faut s'entendre : les cas graves sont exceptionnels. Généralement — ce sont les éducateurs et les juges eux-mêmes qui le disent — on se trouve en face d'affaires beaucoup moins sérieuses : la fille est à demi ou totalement consentante et souvent elle grossit l'histoire pour se faire pardonner chez elle un retour à l'aube. Mais le fait est que les Blousons noirs affrontent les filles en groupe.

Ce phénomène tient d'abord à la « rareté » des filles : celles qui acceptent d'entrer dans une bande ou de la côtoyer sont peu nombreuses. Le ceinturon, le blouson, le blue-jeans, le vice et le goût de la bagarre compensent mal le défaut de surface sociale d'un adolescent sans argent, souvent sans travail et sans domicile fixe. Pour séduire une fille et la garder, le Blouson noir dispose de très peu d'armes : il n'a rien à offrir, en tout cas pas la sécurité. C'est pourquoi les filles — sauf lorsqu'elles ont le privilège d'avoir inspiré à l'un d'eux un amour sincère, ce qui les rend aussitôt taboues — sont généralement partagées, soit simultanément, soit en passant de l'un à l'autre, selon une chronologie de hasard.

Mais à ce partage des femmes ou, si l'on préfère à ce refus du tête-à-tête solitaire, il y a une autre raison qui tient à l'adolescence proprement dite. Qu'est-ce qu'une bande en effet sinon une communauté d'équipe ? Qu'ils boivent ensemble, qu'ils chahutent ensemble, qu'ils se groupent pour se battre ou pour chasser le « snob », les Blousons noirs ont le sentiment obscur d'être réunis pour réaliser une fin commune, pour une action hiérarchisée qui solliciterait le concours de chacun. Je dis « sentiment obscur » car, hélas ! ce n'est pas vraiment d'une « action » qu'il s'agit : les beuveries et les batailles ne sont qu'un produit de remplacement et ils ont la nostalgie d'autre chose. Leur drame tient précisément à ce que la société ne leur offre aujourd'hui rien de valable à entreprendre.

L'équipe, avec ses lois, ses règles, son désintéressement, sa discipline, est un besoin profond de l'adolescence, un recours contre l'angoisse, contre la solitude, contre l'ennui : à un âge qui est essentiellement celui de la jouissance et de la consommation — l'adolescent est par état dans la dépendance, il ne produit pas, il n'est pas encore intégré au cycle social —, elle est le seul moyen dont il puisse disposer pour « faire » quelque chose, pour avoir une prise sur le monde. Ce n'est pas tout à fait une véritable action, c'est une action mimée, qui tient autant du jeu que du travail, mais cela même indique assez que la fraternité, la solidarité des adolescent entre eux n'est pas un leurre. Pourquoi se trahiraient-ils puisque aucun d'eux n'a encore songé à son avenir personnel, à sa place au soleil : le passage à l'âge adulte commence toujours au moins par une compromission et si les blousons noirs se partagent les filles, c'est aussi par générosité.

À défaut d'équipe, lorsqu'on ne leur propose rien de valable à entreprendre, les adolescents forment des bandes, mais il n'y a pas de vraie différence, le ressort est identique. Les Blousons noirs s'agglutinent et traînent ensemble dans les rues ou les cafés en vertu de ce même besoin essentiel. Et qu'ils soient bourgeois, ouvriers ou étudiants, les adolescents redoutent tous le tête-à-tête avec la jeune fille. C'est qu'il s'agit là d'un tout autre type de communauté qu'on pourrait appeler, par opposition à la communauté d'équipe, la communauté passionnelle. Dans le premier cas, on réalise une fin à plusieurs ; dans le second, on la vit, chacun pour soi. Un film est un même spectacle pour tous les spectateurs d'une salle de cinéma : pourtant chaque spectateur dans son fauteuil est séparé plus radicalement de tous les autres que s'il se trouvait matériellement à des milliers de kilomètres : chacun est renvoyé, confronté à sa solitude, à son silence. L'équipe, c'est le contraire : un membre de l'équipe se reconnaît dans tous les autres à travers cette action commune à laquelle tous concourent, il est jeté hors de lui-même.

C'est à partir de là qu'il faut comprendre l'angoisse qui saisit L'Éponge — il a dix-neuf ans — lorsqu'il pense aux futures soirées conjugales, la manie qu'ont les Blousons de toujours se faire accompagner d'un ou de plusieurs copains à leurs rendez-vous de filles : tentative héroïque et sans espoir de l'adolescence pour réaliser la communauté d'équipe au sein même de la communauté passionnelle. On ne peut excuser les viols qui sont impardonnables : il convient pourtant d'en saisir les raisons.

La bande, cette dégradation de l'équipe, n'est qu'un pis-aller. Mais où donc, en réalité, iraient-ils, que propose notre civilisation à ces adolescents ? Une communauté familiale ? Nous avons vu que dans neuf cas sur dix les liens de famille sont inexistants ou radicalement détruits. Une communauté de travail ? Là aussi, tout va mal : la plupart des éducateurs dénoncent le travail à la chaîne des grandes usines modernes comme un facteur d'instabilité et même de délinquance juvénile. Dépersonnalisé par ses tâches, par la répétition indéfinie des mêmes gestes, l'adolescent sans qualification professionnelle reste étranger à son travail, il n'éprouve pour l'établissement qui l'emploie aucun attachement particulier. Celui-ci ou un autre, quelle importance ? Le Blouson noir se met en chômage sur une simple dispute avec un contremaître, sur un coup de cafard. Il tient dans l'oisiveté aussi longtemps qu'il le peut, puis il se fait embaucher ailleurs comme on va à l'abattoir. Incapables de se reconnaître et de donner un sens à leur vie dans une entreprise, quoi d'étonnant à ce qu'ils se réfugient dans le rêve, dans les mythes ? L'opium — cinéma et romans noirs — leur est offert à profusion et on pourrait même interpréter leur culte agressif de la virilité, leur goût de l'uniforme (blousons, bottes, blue-jeans) comme une tentative impossible pour récupérer, dans l'imaginaire, une prise sur le monde que toute la réalité de leur vie leur dénie. Car — on l'oublie trop — ces petits bagarreurs à chaînes de vélo sont des travailleurs : c'est après une longue journée d'atelier ou d'usine qu'ils commencent leur nouvelle existence.

Leur aînés — cela aussi est significatif — faisaient de la politique. Exploités, ils projetaient de se libérer de leur exploitation en changeant le monde : ils étaient révolutionnaires. Le Blouson noir se moque de la politique, on pourrait même dire, sans paradoxe, qu'il est conservateur : il a l'amour de l'ordre. Sa haine ne va qu'à la police et aux « snobs », il ne songe pas une minute à s'attaquer aux causes profondes de sa misère. C'est que la politique — et surtout la politique révolutionnaire — est une entreprise concertée, à longue échéance, qui suppose du temps, de la réflexion et l'univers infini des médiations. Les Blousons noirs n'ont pas cette longue patience, leur violence est myope, ils veulent tout, tout de suite, l'avenir pour eux a moins de réalité que l'instant.

Mais c'est que précisément ils n'ont plus d'avenir. Ou plutôt

— parce que le monde a profondément changé — l'avenir a cessé aujourd'hui pour la jeunesse d'être une dimension du temps. Les pères, en s'inscrivant à un parti révolutionnaire, en choisissant de militer des années entières, croyaient à la réussite de leur projet. La Révolution n'a pas eu lieu, on l'a repoussée aux calendes : les papas n'y croient plus guère maintenant, mais ils ont encore des habitudes ; les Blousons noirs de vingt ans, nés de la guerre, n'ont pas eu le temps de les acquérir : le changement de l'ordre social n'est plus pour eux qu'une très ancienne histoire et aucun idéal de remplacement ne leur a été offert.

Il y a eu aussi la guerre froide, la menace d'anéantissement général. Quel peut être l'avenir personnel d'un jeune homme si la destruction atomique est imminente ? Ce siècle est en question et le futur de la race humaine est problématique. Alors pourquoi construire ?

Les Blousons noirs refusent le temps. Et la civilisation semble bien leur donner raison en leur proposant des objets, des machines qui, tous, visent à abolir le temps et l'espace. Vespas, voitures, avions, télévision, spoutniks, ils sont plongés dès l'enfance dans un univers de consommation immédiate, qui réduit au minimum la distance entre le désir et son objet. Pourtant, la contradiction subsiste entière et déchirante : s'il faut des années de travail abrutissant pour acquérir par exemple une voiture de sport — ils en rêvent tous —, où est le bénéfice ? La présence d'une Jaguar au bord d'un trottoir — à leur portée et parfaitement hors d'atteinte —, c'est le supplice de Tantale. En n'attendant pas, c'est-à-dire accaparant *tout de suite* — par le vol ou par l'emprunt — une machine faite précisément pour satisfaire *tout de suite* n'importe quel caprice, ce sont eux, les Blousons noirs, qui sont tragiquement logiques avec ce monde.

Dans les rues, les squares, les cafés, il y a des éducateurs bénévoles qui tentent de régler ou de prévenir les conflits de ces adolescents avec les tribunaux, avec la Justice. Ils sont parfaitement dévoués et ils font ce qu'ils peuvent : ils trouvent du travail, un toit, ils donnent un peu d'argent lorsqu'ils en ont. Ils ouvrent quelquefois un « foyer », un « club », où l'on s'adonne à des « activités éducatives ».

C'est très bien. Cela n'est rien : une goutte d'eau dans la mer. Mais c'est dans ce sens qu'est la solution du drame des Blousons noirs. Et c'est par là qu'il faut agir rapidement. Car le monde est en crise : des spoutniks tournent autour de la Terre à 28 000 kilomètres à l'heure et dans les rues des métropoles, des adolescents désespérés se battent contre des fantômes.

Elle, nº 784, 30.12.1960
Elle, nº 785, 06.01.1961

JEAN-PAUL SARTRE :
ENGAGEZ-VOUS, RENGAGEZ-VOUS

« Depuis à peu près dix ans, je suis un homme qui s'éveille, guéri d'une longue, amère et douce folie et qui n'en revient pas et qui ne peut se rappeler sans rire ses anciens errements et qui ne sais plus que faire de sa vie [...]. »

Les Mots... Machine infernale. À manipuler avec précaution. Livre-piège. À ne pas mettre entre toutes les mains. Deux cent treize pages transparentes qui font l'unanimité sur un point : c'est une fête somptueuse. Seulement l'auteur a oublié de dire à quelle occasion il donnait cette fête : les invités, emportés sur de tournoyants manèges à travers toutes les pièces de ce palais de glaces, demeurent étrangement circonspects. À la fin de la nuit, le livre fermé, ils s'interrogent : qu'ont-ils célébré au juste ? Un hara-kiri ? La mise à la retraite d'office d'un vieux fonctionnaire de la littérature atteint par la limite d'âge ? Un adieu à l'enfance ? La naissance d'un enfant ? Un dégagement ? Un rengagement ?

À nos murs, dans leurs cadres, les Sartre jaunis, patinés par le temps, les Sartre médaillons frappés à notre image, les Sartre de granit, aimés ou détestés, tombent en poussière, rongés par un patient termite iconoclaste qui n'est autre que Sartre lui-même. Sans avertissement, dans le livre le plus court qu'il ait jamais écrit et le premier où il parle de soi seul, Sartre, à cinquante-huit ans, piétine ses propres effigies, ébranle toutes les idées reçues qu'on avait de lui, mais, insoucieux de sa figure, il ne prend pas la peine de relever les ruines et de recomposer à notre usage un portrait en pied, et selon son cœur, de l'Artiste par lui-même. Atterrées par ce massacre, les âmes gémissent et l'apostrophent : « Qui donc est-il ? » « Il ne se respecte pas. » Et elles fredonnent une lugubre complainte : « Que reste-t-il de notre Sartre ? »

Faut-il prendre *Les Mots* au mot ? Telle est la question. Il a brouillé les pistes les plus sûres, brûlé la politesse, tiré sa révérence ; certains limiers professionnels, des spécialistes de la lecture, se mettent en chasse pour retrouver Sartre et nous rassurer. Ceux d'entre eux qui répugnent aux révisions déchirantes expulsent la panique qui, un instant, menaça de les gagner et décident que rien n'est changé : « Vieux comédien, disent-ils, Sartre désabusé ? Sartre ne sachant plus que faire de sa vie ? Allons donc, il se moque. Coquetterie d'écrivain ! » D'autres au contraire se dépêchent de le croire, mais c'est pour mieux le mettre en accusation : « Traître, crient-ils, vous étiez notre chef, notre guide, notre étoile polaire. À combien de batailles, gagnées par vous, perdues par nous, nous avez-vous conduits ? Il ne faisait pas bon renâcler alors : vous nous persuadiez, revolver sur la nuque, que la Vérité parlait par votre bouche. À présent, vous dételez, bradeur vulgaire ! Quel soulagement : nous sommes guéris de Sartre. Ce faux Dieu n'était qu'un pauvre homme en proie à des problèmes personnels, un écrivain ordinaire préoccupé d'assurer son salut éternel par la Littérature. Il ne croit plus au Salut aujourd'hui, il prétend n'écrire encore que par habitude, en aveugle, vieux mercenaire de la plume et il voudrait nous entraîner dans ce naufrage ! Nous disons "non". Tout est fini, Sartre. Sachez-le, nous ne vous suivons plus. La Littérature est un ordre de chevalerie dont nous sommes les gardiens. Contre vous, malgré vous, nous maintiendrons ! »

Ces patriotes ne savent pas lire Sartre ou, ce qui revient au même, ne l'ont jamais aimé vraiment. Malentendu étonnant : pour se connaître et se faire connaître, il écrit un livre d'une sincérité totale, plein de silence et de questions, transparent et énigmatique à la fois, où il se montre tel qu'il a toujours été : à visage découvert. Or, semble-t-il, quelques-uns, qui font métier de voir clair, ne supportent qu'un Sartre masqué, idole aux yeux peints née de leurs seuls fantasmes, à adorer ou déboulonner selon les humeurs et la commodité. Que l'homme paraisse et hurle de vérité sous ce masque de carton, ils poussent des cris plaintifs et vite substituent à l'ancien un nouveau simulacre, pareillement défraîchi : le vrai Sartre, qui revendiquait entre les lignes son droit à l'existence, est escamoté pour un temps encore. Après comme avant *Les Mots*, il demeure méconnu !

C'est que nos détectives sont entrés dans ce livre avec des souliers à clous et ont fait preuve en même temps d'une considérable distraction. Ils sont deux fois coupables : de lourdeur et de légèreté, d'avoir pris Sartre trop au sérieux et pas assez. Autrefois, quand, avec ses canons et ses orgues, il les appelait à des batailles d'anéantissement, ils faisaient la moue, regrettaient la guerre en dentelles, les nuances, les demi-teintes : l'Art pour tout dire. Il en manquait, paraît-il. Les mêmes aujourd'hui, ex-« malgré nous » des régiments sartriens, ex-nostalgiques du dégagement, se jettent sur *Les Mots* avec une voracité militante et les lisent comme un discours électoral, en y cherchant des professions de foi. Ils tranchent dans la chair vive de ce livre poignant et gai, où chaque mot — démonstration pratique de la littérature par elle-même — porte en soi son propre dépassement et sa contestation, et le réduisent à un maigre squelette : à la lettre, ils prennent *Les Mots* au mot, le mot pour la chose ; il faut que les propos de Sartre aient l'immédiate évidence, l'opacité et la permanence de la pierre. Le philosophe de *L'Être et le Néant* n'a pas droit pour lui-même à un peu de néant. Écrit-il, par exemple, parodiant la Pauline de Polyeucte : « Je vois clair, je suis désabusé, je connais mes vraies tâches, je mérite sûrement un prix de civisme... », on se récrie : « Comme c'est triste, quelle désolation ! » ou bien on l'interpelle : « Alors, vous jouez la comédie ? Ces Noirs, ces Jaunes, ces colonisés, ces sous-développés que vous avez soutenus, toutes ces pétitions, ces manifestes que vous avez signés et signez encore, vous n'y croyez pas, vous faites semblant, vous continuez peut-être, mais mécaniquement, par vitesse acquise ! »

Mais non : quand Sartre écrit « Je vois clair, je suis désabusé », à l'instant même où ces mots tombent de sa plume, il n'est pas triste, soyez-en sûrs, sa tête n'est pas une banquise désolée. Il faut, pour le penser, n'avoir pas la moindre idée de ce qu'est un écrivain. Pour le reste, ne l'accusez pas trop vite de se renier, n'opposez pas l'ancien Sartre que vous n'aimiez guère à un Sartre neuf que vous n'aimez pas davantage sous le prétexte justement qu'il ne serait plus le même : rien n'est changé, les hommes qui ont besoin de Sartre viennent à lui chaque jour, comme par le passé, ils n'ont pas le sentiment, lorsqu'il les écoute ou leur répond, d'avoir affaire à un citoyen lobotomisé.

Je monte le voir ce soir comme je le fais trois fois par semaine depuis quinze ans. Et je rêve. J'essaie d'imaginer Sartre désœuvré. Les mains de Sartre, la droite surtout, la main à la plume, à quoi s'occupe-t-elle ? Roule-t-elle des cigares, trafique-t-elle des diamants ou des armes pour un roitelet du grand désert ? Terrestre et sec, Sartre-Rimbaud chemine avec ses chameaux sous le dur soleil du Harrar ! Longtemps, j'ai caressé l'espoir de le surprendre à ne rien faire. Simplement. Aujourd'hui, je me méfie : s'il écrit qu'il ne sait plus que faire, c'est qu'il écrit plus encore. J'entrerai, je l'apercevrai à sa table, le dos hypertonique comme à l'ordinaire, en plein vol, à 10 000 à l'heure, sa vitesse de croisière. Mais il arrêtera net sa plume au milieu d'une phrase, au cœur d'un mot, et il viendra à moi, s'arrachant de son empoignade avec le « foutriquet » Flaubert. Arracher est juste : Sartre ignore les courbes, les longs virages harmonieux, les lentes émergences. Ma présence — la mienne, celle de n'importe qui — le réveille en sursaut, le happe dans les profondeurs où il besognait et le jette dans un garde-à-vous égaré. Tout homme, pour lui, est roi ou général devant qui il doit, à la minute, répondre « présent ». D'autres écrivains ont la cervelle embrumée par leurs pensées : il faut attendre, pour les entretenir, que ces brouillards se dissipent, observer devant leurs maturations un respectueux silence paysan. Mûrir, cela veut dire que l'avenir est encombré par le passé. Sartre n'a rien derrière lui, rien ne le retient, il est toujours en avant de lui-même, tout l'absorbe.

Fusée à tête chercheuse, le crâne clair et léger, il fonce : droit sur la cible, c'est sa devise. Mais il arrive qu'un autre objectif entre dans le champ de son radar : la fusée hésite, semble un instant se suspendre en plein ciel, elle bascule, à angle droit ou aigu (jamais de virages), et fonce à nouveau, ayant corrigé son cap. Garde-à-vous toujours, grognard fou, deuxième classe la main au calot, il pivotera ainsi de Flaubert en Lanzmann, d'Angola en Irak. Et l'égarement chez lui est cette mesure de temps infinitésimale qui sépare deux qui-vive. Prenez-le par surprise dans son deux-pièces, au dixième étage du boulevard Raspail, et expliquez-lui votre affaire, de cœur ou de tête peu importe, il démarrera au quart de tour, plus présent à vous que vous ne l'êtes vous-même. Bien sûr, on évite, si on le connaît et si on l'aime, de le déranger pendant qu'il travaille : il est trop facile de se faire entendre de lui.

C'est le même Sartre, je le connais, j'en témoigne : voyageur sans billet, pas de titre à l'existence, rien dans les mains, rien dans les poches, aussi nu à cinquante-huit ans qu'il l'était à huit. Ce « désabusé » retombe en enfance, il repart de zéro, il « rempile ». Au lieu d'« Une enfance » qui a été choisi comme bande publicitaire des *Mots*, c'est ce slogan de l'armée de métier, qu'on voit encore dans les provinces aux murs des gendarmeries, que j'aurais voulu y voir figurer : « Engagez-vous, rengagez-vous ». Après tant de lignes, de travail et de livres, il ne prend pas sur sa vie le point de vue satisfait et cavalier de la thésaurisation, des montées en grade à l'ancienneté. *Les Mots* racontent l'histoire d'un demi-solde, qui a renvoyé ses médailles, et repart pour la guerre avec une besace et trois sous. Sans billet, sans bagages, c'est tout un.

S'il a eu des bagages avec lui, quelques meubles, des livres, il les a oubliés : on l'a posé il y a deux ans, avec une table, un lit et une chaise dans un dernier étage ; quelqu'un qui lui veut du bien, que la nudité des murs attristait, a fait une timide tentative pour y épingler une litho. C'est tout : il s'est installé devant la table et s'est mis à écrire. L'espace est bleu de fumée, la pile des feuillets du *Flaubert* monte sagement de semaine en semaine, pas de photos d'êtres chers, nuls gadgets ou objets personnels qui lui refléteraient son image exquise et qui pourraient indiquer au visiteur quels sont les goûts ou les manies de l'hôte. Mais je ne connais rien de plus vivant, de plus tonique que cette petite pièce austère. Pas d'ascèse pourtant : il fait ce qu'il aime. Sa politique personnelle est celle du plein-emploi, il réduit les temps morts au minimum et se donne à fond : à tout. À sa tâche, à vous, à moi, à n'importe qui.

Ce qui est changé chez lui — et ici il faut prendre *Les Mots* au mot et Sartre au sérieux —, c'est que ce démocrate qui, par orgueil et générosité, avait décidé de tout se demander à lui-même a encore approfondi la démocratie. Il a, lorsqu'il travaille, lorsqu'il écrit, les mêmes exigences et la même ambition qu'autrefois, il ne confond pas l'Art et l'artisanat. Mais il sait aussi que l'entreprise folle de sauver et justifier sa vie par *Les Mots*, dans laquelle il s'était lancé à huit ans, est une imposture et un échec. Il sait à présent que la littérature ne justifie pas, ne le sauve pas, ni lui ni personne, pour cette raison que le salut est impossible. Il l'a écrit dans tous ses livres, observerez-vous. C'est vrai, il l'a toujours dit. Mais il le sait à présent et c'est la différence. Cette vérité, qu'il énonçait, est devenue sa vérité, elle s'est coulée dans ses os et intériorisée. Quel fut son chemin, c'est une autre question.

Le changement donc est à la fois radical et invisible. Tout est pareil. Sartre continue. Exactement comme avant, avec la même gaieté et la même énergie. Disons qu'il s'est retiré tous les alibis possibles et qu'après l'avoir lu, certaines formules, dont l'emploi à son propos paraissait naturel, ne viennent plus sous la plume : « grand écrivain », par exemple. Cela suggère des supériorités, une hiérarchie à établir entre les hommes. Il a fait de son mieux, il est Sartre. C'est bien et c'est sans importance. Qu'y pouvons-nous, Sartre n'est pas une « grande figure », il ne se prend ni pour un capital à ménager, ni pour Victor Hugo, ni pour Napoléon, ni pour Sartre. Que reste-t-il alors? : « Tout un homme, fait de tous les hommes et qui les vaut tous et que vaut n'importe qui. »

Elle, nº 950, 06.03.1964

CLAIRE ETCHERELLI,
ÉLISE OU LA VRAIE VIE

Claire Etcherelli nous vient d'un autre monde. La parution furtive, il y a trois semaines, d'*Élise ou la Vraie Vie*, sous la sage jaquette jaune des Éditions Denoël — je préviens tout de suite qu'il s'agit d'un chef-d'œuvre —, n'a pas changé sa vie. La vôtre non plus. Pas encore. Pourquoi en effet auriez-vous, entre cent noms, élu celui de Claire ? Tant de livres s'écrivent, dont beaucoup, annoncés par flûtes et cymbales, sont célèbres avant même d'avoir eu un lecteur, que le premier roman d'un auteur inconnu, abandonné à ses seules forces, a peu de chances de s'ouvrir, jusqu'à nous, un chemin. Cela est bon, cela n'est pas grave puisque les jeunes auteurs, nés et nourris pour la plupart dans les antichambres du sérail littéraire, en apprennent vite les détours : dédicaces, photographies, interviews, signatures, lettres ou téléphone, ils se font connaître, comme on dit, en même temps que leur produit. Et puis ils sont là, ils demeurent sur place pour pousser la flamme ou la ranimer si elle vacille, sentinelles vigilantes aux créneaux des librairies : à peine nés et professionnels déjà.

Claire Etcherelli ignore les règles de ce jeu : elle a frappé un jour à la porte d'un éditeur, elle a déposé l'unique copie dactylographiée de son manuscrit, elle est repartie. Elle a attendu longtemps. Qui eût pu recommander l'examen de son livre en priorité ? J'ai dit qu'elle venait d'un autre monde, un monde absolument autre, où aucune chance n'existe de rencontrer jamais quelqu'un qui entretienne même la plus lointaine, la plus sidérale des relations avec un lecteur de maison d'édition. Aucune chance, vraiment. Banlieues, terrains vagues, usines, corps souffrants mutilés par la misère, froid, faim, c'est le monde d'Élise. C'était — c'est toujours — la vraie vie de Claire Etcherelli. Ce beau nom qui tinte, nul, là où elle travaille, là où elle habite, ne l'a encore posé sur son visage : elle l'a inventé pour se masquer, n'imaginant pas — ou si peu — qu'être publiée puisse apporter un changement quelconque à son existence, soupçonnant encore moins que ceux qui, éventuellement, la liraient, ne se contenteraient pas d'un simple nom sur la couverture d'un livre, mais lui dépêcheraient des émissaires questionneurs — biographes et portraitistes — chargés de lui faire passer la frontière de son monde au nôtre, et de l'installer parmi ses pairs, les écrivains. Son roman paru, Claire l'envoya, selon la coutume, à une douzaine de critiques littéraires, dont c'est le métier de juger, puis rentra chez elle, convaincue, au grand désespoir de l'attachée de presse de chez Denoël, d'avoir fait tout ce qu'il y avait à faire pour qu'*Élise*... soit lu. À qui d'autre eût-elle dédicacé ce travail puisqu'elle ne connaît, parmi nous, rigoureusement personne et que ceux qui la côtoient quotidiennement ignorent — elle le veut ainsi — qu'elle écrit ? On réussit pourtant — à force de ruses et de menaces — à la traîner, il y a quinze jours, morte de honte et d'angoisse, devant Pierre Desgraupes et les caméras de « Lectures pour tous ». C'est là, sur l'écran de télévision, que je l'ai vue pour la première fois, après Louis Aragon qui se consultait avec feu, un ethnologue canadien et une jeune romancière à succès, babillarde et pleine d'aisance. « J'avais demandé à passer la dernière, m'a-t-elle dit depuis, j'espérais que les gens iraient se coucher. » Tout de suite, j'avais été saisi par ce mince visage pâle, douloureux, aux yeux magnifiques — ils sont verts — ombrés de très longs cils, par le murmure précis de sa voix, qui semblait à la fois se défier des mots et les charger d'un pouvoir. Elle parlait de son livre sans rien dire de sa vie et on pouvait penser que celle-ci avait changé, qu'il s'agissait d'une ancienne histoire. Mais « Lectures pour tous » n'avait pas suffi à me faire acheter *Élise*. On ne lit pas assez et puis quatre amis m'avaient sommé de me prononcer à la minute sur des romans qu'eux aussi venaient de publier. Ainsi j'aurais sans doute — sûrement — oublié Claire si quelqu'un — une femme — ne m'avait téléphoné un matin de la semaine dernière pour me recommander, d'une façon instante, la lecture d'*Élise ou la Vraie Vie*, qu'elle-même venait de dévorer, bouleversée, dans la nuit. Cet appel seul — de même que la télévision seule — n'eût peut-être pas suffi, la conjonction des deux emporta ma décision : tel est le cheminement de la reconnaissance.

J'ai lu *Élise ou la Vraie Vie*. J'ai été frappé au cœur et je sais que ce livre — parce qu'il met radicalement en question nos modes d'existence et de pensée les plus immédiats et toutes les valeurs sur lesquelles, sans même l'avoir voulu, nous bâtissons nos vies — ne me quittera plus jamais. Mais il s'agit aussi d'une œuvre belle et poignante, du travail solitaire d'un véritable écrivain, qui restitue à l'acte d'écrire sa dignité essentielle. Je ne me découvre pas aujourd'hui de tâche plus urgente que de le faire connaître : à chacun il va s'imposer avec la même fulgurante évidence, la même nécessité qu'il y a huit ans *Le Dernier des Justes* d'André Schwarz-Bart, Martien tombé lui aussi sur notre planète. Mais Schwarz-Bart était un prophète qui jouait le jeu et ne dédaignait pas, pour gagner les foules, les moyens de communication audiovisuels. Claire Etcherelli a été trop longtemps Élise pour ne pas récuser toutes nos règles.

Elise travaille à la chaîne, en pleine guerre d'Algérie, dans l'atelier numéro 76 des usines Citroën, où l'on fabrique les 2-CV. La chaîne se déroule interminablement, comme un grand boa, porte comme un radeau les voitures solidement amarrées sur son ventre, elle domine, souveraine, l'immense atelier et finit, très loin, de l'autre côté, après en avoir fait le tour. La tâche d'Élise consiste à monter dans chaque voiture, à se laisser emporter par elle et à contrôler, le plus vite possible, avec toujours les mêmes gestes et le même regard, l'aménagement intérieur du futur véhicule. Elle doit noter, sur un carton : « essuie-glace manque », « pare-soleil déchiré », « plis », « bourrelets mal posés », etc., puis elle jette sa feuille dans la voiture et passe à une autre, se fraye un chemin parmi les corps couchés, accroupis, agenouillés des ouvriers qui, à l'intérieur de la 2-CV, posent les instruments : « grimper, enjamber, m'accroupir, regarder à droite, à gauche, derrière, au-dessus, voir du premier coup d'œil ce qui n'est pas conforme, examiner attentivement les contours, les angles, les feux, passer la main sur l'habillage des portières, écrire, poser la feuille, enjamber, descendre, recommencer sept fois par heure ». C'est le rythme de la chaîne : sept voitures à l'heure, huit heures par jour, inexorablement, cadence d'enfer, ni trêve ni repos, même pour les besoins les plus naturels, muscles brisés, bruits déchirants, qui vrillent les tempes et éclatent dans le cerveau, trépidations, odeur d'essence, etc. Un défaut qu'on omet de signaler sur la liste et c'est la « prime » qui saute, cette carotte qui infantilise même les hommes proches de la vieillesse. Travail harassant, parcellaire, dont on ne comprend ni le pourquoi ni le comment — parce que la chaîne ne laisse pas le temps de la réflexion — et qui vous jette le soir, vidée, anéantie, dans un sommeil de cauchemar.

Les compagnons de travail d'Élise — ses compagnons de chaîne — sont les parias du monde : ouvriers étrangers, Africains, Noirs, Algériens, Tunisiens, Marocains, les modernes esclaves de la Production. Pourtant, un amour bouleversant va naître de cet enfer : il jette l'un vers l'autre Élise et Arezki, un manœuvre algérien qui milite la nuit pour l'indépendance de son pays. C'est la guerre : le racisme est partout, dans la rue où il est mauvais qu'une Française et un Algérien soient vus ensemble, à l'usine où il sévit aussi implacable qu'ailleurs. La police contrôle, rafle, vérifie, emprisonne, relâche, emprisonne encore. Je ne connais pas de pages plus belles, dans la littérature moderne, que celles où Élise raconte ses longues marches nocturnes et grelottantes avec Arezki, à travers Paris : la nuit masque leurs visages aux passants, et ils ratissent la capitale, quartier après quartier, dans l'espoir d'en trouver un enfin qui soit « bon », c'est-à-dire où on ne rafle pas. Vaine quête. Aussi vaine que celle d'une mansarde où ils puissent accomplir la chose la plus naturelle du monde : s'aimer une seule fois, après des mois d'attente. « Rien jamais ne nous était donné, s'écrie Élise. Il fallait tout arracher. » Rien, c'est vrai : avoir chaud, ne plus avoir faim, pouvoir payer une tasse de thé et respirer même, tout ce que nous prenons comme allant de soi est contesté jusqu'au cœur par la vie de ces millions de mutilés, qu'elle nous décrit. Arezki sera arrêté au cours d'une « ratonnade » : Élise ne le reverra plus. Mais un tel roman défie la paraphrase ou le résumé. Il faut le lire.

Cette histoire est vraie : Claire Etcherelli a été Élise pendant deux ans et demi à l'atelier 76 et Arezki a existé. Il a disparu, un soir de juin 1958, arrêté devant une bouche de métro, et nul depuis ne l'a jamais revu. Claire a appris quatre ans plus tard qu'il avait été renvoyé en Algérie et qu'entré encore vivant au « centre de triage » de Beni Messous, il n'en était jamais ressorti.

Elle, n° 1143, 16.03.1967

ALBERT COHEN,
BELLE DU SEIGNEUR

Ainsi Albert Cohen existait, j'ignorais jusqu'à son nom. Ceux qui avaient lu ses précédents romans avaient chaque fois salué la naissance d'un génie : en 1930 et 1938 quand parurent *Solal* et *Mangeclous*, en 1954 quand fut publié *Le Livre de ma mère*. Huit années d'écart entre le premier et le second roman, puis un grand trou de seize ans : à l'âge de cinquante-neuf ans, Albert Cohen surgissait une nouvelle fois au monde pour parler de sa mère. C'était un court récit, un chant funèbre qui portait l'amour humain à sa plus haute limite, une perfection. Et l'écrivain rentra dans son silence. Ses anciens lecteurs et admirateurs, s'ils pensaient à lui, se disaient qu'il devait être vieux. Les autres qui, comme moi, avaient manqué *Solal* et *Mangeclous* et *Le Livre de ma mère* voyaient chaque jour béer davantage leurs lacunes culturelles. Tant de livres, n'est-ce pas ? Mais voici : après quatorze ans, Albert Cohen revient. À soixante-treize ans, à l'heure de la mort ou du ressassement, il nous donne un monument, un miraculeux et prodigieux chef-d'œuvre, qui l'égale aux plus grands noms de la littérature universelle. Les 845 pages de *Belle du Seigneur*, je les ai lues, pressé par le temps, en trois jours et trois nuits. Puis j'ai relu, je relis encore, apercevant toujours de nouveaux chemins, de nouvelles merveilles. Maintenant il faut écrire, vous dire aussi qui est Albert Cohen — hier encore je me trouvais auprès de lui, à Genève, où il vit — et je confesse que je ne domine pas, comme on dit, mon sujet. Pas du tout. La loi d'airain du journalisme — dix feuillets dactylographiés : l'homme et l'œuvre — vole en éclats. Il y a d'abord cet étonnement dont je ne guéris pas : je ne savais rien de lui et aujourd'hui son existence s'impose à moi avec la même nécessité classique que celle de Shakespeare, de Proust, de Rabelais, de Joyce ou des grands prophètes de l'Ancien Testament. Éclatante faillite des soi-disant moyens de communication de masse. Albert Cohen pensait qu'il suffisait, à un écrivain, d'écrire. De Genève il envoyait, par la poste, ses manuscrits à son éditeur parisien, puis ne s'occupait plus de rien. Pas d'interviews, pas de photographies, pas de service de presse, pas de dédicaces : « Un livre, pour moi, devait-il me dire, prend toujours un L majuscule. J'ai horreur de mettre des dédicaces sur les pages de garde. J'ai un respect absolu du Livre, je suis le fils du peuple du Livre. Je n'aime pas les graffitis sur les monuments. » Au contraire de tant d'auteurs qui se font les managers rusés de leur propre talent, lui demeurait sur sa banquise, sans paraître à aucune fête, refusant de prêter son visage ou de s'aider des béquilles de l'anecdote, convaincu que le livre devait royalement, par ses seules forces, par sa vertu sacrée d'être Livre précisément, s'ouvrir un chemin jusqu'aux hommes. Il faut être juste : les critiques littéraires spécialisés, dont c'est le métier de juger, proclamaient tous, je l'ai dit, le génie d'Albert Cohen. Mais qui donc lit les critiques littéraires ? Et puis ce génie tirait sa révérence, s'absentait pour des périodes de temps incroyablement longues : c'était un amateur, chacun de ses retours, après tant d'années, était comme une nouvelle naissance. Un jeune écrivain donc, un revenant, un espoir de soixante-treize ans se présente chez Gallimard, une valise dans chaque main, un matin de l'hiver dernier. Dans les valises, un manuscrit de 1 500 pages, soigneusement dactylographié, trop volumineux pour être confié à la poste — et c'était la seule raison de la présence de l'auteur à Paris. Ayant ainsi déposé *Belle du Seigneur* et aperçu beaucoup de têtes nouvelles, Albert Cohen, fidèle à sa loi, reprit l'avion le jour même.

Au moment de mettre sous presse, plusieurs mois plus tard, Gallimard écrivit à Albert Cohen en lui demandant de rédiger, comme cela se fait pour tous les livres, un prière d'insérer. Il refusa : dire en vingt lignes ce qu'était *Belle du Seigneur* dépassait ses forces, n'avait aucun sens. Il répondit simplement : « Signalez qu'on aurait pu l'intituler aussi "Le Livre de l'Amour", cela suffira. »

Vingt lignes ou quelques pages, c'est pareil : cette œuvre immense défie le résumé, la paraphrase, au même titre que *Du côté de chez Swann* : elle vaut par la richesse inépuisable et toujours signifiante du détail, par son implacable rigueur d'analyse, sa densité jamais démentie, par la variété des tons — et des genres pourrait-on dire — où se manifestent chaque fois les dons les plus éclatants. Comme si Albert Cohen était dix écrivains à la fois et chacun d'eux un maître : Cantique des cantiques, méditations et fulgurances shakespeariennes, ironie véritablement luciférienne, qui porte la lumière, comme un fer rouge, dans les raisons des hommes soudain démasqués. Mais la méchanceté du regard s'allie à la bonté du cœur, à une puissance de pitié et de compassion qui restitue aux personnages leur dimension de frères humains promis à la mort. La mort, en effet, hante et ronge ce livre de jeunesse et d'amour. Car nul, dans la littérature universelle, n'a jamais écrit sur la chair, sur les relations charnelles qui se nouent entre un amant et une amante, sur la naissance de l'amour, sa gloire et son enfer, sur la jeunesse enfin, des pages aussi sublimement lyriques et précises en même temps. Nous allons mourir, nous sommes condamnés et nous ne le savons pas : ce vieil homme aux yeux las et tendres, pailletés de vert, fol et doux ouvrier qui se hâte car il y a urgence, exalte la chair comme personne avant lui, parce qu'il la voit morte.

Exaltation et dérision à la fois, amour fou mesuré au grand mètre étalon de la mort et d'autant plus vivant. Oui, *Belle du Seigneur* est la fureur de vivre — décrivez, jeunes gens, les « fureurs languières », brûlants baisers absurdes qui durent cinq cents lignes, tentez l'aventure ; ce Cohen, ce vieux, qui, dix fois par jour, se voit dans son cercueil — il se voit, il me l'a dit — est un halluciné de la vie. Car il n'y a qu'elle et rien d'autre, et le ciel est vide. Halluciné il faut qu'il le soit, ce chaste, ce rigoureux, cet austère pour se glisser dans la peau d'une folle amoureuse et la faire monologuer, pendant quarante pages, devant son miroir, tandis qu'elle oint son visage de crème et de poudre, plus minutieuse qu'aucune actrice ne le sera jamais.

Méchant et bon et halluciné, il est juif aussi, c'est-à-dire tout cela. Juif d'abord : *Belle du Seigneur*, comme *Solal*, comme *Mangeclous*, comme *Ézéchiel*, un acte de théâtre qui fut représenté en 1933 avec un immense succès, à la Comédie-Française, est un bouleversant cantique d'amour à l'homme juif. Il y a mille chemins ici, qu'il faudrait suivre tous et ce n'est pas le lieu.

Solal, le héros de *Belle du Seigneur* (*Solal*, *Mangeclous* et *Belle du Seigneur* forment une trilogie), est sous-secrétaire général de la Société des Nations et ancien ministre du gouvernement français. Sa réussite dans le monde des « Gentils » est totale, il s'élève aux postes les plus hauts et, d'une certaine façon, aussi bien par ses succès sociaux que par les passions amoureuses qu'il suscite chez les belles chrétiennes, on peut le considérer comme le symbole même de l'assimilation. Assimilation qu'il refuse pourtant de toute son âme ; au plus haut de sa gloire, il continue à s'éprouver et à se revendiquer comme un étranger, exilé de son peuple, « le plus grand de tous ». Solal garde la nostalgie du ghetto originaire, de l'austère société patriarcale juive, indomptable et tendre, dans laquelle il a été élevé. Vrai paradis perdu qui est, avec la mort, l'autre étalon-or auquel il mesure entreprises et amours. Mais cet orgueil d'être juif est le contraire chez lui — et chez Albert Cohen — d'un attachement communautariste. Solal est le fils du peuple du Livre, de celui qui a donné au monde la Loi de Moïse, les commandements, la Loi morale, tentative primordiale et unique pour humaniser l'homme, le dépouiller de toute animalité. Peuple de l'anti-nature, qui a corseté l'homme dans un réseau d'interdits, de règles d'un détail inouï et de préceptes déduits de la Loi, dans le but de tuer la bête en lui, de le faire accéder à un comble d'humanité. « Qu'est-ce que la Thorah, demande Albert Cohen, sinon l'essai de fabriquer absolument l'homme, de tuer en lui le sensible. » C'était Spinoza qui me parlait dans cet appartement de Genève, un Spinoza romancier de génie qui, pour mieux stigmatiser la connaissance du premier genre, l'eût décrite dans un langage ultralyrique d'un paganisme échevelé. Les femmes juives pieuses de stricte observance, dont les maris vivent leur vie entière selon les règles contraignantes de la religion juive, se font raser entièrement les cheveux au jour de leur mariage : il faut qu'elles soient laides aux yeux de leur époux afin que l'amour qui leur est porté soit un très pur amour, un amour de l'âme. Refus du corps et de la beauté qui est corruption. De même le Talmud avertit le voyageur : « Anathème à celui qui s'arrête pour contempler un bel arbre. » Telle est la folle exigence, le défi absolu lancé par l'homme à l'homme qui est au cœur de la religion juive.

Ainsi Solal, le sensuel, insolent de jeunesse, de beauté, de réussite, qui séduit toutes les femmes dès qu'il apparaît, refuse en même temps de toutes ses forces l'animalité, la bataille de l'acte d'amour : « Des coups donnés par l'homme à la femme. » Ce sensuel est un chaste et de même que la chair, dans sa plus haute gloire, est déjà chair morte, de même Solal veut lui aussi tenter l'impossible, tuer la nature en lui, domestiquer l'homme, se faire laid comme la femme juive au jour de son mariage. Ce merveilleux jeune homme — ainsi s'ouvre *Belle du Seigneur* — se coiffe d'une toque de vieux Juif du ghetto, s'enveloppe d'une antique lévite usée jusqu'à la trame, enduit ses joues d'un vernis sur lequel il colle une barbe blanche, plaque deux bandes de sparadrap noir sur ses dents de devant, à l'exception d'une à droite et d'une à gauche, ce qui lui fait une bouche vide où luisent deux canines.

Ce monstre, ce vieux Juif de tous les exils, banni, paria, chassé, paraît devant la belle Ariane et lui adresse le plus sublime discours d'amour qu'un homme ait jamais tenu à une femme : « Deux dents seulement, dit-il, je te les offre avec mon amour. » Qu'Ariane dise oui, accepte cette offrande incomparable d'une âme à une autre et elle « sera *la première humaine*, celle qui rachète toutes les femmes ».

Tel est le défi juif, la raison de l'orgueil juif, qui est au cœur de l'œuvre d'Albert Cohen. Ni folklore ni particularisme, on le voit, mais la conviction au contraire que le peuple juif est le seul porteur de l'universel, que les lois qu'il s'est données devraient être celles de l'humanité entière, que l'amour à l'occidentale — l'amour-passion, né directement des indulgences du christianisme — n'est qu'une dérision de l'amour humain.

Mais assez : « L'homme et l'œuvre », dix pages, j'oubliais. À l'homme, maintenant, à la sauvette, en style télégraphique. Encore un mot pourtant, un seul : *Belle du Seigneur* est le livre passionné de l'antipassion, le sensuel chef-d'œuvre de la haine des sens.

À l'homme donc : Albert Cohen est né en 1895, à Corfou, où son grand-père, un vieux cèdre patriarcal et beau, présidait la communauté juive. Un pogrome chassa de l'île une grande partie des Juifs, qui s'établirent aux États-Unis, à Manchester et à Marseille. « Des hasards, rien que des hasards », dit-il. Pour les Cohen, ce fut Marseille. Albert avait cinq ans.

Chez eux, on ne parle alors qu'une seule langue et qui n'est pas le grec : le patois vénitien. Corfou, en effet, avait été longtemps une colonie vénitienne et les Juifs, très conservateurs en matière de langage, avaient gardé leur vénitien intact, malgré Turcs et Grecs.

Voilà donc l'enfant doué, soumis, aimant et pur, envoyé chez les sœurs, tandis que ses parents, avec leur vénitien et des bribes de français, s'acharnent à faire vivre un petit commerce d'œufs. Chez les sœurs, le gosse tombe amoureux de la langue française. Il est le plus doué et la supérieure s'attendrit sur lui au détour des couloirs : « Quel dommage ! » soupire-t-elle. Oui, dommage, il est juif. S'il devait jamais l'oublier, on le rappelle à l'ordre. « Le jour anniversaire de mes dix ans, raconte-t-il, je me promenais dans une rue de Marseille. Un camelot faisait de la propagande pour un détacheur universel. Il avait un bagout formidable et moi, je me suis arrêté. Pas pour le regarder, pour l'entendre, il avait tant de mots à sa disposition, je trouvais son français sublime et je m'approchais avec trop d'expression sur le visage, offert, d'avance ravi d'écouter. Le camelot soudain s'arrêta net de bonimenter, me désigna aux badauds : "Toi tu es un youpin, hein, me dit-il, je vois ça à ta gueule, tu aimes l'argent, hein, ton père est de la finance internationale, hein, tu viens manger le pain des Français. Eh bien nous, on n'aime pas les Juifs par ici, c'est une sale race, la confrérie du sécateur. Allez, file." » Pardonnez-moi, je ne me le pardonne pas : le petit garçon continua à regarder le camelot en souriant, comme si c'était une bonne plaisanterie. Mais l'homme recommença, sans que personne parmi les badauds dise un mot : « Allez, youpin, file. »

Le petit Cohen erra dans les rues, puis l'idée lui vint qu'il devait partir. Il courut à la gare pour prendre le train. Avec quel argent ? Il glissa une pièce de 20 centimes — sa seule pièce — dans l'appareil automatique qui ouvrait la porte des W.-C. de la gare Saint-Charles, à Marseille. Aux graffiti obscènes ou politiques qui tapissaient les murs du cloaque, il ajouta le sien : « Vivent les Français », griffonna-t-il avec son crayon. « Je suis resté jusqu'à minuit dans les cabinets de la gare Saint-Charles. J'étais à l'abri, vous comprenez, un petit ghetto d'aisance. » Lorsqu'il rentra chez lui, au cœur de la nuit, le gosse trouva ses parents fous d'angoisse. Il raconta tout : « J'ai gardé cette image, dit Albert Cohen, mon père et ma mère, assis côte à côte sur le lit. Ils pleuraient tous les deux silencieusement. C'était la première fois que je les voyais pleurer. »

Frileux, dans sa robe de chambre, les doigts de la main droite qui s'enroulent comme ceux de Solal sur les grains d'un chapelet d'ambre. Albert Cohen se souvient de ses cheveux, noirs serpenteaux, hymnes noirs, ténèbres désordonnées, comme ceux de Solal encore. Les femmes lui ont été bienveillantes et, à toutes, les mortes et les vivantes, il est resté, par le cœur, fidèle. *Semel semper*, c'est sa devise : à Genève, dans sa chambre, bureau et cellule à la fois, où règne un ordre miraculeux (« neurasthénie de l'ordre, qui remplace le bonheur », ordre rassurant pour chasser l'angoisse), le vieil homme a dressé un reliquaire, non pas des gloires de la France, mais des femmes qu'il a aimées : médaillons jaunis, apparitions floues. C'est vrai, il a soixante-treize ans.

Bella, sa troisième femme (la première est morte peu de temps après son mariage, après lui avoir donné une fille, il a divorcé de la deuxième) a quarante-quatre ans. « C'est une fille de notre peuple, dit-il fièrement. Elle est ma femme, mon oncle, ma tante, mon frère et mon fils. Pas une paille, pas une faille en vingt ans de vie. Imaginez cela : elle n'a jamais menti, c'est de l'or pur. »

Belle du Seigneur fut écrit en deux années : deux ans de travail acharné, chaque jour de huit heures du matin à minuit, sans une trêve, sans un repos : « J'ai dû sortir, dans Genève, cinq fois en deux ans, me raconte-t-il. J'étais pressé, vous comprenez, il y avait urgence : je voulais laisser un monument, un monument funéraire, un corbillard de luxe de mon vivant. »

La vie d'Albert Cohen — sa vie de haut fonctionnaire — fut un va-et-vient constant entre les organisations internationales et les organisations juives. Il est l'auteur exclusif de l'accord international du 15 octobre 1946, signé par vingt gouvernements, qui modifia profondément le statut des réfugiés : on trouve déjà dans la rédaction du traité des thèmes qui seront, plus tard, développés dans *Belle du Seigneur*. Et pas seulement les thèmes : une voix, une voix humaine. C'est grâce à Albert Cohen que fut supprimé l'horrible certificat Nansen, feuille volante qui éveillait automatiquement les soupçons des douaniers. Il plaida que les réfugiés apatrides, étant les plus pauvres, les plus faibles, les plus dénués des hommes, devaient avoir, comme les heureux dotés d'une patrie, et plus qu'eux, un véritable passeport d'apparence très officielle. Quoi d'étonnant, n'est-ce pas, à ce que le haut fonctionnaire Albert Cohen soit l'auteur de cet accord ? Ces réfugiés, ces apatrides sont ses frères.

Il faut cesser. Il y avait tant à dire et je n'ai rien dit. Lisez *Belle du Seigneur*, lisez-le en priorité absolue. Un dernier mot : il paraît que certains jeunes gens qui décernent le Prix Goncourt trouvaient Albert Cohen un peu trop vieux. Les immortels de l'Académie française viennent de leur éviter une irréparable faute en couronnant les premiers Albert Cohen. Le voici donc « Grand Prix du Roman de l'Académie française ». Les Goncourt attendront son prochain livre. Car il m'a confié, lorsque je l'ai quitté : « Vous savez, j'ai encore en tête un autre corbillard. » Albert Cohen sera plus vieux encore, mais il a la vieillesse triomphante. Longue, longue vie, Albert Cohen.

Elle, n° 1196, 18.11.1968

PAPILLON

Cinq cent onze pages dévorées sans faiblir toutes affaires cessantes et, le livre à peine fermé, un seul désir : recommencer. Au lecteur de *Papillon*[1], il arrive en effet une singulière aventure : piégé dès la première ligne, emporté souffle perdu dans un hallucinant et véridique voyage au bout de l'horreur, il nourrit tout au long de sa route le rêve impossible d'une lecture posée. S'arrêter, s'appesantir, répondre aux questions qui, chapitre après chapitre, paragraphe après paragraphe, se lèvent en lui. Prendre son temps en somme. Mais lire *Papillon*, c'est subir la loi de son auteur, Henri Charrière, se trouver dans la situation d'un explorateur qui remettrait toujours à plus tard le moment d'inventorier les fabuleuses richesses qu'il découvre parce que d'autres trésors, sans cesse, se proposent à lui et le happent, irrésistiblement, vers l'avant. On se dit alors : J'y reviendrai, et on va, comme cramponné à un cheval fou, ne prenant des hommes et des événements qu'une vision latérale.

Bagnards, ni vous ni moi ne le serons jamais : nous sommes honnêtes peut-être et puis Cayenne, cet envers du monde, n'existe plus depuis 1946. Aujourd'hui les condamnés à perpétuité purgent leurs peines dans les maisons de force de la métropole. Mais *Papillon*, chronique et mémoire du bagne, ressuscite pour nous au présent un

1. Henri Charrière, *Papillon*, Robert Laffont, 1969.

univers atroce et fraternel, dont nous ne soupçonnions rien, nous le donne à voir et à vivre pour la première fois. Connaissions-nous la réclusion de Saint-Joseph et son silence jusqu'à la folie, le banc de Dreyfus à l'île du Diable, les requins croque-forçats, le solitaire lépreux à la lèvre sèche, les cheveux blancs de neige du jeune miraculé de la guillotine ? Et les embrasements du soleil levant sur le Maroni, les charbonnières où cuisent sagement les cadavres des chasseurs d'hommes assassinés, la guerre au couteau, la lutte à mort, pour la vie ? Pourtant nous passons, nous allons, entraînés, tirés toujours au-delà du présent, comme appelés nous-mêmes par le pur projet d'une conscience en cavale, qui ne souffre pas de se reposer un instant. C'est que *Papillon*, livre exemplaire et sans exemple, n'est ni un document sur le bagne, ni un recueil d'histoires de forçats, bien fignolées. Des histoires, il y en a mille bien sûr, et toutes prodigieuses, toutes vraies, mais jamais elles ne sont racontées pour elles-mêmes : pas de flânerie ici, pas de retour sur soi, pas de pittoresque. *Papillon*, c'est un homme qui parle, tendu de tout son être vers un but unique, dominé par une urgence qui imprime au récit son ton, son rythme et jusqu'à son contenu.

Une seule urgence, un seul but pendant ces treize années d'enfer : la fuite, l'évasion, la cavale justement. Sur la beauté, l'horreur, les réussites ou les échecs et aussi les moments d'absolu bonheur des neuf cavales tentées par Charrière-Papillon (« Papillon » est le surnom qu'on lui avait donné dans le milieu), je ne dirai rien ici puisque c'est le sujet même du livre et qu'il est imbécile de le paraphraser platement. « Casseur » de coffres-forts, mais condamné aux travaux forcés à perpétuité pour un crime qu'il n'avait pas commis, Papillon « monte » au bagne à l'âge de vingt-cinq ans. Il y passera treize ans, évasions comprises, mais il y « passe » précisément, c'est-à-dire qu'il ne se résigne pas, comme la plupart des autres forçats, à se laisser engluer dans ce morne univers, à vivoter dans l'atroce, jusqu'au gâtisme final. À la pire des violences que l'homme puisse faire subir à l'homme et qui consiste à couper une conscience de tout projet, de tout dépassement — dans leurs cellules, dans les cours des prisons, les détenus *tournent en rond* —, Papillon réagit par une idée fixe : la cavale. Du même coup, sa propre conscience récupère la dimension fondamentale du projet et la transcendance : même derrière les barreaux, à Saint-Joseph, dans l'infernal silence de la réclusion, il reste libre et là où tous meurent, fous ou suicidés, il survit intact. Mais il ne se contente pas, comme les philosophes stoïciens, de cette liberté dans les chaînes, il passe aux actes. Porté, comme le dit bien Jean-François Revel, dans sa très intelligente postface, par un vouloir-vivre féroce. Papillon, avec des ruses infinies et une patience sans pareille, coupées de fulgurantes violences, saisit toute occasion de changer ses cavales rêvées en cavales réelles. Et c'est pourquoi le lecteur s'identifie à ce forçat, le suit ligne à ligne au fil de pages haletantes, où plutôt le devance, tremble et souffre avec lui, apprend à pressentir, avec un flair de vétéran du bagne, les coups de théâtre et les retournements. Des hommes, des amis, qui nous accompagnaient depuis la Santé ou Saint-Martin-de-Ré, qui avaient partagé avec nous le pain et le sel, meurent poignardés, une belle nuit, dans un baraquement de Royale ou de Notre-Dame. Trois mots de larmes, un soupir. Papillon ne s'attarde pas en oraisons funèbres, et nous trouvons que cela est bon, que cela est juste. « Fuir, là-bas fuir », il faut aller de l'avant. Oui, jamais héros positif ne nous fut si proche et fraternel que ce truand torturé, « trituré », comme Charrière le dit lui-même. Pour nous, tendres intellectuels éreintés de médiations, *Papillon* est une merveilleuse parenthèse d'action pure. De celle-ci, nous cherchions des succédanés dans des romans de violence et de sang, baptisés « séries noires », qui s'épuisaient dans leur dénouement même et qu'on jetait alors, sans les relire jamais. Mais on ne jette pas *Papillon*, on le relit, je l'ai fait, et on s'aperçoit, à la deuxième lecture, que Charrière, ce conteur génial, vous emporte sans lassitude au même rythme que la première fois.

Le miracle est que vingt-cinq ans après avoir vécu les événements qu'il décrit (trente-huit ans même puisqu'il est monté au bagne en 1931 ; sa dernière évasion, la bonne, date de 1944) il réussisse à nous les restituer au présent dans leur fraîcheur et leur nouveauté, avec une exactitude et un luxe de détails admirables. Charrière, on le sait, est aujourd'hui citoyen vénézuélien, il a une femme, une grande fille et est propriétaire d'un restaurant-boîte de nuit. Deux fois il a fait fortune et deux fois il a été ruiné, la dernière en 1967 par le tremblement de terre de Caracas, qui détruisit une partie de la ville (songez au Candide, de Voltaire, et au tremblement de terre de Lisbonne ! *Papillon*, qui passe a travers tant de catastrophes sans que sa vitalité increvable en soit jamais altérée, c'est Candide si l'on veut moins, bien entendu, le plat et fade rationalisme voltairien). Il réfléchissait donc aux moyens de rebondir une troisième fois dans la richesse quand *L'Astragale*, d'Albertine Sarrazin, une autre cavaleuse, lui tomba entre les mains. Sur la bande du livre, un chiffre : 123e mille. Charrière pensa alors, avec une logique de fer, que ses propres aventures, autrement plus saignantes que celles d'Albertine, lui redonneraient, s'il les écrivait, la fortune. Ce fut l'origine de sa décision d'écrire. Jamais il n'avait tenu la plume, mais il connaissait, si l'on peut dire, son sujet par cœur : tant de fois ressassée en lui-même ou déjà racontée oralement, par épisodes, à quelques amis privilégiés, sa vie entière se dressait déjà tout armée dans sa tête, elle ne demandait qu'à exploser. Les cinq cents pages de *Papillon*, Charrière les a rédigées en deux mois, travaillant parfois jusqu'à trente heures d'affilées, sans boire ni manger, perdant le sentiment du temps et des lieux, dédoublé, halluciné : il ne racontait pas le bagne, il le « vivait » et c'est tout le secret de la prodigieuse présence de son récit, de cette mémoire aussi, dont on s'étonne. Car la mémoire, chez Charrière, n'est pas simplement une activité de ressouvenir, elle a d'abord une fonction hallucinatoire, elle est, elle était, au bagne, le seul moyen d'échapper à un présent impossible à vivre. Mais écoutons Charrière lui-même : « Quelquefois, m'a-t-il dit, on doute de cette précision que j'apporte, on se demande si mon imagination n'a pas eu, elle aussi, une influence. Mais tu dois comprendre que, si on fait le total de la prévention et de la réclusion, je suis resté cinq années entières, seul avec moi-même. Sans pouvoir lire, sans pouvoir parler, sans recevoir des bruits extérieurs, sans pouvoir en faire moi-même, du bruit, car je n'avais pas de souliers, mais des chaussons. Et alors, pour pouvoir passer ces heures longues comme un marathon qui jamais ne se termine, j'ai voyagé dans les étoiles. Comment je faisais ? D'abord je me fatiguais volontairement en marchant des heures et des heures dans ma cellule, puis quand j'étais à bout de fatigue, je me couchais, je ramenais sur mon nez un pan de ma couverture, pour filtrer l'air, pour m'asphyxier un peu et hop, soudain, je décollais, je partais en voyage. C'est comme ça que j'ai développé une espèce d'hypertrophie de la mémoire. Au point que je me rappelle la couleur des robes de ma maman quand j'avais quatre ans. Si tu veux survivre, il faut parvenir à cet état second de réceptivité. Il faut, par calcul, volontairement, s'évader, ne plus savoir qu'on est enterré vivant. Il faut voyager dans les étoiles. Dans le passé, en repensant à ton enfance, à ta vie avant, ou dans le futur en bâtissant des châteaux en Espagne. Dans le présent, c'est impossible, puisque ce serait précisément reconnaître que tu es enterré vivant. »

Ainsi Charrière, comme Rimbaud, pratiquait le « dérèglement de tous les sens », il déréalisait le réel parce que celui-ci était impossible à vivre. Lorsqu'il a décidé de raconter sa vie, il lui a suffi, une nouvelle fois, de s'envoler dans les étoiles, les galaxies de son propre passé, et d'abolir le temps. Écrire sur le bagne, ou le vivre, c'était la même chose pour lui, il était entraîné, de longue date, à toutes les résurrections. Ce ressuscité est à Paris aujourd'hui. Il est venu, de Caracas, pour présenter son livre et vérifier (il n'y a aucun doute sur ce point) que *Papillon* battra, de très loin, dans la course aux tirages, Albertine Sarrazin. Plis, rides, ravines profondes, son visage garde la trace des cyclones qui ont balayé sa vie. Sa poitrine et ses reins sont ceints de bleus tatouages : gueules de tigres, papillons, bien sûr, sensuelles bouches de femmes. Un pouce, un bout d'oreille lui manquent. Voix rocailleuse, sourde et chaude à la fois, œil incroyablement vif, il s'installe en face de vous et parle : on peut l'écouter, comme on le lit, sans se lasser jamais, des jours, des nuits, ne plus savoir où l'on est, qui l'on est.

Elle, nº 1226, 16.06.1969

RÉCITS

LE VOL DE LA COLOMBE

Assis tous les deux sur le banc de bois, ils se parlent à voix confidentielle. Par pudeur, je me suis écarté. Mais l'accent de Provence se prête mal aux messes basses et je ne puis m'empêcher d'entendre. C'est un dialogue étrange :

« Alors, Honoré, comment ça va ?

— Ça va, ça va, Titine. Et ici ? Quoi de neuf ?

— Toujours rien. Il faut encore attendre. »

Titine Roux hoche la tête, accablée, assommée. Il y a un grand silence. Honoré, qui est le beau-frère de Titine, se décide enfin :

« Voilà, explique-t-il, le radiesthésiste est venu me voir. C'est celui des bijoux de la Bégum, il avait trouvé la bonne piste. Il m'a dit : "Si Francis ou Titine veulent me recevoir, ils me montrent les photographies des tableaux et les cadres, ça me suffit..." »

Titine fixe intensément Honoré, elle ne sourit pas. C'est une paysanne, une femme noire malgré ses cheveux blancs : noire de peau, de regard, de vêtement, comme les veuves éternelles de Calabre ou de Sicile. Elle a probablement porté du noir toute sa vie. Son visage est fort, taciturne, un peu farouche : on devine qu'il y a des choses qu'elle ne pardonne pas.

— On sait jamais, conclut-elle.

Sait-on jamais en effet ? Et pourquoi Baptistine Roux, native de La Colle — un minuscule village entre Cagnes et Vence — et veuve de Paul Roux, fondateur de La Colombe d'Or de Saint-Paul-de-Vence, Paul Roux le Magnifique, premier de la dynastie des Roux, ne croirait-elle pas aux radiesthésistes ? C'est bien un trésor qui a disparu, et de l'espèce la plus rare : les sourciers de campagne, avec leurs pendules ou leurs baguettes de coudrier, n'auront jamais été à pareille chasse : il ne s'agit ni de cassettes, ni de bas de laine, ni de lessiveuses miraculeuses, réceptacles ordinaires de la thésaurisation paysanne. Non, ce qui a été perdu, ce qu'on a volé à La Colombe d'Or entre une heure et six heures du matin, le 1er avril 1960, c'est un musée d'art moderne. Et on imagine le garde-champêtre de Saint-Paul-de-Vence tambouriner au coin des places, sous les remparts, dans les ruelles pleines d'ombre du vieux village fortifié et publier le désastre d'une grosse voix chantante. « Il a été perdu trois tableaux de Braque — une marine, un bouquet de fleurs et la célèbre langouste —, un grand Picasso peint tout entier sur bois — c'est aussi un bouquet de fleurs, des fleurs rudes et agressives, qui semblent boxer —, un poisson de Bernard Buffet, une tête de femme de Modigliani, une femme assise de Bonnard, un immense Miró, bleu et rouge, une femme au lever de Pascin, un Rouault, un Dufy, un Suzanne Valadon, un Bazaine, un Derain, un Villon... »

Financièrement, la perte est terrible : l'expertise la plus juste évalue le montant du vol à 200 millions. Moralement, elle est irréparable et les Roux — Titine, la veuve de Paul, Francis, leur fils, Yvonne, la bru — ont les larmes aux yeux dès qu'ils commencent à parler : pour eux, c'est comme si Paul Roux, le fondateur, venait de mourir une deuxième fois. Mais ici les questions s'appellent vertigineusement les unes les autres : car ce vol, unique dans les annales de la cambriole artistique, ne peut être compris qu'à partir de l'histoire tout entière de La Colombe d'Or, de la personnalité des Roux, de leur relation à l'argent, à l'art, à la poésie. Que faisaient en effet ces chefs-d'œuvre de l'art moderne sur les murs de la salle à manger d'une auberge de province, en face de la broche à rôtir les poulets ? Pourquoi n'étaient-ils pas assurés ? Pourquoi les Roux, chaque soir, se bornaient-ils à tirer les volets de bois de la salle à manger, à fermer simplement leur porte au verrou, en dédaignant les coffres-forts et les barres de sûreté ? Et quel rapport y a-t-il entre l'hôtellerie, la gastronomie et la peinture moderne ? Et qu'est-ce qu'un paysan comme Paul Roux pouvait bien comprendre à la peinture ? Et qui était Paul Roux ? Et d'abord, question des questions, très difficile à élucider, qu'est-ce que l'auberge de La Colombe d'Or, à Saint-Paul-de-Vence ?

J'écris cet article, précisément, dans une chambre de La Colombe. Il est quatre heures de l'après-midi, c'est un jour d'avril, il fait très beau. De ma table, sans me pencher, j'aperçois la terrasse de La Colombe, avec ses colombes vivantes, blanches, ébouriffées, perdues dans des politesses compliquées, ses bouquets de fleurs violentes — un par table, c'est la tradition —, ses trois cyprès noirs contre le ciel et, près du mur, sous une grande fresque en relief de Fernand Léger scellée dans la pierre, Véra Clouzot, l'épouse du metteur en scène, qui joue aux cartes en pantalon jaune. Les Clouzot habitent La Colombe depuis des années. Véra joue aux cartes, immuablement, de trois à huit, et Clouzot — c'est sans doute la contradiction du créateur — imagine sous ce soleil, dans cette lumière, de nauséeuses histoires d'espions ou de diaboliques. Il y a les bruits aussi : cliquetis des boules de pétanque sous les platanes de l'esplanade, à l'entrée du village, juste devant l'auberge, détonations sèches des battoirs de blanchisseuses au lavoir municipal, moteurs des cars de touristes, qui montent de Nice et de Cannes, pâmoisons des touristes qui risquent une tête sous le porche de La Colombe, voix des guides, car il y a maintenant des guides à Saint-Paul-de-Vence et Paul Roux, l'apprenti sorcier, se retourne de honte dans sa tombe : « Saint-Paul, le rendez-vous des artistes, ici la maison de M. Montand, ici la maison de M. Prévert, ici la table de M. Clouzot... »

Saint-Paul-de-Vence aujourd'hui est conscient de soi, de sa beauté, de son pittoresque exemplaire dans chacune de ses pierres, chacun de ses pavés. Rançon regrettable de l'amour vrai que lui ont porté de grands peintres et de grands poètes comme Jacques Prévert, Saint-Paul est tombé amoureux de Saint-Paul et a perdu son naturel : c'est un village paré, peigné, poli, ordonné jusque dans son désordre, protégé, pieusement conservé comme une espèce en voie de disparition, qui s'offre maintenant au touriste.

Pourtant les cartes postales, les boutiques de frivolités folkloriques qui, depuis quelques années, poussent comme des champignons, les chromos à 6 nouveaux francs fabriqués en série pour les Américains ne peuvent rien contre la pure lumière du ciel de Provence, les oliviers, les cigales, et ce coup au cœur que donne, lorsqu'on monte de la mer, la soudaine apparition du village serré, comme Tolède, entre ses remparts. Le charme de Saint-Paul est indestructible et c'est bien pourquoi d'ailleurs les solitaires de toute race — les authentiques et les autres — persistent à y demeurer. Ils savent que le vrai Saint-Paul ne se dévoile qu'à ceux qui ont la chance d'y passer la nuit : de onze heures du matin à six heures de l'après-midi, tandis que la horde cosmopolite piétine les vieilles pierres, ils se terrent. Ils ne reparaissent qu'au crépuscule et le matin, de bonne heure : tous ensemble, en ces instants bénis, paysans, vignerons, potiers, tailleurs de pierre, poètes, peintres et célébrités en vacances, indigènes et enfants adoptifs, forment une famille, « la famille ».

Mais La Colombe d'Or, c'est encore autre chose, un tabernacle, un saint des saints : si chacun peut y entrer, s'y nourrir, y loger — il est de l'essence d'une auberge d'être ouverte à tous —, s'y faire admettre du fond du cœur par les maîtres de maison est infiniment difficile. Et en sentir le charme rare, en goûter le prix implique déjà qu'on soit sensible à une combinaison de qualités, de vertus qui, d'ordinaire, passent pour s'exclure les unes les autres, ne se rencontrent jamais ensemble.

Car où suis-je finalement ? La table sur laquelle j'écris est une longue et large table d'olivier, noire, solide, paysanne, bien posée sur ses pieds, avec des nœuds et des crevasses dans le bois. Des générations de paysans se lèvent, la tradition, la continuité, toutes les nostalgies du pays réel et de la propriété foncière s'indiquent dans cette table. C'est immuable, cela défie le changement, les bouleversements historiques, les révolutions. Et s'il fallait absolument de la peinture pour incarner, dans un autre ordre, cette idée de France éternelle et terrienne, on s'attendrait à voir aux murs des paysans de Le Nain ou des *Mort du père de famille* de Greuze.

Première contradiction : au-dessus de mon lit — long rectangle éblouissant — une lithographie de Miró, rouge, noire, bleue, palpitante, mortelle, violente, explose littéralement. C'est toute la peinture moderne, la révolte, la contestation, la mise en question radicale de toutes les vieilles valeurs. Quoi encore ? Sur les autres murs, il y a un second Miró, et deux Chagall, rabbins à barbe blanche, œil d'âne fou de douceur, petites maisons juives de l'ancienne Russie.

Deuxième contradiction : avec la table d'olivier, on attendrait des draps rugueux, un peu jaunis, une cuvette de faïence et un broc à eau. Non, la duchesse de Windsor, si pointilleuse, paraît-il, sur le raffinement, ne trouverait rien à objecter à la salle de bains, aux lavabos, aux prises électriques, aux porte-serviettes, aux moustiquaires, aux portes coulissantes, à tous les « gadgets » du confort dit « fonctionnel » : les palaces de Nice et leurs grosses baignoires à pieds style 1920 feraient démodés ici. Peut-être même la duchesse de Windsor consentirait-elle à soupirer d'enthousiasme devant la mosaïque des salles de bains, qui est bleue ou jaune selon les chambres, et toute en tomettes d'Aix.

Telles sont les chambres de La Colombe d'Or, paradis des *happy few* qui aiment le confort et même le luxe, mais détestent qu'on le leur fasse sentir, comme il arrive dans les palaces, où le rituel de génuflexions, des grooms, des serviteurs, gâche leur plaisir. Et sans doute est-ce peut-être précisément le comble du luxe, du raffinement et même du snobisme que de vouloir que ce qui est en réalité le moins naturel ait l'air naturel.

À La Colombe — c'est le génie de ce lieu — le service ne se voit pas, l'effort ne se sent pas, les intellectuels peuvent écrire en toute bonne conscience sur les tables d'olivier ou prendre trois bains par jour sans penser que leur bonheur est construit sur l'oppression ou que le confort les sépare des autres hommes... Ici — et c'est bien la raison pour laquelle les vrais poètes et les vrais artistes sont fous de La Colombe — l'oppression, si elle existe, est invisible. Et si jamais on rencontre la femme de chambre, elle vous met tout de suite à l'aise parce qu'elle a l'accent du Midi et qu'elle fait partie de la maison depuis vingt ans : on discute avec elle d'égal à égal.

Telle est la contradiction des intellectuels. Mais il est bien vrai que ceux dont tout le bonheur est justement de sentir et de faire sentir qu'ils sont différents des autres n'ont pas leur place ici, ne peuvent s'y sentir bien. Et les Roux — Titine et Francis — ont hérité à cet égard du flair de Paul Roux, qui les repérait avec la sûreté d'un Indien sur le sentier de la guerre. Il les repérait, il les provoquait et, presque toujours, il les éloignait.

Car, aux origines, il y avait Paul Roux. Il aurait aujourd'hui soixante-huit ans. C'était un paysan, fils de paysans peu fortunés, ses parents possédaient une petite ferme entre La Colle et Saint-Paul — tellement réfractaire à l'étude qu'il s'était sauvé du collège de Castillon, une ville de montagne où ses parents l'avaient envoyé après le certificat, espérant que l'éloignement du pays natal l'aiderait à prendre le goût des livres. Mais Paul Roux, à quatorze ans, était un amoureux forcené de son coin de terre méditerranéenne, de la mer qu'il apercevait entre les oliviers des coteaux de Saint-Paul, de son village en ruine. Il ne supporta ni d'être exilé ni d'être enfermé, et les siens, qui ne pouvaient rien contre son entêtement, décidèrent donc qu'il serait paysan. En 1918, il revient de la guerre, avec derrière lui sept ans de vie militaire, et il proclame que l'état de paysan ne lui convient pas non plus. Sa mère, désespérée, le supplie alors d'embrasser la carrière militaire — la terre est trop pauvre, trop dure, trop ingrate.

Ni paysan ni soldat. Paul Roux a une autre idée : sa grand-mère, en mourant, lui a laissé, à Saint-Paul, un petit café. Rien du tout : une salle étroite, quelques sièges, deux tables à dessus de faux marbre. Pourquoi Paul Roux choisit-il de se faire cabaretier ? Il est trop tôt sans doute pour parler de vocation et La Colombe d'Or n'existe pas encore tout armée dans cette tête osseuse, cuivrée, un peu indienne, poétique. Pour ce jeune homme de vingt-six ans, le « Café du Jardin » — c'est le premier nom de La Colombe — est d'abord sans doute un moyen de ne pas quitter Saint-Paul et aussi de vivoter en travaillant peu. Et puis, par-dessus tout, Paul Roux a le goût des rencontres, des confrontations, des amis, des copains. Son bistrot, qu'il débaptise aussitôt pour l'appeler « À Robinson » — c'est le deuxième nom de La Colombe —, aura pour lui une fonction sociale précise : attirer du monde à Saint-Paul. Car le village, florissant et prospère pendant la Renaissance, au temps de la reine Jeanne, capitale incontestée des cours d'Amour de Provence, lieu d'élection des troubadours, se meurt doucement depuis Napoléon. Mais À Robinson se révèle bientôt un lieu infréquentable : Paul Roux fait une cuisine rudimentaire qu'il sert aux « passages » étrangers au pays, pionniers très aventureux pour l'époque, qui viennent en promenade de Nice, d'Antibes ou de Cannes. Et le samedi soir et le dimanche, Paul Roux « faisait danser » : avec une viole et un piano mécanique, installés sur la terrasse. À Robinson se changeait en bal musette. Un vrai bal musette, avec bagarres, duels au couteau, au rasoir, rivalités amoureuses réglées dans le sang : les combats opposaient les paysans de Vence, de Saint-Paul, de La Colle, de Tourrette, de Cagnes aux matelots de la côte. Et sur le piano mécanique apparaissaient déjà les premiers bouquets de Paul Roux.

À Robinson ne possédait que deux chambres et leur propriétaire n'avait jamais songé à les louer. Un jour, deux Anglais, un homme et une femme, sont arrivés à Saint-Paul, ils ont demandé à prendre pension et ils ont trouvé l'endroit si parfait qu'ils ont exhorté Roux à s'agrandir, à transformer Robinson en petit hôtel. Paul fit construire d'abord six, puis huit petites chambres blanchies à la chaux, il appela sa mère auprès de lui pour cuisiner des loups au fenouil et des rougets à la farigoule et, parce qu'il avait déjà quelques colombes à Saint-Paul et que la colombe est un symbole de paix, il inventa La Colombe d'Or.

Ses premiers clients furent des peintres : ils sont aujourd'hui ou morts, ou fous. Ils n'ont laissé aucune grande œuvre, leur seul mérite est d'avoir été frappés au cœur par la beauté de Saint-Paul, d'avoir pressenti la fortune future de La Colombe d'Or. C'étaient des Suédois, des Anglais, des Allemands, des Américains, tous gens du Nord, à qui la découverte du midi de la France fit perdre la raison. Il y eut Billy Green, l'Américain, venu à La Colombe pour une nuit : il resta trois ans, pratiquant avec passion le retour aux sources, il marchait pieds nus, se nourrissait d'olives et laissa pousser sa barbe ; Jacobsen, un Suédois ; l'Allemand Henter, que l'impuissance à peindre précipita dans la démence ; Meknès, un autre Américain, fou lui aussi : avec un sabre, il poursuivrait dans les rues Joséphin Verdet, maire de Saint-Paul, et il tirait toutes les nuits des coups de revolver. Lorsqu'on le conduisit à l'asile, il éclata d'un rire énorme et dit : « Voilà l'hôtel qui me plaît. Enfin, le bonheur ! »

Mais, dès 1925, La Colombe est définitivement lancée. Aux premiers peintres succèdent, en effet, ceux qui font les modes et imposent leur loi au Tout-Paris, aux vraies fortunes, aux vraies richesses. Le très noble, très excentrique et très ruiné prince de Bourbon-Parme s'installe à La Colombe en 1923. Il reste plusieurs mois et, comme il n'a pas un sou pour payer sa note, il file à la cloche de bois en sautant de sa fenêtre sur le toit d'un autocar qu'il a loué tout exprès. Deux ans plus tard, Paul Roux, resté sans nouvelles du Prince, apprend que celui-ci, sans peur et sans reproche, se baigne sur la plage de Cannes. Magnanime, il va le chercher et le réinvite à La Colombe. Le Prince alors appelle à lui ses pairs et l'auberge pour un temps prend des allures de cour du Roi-Soleil. Astucieux, habile, généreux, fastueux, mécène, mais rusé comme Ulysse, Paul Roux réinvente pour les dames du monde les troubadours d'autrefois, organise des cortèges qui défilent superbement la nuit dans les rues de Saint-Paul, avec fifres et tambourins.

Cela c'est le pittoresque, l'extérieur. Ces extravagances, ce goût du faste et de la publicité sont parfaitement raisonnables. Une légende efficace s'est créée autour de La Colombe, autour de Paul

Roux, toujours vêtu de blanc immaculé et coiffé d'un immense chapeau, blanc lui aussi, à très larges bords, fabriqué spécialement pour lui, qu'il portait surtout dans l'exercice de ses fonctions, de sa fonction : deux fois par jour, au moment des repas, lorsque devant sa clientèle il tournait, dans la grande cheminée, les poulets à la broche. Et les dîneurs se pâmaient. Paul Roux prenait grand soin d'entretenir sa légende, de ne rien faire qui puisse ternir sa « figure ». Il ne craignait rien car une rigoureuse division du travail présidait aux destinées de La Colombe. Si Paul était la folie raisonnée, Titine, sa femme, la femme en noir, incarnait le bon sens, « les pieds sur la terre », la continuité commerciale de l'établissement. Elle seule savait jusqu'où son mari avait le droit d'aller trop loin. Et s'il allait vraiment trop loin — ce qui était rare —, elle intervenait.

Pourtant, le vrai Paul Roux était ailleurs. Très riche, il se moquait à sa façon de l'argent. L'accumuler, le thésauriser, le mettre en banque ne l'intéressait pas. De sa vie, il n'a jamais eu un compte en banque et, à sa mort, en 1952, il n'a laissé à son fils Francis, en fait d'argent liquide, que 200 000 francs. Sa passion, c'était l'investissement sur place, une passion intelligente et jamais assouvie. Sa vie fut un maniement perpétuel de meubles et de pierres. Le mobilier, tables, chaises, armoires, etc., de La Colombe est le produit d'une quête incessante : chaque dimanche, Paul Roux partait à la chasse avec des amis. Mais il ne chassait pas : « Allez, disait-il, je ferai la cuisine. » Il la faisait en effet, mais, de temps en temps, il explorait une à une les fermes provençales, il tombait en arrêt devant une table, un banc de bois, un coffre à pain, un bahut, et ne partait que lorsqu'il avait convaincu le paysan de le lui vendre.

Six fois aussi, La Colombe d'Or changea d'apparence, elle n'acquit son visage définitif que peu de temps avant sa mort : le plafond cloisonné de la salle à manger a été acheté à Rognes, dans le Var ; les briques de l'entrée viennent d'une chapelle de montagne ; les dalles de la terrasse sont celles des trottoirs de Vence. Les belles pierres de la façade sont celles d'un vieux château en ruine des environs d'Aix-en-Provence. Pour les obtenir, Paul Roux dut se rendre propriétaire du château : il fit couper les pierres en deux, il les numérota lui-même et les transporta à Saint-Paul où elles furent réassemblées dans leur forme primitive. On peut dire qu'il a écumé la Provence, l'œil aux aguets, toujours attentif comme un chasseur, pour faire de La Colombe d'Or l'exemplaire demeure provençale qu'elle est devenue. Américain milliardaire, « Citizen Kane » chercheur de trésors, à cette différence près qu'il évitait de mélanger les styles, tel était aussi Paul Roux.

Mais autre chose le hantait, l'appelait. La Colombe était parfaite, le rôle de mécène amuseur ne le tentait plus et il avait, au cours de sa vie, tant rôti de poulets qu'il pouvait laisser le tournebroche à d'autres. En septembre 1946, sept années avant sa mort, Paul Roux jeta sur une toile son premier bouquet de fleurs. Certaines pages de huit livres d'or de La Colombe composent un éblouissant générique de la peinture moderne. Lorsqu'on trouve en effet, côte à côte, les signatures de Picasso, Braque, Matisse, Bonnard, Utrillo ou celles de Chagall et de Dunoyer de Segonzac, cela veut dire qu'un soir ces grands peintres, tous ensemble, ont dîné ici. Ils y ont dîné, ils y ont vécu aussi et Paul Roux le paysan s'est pris pour eux et pour leur œuvre d'une vraie passion. Le premier tableau qu'il acheta fut *La Langouste* de Braque — il la paya à l'époque 400 000 francs — et l'amour de la peinture relaya très vite celui des meubles et des pierres. Dès qu'il avait un peu d'argent, il achetait, il achetait plus qu'il ne pouvait et même s'il ne pouvait pas. Un jour, il y eut à La Colombe un conseil de famille : Paul Roux avait décidé d'aller voir Fernand Léger dans son atelier et de lui acheter une toile. « Une seule, pas plus », suppliait Titine, « c'est très cher », et elle demanda à Francis, leur fils, d'accompagner Paul pour l'empêcher de faire des folies. Au soir, lorsque le père et le fils revinrent, Paul Roux ramenait trois grands Léger plus la commande du bas-relief qui se trouve aujourd'hui sur la terrasse. Il mit trois années à payer les Léger, et le jour où le bas-relief fut enfin scellé, il s'évanouit d'émotion.

Les grands peintres ne sont pas fous et, s'ils font des cadeaux, ce n'est qu'à bon escient. Si Paul n'avait pas été un véritable amoureux de la peinture, ni Picasso, ni Braque, ni Miró, ni Buffet ne lui auraient donné des tableaux. Or ils l'ont fait : Braque lui a offert une des trois toiles de lui qui ont été volées et Picasso, son fameux bouquet de fleurs. Picasso adorait Paul Roux et il savait que celui-ci avait toujours rêvé d'avoir un Picasso, une vraie toile, et non pas des dessins. Mais toujours, Roux avait reculé devant le prix. Lorsqu'il sut que Paul Roux allait mourir — il était condamné déjà depuis plusieurs mois —, Picasso fit venir à son atelier Titine et lui donna le bouquet : « Dites bien à Paul que ce n'est pas un cadeau, je me ferai payer en repas. » Solennellement, le Picasso fut accroché dans la salle à manger, à côté des autres chefs-d'œuvre. Paul Roux avait les larmes aux yeux. Pendant trois jours, il ne bougea à peu près pas de sa chaise, perdu devant le tableau dans une contemplation fascinée. Et, le troisième jour, il mourut. Le grand Picasso, seul, solitaire, silencieux, suivit le cortège funèbre de son ami Paul Roux.

Sans doute avait-il deviné qu'il y avait entre eux une parenté, secrète et profonde. Et au dire de ceux qui y ont assisté, c'était un spectacle assez bouleversant que de voir, certains après-midi, le plus grand peintre du siècle suivre le peintre amateur dans la chambre de La Colombe, dont il avait fait son atelier. Paul Roux, si pudique, montrait ses œuvres à Picasso, lui demandait des conseils et l'autre lui parlait en égal. On les apercevait, qui réfléchissaient, qui discutaient ensemble. Car Paul Roux, à la fin de sa vie, avait complètement délaissé l'hôtel : dix heures par jour, dévoré par sa passion de la peinture, il jetait ses couleurs sur la toile avec acharnement et souvent on devait le supplier pour qu'il quitte son atelier.

L'autre passion, aussi jalouse, du vieil homme, c'était Francis, son fils. Cent fois, on avait proposé de lui acheter La Colombe et on lui avait offert des fortunes. Et, chaque fois, il répondait avec un bouquet de fleurs et un mot : « Les fleurs pour vous et "La Colombe" pour mon fils. » Francis Roux, qui a trente ans aujourd'hui, a le même visage fin que son père, la même pudeur, la même sensibilité : à l'entrée de la salle à manger, sur le mur de droite et sur celui de gauche, il a accroché deux magnifiques photographies : une de Picasso et l'autre de Braque, qui semblent veiller sur La Colombe comme deux génies tutélaires. Mais, Francis le dit lui-même, c'est un miracle qu'il ne soit pas aujourd'hui un gibier de potence. Car le père Roux, ce paysan, a élevé son fils unique comme le prince de Galles : « Si jamais, dit Francis, quelqu'un a été pourri, c'est moi. Il me cédait tout, tout ce que je pouvais désirer, argent, vêtements, voitures, je l'avais. »

Mais bon sang ne peut pas mentir : Francis Roux est le digne continuateur de la dynastie. Depuis le vol, il pleure chaque fois qu'il pense à son père. Car c'est la construction, l'effort de toute une vie qui ont été ainsi saccagés. Ces tableaux, tous dédicacés à Paul Roux, et dont on se demande ce que les voleurs vont bien pouvoir en faire, étaient comme des souvenirs de famille. C'est pourquoi ils n'étaient pas protégés, pas assurés.

La Colombe d'Or continue. Juste avant de mourir, Paul Roux appela Francis auprès de lui, et il dit ceci : « Francis tu as une belle maison, je te connais, tu auras toujours du monde. »

Elle, nº 749, 29.04.1960

ÇARTÂN : LA BIBLE EST VRAIE

La Bible est vraie : le 26 février 1964, une dépêche de l'Associated Press, en provenance de Jérusalem, annonçait qu'une équipe d'archéologues américains venait de mettre au jour, sur la rive orientale du Jourdain, une ville de l'âge du fer. Le directeur des fouilles, James B. Pritchard, curateur d'archéologie palestinienne à l'université de Pennsylvanie, identifiait sa découverte à la place forte biblique de Çartân. Dans deux tombes, particulièrement dans celle d'une femme de très haute lignée, une reine peut-être, on avait trouvé des objets de bronze d'une rare élégance, des colliers d'or, d'ivoire et de cornaline, et des chaînes d'argent et des broches et des palettes d'ivoire pour crèmes de beauté : jamais encore la Palestine n'avait offert aux archéologues une sépulture d'une pareille richesse, jamais tombe du début du fer n'avait recelé une telle collection de bronzes. Çartân attendait depuis trois mille ans. Je m'envolai — c'est notre loi — sans perdre une heure.

Çartân est citée à deux reprises dans l'Ancien Testament. Le Livre de Josué raconte l'arrivée en Terre promise du peuple d'Israël après la sortie d'Égypte et la mort de Moïse (1220-1200 avant notre ère) : on lit (chap. III, verset 16) qu'à l'instant où les prêtres, porteurs de l'Arche d'alliance, pénétrèrent dans le lit du Jourdain, face à Jéricho, le fleuve suspendit miraculeusement son cours, permettant ainsi à toute la nation de passer à pied sec : « Les eaux d'amont s'arrêtèrent et formèrent un seul monceau sur une grande distance, depuis Adama jusqu'à la forteresse de Çartân. » Mais Çartân figure à nouveau dans le premier Livre des Rois, à propos d'événements survenus trois cents ans plus tard, à l'époque de la plus grande gloire d'Israël : « Les vases à cendres, les pelles, les bassins de bronze, les bols à aspersion, tous ces objets que [le forgeron] Hiram fit au roi Salomon pour le temple de Yahvé étaient en bronze poli. C'est dans le district du Jourdain qu'on les coula en pleine terre entre Sukkot et Çartân ; à cause de leur énorme quantité, on ne calcula pas le poids de bronze [...] » (chap. VII, versets 45, 46). Le grand Salomon mourut en 931 avant J.-C. Çartân lui survécut dix ou vingt ans, pas plus, et entra dans la nuit : une liste, trouvée à Karnak, près de Thèbes, en Égypte, nous apprend en effet que le pharaon Sheshonq, de la XXIIe dynastie, fit campagne en Palestine, rasant un grand nombre de villes de la mer Morte à la mer de Galilée et pillant au passage le Temple de Jérusalem, où régnait Roboam, un des fils de Salomon. La trace de Çartân se perdit pour toujours : nul depuis n'en entendit parler.

Tombé du ciel à Jérusalem pour une chasse au trésor, avec des visions de cités fabuleuses, ressuscitées intactes comme le tombeau de Toutankhamon ou le « caveau des Atrides » à Mycènes, je n'ai découvert qu'un dur et patient labeur, les réalités austères mais passionnantes de l'archéologie moderne. Mes illusions sont celles sans doute de tous les profanes. Il est bon de les perdre.

Le site actuel de Çartân, spécifiait la dépêche de l'Associated Press, est un lieu-dit dans la vallée du Jourdain, « Tell es-Sa'Idiyeh », à mi-chemin entre la côte nord de la mer Morte et le lac de Galilée. Mais personne ne put placer pour moi Sa'Idiyeh sur une carte. C'est aux archéologues qu'il fallait s'adresser. Les dominicains français de l'École biblique de Jérusalem m'indiquèrent la route, mais m'apprirent aussi que la campagne de fouilles de l'équipe américaine était terminée pour cette année (le docteur Pritchard venait de regagner Philadelphie : seuls demeuraient au camp, occupés à la classification des objets, un Allemand, un Irlandais et des fonctionnaires du département des Antiquités de l'État jordanien). Et, surtout, ils se montrèrent surpris, incrédules, quand j'expliquai que Çartân était la seule raison de ma présence ici.

Pourquoi Çartân ? Il s'agissait certes d'une découverte de premier ordre, mais remarquable seulement pour les archéologues, peu spectaculaire pour le grand public. Pourquoi se dérangeait-on soudain pour Çartân puisqu'on avait ignoré Gibéon (une autre ville biblique, fouillée en 1956-1957 par le même docteur Pritchard, Gibéon avec sa piscine monumentale autour de laquelle s'affrontèrent à l'épée les hommes de Joab et les hommes d'Abner), Megiddo et les étables du roi Salomon, Laschich, Jéricho, Khirbet Qumram et les grottes de la mer Morte ? Bref, les dominicains faisaient le procès du journalisme.

« Allez pourtant à Sa'Idiyeh, me dirent-ils, vous ne verrez pas Pritchard, mais vous examinerez les lieux. Et une équipe hollandaise est en train de fouiller à quelques kilomètres sur un tell voisin, à Deir Alla. Eux croient être sur l'emplacement de l'ancienne Sukkot : les deux villes sont citées ensemble dans le Livre des Rois. C'est la même chose. Et puis, vous vous rendrez compte : il y a des centaines de tells dans ce pays et tous ont trois mille ans ou davantage. » Une fois déjà, j'avais remonté la vallée du Jourdain en partant de la mer Morte, quatre cent cinquante mètres au-dessous du niveau des océans, mais fasciné par ce paysage de commencement du monde, je n'avais pas remarqué les tells. Aujourd'hui je ne vois plus qu'eux : éminences dérisoires si on les compare aux monts de Moab et aux monts de Judée qui bordent la vallée à l'est et à l'ouest, ils se dressent sur la plaine, tout au bord du fleuve ou au pied même des montagnes. Ils ont vingt, trente ou quarante mètres de hauteur, jamais plus.

« Tell » est un mot arabe, qui sert uniquement dans les pays du Moyen-Orient, à désigner ces tertres, ces monticules artificiels qui boursouflent la Palestine, la Syrie, la Turquie, la Perse, la Mésopotamie. On sait maintenant qu'un Tell est formé par l'accumulation, sur une très longue période, des couches successives de cités détruites. Du néolithique (– 8-10 000 ans) au premier siècle avant notre ère, et même quelquefois jusqu'aux Temps modernes, chaque ville ou village se construisait sur les ruines de celui qui l'avait précédé. Ainsi le niveau du sol s'élevait progressivement : tandis que la première occupation s'était faite au niveau même de la plaine environnante, la dernière s'établissait au sommet d'une véritable petite colline. Mais il suffisait d'un incendie, d'un tremblement de terre ou du passage des envahisseurs pour que les bâtiments de briques crues (briques taillées dans la glaise et séchées au soleil) s'effondrent dans des nuages de poussière, pour qu'une population entière, anéantie ou en fuite, déserte toute une région : abandonnés depuis des centaines ou des milliers d'années, livrés au dur travail du soleil, de la pluie et des vents, les tells ont pris peu à peu leur forme définitive, herbus l'hiver, chauves en été, ils se sont si bien intégrés au paysage qu'on les regardait, il y a un siècle encore, comme des caprices de la nature.

Car le vrai caractère des tells n'avait pas été reconnu par les premiers explorateurs. Campant au sommet de Tell el-Hesi, Edward Robinson, le fondateur de la Palestinologie, le premier à avoir dressé une carte de la Palestine biblique, déclarait : « Je ne trouve ici rien qui indique l'existence d'aucune ville ou structure ancienne. » Pourtant, Robinson dormait et mangeait sans angoisse au-dessus de huit cités superposées, dont l'une était l'Eglon de l'Ancien Testament !

Quelques villes de la Bible ont conservé leur identité pendant des millénaires : Beersheba, Bethléem, Gaza, Hébron, Jéricho, Jérusalem, Tibériade sont aujourd'hui encore vivantes et habitées. En revanche, nul atlas de géographie moderne ne donne les noms de Beth-El, Laschich, Anathoth, Gibéon ou Megiddo. Et pas davantage ceux des centaines de bourgades ou de places fortes qui apparaissent dans les Écritures. Relier ces noms à des lieux, retrouver dans le paysage la trace des cités perdues, tel était précisément le problème qui se posait — et se pose toujours — aux spécialistes de l'Ancien Testament, aux archéologues, désireux d'approfondir leur connaissance des livres saints. Pour parvenir à cette équation entre les signes et le paysage, toutes les méthodes furent utilisées. Robinson s'était forgé une règle étonnante : « éviter absolument les couvents et les moines dont les témoignages sont suspects, interroger au contraire les fellahs et essayer de retrouver dans les dénominations arabes les racines hébraïques ». Ses succès furent certains : dans El Gib, il flaira Gibéon ; Beeroth dans El Bireh ; Chephirah dans Kefir ; Anathoth, la ville du prophète Jérémie, dans Anata, etc. Les fouilles confirmèrent plus tard la justesse de ses hypothèses.

Mais ce n'était pas assez. Par bonheur, les trouvailles de l'égyptologie et une forme de magie noire pratiquée par les pharaons permirent de localiser des dizaines d'autres noms. L'Égypte, pendant des siècles, avait regardé la Palestine, sa voisine du nord, comme une part de son empire : les pharaons de toutes les dynasties guerroyèrent en Palestine et l'un des plus grands, Thoutmosis III (environ 1490-1436 av. J.-C.) n'entreprit pas moins de vingt campagnes en Judée et en Galilée. En 1926 furent publiés en Allemagne des textes découverts sur des tessons de poterie (bols et jarres) : les tessons avaient été achetés près de Thèbes et le musée de Berlin s'en était rendu acquéreur. L'érudit qui déchiffra les textes et les publia comprit qu'il avait affaire à une suite de « formules d'exécration ». La pratique égyptienne de l'exécration consistait d'abord à inscrire sur des coupes, des bols, des jarres, le nom des villes ennemies — ou des hommes — à maudire. Puis à briser les poteries en les jetant à terre avec violence : la destruction de poteries, croyait-on, se transmettait par contagion à l'ennemi lui-même. Ce moyen commode d'anéantir l'adversaire allait se révéler, trois mille ans plus tard, comme une inestimable source d'informations pour les géographes. Car, dans leur souci maniaque de nommer l'ennemi, de le désigner sans possibilité d'erreur aux forces obscures, les scribes égyptiens forgeaient aux cités à détruire une véritable carte d'identité : ils donnaient non seulement leurs noms mais des indications topographiques tout à fait valables. Grâce aux « tessons d'exécration », grâce aussi à des fragments de figurines d'argile trouvées plus tard à Sakkarah, on put localiser des noms aussi importants que Laish, Ashtaroth, Pella, Ashkelon, Rehob, Schechem, Aphek, Bethshemesh, etc. Et ces cités existaient déjà avant même l'entrée des Hébreux en Palestine sous la conduite de Josué ! Quant aux annales de Thoutmosis III, elles se lisent comme une véritable gazette de Palestine !

Ce n'était pas assez : une carte de la Palestine ancienne s'esquissait, mais des centaines d'autres lieux restaient à situer et l'archéologie de cette région, où les fouilleurs ne découvraient pas de monuments, où les documents écrits étaient rarissimes, demeurait balbutiante : l'archéologie palestinienne manquait d'un alphabet. Robinson, nous l'avons vu, n'avait pas reconnu la vraie nature des tells : la lumière devait jaillir, au printemps de 1890, du cerveau d'un autre citoyen de Sa Majesté britannique, W. M. Flinders Petrie, un génie, regardé aujourd'hui comme le Nestor des archéologues. En quelques semaines, Petrie trouva la clé et établit le modèle de toutes les fouilles à venir, jusqu'à aujourd'hui.

Avec sa tente et sa pipe, cet Anglais intrépide s'installa tout seul une nuit, pour dormir, au sommet de Tell el-Hesi, où Robinson avait déjà campé des années auparavant. À son réveil, Petrie examina son tell : une éminence d'environ soixante mètres de côté au sommet et haute de trente ; le côté est avait été mangé par les eaux de ruissellement et formait avec la plaine un angle de 45 degrés. En se promenant sur le tell, l'archéologue remarqua des fragments de poterie, qui gisaient à même le sol comme des cailloux et mêlés à eux. Il revint à la face est et la regarda mieux : du sommet au pied du tell, dans la blessure béante faite par les eaux de ruissellement, d'autres tessons affleuraient à tous les niveaux. Dans une envolée churchillienne et une exaltation intense, Petrie parla à voix haute : « Les eaux ont dénudé mille ans d'histoire ! » Plus tard, dans son premier rapport scientifique, il devait écrire plus calmement : « Cette balafre dans le tell nous offrait au premier coup d'œil une série de toutes les variétés de poterie réalisées pendant mille ans. » Et il ajoutait, prophétique : « À l'avenir, tous les tells de Palestine nous révéleront d'un seul coup leur âge par les poteries qui les recouvrent. »

Petrie mobilisa trente travailleurs arabes, avec leurs femmes pour porter les débris dans des paniers, et il commença à fouiller. Au bout de six semaines, les travailleurs l'abandonnèrent pour la moisson et lui-même quitta la Palestine avec ses notes et ses plans : il ne devait y retourner que trente ans plus tard.

C'est un de ses élèves, Bliss, un Américain, qui poursuivit pendant trois ans, guidé par Petrie de Londres ou du Caire, les excavations à Tell el-Hesi. D'un point de vue proprement muséographique, le résultat s'avéra décevant : le seul objet de valeur était une tablette d'argile avec vingt-six lignes d'écriture cunéiforme, trouvée dans ce que Bliss appela la cité numéro III. La tablette datait de l'époque du fameux pharaon égyptien Akhenaton (XIVe siècle av. J.-C.) et mentionnait le nom du fameux prince de Laschich, Zimreda. La tablette servit à dater la couche dans laquelle elle avait été trouvée et la poterie du même niveau. Tout ce qui se trouvait au-dessous de cette couche devait être plus vieux que le XIVe siècle; les villes des couches supérieures plus récentes au contraire.

Mais l'importance de cette première excavation ne se mesure pas en termes de pièces de musée. La découverte fondamentale fut la démonstration par Petrie et Bliss que l'histoire de la Palestine ancienne était écrite dans les formes, les tailles, les tournures de fragments brisés de poterie.

Les premiers archéologues fouillaient uniquement dans le dessein de rechercher des trésors, pillant le passé pour les musées qui, selon le mot terrible de Petrie, « sont d'horribles charniers d'évidence assassinée ». On découvrait un objet, on l'extirpait de sa couche et on l'emportait très vite sans prendre la peine d'observer les circonstances et le contexte de la découverte; aucune attention non plus n'était apportée à ces objets plus petits, mais pourtant universels que sont les poteries : créer des bols, des vases, des plats, des jarres fut le premier soin des hommes, dans toutes les civilisations. L'archéologie porte en elle-même sa contradiction : elle veut reconstituer l'histoire d'un site et de ses civilisations successives, mais elle ne peut y parvenir qu'en détruisant une partie de l'évidence. Pour comprendre, il faut descendre. Il convient donc, avant de fouiller plus avant, de noter soigneusement les circonstances de chaque découverte : ne rien détruire sans l'avoir compris, relevé, photographié, tels sont les principes absolus de l'archéologie moderne. C'est Petrie le premier qui les formula.

Si on observait que certains types de poterie appartenaient à certaines couches d'occupation et si on réussissait à dater ces strates grâce à la présence d'objets dont l'âge était connu (comme la tablette d'argile d'Akhenaton), alors on pouvait esquisser le squelette d'une chronologie de la Palestine ancienne. La poterie devenait l'alphabet essentiel de l'archéologie. Aujourd'hui, un fouilleur entraîné peut dater sans hésitation l'âge d'une couche grâce aux poteries qu'il y trouve : un travail fantastique, accompli par les successeurs de Petrie, a permis de dresser la nomenclature de tous les types de poterie, caractéristiques des principales périodes de l'histoire de la Palestine, de l'âge chalcolithique à l'époque hellénistique, c'est-à-dire de 4000 ans à 330 ans avant Jésus-Christ !

Ainsi l'archéologue palestinien explore son tell en s'efforçant de faire coïncider deux ensembles de faits : la Bible et la poterie. Autrement dit, pour être localisé avec exactitude sur une carte moderne, un site doit confirmer les informations données par les sources écrites, mais aussi produire de la poterie qui corresponde aux périodes d'occupation dont parle la Bible. Si cette poterie manque, l'identification proposée est fausse.

Me voici enfin arrivé à Deir Alla, ou plutôt à Sukkot, après ce long détour qui contredit à toutes les lois du journalisme. Mais il le fallait et cet itinéraire, en fait, est celui que j'ai suivi moi-même : accablé par ma propre ignorance, je lisais, la nuit, des livres qui m'aidaient à comprendre ce que j'avais vu le jour. Les tranchées de fouilles du docteur H. J. Franken, lecteur d'archéologie biblique à l'université de Leyde, sont propres et nettes comme un intérieur néerlandais. Grand, sec, les yeux dévorés d'une sombre passion, le docteur Franken est à la tête d'une équipe de neuf fouilleurs, tous hollandais, et d'une trentaine d'ouvriers arabes. Sa femme, hémiplégique, fait chaque année avec lui en voiture le long voyage de Leyde à Jérusalem par l'Italie, la Yougoslavie, la Turquie, le Liban, la Syrie : en avion, elle est intransportable. Toute la journée, sous une tente, dans son fauteuil roulant de paralytique, elle assemble et colle les fragments brisés de poterie. C'est fantastique : ses doigts sont gourds, elle peut à peine bouger les bras, mais elle est d'une habileté prodigieuse. « Un vrai puzzle, dit-elle, il faut être patient. » Battershill Franken est elle-même un archéologue distingué : l'hémiplégie l'a terrassée brutalement en 1955 à Jéricho pendant une campagne. Son mari, ancien pasteur en Indonésie et fouilleur débutant (il faisait ses premières armes sous la direction de la célèbre Miss Kenyon, une héroïne de l'archéologie anglaise), la connaissait depuis quelques jours à peine : leur amour commun du passé de l'humanité a été plus fort que la maladie, il l'a épousée.

Je m'arrête devant des murailles de glaise, découpées dans le tell, uniformément jaunes. Mais H. J. Franken gratte la glaise avec sa truelle, vise une ligne, un peu plus claire peut-être : « Ici, déclare-t-il, je suis exactement au temps de Salomon. Là-bas, c'est Josué. Plus bas encore, nous sommes dans les premières couches d'occupation, en pleine période cananéenne ! » Cette terre muette se met soudain à parler, à raconter sa propre histoire. Le tell entier, pour un profane, n'est qu'un bloc de terre argileuse, mais l'archéologue, lui, y découvre des rues, des murs, des toits, des planchers, la trace d'incendies ou de tremblements de terre vieux de trois millénaires. Une ligne noire dans la muraille : H. J. échange sa truelle contre un pinceau ; avec des gestes tendres, des précautions infinies, il dégage cette matière brune et la fait couler dans sa main comme du sable : « Incendie à la suite d'un tremblement de terre, annonce-t-il. Regardez, ce sont des grains de blé, carbonisés mais intacts. » C'est vrai, on distingue encore les stries originelles. « 3 500 ans au moins, ajoute-t-il. Nous allons soumettre ça au carbone 14, cela nous permettra de dater exactement, à quelques années près. » Le test au carbone 14 (un carbone radioactif découvert grâce aux recherches atomiques) a des applications formidables en archéologie : tous les organismes vivants, toutes les plantes contiennent du carbone 14 et le taux selon lequel ils perdent leur radioactivité a été établi. Il suffit donc de mesurer ce qui demeure d'activité radioactive dans une matière organique trouvée au cours d'une fouille pour réussir à la dater : on arrive ainsi à des approximations remarquables.

Mais H. J. Franken en vérité n'a besoin du carbone que pour confirmer ses hypothèses, la plupart du temps exactes. Sa lecture, son déchiffrement des niveaux du sol est une véritable enquête policière. Sur une porte de bois incendiée, réduite à l'épaisseur d'une feuille de papier à cigarette, il voit des murs renversés ou des toits : « Je peux maintenant, dit-il, identifier un toit immédiatement, la question des toits est résolue pour moi. » Mais dites-vous qu'il est le seul à pouvoir le faire : car il n'y a pas dans son tell une seule pierre, tous les bâtiments, toutes les cités édifiées ici étaient en brique crue, c'est-à-dire en glaise, et chaque couche s'est superposée à l'autre. C'est pourquoi, quand il parle de murs, de rues, il ne faut pas prendre les mots à la lettre : il n'y a rien que de la glaise, mais l'œil exercé de l'archéologue voit trois dimensions là où vous et moi n'en apercevons qu'une.

Ce n'est pas spectaculaire en vérité, c'est passionnant : pour l'instant, H. J. dépiste le tremblement de terre de 1 200 avant J.-C. (époque de Josué) et cette ancienne histoire se met à vivre : « Tout a brûlé, dit-il, mais les habitants n'ont pas tous été tués. Ils ont commencé aussitôt à reconstruire, mais ils n'ont pas eu de chance. Regardez : voici la trace d'un nouveau séisme, peu de temps après. »

Nous sommes maintenant remontés au sommet du tell. J'aperçois Battershill, sous sa tente, avec ses poteries et plus loin, à une dizaine de kilomètres au bord du fleuve, Sa'Idiyeh, le tell de Pritchard : « Je vais vous y conduire, dit H. J. ; Pritchard a eu de la chance : dans son tell il y a de la pierre. Tout un escalier, vous verrez. Mais les objets de bronze trouvés dans les tombes ont peut-être été fabriqués ici, à Sukkot. »

C'est vrai : l'escalier est une construction étonnante. Un mur central, qui court le long des marches, le sépare en deux voies : on suppose que le mur supportait un toit de camouflage ; Çartân était une place forte et l'escalier ne devait être utilisé qu'en période de siège pour aller puiser l'eau sans être vu de l'ennemi.

Les tombes au contraire sont de brique crue comme à Deir Alla et elles ont exigé une même méthode d'excavation. Les objets évidemment ont été retirés : Khair Nimer Yassin, inspecteur du département des Antiquités de l'État jordanien, est resté au camp pour les collationner. Il y a des centaines de jarres, de vases décorés, des lampes à huile, des assiettes, des bols, des cuillers d'ivoire, des fibules d'argent ciselé, un merveilleux tripode de bronze vert, des épées et poignards de bronze et surtout le collier d'or pur, étonnamment lourd. Il est fait de vingt-sept grains, et chaque grain est lui-même formé de trois rangs de grains concentriques plus petits : « Un travail admirable, dit Khair Nimer Yassin. Haute civilisation, population très artiste. Mais ce n'est pas fini. Nous en trouverons d'autres. »

Le plan de fouilles du professeur Pritchard à Çartân s'étend en effet sur dix années : deux mois chaque année et pendant dix ans, les Américains de Philadelphie reviendront creuser en Palestine. Et, comme le dit Pritchard lui-même dans son beau livre *Archeology and Old Testament*, « le travail continuera aussi longtemps qu'il y aura en Palestine des tells non identifiés, aussi longtemps que les noms d'autrefois n'auront pas été reliés à des sites modernes ».

Elle, nº 957, 14.04.1964

LE TRÉSOR DE TOUTANKHAMON

Pendant sept ans, de 1922 à 1929, les magazines britanniques — *The Sphere* et *The Illustrated London News* particulièrement — publièrent chaque trimestre des pages entières de planches photographiques en couleurs qui, toutes, montraient des objets d'une beauté infinie, appartenant à la tombe de Toutankhamon. Passé la stupeur et l'émerveillement de la découverte, l'exploration de la sépulture et la mise au jour des milliers d'œuvres d'une variété inimaginable qu'elle recelait devinrent une routine quotidienne, ponctuée de coups de théâtre. Cette tombe était une caverne d'Ali Baba, mais les publicistes qui eussent souhaité en dévorer une bonne fois toutes les richesses devaient marcher, eux aussi, au rythme lent des archéologues et apprendre leur patience. On croit aujourd'hui encore que le fabuleux trésor se donna en bloc à son découvreur au matin du 25 novembre 1922, le reste n'étant qu'une affaire de déménagement. En réalité, entre l'instant magique de l'apparition où, par une brèche pratiquée dans une porte-muraille frappée des sceaux royaux, des animaux étranges, des statues, de l'or — « partout l'éclat de l'or » — se dessinèrent lentement dans la pénombre pour s'offrir aux yeux fous de Lord Carnavon, le mécène, de sa fille Lady Evelyn Herbert, de Howard Carter, l'archéologue, et le moment où celui-ci s'attaqua à la dernière salle de la tombe, baptisée « l'annexe », six longues années s'écoulèrent. Semaine après semaine, mois après mois, par la voix des envoyés spéciaux, qui campaient en permanence devant le chantier des fouilles sous l'implacable soleil de la Vallée des Rois, Toutankhamon, le pharaon-enfant de la XVIIIe dynastie — couronné à neuf ans, mort à dix-neuf —, délivrait au monde son message fantastique vieux de trente-trois siècles et occupait la une de tous les grands journaux. Il prenait ainsi une froide et fracassante revanche sur ses successeurs qui, martelant ses stèles et détruisant ses effigies, avaient voulu abolir jusqu'à son nom. « Prononcer le nom du défunt, c'est le faire revivre », lit-on sur les inscriptions funéraires, « c'est redonner souffle de vie au disparu ». Grâce à Howard Carter, à sa ténacité et à son admirable sang-froid d'archéologue, qui lui fit distiller une à une ses trouvailles, le nom de Toutankhamon fut davantage célébré au cours de ces six années — un laps de temps à peine moins court que celui de son règne — qu'il ne l'avait été de son vivant.

Car c'est à Carter qu'il faut revenir. Cet Anglais flegmatique, qui écrivait d'ordinaire une prose sèche et précise, sut accéder dans le récit de son aventure à la plus haute poésie. Des mois après sa découverte, tandis qu'à l'entrée de la chambre funéraire proprement dite son œil, qu'il croyait blasé, se posait sur des beautés toujours renouvelées et disposées selon la loi d'un rigoureux suspense, il évoquait encore le premier jour, l'instant bouleversant de l'apparition et ses mains qui tremblaient au point de pouvoir à peine tenir un outil, réinventant pour dire sa nostalgie de cette minute unique le langage de l'amour fou : « Jour des jours, le plus merveilleux que j'aie jamais vécu et certainement un de ceux que je ne puis espérer revoir. » Et pourtant, au moment où il écrivait ces lignes, Toutankhamon en personne ne lui était pas encore apparu dans toute sa gloire : Carter n'avait exploré et inventorié que l'antichambre de la tombe, ses lits de bois doré sculptés d'animaux monstrueux, ses porte-chandelles, ses chariots, sa coupe d'albâtre posée sur le seuil, qui semblait attendre les fouilleurs, avec à son flanc un souhait pour Toutankhamon : « Que ton *Kâ* (le *Kâ* est le double du mort) vive ! Puisses-tu passer des millions d'années, ô toi qui aimes Thèbes, étant assis, ton visage tourné vers le vent du nord et tes yeux contemplant la félicité. » Dans cette seule antichambre de 8 mètres sur 3,60, Carter compta cent soixante et onze objets (mais parmi eux il y avait des coffres qui recelaient de nombreuses pièces), amoncelés les uns sur les autres dans un indescriptible désordre, beaucoup d'entre eux défoncés ou éventrés.

Deux statues grandeur nature en bois verni noir, mais dont les sceptres, les coiffures, les pagnes, les sandales, les bijoux étincelaient d'or, paraissaient monter la garde de chaque côté du mur septentrional de la salle. Chacune représentait le roi. Entre elles, un passage muré, marqué des sceaux de la nécropole et du cartouche royal, indiquait sans doute possible la voie à suivre pour aller plus avant à l'intérieur de la tombe, jusqu'au saint des saints où devait reposer la momie dans son sarcophage.

Saluons Carter le 25 novembre 1922. Voilà quatorze ans qu'il fouille l'Égypte, de Thèbes au delta du Nil, et son rêve est celui de chaque égyptologue : pénétrer dans une sépulture royale absolument intacte, où tout eût subsisté dans son état primitif. Rêve perpétuellement déçu : toujours, partout, les pillards avaient précédé les archéologues. Depuis cinq ans, contre l'avis de la plupart de ses collègues qui pensent qu'elle a livré tous ses secrets, il s'acharne à éplucher mètre après mètre un secteur précis de la Vallée des Rois, hallucinante nécropole de pharaons. Il cherche une tombe très particulière, celle de Toutankhamon, dont il ne sait à peu près rien sinon qu'il a existé. Ce matin-là enfin, Carter est récompensé de sa foi, il touche au but. Maître de l'antichambre, il lui suffit de trois coups de pioche pour défoncer le passage muré, se ruer de l'autre côté et parvenir aux plus grands trésors de la tombe : les trois sarcophages emboîtés les uns dans les autres (le dernier en or massif, extraordinairement lourd) et l'admirable masque, d'or massif lui aussi, tout orné de lapis-lazuli et de verre coloré, qui recouvre le visage même de la momie.

Pourtant Carter n'entre pas. Il n'entrera ni demain ni après-demain, il attendra trois mois, jusqu'en février 1923, avant de forcer le passage muré. C'est que Carter, au contraire des milliers de brocanteurs et de fouilleurs amateurs qui, après la découverte par Champollion du langage hiéroglyphique, avaient fondu sur l'Égypte pour la mettre à sac, s'intéressait moins aux objets qu'aux hommes qui les avaient créés. Disciple de Flinders Petrie, le fondateur de l'archéologie moderne, il faisait entièrement sienne la devise de son maître : « La terre devrait être épluchée centimètre par centimètre pour voir tout ce qu'il y a dedans et savoir comment cela s'y trouve. » L'archéologie a moins pour but de découvrir et d'exposer une momie que de « présenter l'Égyptien lorsqu'il était une momie en puissance », c'est-à-dire de reconstituer toute une civilisation. À cet égard, l'inventaire de tous les objets, leur nomenclature rigoureuse, l'examen de leur site sont les commandements de l'archéologue. Carter, avant de continuer son exploration, devait d'abord comprendre quelle signification avaient ces meubles, ces vases, ces jarres, ces couffins, ces animaux qui peuplaient l'antichambre, saisir la raison de leur ordonnance, mais de leur désordre aussi, car tout indiquait que, là encore, les pillards étaient déjà passés. Avaient-ils eux aussi forcé leur chemin vers la chambre funéraire que lui-même s'interdisait de franchir et, si oui — une trace de plâtre sur le mur permettait de le croire —, avaient-ils emporté les trésors ?

Carter donc ratisse l'antichambre millimètre par millimètre. Avec d'infimes précautions, il consolide sur place les objets brisés, il examine les coffres éventrés, les jarres à huile et à onguents renversées, décèle sur le sol des traces brunâtres, il contemple d'un regard incroyablement perspicace ce bizarre saccage et ces objets empilés les uns sur les autres : il conclut, mais ce n'est alors qu'une conjecture, que les voleurs ont dû être pris sur le fait et qu'après leur passage d'autres hommes ont essayé hâtivement de restaurer un semblant d'ordre. Hâtivement, car pour accéder à l'antichambre, ils ont dû emprunter eux-mêmes l'étroit boyau creusé par les voleurs dans la longue galerie, comblée après l'enterrement du pharaon, qui conduit de la surface à la porte même du tombeau. Privés d'air et de lumière tels des plongeurs sous-marins, voleurs et restaurateurs devaient faire très vite.

Une chose est certaine : après avoir remis un peu d'ordre dans la tombe, ces derniers avaient rebouché le boyau avec des pierres et des gravats d'une couleur plus foncée que le remplissage environnant. En faisant déblayer la galerie par ses ouvriers, Carter avait pu suivre cette longue trace brunâtre. Maintenant il comprenait.

Pareil soin ne pouvait être le fait des habitants arabes de la vallée du Nil. Le vol comme sa réparation avaient dû être accomplis par les anciens Égyptiens eux-mêmes, par les contemporains de Toutankhamon. Très peu de temps après sa mort, des misérables, affamés, avaient profané la tombe pour en piller non pas l'or, mais les huiles, les onguents, les aliments, destinés à nourrir éternellement le *Kâ* du pharaon. D'autres hommes, amis de Toutankhamon ou gardiens de la nécropole, les avaient empêchés de poursuivre.

On touche ici, nous allons le voir, à un des conflits les plus dramatiques de la société pharaonique : la lutte entre riches et pauvres se doublait d'une lutte entre les vivants et les morts, qui contestait jusqu'au cœur la religion égyptienne. Au temps de la XVIIIe dynastie — celle de Toutankhamon, précisément —, nul pharaon ne pouvait plus se dire assuré de l'inviolabilité de sa sépulture : entre les rois-dieux et les architectes de leurs tombeaux d'une part, le peuple esclave des pyramides de l'autre, une hallucinante partie de cache-cache allait s'engager.

*

Le 14 juillet 1881, le navire à vapeur *Menshieh* se déhala lentement des quais de Louxor et commença à descendre le Nil pour un voyage de trois cents kilomètres, qui devait les conduire jusqu'au Caire. Quarante pharaons — ou plutôt leurs momies — étaient à son bord, sagement alignés sur les plages avant et arrière. Des deux rives du fleuve montait une plainte déchirante, qui accompagna l'incroyable cargaison de souverains tout au long de son trajet : au moment où le bateau passait, hommes et femmes abandonnaient leurs travaux dans les champs, accouraient sur les berges et, comme les pleureurs et les pleureuses de Pharaon mort, poussaient leurs youyous de deuil, criaient, se lamentaient, s'arrachaient les cheveux et recouvraient leur tête de poussière. Les hommes, pour mieux signifier leur désolation, tiraient contre le ciel des coups de pistolet. Les plus grands pharaons d'Égypte, parmi lesquels Aménophis Ier, Thoutmosis II, Thoutmosis III, Ramsès Ier, Séthi Ier, Ramsès II, Ramsès III, Seqénenrê, libérateur de la vallée du Nil, tué par une flèche hyksos sur le champ de bataille, gagnaient ainsi une deuxième fois de grandioses funérailles. Mais les pauvres paysans en larmes, qui voyaient glisser sur le Nil de fabuleux cortèges, ne saluaient pas seulement leur très lointain passé, ils pleuraient aussi leur gagne-pain perdu. Dix ans plus tôt, les deux frères Abdelrassoul, du village de Gournah, avaient découvert, sur une hauteur en dehors de la Vallée des Rois, la tombe inachevée de la reine Isetemkheb. Mais cette tombe était un Saint-Denis : outre la reine, quarante pharaons y gisaient, dépouillés de leur fastueux équipement pour l'au-delà, de leurs amulettes, de leurs talismans-pierres précieuses, glissés par des mains pieuses entre les bandelettes de leurs momies. Les pharaons avaient été remmaillotés à la spartiate — plus un bijou —, leurs sarcophages d'or avaient disparu, ils reposaient dans d'humbles et épaisses caisses de bois, privées d'apparat, avec seulement l'indication de leur nom. Mais, pour les Abdelrassoul, cette fosse commune était encore assez riche, elle recelait assez d'objets remarquables pour qu'ils décident, avec la complicité du village entier de Gournah et des fellahs voisins, de faire le silence sur leur trouvaille. Ils savaient que les touristes payaient un prix élevé pour les antiquités et comprirent aussitôt le parti qu'ils pourraient tirer de la situation. Ils eurent l'astuce d'écouler les objets petit à petit et tinrent ainsi plusieurs années sans attirer l'attention. Celle du célèbre égyptologue français Maspero fut pourtant éveillée par l'apparition sur le marché des antiquités de figurines portant des noms royaux de la XXIe dynastie, d'un papyrus de la reine Nedjemet, etc. Maspero fit ouvrir une enquête, les frères Abdelrassoul furent arrêtés, nièrent, puis parlèrent sous la torture. Le 6 juillet 1881, à

Deir el-Bahari, les fonctionnaires du service des antiquités égyptiennes pénétraient enfin, à la suite de Mohammed Abdelrassoul, dans le dernier caveau funéraire thébain des plus illustres pharaons.

Le voyage des quarante, de Louxor au Caire, marquait l'épilogue d'un drame qui s'était joué trente siècles plus tôt au temps de la XXIe dynastie. Mais il est nécessaire, pour en comprendre l'ampleur et les implications, de dire maintenant quelques mots sur les croyances des anciens Égyptiens.

La mort, sans jeu de mots, est la grande affaire de leur vie, elle n'est pas une fin, mais la transformation souhaitée qui conduit à la vraie vie, une transition, un voyage, qui doit s'effectuer dans les meilleures conditions pour accéder à l'immortalité. La vie dans l'autre monde a une réalité aussi objective que l'existence terrestre : les défunts auront besoin de tout ce qui leur était nécessaire ou agréable : nourriture, vaisselle, vêtements, mobilier, bijoux, sculptures, peintures, livres, etc. Mais ils auront besoin surtout — c'est une croyance essentielle — de leur corps. Les Égyptiens ne tenaient pas le corps pour une guenille, abandonnée par l'âme, aussitôt le dernier souffle rendu, comme le veut la religion chrétienne. La mort, au lieu de détruire le lien entre la chair et l'esprit, le renforçait pour ainsi dire, puisque toute altération du corps entraînait celle de l'âme et c'était là la seule véritable mort, la disparition irrémédiable. Il était donc pour eux fondamental de maintenir le corps « en vie » dans les siècles des siècles. C'est pourquoi ils furent amenés à développer deux techniques et à les porter à leur plus haut point de perfection : celle de la momification, destinée à prévenir la putréfaction des corps, celle de la construction des tombes, pour garder les momies et leurs trésors en sécurité.

Le corps d'un pharaon était traité pendant soixante-dix jours par les spécialistes et les prêtres. La momification transformait le cadavre en un dieu, mort pour la terre, mais ressuscité ou revigoré perpétuellement. L'atelier de momification s'appelait « Maison de la Vigueur » (ou « de la Vitalité », *Per-Nefer*) et embaumer se disait *Senefer*, c'est-à-dire redonner la vigueur ou la vitalité. Et la dernière phrase du rituel de l'embaumement est bouleversante : « Tu revis, tu revis pour toujours, te voici de nouveau jeune, à jamais. »

Bien entendu, ce n'était pas la momie, prisonnière de ses bandelettes, qui pouvait jouir de tous les biens terrestres enfermés avec elle dans la tombe, mais le *Kâ*, le double du mort. Le *Kâ* passait dans le tombeau le plus clair de son temps, il mangeait, il buvait, aimait, se fâchait si on l'oubliait. Parents et amis devaient lui apporter régulièrement provisions et cadeaux, ils déposaient leurs offrandes dans de petits temples élevés à l'est de chaque tombe et ceux-ci étaient le lieu d'une activité intense. S'ils doutaient de la fidélité de leurs proches, les futurs défunts payaient, de leur vivant, des étrangers pour évoquer leur souvenir ou, mieux encore, établissaient un contrat avec une entreprise spécialisée, afin qu'elle procure pour l'éternité nourriture et boisson à leur double. Des siècles après l'enterrement, on apportait encore au *Kâ* les offrandes qui lui étaient dues.

Voilà du moins pour la théorie. Dans la pratique, le système ne pouvait fonctionner qu'autant que le pouvoir des pharaons était fort et stables les institutions. Car si, leur vie durant, les pharaons et les privilégiés amassaient des fortunes pour les emmener avec eux dans la mort, le peuple esclave qui construisait ces colossales tombes-forteresses qu'étaient les pyramides vivait dans la plus effroyable misère et bien entendu mourait de même. Un trou dans la terre tenait lieu de sépulture à ces bâtisseurs acharnés : leur corps qui ne passait pas par les mains des embaumeurs pourrissait et leur âme s'anéantissait. Pour eux pas d'au-delà, pas de survie. Quand ils voyaient passer les fabuleux cortèges qui conduisaient un pharaon ou un haut fonctionnaire à sa dernière demeure, les ouvriers spécialisés de la Cité des Morts ne pouvaient s'empêcher de penser qu'ils avaient eux-mêmes construit ces tombes, qu'ils en connaissaient les portes secrètes, les fausses chambres, les galeries-culs-de-sac et que tous ces trésors qu'on y entreposait leur seraient peut-être plus utiles à eux qu'à un *Kâ* problématique. Bref, le peuple, malgré la crainte des plus terribles châtiments, ne respectait pas cette religion pour riches. Le pillage était inévitable.

Les pharaons renoncèrent aux pyramides trop voyantes, ils comprirent que, pour sauver leur momie, ils devaient ou bien renoncer à emporter leurs trésors dans l'au-delà ou dérober leur tombe aux regards. Ils choisirent la seconde solution en dissociant la tombe proprement dite, qui recelait la momie et les trésors, du temple funéraire : celui-ci resterait exposé à la vue de tous, sur la rive du Nil qui faisait face à Thèbes, leur capitale. Le tombeau au contraire serait creusé en grand secret dans une petite vallée perdue au nord de la capitale. Ces nouveaux projets furent adoptés vers 1 500 avant J.-C. : pendant les cinq siècles suivants, tous les pharaons de l'Égypte furent enterrés là. D'où le nom de « Vallée des Rois » donné à ce ravin désolé. L'ennui est que la dissociation du tombeau et du temple obligeait le *Kâ* à faire un gros trajet pour aller chercher ses offrandes. Mais la protection de la momie et des trésors valait bien ce sacrifice.

Pharaons naïfs : le pillage continua de plus belle puisque les ouvriers qui creusaient des tombes en connaissaient l'emplacement. Au temps de la XXIe dynastie, l'anarchie devint effrayante, la corruption gagna l'administration même de la Cité des Morts. Les prêtres chargés de veiller sur les sépultures n'hésitèrent pas à s'allier aux ouvriers pour de fructueux pillages. Plus une tombe n'était intacte. Quelques prêtres tentèrent de rétablir l'ordre et de renouveler les sépultures violées. Mais la tâche était trop lourde : en désespoir de cause, l'un d'entre eux prit la décision héroïque de rassembler les momies des grands pharaons et de les réensevelir toutes ensemble dans le tombeau inachevé de la reine Isetemkheb, où Abdelrassoul devait les découvrir trois mille ans plus tard !

On mesure alors l'extraordinaire importance de la tombe de Toutankhamon, la seule de toutes les sépultures pharaoniques à avoir été retrouvée presque intacte. C'est à Maya, sans nul doute, Maya « chef des travaux dans la place de l'éternité », « scribe royal », « surintendant du trésor », qu'on doit un pareil miracle. Maya, qui avait présidé au creusement de la sépulture, aimait son petit roi de dix-neuf ans. Il lui survécut de longues années et, lorsqu'il s'aperçut qu'on avait profané la tombe, il fit envoyer les inspecteurs qui passèrent par le boyau des voleurs pour restaurer un peu d'ordre dans le mobilier bouleversé. Mais surtout il fit masquer l'entrée de la tombe en la recouvrant d'une couche de pierrailles qui allait la rendre inviolable pendant trente-trois siècles, jusqu'au coup de pioche de Carter. On sait qu'il s'agit de Maya, car un de ses présents — l'image du pharaon, gisant sur son lit funéraire à têtes de lion — est un des plus délicats de la chambre funéraire et atteste à la fois ses fonctions sacrées et son immense amitié pour Toutankhamon. Avec la boucle de cheveux auburn de la reine Tiyi, la mère de celui-ci, l'épouse du grand Aménophis III, c'est une des reliques les plus émouvantes du tombeau.

Que sait-on de Toutankhamon ? Peu de choses en vérité. Il apprit à lire dès l'âge de quatre ans et les maîtres les plus doctes lui vantaient le mérite des lettres : « Si tu profites un seul jour dans l'école, c'est pour l'éternité. Les travaux qu'on y fait sont durables comme les montagnes. Ne portes-tu pas une palette ? C'est là ce qui établit la différence entre toi et celui qui manie la rame. Plonge-toi dans un livre, comme on se plonge dans l'eau. Celui qui n'y va point, c'est la misère. »

Toutankhamon monta sur le trône à l'âge de dix ans, à la suite de son frère et prédécesseur, Aménophis IV, le grand réformateur, zélateur du dieu solaire, Aton, détesté par les prêtres. Que comprenait-il, cet enfant, appelé à régner dans une des périodes les plus troublées de l'histoire de l'Égypte, à la sanglante querelle qui opposait Aton à Amon, le grand dieu des prêtres de Thèbes ?

Sa femme, la petite Ankhsenamon, était en même temps sa nièce et sa belle-sœur. Sa nièce, car elle était la fille de son frère Aménophis IV. Sa belle-sœur, car elle était aussi la femme du même Aménophis IV qui, ignorant l'inceste, comme tous les pharaons, l'avait épousée une première fois avant que Toutankhamon, Aménophis mort, ne l'épouse à son tour.

Après neuf années d'un règne qui ne lui laissa guère le temps de marquer son temps, le pharaon-enfant embarqua pour l'autre rive du Nil avec sa momie et son *Kâ* : sa tombe dans la Vallée des Rois était déjà creusée. Soutenue par les nobles dames de la Cour, Ankhsenamon portait la robe de deuil et les bandelettes blanches comme tous les personnages du cortège. Elle chantait :

« Je suis ton épouse, ô grand, ne m'abandonne pas ! Ton bon plaisir, ô frère, est-il que je m'éloigne de toi ? Comment se fait-il que je m'éloigne seule ?

Je dis : "Je t'accompagne, ô toi qui aimais converser avec moi. Mais tu restes silencieux et tu ne parles pas !" »

Elle, nº 1104, 09.02.1967
Elle, nº 1105, 16.02.1967

PRIÈRE POUR L'ACROPOLE

Le prince Jean de Broglie, organisateur du Son et lumière *sur l'Acropole, fut assassiné en plein Paris le 24 décembre 1976. Meurtre qui déclencha un scandale politique considérable.*

On demande une pythie. Dans les antichambres de la Comédie-Française ou de l'Old Vic Theatre, à Londres, de très anciennes actrices aux voix éreintées reprennent l'espoir de servir. Miraculeuse apothéose d'une carrière morte : échappé des bandes magnétiques, amplifié par les colonnes sonores de la stéréophonie, un hoquet haute-fidélité de sibylle folle grondera bientôt dans la pure nuit de Delphes, sous les murailles blanches du Parnasse. Pythie hellène pour les indigènes ; pythie britannique pour Américains pressés qui « font » Delphes en trois heures et l'Acropole en quarante minutes ; pythie gauloise pour Wallons, Vaudois et Français de France.

Ô mes beaux Canadiens, mes Suisses, mes Bataves, vous tous, amateurs cultivés, applaudissez : en trente-sept minutes, en trois langues, et tous les soirs, sauf ceux de pleine lune, du printemps à l'automne, Delphes, mise à la question par d'éminents spécialistes, recrachera pour vous son histoire. Ce n'est pas un rêve, une fulguration de maniaque hollywoodien. Non, c'est un projet précis, solide, bien terrestre, français en un mot. Car ce merveilleux cinémascope, cet attentat, cette profanation, ce viol, auquel le plus béotien des Grecs, dans ses songes les plus lourds, n'aurait jamais osé rêver, c'est aux représentants du peuple le plus spirituel du monde — aux Français — que vous le devrez.

Le *Son et lumière*, cet ultime avatar du génie national, qui s'essoufflait depuis pas mal de mois dans les châteaux du Val de Loire, avait besoin d'autres proies à la mesure de notre rayonnement. C'est fait. La France rayonne et le *Son et lumière* s'exporte aujourd'hui comme la grandeur, l'automobile ou le champagne. Et c'est la malheureuse Grèce, à la fois sous-développée et riche de souvenirs, qui a été choisie pour nos premières armes à l'étranger. Le 28 mai, M. André Malraux, au nom de la France, a apporté à la Grèce notre première offrande électrique et stéréophonique : un *Son et lumière* sur l'Acropole. Devant l'auteur du *Musée imaginaire*, assis sur l'herbe de la Pnyx, les sanctuaires sacrés de l'Acropole ont pris feu sous les flashes de nos projecteurs tandis que, dans les haut-parleurs, le crissement des pointes du coureur français Alain Mimoun, sur la cendrée de la piste du parc des Princes, figurait l'agonie du coureur de Marathon.

Dès le lendemain, la presse grecque, unanime, protesta contre l'assassinat du Parthénon : « J'ai pleuré hier soir, écrivit une femme, comme le jour où j'ai vu pour la première fois les soldats nazis piétiner l'Acropole. » *Ethnos*, quotidien de l'après-midi : « Si Ernest Renan vivait encore, lui qui composa avec tant de respect la prière sur l'Acropole, il aurait sans doute des comptes à demander à son compatriote et confrère André Malraux sur le nouvel avatar que subit le rocher sacré. Du côté du gouvernement grec, en tout cas, il n'y a pas eu de résistance ! »

Neo, centre républicain : « Tout le monde demande que cesse cette insulte à l'Acropole par une compagnie française et avec la collaboration du gouvernement grec. »

Liberté : « Le ministre français, le célèbre écrivain André Malraux, a cité dans son discours la célèbre phrase lancée par Alexandre dans les déserts d'Orient : "Ô combien de fatigues, Athéniens, pour que je devienne digne de vos éloges !" Nous aurions souhaité que ceux qui ont organisé cette bizarre mascarade sur l'Acropole eussent pensé à ces paroles. Il se peut que les Athéniens d'aujourd'hui ne soient pas ceux du ve siècle, mais il y a quelque chose de commun entre nos ancêtres et nous. Il aurait fallu sans doute bien d'autres fatigues pour que nous puissions seulement apprécier cette manifestation. »

À cette tempête, la France, superbe, répondit par la voix de M. le prince Jean de Broglie et par celle des techniciens de la Société Philips-France. M. le Prince de Broglie, député indépendant du département de l'Eure, président de l'Association pour la défense et la protection des sites de France et, à ce titre, démiurge de toute l'affaire, comprit aussitôt de quoi il retournait : « Ce que dit la presse, déclara-t-il en substance, ne compte pas. Il s'agit là d'une simple titillation de vanité nationale un peu blessée. Le seul verdict qui nous intéresse est celui de la *vox populi*. »

Quant aux techniciens de la Société Philips, enfermés au pied de l'Acropole dans une cabine de ciment, derrière une porte zébrée du fameux zigzag rouge, qui signifie : « Danger de mort, haute tension », ils se changeaient en champions exportateurs de l'efficience française, de la qualité, de la précision françaises. En face de ces Martiens, les apprentis électriciens grecs mis à leur disposition figuraient l'incompétence, la somnolence, la barbarie orientales. On oubliait simplement que ces pauvres petits Grecs qui aimaient, le soir, venir rêver tranquilles sous leur Acropole n'avaient pas le cœur à l'ouvrage et aussi qu'ils ne comprenaient ni le français ni l'argot électrico-parisien.

Aux journalistes donc, les gars de chez Philips, insensibles à la lumière attique, aux tailloirs et aux gorgerins des colonnes doriques, tenaient ce fier langage : « Sources lumineuses, 1 500 ; matériel, 1 500 tonnes ; longueur de câbles, 35 kilomètres ; 20 000 heures de travail ; construction d'un poste de transformation de 600 kilowatts. »

Bon. Ce spectacle, bizarrement présenté comme un « don culturel et technique » de la France à la Grèce, avait de quoi nous bouleverser d'orgueil : prouesse technique française, texte composé par un ancien ambassadeur de France à Athènes, idée française, conception française, exécution française. La version anglaise du spectacle ne compte pas : elle est copiée, mot pour mot, sur la française et la traductrice est une vicomtesse de chez nous. Aux Grecs seulement, on n'a pas osé imposer notre vue des choses : le texte, à usage interne, est d'un académicien de là-bas.

Pourtant, chaque fois qu'un interrupteur, abattu dans la cabine de Philips, illumine de rouge ou d'orange le Parthénon, l'Érechtéion, les Propylées et le ravissant temple ionien d'Athéna Nikè, l'insomnie, quelque part dans Athènes, poignarde un vieil archéologue, une larme coule sur une joue grecque, un adolescent, qui se souvient des héros de l'indépendance hellène, rêve de terrorisme : il sectionne les gros câbles gris fer qui enlacent aujourd'hui comme des bras de pieuvre le rocher sacré ou encore il bombarde rageusement les batteries de projecteurs qu'on a semés sur la terrasse même de l'Acropole, entre les sanctuaires, au nom de l'efficience.

La *vox populi*, attendue par M. le prince de Broglie, a parlé. Et pas seulement la grecque, mais la française, la suisse, la belge, l'anglaise, l'américaine, celle de tous les touristes qu'on sollicite chaque soir — puisque le spectacle est quotidien — d'aller jouir sur la Pnyx de cette résurrection haute en couleurs du siècle de Périclès. Fiasco sans merci : les chiffres communiqués donnent quelques centaines de spectateurs pour les premiers jours, puis quelques dizaines, alors que dix mille personnes peuvent tenir à l'aise dans l'hémicycle naturel de la Pnyx. Un soir, cette coûteuse débauche de bruit et de kilowatts eut lieu pour cinquante-six égarés.

Les Grecs ont suivi leur presse et le touriste boude. Qu'importe, dira-t-on, puisqu'il s'agit d'un don généreux ? Don étrange qui consiste à interdire aux gens la libre jouissance de la Pnyx et des sentiers de l'Acropole et à faire payer les entrées : 20 drachmes les coussins, 30 les pliants. C'est qu'en vérité la Société Philips, voulant bien servir son prestige et celui de la France, acceptait de faire l'avance des 120 millions de matériel, mais non point de les offrir.

Le contrat signé entre l'Office du tourisme hellénique, organisme gouvernemental, et l'Association pour la défense et la protection des sites de France[1] stipule en effet que la totalité des recettes reviendra à la Société Philips jusqu'à concurrence des 120 millions. Après quoi, seulement, le spectacle — matériel et réalisation — appartiendra au gouvernement grec.

M. le prince de Broglie, qui, optimiste, estimait que chaque soir plusieurs milliers de personnes envahiraient la Pnyx, avait calculé que Philips serait remboursé d'ici trois années. Comme le gouvernement grec a le légitime désir de gagner un peu d'argent, on peut supputer que, tous les soirs, pendant cinq ans au moins, le halètement caverneux d'Alain Mimoun empêchera les amoureux de s'aimer en paix au pied de l'Acropole.

Somme toute, la Société Philips — et personne ne peut songer à le lui reprocher — s'est simplement comportée comme un organisme de crédit à l'égard du gouvernement grec, à cela près, évidemment, qu'il lui est difficile, si le peuple grec et les touristes ne tiennent pas les promesses que l'A.P.L.D.E.L.P.D.S.D.F. a faites, en leur nom, de se rembourser en rembarquant son matériel ou en transportant le Parthénon à Paris. Les Grecs, eux, s'étonnent que la France, en la personne de son ministre du Rayonnement, ait cru devoir couvrir de son prestige cette opération commercialo-électorale.

M. le prince de Broglie, élu député de l'Eure, aux dernières élections législatives, s'était présenté une première fois dans son département en 1951, sur une liste R.P.F. Il tomba, dit-il, à cause des apparentements. Trois mois plus tard, élu conseiller général d'un canton de l'Eure, il décida de faire le bonheur de ses concitoyens en ressuscitant le passé départemental : Festival de l'Eure à l'abbaye du Bec-Hellouin, à Château-Gaillard, à Louviers, etc., petits *Son et lumière*, timides tentatives couronnées de succès. Il s'enhardit, fonda l'A.P.L.D.E.L.P.D.S.D.F., émigra l'an dernier au château de Senlis,

1. A.P.L.D.E.L.P.D.S.D.F.

où il obtint un triomphe, et fut enfin élu député. C'est à Senlis, où il avait invité l'ambassadeur de Grèce, qu'il proposa sa grande idée : un *Son et lumière* sur l'Acropole. L'ambassadeur ne dit pas non. Contacts, voyages à Athènes où M. Agatoclès, président du Tourisme hellénique, et fonctionnaire du gouvernement fasciste de M. Karamanlis, se montra « très compréhensif », retour à Paris, contacts avec Philips, avec les Relations culturelles, les Arts et les Lettres, etc. Telle fut la genèse.

Mais on n'allait pas en rester là. Dans la fièvre de la préparation, déjà sûr du succès, le prince changea le nom de son association. Elle devint l'Association française pour la protection des sites, ce qui, à la fois, élargissait considérablement le champ de son activité future et donnait à la France, par décret princier, le monopole de la « conservation » du passé humain. En même temps, le bureau qu'il avait installé à Athènes, pour surveiller les travaux, prenait le nom de Bureau du Moyen-Orient, comme aux plus beaux temps du ministère des Colonies, rue Oudinot.

La défaite d'Athènes, apparemment, n'a guère affecté ce conquérant puisqu'on parle déjà très sérieusement d'un *Son et lumière* à Delphes. Pourquoi pas à Mycènes, avec Agamemnon ? À Olympie ? À Délos ? Rhodes, qui possède un château vénitien, a déjà — c'est absolument sûr — été contactée. Et le Bureau du Moyen-Orient a touché également Jaffa, en Israël, où un *Son et lumière* est prévu pour décembre. L'Association française pour la protection des sites a allègrement passé l'Équateur.

M. le prince de Broglie pariait, il y a un mois, de porter *Son et lumière* aux Indes, au Mexique, au Japon. Et aussi au cap de Bonne-Espérance : ce dernier projet est, paraît-il, le plus avancé. Les places seront très chères, un vrai bal des Petits Lits blancs.

France-Observateur, 23.07.1959

PLUS JAMAIS AGADIR

Je ne puis me résoudre à partir. D'ici vingt secondes, au-delà du virage, Agadir aura disparu. Cette présence absolue, exclusive, de la catastrophe va s'abolir d'un seul coup. La route, je le sais, suit d'abord une longue plage lumineuse, puis s'enfonce, vers le nord, dans des montagnes roses. Tout à l'heure, j'apercevrai l'enseigne rouillée que j'ai déjà vue à l'aller : *Paradis Plage — Spécialité de poissons*, et, comme à l'aller, je rêverai d'interminables vacances. Le réel est plein : dans quelques secondes les merveilleux paysages du Sud marocain seront devenus pour moi la seule réalité, ces trois jours d'innommable horreur que je viens de vivre, Agadir, ses charniers, ses processions de porteurs de cadavres et ses petites filles folles n'y trouveront pas leur place. Pas du tout. Pour ne rien oublier, puisque mon métier est de porter témoignage, j'ai couvert des pages de notes ; pourtant, la rue blanche et vide dans le soleil, cette hallucinante galette de béton, qui était hier une maison, la patrouille de marins de l'escorteur *La Baïse*, qui court, revolver au poing, à la poursuite d'un chat, la chaleur, l'odeur douce-écœurante qui monte de la ville, je ne pourrai plus bientôt que les *imaginer.* C'est pourquoi, en partant, j'ai le sentiment de commettre une radicale injustice, une trahison : même si, avec des mots, je réussis à dire ce que fut le tremblement de terre d'Agadir, Agadir, désormais, pour moi comme pour ceux qui me liront, ne se donnera jamais que comme une absence. Or, pendant ces trois jours, ce fut exactement le contraire : la ville anéantie nous écrasait de sa formidable et fascinante présence, l'irréalité de la mort était seule réelle et le cauchemar nous avait tous si bien investis que nous doutions qu'il pût exister ailleurs des cités heureuses.

Dix fois déjà j'ai voulu partir, dix fois j'ai renoncé. Pourtant mon reportage, au sens strict, est terminé. C'est que la route vous propose un sens, introduit un ordre, dévoile des significations et des choix exclusifs de tous autres, et qu'à Agadir, au contraire, tous les lieux se valent. Pour s'en aller, il faut un véritable effort, un acte. C'était hier : la ville était déserte, livrée depuis la veille aux sentinelles de l'armée marocaine et aux escouades de marins de l'escadre française, qui piochaient au hasard dans les ruines muettes. Soleil, soif, odeur rendue plus insupportable encore par l'eau de Cologne ou l'alcool de menthe dont des seconds maîtres de la marine imbibaient nos masques, on se pétrifiait sur place, n'importe où, pendant des heures, dans cette ville encore hantée par des lambeaux de sens : une étagère de café lourde de bouteilles de Cinzano, un *Treize complots du 13 mai* absurdement défenestré, ouvert en pleine chaussée à la page 112, un portrait intact de Mohammed V, serein, pâle et lointain comme un reflet, un mirage de sultan.

Quelques confrères, récemment arrivés, s'acharnaient à retrouver l'ordre ancien : « C'était le "Tout va bien", café de l'élite, le Saâda, un merveilleux hôtel, la rue X, l'avenue Y. » Ils se rassuraient : car la cité, morte et blanche comme l'Argos des *Mouches*, avec ses rues intactes, ses immeubles foudroyés, tassés sur eux-mêmes en gros pâtés putrides, devait être prise en bloc, telle quelle. Mais ils renonçaient vite à leurs nomenclatures, ils se laissaient engloutir eux aussi dans une formidable liberté d'indifférence. Envoûté, fasciné, on se figeait devant une danse macabre exécutée par des marins à bout de nerfs et on ne bougeait plus. Les tiges d'acier d'un bloc de béton armé, tordues par la chute, formaient un carcan autour du cadavre d'un gros quinquagénaire. La tâche était simple : avec des cisailles, il fallait couper les tiges pour dégager le corps, le jeter dans un drap et l'emmener au pas de course. Tampon d'ouate sur la bouche, un matelot s'approchait, cisaillait en exécutant un étrange pas de deux et se mettait hors de portée. Un autre le relayait. Cet assaut a duré des heures.

J'étais là. J'aurais pu aussi bien me trouver à Jaschech, un faubourg musulman de la ville dont, à la lettre, il ne reste plus pierre sur pierre. Jaschech semble avoir été ravagée de l'intérieur même de la terre par un groin géant, par une taupe. Les bulldozers, les pelles mécaniques, les tracteurs sont dans la ville européenne. Ici il n'y a que des pelles et des mains nues. Mais pour les pierres des maisons musulmanes, les mains suffisent : du chemin on les voyait, hommes et femmes, agglutinés sur leur colline en d'étranges colonies, qui fouillaient inlassablement pour retirer les corps. Ceux de Jaschech sont presque tous morts et les deux longues fosses communes creusées devant le cimetière, resté intact, lui, n'ont pas suffi. Il a fallu en ouvrir une troisième.

Au lendemain du tremblement de terre, Moulay Hassan, le prince[1], a fait fusiller quatre Marocains sur la place du Talbordj. Ils avaient pillé. Officiellement, les deux communautés ennemies, l'européenne et la marocaine, se sont retrouvées fraternellement unies dans le malheur commun. Mais à la base aéronavale, où se rassemblaient avant leur évacuation les survivants européens, la vieille haine couvait sous les détresses, et puisqu'on ne pouvait trouver de responsables à cette catastrophe naturelle, ce pillage de quelques-uns servait de prétexte à un déchaînement de sottises. Prostrée sur une table de réfectoire, une femme répétait mécaniquement : « Plus jamais Agadir », comme nous disions autrefois : « Plus jamais Oradour. » Puis elle liait les deux catastrophes, la politique et la naturelle : « Vous rendez-vous compte ? disait-elle, il y a eu l'indépendance, on a tenu, on est resté ici. Et maintenant, il y a ça. Alors vous comprenez, on rentre ; le Maroc, c'est fini. »

Il y a trois semaines, après l'explosion de la bombe, 80 000 Maro-

1. Devenu, en 1961, le roi Hassan II.

cains ont manifesté à Casablanca en réclamant le départ des Français. Les marins de la base et ceux de l'escadre française de Méditerranée, qui ont véritablement accompli une tâche effroyable, disaient en rappelant cette manifestation : « Ils veulent nous foutre à la porte. Sans nous, qu'auraient-ils fait ? » En vérité, tous, Français comme Marocains, ont travaillé, à la limite de leurs forces, avec tous les moyens dont ils disposaient. Les deux tiers des effectifs de l'armée royale cantonnés à Agadir avaient été tués. Il fallut le temps d'amener d'autres troupes du Nord. Dans les premières heures, les marins français furent presque seuls. Ils firent leur devoir.

Mais notre marine, sans attendre qu'on lui manifeste de la reconnaissance ou qu'on la félicite, s'autoglorifiait. Il est vrai que les journaux de Casablanca minimisaient systématiquement sa participation à l'effort de sauvetage. On la citait en bas de page avec l'Espagne, le Portugal, les États-Unis, la Hollande et l'Allemagne. La France seule, ça sentait trop le protectorat. C'est seulement le troisième jour que Moulay Hassan, de son P.C., « le P.C. du prince », comme on disait, donna l'ordre de rendre à notre marine ce qui lui était dû. La grande presse française s'était déjà chargée de rétablir l'équilibre.

France-Observateur, 10.03.1960

GUERRES, POLITIQUE ET POLÉMIQUES

L'HUMANISTE ET SES CHIENS

À la tribune du Conseil général de la Seine, le préfet Papon, après avoir rendu hommage à l'efficacité de sa « force de police auxiliaire », affirme, l'œil très bleu, qu'il continuera à « faire son devoir en protégeant la population parisienne, *musulmans compris*[1], contre le terrorisme ». « Les harkis, avait déclaré auparavant M. Papon, sont sous ma responsabilité et mon autorité. » C'était assez, pensait-il, pour pulvériser les accusations dont ils sont l'objet : comment M. Papon, en effet, pourrait-il être le chef et le complice d'une bande de tortionnaires ? Cela s'appelle « couvrir » : M. Papon couvre. Mais pressentant peut-être le danger d'une telle logique jusqu'au-boutiste, toujours à la merci d'une expertise médicale, le préfet de police tenait en réserve un autre argument, *ultima ratio* à l'usage des conseillers généraux, pour conclure à l'inexistence des tortures : tous les Algériens, selon lui, ont reçu du F.L.N. des instructions précises pour déclarer que les aveux qu'ils passent leur ont été arrachés dans les supplices. « Il leur est même recommandé, ajoute M. Papon, de se brûler avec leurs cigarettes et aussi de se frapper eux-mêmes pour justifier leurs plaintes. » « Et voilà les tortures », s'écrie triomphalement le préfet de police.

Au sous-sol du Palais de Justice, à l'Hôtel-Dieu, sur les lits de la

1. C'est moi qui souligne.

sinistre salle Cuzco, deux cents Algériens, qui ont sans doute suivi trop à la lettre les « recommandations » du F.L.N., gémissent en léchant leurs plaies. Ils sont au secret, sans avoir le droit de prévenir un avocat ou de communiquer avec leurs familles. Les lettres qu'ils écrivent n'arrivent pas, les plaintes qu'ils veulent déposer ne sont pas reçues. Ni les juges d'instruction, ni les tribunaux, ni l'administration pénitentiaire ne les connaissent. Ces gisants anonymes, ces Mohamed S.N.P. (sans nom patronymique) ne sont pas libres, mais pas détenus non plus, pas inculpés, pas accusés : ils ne sont rien, ils n'existent pour personne. Ils attendent, ils attendront d'avoir recouvré une assez bonne apparence pour que M. Papon, leur protecteur, puisse les faire remonter au grand jour des centres de triage ou d'internement administratif. Dans le meilleur des cas. Contraints aujourd'hui de parler d'eux — parce que le scandale a éclaté —, le préfet de police et son acolyte, M. Patin, président de la Commission de sauvegarde des droits et libertés individuels, viennent de forger de nouveaux concepts qui rappellent les beaux temps du colonel Trinquier et de la « bataille » d'Alger : « dangereux pour la sécurité publique », « impliqué dans une grave affaire », « suspect d'appartenance à... », etc. Ce vocabulaire de terreur est adéquat à la réalité : nous sommes à Alger en 1957[1]. Et, comme Alger, Paris a maintenant ses El Biar et ses villas Susini, ses équipes de tortionnaires spécialisés, ses exécutions sommaires, ses séquestrés, ses disparus, ses suicidés. Ses hauts fonctionnaires aussi, ceux qui justifient la torture et couvrent les bourreaux au nom de l'efficacité. Les alibis sont identiques : nous savions déjà que Maurice Audin s'était étranglé lui-même — auto-étranglé — et que les disparus du *Cahier vert* se sont changés en hommes invisibles sur ordre du F.L.N. En son temps, celui de la *Gangrène*, le juge Batigne, promu depuis à un grade plus élevé, lassé par la monotonie des récits que lui faisaient Benaïssa Souami, Khebaïli et Boumaza, refusait d'instruire leurs plaintes sous le prétexte que « c'était toujours la même

1. M. Papon, il est vrai, fut préfet de Constantine.

chanson » et qu'ils « récitaient une leçon apprise ». À cette antienne M. Papon n'a ajouté que le grain de sel d'une bêtise très supérieure à la moyenne : il ne se contente pas de « couvrir », il dresse la nomenclature circonstanciée des plaies et des bosses décidées par les flagellants du F.L.N., il est agressif, il parle de ses harkis comme d'une garde personnelle. Les attaquer, c'est l'attaquer lui-même. Soit.

À Alger, nous torturons sans intermédiaires et les questionneurs de la *Gangrène* étaient des policiers français. Ces mains sales au moins nous appartenaient. Grâce à M. Papon, préfet de police du général de Gaulle, il y a en effet quelque chose de changé : nous torturons maintenant à Paris par personnes interposées. C'est aux Algériens eux-mêmes, à une poignée de traîtres suscités et fabriqués par nous, que nous avons délégué le soin de martyriser leurs frères. La torture, pour s'ériger en système cohérent et obtenir son rendement optimum, veut la liberté et l'absence de contrôle. Pas de comptes à rendre : Massu n'accepta de pacifier Alger qu'à ce prix. À Paris, où l'opinion dispose encore de moyens d'investigation et de pression, il était difficile de laisser la bride sur le cou aux amateurs de la D.S.T. Cinq étudiants suppliciés rue des Saussaies et c'est le scandale de la *Gangrène* : on travaille mal, on torture mal dans ces conditions. Et si elle est désordonnée, de hasard, pratiquée à la sauvette, la torture manque son but : nous avons vu en effet qu'elle comporte son exigence interne de systématisation. Nous sommes au rouet : il faut que tout Algérien soit un suspect et tout suspect un torturé possible ou la torture n'a pas de sens.

M. Papon, qui avait assumé la noble tâche de pacifier la capitale, devait donc satisfaire à deux impératifs rigoureusement contradictoires : permettre à la torture de s'épanouir en plein Paris, hors de tout contrôle, et en même temps exhiber au grand soleil les mains pures de ses policiers. La « force de police auxiliaire », dite encore « force supplétive », dépassa (au sens hégélien) la contradiction : la routine de la torture, sa vie quotidienne, fut confiée aux harkis et si les Français condescendaient encore, à leurs heures, à plonger leurs doigts de fée dans les yeux d'un Algérien, il ne s'agissait plus que d'une activité de luxe.

Voilà un an déjà que les harkis séquestrent, assassinent et torturent en toute tranquillité dans les caves parisiennes. Sous nos yeux à tous. Sous les yeux de M. Patin et des membres de la Commission de sauvegarde. La Commission savait. Elle avait été avertie qu'on suppliciait rue Harvey, dans le XIIIe, rue de la Goutte-d'Or, dans le XVIIIe, à Noisy-le-Sec, à Romainville : des conseillers municipaux, alertés par les habitants des immeubles voisins que les cris de douleur empêchaient de dormir, demandèrent publiquement des explications. Pourtant, nul n'est intervenu : c'est que la Commission de sauvegarde, cette fleur délicate de l'humanisme occidental, choisit ses horreurs, opère un tri dans l'immonde et, pour ainsi dire, dignifie les cas qu'elle prend en considération. Puisqu'elle se penche sur eux ! À partir du moment en effet où M. Patin daigne marquer de l'intérêt pour un quelconque « excès », ses protagonistes — le bourreau et la victime — entrent, qu'ils le veuillent ou non, dans un cercle de bonne compagnie. M. Patin ne descend jamais aux enfers, c'est l'enfer qui vient à lui et se pare subtilement, en le touchant, des couleurs de cet homme de bien. Les plaies vives, caressées par un si doux regard, se cicatrisent, un baume couvre les blessures et l'atroce lui-même se sublime. Telle est la tartufferie nécessaire, la fonction, abjecte, de cette institution dont la mise en place a si fort rassuré les belles âmes de chez nous. Il s'agissait, en effet, non pas de dénoncer, non pas d'interdire, mais de donner le change[1] : l'existence même de la Commission de sauvegarde signifiait que, malgré quelques entorses, le règne humain n'était pas fondamentalement mis en question, elle assurait la continuité de l'ordre du bien.

Le « job » de M. Patin, c'est l'Homme : toutes les tortures à ce titre ne relèvent pas de sa compétence. Pour qu'une relation puisse

1. Ceux des membres de la Commission de sauvegarde qui ont vraiment voulu faire quelque chose ont démissionné au bout de quelques mois devant leur évidente impuissance. En tant que telle, la commission ne pouvait être que l'alibi du pouvoir : il est normal qu'elle ait aujourd'hui à sa tête le plus vil de ses membres.

s'établir entre le supplicié algérien, ce sous-homme, et M. Patin, pour que l'Algérien ait une chance d'accéder à l'éminente dignité patinienne, il faut une médiation, humaine précisément : ce ne peut être que celle du bourreau, beau parachutiste aux yeux vides ou gros flic sanguin bien de chez nous, au choix.

Mais si le sous-homme torture le sous-homme, si c'est l'Algérien lui-même qui se fait bourreau de l'Algérien, où donc est le lien, où la médiation ? Patin soupire et nous prend à témoin : ces obscurs combats de bêtes, ces batailles de nègres dans un tunnel, ne sont pas du ressort de l'humaniste. Ce qui compte d'abord c'est la qualité du bourreau : est-il des nôtres, est-il « de » l'Homme (comme on dit « du » Jockey Club), telle est la question que pose Patin préalablement à toute enquête. C'est qu'il s'agit pour lui non pas d'empêcher les tortures, il s'en moque, mais de garder intacte notre grande figure en couvrant les tortionnaires, s'ils sont français, en s'en lavant les mains s'ils sont harkis.

« Couvrir », voilà la préoccupation essentielle du président de la Commission de sauvegarde. Nous n'inventons rien, nous ne déduisons rien. Dans sa déposition, au procès des Barricades, le colonel Argoud, cet autre « paladin du monde occidental », a arraché à Patin le masque bonasse dont il se couvrait : « M. Maurice Patin lui-même, déclarait le colonel Argoud, nous a d'ailleurs apporté dans ce domaine [celui de la répression][1] toute l'aide en son pouvoir. Mais le général Massu ayant décidé, à juste titre, à mon sens, pour pallier les excès, de lancer une circulaire sous sa propre responsabilité [cette circulaire autorisait les exécutions sommaires], M. Patin, qui approuvait absolument le fond de l'affaire et celui de la circulaire dont il était avisé, voyait dans les possibilités de "fuites" [et, en particulier, sur le plan international] un danger considérable. M. Patin a tenu le propos suivant à un de mes collaborateurs, collaborateur qui était le spécialiste technique de la justice au corps d'armée d'Alger. Il a dit : "Je comprends parfaitement votre angoisse, je

1. Les indications entre crochets sont de moi.

comprends parfaitement l'importance que revêt ce problème pour l'armée, mais, pour Dieu ! supprimez votre directive, faites-nous de bons dossiers, suscitez même de faux témoins, je vous aiderai de toutes mes forces, mais supprimez, supprimez, pour le ciel ! votre directive[1]. »

Pour Dieu, pour le ciel ! Papon, en confiant aux harkis les basses besognes de la pacification parisienne, allait épargner à Patin bien de l'ennui. Il n'aurait même plus besoin de trafiquer ses dossiers, de fabriquer de faux témoins : les sordides règlements de comptes qui se déroulent entre sous-hommes dans les caves de la Goutte-d'Or, ce ghetto, ne peuvent concerner les honnêtes gens. Patin à Alger voyait tout, mais il fermait les yeux. À Paris, il a les yeux grands ouverts et le regard clair, mais il ne voit rien : ces fantômes qui torturent des fantômes sont transparents. Au-delà, très loin, il y a la ligne bleue de l'Homme. C'est la vieille chanson raciste, avec ses tourniquets et ses ambivalences : car le harki a beau porter un uniforme bleu de flic français et un bonnet de police de l'armée, il n'en reste pas moins un Algérien, déguisé, sous-homme et sous-flic. L'uniforme, loin d'indiquer qu'il a accédé à la dignité du civilisé, n'est que le signe — visible à tous — de sa domestication : chien policier dont la sauvagerie naturelle, les tares originelles ont été, non pas supprimées, mais détournées au profit du maître. C'est ce qu'on nomme la fidélité : une sauvagerie aveugle, domptée, mais toujours révocable ; les propriétaires des loups de grande race, on le sait, frissonnent un peu la nuit.

Et l'existence du harki, sa chasse à ses frères algériens dans les rues de Paris, redouble les certitudes du raciste français ; car si ces gens-là sont sauvages au point qu'on peut les domestiquer et les faire s'entre-déchirer, n'est-ce pas une preuve de plus — les « crimes aveugles » du F.L.N. nous l'avaient déjà signifié — que la lutte du militant de la Révolution algérienne est radicalement privée de sens,

1. La déposition du colonel Argoud a fait l'objet d'une brochure publiée par le comité Maurice Audin sous le titre : *Sans commentaire* (Éditions de Minuit).

insensée à la lettre, rien d'autre qu'une « liberté » pour le mal ? Patriote ou harki, il y a équivalence et le raciste gagne à tout coup : ses mercenaires vêtus de bleu l'autorisent à mépriser son adversaire jusque dans les raisons de son combat, à voir dans ce combat même la manifestation la plus évidente de sa sous-humanité.

Mais le policier français, par la grâce du harki, espère encore autre chose : pénétrer dans un monde interdit, mettre à nu le secret de l'Algérien. Ce n'est plus le harki qui se déguise, mais le flic qui se travestit. Quelles messes noires en effet, quels mystères se célèbrent dans les Éleusis de Nanterre ou de Saint-Denis ! Le Français, lorsqu'il investit les bidonvilles et défonce les portes des hôtels, ne rencontre jamais que des visages de pierre, des hommes résolus et muets. Refusant de voir qu'il a en face de lui des combattants, dont le seul secret précisément est la liberté, le flic préfère se penser victime du cartésianisme et de l'esprit d'analyse : « Ils ne sont pas comme nous, impossible de s'entendre avec ces bêtes-là. » La résistance à la torture elle-même, fanatisme ou fatalisme, est un motif supplémentaire d'étonnement. Pour établir alors la « communication », pour surprendre de l'intérieur cet envers des choses qui se dérobe à lui, le colonisateur va inventer de voler au colonisé jusqu'à son apparence, de se faire lui-même algérien : le harki est né. Et bien sûr, nous sommes en guerre, il s'agit de découvrir *des* secrets bien précis, de démanteler l'organisation F.L.N. : les moutons et les traîtres sont vieux comme la police[1]. Mais la stratégie et les tactiques, même militaires, du colonisateur s'élaborent toujours au niveau de l'inconscient et sont infestées de composantes racistes. Lorsque nos colonels et leurs commandos de chasse, nos S.A.S. et leur verroterie veulent « se fondre dans la population comme des poissons dans l'eau », ils n'ont pas seulement rien compris à Mao Tsé-toung, comme on l'a dit avec raison, ils expriment surtout la parfaite ambivalence — répulsion et fascination à la fois — de leurs sentiments envers le colonisé. Anéantir l'organisation politico-administrative du F.L.N., cette tâche

1. Il y a également des harkis en civil.

infinie dont ils savent bien qu'ils ne viendront jamais à bout, n'est au fond pour eux qu'un but secondaire : ce qui compte d'abord, c'est leur curiosité fascinée pour le Mal. Grand voyage touristique au bout de l'exotisme, la « guerre populaire » dévoilera aux colonels les recettes et les philtres, leur permettra de percer enfin le mystère essentiel du musulman castrateur. À l'origine de l'engouement des « psychologues » d'Alger pour Mao Tsé-toung, il n'y a rien que le sadisme indivisible du colonisateur : le même qui préside aux incendies de mechtas et aux viols des femmes algériennes. Quant au harki, il donne au flic parisien le moyen d'accéder à son tour à ces arrière-mondes tabous, grumeleux bouillons de culture où s'accomplissent les troublantes alchimies du Mal.

Changé en voyeur, pétrifié, le flic tient maintenant le sous-homme à distance respectueuse, il le manie avec des pincettes ; plus immonde et dangereux qu'il ne l'a jamais été, celui-ci ne vaut plus, comme on dit, la corde pour le pendre, il contaminerait tout. Seul le harki est assez bon pour lui. Les policiers de la D.S.T., ces seigneurs, ces raffinés, ces scientifiques, pratiquent aujourd'hui la division du travail : ils conduisent les Algériens qu'ils arrêtent jusqu'à la porte des caves de torture où officient les harkis, mais ils n'entrent pas. Ce qui se passe au-delà ne les regarde plus : on s'y autotorture, dirait Papon. Mais ce jeu a des variantes plus subtiles encore : les Français relâchent après quelques heures le suspect qu'ils ont emmené et interrogé dans un centre de tri, Vincennes par exemple : « Va, lui disent-ils, tu es libre, nous n'avons rien contre toi. » L'homme sort, ébloui par cette liberté à laquelle il n'ose croire. Mais des harkis, en civil ceux-là, l'attendent dix mètres plus loin, ils se jettent sur lui, le poussent dans une voiture et le conduisent à toute vitesse jusqu'à un de leurs repaires. On l'y suppliciera atrocement, on l'exécutera peut-être ou encore il se suicidera pour échapper à ses tourmenteurs : notre police officielle n'y sera pour rien. Nul registre, nulle trace, c'est le circuit parallèle, un marché noir de la torture — bêtes contre bêtes — qui ne relève absolument pas de nos juridictions.

Voici le schéma des opérations, telles qu'elles se pratiquent depuis un an à Noisy-le-Sec, à Romainville, dans le XIIIe arrondissement au 9 de la rue Harvey, et depuis le 20 novembre dans le XVIIIe, aux 25, 28 et 29 de la rue de la Goutte-d'Or, sur une très grande échelle : des Algériens sont arrêtés, ou par la D.S.T., qui les remet aux harkis, ou par les harkis eux-mêmes. On arrête sur dénonciation ou, plus généralement, au hasard, comme pendant la « bataille » d'Alger : la plupart du temps il s'agit de coups de sonde aveugles et il arrive que les harkis torturent un homme pendant des jours pour lui faire avouer « un nom, n'importe lequel ». Les supplices ont lieu dans les caves d'anciens hôtels, réquisitionnés pour les harkis, et la radio est ouverte à fond pour couvrir les cris des victimes : supplice de l'eau, de la broche, bouteille dans l'anus, et tous les degrés du passage à tabac. Ils durent de deux à vingt et un jours. L'électricité n'est pas employée : c'est une torture de type artisanal qui utilise les moyens du bord (les bouteilles par exemple qu'on trouve en quantité dans les caves) et comme dit le capitaine Montaner, illustre pied-noir rapatrié qui commande les deux compagnies de harkis : « Ces gens-là sont bien trop primitifs pour savoir torturer[1]. » Primitifs, mais efficaces : les suppliciés, en effet, sont rapidement mis dans un tel état qu'il est impossible de les présenter à un juge d'instruction. Deux solutions alors : ou on relâche les moins atteints en les menaçant de mort si jamais ils parlent — ils n'ont pas parlé — ou bien, c'est le cas le plus fréquent, on assigne à résidence sur ordre du préfet de police. Des loques sanglantes sont conduites au dépôt dans des cellules d'isolement et laissées à peu près sans soins : ils resteront là le temps qu'il faudra pour que les traces disparaissent. Après le dépôt, il y a les centres de tri et d'internement administratif, Larzac, Saint-Maurice-l'Ardoise, etc.

1. On ne connaît pas le nombre exact des harkis : entre 300 et 600, dit-on. Les harkis sont ou des souteneurs, « tenus » par la police, ou d'anciens détenus de droit commun ou encore quelques hommes ayant volé de l'argent au F.L.N. Il y a très peu de candidats, pas assez au gré de Papon. Pour devenir harki, il suffit de le demander. On est embauché aussitôt : après huit jours de maniement d'armes, à Noisy-le-Sec, on est mis au « travail ». Salaire élevé : 80000 francs par mois. Le capitaine Montaner est assisté de deux lieutenants, MM. Desrogeot, un Français, et Niboucha, un Algérien.

C'est le circuit parallèle, qui relève de la seule autorité du ministère de l'Intérieur et de la Préfecture de Police : coupables seulement d'avoir été si torturés qu'ils n'ont plus face humaine, des hommes, arrêtés au hasard, sont jetés dans les camps d'internement, soustraits à leurs familles, à leur vie. Il ne fallait point que l'on sache ! M. Papon, obligé de rendre des comptes, fait saisir les journaux qui dénoncent ces pratiques et publie des communiqués dont la teneur se résume en deux propositions : 1° Ils sont coupables. Grâce à l'action des valeureux harkis, un grand nombre d'armes a été récupéré. 2° J'intensifierai la pacification en installant des harkis dans d'autres arrondissements de Paris. Ô, homme de caractère ! Mais s'ils sont coupables, pourquoi n'ont-ils pas été présentés à un juge d'instruction, dans le délai, qui fait pourtant la part assez belle à la police, fixé par le code de procédure pénale ? Pourquoi sont-ils assignés à résidence sur seule décision administrative, sans avoir jamais une chance d'être jugés, sans pouvoir faire la preuve de leur innocence, ni même recevoir la visite d'un avocat ? Car il en est ainsi en l'an de grâce 1961 : auxiliaire de la justice, l'avocat n'a rien à connaître de ce qui concerne le circuit parallèle, domaine purement « administratif ». Les portes des prisons lui sont ouvertes, celles des camps où croupissent, oubliés, des milliers d'hommes, placés délibérément « hors justice », lui sont interdites. Et si, par une suite de chances, dont nous verrons qu'elles relèvent du miracle, un juge d'instruction entend un supplicié, l'avocat ne peut assister celui-ci que par faveur expresse du juge lui-même. Ce n'est pas légal, pas non plus illégal. La loi tout simplement n'a pas prévu ces cas : les eaux du « judiciaire » et celles de l'« administratif » ne se mêlent pas.

Les armes maintenant ? Ces fusils-mitrailleurs tchèques, ces pistolets, ces grenades dont *Paris-Presse*, jubilant, publiait la photographie ? Où sont les scellés, où les procès-verbaux de perquisition ? Il n'y en a pas eu et aucune information non plus n'a été ouverte : n'importe quel policier eût pu tout aussi bien les extraire de son arsenal personnel, et poser en personne pour *Paris-Presse*, le doigt sur la gâchette.

M. Papon est fou de rage. Voilà un an qu'on torturait en paix. Les timides protestations des conseillers municipaux étaient oubliées et les choses auraient pu continuer ainsi très longtemps encore si un détenu de la prison de Fresnes n'avait pris le préfet par surprise. Il s'appelle Slimane Ould Younes, il est un des condamnés du procès Jeanson, il a eu la chance d'échapper au circuit parallèle et d'être régulièrement jugé. De sa cellule il apprend à la fin janvier que son frère, Amar Ould Younes, a disparu : on ne l'a revu ni à son domicile ni dans l'entreprise où il travaille. Slimane alerte son avocate et, en son nom, celle-ci dépose le 4 février une plainte en disparition auprès du doyen des juges d'instruction. Elle envoie en même temps un télégramme à Patin, président de la Commission de sauvegarde. Deuxième télégramme au même, le 7.

Il répond le 8, en disant, comme il fait toujours, qu'il va se renseigner. Le 16 février, sans que Patin ait fait quoi que ce soit, Slimane Ould Younes apprend en prison que son frère a été arrêté par les harkis et sauvagement torturé. Il dépose aussitôt une deuxième plainte, en torture cette fois, avec constitution de partie civile. Puisqu'il s'agissait d'une plainte parfaitement légale, déposée par un membre du circuit « justice », le juge d'instruction était obligé d'intervenir. Voilà le paradoxe : Amar Ould Younes, la victime, n'aurait jamais pu, lui, faire enregistrer sa plainte. Et pourtant, il n'est inculpé de rien. C'est son frère, détenu, donc « criminel », que la justice a écouté. Amar Ould Younes a alors été extrait du centre de triage de Vincennes, où il avait été assigné à résidence après treize jours aux mains des harkis, et présenté au juge d'instruction le 21 février.

Le 22, Slimane Ould Younes adressait à Patin la lettre suivante, pour le remercier :

> Monsieur le Président,
>
> Cette lettre est la dernière que je vous adresse.
>
> Le 31 janvier 1961, je vous adressai une lettre dans laquelle je vous signalais la disparition de mon frère M. Amar Ould Younes.

J'avais la naïveté de penser que vous le feriez rechercher. Le 4 et 7 février, mon avocate vous adressait deux télégrammes à ce sujet. Le 8 février vous me répondiez et vous répondiez à mon avocate que vous alliez vous renseigner immédiatement au sujet des faits signalés. Or, jusqu'à cette date, nous n'avons rien reçu ; aucune autre nouvelle de vous.

Mon frère a été retrouvé. Puisque vous n'avez jusqu'à ce jour pas réussi à vous renseigner, permettez-moi de vous apprendre que mon frère est au centre de triage de Vincennes.

Arrêté le 21 janvier par les harkis du 18e arrondissement, il est resté dans leurs locaux jusqu'au 2 février et a été sauvagement torturé : coups de cravache, tentative de strangulation, supplice de l'eau avec eau de Javel.

Un compatriote qui subit le même sort s'est pendu dans les locaux des harkis pour abréger ses souffrances. Vous êtes responsable de ces faits puisque vous n'avez rien fait, alors que je vous signalais la disparition de mon frère.

Je vous écris cette lettre pour vous demander de ne plus vous occuper de cette affaire car j'ai constaté que vous n'êtes que l'alibi du Gouvernement et le complice des tortionnaires.

Je vous prie d'agréer, monsieur le Président, l'assurance de mes sentiments distingués.

Réponse de Patin à Slimane Ould Younes le 25 février :

Le président de la Commission de
Sauvegarde
à
M. Ould Younes Slimane
33-46-2-233
Prison de Fresnes

En réponse à votre lettre du 22 février 1961 je vous informe que, contrairement à vos allégations, la situation de votre frère n'a jamais cessé de préoccuper la Commission de Sauvegarde.

Ce n'est nullement par vous que je sais qu'il a été retenu au centre de Vincennes, avant d'être interné au camp de Larzac.

Quant aux violences qu'il aurait subies, et qui sont déniées par

> les autorités de police, le Juge d'Instruction chargé de l'affaire fera la lumière et j'y veillerai.
>
> Je ne suis ni l'alibi du Gouvernement, ni le complice d'aucun tortionnaire, et les nombreux remerciements que je reçois de tous ceux de vos compatriotes que j'ai protégés me permettent de dédaigner vos insultes et vos insolences.
>
> Recevez, je vous prie, mes salutations.

Cette lettre ne mérite aucun commentaire, sauf celui-ci : M. Patin ne se donne pas la peine de s'informer : Amar Ould Younes en effet n'a jamais été au camp de Larzac, mais seulement à Vincennes et au dépôt.

Ould Younes a donc raconté ses tortures au juge d'instruction. Il a donné les noms d'autres Algériens, suppliciés en même temps que lui. Le juge les a extraits du dépôt et les a entendus. C'était une première brèche dans le mur de silence. Une deuxième fut faite par Boussad Bennour, également détenu à Fresnes et dont le frère, Hocine Bennour, chauffeur de taxi, avait été arrêté, comme Ould Younes, le 21 janvier. Une plainte fut déposée par Boussad, accompagnée d'une lettre à Patin, dans les mêmes conditions que pour Ould Younes. D'autres plaintes ont alors été formulées, soit par les internés du dépôt, soit par des hommes remis en liberté, qui s'étaient tus jusque-là par peur. La liste des victimes et le récit qu'ils font de leurs tortures, s'allonge chaque jour sur les bureaux des avocats, et elle est effrayante. Il ne nous est pas possible de tout publier ici, mais nous la tenons à la disposition de nos lecteurs.

Nous laisserons le mot de la fin au capitaine Montaner, de l'armée française. À une journaliste danoise, forte de sa blondeur et de sa naïveté, qui s'était présentée au 25 rue de la Goutte-d'Or pour demander s'il était vrai qu'on torturât des Algériens, il répondit ceci : « Nous les battons un peu. C'est tout. Ce sont des membres de l'O.S. En adhérant à cette organisation, ils font le serment de se tuer plutôt que de parler. Mais ils parlent et c'est avec notre accord, pour donner le change à l'O.S., qu'ils font semblant de s'ouvrir les veines. Pour les remercier d'avoir été coopératifs, nous ne les inculpons pas. Mais si nous les remettions en liberté, le F.L.N. les liquiderait. C'est pourquoi nous les envoyons dans des camps d'internement. Pour leur bien. »

Les Temps modernes, n° 180, avril 1961[1]

1. Voir mon introduction, intitulée « Les parias de la guerre d'Algérie », au numéro spécial des *Temps modernes*, « Harkis 1962-2012. Les mythes et les faits », n° 666, novembre-décembre 2011.

LA GRÈVE DE LA FAIM

« On ne discute pas avec ceux qui sont hors de combat », déclarait il y a deux ans le général de Gaulle en réponse à la désignation par le G.P.R.A.[1] des cinq ministres algériens emprisonnés comme plénipotentiaires de la négociation. Cette rhétorique procédait d'une idée des relations avec l'ennemi, reçue peut-être à l'École de guerre, mais parfaitement inadéquate aux réalités de la Révolution algérienne. Combattants et non-combattants, militaires et politiques, hommes et femmes, vieillards et enfants, ces rubriques d'imagerie d'Épinal ont été balayées les unes après les autres sous les yeux du Général. Sous nos yeux à tous. L'armée française d'ailleurs avait la première administré la preuve du caractère périmé de ces distinctions : le génocide, par nature, ne fait pas le détail ; ouvertes ou non, les mechtas furent rasées. Par nos soins, toutes les couches de la société algérienne entrèrent dans la révolution, la dialectique de la lutte les souda en un seul bloc sans faille, fit de chacun un militant. 11 décembre, 5 juillet, 1er novembre, 17 octobre, nous savons maintenant qu'il n'est pas un seul geste accompli par un homme ou une femme d'Algérie qui ne s'inscrive et ne trouve son sens dans la lutte du peuple entier, qu'une protestation désespérée de mères de famille et d'enfants dans les rues d'Alger est *aussi* une arme.

1. Gouvernement provisoire de la République algérienne.

Mais voici qu'une dernière chimère s'évanouit : les prisonniers eux-mêmes reprennent du service actif. « Ceux qui sont hors de combat » font à leur tour irruption dans l'arène et brisent net le climat feutré que le Général s'efforçait d'établir, à coups de discours, à la veille d'une négociation qu'il prétend vouloir. Quinze mille enragés des camps et des prisons soudain faussent le jeu, font scandale et, choisissant de mourir plutôt que de supporter davantage le sort qui leur est fait, recommencent la lutte en la situant d'emblée à un niveau radical, obligent le gouvernement, de la façon la plus urgente, la plus dramatique, à discuter avec eux, à reconnaître leur qualité de combattants, posent à tous les Français une question impossible à éluder.

Sur les raisons et les objectifs de cette grève générale de la faim, sans précédent dans les annales de la détention, les Français, qui découvrent leurs prisons après leurs bidonvilles, s'interrogent, déconcertés. Les uns, considérant que le mouvement a été déclenché à la même date et partout à la fois, comme sur un mot d'ordre, n'en retiennent que l'aspect politique et font bon marché des revendications très précises posées par les détenus dès le premier jour : ces revendications, somme toute, au lieu de dévoiler le sens de la grève, en masqueraient les véritables objectifs. Les autres au contraire supputent les avantages des divers régimes — régime de droit commun, régime A, régime politique — comme si les ordonnances qui président à la vie pénitentiaire étaient inscrites de toute éternité dans un ciel intelligible, comme si tel statut, codifié à l'avance par le législateur, devait s'appliquer automatiquement à chaque détenu, selon la catégorie dans laquelle on le range. Ce point de vue est légaliste : qu'on respecte la loi des prisons, qu'on supprime les entorses qui lui sont faites et tout rentrera dans l'ordre. Pourtant, à l'heure où j'écris, au dix-septième jour de la grève, celle-ci, loin de s'affaiblir en se prolongeant comme l'escomptait le gouvernement, s'est durcie au contraire, elle a dépassé tous ses objectifs de départ et n'a pas cessé de se radicaliser : les détenus algériens aujourd'hui exigent peut-être l'impossible, il s'agit sans doute de beaucoup plus que de l'application de tel ou tel régime. Mais nous reviendrons sur ce point.

Les Français comprennent mal cette grève, ils manquent l'essentiel : de même qu'un combattant en uniforme de l'A.L.N. ne se considère pas comme un militaire, mais comme un militant, un civil en armes, de même un militant algérien emprisonné ne cesse jamais de se revendiquer comme un combattant. La seule façon de le mettre « hors de combat », n'en déplaise au général de Gaulle, c'est de le tuer. L'emprisonnement, s'il marque un arrêt brutal de ses entreprises, s'il le coupe de la lutte, ne signifie pas que tout soit fini pour lui : derrière les barreaux d'une cellule ou les barbelés d'un camp, il va engager de tout son être, à armes tragiquement inégales, un autre combat pour se relier à la lutte de ses frères qui se poursuit sans lui, au-dehors. Rester dans la lutte malgré la prison, cet impératif est plus important que sa propre vie ou du moins il est sa vie même en tant que celle-ci s'identifiait tout entière au combat. Or la prison, par toutes ses murailles, ses interdits, ses guichets, ses gardiens, lui dénie ce droit. Car il n'y a pas d'autre « loi » des prisons que celle qui coupe l'homme de son avenir, de ses projets, du sens de sa vie, le réduit à l'absurde. C'est la violence nue : interdire à une conscience de se dépasser. Le prisonnier algérien livre donc bataille pour obtenir la reconnaissance de sa qualité de combattant ou, ce qui revient au même, pour jouir d'avantages précis qui lui permettent d'échapper à l'absurde et de continuer la lutte, à sa façon.

Il s'agit bien d'une bataille : il n'y a pas, il n'y avait pas de régime politique au ciel intelligible, les avantages acquis par les militants de la Révolution algérienne ne sont pas plus vieux que la Révolution elle-même, ils ont été les uns après les autres arrachés de haute lutte à coups de révoltes réprimées dans le sang par les C.R.S. et de grèves de la faim. Le régime dont jouissent les détenus algériens est absolument original, il a été inventé, imposé par eux à l'administration pénitentiaire, conquis sur la situation de criminels de droit commun qui leur est faite depuis sept ans par les tribunaux français. Bref, il est le produit d'une histoire et nous verrons qu'il est lié en même temps aux caractères singuliers de la Révolution algérienne. Mais dans la mesure précisément où ce régime est le résultat d'une lutte, compromis passé entre l'administration et les détenus, il est fragile, toujours révocable, susceptible à chaque instant d'être remis en question. Tout dépend des prisons, du nombre — c'est-à-dire de la force — des prisonniers, de l'humeur des gardiens, de la conjoncture. Car la « loi » des prisons tend par nature à contester les droits, à rogner sur eux, elle va dans un seul sens. En vérité, la notion de « régime politique » est contradictoire dans les termes : la privation de liberté est totalitaire comme la liberté même, elle ne se divise pas. Que peut signifier concrètement le régime politique dans une prison de province où trois ou quatre détenus algériens sont isolés au milieu des droits communs et en butte aux rognes de gardiens racistes ? À tout propos, on s'attaque aux droits acquis. Les exemples pullulent : courrier retenu, portes des cellules fermées, journaux interdits, transistors enlevés, etc. Coups d'épingles, dira-t-on ? Non, ce sont des brimades, les prisonniers algériens y sont extrêmement sensibles et doivent s'en défendre par une vigilance de tous les instants : s'ils cèdent, la brimade gagne de proche en proche, gangrène le statut entier, nie radicalement dans le détenu son humanité, autrement dit ici son combat.

Mais cette vigilance sourcilleuse a encore une autre raison. Ce n'est pas en effet au nom d'une dignité abstraite que les militants algériens revendiquent un régime politique. Le régime politique, c'est l'auberge espagnole : chacun y trouve ce qu'il y apporte, le forge à son image. Entre le régime d'un assassin de l'O.A.S. ou d'un général putschiste et celui des combattants de la Révolution algérienne, la comparaison ne pourrait être que formelle (encore savons-nous qu'elle est impossible même sur ce plan, le statut des putschistes étant d'une douceur extrême). De son confort, le général Challe fera ce qu'il faisait de sa vie, c'est-à-dire rien : il fumera la pipe ou jouera à la belote. Un militant révolutionnaire au contraire pensera au combat de ses frères encore libres, il réfléchira à la lutte, il se tendra vers elle de toute son énergie, il s'y arc-boutera d'autant plus passionnément qu'elle se déroule sans lui. Et c'est bien pourquoi ce qui différencie à ses yeux le régime politique du régime de droit commun, ce n'est pas d'abord la plus ou moins bonne qualité de la soupe, mais la possibilité de rester lié, grâce à des avantages précis, à la communauté en lutte, de suivre cette lutte et, dans une certaine mesure, d'y participer. Que réclame-t-il? Des journaux : et pas seulement les journaux du gouvernement, mais ceux de l'opposition, tous les journaux. Des livres : tous les livres. Des transistors : et à ondes courtes, capables de capter la Voix de l'Algérie combattante. Du courrier : non pas deux lettres par semaine, mais autant qu'il le veut et de qui il veut. Des visites et une amélioration du régime des parloirs. Des cellules ouvertes : et ceci est capital car il veut pouvoir communiquer avec ses frères détenus, s'organiser avec eux, s'instruire avec eux, instaurer à l'intérieur même de la prison un ordre où il se reconnaisse. À cet égard, l'odyssée de Rabah Bitat, ministre du G.P.R.A., un des chefs historiques de la Révolution, arrêté à Alger en février 1955, est exemplaire. Transféré en France, il reste six mois à la prison d'Angers, complètement isolé, au régime de droit commun intégral. Il demande à changer de geôle, à rejoindre une prison où se trouvent d'autres Algériens; on fait droit à sa requête d'une façon originale en l'emmenant à Riom : les seuls Algériens y sont les gardiens, des pieds-noirs. Il commence alors une grève de la faim : le dixième jour, un fourgon cellulaire le conduit à la Santé, où il passe une nuit, puis de là, à Rennes. Il poursuit la grève jusqu'au quinzième jour. Le médecin de l'hôpital où il vient d'être transporté, agonisant, lui apprend en effet que le G.P.R.A. s'est constitué et qu'il a été nommé ministre. Ministre ou pas, l'heure n'est pas venue pour Bitat de retrouver, à l'île d'Aix, Ben Bella et ses compagnons ou ses frères d'une grande détention : Fresnes ou les Baumettes par exemple. Non, c'est Saint-Malo, où il arrive sur un brancard... « Ici, je ne connais pas de ministres, hurle le gardien-chef, je ne connais que les ratons. » Après six jours d'interruption, Bitat recommence sa grève à zéro. Le treizième jour, pour le faire plier, on lui coupe l'eau; le quinzième jour, il est si mal qu'on doit le transférer de toute urgence à Fresnes. Il y continuera à refuser toute nourriture jusqu'au vingt-quatrième jour, jusqu'à ce qu'il apprenne, dans son coma, qu'on l'autorise enfin à partager la vie de ses frères prisonniers. Bitat a gagné en payant le prix le plus haut : l'essentiel pour lui était de se relier à la lutte de son peuple et la lutte, pour un militant détenu, est d'abord là où se trouvent ses frères emprisonnés comme lui. Le droit d'être ensemble est la plus capitale des revendications.

C'est donc la lutte elle-même qui donne son contenu, son caractère, au régime politique et c'est pourquoi toute tentative de rogner sur ces droits particuliers — suppression des transistors par exemple ou fermeture des cellules — est directement ressentie par les détenus, à la fois comme une atteinte portée à leur qualité de combattants et comme un épisode, un moment, de la bataille livrée contre leur peuple entier. Ainsi il apparaît que l'histoire de la lutte à l'intérieur des prisons est liée dialectiquement à l'histoire globale de la lutte, au-dehors. Il s'agit du même combat. Lorsque les détenus arrachent des avantages matériels à l'administration, ils le comprennent doublement, comme une victoire singulière et comme une victoire de tout le peuple. Et avec pleine raison : chaque fois qu'ils obtenaient des améliorations à leur régime, le gouvernement français cédait en même temps sur d'autres fronts, la lutte progressait partout, on entrait dans une nouvelle phase de la guerre. Et lcs durcissements, au sein des prisons, ont toujours correspondu au contraire à un recul de la négociation, à une volonté gouvernementale d'apaiser l'armée ou les tenants de l'Algérie française. On sait que de Gaulle, quand il veut accorder des concessions à sa police, à ses généraux, fait guillotiner un ou deux condamnés à mort, parmi ceux qu'il tient en réserve. C'est un rite.

Comment veut-on, dans ces conditions, que les détenus algériens ne soient pas extraordinairement sensibilisés à ce qui se passe au-dehors, à l'état de la lutte, à chaque instant? Et entendons bien qu'il ne s'agit pas d'une crainte pour leur vie : ces hommes ne tremblent pas comme des victimes désignées, ils mourront s'il le faut et voilà longtemps qu'ils ont tous affronté l'idée de leur mort. Non, c'est en combattants qu'ils reçoivent les nouvelles du monde et qu'ils y réagissent. La relation dialectique joue dans les deux sens : toute atteinte à leurs droits est ressentie par eux comme un moment de la lutte entière, mais inversement ce qui arrive au-dehors, chaque développement neuf les touche de la façon la plus intime et d'autant plus profondément qu'ils doivent le vivre, enchaînés, impuissants, privés de la plus mince possibilité d'action.

Imaginez ces combattants, ces militants de la première heure : dans leurs prisons, graves, tendus, assemblés autour des transistors, ils apprennent que, pour la première fois, leurs frères des banlieues et des bidonvilles manifestent dans Paris en réclamant l'indépendance, la paix immédiate. Oui, c'est bien une nouvelle phase de la bataille, un sursaut décisif qui peut-être arrachera la victoire, et les détenus la vivent dans un état d'exaltation intense. Mais en même temps, heure par heure, ils sont tenus au courant des épisodes de la répression, de l'explosion de folie raciste qui, ce soir-là et les jours qui ont suivi, a secoué la France : noyés, pendus, assommés, parqués, affamés, partout c'est la chasse à l'Arabe, la nuit parisienne des longs couteaux. Les innocents prennent tous les coups : femmes, enfants, travailleurs, le couvre-feu et la répression indiscriminée rejettent chacun dans l'univers de la peur. Il y a plus de sécurité à l'intérieur des prisons que dehors dans le monde des hommes libres : et les détenus croient apercevoir dans cette horreur une tentative de destruction préméditée du peuple algérien tout entier. Comme pour les confirmer dans cette idée, le gouvernement au même moment prend des mesures contre eux. On les brime : courrier retenu, parloirs supprimés, usage des transistors interdit, fermeture des cellules. On reproche aussi à Ahmed Ben Bella et à ses compagnons de mener la vie de château : ils téléphonent au Caire, paraît-il, et reçoivent des danseuses. On réduira donc les heures de visite à Turquant, on épluchera la comptabilité téléphonique, on doublera la garde. Tracasseries mesquines : elles ont pour seul résultat d'inciter à l'union sacrée les prisonniers et leurs frères en « liberté ». Le gouvernement abat lui-même les murailles de ses geôles, il refait l'unité des prisons et des banlieues, des « châteaux » et des bidonvilles.

Quinze mille hommes entrent dans le combat. À la provocation ils réagissent en donnant ce qu'ils ont : leur vie. Ils se laissent mourir. Ainsi cette grève de la faim doit être comprise indissolublement de deux façons : elle est une riposte aux brimades, un acte pour faire reconnaître l'intangibilité du statut que les détenus algériens ont obtenu par leur lutte, pour qu'il soit étendu à toutes les détentions, à tous les camps, pour que la qualité de combattant ne soit plus jamais contestée à un prisonnier. Mais en même temps, la grève est une manifestation de solidarité *active* avec les travailleurs du 17 octobre, elle est un geste de combat. Et c'est bien pourquoi elle a débordé très vite toute revendication particulière, elle n'a pas cessé de se radicaliser au fil des jours et s'est changée en une exigence infinie[1]. Voilà près de trois semaines qu'inébranlables, insensibles aux ruses, aux marchandages, ils refusent de se nourrir ; ils demandent maintenant l'impossible, tout à la fois : l'indépendance, la paix, leur libération, la victoire. Et ils sont fondés à le faire puisqu'ils ont mis leur vie en jeu.

Il n'est pas juste d'ailleurs d'écrire qu'ils se laissent mourir. Ils se font mourir, il s'agit d'une action. Car nul ne s'y trompe : qu'on leur explique que leur mort est nécessaire à la victoire ; que le peuple algérien leur demande de se sacrifier, ils iront jusqu'au bout. Lorsque Ben Bella déclare qu'il tiendra jusqu'au « point extrême », il ne bluffe pas, il ne ment pas. Il faut en effet ignorer quels hommes sont les militants algériens, qu'ils soient ministres, combattants de l'A.L.N. ou détenus de nos prisons, pour ne pas comprendre qu'à tout moment la mort peut apparaître à chacun d'eux comme sa possibilité la plus immédiate et qu'à la veille même de l'indépendance,

1. Ce schéma s'applique trait pour trait à la grève entreprise par les ministres. Quelques-uns ont insinué que les ministres algériens demandaient aux détenus de mourir pour obtenir leur propre libération. C'est ignoble. Ahmed Ben Bella, Mohamed Boudiaf, Ait Ahmed, Rabah Bitat et Mohamed Khider ont déclenché leur grève à la fois par solidarité avec les travailleurs du 17 octobre et par solidarité avec tous les emprisonnés. Un ministre du G.P.R.A. est d'abord un militant comme les autres. Mais il était normal que leur propre grève se radicalise et qu'ils en viennent à contester le principe même de leur maintien en détention, à exiger leur libération. Rien ne dit, d'ailleurs, qu'ils ne poursuivront pas, seuls, leur grève.

à la fois exténués et délivrés de nos raisons ordinaires de vivre par sept années d'une lutte atroce, ils puissent librement choisir de mourir. Il ne s'agit pas de désespoir, mais d'une rage de vaincre, d'un arrachement de l'homme à lui-même. Personne ne passera au travers, il y a eu tant de martyrs et tant d'héroïsme, tant de frères tombés et d'innocents emportés, que chaque militant aujourd'hui se considère, se veut comme un mort en sursis. Je ne puis mieux faire pour illustrer ceci que de citer Sartre dans sa préface à l'admirable livre de Frantz Fanon, *Les Damnés de la terre* : « Cet homme neuf commence sa vie d'homme par la fin; il se tient pour un mort en puissance. Il sera tué : ce n'est pas seulement qu'il en accepte le risque, c'est qu'il en a la certitude; ce mort en puissance a perdu sa femme, ses fils; il a vu tant d'agonies qu'il veut vaincre plutôt que survivre : d'autres profiteront de la victoire, pas lui; il est trop las. Mais cette fatigue du cœur est à l'origine d'un incroyable courage. Nous trouvons notre humanité en deçà de la mort et du désespoir, il la trouve au-delà des supplices et de la mort... »

Cette grève prendra fin : le G.P.R.A. demandera sans doute aux militants des prisons et des camps de ne pas aller jusqu'au bout, d'accepter un compromis. Et comme toute grève radicale, elle sera à la fois une victoire et un échec. Échec parce que l'exigence infinie qui la nourrissait n'aura pas été satisfaite; victoire en ce sens que le gouvernement français devra faire droit aux revendications des détenus. Mais en un autre sens encore : lorsque la France leur ouvrira les portes de ses prisons, ils pourront se dire qu'ils ont arraché eux-mêmes leur libération, qu'ils ont été, jusqu'au bout, des combattants. Ce sont des vainqueurs que nous relâcherons. Ils ont gagné déjà, ils le savent. Nous le savons tous[1].

Les Temps modernes, nº 187, décembre 1961

1. J'ai parlé seulement des Algériens. Mais cet article concerne également les militants français, condamnés et emprisonnés pour avoir apporté un soutien actif à la Révolution algérienne. Eux aussi ont fait la grève de la faim. Tout ce qui a été écrit là, conclusion y comprise, vaut bien entendu pour eux.

L'HUMANITAIRE ET LE TRAGIQUE DE L'HISTOIRE

Cet article inaugurait un numéro spécial des Temps modernes *consacré à l'humanitaire. Les deux textes qui le suivent, intitulés « La guerre a eu lieu » et « Guerre préventive ou apocalypse », ont été écrits plus tôt, puisqu'ils traitent respectivement de la « guerre » du Kosovo et de la première « guerre » en Irak. Les lecteurs prendront conscience que je n'ai jamais varié dans mon opposition aux « frappes » de la gendarmerie planétaire, dans ma ferme condamnation du droit ou du devoir d'ingérence, dont la récente intervention en Libye a été le dernier et le spectaculaire avatar. J'ai également dénoncé celle-ci (« Rhéteurs et décideurs »,* Le Monde, *17 avril 2011,* Marianne, *23-29 avril 2011) avec la plus grande fermeté. J'avais été choqué, il est vrai, par les conditions et, disons, les « causes occasionnelles » qui avaient conduit à son déclenchement. Mais je préfère ne pas m'appesantir sur ce point. L'essentiel, pour moi, est qu'on ne joue ni avec la guerre ni à la guerre, pour ne rien dire des conséquences qu'elle entraîne. Ce qu'on sait de la Libye aujourd'hui et de ceux qui la dirigent n'incite pas à l'optimisme. Après avoir donné ma signature à une pétition pour l'intervention, signature arrachée par téléphone au dernier instant, je l'ai reprise après trois semaines. Les textes publiés ici donnent la raison profonde de ma décision et montrent que je n'ai pas cessé d'être fidèle à moi-même.*

Voilà longtemps que *Les Temps modernes* avaient le projet de réfléchir sur ce qu'il est convenu aujourd'hui d'appeler « l'humanitaire ». Les questions que personnellement je me posais étaient d'abord triviales : « Qu'est-ce que ce métier ? » Car c'en est un, ce l'est devenu. Il y a aujourd'hui des écoles d'humanitaire — qui délivrent diplômes et certificats d'aptitude — comme il y a des écoles de journalisme ou de la magistrature. Nous sommes dans un temps hanté par la terreur de la perte, éperdu de thésaurisation, qui, pour mieux le garder, ossifie, fossilise, dévitalise entièrement le passé. Dans un temps aussi — et c'est peut-être la même chose — où tout s'enseigne. Je me demandais également : « Qu'est-ce qu'une O.N.G. ? Plus spécifiquement, une O.N.G. d'assistance humanitaire ? Quelles sont ses structures, ses sources de financement ? Combien de permanents ? Comment s'y engage-t-on ? Durée des contrats, salaires, honoraires, plans de carrière, hiérarchie et piétaille, plein temps, mi-temps, sanctions, etc. ? » Ces questions sont assurément la marque de mon ignorance, elles ont leurs réponses, mais on les pose rarement, elles ne sont pas de bon ton tant l'humanitaire évoque immédiatement pour le grand public la vocation, l'abnégation, le don et même le sacrifice de soi, hautes vertus qui occultent la matérialité des actions elles-mêmes, tout ce qui précède le geste de secours, l'accompagne, lui succède, la logistique en un mot. La plupart des articles qu'on va lire, dus à des praticiens de terrain, s'ancrent au contraire dans la matérialité de l'humanitaire et montrent du même coup les impasses, contre-finalités et effets pervers souvent induits par leurs interventions.

La relation de cause à effet entre la Shoah et la naissance de l'humanitaire est éclatante, Bernard Kouchner l'a proclamé à maintes reprises. « On aurait pu sauver les Juifs » et « Plus jamais ça » (décliné dans toutes les langues d'Europe « *Never again* », « *Nie wieder* », « *Nunca más* », « *Nigdy tego wiecief* » qu'on lira jusqu'à la fin des temps au fronton du bâtiment de la gare de Treblinka), cet inguérissable remords et ce serment sont les deux sources de l'humanitaire moderne.

Aurait-on pu les sauver ? Qui aurait pu les sauver ? Ce fut, tandis que je préparais *Shoah*, une mode universitaire, aux États-Unis et en Israël, de recenser et dénoncer les occasions perdues, les moments, pensait-on, « critiques », de la non-assistance à personne en danger qui eussent pu changer ou inverser le cours inexorable des choses : *The Abandonment of the Jews* de David S. Wyman, *The Politics of Rescue* de Henry Feingold furent pendant un temps des livres de chevet. Tout y était juste, sauf les proportions et la temporalité, l'implacable plénitude du réel, configuration vraie de l'impossible. Mais les universitaires, s'ils veulent faire carrière, sont condamnés aux « *papers* », c'est-à-dire à des « trouvailles » qui reconstruisent le passé à la lumière du présent : illusion rétrospective, oublieuse de l'épaisseur, des pesanteurs, de l'illisibilité d'une époque.

Rudolf Vrba et Alfred Wetzler s'évadent du camp d'extermination d'Auschwitz-Birkenau le 7 avril 1944, faisant preuve d'une audace et d'un héroïsme inouïs. Vrba explique dans *Shoah* que leur motivation principale était d'informer le monde sur ce qui se passait, dans l'espoir que la connaissance de la réalité d'Auschwitz arrêterait ou freinerait la déportation des Juifs de Hongrie, qu'ils savaient imminente. Il n'en fut rien et, malgré les rapports très précis, rédigés par Vrba dans l'urgence et la fièvre dès son arrivée en Slovaquie, malgré les plans exacts des installations de mort dessinés par lui et parvenus à destination tant en Angleterre qu'aux États-Unis, Birkenau tourna comme jamais auparavant : 450 000 Juifs hongrois y furent gazés entre mai et fin juin 1944. Mais si Vrba croit, à l'instant où il s'évade, que le monde ignore ce qu'est Auschwitz, lui-même, prisonnier depuis deux ans déjà, ne sait pas ce que le monde sait — chaque camp, chaque ghetto était une île, la communication était impossible. Or le monde sait : Jan Karski, dans *Shoah*, entre en scène immédiatement *après* Vrba et son récit porte sur des événements qui ont eu lieu deux ans *plus tôt*, à la fin 1942. Karski, courrier du gouvernement polonais en exil, allait repartir en mission et deux leaders juifs de Varsovie, un bundiste et un sioniste, étaient parvenus à le faire entrer dans le ghetto afin qu'il voie de ses yeux l'agonie de leur peuple et puisse en faire la relation aux Alliés. Le voyage au ghetto avait été suivi de l'extraordinaire infiltration dans un camp dont Karski dit qu'il s'agit de Belzec, ce que certains historiens mettent en doute. Toujours est-il que Karski, déguisé en garde ukrainien, passa plusieurs heures dans ce camp et y fut le témoin de scènes effroyables. Le mandat qu'il reçut des responsables juifs avant son départ était véritablement une demande — plus encore, une supplication — d'ingérence militaro-humanitaire au cœur même de la guerre : « Que les nations alliées déclarent officiellement qu'au-delà de leur stratégie militaire, qui vise à assurer la victoire, l'extermination des Juifs forme un chapitre à part. Que les nations alliées annoncent sans détour, publiquement, que ce problème est le leur, qu'elles l'intègrent à leur stratégie globale dans cette guerre. Pas seulement vaincre l'Allemagne, mais aussi sauver ce qui reste du peuple juif. Cette déclaration publiée, les Alliés ont une aviation, ils bombardent l'Allemagne, pourquoi ne lanceraient-ils pas des millions de tracts qui apprennent aux Allemands ce que leur gouvernement fait aux Juifs ? Peut-être ne savent-ils pas ! Et alors, qu'ils proclament, encore une fois officiellement : si la nation allemande ne montre pas qu'elle tente de changer la politique de son gouvernement, elle sera tenue pour responsable des crimes commis. En l'absence de tels signes, les Alliés avertiront que certains objectifs en Allemagne seront bombardés, détruits, en représailles des crimes perpétrés contre les Juifs. Que ces bombardements n'ont rien à voir avec la stratégie militaire, mais concernent le seul problème juif. Qu'on fasse savoir aux Allemands, avant et après ces bombardements, qu'ils ont eu lieu et auront lieu parce que les Juifs sont exterminés en Pologne. »

Karski mena à bien sa périlleuse mission, il atteignit Londres et même Washington. Dans *Shoah*, il dit simplement : « *But I reported what I saw* » (« Mais j'ai fait mon rapport sur ce que j'avais vu »). Rien de plus, je l'ai voulu ainsi. C'était, artistiquement, la seule façon de maintenir la rigueur de la tragédie. Or — j'ai tourné tout cela sans l'inclure dans le film — Karski, à Londres et à Washington, avait rencontré les principales personnalités politiques et intellectuelles, polonaises bien sûr, ou juives, comme Schmuel Zygelboim — qui se suicida par le gaz en mai 1943, après l'anéantissement du ghetto de Varsovie —, le rabbin Stephen Wise, président du Congrès juif mondial ; ou encore anglaises comme Anthony Eden, ministre des Affaires étrangères du Royaume-Uni, et Lord Selbourne qui, au ministère de la Guerre, s'occupait spécifiquement des liaisons avec les mouvements de résistance européens, les écrivains H. G. Wells et Arthur Koestler ; à Washington Cordell Hull, secrétaire d'État, Simpson, secrétaire à la Guerre, les archevêques Spillman, Moonie et Strich, le nonce apostolique Cicognani, Félix Frankfurter, membre éminent de la Cour suprême, Juif de surcroît et, *last but not least*, Franklin Delano Roosevelt, président des États-Unis d'Amérique. À tous Karski fit son rapport, presque toujours chaperonné par un ministre ou un ambassadeur du gouvernement polonais en exil, qui lui indiquait les centres d'intérêt des interlocuteurs qu'il allait rencontrer. Sa mission comportait en effet bien d'autres messages que ceux qui avaient trait à la situation juive. Jeté littéralement dans un autre monde, avec ses protocoles, ses rituels, ses lois, son temps compté, le jeune courrier polonais à la mémoire photographique (il n'avait pas une note, pas un papier, tout était dans sa tête, il parlait les yeux fermés « comme une machine », dit-il, ce qu'il fait quelquefois dans *Shoah*) comprit que ce qu'il relatait de l'extermination n'était, pour ses auditeurs, ni d'une radicale nouveauté ni de majeure importance. Dans la plupart des cas, il confirmait ce qui était déjà su et, pour que la bouleversante force de suggestion de son récit, attestée par le film, pût se manifester, il eût fallu laisser à sa parole le temps du déploiement. Dans l'audience accordée par Roosevelt — elle dura une heure et vingt minutes — ce fut surtout le Président qui discourut, promettant de supprimer le corridor de Dantzig, de donner à la Pologne la Prusse-Orientale et de reconstituer le cheptel chevalin polonais saigné à blanc par les

Allemands. Des Juifs il ne fut question qu'à la toute fin de l'entretien, quelques mots à l'initiative de Karski, ébloui de se trouver devant le « maître du monde », qui appelèrent un geste indéchiffrable du Président et ce seul commentaire : « Les criminels seront punis. » Avec Felix Frankfurter, « Justice Frankfurter », comme on le surnommait, confident de Roosevelt et regardé comme une des têtes les plus brillantes de l'Administration américaine, les choses prirent un autre tour, Karski eut tout le temps de donner à sa parole l'ampleur nécessaire. Frankfurter, petit, massif, nerveux, écouta Karski sans dire un mot, se tassant de plus en plus dans son fauteuil au fur et à mesure de l'avancée du récit. À la fin il explosa : « Jeune homme, je sais que vous arrivez de l'enfer et que vous allez y retourner. Je vous dis mon admiration. Je ne suis moi-même plus jeune, je suis un juge des hommes, je connais l'humanité, des hommes comme vous et moi doivent être totalement honnêtes. Je ne dis pas que vous êtes un menteur, je dis que je ne vous crois pas ! » Justice Frankfurter n'était pas outillé pour l'horreur. Que peuvent signifier Treblinka ou Belzec vus d'un chaud et confortable bureau de Washington ? Qu'est-ce que *savoir*, c'est la question centrale. Écoutons encore Karski relatant sa rencontre, à Londres, avec Lord Selbourne : « Il était avant tout intéressé par les opérations de la résistance polonaise : diversions, sabotages, il voulait mon avis, connaître nos besoins. La coopération avec les services anglais est-elle satisfaisante ? J'en arrive au problème juif. “Votre Honneur, je suis également chargé d'une mission par les Juifs de Pologne. Je me suis rendu deux fois au ghetto de Varsovie, j'ai vu le camp de Belzec. Votre Honneur, souhaitez-vous m'entendre ?” Je lui ai raconté à peu près toute l'histoire. Alors, avec une douceur, une politesse, une bienveillance, une indulgence tout aristocratiques : “Monsieur Karski, pendant la Première Guerre mondiale, nous faisions de la propagande en racontant que les soldats allemands fracassaient contre les murs les têtes des bébés belges. Je pense que nous avons fait un bon travail [*a good job*]. Il fallait affaiblir le moral des Allemands et faire croître l'hostilité envers l'Allemagne. Nous savions que ça n'était pas vrai, mais il faut ce qu'il faut, la guerre était sanglante et cruelle. En ce qui concerne votre problème, votre rapport, continuez à échauffer l'opinion publique. Sachez que vous contribuez à notre cause. Nous avons besoin de pareils rapports. Votre mission est très importante." Il me disait clairement : "Monsieur Karski, vous savez, et je sais, que ce que vous me racontez n'est pas vrai, mais c'est de la très bonne propagande. Continuez, merci." » Décidément, les Juifs, même au seuil de l'annihilation, n'étaient pas le centre du monde, cette histoire restait marginale et Jan Karski ne pouvait pas ne pas prendre conscience que, confrontée à l'inertie du réel, la supplique qu'il avait mandat de transmettre était d'un idéalisme et d'une grandiloquence qui confinaient à la folie.

Qu'est-ce que savoir ? La question est au cœur de la problématique humanitaire. J'ai vu aux États-Unis un numéro de la revue *Jewish Frontier*, daté d'octobre 1942 : le *master plan* de l'extermination y figure de la façon la plus articulée, l'exactitude de la relation sur Chelmno et les camions à gaz y est stupéfiante, la contemporanéité entre l'information à New York et la mort à l'œuvre en Pologne est presque entière. Mais *Jewish Frontier* était une revue confidentielle : plus tard, au début 1944, des Juifs radicaux, voulant à leur façon alerter le monde, furent conduits à acheter des pleines pages dans les journaux américains les plus lus, *New York Times*, *Chicago Tribune*, *Los Angeles Times*, pour publier le désastre. Au département d'État, des grands commis tels Beckinridge Long ou Robert Borden Reams, que j'ai rencontré bien plus tard, coulant une retraite heureuse sur un golf de Panama City et fier de son excellence dans la préparation des martini-dry, pratiquaient cyniquement la rétention d'information, minimisant les alarmantes nouvelles, ne communiquant pas les rapports qui leur parvenaient. Il fallut, pour mettre un terme au scandale, la colère et le courage du secrétaire au Trésor, Henry Morgenthau, qui intervint personnellement, preuves en main, auprès de Roosevelt. C'est, paradoxalement, grâce à Morgenthau et aux hommes du Treasury Department que le Président créa à la toute fin 1943 le War Refugee Board. Il était très tard. Malgré leur dévouement et leur profonde implication, ceux qui le dirigèrent ou y travaillèrent, comme John Pehle, Josiah du Bois, Roswell McLelland, furent eux-mêmes immédiatement confrontés aux lois d'airain qui régissent la conduite de la nation en guerre. Impossible par exemple d'envoyer légalement de l'argent aux organisations de résistance juive qui tentaient de sauver ce qui pouvait encore l'être : les dollars de la survie eussent pu tomber aux mains de l'ennemi, délit assimilable à de la haute trahison. Les généreux et pointilleux fonctionnaires du W.R.B. ne passèrent jamais à l'illégalité. Ce sont les Juifs américains religieux et ultra-orthodoxes, qui, absolument conscients de l'immensité et de la dimension européenne de la destruction, furent les plus solidaires, faisant preuve d'une extraordinaire imagination, prenant les plus grands risques pour répondre aux appels qu'on leur adressait : les lois humaines pesaient peu au regard de l'urgence et de la loi divine. En Slovaquie, un autre ultra-orthodoxe, obsédé de sauvetage, le rabbin Dov Weismandel, concevait un plan grandiose et fou, qu'il baptisa « Europa Plan », consistant à racheter aux nazis tous les Juifs d'Europe. Ses frères des États-Unis réussirent à lui faire parvenir un peu d'argent. Pas assez pour satisfaire l'appétit d'ogre de Dieter Wisliceny, le dignitaire S.S. avec lequel il négociait les modalités de son plan : Wisliceny réclamait des sommes colossales, impossibles à rassembler, les Juifs slovaques se saignèrent aux quatre veines, lui faisant croire que leur propre argent provenait d'Amérique *via* la Suisse, par des détours secrets. Wisliceny empocha les dollars de ce qu'il croyait être la « Juiverie internationale », après quoi les déportations reprirent. Weismandel, qui était un rabbin inspiré, prophète et combatif, oublia son « Europa Plan », mais en adressa d'autres à ses frères d'outre-Atlantique : ceux des voies ferrées conduisant à Auschwitz et des tunnels que les trains empruntaient obligatoirement. Renonçant à les dynamiter lui-même avec quelques-uns des étudiants de sa yeshiva par crainte des représailles sur le reste de la population juive si les Allemands découvraient l'origine du sabotage, il demandait à ce qu'ils fussent bombardés par les Alliés. Rudolf Vrba eut une longue entrevue avec Weismandel peu de temps après son évasion en avril 1944. Quelques semaines plus tard, le rabbin sautait du train qui l'emportait à son tour vers Auschwitz avec les derniers Juifs de Sered, ses élèves, sa femme et ses enfants. Les requêtes de bombardements des voies ferrées et des installations de Birkenau furent approuvées par le W.R.B., transmises au département de la Guerre, sérieusement pesées et discutées par le Strategic Air Command qui avait la charge des opérations. Elles furent rejetées pour beaucoup de raisons, pas toutes méprisables comme l'illusion rétrospective veut le faire croire aujourd'hui. Une chose est sûre : le secrétaire d'État John Mac Cloy, futur haut commissaire américain en Allemagne, de qui la décision dépendait en dernier ressort, y était violemment opposé. Des années plus tard, pendant la préparation de *Shoah*, voulant en avoir le cœur net, je l'interrogeai dans son bureau de Wall Street. Il connaissait déjà l'objet de ma visite et m'accueillit par ces mots : « *Ah ! You come for this jewish business !* »

Dans ma préface à *Trois ans dans une chambre à gaz d'Auschwitz*, le livre de Filip Müller, un des protagonistes centraux de *Shoah*, j'écrivais : « Entre l'instant où un convoi de Juifs promis à la mort par le gaz passait le porche voûté du bâtiment qui se dresse au seuil de Birkenau, sinistre oiseau de mort dont les ailes se déploient autour d'une bouche d'ombre, et celui où les énormes cheminées carrées des crématoires crachaient leurs premières volutes, deux heures environ s'écoulaient. Il était *trop tard* absolument. Pour les malheureux qui parvenaient ici au terme du voyage, s'ouvrait la phase finale d'un procès de destruction qui avait débuté bien avant, bien ailleurs (*mais quand donc, où donc tout cela a-t-il commencé ?*) » C'est volontairement que je souligne ici le « trop tard » et l'interrogation sur le commencement, qui nous rappellent à la gravité et au tragique de l'Histoire. Les Juifs d'Europe n'ont pas été sauvés. Auraient-ils pu l'être ? Ceux qui, péremptoires, répondent aujourd'hui « oui » ne sont-ils pas eux aussi des lecteurs tâtonnants de leur propre temps ? Leur sagacité rétroactive est peut-être l'avers d'un aveuglement constitutif sur ce qu'ils prétendent accomplir, sur les lendemains neufs et chantants dont ils croient accoucher. L'humanitaire (mais quand donc ce qualificatif devint-il substantif?) lui aussi arrive toujours trop tard, le sang a coulé, le massacre a eu lieu, on panse, on colmate, une urgence chasse l'autre. Ubiquitaire et inconstant, il dévore l'espace, zappant de malheur en malheur avec ses yeux de lynx et ses bottes de sept lieues. Pourtant — et c'est aussi ce que montrent les articles qu'on va lire —, les secours sont bons, utiles, nécessaires, vitaux. Devant la famine, l'épidémie, la violence, la mort, le premier mouvement est de solidarité et c'est là l'ancrage de l'action humanitaire. À l'action elle-même et à ceux qui la mettent en œuvre, rien à reprocher, au contraire. Mais l'humanitaire se veut maintenant doctrinaire, porteur d'une vision globalisante du monde, vecteur d'un ordre planétaire, substitut ou inspirateur de la politique. Il entend arriver non plus *trop tard* mais à *temps*, un *à temps* qui, pour être à l'heure, prend la figure du *en même temps* : les camions et les ambulances de l'humanitaire s'embarquent dans les fourgons de la guerre, les contrats de la reconstruction se préparent avant même la destruction programmée. La guerre n'aura pas eu lieu, la simultanéité de la guerre et de l'humanitaire permet de se résoudre à celle-là, d'en nier la violence, de l'aseptiser, de la tenir pour la solution : c'est le fantasme de l'option zéro mort. Cependant mieux vaut prévenir que guérir, la seule façon d'arriver vraiment à temps, c'est d'être là *avant* l'heure et de lancer ses frappes contre les méchants, dernier recours lorsque les mises en garde demeurent inopérantes. L'ingérence — droit, devoir ou pouvoir — est l'autre nom de cet ultime avatar de l'humanitaire : les guerres actuelles, chaudes ou oubliées, devraient au moins nous enseigner que la réalité humaine est d'un maniement délicat, que d'imprévisibles réactions en chaîne démentent les visions abstraites des plus forts, que les hommes ont toujours su transformer en valeurs ce qui les opprime — cela s'appelle encore tradition ou culture —, que le tragique de l'Histoire n'est pas près de s'abolir dans les bureaux feutrés des décideurs internationaux.

Les Temps modernes, nº 627, avril-juin 2004

LA GUERRE A EU LIEU

La « guerre » du Kosovo a eu lieu. Elle se termine à l'instant où nous devons impérativement boucler ce numéro. Cinq articles[1] rédigés à chaud, tandis qu'elle se déroulait, par divers membres du comité de rédaction des *Temps modernes*, lui sont ici consacrés. C'est assez dire que nous étions et demeurons divisés, que nous n'avons pu nous mettre d'accord sur un texte commun, qui engagerait la revue en tant que telle. Pour les uns, cette guerre était nécessaire et juste, pour les autres — dont je suis — elle fut aussi, dans son déclenchement, sa conduite et ses conséquences, une « sale guerre » et la « capitulation serbe » — pour reprendre la manchette d'un grand quotidien — ne change rien à cela, ne mérite pas qu'on pavoise. Lorsqu'il écrivait « Mères, voici vos fils qui se sont tant battus... Heureux ceux qui sont morts dans une juste guerre », Péguy n'imaginait sûrement pas une guerre juste à option zéro mort.

Mais au moins, malgré nos divergences et la contrariété de nos vues, nous sommes-nous parlé, exposant franchement certitudes,

1. En ce qui me concerne, il ne s'agit pas d'un article mais d'une interview que j'ai donnée à l'hebdomadaire *Marianne*, un des rares organes qui n'aient pas été à l'unisson. Je la reproduis ici sans rien y changer, bien que la « capitulation » serbe rende caduques les craintes que j'y exprimais à propos de l'intervention au sol, réclamée alors de tous côtés, et du jusqu'au-boutisme de Milošević contre lequel un mandat d'arrêt venait d'être lancé par le Tribunal pénal international. Le fait que Milošević se soit rendu à la raison est un motif de plus qui démontre, s'il en était besoin, l'inanité de son identification à Hitler.

doutes et interrogations réciproques, chacun prêtant à l'autre l'attention de l'amitié. Ce débat entre nous a été fondamentalement sain et nous l'avons assumé sans frivolité, sans pratiquer l'attaque *ad hominem*, avec le souci de ne museler aucune parole, aucune pensée.

Un certain nombre de questions valent en effet d'être posées — et le seront dans un prochain numéro — sur le surprenant climat de guerre civile, d'intolérance, d'excommunication, qui s'est instauré dans les médias et entre intellectuels par médias interposés au cours des deux derniers mois.

Simplification, manichéisme, désinformation, propagande, références incessantes — elles continuent aujourd'hui après la « victoire » — à la Seconde Guerre mondiale ont fait croître l'intimidation jusqu'à interdire toute question. Dire qu'il y avait sûrement d'autres solutions que celles qui ont conduit à l'exode massif des Kosovars, à celui des Serbes maintenant, à la dévastation du Kosovo et de la Serbie, s'interroger sur le prix et les conséquences sinistres de l'ingérence militaro-humanitaire, récuser l'identification Milošević-Hitler quotidiennement martelée, invoquer la spécificité et la complexité des situations, dénoncer la manipulation des opinions publiques par les porte-parole de l'O.T.A.N. (la guerre de l'O.T.A.N. était prête et voulue bien avant Rambouillet ; Milošević, on le savait, ne pouvait que rejeter l'ultimatum qui lui était lancé) impliquait *ipso facto* qu'on se fasse traiter de « munichois », ranger dans le camp des égorgeurs, et pourquoi pas des négationnistes. Pour ma part, je ne nie rien du tout : les milices et « paramilitaires » serbes, qui avaient déjà fait leurs preuves en Bosnie et en Croatie, ont à l'évidence torturé, violé, assassiné des hommes et des femmes du Kosovo par centaines ou milliers. Il n'y a pas à comprendre ceux qui se sont rendus coupables de pareils crimes : il faut les juger et les châtier. Mais — et c'est ma conviction — l'intervention de l'O.T.A.N. a précipité ce déchaînement de barbarie qui, quoi qu'on ait écrit, ne se répare ni ne s'annule. Nous n'avons pas à être fiers.

Chez beaucoup, pourtant, le lyrisme est de mise : ils célèbrent la nouvelle Europe et le nouvel ordre mondial qui viennent de s'accoucher dans une fessée salvatrice. Fourbissons les armes des frappes à venir.

Les Temps modernes, nº 604,
mai-juin-juillet 1999

LE COMPARATISME DES HORREURS

MARIANNE : *Depuis le premier jour de la guerre au Kosovo, certains utilisent de part et d'autre les mots de la Shoah : déportation, génocide, sélection, crime contre l'humanité, hitlérien, etc. Comment réagit l'auteur du film* Shoah *?*

CLAUDE LANZMANN : On avait déjà comparé Sarajevo au ghetto de Varsovie, ce qui était une façon de masquer, de ne pas transmettre l'horreur singulière du siège de Sarajevo. Qu'est-ce que c'était qu'être pris au piège dans cette cuvette, cerné par l'artillerie, à la merci des snipers, sans jamais savoir d'où et quand viendrait le prochain coup. Le ghetto de Varsovie, inutile d'y revenir, c'est une tout autre histoire, qui s'est terminée dans les chambres à gaz de Treblinka à partir de juillet 1942 et par l'éradication complète de toutes les habitations juives en avril 1943. Pourquoi, au lieu de s'en tenir à la spécificité d'événements historiques, déjà assez effrayants en eux-mêmes, faut-il toujours rameuter la Shoah ?

Pourtant, ils sont nombreux à répéter qu'il y a des concordances entre 1940-1944 et cette guerre du Kosovo...

Rien n'est plus horrible que le comparatisme des horreurs. On montrait l'autre soir à la télévision l'arrivée à la frontière du Kosovo d'un groupe d'hommes libérés après qu'ils eurent été emprisonnés, battus, affamés par les Serbes. La maigreur extrême de l'un d'eux évoquait celle des rescapés de Buchenwald ou de Dachau. Pourtant, sur le fond et malgré l'évidence des atrocités, il n'y a pas, là encore, à se référer à la Shoah. Mais je crois aussi qu'il est très difficile dans le contexte actuel de le dire et de se faire entendre. Car, aussitôt, certains vont m'accuser d'interdire de toucher à la Shoah et de la sacraliser. Ce que je n'ai jamais fait. Mais je ne peux m'empêcher de penser que ceux qui nient l'unicité de la Shoah récupèrent cette unicité en lui comparant tout. Je constate d'ailleurs que ce phénomène de comparaison automatique est nouveau : les intellectuels n'ont pas eu recours à cette référence à la Shoah aux pires périodes de la guerre d'Algérie, quand les combattants du F.L.N. étaient assassinés en masse, torturés, et de vastes zones entièrement vidées de leurs habitants. Idem pour la guerre du Vietnam quand des centaines de villages, des forêts, des rizières étaient rasés au napalm. Même pendant la guerre du Biafra, qui a vu naître la pratique et l'idéologie de l'humanitaire, on se passait de la comparaison avec le nazisme.

Cette guerre du Kosovo est-elle celle des soixante-huitards ?

C'est vous qui le dites. Mais c'est sûrement en effet une affaire générationnelle. Les intellectuels qui utilisent ces mots-là n'étaient pas nés pendant la Seconde Guerre mondiale ou n'étaient pas en âge de penser. Ils n'ont jamais porté un fusil. Ils n'ont pas subi la guerre et ses violences. Ils n'ont jamais connu la peur. C'est l'histoire d'une génération d'après la Shoah qui ne peut pas supporter de ne pas en avoir été, d'une façon ou d'une autre. Alors, il leur faut la revivre imaginairement comme s'ils en avaient été frustrés. Comment s'éprouver frustrés de l'horreur ? C'est difficile à comprendre. Cinquante ans de paix, est-ce trop ? Il y a aussi cela, qui pèse comme un remords interminable sur les consciences : les Juifs n'ont pas été sauvés, on ne permettra plus que le monde demeure passif à nouveau devant d'autres crimes. Je n'ai jamais prétendu, moi, que les Juifs auraient pu être sauvés après le déclenchement de la guerre. Il était trop tard, absolument. Il aurait fallu agir bien avant, bien ailleurs !

Depuis le début de la guerre, vous comptez parmi les rares intellectuels à être restés silencieux...

Le terme de « frappe » est révoltant, écœurant. Et « frappe chirurgicale » plus encore. Ce sont des euphémismes sinistres, révélateurs de l'univers de « pub » et de « communication » dans lequel nous baignons. Les conseillers à la sécurité de Bill Clinton ou les porte-parole de l'O.T.A.N. sont des *golden boys* mécanisés, sans intuition, sans imagination, sans expérience. Les « frappes », cela ressemble à un jeu : tu n'es pas sage, je te frappe. C'est la mise au piquet, au cachot : je cesserai quand tu reviendras à la raison. J'appelle cela une infantilisation de la politique, une déréalisation ou une irréalisation de la violence. Les frappes chirurgicales, cela n'existe pas. Chacun prend aisément son parti des bavures, des « dommages collatéraux ». Et qu'est-ce que c'est, précisément, un objectif militaire ? C'est quoi un pont ? Un objectif militaire ou civil ? On détruit systématiquement, par une intensification, une escalade chaque jour grandissante, ce qu'il a fallu des siècles pour édifier. Comment peut-on décider de faire radicalement souffrir une population civile ? Les intrépides en pantalon ou en jupon, devant l'échec de ce qu'ils appellent la demi-guerre, demandent maintenant la guerre totale, intervention au sol avec toutes les conséquences effroyables sûrement, prévisibles et imprévisibles à la fois. Je suis révolté par ce manque absolu de respect devant la gravité de l'Histoire. Le premier jour de la guerre, j'ai eu le sentiment qu'un nouvel ordre du monde surgissait et j'ai été effrayé de voir que l'ingérence menait à cela.

À ceux qui répètent inlassablement qu'il fallait intervenir militairement pour sauver les Kosovars, que répondez-vous ?

Que tout était mieux que ces « frappes ». Qu'il fallait continuer à discuter, inventer autre chose, menacer autrement, intervenir sans relâche, sans s'enfermer dans des ultimatums. Le résultat des frappes ? La montée exponentielle de la haine serbe, expulsions de populations, exode, massacres, destructions. Que retrouveront les Kosovars à leur retour, s'ils reviennent ?

Le rôle de l'intellectuel, c'est de se battre contre les schématisations, de comprendre comment les choses se déclenchent et s'enchaînent. Qu'est-ce qu'une panique ? Qu'on relise la *Critique de la raison dialectique* de Sartre : il n'y a pas besoin d'un tueur serbe derrière chaque porte kosovare pour que beaucoup s'enfuient. Mais, évidemment, les Serbes n'ont plus eu la moindre retenue dès que les bombardements ont commencé. La demande de mise en jugement, et le mandat d'arrêt lancé contre Milošević par Mme Arbour, présidente du Tribunal pénal international, s'inscrit pourtant dans cette schématisation dont je viens de parler, est un degré de plus dans l'escalade, et pas seulement verbale. Le résultat, c'est acculer totalement Milošević, le rendre enragé, ne lui laisser d'autre issue qu'une violence encore plus grande. Le résultat, c'est proclamer et rendre effectivement toute négociation impossible. C'est requérir le passage à un stade supérieur de la guerre, la vouloir totale. Est-ce le rôle de la justice ?

Pour toutes ces raisons, il est devenu quasiment impossible de réfléchir et de parler. C'est pour cela que je me suis tu. Ces références perpétuelles à la Shoah, c'est une façon de museler toute parole. Interdiction de parler. Plus de débat. Le Kosovo apporte chez nous la guerre civile. Cela laissera pour longtemps des traces.

L'affaire Debray ne vous a donc pas surpris ?

Debray ne méritait évidemment pas cette mise au pilori. J'admire les péremptoires. Ceux qui n'éprouvent aucun doute. Ceux qui savent tout.

Marianne, nº 110, 31.05.1999

THE DISASTER

Mon film *Sobibor, 14 octobre 1943, 16 heures* a été présenté au Festival de New York le 11 octobre 2001, un mois jour pour jour après « le triomphe de la mort » dans les tours jumelles du World Trade Center — les Américains disent « *The Disaster* ». Le récit de Yehuda Lerner, héros de la révolte de Sobibor, sanctifie la vie, absolument, au cœur de cet autre royaume de la mort qu'était le camp d'extermination nazi. Dans un geste de liberté fondatrice, animés d'un courage proprement surhumain, Lerner et ses camarades se réapproprient la violence et tuent pour mettre un terme au massacre des innocents. Les spectateurs new-yorkais comprirent que le film, sans l'avoir cherché, leur était adressé.

J'avais, la veille, survolé, venant du nord, la côte américaine dans un ciel bleu déchirant, clair et net, la baie de Boston, et l'aéroport de cette cité marine — Logan Airport — d'où Mohamed Atta avait lui-même décollé le 11 septembre par une identique matinée, pacifique et glorieuse, et d'où j'avais pris l'air moi aussi tant de fois. Il ne faut pas trois quarts d'heure pour relier Boston à Newark ou Kennedy Airport et je l'imaginais aux commandes de l'appareil dont lui et les autres fous de Dieu s'étaient emparés, fonçant à 600 à l'heure vers la tour nord qu'il apercevait maintenant, dressée à la pointe de Manhattan, miroitante signature de l'aventure et du génie humains. Il faut s'interroger, s'étonner sans fin : que se passe-t-il, au dernier instant, à la seconde ultime, avant que l'avion ne se change en un bélier de feu, oui, que se passe-t-il dans la tête de ces donneurs de mort qui aiment tellement la mort qu'ils s'immolent eux-mêmes pour provoquer le plus terrifiant carnage ? Je suis moi aussi resté des heures à scruter les photographies de Mohamed Atta et de Ziad Jarrah. Leurs visages lisses et fermés ne livrent aucune clé. Les consignes et mots d'ordre pour les moments qui précèdent le passage à l'acte, dont *Le Monde*, avec raison, a publié l'intégralité, rendent peut-être tout plus opaque encore : Ouvre ton âme et cire tes souliers, gaine fermement ton slip autour de tes bourses, on peut ainsi résumer sans trahir la monotone, lugubre et inepte litanie des recommandations dernières. Les soixante-dix vierges qui attendent au paradis d'Allah les sexes calcinés des suicidés assassins n'énoncent rien d'autre que le désir honteux et la haine des femmes, en même temps que le sinistre irrémédiable des « civilisations de frères ».

Ce fut à la lettre un événement inouï, imprévisible, imparable. Nombreux dans cette revue sont ceux qui ont souhaité prendre la parole. Un seul éditorial n'aurait pu rendre compte de la diversité des points de vue. J'ai donc décidé de laisser libre carrière à chacun, même si je suis en désaccord profond avec certains des propos tenus ici. Ils n'engagent quc leur auteur.

Je ne répéterai pas ce qui a été dit, redit, écrit partout à satiété depuis le 11 septembre. J'insisterai quant à moi sur un unique point. Ce fut en effet un événement inouï, inhumain, haïssable, qui ne souffre pas qu'on le condamne obliquement, au passage, en une génuflexion hâtive, comme pour s'en débarrasser au plus vite et revenir obscènement aux vieilles antiennes. Je ne crois pas, moi non plus, que les bombardements sur l'Afghanistan soient la réponse appropriée et suis d'autant plus à l'aise pour l'écrire que j'ai été parmi les minoritaires qui dénoncèrent les « frappes » contre la Serbie. Mais ceux qui après un pareil crime, un tel meurtre de masse, un désastre qui porte atteinte à l'humanité entière, s'empressent de proclamer qu'ils ne sont « pas américains » ou semblent renvoyer dos à dos les tueurs et les victimes, cherchant des justes raisons à l'injustifiable, se mettant à battre leur coulpe et la nôtre — ce que j'ai appelé ailleurs un néopétainisme rampant —, ceux-là, c'est le moins qu'on puisse dire, sont incapables de diriger sur l'horreur un regard frontal, se réfugient dans la pire frivolité à l'instant même où ils prétendent penser et, quoi qu'ils en aient, légitiment le terrorisme. Ont-ils vu, aux quatre coins de New York, les immenses panneaux mobiles, placardés des photographies des 6000 disparus, d'avis de recherche désespérés des proches qui ne veulent pas y croire ? La plupart sont de pauvres gens, Portoricains, Mexicains, Chinois, Haïtiens, Arabes, etc. Mais « la résistance à la mondialisation marchande », pour reprendre la formulation tristement parodique d'un appel « lancé par 113 intellectuels français[1] », vaut peut-être qu'on passe par pertes et profits cette douleur infinie, comme au meilleur temps du Savoir Absolu. Il est vrai que les mêmes déclarent condamner « sans ambiguïté » les crimes du 11 septembre. Se rendent-ils seulement compte du comique sinistre de ce « sans ambiguïté » ? Mais c'est l'appel tout entier, avec son vieil anti-impérialisme mécanisé et la lassante répétition des éternels signataires, revenus à leur haine originaire, celle d'Israël, plus coupable que Ben Laden, coupable de l'avoir créé, seul coupable pourquoi pas, qui atteste leur totale impuissance à affronter la nouveauté radicale de l'événement.

Leur anti-impérialisme s'évanouirait sans doute comme par enchantement si un jour — ce qu'à Dieu ne plaise — l'O.T.A.N. ou les États-Unis lâchaient leurs bombes sur Israël.

Le Monde, septembre 2001
Repris dans *Les Temps modernes*, n° 615-616,
septembre-octobre-novembre 2001

1. *Le Monde*, dimanche 21-lundi 22 octobre 2001.

GUERRE PRÉVENTIVE OU APOCALYPSE

Aujourd'hui 30 mars, dix jours après le déclenchement des opérations en Irak, mon hostilité à la guerre est plus vive encore qu'elle ne l'était il y a un mois et demi, lorsque, répondant par téléphone à une question du *Monde*, j'ai dénoncé son avènement programmé. Je réitère l'interrogation que je formulais : a-t-on le droit de détruire un pays pour le débarrasser d'une dictature, qui, si impitoyable soit-elle, n'était pas, pour le monde, une menace avérée ? Quelle qu'en soit l'issue, je tiens cette guerre pour injustifiée, inutile, à courte vue, grosse d'imprévisibles périls et d'une instabilité générale exactement contraire à ses buts proclamés. La fessée promise, les « frappes » de la gendarmerie planétaire — le mot « frappe » signe l'infantilisation de la politique ! — se changent sous nos yeux en une dure guerre, durable sûrement.

Mais le danger est aussi dans nos rues. Identifications et amalgames scandaleux semblent désormais le rituel ordinaire des manifestations « pacifistes » : on brûle les drapeaux israéliens ou on recouvre de croix gammées leurs étoiles de David, les révoltantes agressions antijuives se poursuivent et, semble-t-il, révoltent de moins en moins. On amalgame Irak et Palestine, obéissant en cela aux slogans de Saddam Hussein, on réunit Bush et Sharon dans le mot-valise *Busharon*, faisant encore une fois d'Israël le bouc émissaire idéal, alors qu'à l'évidence il se tient loin de cette guerre, s'en méfie à bon droit, ne l'a jamais voulue. Les simplifications outrancières sont autant de sommations à s'enrôler totalitairement sous une seule bannière, à en épouser les mots d'ordre les plus manichéens et, comme aux pires temps du stalinisme, à tout approuver d'un camp sous peine d'être taxé d'appartenance à l'autre, coupable donc de haute trahison.

Je dénonce cette guerre d'autant plus calmement qu'à la différence de la plupart de ceux qui manifestent aujourd'hui j'avais pris toute la mesure de l'événement du 11 Septembre, de sa nouveauté radicale, de son épouvante. Mais chacun le sait : le 11 Septembre ne peut pas être imputé à Saddam Hussein et au régime irakien. Tous les prétextes invoqués par Bush, depuis le début, pour attaquer l'Irak, se sont révélés comme autant de mensonges. Aujourd'hui, les masques sont tombés, on ne ment plus. Ou plutôt on ment autrement, on se ment à soi-même. Cette guerre allait être une promenade de santé, la fleur au fusil; les « marines » ne pouvant être accueillis qu'en libérateurs, on leur avait distribué les bonbons et friandises qu'ils jetteraient aux enfants du haut de leurs chars; intégrés (*embedded*) aux divisions, les journalistes allaient couvrir, par l'image et le son, l'avance de *l'Invincible Armada*; les « humanitaires », enfin, préparaient aux frontières d'immenses camps de tentes pour recevoir l'afflux massif de réfugiés qui accompagnerait les ultimes soubresauts et l'effondrement du régime de terreur.

On ne peut, par arrogance, surestimation de ses forces, mépris d'autrui, donc de l'adversaire (qu'on songe au visage froncé de hargne de Donald Rumsfeld promettant « le choc et l'effroi »!), se tromper plus lourdement, plus tragiquement. Les camps de réfugiés sont vides, les Irakiens retournent volontairement chez eux pour prendre les armes; malgré attentes et vœux pieux, la population, loin de se soulever contre le régime, resserre les rangs autour de lui et crie sa haine des envahisseurs étrangers. Les Docteurs Folamour de Washington, qui prétendaient « remodeler » le Moyen-Orient, n'ont rien pressenti du très réel patriotisme irakien, ne se sont pas avisés que les humains, tout au long de l'Histoire, surent métamorphoser en valeur ce qui les opprimait — tradition et culture ne sont rien d'autre —, s'y identifier et défendre jusqu'à la mort ce tout indissoluble. Ont-ils imaginé la violence solidaire qu'ils libéreraient dans les rues, les mosquées, les universités du Caire, d'Amman, d'Islamabad, et ses conséquences pour les régimes arabes soi-disant modérés ? Avec quels yeux voient-ils la ruée des affamés de Bassorah ou d'Oum Qasr qui, sous le regard vide et terrifié des Anglais du Royal Marines, s'entre-déchirent pour les caisses de rations alimentaires apportées par les camions de « l'humanitaire » ? La guerre préventive apporte désormais l'humanitaire dans ses bagages, la « reconstruction » se planifie avant même la destruction. Tel est le dernier avatar du droit d'ingérence, qui autorise ses champions à déchaîner, où ils le veulent et au nom du Bien, toutes les apocalypses. Mais on ne fait pas sa part à l'apocalypse. Elle est, par essence, aveugle.

Le Monde, 1er avril 2003
Repris dans *Les Temps modernes*, nº 623,
février-mars-avril 2003

LA RECONNAISSANCE : FRANÇOIS MITTERRAND EN ISRAËL

Le voyage de François Mitterrand à Jérusalem a été pour moi un *acte libérateur* de la même nature et de la même importance que la parution en 1945 des *Réflexions sur la question juive* de Sartre. La question précisément qui se posait alors à nous, Juifs de France rescapés du grand massacre — et quels qu'aient pu être les avatars ou les aberrations de nos destins individuels qui nous permirent d'échapper physiquement à la destruction —, était celle-ci : Comment continuer à vivre en ce pays parmi ces hommes et ces femmes, nos compatriotes, dont nous savions qu'ils avaient au moins accepté, dans leur majorité immense, que pendant quatre années nous fussions devenus « autres », exclus de cette communauté nationale à laquelle — sans que rien se soit vraiment passé dans les profondeurs — on nous réintégrait soudain. Il est clair que je ne parle ici ni de ceux qui nous traquèrent ni des justes qui nous aidèrent — aurions-nous sans eux survécu ? — mais de la grande masse des indifférents qui s'était accommodée de notre bannissement, de notre exil intérieur ou de notre disparition. J'avais vingt ans, je sortais de la Résistance et de la guerre, et je me souviens qu'en dépit de cette « praxis » la même question torturante me hantait, que je formulais ainsi : Comment *leur* sourire, comment retrouver *ma* confiance en eux, comment *leur* parler, vivre, coexister avec eux à égalité ? Car ne mentons pas, ne projetons pas sur ce passé épouvantable la fausse lumière d'aujourd'hui : presque tous, nous avions vécu la persécution et notre condition juive dans la honte et la peur ; la honte et la peur n'avaient pas disparu magiquement avec la Libération. Des mois plus tard, ma mère tremblait encore et devenait blanche quand elle entendait la sirène d'une voiture de police et je ne parvenais pas à la convaincre que les temps avaient changé, qu'elle ne risquait plus rien. La vérité est que nous n'étions plus français et pas vraiment juifs. Car cela aussi s'apprend. L'État d'Israël n'existait pas encore, je n'avais quant à moi jamais entendu parler du « Foyer national », nous étions des rescapés solitaires, atomisés, en proie à un délaissement formidable.

Sartre nous réconcilia tout à la fois avec la France et avec notre situation de Juifs. La parution des *Réflexions sur la question juive*, ce petit livre didactique, éducatif au sens fort du mot, étonnamment timide en certaines de ses parties si on le relit aujourd'hui (cette timidité même permet de mesurer le chemin parcouru — quel chemin en effet !), fit plus que toutes les lois, toutes les réparations et toutes les victoires pour nous libérer de la peur, de la honte, pour nous permettre de nous sentir chez nous en France tout en nous restituant l'orgueil d'être juifs. Pendant quatre ans, la société française avait vécu sans les Juifs, l'antisémitisme était doctrine d'État et ce poison — là aussi ne mentons pas — infectait encore jusqu'à la moelle la France libérée. Le portrait impitoyable de l'antisémite brossé par le plus grand écrivain français — portrait qui ne sera jamais égalé — comme la description non moins féroce qu'il faisait du « démocrate » jacobin et abstrait furent pour nous un événement fondateur.

« Pour un Juif conscient et fier de l'être, écrivait Sartre, qui revendique son appartenance à la communauté juive, sans méconnaître pour cela les liens qui l'unissent à une collectivité nationale, il n'y a pas tant de différence entre l'antisémite et le démocrate. Celui-là veut le détruire comme homme, pour ne laisser subsister en lui que le Juif, le paria, l'intouchable ; celui-ci veut le détruire comme Juif pour ne conserver en lui que l'Homme, le sujet abstrait et universel des droits de l'homme et du citoyen [...]. » « La solution du problème, interrogeait Sartre pour conclure, réside-t-elle dans l'extermination de tous les Israélites ou dans leur assimilation totale ? » En même temps qu'elles portaient une sentence sans appel contre le passé récent et qu'elles frappaient d'une nullité sinistre et dérisoire toutes les « solutions du problème » qui n'auraient pas été aussi les nôtres, ces paroles de Sartre dessinaient en creux une autre France indivise où nous nous reconnaissions parce qu'elle nous reconnaissait. De cette réciprocité réellement rédemptrice, Sartre était responsable en ceci qu'il ne s'enorgueillissait jamais d'être du petit nombre de ceux qui voyaient juste. De toute sa vie, et au contraire de tant de belles âmes, il n'a jamais dit « nous sommes quelques-uns qui ». À quarante ans, dans les *Réflexions sur la question juive*, il est déjà tout entier celui qu'il sera quinze ans plus tard dans la préface aux *Damnés de la terre* de Frantz Fanon et à qui je demandais un jour : « Pourquoi, n'ayant personnellement rien à expier, dites-vous toujours "nous" quand vous écrivez sur les salauds que vous dénoncez ? » Il m'avait répondu par un étonnant développement sur la torture : « Je ne sais pas, disait-il, si, torturé, je parlerais ou non et nul ne le sait, mais j'ai le droit de condamner celui qui parle — et le groupe entier a aussi ce droit — car c'est ma propre trahison, ma propre faiblesse possible que je condamne ainsi et récuse par avance. » Tel était Sartre : par la seule vertu de l'intelligence et de la générosité, il s'égalait à l'universel, parlait au nom de tous, instituait une autre légitimité et c'est bien pourquoi tout au long de sa vie les persécutés de tous les pays l'ont aimé pareillement et pour d'identiques raisons.

En ce qui me concerne, je sais que j'ai marché dans les rues et respiré autrement après avoir lu les *Réflexions sur la question juive.* Même infestée d'antisémites, je pouvais vivre dans la France de Sartre : j'ai relevé la tête à partir de ce jour et ne l'ai plus baissée depuis. Mais Sartre nous avait aussi enseigné ceci qui est capital et pour quoi nous n'aurons jamais fini de payer notre dette envers lui : sans dire lesquels, sans se mêler de nos choix, il recommandait aux

Juifs d'inventer eux-mêmes librement les chemins de leur authenticité. Entre toutes nos allégeances — doubles, triples ou infinies —, entre la France et Israël — car la création de l'État fut le deuxième événement fondateur (et les plus acharnés des Juifs antisionistes ne mesurent pas ce qu'ils doivent à l'existence d'Israël, dans la perception qu'ils ont d'eux-mêmes, dans leur relation au monde et jusque dans cette possibilité qu'ils ont d'être antisionistes précisément) —, Sartre nous a permis de naviguer à l'estime, sans honte, avec les moyens du bord, et surtout sans avoir à nous justifier. Il m'est arrivé, grâce à lui, d'être opaque à mes propres yeux, de ne pas souffrir de cette opacité et quelquefois même, allègrement, de ne pas me comprendre : c'est la plus précieuse conquête de la liberté. À ceux par exemple qui, au nom d'une misérable cohérence abstraite et réductrice et sous le prétexte que nous avions combattu ensemble pour l'indépendance algérienne, nous sommèrent plus tard de renoncer à la défense d'Israël en épousant leurs troubles haines qu'ils osent appeler leurs raisons (dirais-je que je pense ici au pauvre Claude Bourdet et à sa sempiternelle cohorte pétitionnaire), nous avons opposé une fin de non-recevoir : nous vivons sans contradictions nos fidélités et nos allégeances. Et si contradictions d'aventure il y avait, elles sont notre affaire : nous ne répondons plus aux sommations.

Que le président de la République me pardonne ce long détour par Sartre, mais j'avais besoin d'asseoir son voyage à Jérusalem sur le socle des *Réflexions sur la question juive.* Car sa reconnaissance éclatante d'Israël est de la même nature, relève de la même intelligence et générosité, procède de la même Histoire que l'inoubliable témoignage d'amitié qui nous fut donné par Sartre en 1945. Qu'allait-il faire là-bas, qu'avait-il à attendre de cette visite sur un plan strictement politique au premier degré puisqu'après tout la France avait reconnu — même d'une reconnaissance rampante et un peu honteuse — Israël depuis sa création, puisqu'il savait aussi et mieux que quiconque que sa venue ne ferait pas progresser, tout au moins dans un avenir immédiat, le règlement du conflit israélo-arabe et palestinien. Au-dedans comme au-dehors, il avait plus à perdre qu'à gagner. Mais la politique précisément n'était pas là où les observateurs « professionnels », plus sensibles aux « petites phrases » qu'aux avènements historiques, voulaient qu'elle fût. C'est le voyage lui-même qui était le geste politique par excellence parce qu'en ce pays et avec ce peuple, la politique est d'abord reconnaissance et que le reste ne devient possible qu'une fois celle-ci accomplie. Tout le reste.

Ce peuple et cette nation sont obsédés par la reconnaissance qui est bien autre chose, même s'agissant des Palestiniens, qu'un simple préalable. Les raisons de l'obsession gisent dans leur noir passé indissoluble parce que la question d'Israël depuis sa fondation, comme la question juive depuis qu'elle est posée, est celle de l'existence. L'existence « fait problème » en effet. Cela, François Mitterrand l'a perçu au plus profond dès que la tragédie juive l'a atteint en même temps que Sartre, pendant l'occupation allemande, et dès ses premiers voyages en Israël. Et c'est pourquoi, président de la République effectuant là-bas sa première visite d'État, il a multiplié les gestes et les signes de la reconnaissance. Je n'insisterai pas sur le discours de la Knesset, un discours pas du tout Quai d'Orsay, magistral d'humanité et de subtilité, de sincérité et d'habileté, celles-ci procédant naturellement de celles-là, tant il est vrai que la sincérité était en l'occurrence l'habileté suprême. La reconnaissance en Israël, c'est fondamentalement celle de l'Holocauste comme événement originel et là encore fondateur : « L'Holocauste, déclarait le Président sans biaiser, dans une attaque frontale, est dans l'esprit du peuple français indissociable de votre renaissance. » Mais la veille au soir, dans son premier discours officiel, il avait parlé à Israël et au peuple juif un langage que jamais chef d'État d'Europe ou d'Amérique ne lui avait tenu : « Formé comme je l'étais, comment n'aurais-je pas reçu au cœur le drame juif en Europe ?... 1942, 1943, l'Holocauste. Toutes ces familles déchirées, toutes ces familles détruites dont parfois il ne reste même pas le souvenir sinon quelques noms sur une pierre. Comment n'aurais-je pas ressenti la grandeur de ce drame et puis son épouvante [...]. Oui nous avons vécu cela mais je dois dire que mes amis [juifs] et puis ceux que je ne connaissais pas m'apparaissaient comme porteurs à la fois d'un signe de malheur et d'un signe d'espérance qui les distinguaient à mes yeux. Je n'en aurais pas fait, personne n'y songe, un peuple élu, mais s'il y avait élection par un Dieu ou par le maître tout-puissant des choses, alors ils avaient été élus pour connaître plus que d'autres, et à travers le temps, le drame de vivre. » Pourtant, après ce développement, François Mitterrand interpellait ses hôtes et les entraînait, d'une seule phrase, vers l'autre versant de sa démarche, les Palestiniens : « Mais est-il une noblesse de vivre sans dominer le drame de vivre ? » C'est le discours entier qu'il faudrait citer mais cela même ne rendrait pas compte de la façon dont l'orateur habitait ses paroles, s'incarnait en elles, leur conférant le plus lourd poids de vérité. Il ajoutait pour conclure : « Oui, je me pose des questions comme doit le faire le chef de l'État qui depuis le premier jour s'est rangé parmi les amis du peuple d'Israël. Mais aucune de ces questions ne passe avant celle-ci : peut-il y avoir existence d'un État sans que cet État dispose des moyens de son existence ? Et c'est parce que ces moyens vous en avez la charge [...]. Vous avez la charge de l'histoire de votre peuple et c'est la raison pour laquelle j'écoute avec tant d'intérêt ce que depuis mon arrivée on me dit [...]. » Cette écoute et cette attention étaient si peu une clause de style qu'à une heure et demie dans la nuit, le Président s'enferma dans son appartement où il travailla jusqu'à l'aube, réécrivant entièrement le discours qu'il devait prononcer le matin même à la Knesset.

J'indique ceci pour souligner que ce voyage officiel se plaça sous les signes de l'échange, de la réciprocité et du dialogue, qu'il fut tout sauf protocolaire. Et c'est là où il eût dû l'être le plus qu'il le fut le moins : je veux parler des cérémonies qui se déroulèrent à Yad Vashem, mémorial de l'Holocauste. Puisque la renaissance juive est indissociable de l'Holocauste, il faut apprendre celui-ci pour comprendre Israël : Yad Vashem est le moment obligé de toute visite à Jérusalem. Des officiels expédiant Yad Vashem au pas de charge, la tête couverte d'un chef mais vide, et attendant que ça se passe puisqu'il n'y a pas moyen d'y échapper et qu'il faut bien sacrifier à la marotte de ces Juifs qui ressassent à perpétuité l'immensité, l'incommensurabilité et l'unicité du crime dont ils furent les victimes, j'en ai vu beaucoup. Et chaque fois j'ai pensé à « l'oblique génuflexion des dévots pressés » dont parle Flaubert. François Mitterrand, lui, fit durer les choses. Pas plus que Sartre, il n'avait, personnellement, quelque chose à expier, mais je n'oublierai ni sa rigoureuse immobilité, tandis que le sanglot du hazan qui chantait *El Malé Rahamim* n'en finissait pas de se briser en interminables saccades de pitié, ni la lenteur infinie avec laquelle il s'inclina pour déposer une gerbe sur la dalle du souvenir. Il était alors absolument présent, tout entier pénétré de ce qu'il accomplissait, tout entier sens, comme s'il voulait marquer que la seule véritable reconnaissance du crime sans précédent ne peut, quelque part et pour chacun des vivants, être qu'expiation.

Au lendemain de ce jour, visitant dans le nord du pays le kibboutz des « combattants du ghetto » et avant de reprendre l'avion pour Paris, il s'arrêta longuement, au désespoir du chef du protocole, devant les maquettes des camps d'extermination et devant chacune des photographies, posant chaque fois les vraies questions. Regardant les femmes et les enfants d'un transport de Hongrie qui, en juin 1944, dans le maigre bois de bouleaux de Birkenau, aux portes mêmes du crématoire V, attendaient, épuisés et l'air presque tranquille, leur tour d'être gazés, il demanda : « Savaient-elles ? » C'est la question en effet. La question qui est au cœur de l'Holocauste[1] et qui revient à toutes les étapes du procès de destruction. Et que veut dire « savoir » quand on est confronté à l'inimaginable ?

Un mot encore. François Mitterrand a compris quelle est la situa-

1. Cet article date d'avril 1982. Par commodité, j'ai utilisé le terme « Holocauste ». Mon film *Shoah* est sorti trois ans plus tard en avril 1985. François Mitterrand a assisté à sa première au Théâtre de l'Empire. *Shoah* a été un acte radical de nomination : en quelques semaines, sans que je ne l'aie prévu ni voulu, il a supplanté et remplacé le mot « Holocauste ». Voir, plus loin, l'article intitulé « *Hazkarah*. La résurrection du nom ».

tion spécifique originale du peuple juif aujourd'hui, notre lien à Israël, celui d'Israël à la Diaspora, toutes nos allégeances et fidélités nées précisément de l'Holocauste et de la création d'un État hautement improbable. Seuls ceux qui ont jamais eu en leur cœur la moindre trace d'antisémitisme sont capables de nous accepter tels que ces événements nous ont faits et de comprendre en même temps que notre double appartenance n'implique aucune trahison. Après avoir reçu le titre de « Docteur honoris causa » de l'Université hébraïque de Jérusalem (titre décerné indissolublement à l'homme d'État, à l'homme de pensée et à l'ami du peuple juif), le président de la République française inaugura à Jérusalem une chaire Léon Blum de politique et de sociologie. Au nom des amis français de l'Université hébraïque, c'est le professeur Ady Steg qui accueillit François Mitterrand par une allocution de haute tenue et je me demandais, l'écoutant puis écoutant la réponse du Président : « Qui s'ingère dans les affaires intérieures de qui ? » Blum était français, juif et socialiste, Israël a choisi de l'honorer comme il l'a fait déjà pour Einstein, Kafka, Freud et tant d'autres. Libre de tout réductionnisme, François Mitterrand n'a pas pensé à se demander si Blum devait être considéré comme la cinquième colonne d'Israël en France ou le contraire peut-être.

On aura compris que j'ai aimé cet homme. J'ajoute que je lui garderai reconnaissance précisément, amitié, fidélité.

Les Temps modernes, nº 429, avril 1982

LA HAINE ORIGINAIRE

La haine préexiste à ce dont elle prétend se nourrir ou s'originer. En choisissant de voler au secours de Yasser Arafat, torse bombé et moustache batailleuse offerts dans les rues de Ramallah aux caméras de télévision et aux flashes des photographes comme à autant de balles de tueurs sans visage, José Bové entendait signifier que le camp si ostensiblement choisi par lui était celui du Bien absolu, sans discussion possible. Il n'avait de sa vie jamais mis un pied en Israël — sauf pour y atterrir et se ruer les yeux fermés vers les territoires de l'Autorité, auprès du grand reclus. De l'histoire d'Israël et du sionisme, de la Shoah, du centenaire conflit israélo-arabe, des raisons et concaténations qui conduisirent à la situation actuelle, il ne savait rien, n'en voulait rien savoir. Jamais homme ne coïncida à ce point avec lui-même, ne parut si sûr de son fait et de sa cause, sauf peut-être ce vieil entêté d'abbé Pierre auquel notre nouveau José ressemble par plus d'un trait et d'abord par la notoriété (anti)mondialisée. À ses côtés, la « brigade » des soi-disant « internationaux », femmes et hommes, membres du C.C.I.P.P.P. (Comité civil international de protection du peuple palestinien), résolus à s'enfermer, pour lui faire un rempart de leur corps, autour d'un « Arafat au keffieh » éclairé de la pauvre lueur fuligineuse d'une bougie (en Terre sainte, la bougie n'est pas rare), tel un roi mage dans la grotte de Bethléem, scène christique s'il en fut, ce qui n'était pas un hasard.

On se demandait comment le Raïs, les membres de son gouvernement et de son état-major, la centaine de C.C.I.P.P.P., volontaires pour la promiscuité, le froid, la faim, l'obscurité, parvenaient à subsister et à tenir tous ensemble dans un espace si compté et souterrain en plus puisque, selon les communiqués qu'ils diffusaient dans la presse, les radios, la télévision, et Internet dont ils ont la parfaite maîtrise, le complexe des bâtiments présidentiels (Mouqata'a) était en voie d'anéantissement sous l'implacable canonnade des chars israéliens. On sait aujourd'hui qu'il n'en était rien : s'ils furent en effet encerclés par les blindés, ces immeubles sont pour la plupart demeurés intouchés et nul « international » ne perdit, Dieu soit loué, la vie. En Espagne, ce fut autre chose, les hommes véritables des véritables brigades internationales, allemande, française, américaine, etc., moururent par milliers, héroïquement, dans les combats de Teruel, Albacete, Madrid, Barcelone, Malaga. On peut pardonner aux C.C.I.P.P.P. de vivre en des temps peu épiques, sans grandeur ni utopie, qui les vouent à la parodie. Cela ne justifie pas qu'on passe de la parodie à la posture, à l'outrance, au mensonge, à la propagande, au faux témoignage.

Il faut le dire, les faux témoins incendiaires n'ont pas manqué depuis le début de l'opération « Mur de protection ». Le 16 avril, *Le Monde* publiait sur deux pleines pages, avec toute la révérence que ce journal attache à la culture, trois très longs textes d'écrivains et de surcroît membres de l'autoproclamé « Parlement international des écrivains », statut censé cacheter leurs propos du sceau du vrai et de l'irréfutable : l'Espagnol Juan Goytisolo, le Sud-Africain Breyten Breytenbach, le Nigérien Wole Soyinka, Prix Nobel de littérature 1986, tous trois faisant partie d'une délégation dudit Parlement qui, invitée par les Palestiniens et s'érigeant en commission d'enquête supposée impartiale, s'était rendue « dans les territoires occupés et en Israël » entre le 24 et le 29 mars. Je ne dirai rien ici de Goytisolo qui, juge et partie depuis tant d'années, devrait se récuser lui-même comme témoin. Rien non plus du Nobel nigérien, si visiblement embarrassé d'avoir à rédiger son remerciement « depuis la paix relative de la Californie » après un tel voyage éclair et si conscient du caractère parcellaire et unilatéral de ses impressions qu'il s'abrite, sur quatre colonnes, derrière la fable mythologique : Ulysse-Arafat chez les Cyclopes, prisonnier du géant aveuglé Polyphème (lire Sharon, auquel « correspond si bien la figure de Polyphème jusque sur le plan physique »). C'est le rusé Ulysse, n'en doutons pas, qui triomphera.

Breytenbach ne ruse pas. Il opte, lui, pour l'attaque frontale, lettre ouverte au général Sharon, traitant d'emblée les Israéliens de « *Herrenvolk* », vocable par lequel les nazis s'autodésignaient (littéralement « peuple de seigneurs » ou « peuple de maîtres »), assortissant l'insulte d'une restriction qui en vérité la redouble : « Je m'excuse si mon allusion à Israël comme *Herrenvolk* peut blesser à cause des échos d'un passé récent, quand, en Europe, tant de Juifs ont été les victimes de la Solution finale. » Pourquoi « tant de Juifs » ? Le nombre est connu.

Breytenbach, sait-on, est poète. Il l'était peut-être. Il n'est plus aujourd'hui qu'un rhéteur emporté par son emphase : il n'y a en lui ni émotion vraie ni compassion authentique pour les Palestiniens. Habité, hanté de vide, il ne peut que mesurer l'énormité de ses proférations, mais, incapable d'y renoncer ou de faire marche arrière, il réagit par l'escalade et la surenchère. Comme José Bové, Breytenbach n'avait jamais posé un pied ni en Israël ni en Palestine : « Je n'ai vu Israël que rapidement, en arrivant et en partant, après avoir passé une nuit dans l'Hôtel Intercontinental David de Tel-Aviv, luxueux mais sombrement désert... », écrit-il sans rire. Désert, et pour cause : les « martyrs » ceinturés d'explosifs découragent les rassemblements de touristes dans les lobbies des palaces. Après deux nuits et quatre jours, voici donc les conclusions auxquelles est parvenu M. Breytenbach : « L'horreur de ce que vous faites nous submerge », « atrocités », « bain de sang », « massacre d'innocents », « crimes de guerre », « crime contre l'humanité », « terre effrontément volée », rien de plus ici que le b.a.-ba du discours ordinaire de la propagande victimologique. Mais le poète doit percer :

Breytenbach passe soudain de Charybde en Scylla, c'est-à-dire de Sharon à Netanyahou et s'adresse au premier en ces termes choisis : « Vous pensez de façon cynique que vous pouvez vous en tirer tant que vous allez dans le sens supposé des intérêts vitaux des États-Unis. Je pense que vous vous moquez comme d'une figue de Jaffa des intérêts des Américains. Vous devez sans doute les mépriser à cause de leur matérialisme grossier et de leur ignorance du monde. C'est vrai, votre vendeur de voitures d'occasion, Netanyahou, a utilisé plus ouvertement encore cette technique de propagande grossière, *comme s'il avait été un doigt sale en train de tordre le clitoris d'une opinion américaine en pâmoison*[1]. »

Pourquoi le doigt de Benjamin Netanyahou est-il nécessairement sale, pourquoi un clitoris doit-il être tordu, pourquoi la torsion, douloureuse par définition, entraîne-t-elle la pâmoison ? On pourrait s'interroger sur les mœurs et les pulsions intimes de Breyten Breytenbach. Quoi qu'il en soit, son appréhension de la relation politique en termes de domination sexuelle autorise toutes les inversions. Un peu plus loin en effet, le poète apostrophe brutalement Sharon en lui jetant comme un crachat : « les grognements de vos patrons de Washington... ». C'est la haine de la souveraineté d'Israël qui s'exprime ici sans masque, c'est l'idée même de l'existence et de la légitimité d'un État juif qui est mise en question par de pareilles insultes. Israël, M. B. B., n'a pas de patrons, aucun soldat américain n'a jamais versé son sang à la place d'un soldat israélien. Et combien de pays dans le monde, arabes entre autres, dépendent-ils, autant ou plus qu'Israël, de l'aide américaine ? Maintenant, pourquoi ce mépris des « vendeurs de voitures d'occasion » ? Les Netanyahou sont une famille d'origine juive allemande, hautement cultivée, qui donna trois fils à Israël : Bibi, le soi-disant « vendeur », ambassadeur d'Israël aux Nations unies et Premier ministre, Gabi, médecin à Jérusalem, et Yoni, le héros d'Entebbe, commandant en chef d'une unité d'élite de Tsahal, qui perdit la vie sur l'aéroport de

1. Souligné par moi.

la capitale ougandaise au cours de l'extraordinaire opération de sauvetage de l'appareil d'Air France détourné par les Allemands de la « Fraction Armée rouge » en 1976. J'ai eu entre les mains les lettres de Yoni, pieusement rassemblées par ses deux frères (qui furent eux aussi membres des mêmes commandos de l'état-major) : l'élévation d'esprit le disputait à l'intelligence, à la plus rigoureuse éthique et à une angoisse que M. Breytenbach n'entendra jamais.

Nos trois mousquetaires ont fait le même voyage, ils ont dû subir pour l'un « la mesquinerie hargneuse des contrôles [israéliens] aux checkpoints, qui n'ont que peu de rapport avec la sécurité », pour les autres l'ennui d'avoir à changer de véhicules et à porter leurs valises sur quelques dizaines de mètres au cours d'opérations de transbordement à travers les no man's land qui séparent les diverses zones. Le transbordement est une vieille histoire : je me souviens m'être trouvé moi-même dans pareille situation à Jérusalem, bien avant la guerre des Six-Jours de 1967. Passer de la Jérusalem arabe, alors jordanienne, à la Jérusalem juive ou inversement ne pouvait se faire qu'à pied, sur trois ou quatre cents mètres, chacun traînant à bout de bras ses plus lourds bagages, et c'était un rare privilège. Il n'y avait qu'un point de passage : la porte Mandelbaum, aujourd'hui invisible. Mais oui, les checkpoints, les vérifications tatillonnes d'identité, les longues files d'attente quelquefois interminables, tout cela existe, je l'ai montré sans rien cacher, avec le plein accord de l'armée israélienne, dans plusieurs séquences de mon film *Tsahal*, mais oui, les Palestiniens de la bande de Gaza qui travaillent en Israël sont contrôlés chaque jour à l'aller comme au retour. Mais oui, monsieur Breytenbach, cela a un rapport avec la sécurité, et avec elle seule : la terreur, les embuscades, les assassinats sont eux aussi, pour Israël, une longue habitude et il protège ses vies autant qu'il le peut. Vous semblez croire que des barbares arrachent les oliviers par plaisir, qu'ils détruisent les maisons au bulldozer ou les font sauter à la dynamite par sadisme pur. C'est l'inconvénient du tourisme humanitaire à grande vitesse, vous n'avez qu'un son de cloche et ne voulez entendre que les raisons et la plainte des communicateurs palestiniens, plainte rôdée, théâtralisée, rejouée et remise en scène jour après jour depuis cinquante-quatre ans, se nourrissant chaque fois à neuf de ses enflures anciennes et de ses mensonges historiques. Pourquoi par exemple vos informateurs ne vous ont-ils pas dit, monsieur Breytenbach, que les oliviers arrachés sont ceux qui se trouvaient en bordure de route ? Les tireurs s'embusquaient derrière leur feuillage et prenaient la fuite, leur action accomplie.

Mais il faut ce qu'il faut : la seule raison d'être du voyage des distingués « parlementaires » consistait à confirmer dans leurs certitudes les directeurs de la bien-pensance générale et à ameuter le monde en dénonçant Israël, essence et existence confondues, comme l'incarnation du Mal. C'est pourquoi ils pratiquent terme à terme l'inversion maligne, accumulant les signes négatifs — « vos tanks préhistoriques » (*sic*), « le spectacle primitif des positions armées sous camouflage et de drapeaux israéliens sur des bâtiments de commandement », B. B. —, nazifiant Tsahal, hitlérisant Sharon, changeant les Palestiniens en victimes sans défense, rejetant sur le seul Israël la responsabilité de la situation. Nulle mention, dans leurs propos, des négociations de Camp David et de Taba, de l'accord que chacun croyait pratiquement réalisé à partir des propositions d'Ehoud Barak (restitution de la totalité des territoires à l'Autorité palestinienne, double souveraineté sur Jérusalem, reconnaissance par Israël d'une dette envers les réfugiés et retour d'un certain nombre d'entre eux, etc.). Ceci est un fait, auquel l'intoxication et les démentis de la propagande anti-israélienne, relayés sur Internet, depuis la Mouqata'a, par un homme de théâtre français, membre actif du C.C.I.P.P.P., ne changeront rien : l'État palestinien allait être créé, une vaste majorité des citoyens d'Israël y consentait, jamais ce pays ne s'était senti aussi proche de la paix, ne l'avait autant souhaitée. Arafat n'a pas voulu de cette paix, parce qu'elle aurait résulté de la négociation, qu'elle l'aurait contraint lui aussi à de douloureux compromis, qu'elle eût impliqué une reconnaissance véritable et sans arrière-pensées d'un État d'Israël aux côtés de l'État palestinien, le renoncement au double jeu, au double langage, à l'autre fer au feu qu'est le terrorisme, en un mot la fin de l'irrédentisme. L'internationalisation du conflit n'a jamais cessé d'être l'objectif des leaders palestiniens. Je me souviens d'Ahmed Choukeiry, le prédécesseur d'Arafat, nous déclarant sans ambages, à Sartre (qui était un parlement à lui seul) et à moi, en mars 1967 à Gaza, alors sous contrôle et administration égyptienne, qu'il préférait la guerre générale, voire la guerre mondiale, à toute tentative de règlement avec Israël. C'est aussi la raison pour laquelle il fallait impérativement maintenir le cancer des camps de réfugiés, entretenus par la seule Unrwa, « création de l'impérialisme américain », faisait observer Sartre à Gamal Abdel Nasser, qui n'en disconvenait pas. La guerre des Six-Jours devait éclater trois mois plus tard !

L'irresponsabilité des écrivains et des intellectuels pour qui l'existence même d'Israël est le péché originel a pour corollaire le refus de prendre en compte la genèse des événements. Pas un mot sur le déclenchement brutal de la deuxième Intifada, dite « Al-Aqsa » (et personne aujourd'hui n'ajoute sérieusement foi à la fable du réflexe pavlovien déclenché par la présence de « Polyphème » sur l'esplanade des mosquées), qui visait précisément, par les morts et le sang inévitablement versé, à l'internationalisation que je viens d'évoquer, qui eut pour conséquence immédiate la défaite électorale d'Ehoud Barak et l'avènement de Sharon, tout en changeant radicalement la nature des affrontements et la psychologie des combattants. Car les Palestiniens, cette fois et au contraire de ce qui s'était passé pendant la première Intifada, contrôlaient des territoires et possédaient une force armée. Ce n'était plus une guerre des pierres, mais une guerre véritable, malgré la disproportion des moyens militaires sur laquelle on s'est appesanti. Les règlements de tirs et d'ouverture du feu, l'usage de divers types de balles (plastique, caoutchouc, balles réelles) étaient, dans les années antérieures, j'en témoigne, rigoureusement et talmudiquement codifiés, généralement respectés et obéis : les soldats ne tiraient à balles réelles que lorsqu'ils estimaient leur vie en danger. Cela a été, d'emblée et très souvent, le cas dès le commencement de la deuxième insurrection. Profondément las de la guerre, les jeunes soldats de Tsahal ont réagi avec violence dans les combats qu'ils eurent à livrer : qui veut être le dernier mort de la guerre ou le premier de la paix ? Cette guerre, tel est son paradoxe — et sans doute la faute majeure d'Oslo, qui a laissé pour la fin les problèmes difficiles et cruciaux —, a été d'autant plus âpre que la paix semblait acquise. En mettant en œuvre la pire stratégie de la terreur victimaire — les bombes humaines, qui se donnent la mort pour perpétrer les plus abominables carnages —, les Palestiniens ont opéré dans l'escalade un véritable saut qualitatif. Lorsque des « colons » étaient assassinés, il était déjà intolérable de lire dans la presse, relégué en un coin de page, « Une femme colon a été tuée » ou, pis encore, « Un bébé colon a été étranglé », comme si la double stigmatisation de Juif et de « colon » permettait de comprendre l'assassinat, le justifiait et ne méritait pas qu'on s'y arrêtât. Quand ce fut le tour des « martyrs » de se faire sauter, pratiquement chaque jour et même plusieurs fois par jour, à Jérusalem, à Tel-Aviv, à Netanya, à Haïfa, dans les discothèques, les marchés, les autobus, les salles de mariage et de communion, les synagogues, l'événement, là encore, devint rapidement une routine. Il fallait le chercher dans les pages intérieures, comme s'il allait de soi que les Israéliens dussent payer de leur vie le simple fait de vivre là-bas. On ne s'attaquait pourtant pas cette fois aux seuls « colons » des territoires occupés, mais à tout Israël, c'est Israël tout entier qui devenait une « colonie » et la mort ainsi portée et administrée ne signifiait rien d'autre que la revendication sauvage de la Grande Palestine, le désir manifeste de l'éradication d'Israël.

Nul gouvernement, nul État au monde, n'aurait supporté sans réagir le massacre planifié de ses citoyens. Les grands visionnaires, et même Barak, qui se définissait dans *Tsahal* comme un « visionnaire pratique », avaient échoué. La vue de Sharon-Polyphème était peut-être courte, mais celui-ci avait décidé de faire ce que les Israéliens attendaient de lui : en finir, pour un temps au moins, avec la terreur, aller débusquer ceux qui la perpétraient là où ils se terraient, dans les lieux à partir desquels ils lançaient leurs opérations de mort. Au contraire de ce que veut faire croire Wole Soyinka, le Premier ministre n'était pas aveugle : il savait qui chercher, où chercher. Il était clair que la réoccupation des villes palestiniennes et des dédales que sont les camps de réfugiés ne se ferait pas sans combats, souvent impitoyables. Les attentats suicides, ou plutôt homicides, détruisent la possibilité et jusqu'à l'idée même de « lois de la guerre ». Les jeunes recrues d'Israël étaient sûres d'être lynchées si elles étaient faites prisonnières, et à Jénine, c'est après que treize d'entre elles, attirées dans une embuscade, eurent été déchiquetées par un « martyr », après qu'il se fut avéré que tout — et jusqu'aux cadavres mêmes — était piégé de charges explosives, que fut prise la décision de bombarder. Comme le dit très bien Alain Finkielkraut, « Israël n'avait pas d'autre choix que de tenter de juguler lui-même le terrorisme. Ce n'est pas parce qu'il n'y a pas de solution militaire qu'une réaction militaire est frappée d'illégitimité [...]. On ne peut à la fois terrifier les gens et leur demander d'obéir scrupuleusement aux conventions de Genève » (*La Croix*, 17-4-2002). Jusqu'à nouvel ordre, et même si d'inévitables exactions ont été commises, Tsahal, une des très rares armées de conscription aujourd'hui dans le monde, n'est ni un ramassis de voleurs ni une bande d'assassins.

Tandis que se déroulait l'opération « Mur de protection », la diplomatie française, conseillée par les géostratèges du Parti socialiste, s'associait avec entrain aux pires projets de résolutions des Nations unies. Cinq pays seulement, dont la Tchéquie de Václav Havel, qui avait fourni à Israël les armes de la guerre d'indépendance, s'y opposèrent. Ce que masquaient à peine les dizaines d'articles et de pétitions réclamant l'envoi d'une force internationale était le désir d'en finir avec l'insupportable souveraineté israélienne. Certains, qui n'eurent pas un mot pour dénoncer les attentats suicides et la perte des vies juives, suppliaient angéliquement Israël de ne pas « perdre son âme », d'autres, avec une intrépidité de néophytes, sautaient le pas en plaidant « pour une citoyenneté palestinienne » : on s'apercevait, à la lecture, que l'auteur, souverainiste de choc en France, ne revendiquait pas moins que l'autodissolution de l'État d'Israël dans une entité purement palestinienne, qui consentirait généreusement à tolérer les « bons Juifs » et à leur accorder la citoyenneté palestinienne. En revenir, autrement dit, au statut de *dhimis*, qui était celui des Juifs dans les pays arabes, bien avant la création d'Israël !

Il faut en finir avec ces rêves, ou ces délires. Il n'y aura pas d'intervention étrangère. Israël est tout à la fois une démocratie et une puissance. Les puissances le savent. La donne est peut-être maintenant changée en profondeur et un accord moins difficile et plus proche aujourd'hui qu'on ne l'imagine. Un dernier mot, qui concerne les « colonies » et a trait au bout du compte à la question de l'Autre. Beaucoup, parmi les « colons » — et surtout les plus religieux d'entre eux —, entretiennent avec la terre biblique, qu'ils appellent « *Eretz Israël* », une relation mystique. Le régime politique de souveraineté leur importe moins que le droit d'habiter cette terre, de rester où ils sont. Un certain nombre d'entre eux, je le sais, là encore, je l'ai montré dans mon film *Tsahal*, accepteraient d'être considérés comme des étrangers dans le futur État palestinien. De même qu'il y a des Israéliens vivant en France, en Italie ou aux États-Unis, pourquoi, demandent-ils, la future Palestine serait-elle le seul pays à eux interdit ?

Le Monde, février 2002
Repris dans *Les Temps modernes*, n° 618,
mars-avril-mai 2002

ARIEL SHARON ET MAHMOUD ABBAS : LE MÊME COURAGE

« La gauche n'a jamais pu le faire et ne le pourra jamais. La droite ne le veut pas. Moi seul en suis capable et je le ferai. » Le Premier ministre me recevait dans son bureau, non pas de Jérusalem, mais de la Kyria, à Tel-Aviv, surprenant labyrinthe de petites maisons basses et de baraquements de fortune disséminés dans le secret des feuillages autour du ministère de la Défense, qui témoignent aujourd'hui encore de l'austérité pionnière des gouvernements successifs d'Israël. Trois jours auparavant, Ariel Sharon avait prononcé devant la Knesset une adresse historique sur son plan de désengagement de la bande de Gaza, mais plus encore sur la guerre et la paix, sur la nécessité de reprendre et faire aboutir les négociations avec les Palestiniens à la condition qu'ils mettent un terme aux attaques terroristes. Yoel Marcus, éditorialiste du grand quotidien libéral *Haaretz*, qualifia le lendemain ce discours de churchillien et, dépeignant Sharon comme un Gulliver au milieu des nains, l'exhorta à aller de l'avant : « Cours, Arik, cours. » Étrangement, la presse française a peu parlé de cette allocution, qui démentait la *doxa* manichéenne entretenue à longueur d'articles par ses « correspondants permanents » et, quand elle l'a fait, a refusé d'en prendre la mesure, l'expédiant en quelques lignes. « Jamais, dans toute ma vie, en tant que soldat et commandant, avait pourtant déclaré Sharon, en tant qu'homme politique, en tant que député à la

Knesset, en tant que ministre, puis Premier ministre, je n'ai eu à prendre une décision aussi difficile [...]. Nous ne voulons pas dominer des millions de Palestiniens dont la population double à chaque génération. Israël aspire à être une démocratie et ne le peut pas pleinement. Le "désengagement" ouvrira la voie à une autre réalité [...]. C'est une heure destinale pour Israël, nous sommes au seuil d'un choix très grave, comme nous en avons rarement connu, et dont la signification pour l'avenir de notre pays rend compréhensibles la douleur et les conflits qu'il suscite parmi nous. » Il ajoutait que le plan de désengagement de Gaza ne remplaçait pas les négociations : « C'est seulement une étape nécessaire pour une période durant laquelle les négociations ne sont pas possibles. Tout sera ouvert quand la terreur, cette terreur meurtrière, cessera. »

J'ai connu Ariel Sharon en 1969, pendant la guerre d'usure entre l'Égypte et Israël. Il était alors chef du Southern Command (Commandement du Sud) et j'étais resté plusieurs jours avec lui dans les fortins de la ligne Bar-Lev, qui défendaient la rive orientale du canal de Suez, sous de très durs bombardements de l'artillerie et de l'aviation égyptiennes. Je l'ai revu plus tard à Gaza ; plus tard encore, en octobre 1973, après que ses troupes, par une contre-attaque d'une audace inouïe, eurent, dans un déluge de feu, franchi en sens inverse le canal, prenant pied en Égypte même, poussant jusqu'à Suez, isolant et enserrant dans un étau d'acier la troisième armée égyptienne. Je l'ai rencontré encore en 1982, quand, jugé responsable — par une commission d'enquête israélienne, la commission Kahane — de ne pas avoir prévu le comportement criminel des milices arabes chrétiennes libanaises qui massacrèrent à l'arme blanche les Palestiniens de Sabra et Chatila, il perdit son poste de ministre de la Défense. Lorsque j'ai tourné mon film *Tsahal* (1994), je l'ai interrogé pendant des jours, en tant que combattant, vétéran de toutes les guerres d'Israël et à l'origine d'une doctrine militaire basée essentiellement — pour des raisons d'histoire et de géostratégie — sur l'assaut. De l'aveu de tous, si on traite d'un tel sujet, Sharon est central. Je l'ai revu ministre du Développement et de la Construction, puis des

Infrastructures nationales : il se fit au cours de ces années l'ardent avocat des implantations, devenant à ce titre le héraut des colons et aussi leur héros.

Certains, parmi eux, veulent aujourd'hui l'assassiner. Car, Premier ministre depuis quatre ans, Ariel Sharon n'est plus le même. L'exercice de la responsabilité suprême l'a transformé, a profondément modifié sa vision. Cette ouverture, qui résulte tout à la fois du corps-à-corps avec le réel, d'un dévoilement brutal et lumineux des possibles, de la conscience que l'extrême rareté des occasions impose des audaces décisives, est peut-être la marque des hommes d'État véritables. Premier ministre réélu durant une des pires périodes qu'ait connues Israël — celle des tueurs ceinturés d'explosifs qui se faisaient sauter jour après jour dans les rues, les autobus, les gares, les restaurants, les marchés, les cafés, les synagogues —, Sharon a d'abord consacré toutes ses forces à lutter contre la terreur en mobilisant l'armée pour qu'elle interdise aux « martyrs » l'accès au territoire israélien, pour qu'elle les traque et les débusque jusque dans leurs retraites. Sait-on que, pour un attentat réussi, soixante étaient mis en échec ? La guerre au terrorisme fut conduite implacablement, avec une efficacité telle que le nombre des attaques et leur rythme décrurent drastiquement : les organisateurs et les commanditaires furent repérés et éliminés au même titre que les exécutants. Nul, parmi les premiers, ne se sentit à l'abri, il semble que les Israéliens aient tout su du *who's who* de la terreur, soit parce qu'ils sont les maîtres des écoutes électroniques, soit parce que des informateurs les renseignaient avec une précision hallucinante sur les caches, les mouvements, les allées et venues des « cibles » : les « frères » de tous les Djihad, lorsqu'ils se regardaient les uns les autres, s'affolaient de soupçon. Israël n'en finira peut-être pas complètement avec le terrorisme, mais la violence se réduira jusqu'à rendre la parole à nouveau possible.

Lorsque je suis entré dans le bureau de Sharon, après avoir éprouvé la densité et l'originalité des mesures prises pour le protéger, Yasser Arafat se trouvait depuis vingt-quatre heures à l'hôpital

Percy. Sharon me dit : « Abou Mazen [nom de guerre de Mahmoud Abbas] m'a téléphoné lui-même pour que je le laisse sortir en garantissant son retour. Je l'ai fait, j'ai aussitôt appelé le ministre de la Défense [Shaül Mofaz], qui a organisé son voyage par la Jordanie. »

Sharon, on le sait, n'a jamais rencontré Arafat, a obstinément refusé de lui parler, le tenant tout à la fois pour responsable de l'échec de Camp David (les négociations Barak, Arafat, Clinton dans l'été 2000) et du déclenchement de la seconde Intifada, dite « Al-Aqsa ». Il l'accusait de n'avoir jamais renoncé au terrorisme, ne condamnant les attentats que du bout des lèvres et exaltant les « martyrs ». À plusieurs reprises au cours de ces quatre années, comme je m'étonnais de son intransigeance, il me répondit invariablement qu'Arafat mentait et qu'un baromètre sûr annonçait chaque fois l'imminence d'une nouvelle vague de terreur : « Il quitte le pays et s'envole pour l'étranger. Il n'est pas là quand cela se produit. Chacun de ses départs nous alarme, c'est un avertissement qui ne faillit jamais. » Sharon, pour finir, exila son ennemi à Ramallah, l'enfermant dans la Mouqata'a, lui interdisant toute sortie. Le départ vers l'hôpital militaire Percy, à Clamart, signa le dernier voyage du Raïs, nul ne sut de quel mal l'âme lui fut ravie : la fable, complaisamment répandue, et reprise par une Leïla Shahid égarée, de son empoisonnement par le Mossad fit long feu.

Ce n'est ni le lieu ni l'heure de peser les mérites et les torts de Yasser Arafat par rapport à son peuple. S'il a indéniablement réussi à donner à tous les Palestiniens — citoyens jordaniens de la Cisjordanie, Arabes israéliens, réfugiés, gens de la Diaspora — une conscience nationale, s'il a obtenu consécration et reconnaissance internationales, il l'a d'abord fait au prix de la négation d'Israël et du projet radical de l'élimination de l'« entité sioniste ». Il a clairement choisi la violence indiscriminée exercée contre les civils. Qu'on se souvienne des Jeux olympiques de Munich, des détournements d'avions de ligne des années 1970, de leur dynamitage dans le désert jordanien, des multiples prises d'otages, d'Entebbe, etc. Jusqu'aux « martyrs » des années récentes et des derniers mois, malgré Madrid, Oslo, l'attribution du Prix Nobel de la Paix, Camp David et Taba, la même ligne directe de violence et d'irrédentisme peut être tracée.

La mort d'Arafat ouvre une nouvelle ère dans les relations israélo-palestiniennes, qui autorise un espoir de paix véritable, plus réel et plus grand que les deux peuples n'en connurent jamais. Car si Ariel Sharon a changé profondément, un homme d'un prosaïque réalisme, donc d'un grand courage, s'est levé parmi les Palestiniens : Mahmoud Abbas, qui orchestra en 1993 les négociations secrètes des accords d'Oslo et qui a été élu hier président de l'Autorité palestinienne, successeur donc d'Arafat. La paix, si elle doit s'accomplir, se fera entre Sharon et lui, plus qu'entre les instigateurs de ladite « initiative de Genève » — qui avaient tout réglé sur le papier au mètre près —, quoi qu'en aient dit alors leurs angéliques sectateurs.

En décembre 2002 déjà, tandis que les attentats suicides faisaient rage, Mahmoud Abbas osa affronter à Gaza les responsables des comités populaires de l'Intifada et leur tint un discours pour eux impensable, intolérable : « Il faut cesser le combat immédiatement », leur expliqua-t-il. Cela ne voulait pas dire, selon lui, renoncer à l'Intifada, mais à sa militarisation, aux attentats suicides, aux attaques contre les colons ou les soldats pour retourner à des formes pacifiques de protestation. « Le peuple en a assez, dit-il à ses auditeurs. Le peuple veut manger. Tuer n'est pas notre passe-temps favori. » Il poursuivit sans ménagement : « Certains ont d'abord déclaré que l'Intifada provoquerait l'effondrement du gouvernement Sharon, vu qu'il a été élu sur son engagement à assurer la sécurité. Mais Sharon n'est pas tombé car l'Intifada a quitté les rails. Je pense que Sharon est aujourd'hui le plus grand leader que le mouvement sioniste ait connu depuis Herzl [...]. Ils ont dit : " Nous voulons libérer Jérusalem et les territoires occupés " et tout ce qu'ils ont obtenu, c'est que les territoires libérés à la suite des négociations soient réoccupés par la force [...]. »

Tenir un pareil langage à Gaza, où le Hamas et d'autres organisations radicales font la loi, ne témoignait pas seulement d'un grand courage politique et physique, mais d'une connaissance profonde des pensées et des besoins du peuple palestinien, las d'une guerre interminable et sans issue, las des mythologies, mythomanies, de la rhétorique creuse. Les travailleurs et les familles de la bande de Gaza et de Cisjordanie ne furent jamais aussi heureux que quand ils pouvaient travailler librement en Israël et gagner des salaires décents : jamais, dans les champs, les vergers, les restaurants, le bâtiment, les usines, ils ne considérèrent leurs employeurs israéliens comme des oppresseurs. Oui, le peuple voulait manger et Yasser Arafat ne put faire autrement, quelques mois plus tard, que nommer Mahmoud Abbas Premier ministre. Mais un Premier ministre sans pouvoir réel et désavoué à maintes reprises, qui démissionna bientôt.

Depuis la mort d'Arafat et seul en lice pour la succession de ce dernier, Mahmoud Abbas a gardé la même fermeté : « Le recours aux armes dans l'Intifada actuelle nous a fait du tort et cela doit cesser », a-t-il déclaré. Et c'est à cet homme qu'Ariel Sharon a répondu, après avoir affronté avec le même courage et une habileté manœuvrière exemplaire les « durs » de son camp, un Sharon aujourd'hui à la tête d'un gouvernement d'union nationale, qui ne parle pas de la paix comme d'un rêve lointain, mais comme d'un possible proche : « L'an 2005, a-t-il dit récemment, offre une chance historique de percée avec les Palestiniens, que nous attendons depuis des années [...]. » Après avoir réaffirmé sa volonté d'appliquer le retrait unilatéral de la bande de Gaza, mais avec l'aide cette fois-ci des organismes de sécurité de la nouvelle Direction palestinienne, le Premier ministre d'Israël alla plus loin qu'il ne le fit jamais : « Nous pourrons parvenir à un arrangement israélo-palestinien *qui sera la base de la coexistence de deux États*[1] pour de longues années. Nous sommes prêts à des concessions très très douloureuses, mais nous ne ferons aucune concession au niveau sécuritaire [...]. Il y a une chance unique de pouvoir trouver une solution et personne ne sait

1. Souligné par moi.

quand elle s'offrira à nouveau. Il y a une opportunité unique de modifier les données stratégiques à l'avantage d'Israël. » Au cours de la même allocution, Ariel Sharon fit observer que « *la domination d'un peuple par un autre est une catastrophe*[1] ».

Les amis de la paix — dont je suis — doivent aider ces deux hommes, Ariel Sharon et Mahmoud Abbas. Il convient pour cela d'oublier les préjugés, les *a priori*, la langue de bois et les pensées toutes faites, d'être capable de percevoir ce qu'il y a de formidablement neuf dans les propos de chacun d'eux. Il faut les croire : c'est la meilleure façon de les aider.

Le Monde, janvier 2005
Repris dans *Les Temps modernes*, n° 629,
novembre 2004-février 2005

1. Souligné par moi.

ARTHUR KOESTLER :
MESSAGE D'OUTRE-TOMBE

On conseille au lecteur des *Temps modernes* de se procurer le dernier numéro de la revue américaine *Preuves* (nº 37). Les caissiers de cette publication s'étonneront d'un afflux inhabituel d'argent français, mais le lecteur des *Temps modernes* y gagnera de prendre connaissance du *Petit Guide des névroses politiques* de M. Arthur Koestler. On sait que Arthur K., pour justifier sa rupture avec le communisme, avait opéré un retour aux principes ; à l'aide donc de l'indéterminisme, de la théorie des quanta, de « l'excitation pénalisatrice du professeur Toynbee », d'un zeste de psychanalyse et de quelques traces de yogisme, il avait édifié une cosmogonie originale, qui lui permettait de se passer de Marx, l'utopiste sanglant. Maurice Merleau-Ponty a dit là-dessus tout ce qu'il fallait dire. Toutefois, ce pillage des bibliothèques scientifiques traduisait trop clairement un désarroi intime pour qu'on s'en indignât. Les méditations d'Arthur K. sur le tragique, le trivial et le « thalamus » lui permettaient d'accéder, au petit matin, à un plan de vérité supérieur : c'était l'heure où son automobile éventrait les réverbères ; assis au bord du trottoir, il expliquait le cours de l'Histoire aux sergents de ville.

Pour qui a vu Arthur K. gravir à quatre pattes les escaliers de la « Troïka », il est piquant de le retrouver aujourd'hui dans le rôle d'un psychiatre à l'œil clair. Sans doute a-t-il compris que ni la cosmogonie ni l'alcool ne suffisaient à renverser le cours de l'Histoire et que la bombe atomique constituait le seul système de protection efficace. Les certitudes de Koestler se sont durcies au cours des années : désespérant de nous les faire partager, il conclut que ses contemporains, définitivement sourds à la voix de la raison, relèvent désormais d'un autre traitement. Raccourci saisissant : l'uranium 235 devient la vérité du thalamus et le penseur de la gauche européenne se mue en conseiller psychiatrique des gouvernements occidentaux. Ce n'est plus à nous que Koestler s'adresse : le *Petit Guide des névroses politiques*, c'est l'appel impérieux d'un profond connaisseur de la nature humaine à des hommes d'État trop naïfs : « Nous continuons à nourrir l'étrange illusion que le citoyen moyen, lorsqu'il n'est pas dans une foule, est un être politiquement raisonnable. [Or] les faits tendent à prouver que *l'homme du vingtième siècle est un névrosé politique*[1]. Les totalitaires ont compris cela dès le début. Ils sont les forces mortelles à l'assaut de notre civilisation et, comme la mort se nourrit de la maladie, l'ange de la mort, lui, a des diagnostics sûrs. Si nous voulons survivre, il nous faudra l'égaler... Freud et ses successeurs ont abattu un pan de cette foi optimiste en l'homme considéré comme un être de raison : nous admettons que notre libido sexuelle est déformée. Il est temps de reconnaître que notre libido politique est tout aussi chargée de complexes, refoulée et difforme, si ce n'est davantage... »

Arthur K., en l'état d'extrême péril où il se trouve, a su se déprendre des illusions du suffrage universel : le citoyen moyen peut lui faire confiance, les recettes du traitement de masse sont éprouvées. Mais ce mépris des hommes est vieillot, K. se devait d'infuser un sang neuf à la théorie des élites : la libido politique, sa dernière trouvaille, survient à point pour la renouveler. On sait que cet auteur est un champion du raisonnement par analogie : à toute névrose, sa libido ; puisque l'homme du XXe siècle est politiquement atteint, il faut le doter d'une libido politique. Entre les libidos, il y a parallélisme : à chaque déformation de la libido sexuelle correspondra

1. Souligné par Koestler.

une déformation de la libido politique : « Si l'on applique ce schéma simplifié (celui du névrosé, défini comme individu dont le contact avec la réalité est imparfait), on constate qu'il répond à toute la gamme de la pathologie politique, depuis la “schizophrénie contrôlée” [*sic*] d'un Klaus Fuchs jusqu'à l'évasion de la réalité du neutraliste... Quand, par exemple, M. Merleau-Ponty écrit que le marxisme “n'est pas une philosophie de l'histoire, c'est la philosophie de l'histoire et y renoncer, c'est faire une croix sur la raison historique”, le dialogue logique devient impossible, et l'on doit céder la place à la psychothérapie. »

On pratiquera donc électrochocs ou lobotomies sur Klaus Fuchs et Merleau-Ponty. Mais ils ne sont que des cas limites : entre l'espion atomique et l'intellectuel évadé du réel, qui se situent aux deux extrémités du spectre, il y a tout le marais des pêcheurs à la ligne. Est considéré, en effet, par Koestler, comme névrosé politique, tout individu qui n'est pas absolument persuadé de la nécessité de déclencher contre l'U.R.S.S. une guerre préventive. Le raisonnement est simple. 1°) il y a une réalité, objectivement terrifiante, que tous les faits « tendent à prouver » : l'U.R.S.S. veut notre mort ; 2°) donc l'homme normal doit avoir peur : c'est ainsi qu'il opérera son « *emotional adjustment* » ; 3°) la bombe atomique américaine est notre seule chance de survie. Mais la bombe, tant qu'elle n'est pas jetée, n'est qu'une idée de bombe. Or une idée ne rassure pas : l'homme sain est voué à la terreur.

C'est l'absence de peur qui définit la névrose : le pêcheur à la ligne, homme simple et paisible, capable, par les temps qui courent, de suivre un bouchon au fil de l'eau est évidemment le plus atteint, la monstrueuse perversion de sa libido politique le relègue au dernier rang de la sous-conscience : « Nous voulons [disent les Français] qu'on nous fiche la paix. Nous ne voulons ni de vos aumônes, ni de votre Coca-Cola, ni de vos bombes atomiques. Si vous nous fichez la paix, les Russes nous la ficheront aussi... Des variations étendues sur ce thème paraissent chaque jour dans les journaux français de toutes nuances. Le seul point qu'on ne mentionne pas est le fait tragique et crucial que la *survivance matérielle de la France dépend du potentiel atomique américain*[1]. Si ce point était reconnu, toute la structure fictive s'effondrerait. Et si l'on supprimait l'élément d'illusion dans l'univers du névrosé — mélange d'illusion et de peur —, alors la peur seule demeurerait : la terreur intolérable et refoulée d'une Europe virtuellement sans défense devant l'expansion soviétique... »

Le pêcheur, cet ingrat, ignore à qui il doit la possibilité de pêcher. Qu'il l'apprenne, il n'est pas guéri pour autant : l'illusion a disparu ; reste la peur, autre élément de la névrose. Peut-on le guérir de la peur ? Non, car « la réalité [est] si terrifiante que l'homme sain lui-même ne peut la contempler sans frémir... ». Chacun tremble : il convient seulement de transformer la peur du malheureux, aux yeux brutalement dessillés, en une sainte peur, celle de Koestler, considéré comme étalon de l'humanité saine. La première, c'est la terreur nue des victimes — « alors la peur seule demeurerait » —, l'autre comporte son propre dépassement. La santé, c'est la peur plus quelque chose, non pas peur surmontée, mais peur plus intense encore, panique du clairvoyant qui sait qu'il est trop tard. Devenu lapin, le pêcheur à la ligne attend, fasciné : si l'ennemi arrive, il est perdu. Arthur K., qui tolère mal cette humble sagesse hypothétique, lui crie : « Réveille-toi, le monde est foutu, l'ennemi est déjà là ! » L'Armée rouge campe aujourd'hui dans nos murs, dans le lit d'Arthur K. et lui-même est déjà mort : de peur. Voilà le secret de sa sérénité.

C'est sans doute ce qui confère au *Petit Guide* son caractère irrévocable de message d'outre-tombe. Koestler n'est désormais accessible qu'aux amateurs de tables tournantes. On demande : « Esprit, es-tu là ? » et Arthur K., avec le pédantisme des revenants, dresse aussitôt la nomenclature des névroses :

1° *Culpabilité refoulée :* cas des Allemands, qui disent : « Notre Goethe, notre Beethoven, [mais jamais] notre Auschwitz, nos

1. Souligné par moi.

bébés gazés... ; cette réaction trahit un complexe de culpabilité inconsciente. »

2° *Amnésie collective :* cas des Français qui oublient que « la France fut libérée, non par le maquis, mais par la puissance de la machine de guerre anglo-américaine, par les chars britanniques et anglais... Dans [leur] cas, l'identification mène à une gloire partagée et permet à la libido politique de se dilater majestueusement ».

3° *Évasion de la réalité :* cas des Anglais. À l'époque des bombardements de Londres, un conférencier faisait une causerie sur « La violence dans le roman américain ». « La plupart des gens, disait-il, rencontrent bien rarement la violence au cours de leur vie. Ils se lèvent le matin, cultivent leur jardin... » « Une bombe siffla [c'est Koestler qui parle] et éclata à quelques maisons de là, et les batteries antiaériennes commencèrent leur vacarme infernal. Le petit bonhomme attendit patiemment un moment de répit, puis reprit tranquillement : "Je veux dire que la violence survient rarement dans la vie des gens ordinaires et il ne convient pas qu'un artiste consacre tant de temps et de place à ce genre de choses..." » Koestler conclut, naturellement, que « toute la politique étrangère britannique envers l'Union européenne » est à l'image du conférencier.

Après cet essai fulgurant de psychologie des peuples, le fantôme considère plus particulièrement l'individu et traite de « quelques aberrations mineures » :

1° *Ambivalence :* comme on peut tout ensemble aimer et haïr une maîtresse difficile, l'Américain et le Britannique éprouvent l'un pour l'autre des sentiments mêlés. C'est là le secret de la querelle livre-dollar : « Tous les six mois à peu près, les relations anglo-américaines s'enveniment et une petite crise se produit, causée la plupart du temps, non par un réel conflit d'intérêts, mais par l'exaspération mutuelle caractéristique des associations ambivalentes. »

2° *Fétichisme :* à l'adoration des jarretelles ou des bottes d'écuyère correspond, dans l'ordre politique, l'idolâtrie du Parti, « ce qui n'est plus considéré comme un accessoire de l'objet authentique, mais comme un élément d'adoration en soi ».

3° *Éternels adolescents :* existent surtout aux États-Unis et en France. Cas de X. : ex-communiste, ex-trotskiste, secrétaire impénitent, « il souffre d'une libido politique de type incestueux ». Cas de Y., « le masochiste politique ». Il proteste contre les injustices commises dans son propre pays, mais reste sourd aux appels des concentrationnaires soviétiques : « Y. est un patriote inverti dont la haine de lui-même et la soif d'autopunition sont devenues haines de son propre pays et désir du fouet qui le cinglera. » Enfin, il y a Z., le « touche-à-tout, dont le nom est de tous les comités "progressistes", dont la voix s'élève pour protester contre toutes les injustices... et qui n'a jamais rien accompli sur cette terre. Z. est l'équivalent politique d'un *nymphomane*; il souffre d'un excès de libido politique. Cette sorte de névrose fleurit, elle aussi, plus particulièrement sous le climat de gauche car, d'une manière générale, la gauche est politiquement hypersexuée... »

Le message s'arrête là. Si Arthur K. n'était pas déjà mort, on le définirait volontiers comme sexuellement hypopolitisé. Sur ce type d'impuissance, les dragées d'Hercule sont sans effet. Un seul remède, peut-être : se faire aménager une mignonne garçonnière à Los Alamos, à l'ombre de la bombe, ou, plus près encore, dans le ventre même de l'engin.

Les Temps modernes, n° 101, avril 1954

NUIT ET BROUILLARD : RÉPONSE À GILLES DELEUZE À PROPOS DE *L'OMBRE DES ANGES* DE R. W. FASSBINDER ET D. SCHMID

Enfant légitime du *Juif Suss* et du *Juif éternel* (*Der Ewige Jude*), inscrit dans la droite lignée des productions nazies de la haute époque, *L'Ombre des anges*, film antisémite de R. W. Fassbinder et Daniel Schmid, n'en a pas moins été décrété au-dessus de tout soupçon par la critique de gauche en France. Interdit en Allemagne en même temps que la pièce de Fassbinder, dont il est l'adaptation cinématographique, *L'Ombre des anges* a provoqué au printemps dernier le départ de la délégation israélienne du Festival de Cannes, où il était présenté. Les Israéliens et les censeurs allemands étaient sans doute en proie à leurs communs fantômes et donc hallucinés. De ces ressassements, de ces visions, nos cinéphiles sont libres : ni écorchés encore vifs ni anciens écorcheurs, ils ont du passé fait table rase et leurs yeux purs ne se dessillent que pour de formelles beautés, se ferment aux trivialités.

Mais ils sont de gauche, ces amants du Beau, ces néochampions de l'Art pour l'Art, de gauche par statut ontologique, à ce titre infaillibles, et insoupçonnables eux aussi, comme la femme de César. Leur regard est « artiste », mais politique autant : puisqu'ils participent de la gauche substance infinie à qui l'antiracisme est un prédicat coextensif et co-éternel, comment se tromperaient-ils, comment nous tromperaient-ils ? S'ils n'ont pas décelé, ces spécialistes, ces vigilants par état, une trace d'antisémitisme dans un film qui, nous allons le voir, est un compendium des stéréotypes forgés au long des siècles par la haine et la peur, il faut aveuglément leur faire confiance, leur rendre les armes et cesser de penser. Ou alors penser seul, c'est-à-dire mal. Snobisme et terreur. Tout snobisme — parce qu'il exclut — est terroriste. Mais le terrorisme endémique des chapelles cinéphiliennes se combine et se redouble ici d'un terrorisme idéologique qui lui est alibi, garant de vérité et confère à l'imposture force de loi.

Au nom de la gauche, un quarteron de cervelles critiques — enténébrées par l'air raréfié des cimes — organisent la chasse aux sorcières et s'essaient — sur quel ton ! — à nous intimider. Un petit-maître de *Tribune socialiste*, une femme en vérité qui signe Fabian Gastellier et est, nul n'en doute, orfèvre, écrit superbement : « On a reproché au film de Daniel Schmid d'être antisémite. C'est n'y avoir rien compris. Si le personnage du Juif est un salaud, ce n'est pas parce qu'il est juif, mais parce que le pouvoir a fait de ce Juif un salaud. » Soit et passe pour le pouvoir, ultime avatar de toute réflexion politique de pointe. Mais s'il s'agit de ce Juif, comme veut le faire croire M. Gastellier, d'un Juif individu singulier qui est aussi un salaud ou d'un salaud qui se trouve être juif, pourquoi n'est-il pas nommé, pourquoi est-il le seul, parmi tous les personnages du film — putains, maquereaux, travestis, mais chacun digne de l'individuation —, à ne posséder ni un patronyme ni même un prénom ? Dès son apparition — et jusqu'à la dernière image —, il est « *Der Jude* » (« le Juif ») ou « *Der reiche Jude* » (« le Juif riche »). Ainsi — et seulement ainsi — est-il désigné quand il est l'objet du discours d'autrui, ainsi s'apostrophe-t-il lorsqu'il lui arrive de se parler à lui-même.

Faisant, par exemple, allusion au chèque dont il se prépare à payer la putain, il déclare : « *Das wird dich eine Stange Geld kosten, Jud !* » (« Ça va te coûter un paquet d'argent, youpin ! »). Youpin, oui : car les protagonistes en vérité ne disent presque jamais « *Der Jude* » (« le Juif »), mais dans la plupart des cas « *Der Jud* », sans le *e* final — prononcer « *Youd* ». En allemand, l'absence du *e* de

« *Jude* » connote le mot sinistrement et on ne peut alors le traduire que par « youpin » ou « youtre », au choix.

Innommé, innommable, le Juif de *L'Ombre des anges* est un archétype et, comme tel, substantiellement affecté de tous les caractères négatifs dont l'ont chargé des siècles d'antisémitisme. Réciprocité d'être — et d'ordre magique — entre la substance et ses attributs : le « Juif riche » n'implique pas qu'il y ait d'autre part des Juifs pauvres, que des Juifs pauvres puissent aussi exister, mais identifie le Juif — tous les Juifs — à l'argent.

Sommes-nous en milieu neutre, sous vide, dans un monde sans mémoire, où les mots n'éveilleraient nul écho, ne renverraient à aucune histoire ? En 1938, Goering, dans un cohérent souci de désindividuation qui allait, trois ans plus tard, déboucher sur l'extermination de masse, imposa aux Juifs et aux Juives d'Allemagne d'adjoindre un prénom supplémentaire à ceux qu'ils avaient reçus à la naissance, le même pour tous, Israël, le même pour toutes, Sarah. Fassbinder n'a pas de ces délicatesses. Il coupe court et nous interpelle sans médiation par notre essence éternelle « *Jud* », comme Luther. Car la citoyenneté suisse de Schmid, le metteur en scène, n'y fait rien : le film est allemand. Fassbinder, l'auteur de la pièce, est allemand et l'action de celle-ci se situe en Allemagne de nos jours. La langue, enfin, est allemande, et nul n'empêchera que l'interminable et monotone litanie des « *Jud* », « *Jud* », « *Jud* », qui est la scansion du film, ne soit lourde pour nous de résonances abominables.

Appelé à la rescousse, Gilles Deleuze, qu'on eût attendu libre pour de meilleures causes, feint de s'étonner dans un « Point de vue » du *Monde*[1]. Il se « frotte les yeux », « croit rêver », il n'a pas vu, lui non plus, l'ombre d'une ombre d'antisémitisme dans *L'Ombre des anges* : l'accusation est tout simplement « démente ». Et, citant une interview de Schmid recueillie par le même journal[2],

1. 18 février 1977.

2. 3 février 1977. Précisons que le film *L'Ombre des anges*, qui était projeté au Studio Saint-André-des-Arts, est retiré de l'affiche à partir du mercredi 23 février. Ceci dans les conditions propres à toute programmation cinématographique.

il nous apprend que les visages sont « comme à côté des acteurs et leurs paroles à côté des visages ». Bien sûr le discours antisémite est — pour quelque temps encore — à manier avec des pincettes, et le souvenir n'est pas si lointain des hurlements nazis : alors on commande aux acteurs de jouer « ailleurs », on détache, on désincarne, on « distancie », on neutralise. On évite ainsi le « psychologisme popularisé » (l'expression est de Schmid) des possédés hitlériens, qui, eux au moins, n'étaient pas « à côté » de ce qu'ils disaient.

Pas de psychologisme donc, mais un discours anonyme et feutré — d'autant plus meurtrier —, parlé par des zombies hors du temps et de l'espace, dans l'objectivité absolue. Ça parle. Ça parle dans des décors abstraits, dans une ville de nulle part, une ville alibi, comme Schmid le Suisse est lui-même l'alibi de l'Allemand Fassbinder. Car celui-ci pense à une ville et à une situation précises (Francfort et les promoteurs immobiliers, dont quelques-uns sont juifs), et il n'aime pas — c'est son affaire — les Juifs. Mais l'antisémitisme n'a pas droit de cité aujourd'hui en Allemagne, il existe souterrainement, comme sous le manteau, et l'attaque frontale, à visage découvert, y est intolérable. L'antisémite doit s'avancer masqué et pousser, obliquement, ses pointes. Pour faire passer — et représenter — un antijudaïsme tout à fait concret — et qui est le leur —, Fassbinder et Schmid opèrent ainsi un détour par l'archétype, par le Juif éternel. L'archétype détermine toute la structure de l'œuvre, préside à son ordonnancement, et *L'Ombre des anges* est un mauvais titre, un titre-camouflage : il faut nommer ce film « Le Temps du Juif » ou « La Ville au temps du Juif ».

« D'accord, concède benoîtement Deleuze, le mot "Juif riche" *est* "très important". » Pas le mot, Deleuze, la chose. Et pas importante, essentielle. Sans le « Juif riche » — et Deleuze le sait —, il n'y a plus de film. Qu'eût trouvé à dire Fassbinder si le requin de l'immobilier s'était appelé Thyssen ou von Borsig ? Rien. Parce que ce qui le mobilise n'est pas, comme le prétend un assez ignoble travestissement gauchiste, la dénonciation du capitalisme ou celle du pouvoir, système et machinerie aveugles qui commanderaient même à ceux qui le détiennent, mais la seule passion antisémite. La République fédérale compte soixante millions de purs Aryens, quelques millions d'ouvriers immigrés et trente mille Juifs : ceux-ci possèdent-ils la totalité et la seule réalité du pouvoir ? Les Krupp, les magnats des Konzerns géants de la Ruhr et les technocrates de la Dresdner Bank sont-ils des agneaux impuissants ? Mais peut-être, plus simplement et plus classiquement, le pouvoir de ces derniers est-il de bon aloi, tandis que le pouvoir juif — *Mein Kampf* et les *Protocoles des sages de Sion* nous l'ont appris — est de trafic, cruel, impitoyable, maléfique et occulte. Vieilles rengaines.

Mais tant de « beauté », Deleuze nous le suggère délicatement, vaut bien « un peu » d'antisémitisme. Pourquoi « un peu » seulement ? Il est vrai que l'« ancien fascisme » — celui d'Auschwitz et de Treblinka — fait figure à ses yeux de « folklore ». Intolérable partout depuis l'Holocauste, l'antisémitisme est obscène s'il est allemand. N'est-il qu'allemand ?

Le Monde, 23.02.1977

LE VÉRITABLE ACCUSÉ, C'EST VERGÈS

Avocat de Klaus Barbie à son procès devant les assises de Lyon, Jacques Vergès, selon la pente qu'il avait initiée au cours d'un procès précédent, intima à son client de s'absenter des débats. Barbie fut ainsi jugé en son absence. J'explique ici pourquoi.

LE NOUVEL OBSERVATEUR : *Que Barbie soit dans son box d'accusé ou non, quelle importance, finalement ?*

CLAUDE LANZMANN : Ça ne change rien. Sauf pour Barbie : il doit être très déçu. Depuis quatre ans, au secret dans sa cellule, il devait s'ennuyer. Enfin on lui donnait l'occasion de voir du monde ! Les gens qui s'imaginent que Barbie est parti parce qu'il avait peur ne comprennent pas. Barbie supportait avec un cœur d'airain les cris de ses victimes. Ce n'est pas lui qui a demandé à partir.

Que dites-vous ?

Barbie n'a rien fait d'autre que d'obéir à son avocat.

Pourquoi Vergès s'en serait-il débarrassé ?

Parce que le véritable accusé du procès — et c'est ce que personne ne semble avoir vu — c'est Vergès et non pas Barbie. Vergès n'est pas un défenseur sans accusé, c'est un accusé sans défenseur.

Accusé par qui et de quoi ?

Ce n'est pas la première fois que Vergès utilise ce genre de stratégie. À l'époque où il défendait les Algériens du F.L.N., il pratiquait — à juste titre d'ailleurs — la « défense de rupture ». Les accusés faisaient une déclaration liminaire où ils déniaient à la justice française le droit de les juger. Ensuite ils assistaient au procès en silence. Vergès, depuis, a progressé. Abdallah disparaît, Vergès demeure seul. Abdallah aurait pu assister, muet, aux débats, comme les militants du F.L.N. Il faut se représenter topographiquement ce qu'est un prétoire. En l'absence de l'accusé, tous les regards convergent sur Vergès. Il est, littéralement, à la place de Barbie — comme il était à la place d'Abdallah. Dans les procès du F.L.N., il acceptait encore d'avoir un accusé muet près de lui. Il a vieilli, il a grandi, il s'est « aguerri », comme il le dit lui-même...

Ce que vous pensez, c'est que Vergès a un fantasme : être lui-même l'accusé...

Absolument. Il est tout à la fois accusé et intouchable. C'est la situation idéale pour un homme comme lui. Toute cause lui est bonne. Dans les grands procès politiques, l'accusé se change en accusateur. C'est ce qu'a fait Dimitrov, mais il parlait pour lui-même, il récusait ses avocats qui n'étaient que des ombres pâles. On assiste ici à un échange de rôles : Vergès, comme Dimitrov, souhaite se défendre seul, et c'est bien la preuve — mais il ne le sait sans doute pas lui-même — qu'il est le véritable accusé.

La fameuse stratégie de Vergès ne serait donc qu'un comportement névrotique ?

Il veut être seul. Tout le monde parle du sadisme de Vergès. C'est faux ! Vergès souhaite ontologiquement qu'on lui fasse son procès à lui. Il a sans doute ce désir depuis toujours. Pourquoi, je n'en sais rien, il a son bric-à-brac personnel comme chacun. Lui veut être puni, il veut se retrouver seul dans un box, totalement nu, flagellé en public... Relisez *Saint Genet comédien et martyr* de Sartre. C'est génétique... Évidemment, le public est indispensable pour que ça fonctionne.

Le public Vergès, ce sont les médias, c'est nous...

Bien sûr. Mais la perversité dans cette histoire, c'est que Vergès n'est pas l'accusé. Tout cela n'est qu'un simulacre, il ne prend aucun risque. Il réalise son rêve, on le juge enfin, mais c'est un faux procès : personne ne l'empêche de continuer à prendre des bains de mousse devant les photographes.

Le drame, c'est qu'il arrive à faire coïncider son fantasme et l'efficacité judiciaire.

Tout est simulacre, dans cette affaire. Tout, sauf les six millions de morts.

Vous ne croyez pas du tout à la vertu pédagogique de ce procès ?

Ce qui compte, ce n'est pas la pédagogie, qui est l'enseignement d'un savoir mort. C'est la transmission, la résurrection, l'abolition de la distance entre le passé et le présent. Les procès ne sont pas des lieux de mémoire.

Le Nouvel Observateur, 22-28 mai 1987

RAYMOND BARRE, UN « FRANÇAIS INNOCENT »

Premier ministre, M. Raymond Barre était tout en rondeurs : on pouvait aisément le regarder comme le paradigme du Français innocent, il en avait les airs, l'allure, l'onction, le patelin, le débonnaire, il exsudait le bon droit, la légitimité, la satisfaction et la sûreté de soi. Même si aujourd'hui Raymond Barre a gagné en minceur, sa francité n'en a souffert nulle atteinte, on serait presque tenté d'ajouter « hélas ». Ce qui fait problème, s'agissant de lui, c'est la confluence des deux prédicats : « français » et « innocent ». M. Barre en effet récidive : interrogé sur France-Culture, le 1er mars, dans une émission intitulée « Le rendez-vous des politiques », l'ex-« meilleur économiste de France » tombe carrément le masque, remplace ses rondeurs anciennes par la hargne têtue, laisse libre carrière à une vindicte qui lui fait réitérer, le jabot gonflé des satisfecit qu'il s'octroie, les proférations sinistres d'il y a vingt-sept ans. La différence, c'est qu'en 1980, quand, après l'attentat de la synagogue de la rue Copernic, Raymond Barre déplorait qu'un attentat visant des Juifs ait tué des « Français innocents », il le faisait « innocemment » si l'on peut dire, parlant selon sa pente naturelle, ne comprenant rien au scandale et à la condamnation unanime qu'allaient susciter ses propos. Aujourd'hui, il sait, il ne peut pas ne pas savoir, il n'a pas un mot de regret et, voulant mettre les points sur les *i*, il s'enferre d'une façon aussi révoltante que comique. Que les terroristes massacrent des Juifs à l'intérieur d'une synagogue n'a, pour M. Barre, rien de contraire à l'ordre du monde et au train des choses. Ce qu'il reproche aux auteurs de l'attentat, c'est de ne pas avoir assez « ciblé » l'assassinat, c'est la bavure qui a transformé l'explosion en « attentat aveugle » puisque trois « Français innocents », « pas du tout liés à *cette affaire* » (*sic*) y ont laissé leur vie. « Ce qui était la caractéristique de ceux qui faisaient l'attentat, c'était de châtier des Juifs coupables » (*sic*), poursuit-il. Coupables de quoi ? Nul ne le sait, M. Barre ne le dit pas, mais on infère aisément : ontologiquement coupables. Tuer, comme ce fut le cas, mon amie l'Israélienne Aliza Shagrir, qui passait, elle aussi par hasard, rue Copernic, tuer des femmes juives, des enfants juifs, des vieillards juifs, comme cela arrive ailleurs dans les cafétérias et les autobus, ce n'est pas une action aveugle, mais ciblée et méditée au contraire, puisque, coupables, les Juifs attirent un juste châtiment.

L'ayant dit, l'ex-Premier ministre enfile les perles dans un très cohérent délire. Après avoir longuement exonéré Maurice Papon de toute faute (la déportation des Juifs n'était pas pour lui « d'un intérêt national majeur » ; son problème, c'était de « faire fonctionner la France »), il reprend à son compte, en la portant à son acmé, l'antienne de la collaboration : Pétain et de Gaulle étaient l'avers et le revers de la médaille France, tous deux concouraient, chacun à sa façon, à maintenir la Nation en ordre de marche. La Nation, c'est-à-dire les « grands commis » à la Papon et la sacro-sainte administration. Une extraordinaire division du travail et un génie certain de la communication font, selon Barre, que de Gaulle, dès la Libération, maintient en place et en France les fonctionnaires de Vichy pas trop compromis, tandis qu'il expédie au contraire en Allemagne, pour administrer les vaincus, « ceux qui s'étaient trop manifestés dans les voies de la collaboration » (*sic* !). On n'avait encore jamais entendu cela, le général Pierre Kœnig, vainqueur de Bir Hakeim et premier gouverneur militaire français en Allemagne occupée, doit frémir dans son sépulcre !

Après Papon, l'ex-Premier ministre exonère Bruno Gollnish, son ancien collègue d'université et son conseiller municipal quand il était maire de Lyon, bien connu comme négateur obstiné et pinailleur de la Shoah : « Moi, je suis quelqu'un qui considère que les gens peuvent avoir leur opinion, c'est leur opinion » (*sic*). Raymond Barre, on le voit, est large d'esprit. À la fin des fins, conclusion de tout, il nous livre à deux reprises la clé universelle des attaques portées contre lui et des maux du monde : « le lobby juif » ! Le lobby juif est un fait de nature : de même que le soleil se lève et que l'eau bout à cent degrés, il y a un lobby juif et c'est lui le responsable. « Je vous ai parlé très franchement, dit-il à Raphaël Enthoven, le présentateur de l'émission. Que vous me fassiez passer pour un antisémite, pour quelqu'un qui ne reconnaît pas la Shoah, j'ai entendu cela cent fois et cela m'est *totalement égal*. » Diantre ! Entre le « lobby juif », la « Conspiration des sages de Sion », la « Juiverie internationale », il faut un trébuchet ultrasensible pour déceler une différence de nature. Même si cela lui est « totalement égal », j'accuse M. Raymond Barre d'être un antisémite. Plus encore : je l'accuse de se faire le héraut de cette passion immonde, de la propager, de s'en glorifier, délit qui tombe sous le coup de la loi.

Libération, 2006

AUTOUR DE *SHOAH*

INTRODUCTION À L'OUVRAGE
AU SUJET DE SHOAH,
LE FILM DE CLAUDE LANZMANN[1]

Plus de quatre années se sont écoulées depuis la première projection de *Shoah* à Paris, au printemps 1985. Je parle là d'un temps objectif qui n'a rien signifié dans ma propre vie : je n'ai pas éprouvé ce passage du temps. Requis par les tâches pratiques immenses que m'imposait chaque fois à neuf la « sortie » du film dans les pays qu'il atteignait, auxquelles je n'étais absolument pas préparé, j'ai fait face comme je l'ai pu, avec les moyens du bord, sans organisation ni infrastructure, plus sensible souvent aux conséquences cataclysmiques et dévastatrices qu'entraînaient dans mon existence personnelle la gestion tâtonnante et l'accompagnement du film monstrueux dont j'étais l'auteur qu'à son retentissement immédiat dans le monde. Je confesse avoir vécu les présentations successives de *Shoah* comme les figures d'un même deuil radical, qui suspendait le temps. Et si aujourd'hui, me semble-t-il, celui-ci se remet lentement, convalescent, à passer, le remords de tant de lettres urgentes et belles, reçues au fil des jours, laissées sans écho, demeure emblématique de ce profond désordre du deuil généré par *Shoah* et me voûte à jamais.

Cet arrêt du temps de l'après-*Shoah* répond à sa suspension rigoureuse durant les douze années de la réalisation du film et peut-

1. Collectif, Paris, Belin, « L'extrême contemporain », 1990.

être davantage encore à une rupture originaire qui, en amont de *Shoah*, un jour et dans des circonstances dont je ne saurai rien, a interrompu son cours. Le temps pour moi n'a jamais cessé de ne pas passer. Comment pourrait-on, s'il s'écoulait, travailler onze ans à produire une œuvre ? Et combien de fois, pendant la gésine d'un film, lui-même parfaitement immobile, m'est-il arrivé de mesurer avec un incrédule effroi, comme réveillé soudain et rappelé à l'ordre, que deux années, quatre, sept, dix années déjà s'étaient enfuies ! La temporalité propre à *Shoah*, sa structure circulaire, l'impossibilité d'une compromission, si ténue soit-elle, avec la chronologie, le refus d'un engendrement de l'horreur trouvent sûrement une de leurs sources et raisons dans cette disposition intime. Il y a plus — je l'ai dit déjà, mais autrement, dans deux textes anciens qu'on lira plus loin : si *Shoah* n'est ourdi que de présent, si le passé semble s'y fondre et s'y abolir, c'est que l'ordre qui gouverne et scande le film entier est celui de l'immémorial ; l'événement inhumain, dont je fus pourtant le contemporain, est rejeté, de par son inhumanité même et l'épouvante qu'il inspire, à une distance stellaire, en un *in illo tempore* quasi légendaire et comme hors de la durée humaine. Cela ne s'est pas passé, cela n'a pas pu se passer il y a quarante ans ! *Major e longinquo reverentia* : sans l'éloignement et sans l'épouvante — éloignement né de l'épouvante —, le récit de *Shoah*, tout à la fois présent et immémorial, pour récit épique de la tragédie, ne peut ni advenir ni commencer. Même si elle est tramée de témoignages, même si elle s'appuie à un rigoureux savoir historique, cette œuvre se situe ailleurs que dans l'Histoire, ailleurs que dans la relation du passé vécu, ailleurs que dans la survie actuelle des témoins. C'est l'immémorial qui, dans *Shoah*, sonne l'appel et l'heure, permettant la remise en action du temps et l'avènement du récit. Le caractère inaugural et fondateur du film, son statut d'événement originaire, magnifiquement repérés et identifiés par certains des auteurs de ce livre, naissent bien de cette soumission sans démenti à une exigence plus pressante et plus forte que celle du souvenir.

HIER IST KEIN WARUM[1]

Il suffit peut-être de formuler la question au plus simple, de demander : « Pourquoi les Juifs ont-ils été tués ? » Elle dévoile d'emblée son obscénité. Il y a bien une obscénité absolue du projet de comprendre.

Ne pas comprendre fut ma loi d'airain pendant toutes les années de l'élaboration et de la réalisation de *Shoah* : je me suis arc-bouté à ce refus comme à l'unique attitude possible, éthique et opératoire à la fois. Cette garde haute, ces œillères, cet aveuglement furent pour moi la condition vitale de la création.

Aveuglement doit s'entendre ici comme le mode le plus pur du regard, seule façon de ne pas le détourner d'une réalité à la lettre aveuglante : la clairvoyance même. Diriger sur l'horreur un regard frontal exige qu'on renonce aux distractions et échappatoires, d'abord à la première d'entre elles, la plus faussement centrale, la question du pourquoi, avec la suite indéfinie des académiques frivolités ou des canailleries qu'elle ne cesse d'induire. « *Hier ist kein Warum* » : Primo Levi raconte que la règle d'Auschwitz lui fut ainsi enseignée dès son arrivée au camp par un garde S.S. « Pas de pourquoi » : cette loi vaut aussi pour qui assume la charge d'une pareille transmission. Car l'acte de transmettre seul importe et nulle intelli-

1. « Ici, il n'y a pas de pourquoi. »

gibilité, c'est-à-dire nul savoir vrai, ne préexiste à la transmission. C'est la transmission qui est le savoir même. La radicalité ne se divise pas : pas de pourquoi, mais pas non plus de réponse au pourquoi du refus du pourquoi sous peine de se réinscrire dans l'obscénité à l'instant énoncée.

Nouvelle Revue de Psychanalyse, « Le Mal »,
n° 38, automne 1988[1]

1. Reproduit dans *Au sujet de* Shoah, *op. cit.* p. 279.

CE MOT DE « SHOAH »…
RÉPONSE À HENRI MESCHONNIC

« En 1983, deux ans avant l'achèvement d'un film qui ne s'appelait pas encore *Shoah*, dans une lettre adressée à mon ami l'écrivain Manès Sperber — il venait d'en voir les trois premières heures au côté de Raymond Aron —, j'écrivais : "Cet immense travail, auquel je ne réussis même pas à trouver un titre, n'est pas un film sur l'Holocauste, il n'est pas un produit, un dérivé de l'Holocauste, pas un film historique, il est lui-même – comment vous dire cela, Manès, c'est ainsi que je le vis – un événement originaire." Sperber seul eut connaissance de cette lettre, Raymond Aron venait de mourir.

« Au cours des douze années durant lesquelles j'ai travaillé à sa réalisation, je n'ai donc pas eu de nom pour le film. "Holocauste", par sa connotation sacrificielle et religieuse, était irrecevable ; il avait en outre déjà été utilisé. Mais un film, pour des raisons administratives, doit avoir un titre. J'en ai tenté plusieurs, tous insatisfaisants. La vérité est qu'il n'y avait pas de nom pour ce que je n'osais même pas alors appeler "l'Événement". Par-devers moi et comme en secret, je disais "la Chose". C'était une façon de nommer l'innommable. Comment aurait-il pu y avoir un nom pour ce qui était absolument sans précédent dans l'histoire des hommes ? Si j'avais pu ne pas nommer mon film, je l'aurais fait. Le mot "Shoah" s'est imposé à moi tout à la fin parce que, n'entendant pas l'hébreu, je n'en comprenais pas le sens, ce qui était encore une façon de ne pas nommer. Mais, pour ceux qui parlent l'hébreu, "Shoah" est tout aussi inadéquat. Le terme apparaît dans la Bible à plusieurs reprises. Il signifie "catastrophe", "destruction", "anéantissement", il peut s'agir d'un tremblement de terre ou d'un déluge. Des rabbins ont arbitrairement décidé après la guerre qu'il désignerait "la Chose". Pour moi, "Shoah" était un signifiant sans signifié, une profération brève, opaque, un mot impénétrable, infracassable, comme un noyau atomique. Quand Georges Cravenne, qui avait pris sur lui l'organisation de la première du film au Théâtre de l'Empire, m'a demandé quel était son titre, j'ai répondu : "*Shoah*. — Qu'est-ce que cela veut dire ? — Je ne sais pas, cela veut dire *Shoah*. — Mais il faut traduire, personne ne comprendra. — C'est précisément ce que je veux, que personne ne comprenne." Je me suis battu pour imposer "Shoah" sans savoir que je procédais ainsi à un acte radical de nomination, puisque presque aussitôt le titre du film est devenu, en de nombreuses langues, le nom même de l'événement dans son absolue singularité. Le film a été d'emblée éponyme, on s'est mis partout à dire "la Shoah". L'identification entre le film et ce qu'il représente va si loin que des téméraires parlent de moi comme de "l'auteur de la Shoah", ce à quoi je ne puis que répondre : "Non, moi, c'est *Shoah*, la Shoah, c'est Hitler." »

J'ai écrit ce texte il y a un an, dans une autre occurrence, mais je m'aperçois, le relisant, qu'il est déjà en lui-même une réponse à la diatribe d'Henri Meschonnic (« Pour en finir avec le mot "Shoah" », *Le Monde*, dimanche 20-lundi 21 février 2005), ironiquement publié dans les pages « Horizons Débats » du quotidien. Quel horizon, quel débat ? Meschonnic se débat contre lui-même, empêtré dans des démonstrations contradictoires, s'avançant masqué de fausse science, avec une idée fixe : en finir pas seulement avec le mot « Shoah », comme il le prétend, mais avec le film « à succès » du même nom et, en dernière analyse, avec la « chose » elle-même. Quand d'autres claironnent contre la « pornographie mémorielle de la Shoah », Meschonnic, lui, n'hésite pas à parler d'un « mot empoisonné » et de « victimisation tout aussi totalitaire que le massacre » (*sic*), écrivant sans trembler : « Ainsi *Shoah* condense un “culte du souvenir” qui s’est mis à dévorer ce qui reste de vivant chez les survivants... » À ces propos infâmes il faut opposer les paroles de vérité d’Anne-Lise Stern, déportée survivante qui, elle, n’a pas été dévorée par le mot « Shoah », dans son grand livre *Le Savoir-déporté* : « *Shoah* n’est pas un documentaire et pas non plus un pur chef-d’œuvre du septième art. Plutôt œuvre inaugurale d’un huitième art, à l’aune de notre temps. Du coup, il a, de fait, autorisé, suscité chez les uns et les autres le désir de s’exprimer, de témoigner chacun en son nom [...]. Ainsi certains psychanalystes se félicitent : Claude Lanzmann aurait introduit un signifiant hébreu dans la langue française. Je soutiens, moi, qu’avant *Shoah* le film, ce que les Israéliens désignaient par “shoah” restait pour eux... de l’hébreu et que le mot, le nom *Shoah*, depuis ce film, est devenu français en France, allemand en Allemagne, anglais en Amérique. »

Shoah, le film, a aujourd’hui vingt ans et c’est, dès la sortie du film, sans que j’y sois pour rien, qu’on a commencé partout à dire « la Shoah ». Apparemment, Meschonnic n’a jamais entendu parler de l’Esprit objectif. C’est vrai : comment pourrait-il savoir, lui, que les œuvres véritables, une fois créées, échappent à leur auteur et vivent leur vie propre ? *Shoah*, le film, a eu cette force de nommer la Chose. Si je me tiens pour intégralement responsable de l’œuvre, je ne pouvais en revanche prévoir que l’époque allait s’en emparer comme elle l’a fait. Je ne pouvais ni le prévoir ni le vouloir. Même si cette reconnaissance est juste et bonne, elle aurait très bien pu ne pas se produire. Je pensais quant à moi que mon film serait vu par trois mille personnes et cela me suffisait. Je décris *a posteriori* et de façon tout à fait phénoménologique l’effet éponyme du film et ses conséquences paradoxales — la confusion de la Shoah et de *Shoah* —, Meschonnic traduit cela — fameux traducteur que voilà ! — en volonté d’« appropriation ».

Traducteur de ce qu’il refuse d’appeler la Bible, il se croit, à ce titre, autorisé à mettre à sac et à détruire toute culture constituée, obsédé par le bon commencement comme d'autres l'étaient par la race pure. Au nom de l'hébraïsation, il ne renâcle pas devant l'illisibilité et le sentiment de sa toute-puissance sur les mots excite plus encore ses instincts de « *serial killer* », pour reprendre une expression dont Michel Deguy l'avait gratifié. Sa cible ultime — il aura fallu attendre vingt ans pour qu'il se réveille de son sommeil dogmatique et la désigne —, c'est *Shoah* : l'hébraïseur de « Bible » ne veut pas d'un mot hébreu pour nommer la Chose. Sous le galimatias et les approximations meschonnesques, on ne trouve qu'une quête égarée du « bon mot », qui lui fait faire des choix contradictoires, voire exclusifs les uns des autres. Étrange vision de la philologie : les mots exprimeraient si exactement les choses qu'il y aurait pour tout un mot juste, un mot parfait. Or — et c'est cela qui atteint Meschonnic au cœur — la puissance du mot « Shoah » n'est pas celle de l'exactitude, je l'ai montré plus haut. Mon ignorance proclamée de l'hébreu et le triomphe de *Shoah*, film et mot confondus, affoleront les cuistres jusqu'à la fin des temps. Shoah « pollution de l'esprit »; « le scandale de ce mot »; « mot empoisonné »; « qu'on laisse le mot Shoah aux poubelles de l'Histoire ». Diantre ! Le *killer* ne rit pas, est prêt à tout accepter et à mentir sans vergogne pour parvenir à ses fins : « Tout, ose-t-il dire, était parfaitement nommé par les nazis et les états d'âme concernant la désignation sont apparus en 44-45. » Meschonnic m'a-t-il entendu lire, à la fin de la première époque de *Shoah*, le rapport hallucinant de Just, daté du 5 juin 1942, adressé à l'Obersturmbannführer Walter Rauff, sur les améliorations à apporter à la construction des camions à gaz? Les Juifs asphyxiés à l'oxyde de carbone des moteurs étaient appelés « le chargement »; si on parlait de leur nombre, on disait « le nombre des pièces [en allemand *Stuck*] à charger ». A-t-il vu Motke Zaïd et Itzhak Dugin raconter, en larmes : « Les Allemands avaient même ajouté qu'il était interdit d'employer le mot "mort" ou le mot "victime" parce que c'était exactement comme un billot de bois, que c'était de la merde, que ça n'avait absolument aucune importance, c'était rien. » ... « Les Allemands nous imposaient de dire, concernant les corps, qu'il s'agissait de *Figuren*, c'est-à-dire de marionnettes, de poupées, ou de *Schmattes*, c'est-à-dire de chiffons. » Il me paraît clair, rapportant ces paroles, que l'éradicateur n'a jamais vu *Shoah*, qu'il ne sait pas de quoi il parle. Pour le maniaque du « bon mot », tous les mots sont meilleurs que le mot hébreu, même les mots nazis. Le meurtrier, non content d'avoir assassiné, doit-il en plus être le maître du nom et du sens de ce qu'a subi la victime ? L'antisémitisme (ce n'est peut-être pas le « juste » mot, mais avec le temps et l'usage, il l'est devenu !), c'est la haine métaphysique pour le peuple qui est à l'Origine et le sait et le veut. Il est parfaitement cohérent de désigner le paroxysme de cette haine par un mot hébreu. Même n'entendant pas la langue et bien avant de m'être résolu pour « Shoah », je savais, dès le commencement de mon travail, que je voulais imposer *notre* propre vision de la catastrophe, celle des victimes et des survivants. « L'hébreu, dit platement Meschonnic, n'était pas la langue de ceux qu'on a massacrés, l'hébreu leur était une langue liturgique. » Non, c'était la langue de l'Origine au nom de laquelle on les a transformés en victimes plutôt que de les laisser être tranquillement des Russes, des Français, des Polonais, des Grecs, des Hollandais... C'est aussi la langue d'Israël. J'ai appris de Sartre que se réapproprier le tort absolu est le premier pas vers l'authenticité et la liberté. Cette réappropriation commence par le nom : je serai le Nègre, je serai le Juif.

En vérité, le cuistre se moque bien du mot « Shoah ». Son problème est la Chose dont il convient de se débarrasser au plus vite, comme le souhaite aujourd'hui, pour des raisons au départ diverses mais finalement confluentes, une bande hétéroclite et bruyante. Se débarrasser de la Shoah ou tout au moins la remettre à sa place. Ils s'emploient à ce qu'au fil du temps cette place soit de plus en plus congrue, les béantes « poubelles de l'Histoire » attendent. Pourtant, qu'ils ne soient pas trop pressés : Shoah, indissolublement les victimes et les témoins survivants, la Chose, le mot, le film ont été plus présents que jamais au cours de la célébration du soixantième anniversaire de la libération d'Auschwitz, ils ont touché et marqué pour toujours des générations nouvelles, des cœurs et des consciences innombrables. Un travail de Titan attend Meschonnic, le grand débaptiseur.

Le Monde, 2005

DE L'HOLOCAUSTE À *HOLOCAUSTE* OU COMMENT S'EN DÉBARRASSER

Ce texte est un « rapport d'étape », rédigé au cours de la préparation de mon film Shoah *à l'intention de ceux qui alors finançaient mon travail. Je l'ai fait paraître plus tard, en 1977, dans* Les Temps modernes. *Il a ensuite été repris dans* Au sujet de *Shoah*.

Au sortir de la guerre, la révélation massive du génocide commis contre le peuple juif — et de la façon dont il fut perpétré — plonge dans la stupeur le monde occidental. Infectées jusqu'à la moelle par le poison antisémite — et parce qu'elles se savent presque toutes coupables à des degrés divers —, les nations européennes comprennent et reconnaissent d'emblée, dans une fulgurante et immédiate évidence, le caractère unique et exorbitant du crime.

Ce qui provoque ce silence atterré, ce n'est pas que les Juifs, une fois encore, aient été les victimes désignées : en la matière, les nations d'Europe ont des habitudes et l'Holocauste n'aurait pas été possible sans les vingt siècles de persécutions et de haine antijuive qui, partout, ont préparé le terrain. Non, la stupeur naît de la découverte insoutenable que l'antisémitisme — bien commun et passion partagée des nations — a pu aboutir à une pareille extrémité, déboucher sur une hécatombe sans exemple dans l'histoire de l'Humanité. Les choses ont été trop loin : si l'antisémitisme a conduit à Auschwitz, si la passion antijuive a Auschwitz pour résultat, alors il faut que l'antisémitisme soit banni à jamais, soit rendu impossible : le sentiment qui domine alors est que le peuple juif a payé le prix le plus élevé, pour toujours et une fois pour toutes. Tout se passe comme si l'Holocauste fondait *in aeternum* l'impossibilité théorique de l'antisémitisme.

À travers le massacre organisé, planifié, bureaucratique de six millions de Juifs — entreprise patiente, de longue haleine, conduite sans colère au nom d'impératifs idéologiques publiquement exposés et proclamés —, le genre humain prend la mesure vertigineuse de sa propre possibilité criminelle dirigée contre lui-même. C'est bien le genre humain — en tant que tel — qui est radicalement mis en question, qui est atteint en son cœur par le crime monstrueux perpétré contre le peuple juif.

Il s'agit bien en effet et au sens propre d'un crime contre l'essence humaine, d'un crime métaphysique commis contre l'Être même de l'Homme sur la personne de chaque Juif assassiné. Encore une fois — et pour la dernière fois pense-t-on — le peuple juif a tenu son rôle de peuple témoin. Le cri qui montera jusqu'à la fin du monde dans le ciel d'Auschwitz et de Treblinka témoigne de la limite indépassable d'inhumanité à laquelle l'humanité est capable d'atteindre. Auschwitz et Treblinka ne se comparent à rien, ne se compareront jamais à rien. Nul ne s'y trompe alors, nul n'a l'audace obscène de dénier à l'Holocauste sa spécificité, son caractère unique en le diluant, en le noyant dans le problème du Mal universel, en le subsumant sous des catégories générales, celles des « Horreurs de la guerre » par exemple ou des « Victimes du fascisme ». Malgré les millions de morts des deux camps, malgré l'épouvante d'Hiroshima ou de Dresde, on sait que les six millions de Juifs assassinés ne sont pas des victimes comme les autres : ce crime exorbitant est d'une autre nature, d'une autre qualité, c'est un crime sans nom que les assassins nazis eux-mêmes n'osaient pas nommer, comme si en le faisant ils l'eussent rendu impossible : à la lettre un crime innommable.

Dire que l'Holocauste est unique et qu'il ne se compare à rien n'implique pas qu'il faille le considérer comme un phénomène aberrant qui échapperait à toute prise intellectuelle et conceptuelle, qui tomberait hors de l'Histoire, à qui serait dénié le statut d'événement historique. Nous considérons, au contraire, que l'Holocauste est un événement historique à part entière, le produit monstrueux certes mais légitime de toute l'histoire du monde occidental.

Mais précisément la responsabilité et la culpabilité de la plupart des nations sont trop graves, le remords et la honte trop grands, le crime trop lourd : l'Holocauste pèse sur le monde moderne comme un encombrant et immensément indigeste patrimoine. Passé l'acceptation atterrée du fait brutal de l'extermination, dans les années qui ont immédiatement suivi la Seconde Guerre mondiale, passé la reconnaissance du caractère incommensurable du crime, la tendance générale n'a plus cessé de se renverser. Très largement, l'Holocauste n'a pas été absorbé comme un événement historique spécifique. Et on peut douter qu'il le soit jamais.

Trente ans en effet après la catastrophe, on assiste à un extraordinaire phénomène de rejet. La « lune de miel » du peuple juif et du monde a définitivement pris fin et nous mesurons nos illusions : l'antisémitisme, tel un indestructible phénix, renaît un peu partout de ses cendres sous ses masques anciens ou sous celui — plus moderne et plus « démocratique » — de l'antisionisme. Quant à l'Holocauste, le mot d'ordre semble être : « Comment s'en débarrasser ? »

À l'Est comme à l'Ouest, à droite comme à gauche, on cherche à s'en délivrer à tout prix et par tous les moyens, à l'oublier sans l'avoir jamais compris, à le falsifier, à le nier. La renaissance de l'antisémitisme et le rejet de l'Holocauste sont dialectiquement liés. L'antisémitisme qui, en dernière analyse, poursuit la mort du Juif, a besoin de nier que l'extermination ait existé afin de pouvoir se donner libre carrière et acquérir à nouveau droit de cité, afin de s'autoriser à tuer encore.

À cet égard, il n'est pas du tout certain que le succès rencontré par le feuilleton télévisé américain — intitulé précisément *Holocauste* — doive être regardé comme le signe d'une prise de conscience.

La « découverte » soudaine du martyrologe juif par un immense public et l'unanimité dans la compassion sont peut-être l'ultime ruse d'une Histoire qui se débarrasse de la singularité de l'Holocauste au moment même où elle prétend la représenter. Le traitement et les moyens utilisés sont éminemment suspects : la famille juive à laquelle, dit-on, des millions d'Américains et d'Allemands se sont identifiés a été choisie de telle sorte que cette identification soit précisément possible. En effet, et puisque c'était là l'essentiel, il fallait que les victimes juives ne se distinguent en rien des futurs spectateurs et même des bourreaux pour faire apparaître l'« humanité » de ces Juifs, pour la rendre sensible, on a gommé tout ce qui pouvait les différencier, on a effacé en eux toute trace d'altérité (il s'agit d'une famille juive « assimilée », la plupart des comédiens ne sont eux-mêmes pas juifs). Mais c'est le contraire qui eût été juste : l'humanité des victimes aurait dû nous être rendue d'autant plus évidente et d'autant plus profonde qu'elles nous seraient au départ apparues plus différentes.

Les téléspectateurs du monde se seraient-ils identifiés aussi aisément aux hommes et aux femmes juif de Pologne, d'Ukraine ou de Biélorussie, avec leurs vêtements, leurs traditions, leur particularisme, leur étrangeté ?

Jusque dans les chambres à gaz (il faut un estomac de fer pour oser représenter ce qui s'y passait : aucun de ceux ou de celles qui y pénétrèrent n'est revenu parmi nous pour témoigner) les héros américains ne perdent jamais leur « humanité ». Ils attendent la mort, graves et dignes comme il est de bon ton de le faire. Dans la réalité, cela se passait autrement : après des années de ghettoïsation, de terreur, d'humiliation et de famine, ceux qui par rangs de cinq, poussés par les fouets et les matraques, se bousculaient pour entrer dans les chambres de mort n'avaient ni le loisir ni le sang-froid de mourir avec noblesse. Représenter ce qui s'est véritablement passé eût été en effet insoutenable, n'aurait à tout le moins jamais permis une consolante identification. Mais c'est de fiction qu'il s'agit. C'est-à-dire en l'occurrence — car cette réalité-là met toute fiction au défi de rendre compte d'elle-même — d'un mensonge fondamental, d'un crime moral, d'un assassinat de la mémoire. L'Holocauste est d'abord unique en ceci qu'il édifie autour de lui, en un cercle de flamme, la limite à ne pas franchir parce qu'un certain absolu d'horreur est intransmissible : prétendre pourtant le faire, c'est se rendre coupable de la transgression la plus grave. Il faut parler et faire silence tout à la fois, savoir qu'ici le silence est le mode le plus authentique de la parole, maintenir, comme dans l'œil du cyclone, une région protégée, préservée, où nul ne devra jamais accéder. Transgresser ou trivialiser, ici c'est pareil : le feuilleton hollywoodien transgresse parce qu'il trivialise, abolissant ainsi le caractère unique de l'Holocauste, ce qu'il a d'incomparable et dont nous avons déjà parlé, ce en quoi il est pire que tous les crimes commis et à commettre.

J'ajoute — et ceci est capital — qu'il y a selon moi une spécificité absolue de l'antisémitisme, qui ne se laisse en rien réduire aux conflits d'ordre politique ou racial pris en général. L'antisémitisme est bien plus et bien autre chose qu'une simple figure particulière du racisme. De même — et ceci est lié à cela — que le destin et l'histoire du peuple juif ne se laissent comparer à ceux de nul autre peuple, de même le caractère cyclique de la persécution et de la haine antijuives (des sommets suivis de rémissions, des espoirs toujours fauchés), la longueur, la constance de la persécution, la puissance et l'extension de cette haine, avec toutes les productions mythiques et fantasmatiques qu'elle ne cesse pas de susciter, font de l'antisémitisme un phénomène unique et rendent dérisoires les tentatives de réduction auxquelles on s'essaie périodiquement. Le prodigieux vouloir-vivre du peuple juif explique la constance et l'escalade de la haine antisémite jusqu'à son sommet ultime, l'Holocauste. Raul Hilberg a résumé cela dans une sèche et magnifique formule : « Les missionnaires de la Chrétienté avaient dit en effet :

Vous n'avez pas le droit de vivre parmi nous en tant que Juifs. Les chefs séculiers qui suivirent avaient proclamé : Vous n'avez pas le droit de vivre parmi nous. Les Nazis allemands à la fin décrétèrent : Vous n'avez pas le droit de vivre. »

À ceux maintenant qui regardent l'Holocauste comme une anomalie, comme une aberration si parfaite qu'elle échapperait à toute prise et interprétation historiques, cette citation de Hilberg apporterait une première réponse. En voici d'autres :

Pour commencer — et si aberration il y a — les Juifs en ont été les victimes. L'aberration alors est au cœur même de leur propre histoire, elle en est comme *l'acte fondateur* et on leur pardonnera de vouloir lui trouver un sens. Douze années de persécution méthodique, d'un lent processus de destruction poursuivi au su et au vu de tous, avec pour résultat l'anéantissement d'un tiers de leur peuple, permettent au moins qu'ils s'interrogent sur ce qui a rendu l'anomalie possible.

Mais essentiellement, la théorie de l'aberration vise aujourd'hui à balayer l'idée même de *responsabilité historique*, celle de l'Allemagne et celle des nations. Or l'extermination des Juifs n'a pas été le fait d'une poignée de déments. En ce qui concerne l'Allemagne, le processus de destruction n'a pu s'accomplir que sur la base d'un consensus général de la nation allemande. L'annihilation de six millions de Juifs a été une tâche d'une difficulté et d'une complication extrêmes, qui a posé aux meurtriers d'immenses et multiples problèmes : il a fallu, pour la mener à bien, la participation active et patiente de la totalité de l'appareil administratif d'un grand État moderne.

D'autre part, l'Allemagne s'est appuyée sur l'existence d'un monde agressivement antisémite : la Pologne, la Hongrie, la Roumanie, l'U.R.S.S. — pour ne citer qu'elles — étaient antisémites. Le fameux plan Madagascar est d'abord une idée polonaise (commission Lepecki, 1936) et M. Georges Bonnet, ministre français des Affaires étrangères, en discutait calmement avec von Ribbentrop. C'est M. Rothmund, chef de la Police suisse, qui est le premier responsable — dès 1938 — de l'obligation, pour les réfugiés juifs allemands, d'avoir leurs passeports marqués de la lettre « J ». Lorsqu'il condamnait les Juifs, Hitler ne parlait pas un langage étranger, il « communiquait », il était compris et se savait compris – voir ses réflexions après l'échec de la conférence d'Évian, le plan Rublee-Schacht ou les entrées du journal de Goebbels en 1942-1943 : « Je suis convaincu que tout au fond les démocraties ne sont pas mécontentes que nous les débarrassions de la "merde juive". » (*Judische Riff-Raff*).

Si les démocraties s'étaient activement opposées à la persécution ou — ce qui revient au même — avaient ouvert leurs portes aux Juifs, avaient dit : «Vous n'en voulez pas, soit, alors nous les prenons », l'Holocauste n'aurait pas eu lieu ou n'aurait, à tout le moins, jamais atteint de pareilles dimensions. L'Holocauste a d'abord été rendu possible parce que les nations se sont lavé les mains de la persécution des Juifs, *ont laissé les nazis seuls avec le « problème ».* Telles sont les *responsabilités historiques* qu'on peut suivre, cas par cas et étape par étape, jusqu'à la scandaleuse faillite du sauvetage des Juifs de Hongrie : « Que ferai-je d'un million de Juifs ? » demandait Lord Moyne, haut commissaire britannique en Égypte.

Il faut tenir fortement les deux bouts de la chaîne : *l'Holocauste est unique mais pas aberrant.* Il n'est pas l'œuvre d'un groupe de criminels irresponsables atypiques, mais doit être regardé au contraire comme l'expression des tendances les plus profondes de la civilisation occidentale. Tous étaient fondamentalement d'accord pour tuer ceux *pour lesquels il n'y avait pas de place.*

La théorie de l'Holocauste comme phénomène aberrant permet en outre aujourd'hui une réappréciation, une réévaluation du nazisme, autorise enfin l'Allemagne à réintégrer à son histoire ce chaînon qui manquait. Pendant trente ans, l'Allemagne, incapable d'affronter l'Holocauste, a pris le parti de faire comme si le nazisme n'avait pas existé. On n'en parlait pas. Grasse et riche, l'Allemagne était aussi sans passé, ses jeunes hommes — ceux qui ont aujourd'hui entre trente et quarante ans — étaient des zombies. Ce silence pudique de la grande masse allemande avait au moins un mérite : celui d'admettre implicitement *la centralité absolue de la question juive dans l'idéologie et la pratique nazies*, de reconnaître que la destruction des Juifs avait été le cœur même du nazisme, que *l'Holocauste était l'événement du nazisme.*

Tout est changé maintenant : le temps a fait son œuvre, de nouvelles générations allemandes sont venues qui n'ont aucune raison de ne pas vouloir se relier à leur histoire, une histoire qu'on ne leur a jamais enseignée. Et puis aussi le peuple juif a survécu, il est plus vivant et présent que jamais, enfin et surtout l'État d'Israël existe et exerce à son tour la violence. Par et à travers leur État, les Juifs se sont donné les moyens de la violence institutionnalisée. Les Juifs eux aussi tuent, merveilleuse et libératoire évidence (« et si les Juifs eux-mêmes étaient des nazis ! ») qui délivre de l'ancienne culpabilité, permet donc de réécrire l'histoire de l'Allemagne en y réintégrant le nazisme et — sans nier absolument l'Holocauste — d'en faire un phénomène secondaire, dépourvu d'importance : Auschwitz est virtuellement supprimé. Telle est la tendance actuelle des historiens allemands, même réputés sérieux, tel est le sens des films qui sont projetés en Europe. Le foudroyant succès qu'a rencontré en Allemagne même le film de Joachim Fest, *Hitler, une carrière*, n'a pas d'autre origine : on y exalte, on est libre enfin d'y exalter les « aspects positifs » de l'homme Hitler et de l'œuvre qu'il a accomplie. L'Holocauste, de toute façon, est renvoyé à l'extrême arrière-plan : c'est le mauvais côté d'un homme et d'une période historique qui en avaient par ailleurs d'excellents. Et il n'est pas du tout certain que la balance penche vers le négatif, elle peut à tout le moins être tenue égale.

La haine antijuive devient ainsi comme une simple *aberration* du caractère personnel de Hitler. « C'est vrai, il n'aimait pas les Juifs et il a exagéré. » L'aberration alors est-elle dans l'aversion même ou dans l'exagération de cette aversion, est-elle dans l'antisémitisme ou dans les « excès » de l'antisémitisme ? La boucle de toute façon est bouclée et, banni jusqu'alors, condamné à une existence souterraine, l'antisémitisme peut réapparaître au grand jour — justifié, fondé en raison dans l'être même du Juif — sous ses traits les plus classiques : ainsi le film de Daniel Schmid et R. W. Fassbinder, *L'Ombre des anges*, reprend à son compte avec une stupéfiante innocence, et comme s'il les réinventait, tous les stéréotypes de la thématique antisémite nazie.

Voilà donc où nous en sommes après trente ans. La question n'est pas d'abord : « Comment l'Holocauste a-t-il été possible ? », mais « Comment est-il possible, trente ans après l'Holocauste, que nous en soyons là ? »

Entre l'oubli, le rejet, la négation de l'Holocauste d'une part et les conditions qui l'ont rendu possible de l'autre, un parallèle tragique s'établit en effet : de même que les Juifs ont été assassinés dans la plus poignante des solitudes, dans une absolue déréliction sans que leurs appels soient jamais entendus — parce que la mort des Juifs après tout n'était qu'un phénomène sans importance au regard de la grande Histoire —, de même la mémoire de ce crime contre l'Humanité qu'a été l'Holocauste, au lieu d'être comme le devoir, la mission, le dépôt sacré de l'humanité tout entière, ne sera plus bientôt que notre ressassement. De même que les nôtres furent laissés en tête à tête avec leurs exterminateurs, de même nous demeurons seuls avec en nous la plaie vive d'un crime sans mesure.

Pour nous, comme l'écrit le philosophe Emil Fackenheim, « les Juifs européens assassinés ne sont pas seulement du passé, ils sont la *présence d'une absence* ». C'est dire qu'ils nous ont fait et nous font chaque jour, que nous sommes nés d'eux et n'en finirons jamais de naître et de renaître d'eux, qu'Israéliens et Juifs de la Diaspora, nous sommes ancrés à (et dans) l'Holocauste, dont les conséquences et les implications, loin de disparaître avec le temps, ne cessent pas à nos yeux de se dévoiler et de s'approfondir. La destruction de six millions des nôtres — *tentative d'anéantissement du peuple tout entier* — a radicalement modifié l'univers juif, la perception que les Juifs prennent d'eux-mêmes et leur attitude face aux autres. La raideur d'Israël — tellement déplorée et à la racine, est-il prétendu, de son isolement —, la raideur même de la politique israélienne viennent précisément de ce qu'Israël se sait le seul garant — absolument le seul — de ce « jamais plus », serment sacré auquel nous avions cru qu'après Auschwitz souscriraient les nations.

Jusqu'à présent, toutes les œuvres cinématographiques qui ont voulu traiter de l'Holocauste ont essayé d'engendrer celui-ci par le biais de l'Histoire et de la chronologie : on commence en 1933, avec la montée des nazis au pouvoir — ou même plus tôt encore —, par exposer les divers courants de l'antisémitisme allemand au XIXe siècle (idéologie volkiste, formation de la conscience nationale allemande, etc.), et on tente de parvenir, année après année, étape par étape, presque harmonieusement pour ainsi dire, à l'extermination. Comme si l'extermination de six millions d'hommes, de femmes et d'enfants, comme si un pareil massacre de masse pouvait s'engendrer.

À la destruction de six millions de Juifs, il y a bien évidemment des raisons et des explications : le caractère d'Adolf Hitler, sa relation au Juif considéré comme le « mauvais père », la défaite de 1918, le chômage, l'inflation, les racines religieuses de l'antisémitisme, la fonction des Juifs dans la société, l'image du Juif, l'endoctrinement de la jeunesse allemande, le rapt de l'Allemagne entière par le violeur de charme qu'était Adolf Hitler, la discipline germanique, l'esprit juif regardé comme le négatif absolu de l'esprit allemand, etc. Tous ces domaines d'explication (psychanalyse, sociologie, économie, religion, etc.), pris un à un ou tous ensemble, sont à la fois vrais et faux, c'est-à-dire parfaitement insatisfaisants : s'ils ont été la condition nécessaire de l'extermination, ils n'en étaient pas la condition suffisante, la destruction des Juifs européens ne peut pas *se déduire* logiquement ou mathématiquement de ce système de présupposés. Entre les conditions qui ont permis l'extermination et l'extermination elle-même — le *fait* de l'extermination — il y a solution de continuité, il y a un hiatus, il y a un saut, il y a un abîme. L'extermination ne s'engendre pas, et vouloir le faire, c'est d'une certaine façon nier sa réalité, refuser le surgissement de la violence, c'est vouloir habiller l'implacable nudité de celle-ci, la parer et donc refuser de la voir, de la regarder en face dans ce qu'elle a de plus aride et d'incomparable. En un mot, c'est l'affaiblir. Tout discours qui cherche à engendrer la violence est un rêve absurde de non-violent.

C'est de la violence nue qu'il faut partir et non pas, comme on le fait toujours, des feux de camp, des chants, des têtes blondes de la *Hitlerjügend*. Même pas des masses allemandes fanatisées, des « *Heil Hitler !* » et des millions de bras levés. Pas non plus de la série de mesures antijuives qui, à partir de 1933, ont peu à peu rendu impossible la vie des Juifs allemands, pas de la *Kristallnacht* : le récit chronologique qui partirait du boycott d'avril 1933 pour déboucher *naturellement* sur l'entrée dans les chambres à gaz d'Auschwitz ou de Treblinka ne serait pas faux à proprement parler, il serait tristement plat et unidimensionnel. Or c'est d'une œuvre d'art qu'il s'agit, d'une autre logique, d'un autre mode de récit : si l'on veut par exemple que le spectateur soit touché au cœur par le scandale de la conférence d'Évian, il ne faut pas qu'Évian apparaisse dans le film à la place chronologique qui a été la sienne dans le déroulement des douze années de l'histoire du nazisme, il faut au contraire commencer par la fin, par cette nuit du 7 décembre 1941 où les neuf cents Juifs de la petite ville de Kolo, dans le comté de Konin (voïvodie de Lodz), eurent le privilège d'être les premiers gazés de la Solution finale dans les bois de Ruszow. Dans mon film, la Solution finale ne doit pas être le point d'arrivée du récit, mais son point de départ. Le scandale d'Évian n'apparaîtra dans toute sa force que si les camions à gaz sont déjà en action et si le spectateur est saisi par le vertige de l'accélération de l'Histoire : entre Évian et les premiers gazages des Juifs du Wartheland, *trois ans seulement* se sont écoulés.

La rhétorique fleurie des délégués d'Amérique latine à la conférence, l'hypocrisie ordinaire des représentants britannique ou américain ne deviennent meurtrières que confrontées à la réalité de l'extermination, à l'extermination en train de s'accomplir. Pour qu'il y ait tragédie, il faut que la fin soit déjà connue, que la mort soit présente à l'origine même du récit, qu'elle scande tous les épisodes de celui-ci, qu'elle soit la mesure unique des paroles, des silences, des actions, des refus d'action, des aveuglements qui la rendirent possible. Le récit chronologique, parce qu'il n'est rien d'autre qu'une plate succession d'avants et d'après, est antitragique par essence et la mort, lorsqu'elle survient, le fait toujours à son heure, c'est-à-dire comme non-violence et non-scandale. Les six millions de Juifs assassinés ne sont pas morts à leur heure et c'est bien pourquoi toute œuvre qui aujourd'hui veut rendre justice à l'Holocauste doit se donner comme principe premier de briser la chronologie. Le suspense de l'enquête proprement dite — les difficultés et les chances de celle-ci étant elles-mêmes partie intégrante du film — se doublera donc d'un autre suspense que j'ai appelé « historique » et qui naîtra toujours de la confrontation entre un moment précis de l'extermination et une manifestation de non-assistance à personne en danger éloignée soit dans le temps, soit dans l'espace.

On ne tue pas les légendes en leur opposant des souvenirs, mais seulement en les confrontant, si cela se peut, au présent inconcevable dont elles ont tiré leur origine, et la seule façon d'y parvenir c'est précisément de ressusciter le passé comme présent, de le restituer dans une actualité intemporelle. L'Holocauste aujourd'hui est légendaire à bien des titres et s'égale aux dimensions d'un récit mythique : savoir du non-savoir, flou, vague, stéréotype. Et comme c'est le cas pour tous les mythes, des esprits forts, de plus en plus nombreux, se demandent si, après tout, cela a bien existé. Si on peut de nos jours écrire des livres sur « le Mythe des six millions » ou « le Mensonge d'Auschwitz », c'est bien parce que toute la réalité de l'Holocauste se dissout à la fois dans le lointain évanescent et la prégnance stéréotypée du mythe sans avoir jamais été vraiment transmise. Et le propre du mythe, savoir du non-savoir, non-savoir d'un savoir, c'est de pouvoir être accommodé à toutes les façons, c'est de ne résister à aucune tentative de distortion et, une fois celle-ci accomplie, de ne pas se plier aux efforts pour rétablir la réalité, c'est d'être plus têtu que les faits. Combien fades, de combien de peu de poids apparaissent alors, face au flou et à la raideur du mythe, les *souvenirs* des survivants !

Le pire crime, en même temps moral et artistique, qui puisse être commis lorsqu'il s'agit de réaliser une œuvre consacrée à l'Holocauste est de considérer celui-ci comme *passé*. L'Holocauste est soit légende, soit présent, il n'est en aucun cas de l'ordre du souvenir. Un film consacré à l'Holocauste ne peut être qu'un contre-mythe, c'est-à-dire une enquête sur le présent de l'Holocauste, ou à tout le moins sur un passé dont les cicatrices sont encore si fraîchement et si vivement inscrites dans les lieux et dans les consciences qu'il se donne à voir dans une hallucinante intemporalité.

PRÉFACE À *TROIS ANS DANS UNE CHAMBRE À GAZ D'AUSCHWITZ* DE FILIP MÜLLER[1]

Le livre de Filip Müller est d'abord unique en ceci qu'il n'aurait jamais dû exister. Membre du commando spécial (*Sonderkommando*) d'Auschwitz, et à ce titre témoin direct pendant près de trois ans de l'anéantissement du peuple juif d'Europe, Filip Müller était lui-même promis à la mort. La règle voulait en effet que les commandos spéciaux formés dans chacun des camps d'extermination soient périodiquement liquidés afin que nulle trace ne demeure : ni celle des victimes incinérées dans les fours à haute pression des crématoires ou sur les bûchers à l'air libre qui aux époques de pointe flambaient nuit et jour jusqu'au ciel, ni celle des jeunes Juifs dont c'était précisément la tâche atroce de réduire en cendres les corps fraîchement gazés de leurs plus proches parents, avec tous ceux des hommes, des femmes et des enfants de leur peuple, cendres qu'ils dissipaient ensuite dans les eaux de la Vistule, de la Sola, du Bug ou de la Ner. Mais ce n'était pas assez pour qu'un pareil livre accède à l'existence que Filip Müller ait échappé par miracle aux cinq liquidations organisées du commando spécial d'Auschwitz, à toutes les liquidations de caprice qui, au fil des années, décimèrent ses camarades, pas assez que les gardes S.S. le chassent de la chambre à gaz où il s'était caché pour mourir avec les siens. La survie même de

1. Paris, Pygmalion, 1980.

Filip Müller n'assurait pas qu'il écrirait un jour pour rapporter ce qu'il avait vu et vécu : car cette expérience-là est à peine transmissible. Les rescapés des commandos spéciaux sont aujourd'hui une poignée, dispersés dans le monde : je sais, pour les avoir presque tous connus, qu'ils sont murés dans un inentamable silence et qu'il faut, quand on s'acharne à leur arracher des lambeaux de vérité, courir le risque de les briser. Ce n'est pas un hasard si Filip Müller a attendu trente ans avant de se résoudre à écrire : la décision à soi seule était héroïque parce qu'il avait pris le parti de tout dire et qu'il savait ne pouvoir le faire qu'en acceptant de payer le prix le plus haut : revivre tout. Ce livre hallucinant est le livre d'un halluciné : chaque épisode y est marqué du sceau du vrai et de la plus absolue présence parce que, l'écrivant, Filip Müller a remis pour ainsi dire une deuxième fois et ligne après ligne sa propre vie en jeu. Il y a un an, alors que le livre était déjà publié en Allemagne et aux États-Unis, j'ai vu moi-même Filip s'effondrer en présence de sa femme et de son fils tandis qu'il me racontait — mais devant une caméra cette fois — les derniers instants des Juifs tchèques du « camp des familles » de Birkenau : le passé ressuscitait avec tant de violence que toute distance s'abolissait, c'était un présent pur, le contraire même du souvenir.

Mais Filip Müller a conscience d'être le témoin unique de l'extermination du peuple juif dans les crématoires d'Auschwitz, et c'est ce qui lui a insufflé la force de parler : il se sait mandaté. Au moment où l'histoire vivante se change en histoire morte, où la vérité se travestit en légende quand elle n'est pas simplement falsifiée et niée, la parution de son livre revêt une importance essentielle. Il répond en effet à tous ceux qui, érigeant leur ignorance, leur refus de s'informer, leur mauvaise foi et leur antisémitisme masqué en motifs de méfiance « révisionniste », posent aujourd'hui avec des ricanements d'esprits forts la question du « comment » de ce « pourquoi », autrement dit celle de la possibilité technique d'un pareil massacre de masse. N'ayant pas le courage de proclamer carrément : « tout ceci est une fable », et sous couvert d'investigation scientificomatérialiste, ils s'attaquent à ce qu'ils croient être le maillon faible de la chaîne — la technique — pour jeter le doute sur la réalité de l'extermination. Là-dessus cent mille livres déjà, qu'ils n'ont pas lus, avaient pourtant été écrits, la littérature de la Shoah, abyssale comme la Shoah elle-même, présentait les preuves les plus irréfutables : les archives intactes de la bureaucratie nazie, celles de Korrherr, le statisticien personnel de Himmler, les factures, les bons de commande, les noms des firmes qui construisirent les installations de mort, qui livrèrent par tonnes les cristaux de gaz Zyklon B, les quarante-deux volumes des procès de Nuremberg, les actes des centaines de procès qui suivirent, ceux du procès Eichmann, les confessions des tueurs ou les Mémoires des survivants, pour ne rien dire de l'admirable et colossale historiographie américaine et israélienne auprès de laquelle la française fait figure d'abécédaire. J'en passe. Mais puisqu'il faut parler technique, Filip Müller, le plus humain des humains, fut lui-même un technicien de la mort de masse : il a participé à certaines opérations de la phase ultime du procès de destruction. Il a vu chauffer les quarante-cinq fours géants — orgueil des établissements Topf und Sohn d'Erfurt — des crématoires II, III, IV et V de Birkenau, il les a vus réparés, nettoyés, tisonnés pour en évacuer la suie grise qui s'y déposait après chaque « action »; il a vu placer les cadavres — trois par trois tête-bêche, un plus gras un plus maigre — sur des glissières qu'il enfournait, arc-bouté, dans les gueuloirs incandescents; et quand Topf und Sohn, qui n'avait jamais prévu pareille « surchauffe », n'y suffisait pas, quand la terre réfractaire des fours ne tenait pas les cadences folles imposées à partir du 15 mai 1944 par l'arrivée massive des Juifs de Hongrie et la nécessité d'en exterminer 450 000 en 55 jours, Filip Müller et ses camarades ont été contraints d'édifier les bûchers dans les fosses ouvertes tout autour du crématoire V : une couche de cadavres, une couche de bois, une couche de cadavres, disposées selon les règles de l'art afin que l'air circule librement; il a vu l'Oberscharführer Moll arpenter pensivement le fond des fosses et, trouvant soudain la solution de son problème, faire creuser des rigoles d'une pente constante pour que puisse s'évacuer la graisse juive en fusion ; il a vu aussi les corps, vifs encore deux heures plus tôt, se redresser soudain et comme reprendre allure sous le fouet des flammes ; dans les salles souterraines des crématoires II et III (et par crématoire — en allemand *Krematorium* — il faut entendre le complexe indissociable chambres à gaz-fours), antichambres des chambres à gaz proprement dites et perpendiculaires à celles-ci, vastes comme des halls de gare ou d'exposition, avec leurs panneaux fléchés et leurs inscriptions en toutes les langues, il a été le témoin des derniers moments de millions des nôtres : condamné lui-même à un absolu mutisme (chaque fois qu'un membre du commando spécial avertissait les victimes, il était aussitôt ligoté et jeté vivant dans un four), il les a regardés se dévêtir lentement, hommes, femmes et enfants mêlés, vieux et jeunes, se dénuder pleins de pudeur et de honte, affolés de soupçon et d'angoisse.

Et c'est bien là pour nous le plus bouleversant : car la simple mention « déporté et mort à Auschwitz » n'est qu'une abstraction comme l'est le chiffre de « six millions ». La raison d'être et la fin d'Auschwitz étaient l'extermination, tout y concourait : les installations de mort de Birkenau (appelé encore Auschwitz II) furent édifiées dans ce seul dessein. Il n'est pas possible de donner au millier près le nombre exact de ceux qui périrent dans les chambres à gaz de Birkenau (les estimations les plus sérieuses tournent autour de trois millions et demi), mais par extermination il faut entendre essentiellement celle du peuple juif. Quatre-vingt-quinze pour cent des gazés de Birkenau étaient des Juifs, les autres furent des Tziganes (dix mille d'entre eux ont été asphyxiés en août 1944 dans les crématoires II et V et Filip Müller donne de leur mort une relation insoutenable) et des prisonniers de guerre soviétiques. Beaucoup encore ont perdu la vie à Auschwitz même et dans les dizaines de sous-camps satellites qui gravitèrent autour du camp principal : prisonniers politiques polonais et allemands exécutés d'une balle dans la nuque contre le mur noir de la cour du bloc 11 ou dans une salle d'un des crématoires quand il n'était pas en fonction, simples paysans arrêtés pour marché noir et liquidés par la Gestapo de Katowice qui venait chaque semaine officier à Auschwitz, détenus ordinaires qui s'éteignaient de faim et de misère, Juifs et Juives encore des commandos extérieurs comme la centaine de Juives françaises de Budy, éventrées ou décapitées à la hache par Elfriede Schmidt, une droit commun allemande, et leur Kapo femelle, surnommée « *Die Kœnigin des Beiles* » (« La Reine de la hache »).

Entre l'instant où un convoi de Juifs promis à la mort par le gaz passait le porche voûté du bâtiment qui se dresse au seuil de Birkenau — sinistre oiseau de mort dont les ailes se déploient autour d'une bouche d'ombre — et celui où les énormes cheminées carrées des crématoires crachaient leurs premières volutes, deux heures environ s'écoulaient. Il était trop tard, absolument : pour les malheureux qui parvenaient ici au terme du voyage s'ouvrait la phase finale d'un procès de destruction qui avait débuté bien avant, bien ailleurs (mais quand donc, où donc tout cela a-t-il commencé !). Il leur restait deux heures à vivre, un peu moins un peu plus selon leur nombre et les engorgements du trafic, deux heures dont les seuls témoins furent les tueurs et les hommes du commando spécial. Filip Müller nous révèle tout ce que masque l'abstraite mention « déporté et mort à Auschwitz ». Fils, filles, frères, sœurs, maris, épouses, pères et mères de déportés, les autres aussi, écoutez ce revenant, entendez-le qui ressuscite les vôtres, qui les saisit au moment où ils s'engouffrent dans les chambres souterraines en un interminable cortège, pour vous contraindre — et cela est bon — à mourir avec eux, pour qu'ils ne meurent pas seuls. Villes, villages, communautés entières descendent les degrés des crématoires, il les connaît par leurs noms, il se souvient de tous et sonne le dernier appel : les voici, ceux de Ciecianow et de Kielbasin, ceux de Bendzin et de Sosnowitz, ceux de Salonique, de Corfou, d'Amsterdam, ceux de Drancy et de Slovaquie, de Kluj et de Theresienstadt. Voici la femme du « transport » de Byalistock qui, rendue folle parce qu'un membre du commando spécial lui a dévoilé la vérité, court, hagarde, échevelée, de groupe en groupe pour ameuter ses compagnons en train de se dévêtir ; voici la danseuse de Varsovie, du « convoi paraguayen », qui se dénude en un lent strip-tease devant le S.S. Schilinger chargé d'accélérer au contraire toute l'opération de déshabillage, la voici qui s'avance vers lui en se déhanchant de la plus provocante façon et qui dans une séquence fulgurante plante dans son œil droit le talon aiguille d'une chaussure, s'empare de son revolver et l'abat ainsi qu'un autre garde, le S.S. Emmerich. Car Filip Müller fait justice de cette légende qui veut que les Juifs soient entrés dans les chambres à gaz sans pressentiment ni violence, qui veut que leur mort ait été douce. Beaucoup ne savaient pas — car comment penser l'impensable, comment l'imaginer ? — mais tous ont pressenti le vrai et tous finalement — quand les matraques et les fouets entraient en action pour leur faire parcourir les derniers mètres — ont compris. D'autres — bien plus nombreux qu'on ne l'a dit — étaient absolument sans illusion : Juifs polonais des ghettos de haute Silésie proches d'Auschwitz, comme ceux de Bendzin et de Sosnowitz, ou encore Juifs tchèques du « camp des familles » qui, après six mois passés à Birkenau, savaient tout à fait à quoi s'en tenir. Et les S.S., sachant qu'ils savaient, renonçaient à leurs fables, celles des douches ou de la désinfection, jetaient bas le masque : sonnait alors l'heure de la violence nue. Casqués, bottés, sur pied de guerre, lourdement armés avec grenades et lance-flammes, les S.S. attendaient dans la cour des crématoires les hordes juives sans défense, un chef se juchait sur une estrade de fortune et tenait aux condamnés le moins fardé des discours, leur donnant le choix entre la mort par le gaz ou par les lance-flammes. Mais on ne leur laissait même pas le temps de délibérer et de peser l'horreur : crosses, matraques, tirs de mitrailleuses les affolaient d'emblée et c'est sur un troupeau sanglant, tuméfié, éclaté, que se refermaient après une lutte sans espoir les portes des chambres de supplice. Car Filip Müller a observé les bourreaux autant que les victimes : arrivé très tôt à Auschwitz — dès avril 1942, avec un des premiers transports de Slovaquie —, il a commencé en mai à « travailler » au crématoire I, celui du camp principal (les grands crématoires de Birkenau n'existaient pas encore), et dans la petite ferme dissimulée au cœur du bois de bouleaux de Brezinka, appelée Bunker II, puis plus tard Bunker V, transformée artisanalement en chambre à gaz. À l'époque, les nazis ne savaient pas à la lettre comment opérer : ils furent très largement des pionniers et des expérimentateurs, procédant par essais et erreurs, inventant à la fois la méthode et son objet, la perfectionnant, la raffinant au fil des mois et des années. Violence d'abord, puis ruses et mensonges, violence encore et enfin, car on la trouvait toujours au bout du chemin. Le soi-disant « ordre allemand » était en même temps un désordre sans nom et les tueries de masse un bordel : elles ne pouvaient être que cela.

Mais voici les membres du commando spécial, qui partagèrent le calvaire de Filip Müller, nobles figures, fossoyeurs de leur peuple, héros et martyrs tout à la fois. C'étaient des hommes simples, intelligents et bons qui, pour presque tous, dans l'enfer des bûchers et des crématoires — cet « *anus mundi* » selon le mot du docteur Thilo, médecin S.S. —, ne perdirent jamais leur humanité : Yossele Warszawski, de Varsovie, arrivé de Paris ; Lajb Panusz, de Lomza ; Ajzyk Kalniak, de Lomza également ; Josef Deresinski, de Grodno ; Lajb Langfus, de Makow-Mazowiecki ; Jankiel Handelsman, de Radom, arrivé de Paris ; Kaminski, le Kapo ; Dov Paisikovich, de Transylvanie ; Stanislaw Jankowski, dit Feinsilber, de Varsovie, arrivé de Paris, un ancien des Brigades internationales (lui seul est encore de ce monde) ; Salmen Gradowski et Salmen Lewental, les deux chroniqueurs du commando spécial, qui nuit après nuit — et parce qu'ils pensaient qu'aucun ne survivrait — s'astreignirent à tenir le journal de la géhenne et enterrèrent leurs feuillets dans la glaise des crématoires II et III la veille même de la révolte avortée du *Sonderkommando* (7 octobre 1944), où ils laissèrent leur vie : manuscrits en yiddish, d'une haute et ferme écriture, retrouvés rongés et piqués d'humidité — l'un en 1945, l'autre en 1962 —, manuscrits au trois quarts indéchiffrables et plus bouleversants encore de l'être. À la question — obscène — mais qu'on pose et qui sera posée, que j'ai posée moi-même : « Comment ont-ils pu ? Pourquoi ne se sont-ils pas suicidés? », il faut les laisser répondre et respecter absolument leur réponse. Pour commencer, ils l'ont fait, ils se sont, nombreux, donné la mort, au premier choc, sautant vivants dans les fosses où rageait l'incendie ou suppliant qu'on les tue. Quel choc en effet! Ce sont de tout jeunes hommes, ils ont dix-huit ans, vingt ans, vingt-cinq ans; de Pologne, de Hongrie, de Grèce, ils arrivent à Auschwitz après des mois ou des années de ghetto, de misère et d'humiliation, après un atroce voyage (onze jours et onze nuits de Salonique à Auschwitz, dix-neuf de Rhodes par mer et par terre) : ils ont faim, ils ont soif, sur la rampe même, on les « sélectionne », on les arrache à leurs familles, on les rase, on les tatoue, on les fouette, on les assomme, on les conduit à travers bois sous les coups et les morsures des chiens policiers jusqu'aux palissades du crématoire V ou de la petite ferme. Et soudainement — mais peut-on jamais se préparer à ce spectacle-là — ils découvrent tout : les fosses, le rugissement des flammes, la cascade de cadavres enchevêtrés, bleuis, qui déferle par les portes tout à coup ouvertes de la chambre à gaz, torsades de corps qu'ils ont à dénouer et où ils reconnaissent leur mère, leur petite sœur, débarquées avec eux il y a quelques heures à peine. C'était le premier choc.

Les Juifs des rivages ensoleillés de la mer Ionienne, doux Juifs, tendres Juifs d'Albert Cohen, ne le supportaient pas : ils se jetaient dans la fournaise, bras ouverts comme des plongeurs. Mais les mêmes (je veux dire ceux d'entre eux qui n'avaient pas sauté) accomplissaient deux mois plus tard leur tâche monotone : armés de lourdes dames de bouleau, ils pilonnaient sur une plaque de béton les fémurs, les tibias, les os les plus durs, que le feu n'avait pas entièrement réduits : ils le faisaient en chantant tout au long du jour, sous le ciel blanc de Birkenau : « *Mama, son tanto felice* ». Filip Müller m'a dit : « Je voulais vivre, vivre à toute force, une minute de plus, un jour de plus, un mois de plus. Comprenez-vous : vivre. » Mais c'est Salmen Lewental, ce Froissart admirable du commando spécial, qui, de sa haute écriture, a le mieux répondu à la question obscène : « La vérité, a-t-il écrit, est qu'on veut vivre à n'importe quel prix, on veut vivre parce qu'on vit, parce que le monde entier vit. Il n'y a que la vie... » Non, mes frères, vous n'étiez pas en vérité des saint-cyriens en gants blancs et casoar, capables de mourir hégéliennement pour la guerre des consciences, vous haïssiez la violence et, au royaume de la mort, vous avez sanctifié la vie, absolument.

À Treblinka, à Sobibor, à Belzec, rien ne subsiste des installations de la destruction : dans leur effrayante simplicité fonctionnelle, elles n'étaient pas destinées à durer. Seuls demeurent quelques symboles monumentaux qui commémorent, de la façon la plus abstraite, l'immense massacre. Auschwitz au contraire existe et s'éprouve, aujourd'hui encore, comme le lieu de l'horreur absolue. À ceux qui souhaiteraient entreprendre le pèlerinage de Birkenau, je conseille d'emporter avec eux le livre de Filip Müller. Car Auschwitz ne se visite pas : il faut y arriver chargé de savoir. De même, les lecteurs de Filip Müller, s'ils veulent le comprendre de part en part, auront à aller sur place : lire seulement n'est pas assez. Il faut voir et savoir, savoir et voir, indissolublement. C est un déchirant travail.

LES JUIFS ONT PERDU LA BATAILLE DU CARMEL D'AUSCHWITZ

Il fut clair, dès le début, que la guerre dite du « carmel d'Auschwitz » se terminerait par la défaite de la partie juive. Les carmélites polonaises, qui avaient voulu s'établir à Auschwitz, étaient sûrement animées des meilleures intentions, embrassant le million et demi des Juifs gazés là-bas dans leur œucuménique bénédiction. Pour les Juifs, il s'agissait d'une appropriation intolérable. Ils devaient faire entendre partout leur protestation, mais ne négocier en aucun cas. Négocier, c'était perdre.

L'ÉVÉNEMENT DU JEUDI : *Les carmélites finiront-elles par quitter Auschwitz ?*

CLAUDE LANZMANN : Non, je ne le crois pas. Les Juifs ont perdu la bataille du carmel, et même si mon pronostic se révèle faux, même si les carmélites se retirent, ils l'ont de toute façon perdue : les méchants Juifs auront chassé quelques bonnes sœurs innocentes qui ne pensaient pas à mal. Si les Juifs avaient voulu démasquer leur faiblesse, ils ne s'y seraient pas pris autrement. Il sera désormais manifeste à la face du monde qu'ils ne font pas le poids face à l'Église et que la supposée puissance juive, c'est un mythe. Les Juifs devront dorénavant vivre avec cette défaite. Il ne fallait pas déclencher la bataille de la manière dont elle l'a été : on ne livre pas des batailles qu'on est voué à perdre.

Les Juifs n'auraient pas dû se battre ?

Bien sûr que si. Que je vous le dise tout de suite, pour moi, l'installation d'un carmel à Auschwitz est un scandale absolu. Ce n'est pourtant qu'un symbole. Le vrai problème, c'est l'antisémitisme polonais, la façon dont l'extermination des Juifs a été perçue par les Polonais, non seulement pendant qu'elle était en cours, mais après qu'elle a eu lieu. Depuis quarante ans à Auschwitz, le double enseignement des curés et des communistes, leur complicité objective ont fait que le mot « juif » est à peine prononcé, à peine inscrit. Tout est subsumé sous la catégorie générale des « victimes du fascisme » ou du « martyrologe du peuple polonais ».

C'était donc, selon vous, une raison supplémentaire de se mobiliser contre le carmel ?

J'ai tout fait dans mon film *Shoah* pour montrer que l'extermination des Juifs était quelque chose de complètement singulier et spécifique. La mort par le gaz a été administrée aux Juifs, et aux Juifs seuls. Une exception : quelques dizaines de milliers de Tziganes en 1944, au crématoire V d'Auschwitz. Il n'y a pas eu de Polonais gazés. Ça n'a pas existé. Il n'y a pas eu d'Allemands gazés. Ça n'a pas existé. Sauf, bien entendu, s'ils étaient juifs. Le gaz, c'était pour les Juifs. Dans *Shoah*, l'antisémitisme polonais est éclatant. Dans *Shoah*, on le voit partout à l'œuvre, comme aujourd'hui. Je comprends mal que certains de mes amis juifs, pour lesquels j'ai par ailleurs affection et respect, ayant vu ce film, connaissant les racines profondes de l'antisémitisme polonais, se soient amusés à négocier avec l'Église polonaise, avec des cardinaux polonais. Les Juifs croient à la parole des cardinaux ; ces cardinaux, eux, attachent-ils de l'importance à leur signature dans un traité conclu avec des Juifs ?

Vous critiquez le principe même d'une négociation ?

Il ne fallait pas négocier ; il fallait protester. Aller conclure à Genève des accords style Genève I, Genève II, c'était une erreur. Aujourd'hui, les négociateurs juifs sont trompés à la face du monde. Ils n'ont aucun moyen d'obtenir le départ des carmélites. On peut trouver, dans une Église qui n'est pas monolithique, des gens comme le cardinal Decourtray qui veulent exécuter les accords ; on en trouvera d'autres qui feront tout afin qu'ils ne soient pas respectés. Le cardinal Glemp est de ceux-là, Macharski peut-être.

Et pourquoi tiendraient-ils tant à la présence de ces carmélites ?

Au centre de tout il y a, je le crois, une histoire de conversion. Ça veut dire quoi, le carmel à Auschwitz ? Qu'on convertit les Juifs morts, c'est la rédemption générale. L'Église fait son travail : elle cherche à convertir, elle a toujours cherché à le faire et, s'il le faut, elle convertit les morts. Les Juifs ne veulent ni convertir ni se laisser convertir. Ne parvenant pas à convertir les Juifs vivants, l'Église les convertit morts. Le fait que le Pape soit polonais n'est pas non plus indifférent. Sans doute y vais-je fort, mais aujourd'hui Rome n'est plus dans Rome. Rome s'est déplacée là-bas, sur la terre polonaise. Jean-Paul II a beau se trouver à Rome, le Vatican, lui, est à Auschwitz. Si des carmélites sont installées à Auschwitz I, le camp originel, des pères franciscains occupent, à Birkenau, l'ex-bâtiment de la Kommandantur, et ceux-là, personne n'en parle.

Ce que vous dites est terrible parce que Mgr Lustiger, lui-même Juif converti, a pris une part importante à la négociation...

Quand le Pape a nommé Jean-Marie Lustiger archevêque de Paris puis cardinal, il savait parfaitement ce qu'il faisait. Il y a une liaison évidente entre la conversion de Lustiger et sa nomination. Tout ceci est compliqué par l'honnêteté de l'archevêque de Paris : il a toujours revendiqué sa judéité. Et les Juifs, qui sont optimistes, qui ont de l'humour, étaient dans le fond ravis que le cardinal-archevêque de Paris soit juif. Pour eux, quoi que Lustiger puisse faire ou dire, il demeurait juif. Dans leur inconscient, les Juifs s'imaginaient que ce n'était pas l'Église qui avait converti Lustiger, mais que c'était peut-être eux, les Juifs, qui allaient convertir l'Église. Si le cardinal Marty, ce brave paysan du Béarn, avait été encore à la tête de l'Église de France, je ne suis pas sûr que les Juifs se seraient à ce point précipités pour négocier. D'une certaine façon, ils étaient très heureux de négocier entre eux. À son insu et à son su, Lustiger a joué un rôle objectif dans toute cette histoire. Il est trop intelligent pour ne pas l'éprouver. Aujourd'hui, le cardinal Lustiger doit être enfermé dans une difficile contradiction.

Mais Mgr Lustiger, lui aussi, a été dupé par une négociation à laquelle il a cru ?

Bien sûr, mais tous les négociateurs non polonais ont voulu oublier qu'Auschwitz, c'est en Pologne, ça appartient aux Polonais, c'est leur terre, c'est leur propriété. Ils sont là-bas et toute l'éducation qui leur a été donnée par l'Église et par le communisme a laissé d'incroyables traces. Les Polonais sont sincèrement scandalisés par la revendication juive sur Auschwitz, qu'ils trouvent exorbitante. Ils ne comprennent pas l'abomination que représente pour les Juifs un carmel à Auschwitz, et la croix partout. Ils comprennent d'autant moins que le Pape a récemment parlé de « l'infidélité des Juifs », et ça, les Polonais l'ont entendu. Peu après, bien sûr, Jean-Paul II a tenu un autre discours, condamnant l'antisémitisme. Il change, c'est normal. Le Pape est un grand politique. Et un grand politique a toujours plusieurs fers au feu. Dans ce contexte, le traité de Genève, parlons-en : est-ce que les Polonais peuvent se sentir liés par un traité, un contrat passé avec des « infidèles » et des « perfides » ? On en revient là à la genèse profonde de l'antisémitisme chrétien.

Pour autant, des Juifs doivent-ils aller manifester à Auschwitz, aux portes du carmel ?

Ces Juifs américains sont en retard d'une guerre. C'est leur culpabilité qu'ils manifestent, ils veulent leur guéguerre, irresponsablement. Ce sont les mêmes qui ont déclenché, avec le succès que l'on sait, la campagne contre Kurt Waldheim. Aller en Pologne, pour faire le mur au carmel, c'est provoquer chez les Polonais des réflexes de propriétaire qui amplifient leur antisémitisme naturel.

Naturel, vous en êtes convaincu ?

Pendant le tournage de *Shoah*, j'ai été pétrifié par la force de l'antisémitisme polonais sur les lieux mêmes où les Juifs sont morts. Pour continuer à vivre avec le savoir qu'ils ont été les témoins, dans leurs petits villages et en pleine connaissance de cause, du départ pour la mort de la moitié de leurs concitoyens, pour supporter d'avoir ensuite occupé les maisons juives, les Polonais doivent continuer à haïr. C'est pour cela que la haine antisémite demeure toujours aussi vivante, contrairement à ce qu'affirme le cardinal Glemp.

Dans une interview récemment accordée à France-Soir*, Mgr Glemp a mis, et je cite, « en rapport les événements du carmel et ceux de Palestine »...*

Ça, c'est capital. L'antisémitisme polonais dit : « Les Juifs ont expié pour la mort du Christ. » Peuple déicide. Peuple meurtrier. Pourquoi Glemp parle-t-il brusquement d'Israël ? Parce qu'à ses yeux l'essence meurtrière des Juifs se démasque à nouveau en Israël. Son message est précis : les Juifs ont été des tueurs il y a deux mille ans, ils ont tué le Christ et, aujourd'hui, ils tuent des enfants palestiniens. Le sens profond de cette déclaration du primat de Pologne, c'est que pendant quarante ans les Juifs ont réussi à cause de l'Holocauste à se faire passer pour des victimes. Aujourd'hui, Glemp signifie que l'essence éternelle de ces victimes, c'est le meurtre. C'est cela que veut dire Glemp, et c'est du révisionnisme profond. C'est la racine du révisionnisme à la Faurisson et ce n'est pas un hasard si Le Pen tient les propos sur l'Internationale juive qui sont actuellement les siens : il sent que le vent est porteur. Les Polonais, qui voient chaque jour l'Intifada sur leurs écrans de télévision, qui sont révoltés par les manifestations des Juifs américains devant le carmel et qui écoutent Glemp, ne retiennent qu'une chose : des Juifs tueurs veulent empêcher de braves carmélites de prier pour les morts. Cette histoire est empoisonnée, pourrie. Elle va l'être chaque jour davantage.

L'Événement du Jeudi, nº 253,
7-13 septembre 1989

HOLOCAUSTE, LA REPRÉSENTATION IMPOSSIBLE (SUR *LA LISTE DE SCHINDLER*)

J'ai de l'estime pour Steven Spielberg. J'ai vu *Indiana Jones*, j'ai vu *Les Aventuriers de l'arche perdue*, j'ai vu *E. T.*, j'ai dû voir *Les Dents de la mer*, et j'aime bien ses films. C'est un virtuose de cinéma. En tout cas, il connaît son métier. Alors quand j'ai appris son projet, dont j'ignorais absolument la genèse, je me suis dit : Spielberg va se trouver confronté à un dilemme, il ne peut pas raconter l'histoire de Schindler sans dire aussi ce qu'a été l'Holocauste ; et comment peut-il dire ce qu'a été l'Holocauste en racontant l'histoire d'un Allemand qui a sauvé 1 300 Juifs, puisque la majorité écrasante des Juifs n'a pas été sauvée ? Même s'il montre les « actions » au sens allemand du terme, au moment de la déportation au ghetto de Cracovie, même s'il montre le chef du camp tirant sur les déportés, comment peut-il être juste par rapport à la normalité de la procédure de mort, de la machinerie de l'extermination ? Non, ça ne se passait pas comme cela pour tout le monde. À Treblinka, ou à Auschwitz, la question du sauvetage ne se posait même pas.

Y a-t-il dans *La Liste de Schindler* distorsion du tableau d'ensemble, de la vérité historique ? Oui, dans la mesure où tout le monde communique dans ce film, les Juifs communiquent avec les Allemands, tout le temps. *Shoah* est en revanche un film où personne ne rencontre personne, et c'était pour moi une position éthique. J'ai tendance à être sévère, bien que je croie totalement à la sincérité et à l'honnêteté de Spielberg, en tout cas il a respecté les détails de l'histoire de Schindler qu'il a puisée dans le livre de Thomas Keneally.

À un moment, dans le ghetto de Cracovie, on voit une pharmacie. Le pharmacien s'appelle Pankiewicz, on entend son nom, Pankiewicz. Cette très ancienne pharmacie polonaise était demeurée intacte lors de mon dernier tournage en Pologne, en 1981. J'ai tourné dans cette pharmacie, et j'ai rencontré M. Pankiewicz lui-même, le pharmacien. Spielberg a donc fait un travail sérieux, ce n'est pas le fond du problème.

Le problème est que le film fourmille de scènes ambiguës, et à la limite dangereuses, qu'il aurait fallu manier avec des pincettes. Quand Spielberg montre les types de la police juive cognant au moment des rafles, il induit sans nuances, sans « mode d'emploi », l'idée que les Juifs ont participé à leur propre destruction. Quand Spielberg montre Schindler demandant de l'argent aux Juifs, la scène se passe dans une voiture, avec deux vieux Juifs du Judenrat, barbus, stéréotypés : après une sorte de conciliabule chuchoté, ils sortent l'argent de leurs poches et le donnent à Schindler. Il y a une sorte d'identification par le stéréotype des Juifs à l'argent, des Juifs barbus à l'argent.

Tout passe d'ailleurs à travers l'histoire personnelle de Schindler : Schindler et les femmes, Schindler et le sexe, Schindler et l'argent, Schindler qui est une sorte de joueur. Bon, ça plaît, c'est un peu *Les Aventuriers de l'arche perdue.* C'est si vrai que lorsque Schindler est là, quand il dîne avec des officiers allemands ou des S.S. pour les embarquer dans son histoire, ces types apparaissent certes vénaux, mais en même temps, dans leur bel uniforme, ils ne sont pas du tout antipathiques. C'est tout le problème de l'image, et tout le problème de la représentation. Rien de ce qui s'est passé ne ressemblait à ça, même si tout paraît authentique. Les Allemands n'étaient pas comme ça. Par ailleurs, il est évident que les déportés qui étaient là, après des mois, des années de malheur, d'humiliation, de misère, crevant de peur, je ne les vois pas incarnés par des acteurs.

Je suis incapable d'une certaine façon de fonder mon dire. On comprend, ou on ne comprend pas. C'est un peu comme le *cogito* cartésien : à la fin on bute, c'est le nœud final, et on ne peut pas aller au-delà. L'Holocauste est d'abord unique en ceci qu'il édifie autour de lui, en un cercle de flamme, la limite à ne pas franchir parce qu'un certain absolu d'horreur est intransmissible : prétendre le faire, c'est se rendre coupable de la transgression la plus grave. La fiction est une transgression, je pense profondément qu'il y a un interdit de la représentation. En voyant *La Liste de Schindler*, j'ai retrouvé ce que j'avais éprouvé en voyant le feuilleton *Holocauste.* Transgresser ou trivialiser, ici c'est pareil : le feuilleton ou le film hollywoodien transgressent parce qu'ils « trivialisent », abolissant ainsi le caractère unique de l'Holocauste.

Il n'y a pas une seconde d'archives dans *Shoah*, parce que ce n'est pas ma façon de travailler, de penser, et aussi parce qu'il n'en existe pas. Alors la question est ainsi posée : pour témoigner, est-ce qu'on invente une forme nouvelle ou est-ce qu'on reconstruit ? Je pense avoir fait une forme nouvelle. Spielberg a choisi de reconstruire. Or reconstruire, c'est, d'une certaine façon, fabriquer des archives. Et si j'avais trouvé un film existant — un film secret parce que c'était strictement interdit — tourné par un S.S. et montrant comment 3 000 Juifs, hommes, femmes, enfants, mouraient ensemble, asphyxiés dans une chambre à gaz du crématoire II d'Auschwitz, si j'avais trouvé cela, non seulement je ne l'aurais pas montré, mais je l'aurais détruit. Je ne suis pas capable de dire pourquoi. Ça va de soi.

J'assistais à la projection de *La Liste de Schindler.* Je voyais le film avec la meilleure volonté du monde, sans la moindre hostilité. Je me disais qu'il y avait des choses cinématographiquement valables, encore que je me sois heurté tout le temps à cette question de la représentation et des acteurs. Quand soudain je vois que Spielberg montre au camp de Plaszów — c'est une scène fugitive, il est assez habile pour aller vite — des gens ouvrant des fosses communes pour brûler les corps entassés là depuis la liquidation du ghetto de Cracovie. Au début de *Shoah*, il y a deux survivants du ghetto de Vilna et de la fameuse forêt de Ponary qui racontent comment ils ont été contraints, en 1944, d'ouvrir les fosses et de travailler à mains nues sur les cadavres qui étaient de plus en plus comme une tranche plate. Plus ils creusaient dans la fosse, plus les corps étaient plats et les Allemands leur interdisaient de prononcer le mot « mort » ou le mot « victime ». Il fallait appeler cela des « *Figuren* », c'est-à-dire des poupées, des marionnettes. C'est dans *Shoah* une scène bouleversante : deux hommes qui parlent dans une forêt, une forêt d'Israël, et soudain je réalise que tout ce que je ne montre pas dans *Shoah*, Spielberg le montre.

Je pensais vraiment avec humilité et orgueil qu'il y avait un avant et un après *Shoah*, et je pensais qu'après *Shoah* un certain nombre de choses ne pouvaient plus être faites. Or Spielberg l'a fait. C'est alors que j'ai reçu une lettre d'un journaliste de l'*Evening Standard*, le journal du soir anglais, qui me demandait ce que je pensais de *La Liste de Schindler.* Il me disait : « On voit à quel point vous avez influencé Spielberg. » Je lui ai répondu que je ne vois pas où est mon influence. C'est le contraire absolu, mon influence a été négative. J'ai le sentiment qu'il a fait un *Shoah* illustré, il a mis des images là où il n'y en a pas dans *Shoah*, et les images tuent l'imagination, permettent à travers Schindler, « héros » pour le moins discutable, une consolante identification.

On peut se poser une autre question, celle de cette « mode », car il s'agit bien d'une véritable mode lancée par les Américains et les Israéliens : la mode des Justes. On a basculé de l'autre côté. Il y a désormais de plus en plus de gens qui ont sauvé des Juifs... S'il y a eu tellement de Justes pour sauver les Juifs, comment se fait-il que tant de Juifs ont péri ? Là encore on perd le sens des proportions. Des « Justes » ont existé, mais je ne les appelle pas des Justes, seulement des gens qui ont fait leur devoir. Certains l'ont fait tout le temps, certains l'ont fait quelquefois, certains l'ont fait à moitié. Ce n'est pas simple cette histoire.

Ce que je reproche fondamentalement à Spielberg, c'est de montrer l'Holocauste à travers un Allemand. Même s'il a sauvé des Juifs, ça change complètement l'approche de l'Histoire. C'est le monde à l'envers... *Shoah* interdit beaucoup de choses, *Shoah* dépossède les gens de beaucoup de choses, *Shoah* est un film aride et pur. Dans *Shoah*, il n'y a aucune histoire personnelle. Les survivants juifs de *Shoah* sont des survivants d'une espèce particulière ; ce ne sont pas n'importe quels survivants, mais des gens qui étaient au bout de la chaîne d'extermination et qui ont été les témoins directs de la mort de leur peuple. *Shoah* est un film sur la mort ; pas du tout sur la survie.

Aucun des survivants de *Shoah* ne dit « je ». Aucun ne raconte son histoire personnelle : le coiffeur ne dit pas comment il s'est échappé à Treblinka après trois mois de camp, ça ne m'intéressait pas et ça ne l'intéressait pas. Il dit « nous », il parle pour les morts, il est leur porte-parole. Quant à moi, je voulais construire une structure, une forme qui vaille pour la généralité du peuple. C'est tout le contraire de Spielberg, pour qui l'extermination est un décor : le noir soleil aveuglant de l'Holocauste n'est pas affronté.

On pleure en voyant *La Liste de Schindler* ? Soit. Mais les larmes sont une façon de jouir, les larmes, c'est une jouissance, une catharsis. Beaucoup de gens m'ont dit : je ne peux pas voir votre film, parce que, probablement, voyant *Shoah*, il n'y a pas possibilité de pleurer.

D'une certaine manière, le film de Spielberg est un mélodrame, un mélodrame kitsch. On est pris par cette histoire d'escroc allemand, rien de plus. En tout cas, bien que passant aux yeux de beaucoup pour sioniste, jamais je n'aurais osé donner des « coups de marteau » pareils à ceux qu'assène Spielberg à la fin de sa *Liste de Schindler.* Avec cette grande réconciliation, la tombe de Schindler en Israël, avec sa croix et les petits cailloux juifs, avec la couleur qui est arrivée pour insinuer l'hypothèse d'un *happy ending...*

Non, Israël n'est pas la rédemption de l'Holocauste. Ces six millions ne sont pas morts pour qu'Israël existe. La dernière image de *Shoah*, ce n'est pas ça. C'est un train qui roule, interminablement. Pour dire que l'Holocauste n'a pas de fin.

Le Monde, 3 mars 1994

LA VRAIE MACHINE À OUBLIER : RÉPONSE À ANNE SINCLAIR ET ALAIN MINC

À mon absolue surprise, et sans m'en avoir averti, Le Nouvel Observateur *a fait paraître une « Lettre ouverte à Claude Lanzmann », signée conjointement par Anne Sinclair et Alain Minc, lesquels se ruaient à la rescousse de* La Liste de Schindler *qui s'adressait au plus grand nombre, tandis que* Shoah *ne pouvait atteindre qu'un nombre limité de spectateurs infatigables. Ils protestaient de leur admiration pour mieux me supplier de me taire.*

La surprenante supplique que vous m'adressez appelle de ma part les observations suivantes :

1) Je n'ai « ouvert » aucune « polémique » : on m'a demandé, pour d'évidentes raisons, de dire mon sentiment sur *La Liste de Schindler*. S'agissant de la question de la vérité, de son statut, de sa transmission, je ne me suis pas dérobé. J'ai répondu avec sérieux et modération, en restreignant au maximum mes interventions, alors que j'étais interpellé de toutes parts. J'ai le plus souvent refusé les interviews, et si mes déclarations au *Monde*, auxquelles je renvoie, ont en effet été intégralement reproduites par de grands journaux étrangers, c'est, dans la majorité des cas, à mon insu. La polémique, me dit-on, fait rage dans les salons et vous l'entretenez. Vous et un obscur producteur-réalisateur hollandais qui me prête ailleurs sa

propre bassesse. Comme si seule, en pareille occurrence, l'union sacrée était de rigueur, comme si, donnant librement mon opinion sans céder à l'intimidation médiatique, dont vous semblez vous faire les chantres, j'attentais à je ne sais quel tabou. Comme s'il était intolérable à beaucoup que, parlant de Spielberg et de son film, je sois amené à parler de *Shoah* et de moi.

2) Vous assenez tranquillement des contrevérités. Il est faux qu'un tiers des Américains « ignorent jusqu'au mot même d'Holocauste ». C'est là une invention de bureaucrates juifs, qui veulent persévérer dans leur être et justifier la levée de contributions propres à assouvir le délire muséographique qui s'est emparé d'eux en cette fin de siècle. Oubliez-vous les grand-messes inaugurales du musée de l'Holocauste, précisément, à Washington, avec tambours, discours et président Clinton ? Oubliez-vous la série télévisée américaine *Holocauste*, diffusée et rediffusée sur une grande chaîne commerciale ? J'en passe.

Parlant par ailleurs des « adolescents » qui « se précipitent tous voir Spielberg », « un des rares à parler leur langue », vous interrogez : « Seraient-ils allés regarder *Shoah* ? », et vous répondez, le déplorant bien sûr : « Non, malheureusement. Liraient-ils Primo Levi ? Pas davantage. Connaissent-ils *Nuit et Brouillard* ? Non plus », emboîtant d'ailleurs en cela le pas à Spielberg lui-même qui, en spécialiste averti de la promotion, déclare, dans une interview du *Monde* : « Quand j'ai voulu aller voir *Shoah* de Claude Lanzmann, j'avais invité huit personnes à m'accompagner. Tout le monde s'est défilé. J'ai donc vu les huit heures [*sic*] de *Shoah* tout seul dans une salle. *Tout seul*[1]. Et, presque comme un acte de défi, j'ai pensé que si les gens se fichaient éperdument de l'Holocauste, je leur raconterais, moi, une *histoire d'Holocauste*[2]. » Héroïque Spielberg ! Mais qu'avait-il besoin d'une escorte ? J'ignore quels sont ses amis, mais je me souviens, moi, d'une salle de 3 000 places à Chicago bondée

1. Souligné par moi.
2. Souligné par moi.

pendant dix jours d'adultes et d'adolescents mêlés, qui regardaient *Shoah* dans un absolu silence, sans un froissement de sac à pop-corn. Je me souviens que, à Chicago toujours, le film a poursuivi sa carrière pendant trois mois dans un cinéma, le Biographe, à la porte duquel Al Capone fut abattu. C'était en 1986, il y a huit ans. Le Cinema-Studio à New York n'a pas désempli pendant près d'un an, tandis qu'à la même époque *Shoah* était projeté dans 150 villes des États-Unis. Je rappelle enfin qu'il a été diffusé cinq fois par la télévision américaine et qu'il a été vu, dans le monde entier, soit au cinéma, soit à la télévision, par 60 millions d'humains. Ce n'est rien, je vous l'accorde. Si *La Liste de Schindler* attire 500 millions ou un milliard de nos semblables, je m'en félicite pour Spielberg. Mais il s'agit précisément d'une « histoire d'Holocauste », à la fois moteur et produit de cette « machine à oublier » dont vous parlez vous-mêmes. Je ne reviendrai pas ici sur le fond du débat, mais si ce que vous appelez comiquement la « pédagogie de masse avec ses inévitables travers » doit se payer du prix d'une distorsion et d'un travestissement essentiel de la vérité, alors vive l'inculture et vive l'oubli ! Y a-t-il d'ailleurs une pédagogie pour cette horreur-là ? Trois adolescents s'interrogeaient l'autre jour devant un arrêt d'autobus : « Iras-tu le voir ? » (le film). Et l'un d'eux tortillait ses lèvres d'un sourire salace : « Il paraît qu'il y a des tortures ! » Il ira, c'est sûr.

Il est hautement probable que dans cinquante, cent ou cinq cents ans, Auschwitz apparaîtra en effet comme une autre Saint-Barthélemy ou un quelconque Montségur. C'est la loi de l'espèce, et Spielberg, quoi qu'il en ait, quoi que vous en ayez, travaille déjà en ce sens. Si d'aventure il en va autrement, ce n'est pas aux « produits » mais aux œuvres qu'on le devra : à Primo Levi, à Schwarz-Bart, à Celan, à Antelme, à *Shoah*. Ne voyez-vous pas qu'au nom du scandaleux « principe d'efficacité » que vous forgez et invoquez vous interdisez la possibilité même de l'art ? Qu'est-ce qu'un *Guerre et Paix*, un *À la recherche du temps perdu* efficaces ?

3) Les mêmes, qui tempêtaient il y a quelques mois, au temps

de *Jurassic Park*, pour l'« exception culturelle », s'agenouillent, saisis d'un égarement sacré dès qu'il est question d'Holocauste, appelant même à la rescousse Bill Clinton et sa langue de bois présidentielle.

4) Peut-être ai-je « dilapidé », vous répondant, une part de mon « immense crédit ». Mais la fatwa perce sous votre supplique. Et je n'aime pas cela.

Le Nouvel Observateur, 17-23 mars 1994

RÉPONSE À JACQUES HENRIC ET PHILIPPE FOREST

Jacques Henric, avec qui j'entretiens aujourd'hui des rapports excellents, me pardonnera de republier cet article que j'avais fait paraître dans Artpress*, sa propre publication, en vertu du droit de réponse. Je ne doute pas qu'il ait été sensible à ce que j'écris ici.*

Je commenterai à mon heure le factum de Didi-Huberman, *Images malgré tout*, auquel *Artpress*, dans son numéro 297, a cru bon de consacrer deux articles, signés Jacques Henric et Philippe Forest. Pourtant, il me faut sans attendre faire justice de quelques intolérables contrevérités et d'au moins une infamie, relevées dans ces deux articles. L'ardeur de néophytes avec laquelle Jacques Henric et Philippe Forest s'enrôlent sous la bannière didienne, sans rien connaître, ou très peu, des faits de la cause, conduit, par exemple, le second à écrire, à propos des hommes du *Sonderkommando* d'Auschwitz-Birkenau : « ... le commando spécial constitué de déportés chargés par les nazis de *procéder eux-mêmes à l'extermination de masse des autres déportés* [...] victimes des bourreaux et *bourreaux des victimes*, placés dans la situation folle de *devoir exécuter eux-mêmes* la sentence de mort qui les frappait avec tous les autres[1] ». Je ne

1. Souligné par moi.

doute pas que Philippe Forest s'exprime ici en toute innocence, sans avoir conscience que, pris à la lettre, ses propos signifient que les Juifs du commando spécial assassinaient les leurs de leurs propres mains ! Cette formulation est si décourageante qu'on ose à peine la récuser et dire à son auteur qu'il se trompe, que ce n'était pas cela du tout. Les hommes des commandos spéciaux étaient des gens simples, intelligents et bons, qui, pour la plupart, dans l'enfer des bûchers et des crématoires, gardèrent jusqu'au bout leur humanité. Parce que je respecte les lecteurs d'*Artpress*, je ne puis, ici, faire autrement que les renvoyer à ma préface de *Trois ans dans une chambre à gaz d'Auschwitz*, le livre de Filip Müller, qui est aussi un des protagonistes centraux de *Shoah*. Soit dit en passant, Didi-Huberman s'« inspire » largement de cette préface, sans jamais la mentionner, et n'hésite pas à manipuler sans vergogne les citations du même Filip Müller qu'il emprunte à *Shoah*, le livre du film. On trouvera, dans le commentaire que j'ai annoncé plus haut, la recension exacte de ces mauvais procédés. En attendant, je conseille également à Philippe Forest non pas de revoir mais de *voir Shoah*. Il est clair pour moi que, l'ayant vu, il n'aurait pas écrit ce que j'ai, à l'instant, dénoncé. Il aurait compris, entendant Filip Müller, Simon Srebnik, Michael Podchlebnik, Motke Zaïdl, Itzhak Dugin, Abraham Bomba, Richard Glazar, Rudolf Vrba, que ces revenants étaient, comme je l'ai souvent dit, indissolublement des héros, des saints et des martyrs, il aurait gardé à jamais la mémoire de leurs visages, de leurs larmes, du timbre de leurs voix, de leurs paroles. Et ce n'est pas le moindre tort de Didi-Huberman, converti de fraîche date qui prêche pour des novices, que d'autoriser, dans sa rage prétendue théorique, pareils glissements de sens et dérapages. Je sais, écrivant cela, que la *doxa* vénéneuse, relayée cette fois par Jacques Henric, ressassera l'antienne selon laquelle je ne supporterais pas l'existence d'autres œuvres que la mienne, « pas même *Nuit et Brouillard* de Resnais... », tandis que je supporterais très bien « les dithyrambes de [m]es aficionados enfiévrés ». Il s'agit là d'une contrevérité et d'une calomnie, elle, réellement *insupportable*. La meilleure preuve est que les éditeurs du récent DVD de *Nuit et*

Brouillard m'ont demandé, à la prière d'Alain Resnais, l'autorisation d'intégrer, parmi les bonus qui l'accompagnent, une longue interview, que j'avais accordée à France-Culture, sur les différences et les oppositions entre *Nuit et Brouillard* et *Shoah*. Je disais avoir toujours admiré le premier — et d'autres films de Resnais –, mais que *Nuit et Brouillard* n'était en aucun cas un film sur la Shoah. Ce n'est pas le lieu de développer ici. Resnais, j'en suis certain, est d'accord avec moi. Que ceux qui, sur ce point, veulent m'entendre davantage achètent *Nuit et Brouillard* ! Quant aux « aficionados », on peut se demander à bon droit quels sont les plus « enfiévrés », des didistes, soit Jacques Henric et Philippe Forest, ou des miens.

Mais la malveillance et la *doxa* qui s'en nourrit sont insatiables. Henric et Forest, dévots de Didi, reprennent à l'envi, d'une façon indigne d'eux, les vieilleries ordinaires, sans se donner la peine de se reporter aux textes que j'ai écrits : je renâclerais devant la tâche d'intellection, je sacraliserais la Shoah, je brandirais les étendards de l'indicible, de l'interdit, du tabou, de l'irreprésentable, j'entourerais l'horreur d'un « silence poétique », qui redoublerait « le silence très prosaïque dont les nazis déguisèrent leur crime... ». Si c'est bien *Shoah*, ici, que vise Philippe Forest, il s'agit d'une offense qui demande réparation. Ces mots attestent qu'il ne sait pas ce dont il parle, confirment qu'il n'a jamais vu *Shoah*. *Shoah* est au premier chef une entreprise implacable de désacralisation, restituant la parole et l'instaurant là où elle n'avait jamais été prise, où elle n'avait pu l'être, récusant tous les euphémismes, forçant les silences dans toutes leurs retraites pour s'affronter à la plus centrale des interrogations : savoir comment on a tué, se tenir au plus près du crime, tout faire dire, tout faire raconter, sans arrêter la caméra à l'instant de la douleur et se retirer sur la pointe des pieds, comme le commanderait le bon ton. Cette piété-là n'est pas la mienne : la transmission est à ce prix. *Shoah* a une autre pudeur.

En ce qui concerne la représentation, je n'ai fait que cela : représenter. J'ai représenté la Shoah pendant neuf heures trente de cinéma, en inventant une forme nouvelle. D'un mot : la destruction des Juifs et la destruction des traces de leur destruction ont été absolument contemporaines. Le crime parfait a été accompli : il n'a pas eu lieu ! Ce non-lieu du crime est le cœur même de la Shoah et de tout ce que nous endurons encore aujourd'hui. Ce sont les nazis qui ont pratiqué l'interdit de la représentation, pas moi. *Shoah* lutte et se construit plan après plan contre cet irreprésentable. La création est libre. Il n'est pas interdit de recourir à des substituts représentatifs – acteurs, costumes, soupirs – pour montrer la mort effroyable de 3 000 humains, jeunes et vieux, enfants et femmes, asphyxiés ensemble dans une des grandes chambres à gaz des crématoires II, III, IV ou V de Birkenau et se livrant, pour respirer encore, à ce que Filip Müller, dans *Shoah*, appelle le « combat de la mort », le « combat de la vie ». Non, cela n'est pas interdit, c'est impossible. Il y a des choses qui sont impossibles en art. Pas interdites : impossibles. Spielberg lui-même, dans *La Liste de Schindler*, a rencontré cet impossible, il a *joué* avec, reculant devant la figuration de la chambre à gaz. Sa fausse chambre à gaz est une vraie salle de douches. Quel soulagement ! « On filme là où il y a témoin, écrit Arnaud Desplechin, on ne peut filmer l'intérieur d'une chambre à gaz parce que le propre d'une chambre à gaz est de ne pas laisser de témoin » (« Les films de Claude Lanzmann », *L'Infini*, nº 77, hiver 2002). S'il y a des rescapés des camps, il n'y a pas de rescapés des chambres à gaz. Ceux qui y ont péri ont à peine eu le savoir de leur propre mort : asphyxiés dans le noir dès leur arrivée, ils n'ont rien connu des lieux de leur supplice, peut-être même pas les noms. Pourtant, par des hommes comme Abraham Bomba, le coiffeur de Treblinka, ou Filip Müller, par les bourreaux aussi (les vrais, les Allemands), *Shoah* relève le défi de l'impossible et *montre* ce qu'on ne peut pas voir. Trouverait-on un jour cet hypothétique film muet de quelques minutes tourné en secret par un S.S., sur la mort dans une chambre à gaz, dont j'ai dit, pour attester par l'absurde la posture inclémente de *Shoah*, que je le détruirais si je l'avais entre les mains, ce défi demeurerait entier. Jacques Henric et Philippe Forest se joignent mécaniquement à la maigre cohorte de ceux qui me prêtent le dessein sinistre de détruire les preuves, insinuant par là, à leur insu peut-être, qu'elles seraient nécessaires. Je n'ai pas réalisé *Shoah*, comme ils semblent le croire, pour répondre aux révisionnistes ou négationnistes : on ne discute pas avec ces gens-là, je n'ai jamais envisagé de le faire. Un chœur immense de voix dans mon film – juives, polonaises, allemandes – témoigne irréfutablement et à jamais de ce qui a été perpétré.

Quant au journal de la géhenne tenu par les membres du *Sonderkommando* d'Auschwitz, dont les feuillets furent enterrés dans la glaise des crématoires II et III de Birkenau, j'ai été un des premiers à en parler, précisément dans ma préface au livre de Filip Müller, dès 1980, il y a vingt-cinq ans ! Qu'on s'y reporte, on verra que je n'ai pas de leçon à recevoir de Didi-Huberman, qui n'a pas l'honnêteté élémentaire de citer ses sources. Même chose pour les quatre photographies « arrachées à l'enfer » à partir desquelles il a lancé ses offensives, pervertissant les vérités, étourdissant les lecteurs de ses « découvertes » dues à sa sagacité hors pair : rien ne l'autorise à dire qu'elles furent prises « de l'intérieur » de la chambre à gaz du crématoire V de Birkenau. Celle-ci n'ouvrait évidemment pas sur l'extérieur, il fallait obligatoirement, pour y accéder, passer par la grande *Auskleideraum* (autrement dit le vestiaire), où les victimes se dévêtaient avant d'entrer dans la chambre de mort, et qui était utilisée, après les gazages, comme morgue ou entrepôt à cadavres. Les crématoires V et IV étaient plus primitifs et moins fonctionnels que les crématoires II et III, et les gazés étaient ramenés et stockés dans le vestiaire après l'opération par les hommes du *Sonderkommando* en attendant leur incinération. Filip Müller explique tout cela très clairement dans *Shoah* (voir *Shoah*, le livre, Folio n° 3026 p. 224). Seule l'*Auskleideraum* ouvrait sur le dehors, et les photographies n'ont pu être prises que de là, ou encore du toit, pour une ou deux d'entre elles, comme me l'a assuré David Szmulewski, dont Didi-Huberman rapporte que, posté sur le toit du crématoire, il faisait le guet. David Szmulewski, un homme d'une modestie et d'une intégrité exemplaires, que j'ai bien connu au cours de mes longues enquêtes préparatoires (avec les frères Dragon, Dov Paisikovich, autres membres du *Sonderkommando*), m'a raconté qu'il était en effet *Dachdecker*, c'est-à-dire couvreur, ce qui, à Birkenau, était, avec celle de serrurier, une fonction éminente, parce qu'elle permettait de se déplacer avec une relative liberté.

Si, contre l'évidence et la vérité, Didi-Huberman se contorsionne pour établir que les quatre photographies furent prises *de l'intérieur de la chambre à gaz*, c'est qu'il espère qu'au terme de ce combat douteux on en viendra, par contiguïté, dérive et confusion, à s'imaginer avoir été les témoins du gazage lui-même. Tel est le triste et parfaitement inessentiel enjeu de l'absurde guerre des images qu'il a, pour d'obscures raisons, déclenchée.

Artpress, nº 298, 2005

HOMMAGES ET ORAISONS

LETTRE À NORIAKI TSUCHIMOTO

Comment dire mon émotion ! À l'autre bout du monde, un cinéaste que je n'ai jamais rencontré, dont je n'avais pas vu un seul film, dont j'ignorais même le nom, demande que je sois invité à Tokyo et associé à une célébration pour lui préparée, requiert qu'on projette *Shoah* en même temps que ses propres films, que les deux œuvres — la sienne, la mienne — soient discutées et confrontées par lui, par moi, en public, en présence des spectateurs, avec nos questions et les leurs.

Cette concélébration — qui est tout à la fois reconnaissance et générosité — est pour moi bouleversante : Noriaki Tsuchimoto a vu *Shoah* l'année dernière à Tokyo et d'emblée, avec son regard et son expérience de grand artiste, avec sa vision si profonde de combattant et de militant politique, a compris quels liens de parenté créatrice existaient entre nous, quels identiques problèmes d'ordre éthique, esthétique, technique nous avions dû, chacun de notre côté, affronter, quelles mêmes questions centrales nous nous étions posées, quelles réponses nous avions apportées : comment transmettre, comment instruire, comment interroger, comment demeurer froid durant l'opération méthodique de dévoilement de l'enfer à laquelle l'un comme l'autre nous nous acharnions, comment rester calme face à la douleur et aux larmes, sans se laisser emporter par l'émotion qui interdirait tout travail, comment dénoncer de la plus juste façon l'injustice et le crime ? Mille questions, mille chemins !

J'ai le droit de dire aujourd'hui — je puis affirmer à bon escient — que Noriaki Tsuchimoto est un grand artiste car, depuis février, depuis que j'ai reçu la lettre d'invitation, je me suis enfermé dans un long et attentif tête-à-tête avec deux de ses films (deux seulement, hélas, car je n'en avais pas d'autres à ma disposition) : *Le Message de Minamata au monde*, en anglais, et surtout *Les Victimes et leur univers*, en japonais, sans sous-titres. Quel événement ! Bien sûr, j'avais étudié avec soin la documentation que j'avais pu rassembler sur la maladie de Minamata et son histoire — cet autre crime contre l'Humanité —, mais Tsuchimoto est un si merveilleux cinéaste, un créateur si rigoureux, que j'ai suivi passionnément le film, sans jamais perdre le fil, de la première à la dernière image. Je ne comprenais pas les paroles, j'entendais la voix calme, précise, à la fois humaine et neutre de Tsuchimoto lui-même, mais toujours, à l'instant où j'allais m'interroger, hésiter sur le sens de ce qui était effectivement dit, l'image intervenait pour commenter, appuyer, soutenir, secourir la parole et, à la lettre, l'illuminer.

Les images, chez Tsuchimoto, ne bavardent pas — comme c'est le cas dans tant de films aujourd'hui, où elles prolifèrent pour masquer le vide de la pensée —, elles sont rares, précieuses, déchirantes et énigmatiques de beauté, toujours signifiantes : je pense au plan inaugural du film, long plan fixe silencieux d'un bateau de pêcheur, immobile sur une mer lisse et dure aux éclats de soleil. Le bateau nous est proche et lointain : sa distance de la caméra, le cadrage, la durée du plan sont d'une si parfaite justesse que l'imminence du désastre est immédiatement perceptible. Trompeuse image de paix et de beauté : cette mer est morte, elle est mortelle. Je ne pouvais, bien sûr, me retenir d'évoquer pour moi-même la scène d'ouverture de *Shoah* : non pas un plan fixe, mais un lent panoramique qui glisse avec la barque de Simon Srebnik, l'enfant chanteur, sur l'eau calme d'une rivière de Pologne, nous faisant parvenir, dès la première minute du récit, aux limites du monde pour franchir les portes de l'Hadès et nous introduire dans le Royaume des Morts.

Mais il y a tant d'autres images inoubliables dans le film de Tsuchimoto, la dernière par exemple, enchâssement d'énormes nuages noirs, gris, blancs, bourgeonnement cancériforme qui dit la menace interminable ; ou encore le vol de l'oiseau, emprisonné jusqu'à l'horizon par la caméra, pure flèche dans le ciel ; ou la courbure des épaules nues du vieux pêcheur de poulpes de la baie de Minamata, enfoncé dans la mer jusqu'aux aisselles, qui guette sa proie au travers d'un masque primitif à l'encadrement de bois et la cloue soudain, d'une seule lancée de son archaïque trident neptunien ; le même, redressé, à l'éclatant sourire du prolétaire universel malgré les rides de la vie et du souci burinées sur son visage, qui remonte la grève, le cou et la taille torsadés, ceinturés de pieuvres tentaculaires, formant derrière lui une traîne, une palpitante chevelure de Vénus de Botticelli.

Mais il n'y a pas, chez Tsuchimoto, que des images belles, de « belles images ». Il y a aussi les micros baladeurs, les travellings chancelants, les zooms appuyés, brutaux, d'une caméra tout entière engagée dans l'action, caméra de combat, outil didactique qui obéit alors à une seule loi : instruire, enseigner, montrer, prouver, convaincre, mobiliser, dénoncer, décrire. Caméra de topographe et d'arpenteur, préoccupée des plus exacts détails, épousant là encore des démarches qui furent les miennes pendant les douze années de la réalisation de *Shoah*.

Le thème du festival qui va, dans quelques jours, nous réunir à Tokyo est, m'avez-vous averti : « Le monde de Noriaki Tsuchimoto et de Claude Lanzmann ». C'est un vaste sujet : il faudrait y consacrer non pas quelques pages, mais tout un livre. Plusieurs peut-être. Devant vous à Tokyo, avec l'aide de Tsuchimoto et celle des spectateurs de nos films, je m'exprimerai longuement au sujet de *Shoah*. Sachez pourtant qu'ici, parlant surtout de lui, j'ai aussi parlé de moi. Il le sait : il m'a reconnu, je l'ai reconnu. Nous nous sommes, sans nous connaître, centralement reconnus par et dans nos œuvres, reconnus comme des frères : nous parlons tous les deux le même langage, celui du cinéma, de la vérité et de la justice. Vérité et justice qui requièrent l'œuvre d'art, toute sa puissance et sa subtilité, pour être convoquées et transmises, pour que chaque humain en soit le témoin.

Sublime travail de Tsuchimoto, examen patient des corps et des visages martyrisés, gros plans des visages caressés, creusés, fouillés le plus souvent à l'horizontale par la caméra (je pensais à Eisenstein ou à Poudovkine) ; les yeux fous, révulsés, des adolescents de Minamata, la compassion déchirante des mères ou des « rééducatrices », magnifiquement capturée par le regard du réalisateur, regard de colère et de bonté.

Et la joie, la force créatrice, la nécessité absolue de créer pour dire le vrai, de re-jouer s'il le faut (car un pareil film n'est pas, ne peut pas être un plat « documentaire » qui se bornerait à une simple reproduction des « événements » ou à un enregistrement fade de « ce qui se passe »), en un mot *de mettre en scène*, puisque les occasions perdues, quand on s'attaque à de telles entreprises, ne se répètent ni ne se rattrapent jamais. Réfléchissant à mon propre travail pendant le tournage de *Shoah*, j'ai nommé cette forme de mise en scène « fiction du réel » et je déclare avec orgueil que les fictions ordinaires — celles que les professionnels de l'industrie cinématographique, spécialistes des catégorisations tranchées, appellent « fictions », les opposant ainsi aux « documentaires » — sont faiblardes comparées aux nôtres. Nul « metteur en scène » de fiction n'atteindra jamais la force et l'invention imaginative, l'empathie déployée par Tsuchimoto lorsqu'il fait passer les personnages de son film du statut de protagonistes de l'histoire réelle à celui d'acteurs de l'histoire jouée, re-jouée, à sa précision dans la direction des scènes, à l'hallucination vraie dans laquelle il se plonge et nous plonge avec lui, passant toutes les frontières qui séparent l'imaginaire du réel. Je pense à ces séquences extraordinaires de la confrontation, dans un immense amphithéâtre universitaire, entre les victimes de Minamata et la brochette sinistre des patrons et directeurs cravatés du conglomérat Chisso, responsables du crime ; à l'assaut — qu'il organise lui-même — de l'estrade patronale par les pêcheurs qui réclament tout à la fois leur droit, la reconnaissance de la faute commise et une réparation pour l'irréparable. Assaut si violent qu'il emporte, bouscule, chahute follement la caméra du réalisateur. Avec son assentiment bien sûr. La caméra, littéralement, devient folle parce que Tsuchimoto, pour montrer le vrai, a osé prendre le risque de ne plus rien contrôler.

J'en terminerai donc sur cette scène sans exemple dans les annales du cinéma. Dans quelques jours, je connaîtrai Noriaki Tsuchimoto, un homme admirable, mon frère, dont, il y a trois mois, je ne savais rien. Je ne lui demande pas pardon : j'étais plongé, depuis 1973, dans le monde de Claude Lanzmann. Le monde de *Shoah*. Un autre monde. Le même monde.

À bientôt, Noriaki. À bientôt, à Tokyo. À bientôt, à Minamata.

Février 1996

POUR BERNARD CUAU

Le temps, depuis que Bernard Cuau a été emporté le 21 août 1995, ne fait pas son œuvre. Pas du tout. Incrédule, je lis et relis ces textes, marqués du plus radical désespoir, qu'il m'avait confiés deux mois avant sa mort, à la fin du dernier dîner que nous partageâmes. Partager n'est pas juste : l'estomac déchiré par une souffrance que les médecins et lui-même attribuaient encore à un brutal ulcère, mon ami ne mangeait plus, s'en tenant aux pâles liquides qu'on lui avait prescrits, en principe apaisants. Une fois déjà — c'était en avril, au terme d'une longue course à bicyclette, course au-delà de ses forces à laquelle, n'ayant pas pris la mesure de sa faiblesse physique, je l'avais pourtant forcé —, Bernard m'avait parlé de ce manuscrit, me demandant, à sa façon effacée et pudique, si j'accepterais de le lire. La réponse allait de soi. Il avait éludé d'un sourire ma proposition immédiate mais frivole d'en publier des extraits dans un prochain numéro des *Temps modernes* : « Ce n'est pas cela. J'ai besoin de ton jugement et aussi que tu comprennes où j'en suis. »

Où il en était, je l'ai en effet compris plus tard — trop tard absolument —, retenu que j'avais été d'entreprendre aussitôt la lecture de ces feuillets, soigneusement ordonnancés et non paginés, par le pressentiment de l'angoisse où ils me plongeraient. Les circonstances — un voyage lointain, le travail, le commencement de l'été, l'hospitalisation de Bernard, l'atterrement provoqué par la nouvelle de sa condamnation (il avait cinquante-neuf ans !), les appels téléphoniques quotidiens, les aller-retour entre la province et La Pitié, à Paris, le décès de ma mère deux semaines avant le sien — ont fait que je ne l'ai lu qu'à l'instant de sa mort, entre le dernier jour de son agonie, dans cette vallée des Cévennes où il repose aujourd'hui, et son enterrement.

Il est peu important que je ne me pardonne pas ce « plus tard », ce « trop tard » — qu'on pourrait aussi bien qualifier de non-assistance à personne en danger et que toutes les circonstances du monde ne justifieront jamais —, ma surdité ou ma cécité ou encore que je sois sans répit taraudé par la question : « Qu'aurais-je fait si j'avais su — donc lu — à temps ! » Cette peine est mienne et ne me quittera plus. S'y arrêter est encore une façon de se dérober à un nouage d'interrogations autrement plus déroutantes, douloureuses et centrales.

Car la mort — la mort de Bernard — est présente, inscrite, décrite même, avec une précision qui emplit d'effroi, dans chacune de ces pages. Tout se passe — mais ai-je seulement le droit d'écrire cela, qui me happe à l'instant dans un tourniquet vertigineux, défiant formulation et pensée — comme si ces pages que mon ami m'avait confiées, vivant, ne pouvaient, ne devaient être lues qu'à titre posthume, testamentairement, sous l'inscription de la mort ; comme si l'évidence advenue de cette mort annoncée était leur mise en lumière, le garant, le sceau de leur vérité et de leur beauté. « Je suis en vie et je suis mort », écrit Bernard Cuau dès les premières lignes du texte inaugural. Je me souviens de mon foudroiement à la lecture, dans les ultimes moments de son agonie, de ce « Je suis mort » non daté. Comment l'aurais-je lu si je l'avais fait « à temps », dès la remise du manuscrit, ou plus tôt encore, en avril ? Comment aurais-je lu, plus loin, cet autre passage, dont je sais aujourd'hui qu'il avait été rédigé deux ans auparavant, alors que nulle souffrance physique, nul symptôme clinique n'étaient manifestes et dans lequel — à la salle commune et à la puanteur près, à ce qu'il appelle aussi « l'oubli de son corps » — Bernard se décrit exactement tel que je l'ai vu à l'hôpital de La Pitié, pendant l'insupportable canicule de l'été 1995 ? J'aurais compris sans doute que mon ami s'enfonçait dans une impartageable solitude et qu'il était à bout, n'en pouvant plus d'assumer héroïquement, silencieusement, toutes les conséquences des choix intraitables qui étaient les siens. Pourtant, je n'aurais pu lire « Je suis mort » que comme une métaphore, sans pressentir quel inexorable processus de résolution s'accomplissait. La vraie question est celle du statut de cette œuvre : aurais-je perçu qu'elle s'inscrit parmi celles, si rares, qui se paient au prix du sang et dont on dit qu'elles ne sont pas de la littérature parce qu'elles sont la littérature même ?

Quand je dis œuvre, j'entends aussi bien les textes présentés ici ou publiés depuis dix ans dans *Les Temps modernes* que ses livres de combat antérieurs — *La Politique de la folie*, implacable dénonciation de la violence psychiatrique, *L'Affaire Patrick Mirval*, préfacé par Michel Foucault et Pierre Vidal-Naquet —, son théâtre ou la dizaine de films, d'une force et d'une subtilité poignantes, dont il est également l'auteur. Ces films sont surtout connus de ses étudiants (il enseignait le cinéma à Paris-VII) parce qu'ils ont été réalisés à travers et pour les circuits universitaires, Bernard se souciant peu d'atteindre un plus large public. Les stratégies de pouvoir, les manigances médiatiques lui étaient étrangères, l'effacement sa loi. Le relisant ou le lisant aujourd'hui, revoyant les films que je connaissais, en découvrant d'autres dont il ne m'avait jamais parlé, je mesure que ces travaux multiformes se sont ordonnés et distribués tout au long de sa vie à partir d'un unique foyer d'incandescence : vigile des souffrances sans partage, Bernard se situait et se voulait tout entier sur le versant de l'irréparable, de l'irrémédiable, seul lieu de sa parole et de son action : folie, exclusion, prisons (il donnait chaque semaine des cours à la Santé, à Melun, à Fresnes). À nous, les vivants, qui, au cours des réunions du comité de rédaction de la revue, étions toujours du côté des solutions — politiques ou autres — il opposait le plus souvent sa silencieuse douceur ou s'il intervenait, rarement et fiévreusement, nous ne pouvions que découvrir qu'il nous parlait d'ailleurs : pour les désespoirs auxquels il avait choisi de s'affronter, il n'y avait pas d'issue. Pas d'issue non plus aux contraintes affolantes qu'il s'imposait dans son existence privée et dont témoignent les textes qu'on va lire. Mort, vie et œuvre sont ici indissociables et c'est la mort qui donne leur cohérence et leur cohésion les plus profondes à la vie et à l'œuvre. Car Bernard Cuau s'est tué à la tâche, à toutes les tâches et d'abord à celle de l'écrivain nocturne, « le veilleur de nuit » qu'il était devenu.

« Debout, au pied du récit, il attend.

Depuis quelques éternités, il est là, attendant, la nuque basculée, contemplant le récit qu'il n'attaque pas. Debout au pied du récit. »

Fallait-il la mort pour attester la perfection du récit accompli ?

Les Temps modernes, n° 587, mars-mai 1996

HAZKARAH[1]
LA RÉSURRECTION DU NOM

Prendre la parole devant vous ce matin, en ce lieu sacré, m'emplit d'émotion. Je mesure l'honneur que vous m'avez fait en me demandant d'être l'orateur de cette antique et toujours jeune cérémonie de la Hazkarah, interrompue ici il y a quatre ans, quand ont commencé les travaux de construction du Mémorial de la Shoah, à la fois musée et centre de documentation juive contemporaine, où nous sommes réunis aujourd'hui. Cette célébration est donc inaugurale puisqu'elle est la première depuis l'ouverture au public du nouveau Mémorial. La gravité et l'émotion singulière qui m'étreignent et dont je lis sur vos visages que vous les partagez tiennent sans doute à ceci que nous sommes, vous comme moi, pleinement conscients de la signification profonde de ce Mémorial : il est d'abord le nôtre, celui des Juifs de France ou encore des Juifs déportés de France, envoyés à la mort à partir de nos villes et de nos villages. Je connais d'autres musées, d'autres mémoriaux de la Shoah en d'autres points du monde, Yad Vashem bien sûr, ceux de Washington, de New York, de Berlin, chacun a ses vertus, sa grandeur ou son grandiose — c'est une affaire de goût –, aucun n'est aussi radicalement dépourvu d'emphase que celui-ci, comme si l'évidence écrasante des faits et

1. *Hazkarah*, en hébreu, signifie hommage aux morts, mais aussi l'acte de se remémorer, de se souvenir.

du tribut payé imposait la simplicité, l'effacement devant la vérité, interdisait la démesure. À toutes les monumentalisations, qui sont souvent et par nature monumentalisations du vide, je préfère les sobres murs des noms des 80 000 déportés de notre pays, qui accueillent liminairement les visiteurs du musée et au long desquels ils doivent forcément repasser, le parcours accompli. À eux seuls, ces 80 000 noms inscrits à jamais dans cette dure pierre de Jérusalem, le plus noble des matériaux, sont la Hazkarah même. La beauté, la formidable présence, la massivité, la plénitude, mais en même temps l'individuation de ces milliers de noms font éprouver physiquement tout à la fois l'immensité de l'assassinat et la tragédie vécue par chacune des victimes. Je ne me tiens pas, quant à moi, entre ces murailles habitées de toutes ces âmes sans être saisi d'effroi et les quitter, passer la porte, est un véritable arrachement, presque une trahison. La décision d'exposer, dès le seuil, les noms de nos martyrs et du petit nombre de ceux qui survécurent est bien la marque de la piété véritable, incarnation au présent des anciennes douleurs. C'est à Serge Klarsfeld au premier chef que nous devons cela : je me souviens de mon bouleversement à la lecture de son *Mémorial de la déportation des Juifs de France*, cet épais volume grossièrement broché, non paginé, artisanalement réalisé, qui publiait les listes ronéotypées des déportés de chaque convoi, année après année, avec simplement la litanie interminable des beaux noms juifs, immortalisés par ces vers d'Aragon dans « L'affiche rouge », poème à la gloire des héros fusillés du groupe Manouchian, dont plus de la moitié étaient juifs :

Vous aviez vos portraits sur les murs de nos villes
Noirs de barbe et de nuit hirsutes menaçants
L'affiche qui semblait une tache de sang
Parce qu'à prononcer vos noms sont difficiles
Y cherchait un effet de peur sur les passants

Serge — et je crois même lui avoir une fois remis un prix sur la scène du palais de Chaillot en fondant les attendus de cette attribution sur le sens même de l'acte de nomination — avait compris que nommer, c'était ressusciter, à tout le moins donner la seule sépulture possible. Souvenez-vous des carrés juifs des cimetières de Paris et de ses banlieues, Bagneux, Pantin, Saint-Ouen, Belleville ou Charonne, mais aussi Montparnasse ou le Père-Lachaise, avec, sur des pierres tombales qui n'ont jamais recouvert ni cercueil ni ossements, les photographies d'un enfant, d'un couple, d'un homme, d'une femme, d'une famille entière, légendées d'un nom suivi de cette simple mention : « Mort — ou morte, ou morts au pluriel — à Auschwitz », et d'une date, 1942, 43, 44. Avons-nous assez réfléchi sur ce qu'il y a de primordial dans la donation du nom ? Car la Shoah fut une attaque radicale et sans précédent contre le nom juif. En 1938, Hermann Goering, dans un cohérent souci de désindividuation qui devait trois ans plus tard déboucher sur l'extermination de masse, imposa aux Juifs et aux Juives d'Allemagne d'adjoindre un prénom supplémentaire à ceux qu'ils avaient reçus à la naissance, le même pour tous, Israël, le même pour toutes, Sarah. Je me souviens d'un sardonique Juif allemand que j'avais interrogé et filmé à New York pendant le tournage de *Shoah* et qui me racontait comment à l'âge de treize ans, avant sa déportation pour Riga, où ses parents et son frère aîné l'avaient précédé, il devait chaque matin se présenter au siège de la police de Kassel, sa ville natale, claquer les talons, et articuler à voix haute et claire : « *Ich bin der Jude Hermann Israel Ziering* » (Je suis le Juif Hermann Israel Ziering). Il recevait aussitôt et rituellement une taloche retentissante administrée par le fonctionnaire nazi devant qui il rapportait : celui-ci trouvait intolérable l'accolade du prénom du maréchal du Reich avec celui d'Israël. Le père de Ziering, qui ne revint pas du ghetto des Juifs allemands de Riga, croyait tellement aux vertus de l'assimilation qu'il avait donné à ses fils les plus germaniques des prénoms. Le grand frère, devenu plus tard un des génies de la Silicon Valley, avait été baptisé Siegfried. L'entreprise de dé-nomination se poursuivit avec une rigueur implacable, la destruction des personnes et des biens s'accompagnant, à chacune de ses étapes, du meurtre des noms : indélébile numéro tatoué sur l'avant-bras pour les déportés d'Auschwitz (quelques-uns parmi ceux qui sont ici ce matin le portent avec fierté comme l'injonction à une impérissable mémoire. Je ne puis quant à moi l'apercevoir ou le deviner sur une peau blanche ou brune, d'homme ou de femme, sans être saisi d'une irrépressible envie d'y poser les lèvres, en gage de piété et de respect infinis); interdiction de prononcer le mot « mort » ou le mot « victime » pour les malheureux qui, de Ponari à Chelmno, durent exhumer à mains nues les corps de leurs proches et les disposer sur des bûchers afin qu'aucune trace ne demeure. Leurs femmes, leurs enfants, leurs sœurs, leurs pères et mères n'étaient ni des morts ni des victimes, mais des *Figuren*, autrement dit des marionnettes, des poupées, des chiffons. Il fallait déshumaniser les vivants pour perpétrer l'assassinat de masse, et la déshumanisation n'épargnait pas non plus les morts : les cadavres des chambres à gaz étaient des « pièces », en allemand *Stuck*, ceux des camions à gaz le « chargement ». Le trucage généralisé, le maquillage, la falsification du langage étaient, on le sait, la clé de toute l'opération : faire les choses, ne pas les décrire, ne rien dire, ne jamais nommer ce qui est en train de s'accomplir. Comme si, nommant ce qu'ils faisaient, ils l'eussent rendu impossible. Dans un très beau poème, un Espagnol du XVIIe siècle, Gabriel Bocángel, écrit :

Ton cadavre obstiné nous avertit
de ce qu'il y a vie morte, mais non vaincue.

Les nazis savaient qu'ils devaient vaincre les cadavres : la destruction des nôtres et la destruction des traces de leur destruction ont été absolument contemporaines. Le crime parfait a été accompli : il n'a pas eu lieu ! Ce non-lieu du crime est le cœur même de la Shoah et de tout ce que nous endurons encore aujourd'hui. Notre présence ici témoigne pourtant qu'ils n'ont pas réussi à détruire l'alliance obstinée des morts et des vivants, à jamais invincible.

On me pardonnera, pour dire l'importance vitale de la nomination, si je parle un instant de moi et de mon film, *Shoah* précisément. Au cours des presque douze années durant lesquelles j'ai travaillé à sa réalisation, je n'ai pas eu de titre pour lui. « Holocauste », par sa connotation sacrificielle, était irrecevable ; il avait en outre déjà été utilisé. Mais un film, pour des raisons administratives, doit avoir un titre. J'en ai tenté plusieurs, tous insatisfaisants. La vérité est qu'il n'y avait pas de nom pour ce que je n'osais même pas alors appeler « l'Événement ». Par-devers moi et comme en secret, je disais « la Chose ». C'était une façon de nommer l'innommable. Comment aurait-il pu y avoir un nom pour ce qui était absolument sans précédent dans l'histoire des hommes ? Si j'avais pu ne pas nommer mon film, je l'aurais fait. Le mot « Shoah » s'est imposé à moi tout à la fin parce que, n'entendant pas l'hébreu, je n'en comprenais pas le sens, ce qui était encore une façon de ne pas nommer. Mais, pour ceux qui parlent l'hébreu, « Shoah » est tout aussi inadéquat. Le terme apparaît dans la Bible à plusieurs reprises. Il signifie « catastrophe », « destruction », « anéantissement », il peut s'agir d'un tremblement de terre, d'un tsunami, d'un déluge. Des rabbins ont arbitrairement décidé après la guerre qu'il désignerait « la Chose ». Pour moi, « Shoah » était un signifiant sans signifié, une profération brève, opaque, un mot impénétrable, infracassable. Je me suis battu pour l'imposer sans savoir que je procédais ainsi à un acte radical de nomination, puisque presque aussitôt le titre du film est devenu, en de nombreuses langues et pas seulement en hébreu, le nom même de l'événement dans son absolue singularité. Le film a été d'emblée éponyme, on s'est mis partout à dire « la Shoah », ce nom a supplanté Holocauste, génocide, Solution finale, j'en passe. Ils sont tous des noms communs. Shoah est maintenant devenu un nom propre, le seul donc, et à ce titre intraduisible. L'antisémitisme, c'est la haine métaphysique pour le peuple qui est à l'Origine et le sait et le veut. Il est parfaitement juste de désigner le paroxysme de cette haine par un mot hébreu, de toute façon moins inadéquat que les autres. Même n'entendant pas la langue et bien avant de m'être résolu pour « Shoah », je savais, dès le commencement de mon travail, que je voulais imposer notre propre vision de la catastrophe, celle des victimes et des survivants. Avec un sûr instinct, ceux qui ont décidé que ce Mémorial, le Mémorial français, notre Mémorial, s'appellerait Mémorial de la Shoah ont compris cela. J'aime aussi que la Fondation présidée par la grande Simone Veil s'appelle Fondation pour la Mémoire de la Shoah. J'en tire fierté.

Une des scènes pour moi les plus insupportables de *Shoah* se passe dans un shtetl de Pologne, Grabow. Tous les Juifs de Grabow furent asphyxiés fin décembre 1941 dans les camions à gaz de Chelmno, à 19 kilomètres de là, et les Polonais qui formaient l'autre moitié de la population du village s'approprièrent aussitôt leurs demeures. Sur le seuil de sa maison, devant une belle porte sculptée — c'est la séquence du film —, j'interroge une brave paysanne édentée, au nez retroussé, qui me dit avec le plus grand naturel habiter une maison juive. Je lui demande si elle en a connu les propriétaires. Avec le même naturel, elle me répond : « Bien sûr. — Comment s'appelaient-ils ? » Silence, long silence. Elle répond enfin qu'elle ne sait plus. Elle avait perdu le nom. Je me souviens avoir éprouvé, à cet instant même, avec une fulgurante douleur, et malgré la mobilisation intérieure requise par le tournage, cet oubli, cette perte du nom comme une deuxième mort des Juifs de Grabow, comme un redoublement du crime. On me voit, dans *Shoah*, lire l'appel au secours que Jacob Schulman, le rabbin de Grabow, adresse à un de ses amis et au Créateur de l'univers : « Homme, ôte tes vêtements, couvre ta tête de cendres, cours dans les rues et danse, pris de folie. »

La sinistre séquence de Grabow nous dicte notre loi, nous dit la fonction majeure de ce Mémorial de la Shoah, tout à la fois musée et centre de documentation juive. Nous sommes tous ici, chacun à notre façon, les gardiens du nom, des noms, les vigiles de six millions de noms. Retournant à Sobibor il y a à peine cinq ans pour les prises de vues de mon dernier film, *Sobibor, 14 octobre 1943, 16 heures*, année, date et heure de la révolte du camp d'extermination, j'ai découvert que les autorités polonaises y avaient édifié un petit musée, qui n'existait pas lorsque j'ai tourné là-bas pour la première fois en 1978. Dans une salle de ce musée, en lettres blanches sur le fond noir des murs, se détachait la liste de toutes les villes et villages de Pologne dont la population juive avait été gazée à Sobibor, avec la date de chaque transport et le nombre des victimes. Il y avait aussi la liste des déportations de Hollande, de France, d'Allemagne, d'Autriche, de Tchécoslovaquie. Je sais que ce fut irrésistible : j'ai décidé aussitôt de filmer cela et le film se termine précisément par le lent défilé, le lent déroulant de tous ces noms accompagnés de ma propre voix qui redoublait l'image en la lisant, clouant ainsi les spectateurs devant l'écran, ce qui était encore une façon de faire de nous les veilleurs et les gardiens du nom. La piété même. Sans cette grave décision de lecture, le public aurait pu quitter la projection dans l'exaltation d'une révolte réussie. La lecture des listes les replongeait dans la réalité de la tragédie. Il le fallait. Je m'avise, disant ceci, que trente ans auparavant, en 1973, dès mon premier film, *Pourquoi Israël*, la question du Nom était déjà centrale pour moi : *Pourquoi Israël* s'ouvre et se termine dans la salle des noms de l'ancien Yad Vashem, émouvant et modeste (il n'était pas encore la gigantesque ville de pierre qu'il est devenu) : les quatre murs de ces archives de la mort sont occupés, du plancher au plafond, par de noirs registres dont chacun contient des centaines de feuilles avec les identités de morts avérés ou de disparus recherchés sans espoir par des proches endeuillés. Au début du film, dans un long panoramique à 360 degrés, la caméra décrit la marche silencieuse du bibliothécaire tout autour des murs. Trois heures plus tard, dans cette même salle, l'archiviste ouvre devant moi un des dossiers et commence à le compulser, en prononçant à voix haute, feuillet après feuillet, mon propre nom, mais précédé d'autres prénoms, masculins ou féminins. Arrivé à la fin, il le referme dans un claquement sonore et conclut : « Tous des Lanzmann. » Je suis certain que la plupart de ces noms ne s'orthographiaient pas comme le mien. On m'a demandé la semaine dernière, à New York, au Museum of Living Heritage, où une projection de *Pourquoi Israël* venait de se terminer, s'il s'agissait de membres de ma famille. J'ai répondu : « Non, mais ce sont des gens de mon peuple, c'est pareil. »

Car si j'essaye, à partir de ma propre expérience, de sonder les régions les plus obscures de la conscience pour tenter de déchiffrer les raisons de mon entreprise, je sais que l'événement inhumain dont je fus pourtant le contemporain m'inspirait, chaque fois que je me confrontais à sa réalité, une épouvante telle que je le rejetais hors de la durée humaine : cela ne s'était pas passé, n'avait pas pu se passer de mon temps. L'épouvante culminait quand je pensais à la déréliction, à l'abandon absolu dans lesquels, enfants, femmes, hommes, jeunes et vieux, tous ceux de notre peuple avaient péri. *Shoah* s'est construit contre cet abandon, il n'est pas seulement acte de nomination mais tout autant résurrection des morts, non pas pour les faire revivre, mais pour parler leur mort, pour en décrire tous les moments avec la précision la plus extrême, pour les accompagner jusqu'à la fin, pour savoir tout ce qui se peut, pour que nous mourions en un sens avec eux, impossible réparation de la radicale et déchirante solitude de leur mort réelle.

Lorsqu'il m'a demandé de prononcer cette allocution de la Hazkarah, et comme je m'inquiétais de savoir devant qui j'aurais à prendre la parole, Jacky Fredj, le directeur du Mémorial, m'a répondu : « Nous serons entre nous. Pas de ministres ou, s'il y en a, ils seront là à titre individuel. Pas d'invités officiels. Entre nous seulement. » Cette absence de tralala m'a plu, j'ai accepté. Et puisque nous sommes entre nous, j'ai le droit de m'interroger sur ce qui nous lie, sur ce que nous avons en commun. Qu'est-ce qui donc nous unit, nous rassemble ici, sinon ce lien de douleur, cette relation de chair à la plus grande souffrance, déportés survivants, orphelins, familles décimées, qui, génération après génération, transmettent le flambeau, sinon cette connivence, par regards et signes, qui se passe presque de paroles : nous sommes juifs, nous avons la même histoire et portons le même nom. Les murs du Mémorial en témoignent. Nous sommes entre nous. Que Serge Klarsfeld, à qui je voue une amitié maintenant indestructible, m'entende. Il est fier d'avoir réussi à faire inscrire sur le calendrier la rafle du Vel' d'Hiv' comme une date de l'histoire nationale. Serge a raison : il a milité pour cela de toutes ses forces et sa fierté est légitime. Que la nation entière reconnaisse le crime et en commémore chaque année l'horreur, deux jours après la fête nationale, cela est bel et bon et de grande importance. Il faut tenir fortement ce bout de la chaîne. Mais si on gagne, on perd aussi. La chaîne a un autre bout, cher à mon cœur. Aujourd'hui, la commémoration de la rafle du Vel' d'Hiv' ne se fait pas *entre nous*. Les fauteuils dorés du Mobilier national, avec leurs accoudoirs de velours rouge, sont alignés rue Nélaton et attendent les dignitaires. Le Premier ministre lit un discours, toujours excellent, rédigé par un de ses conseillers, Juif parfois. Archevêques, cardinaux, généraux, amiraux, tous sont là qui écoutent, pénétrés. Et je ne peux jamais, les regardant et considérant la perfection du spectacle, m'empêcher d'évoquer Gustave Flaubert quand il parlait de « l'oblique génuflexion des dévots pressés ». Rien n'égalera jamais pour moi l'émotion qui me saisissait lorsque nous nous réunissions informellement, sans barrières ni service d'ordre, il y a longtemps de cela, avant la grande victoire politique de Serge, et que Henri Bulawko, pratiquement le seul orateur, nous mettait les larmes aux yeux. Un souffle de fraternité passait, comme si nous partagions un secret que nous étions seuls à connaître, qui ne regardait que nous. Nous étions entre nous. Nous le sommes toujours. Cela ne doit pas mourir.

Prononcé au Mémorial de la Shoah,
Paris, septembre 2007

PAULETTE DE BOULLY
ORAISON FUNÈBRE PRONONCÉE
SUR LA TOMBE DE MA MÈRE

Maman, tu étais une athée intraitable. J'ai relu hier la lettre dans laquelle tu prescris, d'une haute et claire écriture, l'ordonnancement de cette cérémonie des adieux. Tu y réitères fermement, saine de corps et d'esprit, signes-tu, ta volonté, cent fois exprimée, d'avoir un enterrement civil. Au contraire de beaucoup qui, après des vies de militantisme laïque et, parvenus au terme de leur âge, oublient, sait-on jamais, de dire ce qu'ils souhaitent et reçoivent, comme à la sauvette, ce qu'on appelle les secours de la religion, tu n'as, toi, jamais varié, jamais cédé. Je me souviens d'une conversation rue du Bac, un soir d'été, il y a quelques années. Nous avions décidé de dîner en tête à tête, ce qui était rare et se terminait souvent mal. Tu marchais encore mais, voûtée déjà, agrippée à mon bras avec une énergie si incroyable qu'il était difficile de démêler qui, dans cet enlacement, soutenait qui et tu me disais — je voudrais pouvoir rapporter exactement tes paroles tant elles étaient fortes et belles — que la grandeur de l'homme était de faire face, de lutter jusqu'au bout, d'accomplir ce qui devait l'être, en refusant toute consolation, en sachant qu'il n'y a ni au-delà ni vie éternelle mais le néant, seul. Tu récusais Dieu, mais fondais, en vraie Mère Courage, la plus orgueilleuse des morales. Gravé sur la stèle de la tombe où tu reposeras tout à l'heure, auprès de ma sœur Évelyne et de Monny de Boully, l'homme qui t'a adorée, jour après jour, sans une défaillance et que tu as, toi aussi, absolument aimé, il y a ce poème déchirant dont Monny est l'auteur, poème sur la mort et le néant impensables, impensable pensée à laquelle tu es demeurée fidèle jusqu'au bout :

Passé, présent, avenir, où êtes-vous passés
Ici n'est nulle part
Là-haut jeter le harpon
Là-haut parmi les astres monotones

Il n'y aura donc ici ni rabbin, ni kippa, ni kaddish, et si je sonne pourtant pour toi, maman, le dernier appel juif, je le ferai seul, silencieusement, dans le secret de mon cœur et pour des raisons qui sont miennes.

Si tu ne croyais ni aux prières ni aux liturgies, tu aimais au contraire les mots à la folie, tu aimais et exigeais la parole. Tu as dit, à maintes reprises, que tu voulais, sur ta tombe, à l'instant d'être portée en terre, un discours. Et c'est à moi qu'échoit cette harangue, c'est à moi, me dit-on, que tu avais dévolu cette impossible tâche d'oraison. Mais maman, il y faudrait non pas un mais cent Bossuet. À la condition bien sûr qu'ils ne fussent pas évêques. Comment en effet prendre et dire ta mesure, lorsqu'on est ton fils et dans le chagrin. Car tu mérites non pas quelques paroles, mais tout un livre. J'ai souvent pensé que je m'y essaierais un jour, je le pensais bien avant ta mort et je me disais que si j'y parvenais, si je réussissais à dresser ta vivante statue, à dire ce qu'il y a eu de passionné et d'inextricable dans notre relation, avec la question centrale de l'amour sans cesse nouée, dénouée, renouée, ce serait l'œuvre la plus difficile et celle dont j'aurais peut-être lieu d'être le plus fier.

Mais il est trop tard ou trop tôt et je dois parler tout de suite, sans préparation, sans méditation, dans la fatigue et l'affairement suscités par l'événement de la mort. C'est vrai : j'avais beau la savoir inéluctable, en pressentir certains jours l'imminence, j'en reculais l'échéance à l'infini tant le monde sans toi, le monde sans Paulette, était inconcevable. Et ta force vitale, stupéfiante, m'entretenait dans l'illusoire certitude que tu serais la plus forte. Mais c'est bien, en un sens, ce qui s'est passé : car à quatre-vingt-treize ans, sourde presque aveugle, cassée par l'âge, tu es morte chez toi, en pleine jeunesse, l'esprit aiguisé et intact, avec une curiosité des choses, des gens, une voracité de vivre jamais démentie. La plupart de ceux qui sont ici cet après-midi peuvent témoigner que tu ne t'es pas chlorotiquement éteinte, mais que tu es tombée, fauchée comme un soldat, restant jusqu'à la fin la Paulette violente, indomptable, impérieuse — plus impérieuse encore de te sentir impotente (tu aboyais des ordres inexécutables) —, impatiente, rusée, courageuse, d'une tranchante intelligence, débusquant les compromis, les faux-semblants, le mensonge à soi, la Paulette drôle, à l'humour tout à la fois ravageur et rêveur, rendu rêveur par une si longue vie, la Paulette antiquaire, expert, d'une culture immense infiniment savante et imbattable dans ses spécialisations, Paulette mémoire vive et éléphantesque du siècle, mémoire de la lutte des femmes, nous enchantant de ses confrontations fulgurantes entre aujourd'hui et tous les hiers, hivers qu'elle avait connus, la Paulette, mère emblématique et générique de tous mes amis de khâgne au lycée Louis-le-Grand, de tous ceux de mon frère Jacques. Elle n'était pas seulement la mère de Claude, Jacques et Évelyne L. Elle était « La mère ». C'est Jean Cau qui l'avait ainsi baptisée. René Guyonnet, lui aussi mon condisciple à Louis-le-Grand, René qui est ici aujourd'hui parmi nous, ne l'appelait pas autrement : elle attirait, attisait leurs confidences à tous, avec une géniale avidité. Tous étaient ses fils et elle les aimait autrement et plus en un sens que les siens propres car elle entretenait avec son engeance — sale engeance — une relation spectaculairement dépourvue d'indulgence. Tous lui sont restés fidèles, gardant avec elle d'infracassables relations quand se distendaient leurs liens avec nous. Même chose pour les brus innombrables, les statutaires et les autres, qui jacassaient avec elle du sucre sur notre dos des décennies après la fin des amours. Je caricature. Bien sûr. Judith Magre, ma première femme, a passé avec Paulette sa dernière soirée, celle du 3 août. Ma mère, m'a dit Judith, était gaie et éblouissante comme jamais : elles étaient deux vraies amies qui, le plus souvent, parlaient de tout, sauf de moi. Mais, le 3 août, m'a rapporté Judith, après que je lui eus le lendemain annoncé la nouvelle, la lancinante question de l'amour filial avait à nouveau été posée. Judith me dit pieusement avoir réussi à la persuader que, oui, son fils l'aimait. J'en doute fort : on ne convainquait pas si aisément une telle investigatrice, un pareil procureur. Elle voulait des aveux complets, verrouillés, circonstanciés, coulpe battue, demandes agenouillées de pardon. Ses lettres : d'intenses réquisitoires de vingt, trente, quarante pages, d'un style Grand Siècle toujours magnifique. J'en ai tant reçu : elles étaient vraies et fausses, justes et injustes, mais entraînaient toujours mon admiration.

Son courage pendant la guerre, qu'elle a passée tout entière à Paris avec de faux papiers, sans carte d'alimentation, arrêtée trois fois par la Gestapo et la milice, tenant tête à ses tourmenteurs, se battant pied à pied et s'en sortant chaque fois par sa seule audace. Nos retrouvailles, à la fin de 1944, après une séparation de dix ans — visites très rares de 1934 à 1938 puisque nous habitions la province avec notre père tandis qu'elle sertissait en usine des boîtes de sardines dans la banlieue parisienne, puis une fois par semaine de 1938 à 1939, dans la chambre de l'hôtel garni de la rue Myrah, où elle vivait alors, nous offrant pour seul déjeuner ces tartares de cheval qui constituent aujourd'hui encore mon ordinaire, enfin la béance de l'Occupation. Elle avait quitté des enfants, elle retrouvait des hommes. Mais quelle drôlerie, quel autre monde pour mon frère et moi, quelle fête ! Je nous revois debout, nus comme des vers, Monny, Jacques et moi, faisant la queue à la porte de la salle de bains comme pour un conseil de révision. Nous entrions chacun à notre tour : elle officiait, nous lavant, nous savonnant de la tête aux pieds, nous pansant, nous étrillant, nous examinant sous toutes les coutures, lippe écœurée devant une épaule trop basse, un testicule haut perché. « Tu tiens cela du père Lanzmann », maugréait-elle. Le père Lanzmann était évidemment mon père, qu'elle haïssait avec une inébranlable constance.

Un jour, recevant à dîner Jean Cocteau, qui s'était emparé de la parole à sa façon éblouissante et ne l'avait plus quittée, elle m'avait reproché, après son départ, d'être demeuré muet, ce qui, pour un khâgneux orgueilleux, en permission du samedi, était la moindre des choses. J'écoutais, c'est tout. Alors, elle m'avait apostrophé : « Les pieds de Jean, ses petits pieds, les as-tu observés ! » Elle trouvait les miens vagues et bêtes, ceux de Cocteau au contraire informés jusqu'au gros orteil par l'intelligence la plus déliée.

Elle aimait les petits pieds, signe d'innocence : je la revois, il y a seulement quelques semaines, portant à sa bouche ceux de Félix, son petit-fils de deux ans, que Dominique et moi lui avons donné. Elle aimait, malgré brouilles, ruptures, malédictions, chacun de ses huit petits-enfants.

Les souvenirs se pressent maintenant, maman, je ne les savais pas si vifs. Je pourrais écrire, écrire encore, pendant des nuits. Mais un fils ne peut pas tout dire : par exemple ceci, que je lis dans une lettre de Marthe Robert, reçue ce matin même, et qu'elle ne m'en voudra pas de divulguer :

> Mon cher Claude,
>
> J'apprends la mort de Paulette par *Le Monde* d'aujourd'hui. Vous savez que je l'ai bien connue. À une certaine époque, j'allais très souvent la voir et je me plaisais beaucoup en sa compagnie. Surtout j'admirais sa beauté, elle me semblait incarner toute la noblesse des antiques filles d'Israël.
>
> J'ai été touchée aux larmes quand je l'ai vue venir à moi, marchant difficilement à vos côtés, le jour où j'ai reçu le Prix du Judaïsme français.
>
> Je vous embrasse.
>
> M.

Un ultime souvenir pourtant : c'est une aube du printemps 1942. J'entends qu'on frappe avec une grande douceur au volet de la maison d'Auvergne où nous habitions avec notre père. Nous étions préparés aux violents cognements de la Gestapo. Mais la caresse de ceux-ci que j'entends à peine me pousse à descendre les escaliers de cette silencieuse demeure, à prêter l'oreille, à ouvrir enfin. Devant moi, un inconnu, une légère valise à la main. La quarantaine, haute stature, front immense, les yeux rayonnant de bonté et d'intelligence, la crainte peinte sur tout le visage. Il murmure : « Tu es Claude » puis porte un doigt à ses lèvres et chuchote : « Chut, je suis Monsieur Sylvestre. » C'était Monny, Monny de Boully.

Sylvestre, Amédée Sylvestre était sa fausse identité d'alors. Il en eut tant d'autres. Surmontant sa peur et le danger objectif, il avait passé sous ce nom la ligne de démarcation, obéissant à ma mère à qui une diseuse de mauvaise aventure avait prédit qu'elle ne reverrait jamais ses enfants. Il est resté avec nous quelques jours avant de repartir. Chaque soir il écrivait à Paulette, de sa belle écriture calligraphiée de poète et d'étranger, terminant chacune de ses lettres par les mêmes mots : « À toi, Paulette, à toi seule, éternellement. »

Et chaque fois il me demandait : « Veux-tu ajouter quelque chose pour ta mère ? » Non, Monny, non maman, je n'ai rien à ajouter.

PORTRAITS

RÉCITS

GUERRES, POLITIQUE ET POLÉMIQUES

AUTOUR DE *SHOAH*

HOMMAGES ET ORAISONS

Cet ouvrage a été composé par CMB Graphic
et achevé d'imprimer
par Normandie Roto Impression s.a.s.
61250 Lonrai, le 15 février 2012
Dépôt légal : février 2012
Numéro d'imprimeur : 120583
ISBN 978-2-07-013441-0 / Imprimé en France

184468